シャーロック・ホームズ大図鑑

シャーロック・ホームズ大図鑑

デイヴィッド・スチュアート・デイヴィーズ ほか著
日暮雅通 訳

THE SHERLOCK HOLMES BOOK

三省堂

A DORLING KINDERSLEY BOOK

www.dk.com

Original Title: The Sherlock Holmes Book

Copyright © Dorling Kindersley Limited, 2015

Japanese translation rights arranged with

Dorling Kindersley Limited, London

through FORTUNA Co., LTD

For sale in Japanese territory only.

Printed and bound in China

注意事項および凡例

■本書ではホームズ物語（正典）全60編の解説をしていますので、物語の結末やトリックにも言及しています。未読の方はご承知のうえでお読みください。正典以外の作品については、ごく一部の古典を除いて、いわゆる「ネタバレ」はありません。

正典については、原則として光文社文庫版『新訳シャーロック・ホームズ全集』を使用しています。同全集は重版時に改訳された部分もありますので、ご了承ください。正典は英／米／雑誌／単行本で原文の異なる版がありますが、訳出にはできるだけ初出の原文を使っています。その他の文献で著作権の切れているものは、オリジナル訳です。

各作品データのうち「英国初出」は、前後編や長編分載の場合、その最初の号のみ記してあります。

■凡例（一部例外あり）
〈　〉……60編の正典邦題（長・短編とも）。
「　」……書籍や論文、手紙、講演などからの引用、および短編作品・論文の邦題。
"　"……特殊な用語や強調されている言葉、および短編作品・論文の原題。
『　』……正典以外の長編作品、単行本、映像化作品などの邦題。
イタリック……正典以外の長編作品、単行本、映像化作品などの原題。
《　》……新聞・雑誌名など。
［　］……訳注。

執筆者紹介

デイヴィッド・スチュアート・デイヴィーズ (David Stuart Davies)（編集顧問）

ミステリー作家、劇作家、編集者。シャーロック・ホームズのオーソリティで、7冊のホームズ・パスティーシュと *Starring Sherlock Holmes* などのノンフィクションを書いており、ホームズ関係の短編集も数多く編集している。また、みずからも第二次世界大戦中の私立探偵ジョニー・ホークや、ヴィクトリア朝時代の"謎解き名人"ルーサー・ダーク、1980年代のヨークシャー警察警部ポール・スノウといったキャラクターを生み出している。ベイカー・ストリート・イレギュラーズ (BSI) およびロンドン・シャーロック・ホームズ協会会員。

バリー・フォーショー (Barry Forshaw)（編集顧問）

イギリスにおけるミステリー小説およびミステリー映画のエキスパート。著書はCWA（英国推理作家協会）のキーティング賞を受賞した *British Crime Writing: An Encyclopedia* のほか、*Nordic Noir*、*Sex and Film*、*The Rough Guide to Crime Fiction*、*Death in a Cold Climate*、*British Gothic Cinema*、*Euro Noir* など多数。また、さまざまな新聞に寄稿し、雑誌 *Crime Time* の編集もしている。CWAの元副会長。

デイヴィッド・アンダースン (David Anderson)

ユニヴァーシティ・カレッジ・ロンドン英語・英文学科をベースとする研究者で、ロンドンに関する文学と映画を専門とする。オンライン批評誌 *Review 31* の編集者、文学と歴史の学習ガイド『コネル・ガイド』のスタッフライター、ロンドンにあるコブ・ギャラリーの在住ライターでもある。

ジョリー・ブレイム (Joly Braime)

雑誌記者、ガイドブックとウェブサイトのエディターを経て、現在フリーランスのライター兼編集者兼イラストレーター。ジャンルは金融関係書から官能小説『フィフティ・シェイズ・オブ・グレイ』に関する記事まで幅広い。11歳のときに『シャーロック・ホームズ全集』を手に入れて以来、ホームズに取り憑かれている。

ジョン・ファーンドン (John Farndon)

作家、劇作家、作詞作曲家。ケンブリッジにあるアングリア・ラスキン大学のロイヤル・リテラリー・フェロー。著書は非常に多く、全米図書賞を受賞した *Do Not Open* のほか、*Do You Think You're Clever?* など、国際的ベストセラーもたくさんある。主にポピュラー・サイエンスの分野で執筆してきており、以前は子ども向けの科学の本などでいくつもの賞にノミネートされたが、最近は一般向けの著書を中心としている。

アンドルー・ヘリティジ (Andrew Heritage)

カートグラフィ（地図作成）、ポピュラー・カルチャー、アート、文学史を専門とする、出版コンサルタント。*DK Atlas of World History*、*The Book of Codes*、*The Book of Saints*、*The Rough Guide to Crime Fiction*、*Great Movies* など、100冊以上を編集・執筆してきた。

アレックス・ホイットルトン (Alex Whittleton)

フリーのノンフィクション・ライター。ジャンルは文学、ライフスタイル、メディア、フードなど。学術的な分野では *Thomas Hardy Yearbook* に収録された論文があるほか、特にヴィクトリア朝時代の文学と文化に興味をもっている。

リズ・ワイズ (Liz Wyse)

ライター兼編集者。歴史をテーマとした幅広い分野で執筆しており、最近は『英国貴族名鑑』の出版社デブレットが出したエチケットと現代マナーに関する本を何冊か執筆した。また、*The Times Atlas of World Archaeology* や *The Historical Atlas of New York City* などの図解書も数多く編集しており、*The Guinness Book of World Records* の編集長も務める。

訳者

日暮雅通（ひぐらし・まさみち）

1954年生まれ。翻訳家。青山学院大学卒。日本推理作家協会、日本シャーロック・ホームズ・クラブ会員。ベイカー・ストリート・イレギュラーズ（BSI）会員。著書に『シャーロッキアン翻訳家最初の挨拶』（原書房）。訳書に『新訳シャーロック・ホームズ全集（全9巻）』（光文社文庫）、ワーナー『写真で見るヴィクトリア朝ロンドンとシャーロック・ホームズ』（原書房）、コニコヴァ『シャーロック・ホームズの思考術』（ハヤカワ・ノンフィクション文庫）、『10代からの哲学図鑑』（三省堂）ほか多数。

翻訳協力
中川泉　五十嵐加奈子　篠原良子

目次

シャーロック・ホームズをめぐる人々

14 真実の剣、正直の刃
サー・アーサー・コナン・ドイル

22 ぼくは
シャーロック・ホームズといいます。
人の知らないことを知るのが
仕事でして
シャーロック・ホームズ

26 わたしはホームズの知性を研ぐ砥石
だった。ホームズの刺激剤だった
ジョン・ワトスン博士

28 あの男は、
巣の中心にじっとしている
クモみたいなものだ
ジェイムズ・モリアーティ教授

30 ホームズさん、
わたしは実際的な人間なんだ、
証拠があれば、
それによって結論を下す
G・レストレード警部

ホームズの初期の冒険

36 人生という
無色の糸の束には、
殺人という緋色の糸が
一本混じっている
〈緋色の研究〉

46 ぼくは決して例外をつくらない。
ひとつでも例外を認めてしまうと、
原則そのものがくつがえるからね
〈四つの署名〉

56 きみは見ているだけで、
観察していないんだ
〈ボヘミアの醜聞〉

62 この事件はぼくとしても
絶対に手放したくありませんよ
〈赤毛組合〉

68 細かいことこそ
何よりも重要なのだ
〈花婿の正体〉

70 明白な事実ほど
誤解をまねきやすいものはない
〈ボスコム谷の謎〉

74 ここはいわば、
最終上告裁判所ですから
〈オレンジの種五つ〉

80 知るのが遅くなったとはいえ、
何もわからないよりはましだろう
〈唇のねじれた男〉

82 これよりもっと大きくて古い宝石に
なると、それにまつわる血なまぐさい
事件も、カットされた面の数だけ
あることだろう
〈青いガーネット〉

84 暴力は必ず
暴力の報いをうけ……
〈まだらの紐〉

90 ひとつひとつの
発見ごとに完全な真実に
一歩ずつ近づいていって
〈技師の親指〉

94 卿が部屋に入ってくる前に、
ぼくはもう
結論を出していたのさ
〈独身の貴族〉

96 恋人に夢中になると
ほかの愛情が
すべて冷えてしまう女性というのは
いるものです
〈緑柱石の宝冠〉

98 犯罪はざらにある。
しかし、正しい推理はめったにない
〈ぶな屋敷〉

ホームズのさらなる活躍

106 真犯人は
あなたのすぐうしろに
立っているんです
〈名馬シルヴァー・ブレイズ〉

110 人間の身体のなかで
耳ほど形がさまざまなものはない
〈ボール箱〉

112 真実がどうあれ、
疑っているよりはましですからね
〈黄色い顔〉

114 人間の本性ってやつは、まったく
不思議なぐあいにいろいろなものが
混じっているものなんだね
〈株式仲買店員〉

116 次の瞬間、
ぼくは鍵をつかんだよ
〈グロリア・スコット号〉

120 ほかの者が失敗しても
自分なら成功してみせる、
いまこそ自分の力を試すチャンスが
きたんだ、とぼくは思ったよ
〈マスグレイヴ家の儀式書〉

126 結果から見るに、
この罠はじつにうまく相手を
おびき出せたわけです
〈ライゲイトの大地主〉

132 人間の頭脳を悩ます
もっとも奇怪な事件のひとつ
〈背中の曲がった男〉

134 あのブレッシントンの目つきは、
身の危険に怯えている人間のものだ。
ぼくにはすぐにわかったよ
〈入院患者〉

136 論理を扱う人間だったら、
ものごとはなんでも正確に
ありのままに見なければならない
〈ギリシャ語通訳〉

138 解決がいちばん困難な事件
というのは、
目的のない犯罪なんだが
〈海軍条約文書〉

142 危険はぼくの商売には
つきものなんでね
〈最後の事件〉

帰ってきた
ホームズ

152 思うようにいかないことだらけの
事件くらい、
やる気をかきたてられるものはない
〈バスカヴィル家の犬〉

162 さしずめ、この空き家が木で、
あなたがトラってわけですよ
〈空き家の冒険〉

168 ぼくの勘が
いちいち事実と食い違うんだ
〈ノーウッドの建築業者〉

170 この事件につながる糸は
すべてぼくの掌中にある
〈踊る人形〉

176 知らない男だということだったが、
ぼくは、その男がスミスさんの
知っている人間だとにらんでいる
〈美しき自転車乗り〉

178 そういう知恵が回るとしたら、
敵ながら
あっぱれなやつだ
〈プライアリ・スクール〉

184 どんなときにも、
別の可能性というものを
考えに入れて、そちらにも
備えておく
〈ブラック・ピーター〉

186 そうだよ、ワトスン！
わかったぞ！
〈恐喝王ミルヴァートン〉

188 この人物の
風変わりなやり方には、
ある手法(メソッド)がある
〈六つのナポレオン像〉

190 疑わしいことがあれば
お教えください。
証拠ならこちらで見つけますから
〈三人の学生〉

192 なあに、
推理はきわめて単純だ
〈金縁の鼻眼鏡〉

198 行方がわからなかった人物が
どうなったかを
確かめるところまでが、
ぼくの仕事です
〈スリー・クォーターの失踪〉

198 獲物が飛び出したぞ！
〈アビィ屋敷〉

202 事実に先立って
理論を立てようとするのは、
大きなまちがいというものさ
〈第二のしみ〉

ホームズ
最後の挨拶

212 ひとりの男を抹殺するために、
偉大な頭脳と巨大な組織が
全力を傾けた
〈恐怖の谷〉

222 もつれあって
ほどけそうになかった糸が
目の前で解きほぐされ、まっすぐに
伸ばされていくような気がした
〈ウィステリア荘〉

226 別々の糸ながら、
二本がもつれ合っていたところは
同じだったんだな
〈赤い輪団〉

230 ロンドンの犯罪者どもときたら、
まったくだらしがない
〈ブルース・パーティントン型設計書〉

234 やあ、ワトスン、
どうやら不運に見舞われたようだよ
〈瀕死の探偵〉

236 警察を待ったり、法律の許す範囲から
はみださないように
遠慮したりしちゃいられない
〈レディ・フランシス・カーファクスの失踪〉

240 のっけからこんなに
怪しげな事件には、
めったにお目にかかったことが
ありませんよ
〈悪魔の足〉

246 東の風が吹いてきたね、
ワトスン
〈最後の挨拶〉

ホームズの冒険は続く

252 あいつはあいつなりの
目的があってやってきたんだろうが、
それならそれで、
ぼくの目的のために
ここに引きとめてやるまでさ
〈マザリンの宝石〉

254 ぼくには事実を発見することは
できても、事実を変えることは
できないんだからね、ワトスン
〈ソア橋の難問〉

258 自然界の定めを超えようと
あがく者は、その足もとに
ひれ伏すことになるのがおちです
〈這う男〉

260 この世だけだって広くて、
それの相手で手いっぱい。
この世ならぬものなんかにまで、
かまっていられるもんか
〈サセックスの吸血鬼〉

262 この部屋には、
表沙汰にできないようなものが
隠されている
〈三人のガリデブ〉

266 品のないやつらの暴力より、
上品な人間の愛想のよさのほうが
ずっと怖いこともある
〈高名な依頼人〉

272 ぼくは法律を
だいじにするほうじゃないが、
正義は力の及ぶかぎり示します
〈三破風館〉

274 見えているものは
あなたがご覧のものと
変わりませんが、
ぼくは目に入ったものに
よく注意するよう
訓練を積んでいるんですよ
〈白面の兵士〉

278 手あたりしだいに本を読んでは、
つまらないことまで
妙によく覚えているんでね
〈ライオンのたてがみ〉

284 手を伸ばす。つかむ。
最後に手に残るものは何か？
幻だよ
〈隠居した画材屋〉

286 苦しみにじっと耐えている人生が
あるというだけで……
このうえなく貴重な教訓ですとも
〈ヴェールの下宿人〉

288 解決の見込みがない事件に
かぎって、
のんべんだらりとたいしたことも
起きないものなんだ
〈ショスコム荘〉

シャーロック・ホームズの世界

296 どうだい、少し外の通りでも
ぶらついてみないか？
ヴィクトリア朝時代の世界

300 日常生活のできごとほど
不自然なものはないよ
ホームズと社会状況

306 ぼくには
観察と推理の素質がある
推理の科学

310 直接の証言にまさるものなし
犯罪学と法科学

316 ぼくの方法を知っているだろう。
そいつを応用してみるんだ
犯罪小説と探偵小説

324 人間が考案したものなら、
必ず人間が解けるものだ
シャーロック・ホームズのファンたち

328 うまく役を演じる
いちばんの方法は、
役になりきることでね
舞台と映像のシャーロック・ホームズ

336 ホームズのさまざまな顔

340 コナン・ドイル以外による
ホームズもの

344 コナン・ドイルによる
ホームズもの以外の作品

346 索引／訳者あとがき
352 出典一覧

はじめに

突き出た鼻の、痩せた男が鹿撃ち帽をかぶり、口には曲がったパイプをくわえている……そんなシルエット(ディアストーカー)を見せたら、誰もがシャーロック・ホームズだと言うことだろう。1887年にコナン・ドイルが生み出したこの名探偵は、もうずいぶん昔に伝説的な存在となり、今や世界中に無数の信奉者がいる。そして、ほかのどんな文学的キャラクターよりも多くの、本や映画、演劇、テレビ番組がつくられてきた。

しかし、なぜシャーロック・ホームズなのか？ このカリスマ探偵と、その忠実な友人兼事件記録者の魅力は、どこにあるのだろうか？ その答えは単純ではない。もちろん、ありふれた答えならいつでも出すことはできる。ホームズは不可解でエキセントリックな一方、才気縦横であるが、まったく誤りのない人物ではなく、そこがまた魅力的とも言える、ということだ。彼はあらゆる時代、あらゆる世代のヒーローとなった。その昔、このホームズに関して、一見学術的だが気楽なゲームがロナルド・ノックスという人物によって始められた。ワトスンのペンがすべったことによる、物語内の不合理な点や欠落した箇所を調べるという、遊び(プレイ)だ。たとえば、事件発生日のはっきりしないものについて、その年月日を決定したり、あるいは曖昧な点──ワトスンは何回結婚したのか、ホームズの出身大学はどこなのか、ターナー夫人とは誰なのか、モリアーティ兄弟の名前は本当に両方ともジェイムズなのかといった問題──について、説明を考え出したりするのである。

ホームズとワトスンの友情も、ホームズ物語の重要な魅力のひとつだ。冷たい、感情に動かされない（にもかかわらず「ぼくのボズウェル」がいないとだめだという）ホームズに対し、つねに忠実であり、辛抱強くて勇敢なワトスンを配したのは、コナン・ドイルのみごとな手腕と言える。もうひとつの魅力は、物語が書かれた時代を楽しめることだ。辻馬車と、「ガス灯の明かりが20フィート先に届かない」ほどの霧が渦巻くロンドン。しかしどんなに極悪な犯罪が企てられようと、法と秩序の番人として世界一の人物が、事件を解決してくれるのだ。コナン・ドイルの生み出したベイカー街221Bの伝説的住人たちとともに、私たちは魅力いっぱいの子ども時代に戻ることができる。ドイル自身、「半分おとなの子どもと半分子どものおとな」のために物語を書いていると言ったことがあるのだ。このすばらしい物語に夢中になれば、読者は現実世界の束縛からするりと抜け出し、馬車に乗って暗い街中を駆け抜けることができる──「獲物が飛び出したぞ！」というあのせりふを口にしながら［『ガス灯』の引用元は正典でなく、ヴィンセント・スターレットの詩「221B」］。

当然ながら、無数のビジュアル版ホームズには、小説のホームズにない驚くべき部分が付加されている。映画、テレビ、舞台劇、そしてラジオにおけるホームズは、ドイルの生み出した名探偵をさらに拡張した存在だからだ。彼らはホームズというキャラクターに対する新しい見方をもたらし、彼とその世界の新たな魅力と側面をあらわにしてくれたのである。

私が初めてホームズに出会ったのは、11歳の頃学校図書館で『バスカヴィル家の犬』を読んだときだった。ちょうどバジル・ラスボーンのホームズ映画がテレビ放映されていた。本書のもうひとりの編者、バリー・フォーショーは、自分がホームズファンとしてのめり込むようになったのは、ラスボーンの映画、特に気味の悪い『死の真珠』を見てからだったと教えてくれた。確かにあの小説と映像のブレンドは効き目があり、私もあれ以来ホームズの世界の魅力にはまったのだった。紙とスクリーンの組み合わせはいまだに絶大な力をもち、熱烈なファンをベイカー街の神聖なる扉のもとに引き寄せている。

つねづね思っていたのだが、コナン・ドイルはホームズを生み出したことで、私たちに一種の"ペイント・バイ・ナンバー・キット"［数字のふられた部分に混合済みの絵の具を塗っていくだけで絵が完成するキット］による人物画を与えてくれたのではないだろうか。言い換えるなら、私たちは未完成の肖像画の欠けている部分を自分なりの解釈で埋めていき、自分だけのヒーローをつくりあげることができるのだ。本書では、さらに多くのそうした空白を埋めるために、ホームズ神話を説明、検証、解釈しようとし、また「なぜシャーロック・ホームズなのか？」という質問に可能なかぎり答えようとしている。いわば贅沢かつ魅力的な、シャーロックの研究法なのである。

編集顧問
デイヴィッド・スチュアート・デイヴィーズ

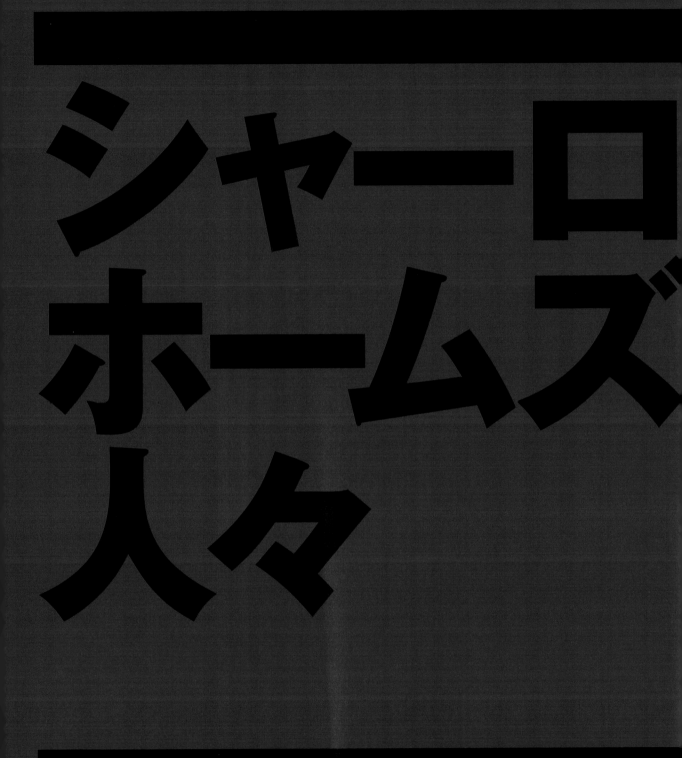

ック・
をめぐる

シャーロック・ホームズをめぐる人々

　　横顔のシルエットを思い浮かべてほしい。鹿撃ち帽、わし鼻、そしてパイプ。サー・アーサー・コナン・ドイルの生んだシャーロック・ホームズは、あらゆる推理小説のキャラクターの中で、最も有名な人物である。しかも、欧米社会だけでなく世界レベルにおいて、小説のキャラクターの中では最も知られた者のひとりだ。また、探偵小説の分野で先行する作品に負うものはあるにしても、ホームズはその後に続くほとんどすべての架空の探偵の、ひな型だと言える。彼をまねない場合は、明らかに異なるものにならざるを得ず、そのインパクトは非常に大きかった。

　誠実な事件記録者ジョン・H・ワトスン博士とベイカー街221Bに同居する、この才気縦横な推理の達人は、若くて野心的だったコナン・ドイルに生み出された当初と同じく、今でも人気者だ。本書はその時代を超えた存在であるシャーロック・ホームズの、さまざまな側面を紹介するものである。

最初のインスピレーション

　アメリカの作家エドガー・アラン・ポーは、C・オーギュスト・デュパンを主人公にした一連の小説で、探偵小説のジャンルを切り拓いた。このときデュパンは観察と論理、それに水平思考を使って自分の能力を示し、無名の語り手は畏敬の念にうたれている——まさにホームズ物語の原型であり、その萌芽と言えるものだった。

　コナン・ドイルは『モルグ街の殺人』（1841年）などポーの作品の熱心な読者であり、デュパンから得たさまざまな概念を、ポーが考えもしなかった方向へ発展させた。また、エディンバラ大学時代のカリスマ教授、ジョゼフ・ベル博士にも影響を受け、独特の雰囲気と工夫に満ちた不滅のホームズ物語を40年間にわたって生み出した。その読者はホームズ

犯罪調査に関して、ぼくほど研究を積み、天分も備えた人間は、過去にも現在にもいやしない。
シャーロック・ホームズ
〈緋色の研究〉（1887年）

物語にのめり込むあまり、ドイルがホームズものを書くのに疲れて殺してしまうと（〈最後の事件〉142〜147ページ）、国中で非難の嵐を巻き起こしたのだった。

作家としての人気

　コナン・ドイル自身の人生は、彼の書く風変わりな小説にも負けぬくらい驚くべきものだった。後年、心霊主義への関心が高まり、彼にとって重要なものとなってからは、特にそうだった。一方、彼が自分の生み出したホームズに対してもっている感情は、かなり錯綜したものだった。当時の《パンチ》誌に掲載された有名なひとコマ漫画では、ドイルがホームズに鎖でつながれており、ホームズもの以外で世の中に知られたいという彼のフラストレーションを表している。だが、ドイルを当時の最も有名な人気作家にしたのは、彼自身の好む歴史小説でなく、シャーロック・ホームズにほかならなかったのだ。

永遠のコンビ

　ホームズ物語でコナン・ドイルが生み出したのは、魅惑的な天才探偵だけではなかった。論理を武器とする探偵とその友人ワトスン（彼は読者の代理でもある）

シャーロック・ホームズをめぐる人々

の関係もまた、読者の満足するかたちになっており、この物語の尽きせぬ魅力なのだ。ホームズ物語を読む楽しみの多くは、プロットの意外性もさることながら、ホームズとワトスンの関係にあると言えるだろう。

本書のホームズ

この『シャーロック・ホームズ大図鑑』では、"正典"と呼ばれる56の短編と4本の長編作品（最も有名なのはもちろん、〈バスカヴィル家の犬〉〔152～161ページ〕だ）全部を解説するだけでなく、すべての事件におけるホームズ的な手法を犯罪学的見地から分析するほか、生みの親ドイルの人生と人物や、彼のホームズもの以外の作品まで、幅広く紹介している。

正典を超えて

オリジナルの正典が今でもホームズ人気の主要要素であることは確かだが、それを意味あるものにし、こんにちまでさまざまな解釈で新たに再生してきたのは、ホームズとワトスンがもつキャラクターとしての柔軟性、永遠の柔軟性である。その点こそ、アガサ・クリスティのエルキュール・ポアロなどがライヴァルになりえない理由だと言えよう。

キャラクターが長寿の存在となれる条件のひとつは、舞台や映画、テレビにおけるドラマ化に際して、大きな順応性をもっていることである。俳優たちは拡大鏡とパイプ、バイオリンを手に持ち、ベイカー街221Bの散らかった部屋にたたずむことを好む。ホームズという衣をまとった主演俳優はすべて――ごく初期の者からベネディクト・カンバーバッチのような21世紀に再生されて非常な成功を収めた者まで――この部屋でその姿を披露してきたのだ。

本書では、文学的派生物とでも言うべきもの、つまりコナン・ドイル以外の作家によってつくられたホームズによる冒険の物語についても、語られている。それらはまだドイルが生きている頃から出現しはじめたし、つくり手の中には原作者の息子であるエイドリアン・コナン・ドイルなどもいる。正典の事件をベースに語り直した作品から、まったく新しい事件をつくった作品まで、数多くのホームズ・パスティーシュが、これまでの長いあいだに書かれてきた。

このほか、コナン・ドイルの作品が推理小説というジャンルにどのような影響を及ぼしたか、あるいはホームズ物語がヴィクトリア朝英国の歴史的・社会的側面や19世紀の犯罪学や法医学、論理的な思考の科学と手法に、どのような見識を与えたかということについても、考察がなされている。

名探偵の世界

要するに本書は、ホームズ物語のすべての側面に関する総合ガイドと言えよう。そして、コナン・ドイルの生み出した輝かしき名探偵シャーロック・ホームズをたたえる書でもあるのだ。■

編集顧問
バリー・フォーショー
デイヴィッド・スチュアート・デイヴィーズ

ありえないものをひとつひとつ消していけば、残ったものが、どんなにありそうにないことでも、真実である。
シャーロック・ホームズ
〈四つの署名〉（1890年）

真実の剣、正直の刃

サー・アーサー・コナン・ドイル
SIR ARTHUR CONAN DOYLE

アーサー・イグナチウス・コナン・ドイルは1859年5月22日にエディンバラに生まれた。母親のメアリ・フォーリーはアイルランド系で、その祖先をさかのぼるとノーサンバーランドの有力なパーシー家にたどり着き、そこからはプランタジネットの家系につながるという。メアリは幼いアーサーに対して、歴史物語や雄壮な冒険譚、英雄的行為に満ちた話を語り聞かせ、これがのちに作家を職業とするにあたり、インスピレーションの種となった。一家は大家族であったため（アーサーは10人きょうだいの長男）母親にとって暮らしは厳しく、野心のない夫によるわずかな収入で家族を養うのは大変だった。チャールズ・アルタモント・ドイルというこの夫は公務員で、たまに芸術もたしなんだが、癲癇もちであるうえに憂鬱やアルコール依存の発作も起こしがちで、施設に収容されたあと、1893年に亡くなった。

教育と影響

気が滅入るような家庭環境からアーサーを逃れさせるべく、母親は金をかき集めると、彼をストーニーハースト・カレッジへとやった。ランカシャーにある厳格なイエズス会の全寮制学校である。アー

神の最高の贈物である、
本を愛する心を……
アーサー・コナン・ドイル
『シャーロック・ホームズの読書談義』(1907年)

サー・アーサー・コナン・ドイル 15

執筆中のコナン・ドイル。ビグネル・ウッド（ハンプシャー州ニュー・フォレストに一家が所有していた田舎の静養所）の庭で1920年代後半に撮影されたもの。

サーはこの学校にいたときに宗教的信仰に疑問を抱くようになり、1875年に学校を卒業する頃には、キリスト教を完全に拒んでいた。代わりに彼は人生をかけて、信じられる別のものを探しはじめる——これが結局は心霊主義へと至るのだった。彼はこのストーニーハースト在学中に、モリアーティという同級生に出会っている——のちの執筆活動で、最大限に利用する名前だ。コナン・ドイルは、見聞きした情報やアイデア、考え方に関する些細なことや細かい点をつねに気にかけて、将来使うことになると思いながら、心にとどめていった。

オーストリアのフェルトキルヒにあるイエズス会の学校でさらに1年学んだのち、コナン・ドイルはエディンバラ大学で医学を学ぶ道を選び、芸術を好む家族を驚かせた。同大学で学んだこの期間（1876年から1881年まで）に、彼はのちの登場人物のモデルとなる二人の教授と出会った。自伝『わが思い出と冒険』（1924年）ではラザフォード教授について、「顎と頬に広がるアッシリア風のひげに、並外れた声、厚い胸板と風変わりな態度」と記している。のちに手がけた有名なSF小説『失われた世界』（1912年）の主人公で、ジョージ・エドワード・チャレンジャー教授に用いることになる特徴だ。さらに重要となるのが、ジョゼフ・ベル博士との出会いである。患者の経歴や状況を推理するその手法たるや、ほとんど魔法のように思えた。このベル博士がシャーロック・ホームズのモデルとなり、インスピレーションを与えてくれたことは、ホームズ物語の最初の短編集である『シャーロック・ホームズの冒険』（1892年）が「わが懐かしの師ジョゼフ・ベル」に捧げられていることからもわかるだろう。

1891年創刊の《ストランド》は、短編小説を掲載するイラスト入りの月刊誌だった。ホームズものはこの雑誌に掲載されて大いに人気を博した。

コナン・ドイルの父親は家に不在がちだったため、ベルのことを父親代わりに見ていたとも言われている。

学費の支払いと家族を養う母親を助けるため、コナン・ドイルはアルバイトをいくつも行い、医療助手としてバーミンガムやシェフィールド、シュロップシャーに赴いた。さらには、北極圏に行く捕鯨船の船医を務めたこともあり、この体験はのちに執筆する幽霊話「北極星号の船長」（1890年）や〈ブラック・ピーター〉（184〜185ページ）の題材となっている。

医師から作家へ

卒業後の1882年、コナン・ドイルはデヴォン州プリマスでジョージ・ターナヴィン・バッド医師と組んで医院を始めた。バッドはエディンバラ大学の学友だったが、常軌を逸していて激しやすいところがあったため、この協力関係もじきに消滅してしまい、コナン・ドイルは荷物をまとめてハンプシャー州サウスシーでみ

シャーロック・ホームズをめぐる人々

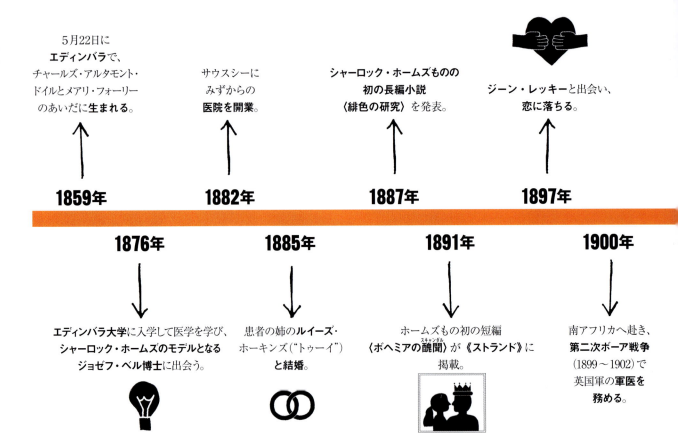

ずから開業することになる。彼はこの頃すでに小説の執筆に手を染めており、短編もいくつか発表していたが、作家として成功を収めようと努力を重ねたのが、このサウスシー時代だった。医者としての名声を徐々に築く一方で、探偵ものの創作を考えていた。主人公（シェリンフォード・ホームズという人物）が、ベル博士のような演繹的推理を用いて犯罪を解決するというものだ。亡くなる少し前、1927年のフィルム・インタビューで、彼はこう述べている。「探偵ものを読むにつれて、ほとんどの作品で偶然により結果が得られていることに、私は驚いた。ベル博士が患者と病気を扱ったのと同じように主人公が犯罪を扱い、科学がロマンスの代わりを果たす話を書いてみようと思ったのだ」。このアイデアが現実のも

のとなったのが長編小説〈緋色の研究〉（36〜45ページ）であり、シェリンフォードはシャーロックとなって、伝説が誕生することになる。ただ、この作品は1887年に《ビートンのクリスマス年刊誌》に掲載されたものの、コナン・ドイルが受け取った報酬は25ポンドというわずかなもので、しかも著作権上のすべての権利を放棄しなければならなかった。
〈緋色の研究〉の発表後、コナン・ドイルは関心を歴史小説に向ける──母親が語ってくれた話や、サー・ウォルター・スコットの作品に対する憧れに刺激を受けて、彼が最初に好んだジャンルだ。その結果として生み出したのが、モンマスの反乱をもとにした小説『マイカ・クラーク』（1889年）だ。これが批評家相手にも売り上げの面でも成功を収めたため、

コナン・ドイルは自分の未来は著述業にあると確信したのだった。
　1890年、アメリカに拠点を置く《リピンコッツ》誌から2作目となるホームズもの長編の執筆を依頼されたコナン・ドイルは、1ヵ月しないうちに〈四つの署名〉（46〜55ページ）を書き上げた。ただ、ホームズという人物が人々の心を本当にとらえたのは、1891年に《ストランド》が12編の短編（のちに『シャーロック・ホームズの冒険』として知られることになるもの）の連載を始めてからだった。最初に《ストランド》に話を持ちかけたのは、コナン・ドイルのほうだった。「シリーズを通して登場するひとりの人物により、読者は──読者の心をとらえられたらだが──掲載誌から離れられなくなると感じる」と彼は述べているが、まさしくそ

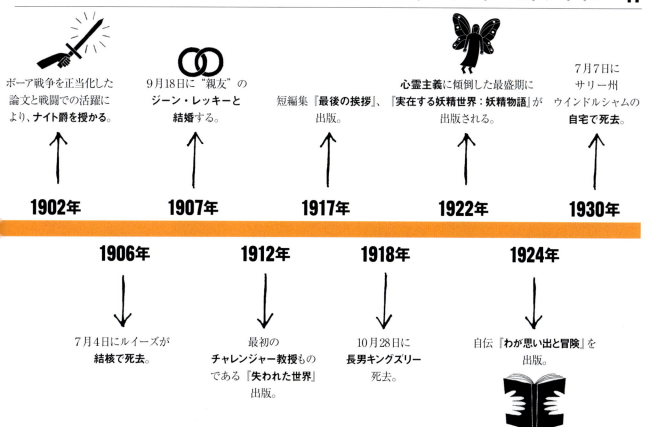

結婚と中断

　一方、コナン・ドイルは1885年に、患者の姉であるルイーズ・ホーキンズ（"トゥーイ"）と結婚していた。この結婚生活には、彼女の不健康がついてまわることになる。夫妻は1891年にサウスシーから、ロンドン南東部にあるサウス・ノーウッドのテニスン・ロードへと移り住んだため、コナン・ドイルは文学界と距離が近くなった。ところが、メアリ（1889年）とキングズリー（1892年）の二人の子どもを産んだのち、ルイーズは結核と診断される。彼女の体調は急激に悪化して、晩年はほとんど寝たきりだった。1897年に一家はロンドンを離れ、サリー州ハインドヘッドのアンダーショーに移る。ルイーズの健康には同地の空気がいいと思ってのことだった。

　ホームズ物語の初の短編集が成功を収めたにもかかわらず、コナン・ドイルはみずからつくりあげたものに早々に飽きてしまい、報酬がアップされた次のシリーズの依頼は受けたものの、これを最後にすると決めていた。もっときちんとした研究を行い、本格的な作家としてさらに認められることになる、歴史小説の執筆に時間をかけたいと思っていたからだ。

　1893年には、ルイーズを伴ってスイスを訪れた。彼はこのときライヘンバッハの滝に足を運んで、この場所こそ「かわいそうなシャーロックにとって、りっぱな墓となる。たとえそれによって、自分の銀行口座がともに消えようとも」と決断したのだった。こうして、第2短編集『シャーロック・ホームズの回想』（1893年）の最後の話で、彼はみずからのヒーローを犯罪界の黒幕であるモリアーティ教授とともに、ライヘンバッハの滝つぼへと葬り去ったのであった。ホームズを殺したことに対する大衆からの抗議の声をものともせず、コナン・ドイルはそれ以外の幅広い執筆活動に専念した。摂政時代のボクシング小説（『ロドニー・ストーン』、1896年）、ナポレオン戦争にまつわる小説（『ベルナック伯父』、1897年）、その他数多くの短編である。

　作家としての技量も財産も増す中で、彼は公人としての生活も忙しくなり、文

18　シャーロック・ホームズをめぐる人々

コナン・ドイル自選ベスト集

　1927年、《ストランド》が読者に対して、コナン・ドイルが好きなホームズ物語を当てようというコンテストを行った。

　コナン・ドイルは「私が選んだ話とその理由」というタイトルの記事を同誌に寄稿して、みずから選んだものを発表した。この時点では、『シャーロック・ホームズの事件簿』はまだ刊行されていなかったので対象とはならないものの、〈ライオンのたてがみ〉と〈高名な依頼人〉は同短編集の中で気に入っている話として挙げられている。

　自選ベストの最終的なリストは、以下のものだ。最初に挙げられたのが〈まだらの紐〉、〈赤毛組合〉、〈踊る人形〉で、どれも独創的なプロットが理由で選ばれている。これに続くのが〈最後の事件〉、〈ボヘミアの醜聞〉、〈空き家の冒険〉で、理由はそれぞれ、「ホームズを上回る唯一の敵の登場」、「通常よりも強い女性という要素」、「死んだとされるホームズについて巧みに言い逃れる難しい問題」があるからとのことだ。

　これに続いては、劇的な場面があるという理由で〈オレンジの種五つ〉と〈プライアリ・スクール〉が、「外交手腕と陰謀の度合いが高い」ことから〈第二のしみ〉が、「ぞっとして目新しい」ために〈悪魔の足〉が、それぞれ選ばれている。ホームズの初期が描かれており、「ちょっとした違いをもたらす歴史的な感じ」があるので、〈マスグレイヴ家の儀式書〉もリスト入りしている。そして最後に、ホームズが「最高と言える手腕」を見せていることから、〈ライゲイトの大地主〉が加えられている。

　学界とますます関わるようになっていった。著名な友人や知り合いの中には、彼と同様、その死から長い時間がたっても大衆の心に響く、非凡な登場人物をつくりあげた作家たちがいた。ブラム・ストーカー（ドラキュラ）、J・M・バリー（ピーターパン）、ロバート・ルイス・スティーヴンスン（ジーキル博士とハイド氏）、オスカー・ワイルド（ドリアン・グレイ）などである。

戦争と復活

　コナン・ドイルはボーア戦争（1899～1902）に積極的に関わって、南アフリカのブルームフォンテーンでは、すさまじい状況下にあったラングマン野戦病院で医療助手になるとともに、前線も訪れた。

1920年代に2番目の妻ジーンとともにアメリカへ向かうコナン・ドイル。子どもたちは左からリーナ・ジーン、デニス、エイドリアン。

彼はのちにこの戦争の経緯や、英国軍の行為を正当化する論文を執筆している。

　新たな探偵小説のプロットを思いついたのは、世紀の変わり目だった。〈バスカヴィル家の犬〉（152～161ページ）である。彼は友人の記者フレッチャー・ロビンソンの協力を得て話の骨格を組み立てていくにつれて、探偵役を務める中心人物が必要なことに気づいた。そこでシャーロック・ホームズを復活させたのだ。この長編小説は1889年が舞台であり、ホームズがライヘンバッハの滝で命を落としたとされる年の2年前だった。連載は1901年に《ストランド》で始まり、翌年に単行本化されている。同年、ボーア戦争に関する論文および前線での活躍に対して、ナイト爵を授与された。だがこの爵位については、ホームズを復活させたことに対する感謝ととらえた者が多かった。その後1904年までに、巨額の報酬を伴う依頼に根負けして、さらなるホームズ物語

1920年代には、魔術師で脱出わざの名人であるフーディーニが、にせ者の霊能者や霊媒の正体を暴くショーを行っていた。彼とコナン・ドイルは親しかった時期もあったが、降霊会をめぐって仲違いした。

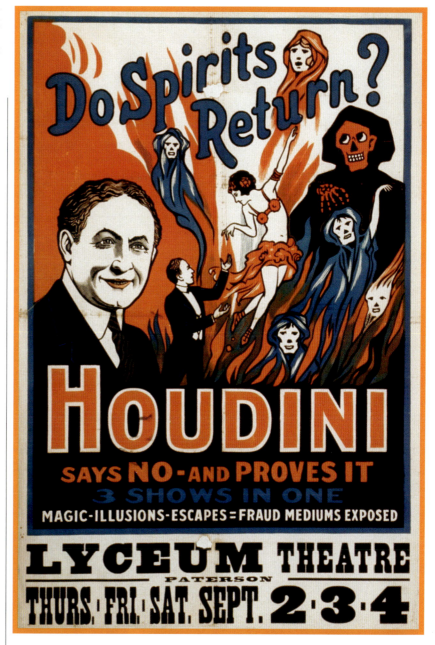

の執筆を再開している。

2度目の結婚

　妻ルイーズとの関係は、熱烈なロマンスでなく強固な友人関係であったため、彼が初めてロマンチックな愛情による感情を伴った力を最大限に感じたのは、ジーン・レッキーと出会ってからだった。コナン・ドイルがこの魅力的なスコットランド人女性（彼より14歳下）に初めて会ったのは、1897年。そして、すぐさま恋に落ちた。彼はジーンに対する心情を母親や近しい友人にも話したが、この件に関する彼らの意見は割れていた。コナン・ドイルの義弟であるE・W・ホーナング（ラッフルズ探偵ものの作者）は、不義ととらえて激怒した。だがコナン・ドイルは、肉体的な面ではルイーズに対して不実でなかった。彼のもつ強い騎士道精神により、ジーンとの関係を性的な結合の領域へと進めることはみずから禁じていたのである。それでもこの重圧は心理的にこたえたはずで、寝たきりの妻に対する愛情と義務感からその病床を離れぬ一方、ジーンに対する情熱により、身も心も苦しんでいた。

　1906年にルイーズが亡くなると、コナン・ドイルは翌年にジーンと結婚する。そして新しい家であるサセックス州クロウバラのリトル・ウィンドルシャムへと引っ越す。幸せな結婚生活であり、ジーンは3人の子、デニス（1909年）、エイドリアン（1910年）、リーナ・ジーン（1912年）を産んだ。

正義の側に

　この時期にコナン・ドイルは、ウォリックシャーで馬や牛を傷つけたとして有罪になった、パールシー系インド人のジョージ・エイダルジの無罪を勝ち取るべく、個人的な闘争に関わる。彼はみずからつくり出した探偵の手法を使い、視力が非常に弱いエイダルジには動物に対して残虐行為を行えたはずがないと立証したのだった（作家のジュリアン・バーンズはこの事件に興味をもち、2005年に執筆した歴史小説『アーサーとジョージ』でこの件について詳述している。この話は『推理作家コナン・ドイルの事件簿』としてテレビドラマ化され、2015年に放送された［日本では2016年に放送］。さらに、自

身の道徳的基準により、誤った判断がなされたと考えられる物事には、調査に乗り出した。有名なものでは、第一次世界大戦中に国家への反逆罪に問われたロジャー・ケイスメントの、死刑判決の取り下げを求める運動を展開したが、これは失敗に終わった。同様に、殺人罪に問われたドイツ系ユダヤ人オスカー・スレイターの無罪も主張した。コナン・ドイルの努力のおかげで、スレイターは終身刑を18年つとめたのち、1927年に釈放されている。

心霊主義

1914年の第一次世界大戦勃発を受けて、コナン・ドイルは地元の義勇軍──国土防衛軍の前身──の結成に力を貸すとともに、従軍記者として戦地に赴いた。おそらくこのときに、あまりにも多くの若者が無意味に殺されていくのをまのあたりにしたことが、心霊主義に対する興味の再燃となったのだろう。というのも、彼は1916年になると、自分の晩年は心霊主義の発展に捧げるべきだと確信したからだ。この決意をさらに強固にしたのが、息子キングズリーの悲劇的な死だった。1918年に26歳という若さで、ソンムの戦いで受けた負傷により、肺炎をわずらって命を落としたのだ。

晩年の10年間、コナン・ドイルはほとんどの時間とエネルギーを心霊主義に関する講演に注ぎ、オーストラリアやアメリカ、カナダ、南アフリカに出かけた。彼は霊媒を試すことには慎重を期したが、それでもだまされることはあり、そうなると批評家たちがここぞとばかりに、彼のだまされやすさが示されたと主張した。確かに、ヨークシャー州コティングリーにある水辺の谷で、二人の少女が妖精を見て写真に収めたと主張した際、コナン・ドイルは（有名な神智論者エドワード・ガードナーとともに）それらを本物だと言い張っており、実にだまされやすく思われたのである。

心霊主義への執着と死後の世界の証拠探しにより、彼は魔術師で同じく心霊主義者であるハリー・フーディーニと短期間の友人関係を結ぶことになった。だがレディ・ジーン・コナン・ドイル（アーサーの妻）を霊媒とした降霊会のあとに、結局は仲違いしてしまう。フーディーニの亡くなった母親が書いたメモをジーンが受け取ったということだったが、この母親はハンガリー生まれのユダヤ人であったため、英語は書くことも話すこともできず、そのためフーディーニはこの降霊会をいかさまだと非難したのだった。のちにフーディーニがこの出来事について面白おかしく書いたため、両者の不和は決定的となった。

ふさわしい結末

心霊主義の講演旅行は肉体的にかなり疲れるものであったため、コナン・ドイルの体調も悪化していった。彼は60代後半になっていたが、歳を重ねることに関しては特に何も考えていないようだった。1929年、胸に激痛が走り、狭心症と診断される。医者からは心霊主義の講演をすべて取りやめるよう忠告されたが、約束を守らなければ大衆を裏切ることに

>
> 人間の魂と理性は
> その人物のものであるゆえ、
> それらが招くところへは
> どこだろうと、行かねばならない。
> アーサー・コナン・ドイル
> 《スコッツマン》紙への手紙（1900年10月）
>

1917年に二人の少女がでっち上げた"コティングリーの妖精"の写真は、コナン・ドイルを含めた大勢の人たちをだまして、妖精は実在すると信じさせた。彼女たちは雑誌からイラストを切り抜いて、帽子の留めピンを使って固定したという。

新たなホームズ物語?

2015年、新たなホームズ物語がスコットランドのセルカークにある屋根裏部屋で発見された。「シャーロック・ホームズと〈ボーダーの橋〉バザー」というもので、Book o' the Brigという短編を集めた冊子の一部として、コナン・ドイルによって1904年に書かれたと主張されたが、その根拠はなく、現在ではパロディと考えられている。この冊子は、1902年に洪水によって破損した地元の橋を付け替えるための資金を募る目的で印刷された。セルカークを定期的に訪れていたコナン・ドイルは、資金を集める地元の人たちに協力したかもしれない。当時の彼は政治に関わっており、自由統一党員として出馬していた。

この作品では、ホームズは観察力と推理力を用いて、ワトスンが橋の資金集めのバザーが開かれるセルカークへ行こうとしていることを見抜いている。典型的なホームズのスタイルであり、彼はワトスンから計画について聞かなくても、彼の行動が「きみの考えていることを明かしている」と告げるのだった。

なってしまうとして、譲らなかった。だがアルバート・ホールへ向かっていたときに激痛に見舞われ、以後はあらゆる身体活動を禁じられた。そのしばらくのち、自宅の玄関でうつ伏せになっているところを見つかる。その手には、白いマツユキソウが握られていた。その花を窓から目にしたので病床から苦労して這い出ると、一輪手に取ったのである。もはや、彼はみずからの死を悟っていた。彼は死の数日前、こう書き記している。「読者は私がたくさんの冒険をしたとお思いだろう。だが、何より偉大で輝かしい冒険がこれから私を待っている」。寝たままでは死を迎えたくないと告げていたので、家族は彼を窓からサセックスの田舎を見られる椅子に座らせた。こうして家族に囲まれ、コナン・ドイルは1930年7月7日の朝に息を引き取った。最期の言葉は愛するジーンにかけたもので、「きみはすばらしい」だったという。

亡骸はウィンドルシャムの自宅の庭に埋められたが、その後ミンステッドにある近くの教会墓地へ移された。墓石には"真実の剣(つるぎ)、正直の刃(やいば)"と刻まれた。

多才な人物

サー・アーサー・コナン・ドイルは、その人生のあらゆる面で並はずれた存在だった。彼の手による文学作品は、19世紀や20世紀初頭のどの作家よりも幅広い領域にわたっていると言えるだろう。探偵小説のほかに、詩、戯曲、家庭劇、超自然の怪奇小説、海洋小説、歴史小説、医療小説、それにさまざまな心霊主義関連の論文を手がけている。

コナン・ドイルは2番目の妻のジーンとともに、ハンプシャー州ミンステッドにあるオールセインツ教会の墓地に眠っている。

彼は卓越した作家である一方、個人的な強いビジョンや姿勢や考えをもった、めざましく精力的で革新的な人物でもあった。ヴィクトリア朝時代の人間でありながら、20世紀の視野をもっていたのである。また、その情熱ゆえに、さまざまな活動に従事した。議員に立候補し(これは失敗に終わった)、マリルボーン・クリケット・クラブ(MCC)でプレイして偉大な選手W・G・グレースからアウトを取ったこともあり、スイスではクロスカントリースキーを奨励し、最初に自動車を所有したひとりとなり、さらには写真への強い関心から《ブリティッシュ・ジャーナル・オブ・フォトグラフィー》誌に寄稿した。そして、言うまでもなく医者でもあった——彼が何よりも誇りとした肩書である。傑出した魅力ある資質をあまりに多く有していたので、文学史につくり出した最も有名な創造物——シャーロック・ホームズ——が彼と似たような優れた才能をもっているのも、驚くにはあたらないのだ。■

>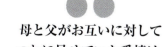
> 母と父がお互いに対してつねに見せていた愛情は、私の知る限りで最もすばらしいもののひとつでした。
> **エイドリアン・コナン・ドイル**
> 《ニューヨーク・タイムズ》紙 (1930年7月8日)

ぼくは
シャーロック・ホームズ
といいます。
人の知らないことを
知るのが
仕事でして

シャーロック・ホームズ
SHERLOCK HOLMES

シャーロック・ホームズは、史上最も優れた架空の探偵である。すば抜けた観察力と推理力、さらには変装術の持ち主で、真相を構築する鋭い能力を有している。そしてまた、謎めいた人物でもあるのだ。

"感情をもつロボット"

ホームズは当初、人間的深みがほとんどないような人物だった。優れた頭脳をもつが、個性も感情もない人間計算機だったのである。コナン・ドイルも1892年の《ブックマン》誌のインタビューで、「シャーロックはまったく人間らしくなく、思いやりもないが、すばらしく論理的な知性は備えている」と語っている。さらに〈マザリンの宝石〉（252〜253ページ）ではホームズみずからが、「ぼくは頭脳なんだよ、ワトスン。ほかの部分はただの付け足しだ」と述べているのだ。

おそらくは、人間的な感情をもち合わせず、機械の心を備えた冷たいロボットのような人物をつくり出すことが、コナン・ドイルの意図したところだったのだろう。もしそうなら、彼は失敗したことになる。それにありがたいことに、もしそのような人物だったら、読者が愛情や憧れを抱

ホームズ人気の高さを表すように、現在のベイカー街にはブルー・プラークが設置されている。もっともコナン・ドイルの時代には、ベイカー街は実在したものの、221という番地は存在していなかった。

シャーロック・ホームズ 23

長身、痩せた身体、深くくぼんだ目、わし鼻という姿で、すぐにシャーロック・ホームズとわかる。このイラストは1920年代の蒐集(しゅうしゅう)用シガレット・カードのもの。

SHERLOCK HOLMES.
"THE ADVENTURES OF SHERLOCK HOLMES"

くこともなかったはずだ。大衆がホームズを好んだ理由には、彼に関する空所を想像の中で埋めようとする、人が生まれながらにしてもつ性向がある。また一方、ホームズが物語の中で他人に対してまぎれもなく深い愛情を抱くことも、理由に挙げられる。ハドスン夫人、レストレード警部（最終的には）、そして特にワトスン博士に対してだ。ワトスンはホームズの慢心を腹立たしく思うことがよくあるが、彼の変わらぬ忠義と、ホームズに対する愛着（これがあまりに明らかであるため、物的証拠がないにもかかわらず、彼とホームズは恋人どうしであると指摘する研究家もいる）は、ホームズが優れたロボット以上だという意味を強めている。そしてしばしば、その忠義と愛着が報われるということを、ホームズはほのめかしているのだ。

複雑な内面

　その冷たい外観の下には、複雑かつ深い思いやりをもつ性格があることも、コナン・ドイルは示唆している。薬物の摂取は退屈から脱却するためであり、すばらしい腕ながらも実は奇妙なヴァイオリンの演奏は、ほかに表しようのない感情のはけ口のようなのだ。さらには、哀れみという驚くべき川が、多くの人たち——彼の場合は悪者も含む——とのやり取りにおいて流れている。いわゆる"自然的正義"がなされたと感じたら、犯人を"公式の"法律には委ねずに自由の身とすることが、何度となくあるのだ。ホームズをいつまでも魅力的にしている、コナン・ドイルがつくりだしたこのイメージこそ、隠された深みがあるという暗示なのである。ホームズは、探偵のスキルを用いてより大きな善を果たすためにみずからの感情を犠牲にしている、高潔度が高い人物だと言えるかもしれない。あるいは、能力が足りないという感覚と内に抱えた痛みのせいで、感情を包み隠して仕事に没頭しているのかもしれない。両方ともに正しいということもあるだろう。

外見

　ホームズに関してはっきりしているもののひとつが、その外見だ。これは《ストランド》に掲載されたシドニー・パジェットによる挿絵によって初めて息を吹き込まれたもので、コナン・ドイルも認めたと思われる。それらの挿絵に描かれたホームズは、骨ばった鋭い顔立ちで、背が高く痩せており、それでいてしなやかでたくましく、どのような肉体的な格闘にもみごとに対処できる力を備えている。ツイードの服、マント、それに今や有名になった鹿撃ち帽（コナン・ドイルではなくパジェットの挿絵によって生まれたもの）は、トレードマークであるステッキやパイプと同じように象徴的なものとなっている。》

24　シャーロック・ホームズをめぐる人々

ホームズの一般的なイメージは主に、《ストランド》に掲載されたホームズ物語の最初の挿絵画家であるシドニー・パジェットによってつくられた（その挿絵のいくつかがここに挙げられている）。

いて読者が知ることになるのは、兄のマイクロフトだけだ。

　ホームズは、学生のときに推理力を身につけたと口にしている。そのため研究家たちはホームズが通った大学を推測しており、作家のドロシー・L・セイヤーズがケンブリッジ大学のシドニー・サセックス・カレッジだと主張したのに対して、オックスフォード大学説を取る学者もいる。この学生時代にホームズは真の友人としてヴィクター・トレヴァを得て、〈グロリア・スコット号〉（116～119ページ）事件に関わることになる。それ以降はワトスン以外に友人はいないようで、〈オレンジの種五つ〉（74～79ページ）で、「きみの友だちかな」と尋ねたワトスンに対し、「ぼくにはきみのほかに友だちはいないよ」と答えている。彼は終生、孤独なのだ。

　大学卒業後の1870年代にロンドンへ移ってきたホームズは、大英博物館に近いモンタギュー街で暮らしていた。そしてセント・バーソロミュー病院にコネがあったため、医学生でも職員でもないのに、そこの実験室で実験を行うことができた。彼はすでに副業として諮問探偵を始めていたが、この仕事に全力を傾けるようになったのは、1881年にワトスンと出会い、一緒に221Bへ移ってからだ。

ワトスンとの生活

　ホームズとワトスンは8年間にわたって離れられぬ存在であり、探偵としてのホームズの輝かしい偉業の大半をワトスンが目撃して記録しているが、ワトスンが関わっていない話もいくつかある。やがて1889年頃、ワトスンはメアリ・モースタンと恋に落ちてベイカー街221Bから

ホームズの経歴

　一方コナン・ドイルは、ホームズの生涯の細部をほとんど明かしていない。1914年が舞台の〈最後の挨拶〉（246～247ページ）でホームズが60歳になっていることがほのめかされていることから、生まれたのは1854年頃ということになる。また〈ギリシャ語通訳〉（136～137ページ）によれば彼の先祖は「地方の地主」であり、祖母はフランスの画家ヴェルネの姉妹である。これはおそらくクロード・ジョゼフ・ヴェルネ（1714～1789）ではなく、カルル・オラス・ヴェルネ（1758～1836）のことと思われる。ホームズの身内につ

> この特異な職業を選んだ……世界じゅうでぼくひとりしかいないんだ。
> シャーロック・ホームズ
> ──〈四つの署名〉より

出ていき、西ロンドンで自身の医院を開業する。ワトスンとホームズの関係は、ワトスンの結婚後疎遠になり、読者も事件について耳にする回数が減っていく。だが、そこに運命を決する〈最後の事件〉（142〜147ページ）が起こる。1891年5月4日、ホームズがライヘンバッハの滝で大悪党モリアーティ教授と格闘した末、命を落とした（ように思われた）のだ。その数年後、ワトスンが気絶するほど驚く（さらには一般読者もびっくりする）ように、ホームズは〈空き家の冒険〉（162〜167ページ）でロンドンにふたたび姿を現す。シャーロッキアンたちが"大空白時代"と呼ぶ、行方不明だった3年間についてホームズは多くを語っていないが、チベットやペルシャ、ハルトゥームでの手に汗握る冒険ののち、南フランスのモンペリエに落ち着いて科学実験を行っていたことが示されている。

ホームズが戻ってきたときワトスンが男やもめになっていたため、二人はふたたび協力関係を築いていくが、ワトスンがまたもや221Bを出ていくことになったのち、ホームズもイーストボーンに近い英国南岸の田舎家へと隠退して、静かな生活の喜びや養蜂に対する情熱にひたるのだった。ただ、ホームズはこの新しい環境においても、ちょっとした探偵仕事を行うという衝動に完全には逆らえない様子が、1907年が舞台の〈ライオンのたてがみ〉（278〜283ページ）に描かれている。また〈最後の挨拶〉（246〜247ページ）では、第一次世界大戦へと至る状況で、外務省にとって重要な役目をこなしている。そのあとは、60歳という年齢で、ホームズは完全に姿を消すことになる。

ホームズ誕生のヒントとなったもの

探偵としてのホームズの名声に並ぶものはないが、架空の探偵は彼が最初だったわけではない。エドガー・アラン・ポーやエミール・ガボリオー、ウィルキー・コリンズはみな探偵ものを書いており、それぞれの話にはある程度、ホームズの姿を垣間見ることができる。コナン・ドイルがポーから利用したのは、"密室ミステリー"と、巧みな演繹（ディダクション）によって手がかりを解いていくというアイデアである。ガボリオーからは、科学捜査と犯罪現場捜査を、ウィルキー・コリンズからはホームズの外見の一部を参考にしている。ところが、ホームズのヒントとなったものについて聞かれると、コナン・ドイルはこういった小説に登場する人物の名はひとりも挙げていない。その代わりに彼が挙げたのが、実在したジョゼフ・ベル博士（→43ページ）だ。ベルも科学捜査に関心があり、専門家として刑事裁判に呼ばれることも多かった。1892年にコナン・ドイルはベルに対して、「シャーロック・ホームズがあるのは、間違いなくあなたのおかげです」と書いている。だがベルはこれに対して、「きみ自身がシャーロック・ホームズであることは、自分でよくわかっているはずだ」と書いてよこしたのだった。■

マイクロフト・ホームズ

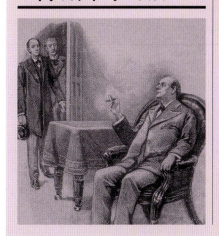

シャーロックの兄マイクロフトは、正典における刺激的な要素のひとつである──が、モリアーティ教授と同じように、彼も直接には二つの話にしか登場していない。読者はマイクロフトの若い頃についてはまったく知らされない。読者にわかるのはただ、シャーロックより7歳年上で、どちらかといえば彼のほうがより賢いということだけだ。〈ブルース・パーティントン型設計書〉（230〜233ページ）でホームズは「兄の頭脳は人並みはずれて整然と秩序正しく、人間わざとは思えないくらい多くの情報を蓄えておける」と述べている。その優れた頭脳により、ホワイトホールの秘密の政府機構の中心に籍を置いて、重要な情報源となっているのだ。ホームズが述べているように、マイクロフトは「この国にはかけがえのない人物」であり、「この国の政策が彼のひと言で決まったことも一度や二度ではない」のである。マイクロフトを秘密情報部のトップと見る研究家もいるが、この点は明らかにされていない。

マイクロフトのヒントとなった実在の人物は、ロバート・アンダースン（1841〜1918）と見られている。政府内での立場（秘密情報部およびCIDのトップで、1890年代の政府の方針において重要な助言者を務めた）が、物語におけるマイクロフトのそれによく一致しているのだ。

わたしはホームズの知性を研ぐ砥石だった。ホームズの刺激剤だった

ジョン・ワトスン博士
DR JOHN WATSON

ジョン・ワトスン博士は4編を除くホームズ物語全部で語り手を務めている。彼はホームズの優れた才能の重要な目撃者であり、この探偵の行動を記録して、それを回想録として大衆に伝える、精力的な事件記録者なのだ。その注目すべき力量は、ホームズも〈ボヘミアの醜聞〉（56〜61ページ）の中で認めている。彼はワトスンに、家にとどまって新たな顧客に会うよう促し、「ぼくのボズウェルがいてくれないとお手上げだよ」と述べているのだ。サミュエル・ジョンスン博士（1709〜1784）の伝記作家として高く評価された、日記作家で法律家のジェイムズ・ボズウェル（1740〜1795）にたとえたことは、まさに称賛にほかならない。

重要人物

ワトスンは単純ながらも巧妙な、文学上の仕掛けである。ワトスンが読者に直接語りかけることから、その語りは直接的で人を惹きつけるものとなっている。読者は状況を説明する彼と自分を重ね合わせて、ホームズの行動をまのあたりにして、困惑や驚きを体験するワトスンの心の浮き沈みに追随するのだ。そしてホームズが真相にたどり着いたとき、ワトスンはたいてい驚くため、ホームズがようやくそれを明かす場面になると、読者も発見のスリルを味わえることになる。だが、ワトスンの存在は単なる観察者にとどまらない。冷淡で大げさな実利主義者であるホームズに対して、ワトスンは優しくて陽気な普通の人なのだ。〈緋色の研究〉（36〜45ページ）の草稿の段階では、コナン・ドイルはホームズにオーモンド・サッカーというパートナーを与えたが、その後、より現実的なジョン・H・ワトスンという

ベイカー街の住まい

ホームズとワトスンは、辛抱強い女家主であるハドスン夫人から、ベイカー街の部屋を借りている。夫人は正典にはごくわずかしか姿を見せないが、この二人に対する好意は明らかだ。ホームズによる化学実験や室内での発砲、薬物の摂取に耐えるのみならず、どんなときでも数多くのさまざまな訪問者に応対しているからである。

ベイカー街221Bはこの建物の2階と3階にある続き部屋で、2階にある居間からは通りを見渡すことができ、奥にはホームズの寝室がある。ワトスンの部屋はこの上の階にあって、裏庭を見渡せる。実はこの住所は実在していなかった。当時のベイカー街は85番地で終わっていたのである。世界中から来る221B宛ての郵便物は現在の221番地を含む場所にあったアビー・ナショナル住宅金融組合に届けられていたが、その移転後は、現在の237〜241番地にあるシャーロック・ホームズ博物館が許可を得て受け取っている。

〈株式仲買店員〉で、親友であり相棒であるワトスン（左）がホームズと話しているところ。《ストランド》1893年3月号に掲載された、シドニー・パジェットによる挿絵。

名前に落ち着いている。忠実でしっかり者のワトスンは、信頼できる人物だ。ホームズは彼に対して時に失礼な態度をとるが、ワトスンのほうもこの探偵の自己中心癖には文句を言っている。〈恐喝王ミルヴァートン〉（186〜187ページ）でレストレードが容疑者について述べている「中肉中背、がっしりした身体つき――頭は角張っていて首が太く、口髭の男」こそ、ワトスンの外見的特徴だ。かつては運動選手で、有名なブラックヒース・ラグビー・クラブのメンバーでもあった。また戦争で負った傷をかかえており、ワインと煙草を好む。

ワトスンの過去

〈緋色の研究〉において、読者はワトスンが1878年にロンドンの大学で医師としての資格を得たと知るが、このことから、彼が生まれたのは1853年頃だということになる。彼は資格を得たのち、軍医補として第五ノーサンバーランド・フュージリア連隊に加わって第二次アフガン戦争へと配属されたが、1880年7月のマイワンドの戦いで撃たれてしまう。この撃たれた箇所の詳細については混乱が見られるが、肩か脚のどちらかだ。病院で回復中に腸チフスにかかったため、健康状態を「回復できるか危ぶまれるほどぼろぼろの身体」で母国に送り返され、わずかな年金とともに除隊となっている。

頼れる身内がいなかったため、ワトスンはロンドンをさまようことになった。人生で最悪のこの状態のときに、彼は病院時代の知り合いであるスタンフォードと再会し、シャーロック・ホームズを紹介される。ベイカー街221Bの下宿に一緒に住む人を探しているというのだった。これ以降、ワトスンの人生の大半はホームズとその冒険を中心に展開していく。ただ、ある時点でワトスンは221Bから出て、開業医として成功を収める。ホームズもワトスンの医学に関する専門知識に対しては大いに敬意を払っており、〈瀕死の探偵〉（234〜235ページ）では仮病を見破られないように、彼とは距離を置いている。

人間関係

ワトスンの結婚歴については、はっきりさせるのが難しい。読者は彼が〈四つの署名〉（46〜55ページ）でメアリ・モースタンと結婚したと知るが、〈空き家の冒険〉（162〜167ページ）の事件当時、彼女は亡くなっていたらしい。ところが、そのあとの話ではまた妻がいるため、研究家たちはこの女性の正体について考えをめぐらせている。また、ワトスンが〈四つの署名〉で「三つの大陸でさまざまな国の女性を見てきた」と主張している点も興味深いが、初めて会ったメアリと彼女たちを比べている場面なので、これは恋に落ちた男性による誇張と見たほうがよさそうだ。

ワトスンは頭が鈍いように描かれることもある。コナン・ドイルでさえ、彼のことをホームズの「いささか愚かな友人」と呼んだことがある。ただ、信頼性と誠実さはそれを補って余りある。ワトスンはホームズの支えであり、また唯一の友人でもあり、ホームズも〈瀕死の探偵〉の中で、自分にとってワトスンがいかに大事かをはっきりさせている。「しくじらないでくれ」と述べたあとで、こう言っているのだ。「ぼくの期待を裏切ったことは一度もないきみだ」■

>
> ワトスンときたら！
> この有為転変の時代にあっても、
> きみだけは変わらないね。
> シャーロック・ホームズ
> ──〈最後の挨拶〉より
>

あの男は、巣の中心にじっとしているクモみたいなものだ

ジェイムズ・モリアーティ教授
PROFESSOR JAMES MORIARTY

コナン・ドイルは〈最後の事件〉（142～147ページ）において、この世と別れを告げるみずからのヒーローに相対するふさわしい敵をもたらすためだけに、ジェイムズ・モリアーティ教授をつくり出した。モリアーティは、スイスのライヘンバッハの滝でホームズと短いながらも劇的な対決をしたのち、明らかに命を落としており、直接的に登場するのはほかにもう1編、ホームズのキャリアとしてはもっと前の時期の〈恐怖の谷〉（212～221ページ）——のみだが、彼の亡霊はその後の物語に取り憑いているかのようだ。モリアーティという人物は読者の心にすみついて、現在ではこの最大の敵の名を挙げずにはホームズについて語ることができないほどだ。

ホームズに匹敵する相手

恐怖心を与えるというこの教授がもつ力は、彼がホームズの鏡像であることに由来するのかもしれない。つまり、この名探偵が悪の道を選んでいたとしたら彼のようになっていたということだ。モリアーティはいわば、ホームズの"恐怖バージョン"である。どちらも額が広くて目が鋭いが、モリアーティの場合はすべてがより引きつっていて誇張されている。長身でやせており、くぼんだ目と突き出た顎の持ち主で、頭を「爬虫類のように奇妙なかっこうで絶えず左右にゆっくりと揺らしている」のだ。モリアーティの経歴は恵まれていて、りっぱな教育を受けて社会的地位のある道へと進んだ。生まれながらにして数学が得意で（コナン・ドイルが嫌っていた学問だ）、21歳のときに書いた代数に関する論文により、ヨーロッパ中で認められた。また、小惑星の力学に関する優れた著書でも有名だが、あまりに高等すぎる内容だったため「専門家でもほとんど理解できなかったらしい」と、ホームズも述べている。モリアーティはこの著作ののち、英国の大学で数学の教授となった。ところが、詳しくはわからないが彼にまつわる「黒い噂」が

1922年公開の映画『シャーロック・ホームズ』（英国でのタイトルは『モリアーティ』）では、ドイツ人俳優グスタフ・フォン・セイファーティッツが犯罪界の黒幕であるモリアーティ教授を演じた。

古今東西随一の陰謀家にして、ありとあらゆる悪事の首謀者。暗黒街を牛耳る頭脳、国の運命を左右してもおかしくないほどの頭脳。それがあの男だ。
シャーロック・ホームズ
——〈恐怖の谷〉より

ジェイムズ・モリアーティ教授

広まったため、ロンドンに移り住んで犯罪に手を染めたのである。そのキャリアたるやみごとなもので、究極の黒幕となり、その驚くべき知性を利用して最大級の広大な犯罪組織網を動かしつつ、その中心で姿を見せずにいて、数学界の著名人であるモリアーティ教授としてまったくの潔白を保っているのだ。「クモみたい」に中心にじっとして、この犯罪網を陰から操っている──「この大都会の悪事の半分と迷宮入り事件のほとんどの、黒幕」だ。その糸をたどって最終的に彼にたどり着くには、匹敵するホームズの才能が必要なのだった。

暗黒街のブレーン

モリアーティの計画のみごとさは、窃盗、ゆすり、偽造のいずれにしろ、その犯罪で得たものの出どころを、誰もつきとめられないところにある。ホームズは彼をジョナサン・ワイルドにたとえている。18世紀の「極悪人で……陰でロンドンの悪人たちに大きな影響力をもっていた。知恵と組織力を売って、15パーセントの手数料をとっていた」人物である。ワイルドは盗賊の逮捕を請け負う集団のふりをして、その組織網によって犯罪者を捕らえて名声と金を得ていた。だが、その犯罪を計画していたのも彼だったのである。ホームズ研究家たちは、コナン・ドイルにモリアーティのヒントをもたらしたほかの候補も何人か挙げているが、圧倒的に有力なのが、実在した犯罪界の天才、アダム・ワースだ。事実、その手法が実に際立って似ていたことから、アメリカ人探偵のウィリアム・ピンカートン(有名なピンカートン探偵社を創設したアランの息子)は、大西洋を横断中に自分がワースについて語ったことをもとにしているのだから、コナン・ドイルは使用料を払うべきだと考えたほどだった。

この説に説得力を与える、大きな手がかりが二つある。ひとつは〈最後の事件〉において、モリアーティが「犯罪界のナポレオン」と呼ばれている点。これはもともとアダム・ワースにつけられたあだ名なのだ。もうひとつは〈恐怖の谷〉において、教授が書斎に非常に貴重で有名な絵画をかけているとホームズが語っている点だ。盗んで手に入れた以外に考え

シドニー・パジェットによるモリアーティの挿絵は、《ストランド》1893年12月号掲載の〈最後の事件〉で初めて登場した。

られないものだという。これは、トマス・ゲインズボローが描いたデヴォンシャー公爵夫人ジョージアナの肖像画を、ワースが一時的に"所有していた"ことに対する、コナン・ドイルによる言及と考えられる(下のコラム)。■

アダム・ワース

ドイツ生まれのアメリカ人で極悪人のアダム・ワース(1844〜1902)は、スコットランド・ヤードのロバート・アンダーソンによって"犯罪界のナポレオン"と呼ばれたが、これはロンドンに住みながら大きな犯罪網を動かす能力に長けていたからだ。ワースはモリアーティに似たやり手で、みずからは犯罪から距離を置いていた。一方でモリアーティとは違って暴力は使用せず、自分の部下を家族のように扱った。実際に、彼が(軽犯罪の)刑期をつとめることになったのは、手下のひとりを助けに行こうとして捕まったからである。彼はアメリカで銀行強盗として犯罪人生を始めたのち、ロンドンへ移って美術品蒐集家として独立すると、強盗と偽造にたずさわる組織暴力団のトップとなった。

ワースは長年にわたり、証拠を少しも残さず、血も流さないというみごとな犯罪によって、世界の警察を出し抜いてきた。たとえば、トマス・ゲインズボローの絵が盗まれたとき、盗難と彼を結びつけるものが何もなかった。そのため彼はそれを25年間にわたって持ちつづけた末、抜け目なくも2万5,000ドルの手数料で返却すると交渉してきたのである。

ホームズさん、わたしは実際的な人間なんだ、証拠があれば、それによって結論を下す

G・レストレード警部
INSPECTOR G. LESTRADE

G・レストレード警部はスコットランド・ヤードの刑事で、正典には繰り返し登場する。〈ブラック・ピーター〉（184～185ページ）のスタンリー・ホプキンズ警部から〈ライオンのたてがみ〉（278～283ページ）のバードル警部に至るまで、ほかの多くの刑事は一瞬しか登場しないが、唯一しつこく顔を出しているのがレストレードだ。初登場は1887年の〈緋色の研究〉（36～45ページ）で、コナン・ドイルがその37年後に書いた〈三人のガリデブ〉（262～265ページ）にも、名前が出てくる。

コナン・ドイルはレストレードの名前を、エディンバラの医学生時代に友人だったジョゼフ・アレグザンダー・レストレードから拝借したらしい。また、頭文字の"G"は、エドガー・アラン・ポーの「盗まれた手紙」（1845年）に"G___"としてのみ登場する警視総監を踏まえたものかもしれない。ワトスンはこの警部のことを、「小柄で血色の悪い、ネズミみたいな顔をした黒い目」の男と描写し、のちには「ずる賢いイタチみたいな顔つきのやせた男」と表現している。レストレードについては、ほかのことはほとんどわかっていないが、低い地位から階級を這い上がってきた、粘り強いプロの警官、つまりチャールズ・ディケンズの『荒涼館』（1853年）のバケット警部や、ウィルキー・コリンズの『月長石』（1868年）のカッフ部長刑事で初めて描かれたタイプなのだろう。

現実か創作か？

バケットもカッフも、もとになったのは実在した警部のジョナサン・"ジャック"・ウィッチャー（1814～1881）だった。1842年にスコットランド・ヤードに創設された刑事課の最初の8人のひとりだ。ウィッチャーが名声の頂点に立ったのが1860年に起きたコンスタンス・ケントによる悪

〈ボール箱〉でジム・ブラウナーを逮捕するレストレード警部。英国における《ストランド》初出（1893年）。

> 右足の不自由な左ききの男を追い求めて、この田舎を駆け回るなんて、とてもできっこありません。そんなことをしたら、ヤードの連中の笑いものだ。
> **レストレード警部**
> ──〈ボスコム谷の謎〉より

名高い殺人事件で、これは2009年にケイト・サマースケイルが著書『最初の刑事』で掘り起こしている。小説と現実の犯罪レポートの両方を目にした当時の読者は、このような身分の低い刑事たちが裕福な家柄の人々の外見の裏側を探って、その腐敗ぶりをあらわにする様子に、興奮したのだった。言うまでもなくホームズのほうには貴族的な面があり、彼が初めてレストレードと顔を合わせたときには、この人物に対する低い評価をほとんど隠そうともせず、こう言っている。「〔グレグスンと〕レストレード警部は、へぼ刑事ぞろいのヤードの中では優秀なほうだ。二人ともなかなか機敏だし、精力的に捜査をこなす。だが惜しむらくは、やり方が月並みすぎるんだ。あきれるほどにね」。ホームズのあざけりの言葉は、その後どんどんきつくなっていく。

傷ついた名声

ウィッチャー警部の時代には非常に輝かしかったスコットランド・ヤードの評判も、1880年代にジョン・ショア警部とその仲間がアダム・ワースを捕まえられなかったことにより、傷ついてしまう。ワースは、コナン・ドイルがモリアーティ（→29ページ）をつくりあげるうえでヒントを得た、犯罪界に実在した大物のひとりである。ワースのせいでショア警部は不器用で無能のように見えてしまったわけだが、長年にわたって執拗に追っておきながら、ついにワースを捕らえることはなかったのだった。スコットランド・ヤードの名声は1888年にもふたたび地に落ちている。切り裂きジャック事件（→315ページ）で一向に進展が見られなかったからだ。

互いに対する尊敬

それでも長年のあいだに、レストレードを軽蔑していたようなホームズの態度も角が取れたようである。最初はレストレードのほうも、ホームズのことをそれほど高くは評価していなかった。そのため彼は、おそらくホームズの嘲笑を感じとって、ホームズのようなアマチュアが抽象的理論をこねくりまわすのに対し、自分は事実を扱う実際的な人間だと宣言しているのだ。だが、事件の謎を次々と解いていくホームズの姿をまのあたりにして、レストレードもその手法に感服するようになる。ホームズのほうもレストレードのいくつかの資質を尊敬するようになり、自分の推理を彼の手柄にさせるのだ。

〈ボール箱〉（110～111ページ）で、ホームズはレストレードについて「いったん自分のすべきことがわかりさえすれば、まるでブルドッグみたいな粘りを見せるからね。ヤードでのしあがれたのも、あの粘り強さのおかげだな」と認めている。また、ホームズが死から復活した〈空き家の冒険〉（162～167ページ）では、彼はレストレードを信用して、秘密を明かしている。レストレードもそのお返しに、「お帰りなさい」と声をかけているのだ。■

ベイカー街不正規隊（イレギュラーズ）

その見かけによらず、ホームズは完全にひとりきりで事件にあたることはめったにない。彼は数多くの調査において、見えざる助手の一団の力を借りている──ベイカー街不正規隊として知られる、浮浪児による雑多な集団だ。ワトスンは〈緋色の研究〉の中で彼らのことを、「汚らしいことこのうえない、ひどいぼろをまとった宿無し子たち」と述べているが、彼らの価値を知るホームズは「刑事警察のベイカー街分隊」と呼んでいる。確かに見た目はみすぼらしいかもしれないが、彼らは1日1シリングという報酬で、「どんなところにももぐり込めるし、どんなことでも聞き出してくる」のだ。ウィギンズという少年が率いるこの汚らしい子どもたちに注意を払う者は、ホームズ以外にいないものの、彼らは多くの物語で重要な情報をもたらしている。この不正規隊以外にも、ホームズは社会のさまざまなつましい人々を選んで、手を貸してもらっている。〈バスカヴィル家の犬〉でホテルのごみを調べる14歳のメッセンジャー・ボーイ、カートライトから、〈恐怖の谷〉の給仕のビリーに至るまで。

ホームズ
初期の冒

の
険

34 ホームズの初期の冒険

ホームズ、最初の事件を解決する（→〈グロリア・スコット号〉116〜119ページ）。

ホームズ、ロンドンのモンタギュー街に単独で部屋を借りる（→〈マスグレイヴ家の儀式書〉120〜125ページ）。

ホームズとワトスン、ロンドンのセント・バーソロミュー病院で会う。共同でベイカー街221Bに下宿（→〈緋色の研究〉36〜45ページ）。

ヴィクトリア女王即位50周年記念祝典。

1874年 ↑　**1877年** ↑　**1881年1月** ↑　**1887年6月** ↑

1876年－1881年 ↓　**1880年7月** ↓　**1882年6月** ↓　**1887年12月** ↓

このマークの項は、ホームズとワトスンの人生上の出来事

コナン・ドイル、エディンバラ大学で医学を学ぶ。

ワトスン、アフガニスタンのマイワンドの戦いで銃撃される（→〈緋色の研究〉36〜45ページ）。

コナン・ドイル、サウスシーに移って医院を開業する。また、カトリック信仰を放棄する。

コナン・ドイル、〈緋色の研究〉（36〜45ページ）を《ビートンのクリスマス年刊誌》に発表する。

この章の内容

長編
『緋色の研究』（1887年刊）
『四つの署名』（1890年刊）

短編集
『シャーロック・ホームズの冒険』（1892年刊）
〈ボヘミアの醜聞〉
〈赤毛組合〉
〈花婿の正体〉
〈ボスコム谷の謎〉
〈オレンジの種五つ〉
〈唇のねじれた男〉
〈青いガーネット〉
〈まだらの紐〉
〈技師の親指〉
〈独身の貴族〉
〈緑柱石の宝冠〉
〈ぶな屋敷〉

シャーロック・ホームズとジョン・ワトスン博士が初めて世に出たのは、1887年。この年イギリスで、《ビートンのクリスマス年刊誌》に長編小説〈緋色の研究〉が掲載された。この作品には、不運なスコットランド・ヤードの警部二人、グレグスンとレストレードのほか、ホームズの非公式な助手たちの一団である"ベイカー街不正規隊（イレギュラーズ）"も登場する。小説はさほどの評判にならなかったものの、運よくアメリカの《リピンコッツ》誌（3年後に〈四つの署名〉を掲載）の編集者の目にとまった。

報復のため渡英したアメリカ人ジェファースン・ホープが、自分の血で"Rache（復讐）"という言葉をなぐり書きするこの〈緋色の研究〉で、異邦の地に端を発する物語をロンドンでホームズが解明して締めくくるという、正典に共通する趣向が確立されたのだった。ワトスンもまた、アフガニスタンにおけるマイワンドの戦いで負傷し、大英帝国の「汚水溜めのような大都市ロンドン」に吸いよせられてきた。

勢いづく執筆

コナン・ドイルは1891年3月にロンドンへ移住する。イングランド南沿岸部で開業医として働くのをあきらめ、新たに眼科医院を開業する計画だった。ホームズものの最初の短編4作がその翌月のうちに書かれ、当時創刊されたばかりの新雑誌《ストランド》に掲載が始まる。すると今度はいきなりホームズが大人気を博し、コナン・ドイルは読者の熱狂ぶりに驚くことになる。また、《ストランド》自体もホームズ人気のおかげで順調に売り上げを伸ばし、それ以後もこの探偵が登場する作品はすべて同誌に掲載されてから、単行本のかたちで刊行されるように

ホームズの初期の冒険

 ワトスン、メアリ・モースタンと結婚し、新しく医院を開業する（→〈株式仲買店員〉114〜115ページ）。

 〈四つの署名〉が《リピンコッツ》誌に掲載される。10月、単行本として刊行される。

 ホームズとモリアーティ、ライヘンバッハの滝で消息を絶つ。"大空白時代"が始まる（→〈最後の事件〉142〜147ページ）。

《ストランド》誌でホームズものの短編の連載が始まる。

1889年1月 ↑ **1890年2月** ↑ **1891年4月–5月** ↑ **1891年7月** ↑

1889年2月 ↓ **1891年3月** ↓ **1891年5月** ↓ **1892年10月** ↓

コナン・ドイル、歴史小説『マイカ・クラーク』（344ページ）を出版。

コナン・ドイル、ヴェニスからミラノ、パリを経てロンドンに到着。モンタギュー・プレイス23番地に下宿する。

コナン・ドイル、医業を断念して著述業で生計を立てることにする。

コナン・ドイル、短編集『シャーロック・ホームズの冒険』を出版。

なった。のちに『シャーロック・ホームズの冒険』に収録されたうちの後半の6作だけで、コナン・ドイルへの支払いは300ポンド。〈緋色の研究〉が買い取られたときの25ポンドという数字が、かすむ額だ。1892年10月にその短編集『冒険』が出版されたとき、コナン・ドイルは、ホームズのモデルにしたひとりであるエディンバラ大学医学部教授ジョゼフ・ベル宛てに、献辞を書いている。

複雑なキャラクター

ワトスンがつくったホームズの知識と能力の一覧表は〈緋色の研究〉に登場したが、なるほど、この時点で彼は正真正銘の推理機械であるように思える。ところが〈四つの署名〉では、コカインの摂取やヴァイオリンを演奏するという、おそらく"唯美（耽美）主義"の流行に影響されたと思われる設定から、彼の別の要素が浮かび上がってくる。ホームズは、"退屈"というよりフランス語でアンニュイ（倦怠）と言ったほうがいいような、厭世感にどっぷり浸った面を見せるのだ。ただし、逆にこの第2長編には、第1作にはなかった身体を張るアクションが、たっぷりある。ホームズはワトスンの予断を許さない。コナン・ドイルが時たま一貫性を失うせいなのか、あるいはこの探偵独特のとらえどころのなさからそうなっているのかは、わからない。

そうしたさまざまな特徴のあるキャラクターだが、ホームズの風貌はこの初期の冒険の頃、《ストランド》に掲載されたシドニー・パジェットによる線画のイメージで定着した。そして仕上げに、かの有名な鹿撃ち帽（ディアストーカー）が加わった。

過去がつきまとう

この初期の物語は、異邦の地の因縁というひと筋の糸でつながっている。〈四つの署名〉にはインドを舞台とするバックストーリーがあり、〈まだらの紐〉のグリムズビー・ロイロットはインドから「沼毒蛇」を連れ帰った。〈ボスコム谷の謎〉では英国の犯罪者の流刑地であるオーストラリアが、〈オレンジの種五つ〉ではイライアス・オープンショーが南北戦争で功績をたてたアメリカが、事件の発端だ。また、初期の物語には遊び心も効いている。あまり賢くない質屋のジェイベズ・ウィルソンがもちこむ〈赤毛組合〉事件が、ヨーロッパのさる王室の名誉にかかわる〈ボヘミアの醜聞〉事件に劣らず重要視されるのだから。また、後者のホームズが女山師（アドヴェンチャレス）アイリーン・アドラーに敬服する物語は、身分の高い依頼人と犯罪者扱いされている者、どちらに共感するか揺さぶりかけるような筆致で書かれている。■

人生という
無色の糸の束には、
殺人という
緋色の糸が
一本混じっている

〈緋色の研究〉（1887）
A STUDY IN SCARLET

ホームズの初期の冒険

作品情報

タイプ
長編小説

英国での初出
《ビートンのクリスマス年刊誌》
1887年12月

単行本の出版
『緋色の研究』ウォード・ロック社、
1888年7月

主な登場人物
スタンフォード ワトスンの元手術助手。

レストレード警部、トバイアス・グレグスン警部 スコットランド・ヤードの刑事。

イーノック・J・ドレッバー モルモン教会の長老の息子。

ジョゼフ・スタンガスン モルモン教会の長老の息子でドレッバーの秘書。

ジェファースン・ホープ アメリカ人の若者。

ジョン・ランス巡査 警官。

ウィギンズ ロンドンの浮浪児集団のリーダー。

シャルパンティエ夫人 スタンガスンの下宿の家主。

アーサー・シャルパンティエ シャルパンティエ夫人の息子で海軍中尉。

アリス・シャルパンティエ シャルパンティエ夫人の娘。

ジョン・フェリア モルモン教徒たちに救われた旅人。

ルーシー・フェリア ジョン・フェリアの娘。

ブリガム・ヤング モルモン教指導者（実在の人物）。

第1章
スタンフォードがワトスンをホームズに紹介、**二人共同で部屋を借りることにする。**

第3章
ワトスン、ホームズと一緒にドレッバーというアメリカ人が死んだブリクストンの家へ行く。**ホームズ、拡大鏡と巻き尺で現場を調査**する。

第5章
ホームズ、現場に残されていた指輪をおとりに新聞広告で**犯人をおびき出そうとするが、老婆に変装した仲間に裏をかかれてしまう。**

第1部

第2章
ワトスン、部屋から一歩も出ずに**並はずれた観察力、推理力**を見せつけるホームズを研究する。

第4章
ホームズ、アメリカの警察へ電報を打ったあと、**死体を発見した巡査に話を聞く。**

第6章
グレグスン、ドレッバーの家主シャルパンティエ夫人の息子アーサーを逮捕するがスタンガスンが刺殺されているのをレストレードが発見、アーサーは釈放される。

　時は1880年、軍医ジョン・H・ワトスン博士はアフガニスタンで負傷し、傷病兵として軍を除隊した。ロンドンに戻ってささやかな軍の恩給で暮らす彼は、下宿の同居相手を探しはじめる。そんなとき旧友スタンフォードが、ワトスンにシャーロック・ホームズ（自称、世界にひとりしかいない"諮問探偵"）を紹介、二人でベイカー街221Bに部屋を借りることになる。

　ある日警察に協力を要請されたホームズが、一緒に来ないかとワトスンを誘った。死体が発見されたブリクストン通りの家で、二人はスコットランド・ヤードのグレグスン警部とレストレード警部に会う。死者の唇に残る酸っぱいにおいから、ホームズは毒殺だと推理する。文書類から、死者の身元はアメリカ市民イーノック・ドレッバーと判明。秘書のスタンガスンを連れて旅行中で、シャルパンティエ夫人宅に下宿していた。

　現場に女性の結婚指輪が残されていたため、死体を発見したランス巡査に話を聞いたホームズは、その家のまわりをうろついていた酔っぱらいが、指輪を取りに戻った犯人だったのではないかと考

第2部

第7章
ホームズ、犯人ジェファースン・ホープをベイカー街へおびき寄せ、逮捕して、**グレグスンとレストレードを驚かす。**

第2章
数年後、フェリアはモルモン教徒安住の地**ソルトレーク・シティ**で裕福な農場主となり、ルーシーは信徒でないジェファースン・ホープと恋に落ちる。

第4章
ルーシー、その父、ホープの3人、モルモン教徒の**支配から逃れよう**と、命からがら闇にまぎれてカースン・シティへ向かう。

第6章
ふたたびベイカー街。**ルーシーのかたきを討った**ホープは逮捕されて**悔いなく**、ロンドンでの追跡劇のあらましを語る。

第1章
ずっと昔、ユタ州の砂漠でモルモン教徒の**巡礼者たちが、モルモン教への改宗を**条件にジョン・フェリアと娘のルーシーの命を救う。

第3章
モルモン教の指導者ブリガム・ヤングから、ルーシーを一夫多妻主義者の長老の息子、**ドレッバーかスタンガスンと結婚させろ**と言われ、フェリア父娘は逃亡を計画する。

第5章
スタンガスンがフェリアを殺す。ドレッバーとの結婚を強いられたルーシーも絶望のうちに息絶える。ドレッバーとスタンガスンは**教会に反逆して脱退**、ホープは二人を追って渡欧。

第7章
ホープは裁判にかけられる前に死に、**ホームズはワトスンに**事件解明の経緯を語る。ワトスン、事件の記録を公表すると約束する。

える。ほかの証拠からすると、その犯人は辻馬車の御者らしかったが、ホームズはワトスンにその考えを明かさない。

レストレード警部は秘書のスタンガスンに容疑をかけるが、その秘書は刺殺体となって発見された。死体とともに、丸薬が二つ入った小箱が見つかる。ベイカー街221Bに戻ったホームズは、病気のテリア犬で丸薬を試してみる。ひとつめは無害だが、もうひとつの丸薬で犬は息絶えた。アメリカの警察から、ドレッバーがジェファースン・ホープという男からの保護を求めていたと教えられ、ホームズは"ベイカー街不正規隊"という浮浪児の一団に、ホープという名の御者を捜し出し、ベイカー街へおびき出すよう指示する。ホープがやって来ると、ホームズはグレグスンとレストレードの目の前で彼を逮捕し、二人を驚かせる。

小説の第2部は、1847年、ユタ州ソルトレーク・シティで幕を開ける。ここで、ホープがルーシーという若い娘に思いを寄せていたことが明かされる。ルーシーは、スタンガスンに父親を殺され、ドレッバーと無理やり結婚させられて、絶望のうちに死んだのだった。場面がベイカー街に戻り、そこでホープが明かすのは、ドレッバーに二つの丸薬のうちひとつを選ばせ、ドレッバーとホープでひとつずつ丸薬を飲んだいきさつだ。ドレッバーは毒薬を選んで、死んでいった。ホープはうっかり、ルーシーの形見の結婚指輪を現場に残してしまった。

ホープは裁判にかけられる前に動脈瘤の破裂で息をひきとる。新聞の報道では、事件解決の手柄はすっかりグレグスンとレストレードのものとなっていて、ホームズにはほとんど触れられていないことに、ワトスンは憤慨する。■

ホームズの初期の冒険

シャーロック・ホームズ伝説がここに始まる。1887年の長編小説〈緋色の研究〉冒頭数ページのうちに、コナン・ドイルは主人公ホームズの風変わりで才気あふれる姿ばかりか、物語に欠くことのできない名探偵とワトスンのつながりや、雰囲気たっぷりのヴィクトリア朝ロンドンの光景までを確かな筆致で描き出した。二人の組み合わせと彼らが活躍する舞台設定はともに、あとに続く数々のホームズ物語の人気に重要な役割を果たした。

やがて相棒となる二人を引き合わせるに先立って、ワトスンの旧友スタンフォードは、共同生活の相手が「厳密で正確な知識を得ることに対して、ものすごい情熱をもっている」、自分から見るとやや科学的にすぎ、冷血と言ってもいいくらいだと警告する。ホームズは、死んだあとの身体にどの程度の打撲傷がつくか確かめるため、解剖室にある死体を棒でひっぱたいて回ったりもするのだという。コナン・ドイルはぬかりなく、この探偵が進化する法科学の最先端にいることを示しているのだ。

またホームズは、これまでにない画期的な血痕検出法を発見したと言う――「シャーロック・ホームズ検査法」だ。この検査法のことは以後二度とホームズ物語のどこにも出てこないのだが、それは重要ではない。コナン・ドイルの狙いは、ホームズが世界初の法科学探偵であることをはっきり印象づけることだけなのだ。

魔術師ホームズ

ホームズの非凡な才能は、法科学にとどまらない。初対面のワトスンにかけた有名な言葉、「あなた、アフガニスタンに行っていましたね?」からは、並はずれ

きみは探偵術というものを、可能なかぎり厳密な科学に近づけたんだ。
ワトスン博士

ワトスンは1880年に、第二次アフガン戦争のマイワンドの戦いで負傷した。この絵は、英国王立騎馬砲兵がアフガン兵から大砲を守ろうとしている場面。

て観察力が鋭いことがわかる。ホームズはごく些細な点を見抜き、それらを論理的かつ直観的に総合して、相手から不思議なトリックを使う魔術師とでも思われかねないような結論に、達することができるのだ。

221Bで暮らすようになったワトスンは、たまたま手にとった雑誌に載っていた「推理分析学」についての記事を読む。「指の爪、上着の袖、靴、ズボンの膝、人さし指や親指のタコ、顔の表情、ワイシャツの袖口……その人物の職業が端的に表われる」。「どこぞの暇をもてあましてるやつが、書斎にひきこもって」ひねり出した「たわごと」だろうと笑い飛ばすワトスンに、書いたのは自分だとホームズが言う。そして、ワトスンがアフガニスタン帰りだとわかった推理の過程を説明してみせる。

ワトスンが医者であることと、彼の容貌や身なりについて観察した詳細とを結

びつけて、最近まで戦禍のアフガニスタンに従軍していたが負傷で除隊した、というのがホームズの推理だ(→下図)。「これだけ考えるのに1秒とかからなかった」と、ホームズは例によってうぬぼれた言い方をするのだった。

伝説を生み出す

よく知られているように、コナン・ドイルがホームズの観察力のモデルにしたのは、エディンバラ大学医学部で指導教官だったジョゼフ・ベル博士だ(→43ページ)。のちに『シャーロック・ホームズ全集──長編集』(1929年)の序文に、コナン・ドイルはこう書いている。「医学上の診断において厳しい訓練を耐えてきた私は、もし同じような観察と推理の厳密な手法を犯罪上の問題に応用できたら、もっと科学的な捜査法を確立できるのではないかと感じていた」

ホームズが読者の心をつかむには、頭が切れるだけではつまらない、とコナン・ドイルは心得ていた。人物自体の魅力がなくてはならない。当時の偽善的な社会──つまりピアノの脚にまでカバーをか

> 最も平凡な犯罪が最も謎めいて見えることはよくある。つまり、平凡な犯罪には推理の糸口となるような際立った珍しい特徴がないからだ。
> シャーロック・ホームズ

けて上品ぶるくせに、ロンドンのイースト・エンドで売春が横行するのは放っておくような社会──では、大胆にしきたりを無視するボヘミアン的人間はむしろ魅惑的なのであった。

コナン・ドイルは自分のつくり出した探偵を、数々の特異な性癖に染めた。ホームズはヴァイオリンの名手であり、ボクシングや剣術、棒術(シングルスティック。木製の棒を使う武術)の達人だ。葉巻の灰について論文を書いている。巻き尺と拡大鏡をポケットに常備している。そして、手がかりを探しながらしきりにひとりごとを言う。

ホームズがとりわけ自慢にしているのは、だいじな知識だけをしまう「脳という屋根裏部屋」だ。「そもそも人間の頭というのは小さな屋根裏部屋みたいなもので、自分が選んだ知識だけをしまっておくところだ。……この小さな部屋が伸縮自在の壁ででもできているかのように、いくらでも伸びたり広がったりすると考えるのがまちがいなんだ」。地球が太陽のまわりを公転していることをホームズが知らず、唖然(あぜん)とするワトスンに彼は、「こうして知ってしまったからには、さっそく忘れるように努めなくちゃ」と言い放つ。

安楽椅子探偵(アームチェア・ディテクティヴ)

ホームズの話によると、ロンドンの警察や大勢いる民間の探偵が事件に行き詰まると彼のところにやって来て、彼は部屋から一歩も出ずに正しい手がかりを教えるのだという。後続のどのホームズ物

ホームズ、ワトスン博士を観察して結論を出す

ワトスンは**医者**のようだが、ちょっと**軍人タイプ**でもある。すると、軍医に違いない。

顔はまっ黒だが**手首が白い**から、まっ黒なのは**日焼け**のせいということになる。

顔がげっそりやつれているところを見ると、だいぶ**苦労**があって**病気**もしたのだろう。

左腕の動かし方がぎこちなくて不自然だ。**負傷**したらしい。

ワトスンは熱帯地方に従軍して、傷病兵として送還された。

語よりも、〈緋色の研究〉ではそれがホームズの主な役割となっている。中心となる事件が起こるまでにワトスンが記しているように、次々に訪れる老若男女のさまざまな社会階層の客（警察の警部、「若い女性」、「行商人らしいユダヤ人」、「鉄道のポーター」、「白髪の老紳士」）が、民間の興信所から紹介されて221Bのホームズに相談に来るのだ。

だが、いざ事件が起こると、ホームズは現場へ足を運んで熱心に調査する。ワトスンいわく、「その様子からは、訓練された純血種のフォックスハウンド犬が、鼻を鳴らしながら猛然と茂みを駆け回り、ついには目指す獲物の臭跡を嗅ぎ出す姿が思い出された」。だが、物語中で起こる活動のほとんどにホームズは直接かかわることなく、結局、容疑者はベイカー街221Bの居間で逮捕される。

コナン・ドイルはその後の物語で、こうした段取りを調整せざるを得なくなる。ホームズを犯罪の現場に行かせ、もっと活動的な主人公、つまりワトスンが〈緋色の研究〉で呼んだような「アマチュアの探偵（ブラッドハウンド）」として描くようになるのだ。ただ、肘掛け椅子（アームチェア）にもたれたまま与えられた情報だけをもとに事件を解決する傾向が、すっかりなくなるわけではない。

> ……彼は探偵術についての賛辞を聞くと、美人だと褒められた女性のように敏感に反応してしまうのだ。
> ワトスン博士

ワトスンによる、ホームズについての覚え書き

一、文学の知識――ゼロ。
二、哲学の知識――ゼロ。
三、天文学の知識――ゼロ。
四、政治学の知識――きわめて薄弱。
五、植物学の知識――さまざま。ベラドンナ、アヘン、その他有毒植物一般にはくわしいが、園芸についてはまったく無知。
六、地質学の知識――限られてはいるが、非常に実用的。一見しただけでただちに各種の土壌を識別できる。たとえば、散歩のあとズボンについた泥はねを見て、その色と粘度から、ロンドンのどの地区の土かを指摘したことがある。
七、化学の知識――深遠。
八、解剖学の知識――正確だが体系的ではない。
九、通俗文学の知識――幅広い。今世紀に起きたすべての凶悪犯罪事件に精通しているらしい。
一〇、ヴァイオリンの演奏に長けている。
一一、棒術、ボクシング、剣術の達人。
一二、イギリスの法律に関する実用的な知識が豊富。

ワトスンのだいじな役割

どんな天才にも、その能力に光彩を添えてくれる凡庸な人物が必要だ。コナン・ドイルはその役にワトスンを起用し、最初の何章かでキャラクターを明確にしている。心身ともに最上の状態にあるとは言えない男。ワトスンには友人がいないし、物語が始まる時点では事実上無職だ。自分でも、「いかに目的のない、これといった関心の対象もない生活をしていたか」と言っている。彼は同居人をつぶさに観察して暇をつぶし、あまつさえ「シャーロック・ホームズの知識と能力」なる一覧表まで作成する。ただ、観察結果の多くは、たとえば「文学の知識――ゼロ」など、のちの物語で不正確だと判明することになる。

「この男にたまらなく好奇心をそそられた」ワトスンにとって、ホームズという人物の謎の解明はしばらくのあいだ趣味のようなものになった。ところが、ブリクストン通りの殺人事件捜査が始まると、彼はすぐに助手役を引き受けることになる。捜査中に詳しくメモをとっているのは、おそらくワトスン自身が興味をもったからにすぎない。だとしても、殺人犯を正義の手にゆだねたホームズの功績を公表しようと決めたとき、その記録は非常に役立つことになる。また、それによってホームズとワトスンのあいだに生まれた関係が固まることにもなる。ホームズの友人から事件記録者へと変身したワト

スンは、1世紀前に『サミュエル・ジョンソン伝』の作者となった名高い日記作家ジェイムズ・ボズウェルの先例にならうのだ。

ホームズのロンドン

作中でロンドンの通りや公園などを再現しながら、その街にコナン・ドイルは住んでいなかった。執筆当時の住まいは、ハンプシャー州ポーツマス近くのサウスシーだったのだ。首都ロンドンの情報はすべて、地図や雑誌から得ていた。読者がベイカー街から辻馬車で連れていかれるのは、ブリクストン、カンバーウェル、ケニントン・パーク、ユーストンなど、ロンドンでもよく知られたいくつかの地域だけだ。ロバート・ルイス・スティーヴンスンの『ジーキル博士とハイド氏』（1886年）もそうだが、コナン・ドイルは自分が生まれたエディンバラをモデルにして、ロンドンの街を描いた。最初の死体が発見されたブリクストン通りのロー

ヴィクトリア朝ロンドンは、コナン・ドイルがその街に移り住む前から、ホームズ物語の背景となった。物語の舞台となるロンドンには、架空の場所と実在する場所の両方が登場する。

リストン・ガーデンズという架空の場所は、実はエディンバラにあるローリストン・プレイスをもとにしたものだった。ただし、架空の地名に混じって実在の場所も散見され、中にはロンドンに現存するものもある。たとえば、物語の冒頭でスタンフォードに出くわしたときワトスンが立っていた、ピカデリーのクライテリオン・バーは、今でもある。

許される罪

〈緋色の研究〉の欠点をあげつらうのは簡単だ。構成がぎこちなく、謎そのものは不自然で、中心となる悪役ジェファースン・ホープの人物造形にも面白味がない。のちの物語でホームズの行く手をさえぎるカリスマ的悪役たちのような、際立った特性がホープには欠けている。プロットを進めるための駒となっているだけなのだ。

もうひとつ、ホームズがどんな事件だろうとただちに核心を見抜いてしまう、並はずれて優れた探偵であることも問題だ。物語の中ほどで殺人事件の謎を解き、容疑者を逮捕してしまうので、ホームズが活躍する余地はそこでほとんどなくなる。そこでコナン・ドイルは、ユタ州の荒野を舞台とした長い回想場面へ読者を連れ出し、ホープ、ドレッパー、スタンガスンのあいだの因縁やモルモン教とのつながりを詳しく物語る。そのため、しかたなくホームズは舞台から姿を消し、やっと再登場するのは最後の短い2章だけなのだ。

ホームズの手際がよすぎるという構成上の難点を、コナン・ドイルはその後の長編でも解決しきれていない。〈四つの署名〉（46〜55ページ）や、〈恐怖の谷〉（212〜221ページ）でも、回想という手段に繰り返し頼っている。また、〈バスカヴィル家の犬〉（152〜161ページ）でも、ワトスンは舞台に出ずっぱりだがホームズ

着想のもととなった恩師

コナン・ドイルは1924年の自伝で、ホームズの驚異的な推理力の着想のもとを説明している。「私は旧師ジョー・ベルのことを思い浮かべ……」エディンバラ大学医学部でコナン・ドイルを外来患者係に指名したジョゼフ・ベル博士（1837〜1911）は、「……ちらりと患者を見ただけで、私が質問してまとめあげたノートよりも詳しく見ぬくのであった」と。

あるとき、ベル博士が目の前に立っている患者を、バルバドスに駐屯していた高地連隊配属の下士官だったが近ごろ除隊になったと見抜き、まわりにいる学生たちを驚かせたことがある。「さて諸君、こちらは人品卑しからぬ人なのに、入ってきても帽子をとらない。軍隊ではそうするのが普通であるが、これは除隊して間がないから、一般市民の風習になれる暇がなかった。もったいぶった感じから、明らかにスコットランド人だ。バルバドスといったのは、この人の訴えている病名は象皮病であるが、西インド地方のもので、イギリスにはないからだ」（自伝『わが思い出と冒険』）。

ホームズの初期の冒険

> この事件には、
> 妙に想像力をかきたてるような、
> 謎めいたところがあるからね。
> 想像力のないところには
> 恐怖も生まれない。
> シャーロック・ホームズ

はかなりのあいだ姿を見せない。

　探偵小説の真ん中に長々しい回想場面が挿入されるのも、現代の読者には異様に思えるのではないだろうか。当時のコナン・ドイルは、それで物語に異国情緒を添えることになると考えたのだろう。執筆にとりかかった頃、モルモン教はたいへんな話題になっていた。前年に彼が出席したポーツマス文芸・科学協会の集まりでも、モルモン教の一夫多妻制が話題にのぼった。〈緋色の研究〉を執筆する頃には、モルモン教についてかなり文献を読み込んでいたのは明らかで、実在の人物ブリガム・ヤングを配役に加えているほどだ。また、ロンドンを描いたときと同様、ユタ州のことを書くためにも、さまざまな書物で調査した。しかし、充分に注意を払いきれず、リオグランデ川が通常の背景からずれてしまっているようだ。指摘を受けたコナン・ドイルは、「そういう些細な間違いはあるものです」と言ったらしい。

出色の推理

　厳しい目で見ればこの物語のプロットにあいた数々の穴を指摘することはできるが、致命的な誤りは結局ひとつもない。読者の心に残るのは、主人公ホームズの明確なキャラクターだ。

　その鮮やかな性格描写は、〈緋色の研究〉第1部で最高の冴えを見せる。ブリクストン通りの死体について、探偵が一連の推理を披露するくだりなど、これほど秀逸な推理小説はめったにないだろう。現場に到着するなりホームズは、小道の通行を許して、重要な証拠になったかもしれない足跡を台なしにしたとグレグスン警部を叱る。「たとえバッファローの群れが通ったとしても、ああまでめちゃくちゃには踏み荒らされないでしょうに」

犯罪現場の壁に書かれた"Rache"という血文字を念入りに調べるホームズ。その文字の書き方が、殺した人間の正体について重要な手がかりをもたらす。

と。また室内でのホームズは、拡大鏡を手に床を這い回るように調査し、あっけにとられるワトスン、グレグスン、レストレードを前に事実をすらすらと列挙してみせる。

　常人ワトスンと並べると、ことさらホー

ブリガム・ヤング

　コナン・ドイルがホームズ物語に登場させたキャラクターで唯一の実在する人物が、ブリガム・ヤング（1801〜1877）だ。アメリカ合衆国ヴァーモント州に生まれたヤングは、1823年にメソジスト教徒となる。ジョゼフ・スミスの『モルモン経』を読んで末日聖徒イエス・キリスト教会に参加し、指導者にのしあがった。不毛の砂漠地帯を越えてユタ州の"約束の地"へ信奉者たちを導き、モルモン教の世界本部ソルトレーク・シティを建設してからは、"アメリカのモーゼ"と呼ばれる。

　〈緋色の研究〉ではヤングもモルモン教も辛辣な書き方をされているが、事実が物語のじゃまになっていないし、当時は特に問題とみなされなかった。しかし、コナン・ドイルはのちに、モルモン教を中傷したと非難される。彼の死後何年かたって、ブリガム・ヤングの子孫リーヴァイ・エドガー・ヤングが、コナン・ドイルは非公式に謝罪していたと主張。「彼はモルモン教について当時書かれていたことに惑わされ」、自分が「下品な本を書いた」と認めたという。

ムズの能力が際立つ。へまな警部二人と比べれば、その効果がもっと強調される。手柄を争い合うレストレードとグレグスンは、洞察力でも理解力でも、ホームズに遠く及ばないことを露呈してしまうだけだ。二人の警部は、どちらも殺人現場になぜ血が飛び散ったのかわからないが、ホームズは密かに犯人の鼻血に違いないと推測する（のちにそのとおりだったと判明）。レストレードはグレグスンとホームズに、犯人が壁に"レイチェル（RACHEL）"と書き終える前にじゃまが入って"RACHE"の血文字が残されたと豪語するが、ホームズは"復讐"とドイツ語で書いたのだと指摘して、彼の幻想を打ち砕くのだ。

不朽の名声のきざし

ジョージ・オーウェルは1947年のエッセイ「リア王・トルストイ・道化」の中で、シェイクスピアさえ、ほかのどの作家とも変わらず早晩忘れられてしまうだろうと書いている。コナン・ドイルに同じことが言えるとしても、彼が生み出した最も有名な人物も同じ運命をたどるとは、なかなか思えない。シャーロック・ホームズはもう、原作を超えたアイデンティティを獲得しているのだ。

わずか3週間で書き上げたと思われる〈緋色の研究〉に、コナン・ドイルは大きな希望を託した。ところが、出版社側は当初あまり乗り気でなかった。《コーンヒル》誌は扇情的なきわもの小説だとして掲載を却下した。結局コナン・ドイルは25ポンドで版権買い取りという条件をのむことになり、1887年、〈緋色の研究〉はまさに1シリング（現在に換算すると

5ペンス）の安価な雑誌《ビートンのクリスマス年刊誌》に掲載される。この雑誌での初登場は読書界に波紋を生じさせることもなく、踏んだり蹴ったりだった。買い取りの契約だったので、ホームズ物語第1作であるこの作品でコナン・ドイルはその後、ほんの1年後に単行本になったときですら、1ペニーも受け取っ

ていない。しかし、ほかのどのホームズ物語もだが、〈緋色の研究〉はそれ以来ずっと出版されつづけているのである。■

《ビートンのクリスマス年刊誌》は、1860年から1898年にかけて刊行されたペーパーバックの年刊雑誌。最初のホームズ物語が掲載された号で完全な形で残っているものは、世界中で11冊しかない。

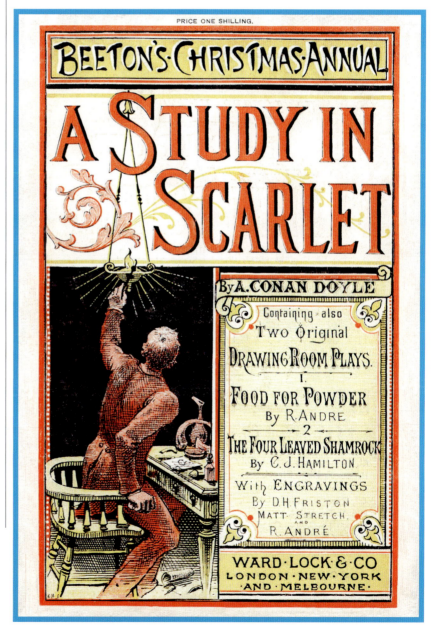

ぼくは決して例外をつくらない。
ひとつでも例外を認めてしまうと、
原則そのものが
くつがえるからね

〈四つの署名〉(1890)
THE SIGN OF FOUR

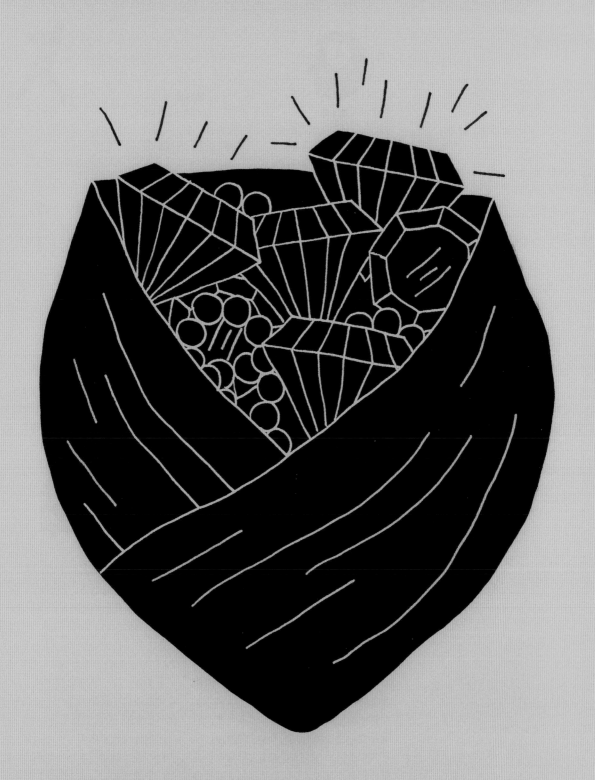

ホームズの初期の冒険

作品情報

タイプ
長編小説

英国での初出
《リピンコッツ》1890年2月号

単行本の出版
『四つの署名』スペンサー・ブラケット社、1890年10月

主な登場人物

メアリ・モースタン 若い家庭教師（ガヴァネス）。

モースタン大尉 メアリの父。

サディアス・ショルトー イングランド人紳士。

バーソロミュー・ショルトー サディアスの双子の兄。

マクマード ポンディシェリ荘のガードマン、門番。

ラル・ラオ ポンディシェリ荘のインド人執事。

バーンストン夫人 ポンディシェリ荘の家政婦。

ショルトー少佐 サディアスとバーソロミューの父。

ジョナサン・スモール 英国人。

マホメット・シン、アブドゥラー・カーン、ドスト・アクバル ジョナサン・スモールの仲間。

トンガ アンダマン諸島の現地人。

アセルニー・ジョーンズ スコットランド・ヤードの刑事。

モーディケアイ・スミス 蒸気艇オーロラ号の持ち主。

セシル・フォレスター夫人 メアリ・モースタンの雇い主。

第1章
ワトスン、ホームズの薬物摂取を非難する。ホームズはワトスンの時計の来歴を分析してみせる。

第3章
メアリ、父の書類の中から「四人のしるし」などと書き込まれた建物の見取図を見つけ、ホームズに見せる。

第5章
ホームズ、ワトスン、サディアスの3人、バーソロミューが毒矢で殺され、財宝がなくなっていることを発見。

第2章
メアリ・モースタン、父親の消息不明と、匿名で真珠を送ってきていた相手が会いたがっているという二重の謎をかかえて、ホームズに助力を求める。

第4章
真珠の送り主サディアス・ショルトー、メアリの父が死んだいきさつと、自分の亡き父が手に入れた「アグラの財宝」を兄のバーソロミューが見つけたことを打ち明ける。

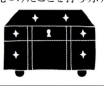

1888年、打ち込める仕事のないホームズはコカインに救いを求め、ワトスンに叱咤（しった）される。だが、依頼人メアリ・モースタンの訪問とともに、やっと解決すべき謎がもたらされた。メアリの父モースタン大尉はインド駐留の軍隊にいたが、ロンドンに一時帰国した10年前に消息を絶った。当時メアリは父の友人ショルトー少佐に連絡してみたが、帰国していたことも知らないと言われた。その4年後から、彼女のもとに毎年ひと粒の真珠が届くようになり、今度は謎の送り主が会いたいと言ってきているのだ。

メアリは、父の財布の中から見つけた紙をホームズに見せる。四つの十字を横につなげたような絵文字と、「四人のしるし――ジョナサン・スモール、マホメット・シン、アブドゥラー・カーン、ドスト・アクバル」という言葉が書かれていた。

その晩、ホームズとワトスンはメアリに付き添って真珠の送り主に会う。それはショルトー少佐の息子、サディアスだった。少佐は死の床で、モースタン大尉が失踪当夜に訪ねてきたのだが、口論の最中に事故死してしまったので死体を処分した、と告白したのだという。少佐と大

四つの署名　49

第7章
殺人犯はクレオソートの中に
うっかり足をつっこんでいた。
ホームズとワトスン、
犬のトービーに臭跡を追わせる。

第9章
ホームズ、船員に変装して船の
居場所をつきとめ、
警察の蒸気艇を出動させるよう、
アセルニー・ジョーンズ刑事を
説得。

第11章
ワトスン、取り戻した財宝の箱をメアリに
届ける。しかし、箱は空っぽ。財宝はスモール
がテムズ川に捨ててしまっていた。
メアリとワトスンは互いの思いを打ち明け合う。

↑　↑　↑

↓　↓　↓

第6章
ホームズ、殺人犯は
子どものような体格であり、
一緒にいた片足の男は、
「四人組」のうちのひとり、
ショナサン・スモールだろう
と推測する。

第8章
トービー、ホームズと
ワトスンを舟着き場へ
連れていく。
スモールはオーロラ号
という蒸気艇を雇って
雲隠れしていた。

第10章
日没とともにオーロラ号が
隠れがから出てくる。ホームズ、
ワトスン、ジョーンズ、警察艇で
追いかけ、連れの小男を銃で
倒してスモールを逮捕する。

第12章
スモール、アグラの財宝に
まつわる話と、
ショルトー少佐が
「四人組」からその財宝を
盗んだ経緯を語る。
ワトスンとメアリ、
婚約する。

尉は箱いっぱいの「アグラの財宝」を手に入れていたが、双子の息子サディアスとバーソロミューに財宝の隠し場所を明かす前に、少佐は息絶えてしまう。このときからサディアスが匿名の贈りものを届けはじめたのだった。
　サディアスはバーソロミューが実家で財宝の箱を見つけたとホームズたちに教える。しかし一行が到着してみると、バーソロミューは毒矢で殺され、財宝はなくなっていた。ホームズは、現場にいた義足の男はスモールであり、その連れが殺人犯だと推理する。スコットランド・ヤー

ドのアセルニー・ジョーンズ刑事がサディアスを逮捕する一方、ホームズはスモールがオーロラ号という蒸気艇を雇って潜伏していることをつきとめる。
　その夜、オーロラ号が隠れがを出てテムズ河を下りはじめると、ホームズたちの蒸気艇が追跡を始める。「野蛮人」が吹き矢で攻撃してくるが、応戦した銃弾に倒れて船から落ちる。ついにスモールに追いついたものの、財宝はテムズ川に沈められていた。スモールの話では、1857年のインド大暴動の頃、スモール、シン、カーン、アクバルの4人は人を殺

して手に入れた財宝をアグラの砦に隠したが、逮捕され、流刑となってアンダマン諸島へ移された。その後、現地軍にいたショルトー少佐とモースタン大尉に、財宝の分け前の代わりに自由の身にしてもらったのだが、ショルトーは財宝を持ち逃げしてしまう。スモールは復讐を誓い、現地人（例の「野蛮人」）を仲間にして島を脱走し、ショルトーを捜し出したのだった。
　物語は、ワトスンがメアリとの婚約をホームズに知らせる明るいシーンで幕を下ろす。■

ホームズの初期の冒険

1889年8月、ロンドンのリージェント街にあるラングム・ホテルで会食が行なわれた。これにもしコナン・ドイルが招待されなかったら、ホームズ物語は最初の長編1冊かぎりになっていたかもしれない。彼を招待したのは、アメリカの雑誌《リピンコッツ》の取締役、ジョゼフ・マーシャル・ストッダートだった。英国版を出す準備のためロンドンに来ていたストッダートは、〈緋色の研究〉（36〜45ページ）を読み、気に入っていたのだった。彼はまた、探偵小説というジャンルが盛りを迎えようとしていることを見抜いてもいた。おそらく、オーストラリアのメルボルンが舞台のファーガス・ヒュームの作品、『二輪馬車の秘密』（1886年）が大いに売れたからだろう。

会食の席には別の作家もいた。オスカー・ワイルドだ。ひどく対照的な二人の招待客——かたや堅実なスコットランド人医師、対するに華麗なる唯美主義者。このときのことをドイルは自伝の中で、「黄金の夜」だったと書いている。

ディナーの席で、ワイルドとドイルは

それぞれ、この雑誌に中編小説の執筆を依頼される。ワイルドは『ドリアン・グレイの肖像』を提供したが、コナン・ドイルはほどなくしてストッダートに手紙を書いた。「今のところ、The Sign of the Six（六人のしるし）またはThe Problem of the Sholtos（ショルトー家の事件）という物語になりそうです。気のきいたタイトルをお望みということでしたね。〈緋色の研究〉のシャーロック・ホームズにまた事件を解決させましょう」

ドイルはこの作品を、ひと月かからず書き上げた。雑誌掲載時のタイトルはThe Sign of the Fourだったが、のちに単行本として出版されるときにはThe Sign of Fourとなっていた。

ホームズの濃密な描写

〈緋色の研究〉のときよりも文筆家とし

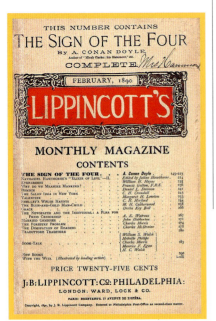

〈四つの署名〉を表紙のトップで宣伝した、《リピンコッツ》。1890年にアメリカでP・F・コリアー社の《ワンス・ア・ウィーク・ライブラリー》に掲載されたときは、The Sign of Fourと改題された。

オスカー・ワイルドの鋭敏な知性、型破りな服装や態度、月並みなものを軽蔑する言動は、若きコナン・ドイルに長く色あせない感銘を与えた。

て実績を積んでいたコナン・ドイルは、この〈四つの署名〉で読者にホームズを思い出させるだけでなく、彼の特異な性格にさらなる精彩を添え、奥行きをもたせてもいる。

ワイルドとの出会いがきっかけとなって、彼はホームズにボヘミアン的な無節制さを吹き込んだ。冒頭でいきなり、彼が薬物依存症だと発覚するのだ。「シャーロック・ホームズは、暖炉のマントルピースの隅にある瓶を取り、なめらかなモロッコ革のケースから皮下注射器を出した。……やがて、鋭い針先をぐっと突き刺し、小さなピストンをゆっくり押し下げると、ビロード張りの肘掛け椅子に深々と身を沈めて、満足そうな長いため息をもらした」

ホームズはモルヒネもコカインも摂取するが、コカインのほうが好みらしい。こんな危険な気晴らしにふけるのは、ただ退屈を埋め合わせるためだけだと言って、ワトスンを安心させようとする。解決すべき問題がありさえすれば、見違えるように生き生きして、人工的な刺激などいらなくなるのだと。ホームズを薬物

> 退屈な日常を繰り返すのなんかごめんだ。気分が高揚するようなことがほしくてたまらないんだ。
> **シャーロック・ホームズ**

19世紀に使用されていた、ガラスと銀の注射器。ホームズもこれと似たようなケース入り注射器を持っていて、コカインの「7パーセント溶液」を好んだ。

常用者にするというのはうまい潤色のしかたであり、彼はたちまち大胆で興味深いキャラクターとなった。また、本作で彼は初めて演劇の才能を見せてくれる。オーロラ号追跡に先立ってはみごとな変装で老船員になりきり、ジョーンズ刑事に、「ホームズさん、あんた、役者に、それもたいした名優になれたでしょうにねえ」と言わせるのだ。〈緋色の研究〉では正体不明の犯人側協力者が老婆に変装したが、探偵自身が変装するほうが格段に盛り上がる。この次に登場する作品、〈ボヘミアの醜聞〉（56〜61ページ）では、酔っぱらった馬丁、人のよさそうな非国教会の牧師と、ホームズは二様の変装を見せることになる。

実は文学通のホームズ

〈緋色の研究〉でベイカー街での生活が始まった頃、ワトスンは、ホームズの文学の知識が「ゼロ」だと記している。しかし、本作で見るとホームズは、英国内の文学ばかりか海外の作品も幅広く読んでいるようだ。ホームズはワトスンに、ウィンウッド・リードの『人類の苦難』を読むよう勧める。これは無神論的アプローチでキリスト教を非難している、コナン・ドイルの愛読書だ。また、ジョーンズ刑事をけなすのに、「人は、自分に理解できない相手がいると、馬鹿にして笑うものだ」と、ドイツ語を使ってゲーテ（1749〜1832）を引用したりもしている。

プロットとは無関係に高度な文学的素養がちらつくのは、コナン・ドイルがワイルドに影響されたからかもしれない。ホームズの多才を読者に印象づけようとして飾りつけただけなのだろう。あの「黄金の夜」の影響がうかがえるのはもうひとつ、ワトスンによるサディアス・ショルトーの描写に、ワイルドを彷彿させるものがあることだ。「生まれつきそっくりかえった唇から並びの悪い黄色い歯がのぞいているが、それをなんとか隠そうとしているのか、しょっちゅう口もとに手をやる癖がある」──これはワイルドのよく知られた癖だった。

天才ホームズ

コナン・ドイルの読者ならすでにホームズの頭の良さを知っているわけだから、それほど多くの学問分野に精通しているところを見せるまでもなかった。それなのに、飾りたてた探偵像に作者は満足していたらしく、ストッダートへの手紙にこう書いている。「私は自分の作り出した

頭を使っていないと、生きている気がしない。ほかにどんな生きがいがあるっていうんだ？
シャーロック・ホームズ

インド大反乱

コナン・ドイルはインド大反乱（セポイの反乱）のことを、事件がまだ英国人の記憶に生々しい1860年代から70年代にかけて学校で教わった。発生は1857年、ベンガル軍のセポイ（インド人傭兵）部隊が英国人士官たちを銃撃し、北部や中部インドにも拡大して本格的規模の反乱となっていった。1858年に英国軍が体勢を立て直すまで、アグラの砦のような要塞が数カ月にわたって包囲された。コナン・ドイルはアグラの砦について詳しい話を、ポーツマス文芸・科学協会における後援者のアルフレッド・ウィルクス・ドレイスン少将から聞き出したのだろう。ドレイスン少将は1876〜78年にインドで第21砲兵大隊を指揮し、アグラほかいくつかの要塞の再軍備に尽力した。当時の植民地の風潮をコナン・ドイルがどう解釈したか、反乱に巻き込まれた人々の本性がどう露呈していくか、読みごたえがある。スモール、モースタン大尉、ショルトー少佐はいずれも、アグラの財宝欲しさに人格がゆがんでしまうのだが、大反乱の最中、英国兵による略奪行為はざらだった。コナン・ドイルは〈背中の曲がった男〉（132〜133ページ）でもこの反乱をとりあげている。

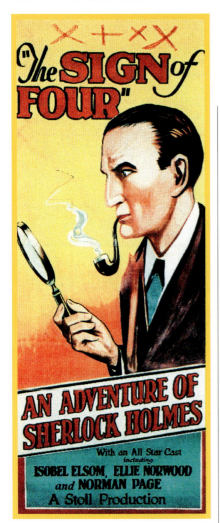

〈四つの署名〉は1923年、サイレント映画になった。ホームズ役は英国の俳優エイル・ノーウッド（1861～1948）、ワトスン役はアーサー・M・カリン。ノーウッドは47本の映画でホームズを演じた。

ち主がまだ若い医者で、中型犬を飼っていることを見抜く。そういう妙技を繰り返し見せることで、すでになじみの読者にホームズの才能を思い出させると同時に、新たな読者にも浸透させていくのである。

本作のホームズは、ワトスンの靴についた土の色と、机の上にある切手と葉書が未使用であることから、ウィグモア街郵便局へ電報を打ちにいったのだと推理してみせる。続いてワトスンが最近入手した時計を調べて、もとの持ち主だった彼の兄は「酒に溺れて」先ごろ亡くなったに違いないと、いつものような無神経さで言ってのけるのだ。

友情と恋愛

女性依頼人メアリ・モースタンの登場によって、コナン・ドイルはホームズとワトスンのあいだに働く力に新たな次元を加える。ワトスンがメアリにひと目惚れしてしまうのだ。本作でワトスンの挙動は終始、恋わずらいの思春期の少年並みで、「三つの大陸でさまざまな国の女性を」経験してきたという主張がはったりに思える。読めば誰しも、どの大陸のどの国で、どんなことがあったやらと疑問をもつだろう。しかも、気もそぞろになるあまり、彼女に向かって「真夜中にマスケット銃がテントをのぞきこんだので、すかさず二連発の虎の子を発射した」などと、たわごとを口走ってしまう。また、サディアス・ショルトーがメアリの父の死というデリケートな話題を無配慮にもちだすと、「この男の横っつらをひっぱたきそうに」なるのだが、メアリが分け前にあずかる財宝の価値が25万ポンドにもなろうかとサディアスが明かすと、彼女が手の届かない存在になってしまうと思い、打ちひしがれる。そんなわけで、うわの空状態だったワトスンは、サディアスから健康上の問題で専門家としての意見を求められて、「ひまし油を二滴以上飲むのは危ないとか、鎮静剤にはストリキニーネをたっぷり服用するのがいいとか答えていたらしい」のだ。

とはいえ、ワトスンとホームズのあいだの関係はしっかり描かれていて、〈緋色の研究〉事件以来、親密さが育ってきたことがよくわかる。二人の下宿生活の細部から、そのことが実感されるのだ。冒頭の口論からして、思ったことを遠慮なく言い合える、気の置けない旧友どうしのようだ。ワトスンが手加減せずにホームズの薬物常用をののしるのは、相手を心配しているからだ。

気ままな独身生活を送る二人の下宿には、紳士が息抜きをするクラブのような、くつろいだ雰囲気がある。女性の存在は下宿を切り盛りするハドスン夫人だけであり（本作で初めて彼女に名前がついた）——おもてには出てこない、母親のような人物だ。ベイカー街221Bの住まいは、騒がしい大都会のまっただ中にあってゆるがない安息地なのだ。

ものに満足することが少ないのですが、かなりうまくできたと思います。……喜ばしいことに、ホームズは全編にわたってすばらしい姿を見せてくれるのです」

事件がまだ始まりもしないうちにホームズが観察と推理のわざを披露するというのは、第1作から変わっていない特徴のひとつだ。その後のホームズ作品にも同様の技法を用いたものは多い。たとえば、〈バスカヴィル家の犬〉（152～161ページ）だ。冒頭でホームズは、モーティマー博士のステッキを使ってワトスンの推理力を試そうとする。ワトスンは正しく観察することができないが、ホームズは持

ぼくにとって、依頼人は問題中のひとつの構成部分、ひとつの因数にすぎない。感情的なものが入り込むと、明快な推理ができなくなる。
シャーロック・ホームズ

四つの署名

メアリ・モースタン

「魅力的な人だな!」ワトスンはメアリに初めて会ったあと、思わずそう口に出してしまう。「そうだったかね?」、「気がつかなかった」と、ホームズはそっけない。ワトスンはメアリの輝くばかりの資質を激賞するが、読者にはひどく控えめな人物に思える。だが、父親がもう死んでいるとわかったときには気丈なところを見せるし、バーソロミュー・ショルトー宅では怯えて狂乱状態の家政婦を慰め、たちまち落ち着かせた。また、どうやら雇い主フォレスター夫人にも彼女は大いに気に入られている。「きっと彼女はこの家で、たんなる雇い人というよりは友人のように厚遇されているのだ」と、ワトスンは考える。ワトスンの思いが決定的になったのは、財宝がなくなったと知ってほっとしたときだ。

ワトスンから婚約を知らされたホームズは、「ぼくには絶対におめでとうとは言えないね」と応じる。ただし彼も、メアリが「ぼくらのような仕事に役に立つ」という点ですばらしかったことは認めた。将来的にメアリにはまず、協力的な妻という役どころしかないだろう。

だがワトスンが結婚することになれば、残念ながらその心地よい現状はもう続かないだろう。ワトスンはよそで幸せな家庭を築こうとし、ホームズはひとり、皮下注射器とともに残される——あるいは、読者はそう考える。しかし、その後《ストランド》に掲載される作品では、ワトスンが221Bをしょっちゅう訪れていたり、彼が独身だった頃の事件を物語ったりする。やがて、〈空き家の冒険〉(162〜167ページ)で、メアリが亡くなったとわかる。そして〈ノーウッドの建築業者〉(168〜169ページ)で、ワトスンは医院の権利を人に売って、ふたたび221Bで暮らすようになるのだ。

みごとな描写

〈緋色の研究〉同様、〈四つの署名〉にも矛盾やちょっとした誤りが散見される。コナン・ドイルが書き急いだのと、事実関係や細かい点を前作と照合確認するのを嫌ったせいだろう。たとえば、ワトスンの戦傷が肩から脚に移動している問題があるが、もっと気になるのは、アンダマン諸島の現地人トンガを凶暴な「野蛮人」として描いていることだ。1904年、《ザ・クォータリー・レヴュー》に、アンドルー・ラング(1844〜1912)がこんな記事を書いた。「〔〈四つの署名〉で野蛮人扱いされたのは〕アンダマン諸島の原住民へのひどい中傷であって、彼らは凶暴ではないし、髪の毛がくしゃくしゃに縮れてもいなければ武器を持ってもいない」。「野蛮人」ならば死ぬことになっても読者を悲しませずにすむだろうと、コナン・ドイルは故意にトンガを、事実はさておき嫌悪をもよおすような人間にしたのかもしれない。それに、ヴィクトリア朝時代には「野蛮人」のいいかげんな描写が横行していたこともあり、トンガの描き方はいかにも当時らしいものだった。

だが、おおむねコナン・ドイルとその主人公が本領を発揮するのは〈四つの署名〉からだ。ワトスンとメアリとともにサディアス・ショルトーのもとへ向かう夜、四輪辻馬車に揺られながらホームズは、通りの名を次々につぶやいてロンドンの地理に通じているところを見せる。「ロチェスター・ロウ。いまはヴィンセント・スクウェアだ。ヴォクスホール橋通りに出た。川を越えたサリー州側に向かっているらしいな。……」。先代からのショルトー家の屋敷であるポンディシェリ荘に3人が到着したあと、ホームズはまたもや「よく訓練された警察犬」のように、〈緋色の研究〉で見せたのと変わらぬ熱心さで殺人現場の科学捜査にとりかかる。「拡

英国政府がアンダマン諸島を流刑囚植民地として使いはじめたのは、1789年。インド大反乱のあとの1857年には、捕虜を収容するため刑務所を建てた。右は、囚人たちが海岸で食事をしている光景。

大鏡と巻き尺を取り出し、両膝を床についてせかせかと動き回り始めた。……測ったり比べたり調べたりする」。みごとな推理力を働かせるホームズは、スコットランド・ヤードのアセルニー・ジョーンズを前作のグレグスン、レストレード両刑事に対してと同じくとことん馬鹿にし、例によって相棒ワトスンを唖然（あぜん）とさせたままにしておこうとする。

悪役の人物造形

〈緋色の研究〉の、あまり個性も深みもないホープに比べて、〈四つの署名〉の悪役は記憶に残る複雑な人物だ。鋭い目つき、片足をワニに嚙（か）み切られて義足をつけたスモールは、主としてロバート・ルイス・スティーヴンスンの『宝島』（1883年）に登場するロング・ジョン・シルバーから着想を得ている。コナン・ドイルはエッセイ『魔法の扉を通って』（シャーロック・ホームズの読書談義、1907年）で、スティーヴンスンについて「……彼は、身体の不自由な悪党とでも呼ぶべきものの発明者だった。……それはきわめて効果的で、しょっちゅう使うことにより、自分自身のものとしたと言えるだろう。あ

> ぼくは当てずっぽうは絶対にしない。癖になったら論理的な能力がぶちこわしになるからね。
> シャーロック・ホームズ

のハイド氏は言うまでもなく……忌まわしい盲目のピューや、指が二本欠けたブラック・ドッグ、そして一本足のロング・ジョン（シルバー船長）がいる」（いずれも『宝島』の登場人物）と書いているのだ。

スモールは終始、自分の良心と闘っているため、共感できる人物となっている。彼が最期にどうなったのかはわからない。悪くすると、ヴィクトリア朝時代に好まれた処刑方法である絞首刑になるか、よくても、自分で言っているように「ダートムアで下水を掘って暮らす」、〈バスカヴィル家の犬〉に出てくる不気味なプリンスタウンの監獄送りになっただろう。

クラシックとして

この物語の読後、特に二つのイメージがいつまでも記憶に残る。まず、殺人現場での被害者の様子——バーソロミューが「ぞっとするような謎の薄笑い」を浮かべ、「顔だけでなく手足も、異様にねじれてゆがんでいた」という死に方だ。もうひとつは、ディケンズ風と言ってもいいくらい情感たっぷりに生き生きと再現されている、ヴィクトリア朝ロンドンである。「ストランド街に立ち並ぶ街灯の光は、ぼやけてかすかな点にしか見えず、泥だらけの舗道に弱々しい円形の光を投げていた」という、忘れられない一節もある。当時のロンドンは港町としても繁栄した、世界に冠たる大英帝国の中心だった。めまぐるしく移り変わる川沿いの場面も雰囲気たっぷりだ。「英国を訪れたあの珍客の骨は、テムズ河の暗い底のほう、どこか泥の中に、いまでも埋もれているはずだ」と、ワトスンはトンガの劇的な最期を振り返っている。

この物語は〈緋色の研究〉と違って、大西洋の両岸で広く書評にとりあげられ

四つの署名　55

た。ロンドンの《モーニング・ポスト》は、かなりもったいぶった書き方をした。「ミスター・コナン・ドイルは腕を上げた。……まるっきり探偵小説の見本のような物語とはいえ、それなりに優れた作品である」。米国ペンシルヴェニアの《デイリー・リパブリカン》の評はもっと一般的だ。「……不可解と思える謎を解明する〔ホームズの〕驚くべき巧妙さが、生き生きとした筆致で描かれている。作者コナン・ドイルは、ポーやガボリオーら第一線の作家たちにひけをとらない。〈四つ

テムズ河は19世紀、この絵のように両岸に船がずらりと並ぶ、活動の中心地だった。チェリー・ガーデン桟橋からタワー・ブリッジを望む、チャールズ・エドワード・ディクソン（1872〜1934）の絵［ただしタワー・ブリッジは〈四つの署名〉事件のあと、1894年に完成した］。

の署名〉はクラシック（名作）に数えられるようになるだろう」。あいにく、こうした書評が出てくる頃には、コナン・ドイルはまたもホームズなど意に介さなくなって、今ではすっかり忘れられた歴史小説のひとつを一生懸命書いていたのだった。

　こんにち、〈四つの署名〉は間違いなくクラシックとみなされている。1974年版の序文に、当時70歳のグレアム・グリーンが、こう書いている。「〈四つの署名〉を……私は10歳で初めて読み、忘れたことはない……私の記憶にあるノーウッド、ポンディシェリ荘の陰鬱な夜は、ちっともうすれていないのだ」■

「**屈強な警官が二人**」船首に陣取った警察の蒸気艇で、ホームズ、ワトスン、ジョーンズはオーロラ号を追って川を下る。

1　**ウェストミンスター桟橋**：ホームズとワトスン、警察の蒸気艇に乗りこむ。
2　**ロンドン塔**：ジェイコブスン造船所の対岸、ロンドン塔の下あたりに待機して、オーロラ号が出てくるのを待つ。
3　**グリニッジ**：オーロラ号に250ヤードばかりまで迫ってグリニッジ通過。
4　**ブラックウォール・トンネル**：ブラックウォールまで来たところで、オーロラ号から200ヤードと離れていなかった。
5　**バーキング・レベル**：バーキング・レベルとプラムステッド湿地帯のあいだに来て、あと一艇身という距離のとき、ホームズはオーロラ号のデッキにトンガの姿をはっきり見た。
6　**泥の浅瀬**：トンガが撃たれ、河に落ちる。オーロラ号が浅瀬に乗り上げ、追跡終了。
7　**プラムステッド湿地帯**：スモールが逮捕される。

きみは見ているだけで、観察していないんだ
〈ボヘミアの醜聞(スキャンダル)〉(1891)
A SCANDAL IN BOHEMIA

作品情報

タイプ
短編小説

英国での初出
《ストランド》1891年7月号

収録単行本
『シャーロック・ホームズの冒険』
1892年

主な登場人物

ヴィルヘルム・ゴッツライヒ・ジギスモント・フォン・オルムシュタイン
ボヘミア国王。

アイリーン・アドラー　アメリカのオペラ歌手、国王ヴィルヘルムの元愛人。

ゴドフリー・ノートン　英国の弁護士、アイリーンと結婚する。

　この後《ストランド》に掲載されることになるホームズ物語56短編の第1作、〈ボヘミアの醜聞(スキャンダル)〉には、うるわしのアイリーン・アドラーが登場する。正典に出てくる脇役のうちでは、モリアーティ教授に次いで論じられることの多い人物だ。
　物語にはほんのちょっとしか登場しないのに、彼女をめぐってはさまざまな研究や推測が重ねられてきた。映像化にあたっても、それぞれの作品なりの解釈で脚色されることが多い。アメリカのテレビ・シリーズ『エレメンタリー　ホームズ&ワトソン in NY』(339ページ)では、ある重要な登場人物が実はアイリーンの変装だったということになっているし、

ボヘミアの醜聞　57

みごとな変装で身元を隠して証拠を集めるホームズ（ジェレミー・ブレット）は、はからずもアイリーン・アドラーの結婚式に立ち会うことになる。

BBCのテレビ・シリーズ『SHERLOCK／シャーロック』（339ページ）の彼女はSMプレイの女王だ。

ホームズと女性

〈ボヘミアの醜聞〉の書き出しは、こうだ。「シャーロック・ホームズにとって、彼女〔アイリーン・アドラー〕はつねに『あの女性（the woman）』である」。ワトスンは定冠詞theをイタリック体で強調して、重要性を明確にしている。しかしすぐさま、「といっても、その女性、アイリーン・アドラーに対して、〔ホームズが〕恋愛感情に似た気持ちを抱いているわけではない」と続く。何といっても、「冷静で緻密、しかもみごとにつりあいのとれたホームズの心にとって」恋愛感情など、「いまわしい」ものなのだ。

とはいえ、冷血漢で女嫌いのホームズも本物の愛に目覚めたのかもしれないと、いやおうなく思わせる。つまり、どうやら感情に動かされないらしい彼が伴侶を見つければいいがと、読者が願っていることをコナン・ドイルはちゃんとわかっていたのだ。ワトスンによれば、ホームズが女性の愛情を拒むのは、推理という理性の働きに精神を集中させておくためだという。すると彼は崇高で、悲劇的と言ってもいい人物ということになる。一部の文芸評論家がホームズのそういう態度を、理想の騎士像を掲げて禁欲に徹した中世の奥ゆかしい騎士になぞらえてきたのも、不思議はない。ただし、ホームズはどんな中世のヒーローよりも、はるかに複雑な精神の持ち主だ。

ボヘミアンのホームズ

結婚してベイカー街221Bを離れて以来、ワトスンはホームズと疎遠になっていた。だが、ホームズが下宿にひきこもって、仕事に打ち込む日々と薬物常習の日々を交互に繰り返しているのは知っていた（「ある週はコカインに浸っているかと思えば、またある週は大いなる気力にあふれている」）。事件で頭がいっぱいになっていないときのホームズには、その活動を求める頭脳に適当なはけ口が必要らしい。

この物語のタイトルは表面上、ボヘミア王にもちあがりそうな醜聞を指しているが、物語中で最初にボヘミアという言葉が出てくるのは、ワトスンがホームズのことを「ボヘミアン的気質からあらゆる種類の社交を嫌って」と言うくだりだ。「ボヘミアン」は当時流行していた言葉で（→61ページ囲み）、型破りな生き方をして社会規範をしりぞける自由人をそう呼んだ。ただし、典型的ボヘミアンにとっては、愛と情熱もだいじなものだった──ホームズがひどく嫌う感情である。この物語に「ボヘミアのスキャンダル」というタイトルをつけたワトスンは、ヴィルヘルム王の国ボヘミアにスキャンダルが降りかかるのではなく、ひとりの女性に敬意と称賛をともに奪われるという、まれに見るホームズにこそ本当のスキャンダルがあるのだと、ほのめかしているのではないだろうか。

ホームズ、仕事にとりかかる

長い、うっすらと哀愁のただよう導入部を経て、物語が動きはじめる。ベイカー街を通りかかったワトスンが足を止めて、以前住んでいた下宿の窓を見上げる。「ホームズの背の高くやせた影が二度ま

>
> ホームズの目から見ると彼女は、ほかの女性全体もくすんでしまうほどの圧倒的存在なのだ。　ワトスン博士
>

ホームズの初期の冒険

でブラインドに映った」と。必然的にそうならざるを得ないのだが、ホームズは一般的な世界より上の隔絶した場所にいるにもかかわらず、元気そうな歩き方やしゃんとした姿勢から、ワトスンには彼がまた仕事をしているとわかる。「彼は薬物の作り出す夢から抜けだし、また新しい問題を熱心に追っているのだ」。ホームズが麻薬に浸ることについてワトスンはすでに触れているのだが、名探偵を光と闇のあいだを行き来するドラマチックかつロマンチックな人物として描くため——彼の業績を闇夜に閃く稲妻のように輝かせるため——再度述べているのである。

友人にまた会いたくてたまらなくなったワトスンは、なつかしい部屋に上がっていく。ホームズは相変わらず落ち着きはらったまま、いくつかのことを小憎らしいほど正確に指摘してみせる。前回会ったときよりもワトスンが何ポンド太ったか。彼がまた開業医に戻ったこと。最近雨に降られてずぶぬれになったこと。彼の家には出来のよくないメイドがいること。驚いたワトスンがどうしてわかったのか尋ねると、ホームズは何もかも観察に基づいているのだと実例を挙げて、

> フランス人やロシア人なら、まずこんなふうな書き方はしない。動詞にこんな無礼をはたらいて文章の最後にまわすのは、ドイツ人だ。
> シャーロック・ホームズ

自分の手法を説明する。ワトスンは見ているだけで、観察していないのだとも言う。普通の人間は生活の中の些細なことに気づかないから、ワトスンも221Bの部屋へ上がる階段が何段あるか知らない。だがホームズは、17段だと知っているのだ。そういう鋭い観察がホームズの手法の中枢であり、今でも観察は探偵に欠かせない技能とみなされている。しかし、ホームズが指摘しているとおり、探偵は目にしているものが何なのかを正しく理解する必要もある。ホームズはそれを、届いたばかりの匿名の手紙についての推理で実証してみせる。ワトスンに推理できるのは書き手が裕福だろうということぐらいだが、ホームズは書いたのがドイツ語を母語とする男だと指摘し（動詞を最後にまわす構文になるのは欧米ではドイツ語だけなので）、紙がボヘミア製であることまで明らかにするのだ。さらに、そのあとすぐに仮面をつけた偽名の依頼人がやって来ると、ホームズはすぐさま、その派手な服装の大男がボヘミア国王ヴィルヘルム・ゴッツライヒ・ジギスモント・フォン・オルムシュタインであることを見抜くのだ。

国王と歌姫

ホームズはいきなりそっけない、事務的な態度をとって、国王という身分に対する姿勢を明らかにする。彼の軽蔑の念は、自己中心的な王以外の誰にでもはっきりわかる。王が打ち明けるには、皇太子時代にアイリーン・アドラーという若いアメリカ人オペラ歌手と恋愛関係になり、無分別にも二人で写真を撮って情事の証拠を残してしまったという。近々スカンジナヴィア王女との結婚を控え、厳格な相手王室に過去の不品行が知られれば婚約が破棄されかねない。アイリーンが数日のうちに婚約が公表されるのに合

アイリーン・アドラー

評論家によってアイリーン・アドラーはさまざまに分析されている（写真はララ・パルヴァー演じるアドラー）。頭がよくて自信がある、自己主張が強いという、1800年代後半のフェミニズム"第一波"と称される現象で現れた、新しいタイプの女性像を反映しているという意見もある。女性の投票権を求める婦人参政権運動に誰もが参加したわけではなく、そういう中流階級の娘たちが、自分で自分の生き方を決める権利と能力に目覚めたのだった。新設された女子大学への進学を選択する少女も増え——アイリーンは、女子教育に関してヨーロッパより格段に進歩的だったアメリカの生まれだ——その後は教師や医師、事務員として女性が職場に進出していった。一方で、アイリーンが体現しているのは、きわめて優秀な女性でなければ専門分野でホームズの知性には対抗できないという、ヴィクトリア朝の家父長制的考え方だとする意見もある。勝利を味わうもつかのま、その後の彼女は結婚生活という影にすべり込んでいくに違いない。さらにまた、服従の陶酔感を味わわせてくれると男性が夢想する、女性像という考え方まである。

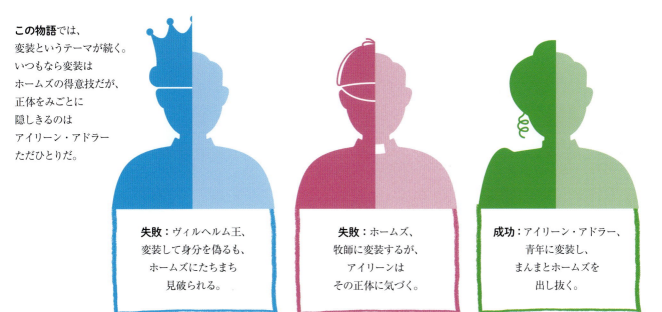

この物語では、変装というテーマが続く。いつもなら変装はホームズの得意技だが、正体をみごとに隠しきるのはアイリーン・アドラーただひとりだ。

失敗：ヴィルヘルム王、変装して身分を偽るも、ホームズにたちまち見破られる。

失敗：ホームズ、牧師に変装するが、アイリーンはその正体に気づく。

成功：アイリーン・アドラー、青年に変装し、まんまとホームズを出し抜く。

わせて先方に写真を送ると脅迫してきている。きっと、ほかの女と結婚させたくないのだろう、と。そこで、写真のありかをつきとめ、王の立場を危うくする写真を取り戻すのに、ホームズの力添えを求めに来たのだった。

王はアイリーンを「したたかな女」と言い、たいていの読者がそれを額面どおりに受け取る。色仕掛けで世渡りしている女が、脅迫をたくらんでいるのだ、と。だが、王がそう言うのは、自分が彼女を冷遇する言い訳にすぎない。横暴な、犯罪的とも言えるやり方で、何度も写真を取り戻そうとしたのだ。金にものを言わせようとしたこともあれば、盗賊を雇って盗もうとしたり、家じゅうを捜させたりした。だが、いずれも失敗だった。

ホームズの「索引帳」（事物や人名の記録簿）によると、アイリーン・アドラーは、ミラノのスカラ座に出演し、ワルシャワ帝室オペラのプリマドンナをつとめたあと引退した、もと一流オペラ歌手。ここまでの地位に達しているのなら、玉の輿を狙うふしだらな女ではなく、もっ

うな芸術家だったはずだ。アイリーンが金をゆすり取ろうとしていないことを王が認めると、ホームズがもう依頼人とは違ったアイリーン像をつかんだことが、はっきりする。尊大な王の前であくびをかみ殺し、さっさとお引き取り願いたい風情のホームズ。珍しいことに、捜査費用の話を持ち出してもいる——この件には金銭的な興味しかないとでも言うように。

ホームズの計画

依頼の翌日、午前中の調査から帰ってきたホームズはワトスンに会う。仕事の成果と予想外のなりゆきを面白がって、興奮ぎみだ。聞けば、馬丁に変装してアイリーンの家の裏にある小路へ行き、貸し馬車屋の馬丁たちとおしゃべりをして、彼女のことをたっぷり聞き出してきたという。

いつも卑猥な話にまっ先に飛びつくような馬丁たちが、アイリーンのことを「この地上にボンネットをかぶる女は無数にいるが、あれほど美しい女はいない」と

言っていた。実生活はいたって静かで規則正しいらしく、ひとつだけ注目すべきは、ゴドフリー・ノートンという若い男前の弁護士がしょっちゅう訪ねてくることだった。アイリーンとゴドフリーが別々の馬車で急いで出かけるのを見たホームズは、とっさにあとを追う。そして気づいてみると、エッジウェア通りのセント・モニカ教会で二人の法的な結婚式に立ち会わされるめぐり合わせになっていた。

ホームズが喜びを抑えきれないのも無理はない。彼は写真を取り戻すため、女性の心理についての絶対確実だと考えている知識に基づいて、「いともかんたんな」計画を考え出していたのだった。

その日の夕方、ホームズの計画どおりアイリーンの家の外に立ったワトスンは、そこで繰り広げられる出来事を見守る。アイリーンが馬車から降りると、数人の男たちのあいだで仕組まれたけんかが起こり、今度は牧師姿のホームズがアイリーンを助けに駆けつけた。ところが、すぐに顔から血を流して地面に倒れてしまう。心配したアイリーンは彼を家に運び込ま

ホームズの索引帳の記録によると、アイリーン・アドラーはコントラルト歌手として活躍していた。この絵は、アドラーがかつて出演した、ミラノのスカラ座。

せ、居間のソファに寝かせる。窓越しに見えるのは、けが人をやさしく介抱する、若く美しい女性——男を食い物にする魔性の女ではない。うしろめたさに逡巡するワトスンに、前もって打ち合わせたとおりホームズが合図をする。窓から発煙筒を投げ込み、「火事だ！」と叫ぶワトスン。

ホームズの予測は的中した、煙に狼狽したアイリーンは、衝動的に自分のいちばん大切なものを守ろうと駆けつけ、写真の隠し場所は羽目板のうしろのくぼみだと明かしてしまったのだ。火事でなく誤報だと叫んでから家を抜け出したホームズは、翌日、王と一緒に写真を取り戻しに再訪するつもりだ。満足げな彼は、ワトスンとともに221Bの玄関先まで帰ってきたとき、妙に聞き覚えのある声で明るく挨拶してきた青年が誰だかわからなかった。

サプライズに直面するホームズ

翌朝、アイリーン宅を予告なしに訪れたホームズは、家政婦が彼の来訪を予期していたことにうろたえる。数時間前にアイリーンは例の写真を携え、大陸へ向けて新婚の夫とともに発ったというのだ。写真が隠してあった場所には、ホームズ宛ての手紙と、王に残したイヴニング・ドレス姿の彼女の写真があった。

> 男装するくらいのことは珍しくもありません。これまでにもよく男装をしては、自由気ままに動ける便利さを利用したものです。
> **アイリーン・アドラー**

アイリーンはホームズの手並みを褒めながらも、写真の隠し場所をうっかり示してしまったとき、牧師がホームズの変装だと気づいたと書いていた。そこで、本当にかの有名な探偵なのか確かめようと、男ものの服に着替えてあとをつけたという。221Bの玄関の前で挨拶していったのは、彼女だったのだ。

この話の魅力のひとつは、ホームズのみごとな変装ぶりを書き込んでいるところだろう。それでも、彼が得意とするゲームでアイリーンに打ち負かされてしまう。彼女は手紙の中で、女優の修業をしていたことがある自分には「男装」するくらいはお手のもの、これまでにもよく男の格好をして自由気ままなお忍びの行動を楽しんだものだと言う。男の世界で活動するために男装する女性というのは、さほど珍しくもないようだ。有名なジェイムズ・バリー（本名マーガレット・アン・バルクリー）は、軍医の職に就くため、生涯男として生きたし、男装して軍に入隊した女性たちのことを歌うフォークソ

ングも多い。
　隠密に捜査をする探偵の系譜は、ナポレオン時代のフランスで活躍した、有名なもと犯罪者の探偵ウジェーヌ・ヴィドック（1775～1857）までさかのぼる（→317ページ囲み）。彼の驚嘆すべき物語は、ヴィクトル・ユゴー、アレクサンドル・デュマ、オノレ・ド・バルザックら19世紀の作家たちをとりこにした。ムスリムの服装でメッカに潜入するなど、たびたび変装したヴィクトリア朝の人気探検家リチャード・バートン（1821～1890）とともに、コナン・ドイルの着想のもとにもなっているはずだ。

好敵手

　ホームズのみごとな変装を見破り、探偵の目をあざむくのはアイリーンのほうだ。彼女は写真を持って逃げたが、ホームズがたいていそうであるように、アイリーンもゲームに勝っただけで充分らしい。良い伴侶を得て幸せになった今、もう写真をおもてに出すつもりはない、いざというときの保険としてとっておくと、手紙できっぱり言っている。
　彼女が約束を破るはずはないと確信する王は、身分がつりあわなかったことを

> ……シャーロック・ホームズの周到な計画が、ひとりの女性の機知の前に破れ去った話である。
> **ワトスン博士**

嘆きさえする。彼女ならすばらしい王妃になっていただろうに、と。「ぼくの見ましたところでも、この婦人と陛下では確かにつりあいがとれませんな」と、ホームズは冷ややかに言う。ホームズは、王よりも彼女のほうがよっぽど上だと思っているのだ。王は仕事への報酬としてエメラルドの指輪を差し出すが、ホームズはそれよりもアイリーンの写真を所望する。彼がアイリーンに惚れたのだという主張もある。しかし、ただ一度〈オレンジの種五つ〉（74～79ページ）で「一度は女に出し抜かれました」と敗北を認めるとき以外、その後の彼がふたたび彼女の話を持ち出すことはなかった。彼女に

敬意をもっているのは間違いないし、写真は単に索引帳の記録として、あるいは好敵手の記念の品として保管するためだろう。
　アイリーン・アドラーは、文句なしに魅力的なキャラクターだ。フェミニストの批評家には、彼女が理性、論理、自主独立は男の特権だという考えに異議を唱えているという論評も多い。アメリカのローズマリー・ジャン教授は、アイリーンが「男性の権威を脅かしている」と考える。だがホームズは、動揺こそすれ脅かされたようには思えない。それどころか、先入観で判断を狂わせるなかれというみずからの金言を、完璧に実行してみせる。アイリーンが彼をみごとに開眼させたということだ。
　ホームズは自分の過ちを認め、女性が性的なかけひきや情のもろさに訴えなくても、あっさり主導権を握ることがあるのだと気づく。コナン・ドイルの描くホームズは、時代をはるかに先取りしているようだ。その後1世紀以上のあいだ、この話の翻案作品を作った人物のほうが時代遅れだったケースがあることには、考えさせられる。■

ボヘミアン

　ボヘミアは実在の場所。かつてはひとつの王国だったが、今はチェコ共和国の西部地方を指す。しかし、"ボヘミア"は放浪の民の心のふるさとでもあり、そこから19世紀なかばには、一部の画家や作家、音楽家が実践していた自由奔放な生き方を指して"ボヘミアン"と言うようになった。ボヘミアンといえば、ロマンチックな生活が連想される。ひたすら芸術的創造と自由恋愛にいそしみ、物質的な豊かさをしりぞけることもある。すぐに見分けられる色とりどりのくだけた服装に、手入れをしない髪の毛。政治的な抵抗としてのボヘミアニズムもあるにはあったが、たいていは個人の生き方にとどまっていた。大部分が貧しく、パリのモンマルトル、ロンドンのソーホー、サンフランシスコのテレグラフ・ヒルなどといった、荒廃した地区に住んだ。ただし、金持ちのボヘミアンもいた――社会の価値観を拒否する人々だ。ボヘミアニズムは1800年代なかばの欧米各地に台頭し、コナン・ドイルが〈ボヘミアの醜聞〉を書いた1890年代に最盛期を迎えていた。

この事件はぼくとしても絶対に手放したくありませんよ

〈赤毛組合〉(1891)
THE RED-HEADED LEAGUE

作品情報

タイプ
短編小説

英国での初出
《ストランド》1891年8月号

収録単行本
『シャーロック・ホームズの冒険』1892年

主な登場人物
ジェイベズ・ウィルスン　質屋。
ヴィンセント・スポールディング　ウィルスンの質屋の店員。
ダンカン・ロス　赤毛組合の事務所の管理人。
ピーター・ジョーンズ　スコットランド・ヤードの刑事。
メリウェザー　シティ・アンド・サバーバン銀行の重役。

〈赤毛組合〉は〈花婿の正体〉(68〜69ページ)のあとに書かれた作品だが、《ストランド》には先に掲載された。こちらのほうが出来がいいと思った編集者が、ホームズ人気をできるだけ早めに定着させたいと考えたからではないかと推測する、ホームズ研究者もいる。確かに、コナン・ドイルもこれを気に入っていた。だが、もうひとつ、もっと本当らしい理由がある。この作品の執筆には7日間しかかからなかったし、これを含む最初の短編3作は1891年4月中に書き上げられた。《ストランド》に〈赤毛組合〉と〈花婿の正体〉が一緒に送られた結果、掲載順序が逆になった可能性が高いというのだ。

赤毛組合

ホームズによるジェイベズ・ウィルスンの分析

| ウィルスンの**右手**は左手より「**完全にひと回りは大きい**」うえ、筋肉がよけいに**発達している**。 | **弧とコンパス**（**フリーメイスンの紋章**）の胸飾りピンをつけている。 | 右手首上にある**魚の刺青**は「**中国だけのもの**」。しかも時計鎖に**中国のコイン**をぶら下げている。 | **右手の袖口**がてかてか**光っている**し、**左の肘**の、ちょうど机にあたる部分に**すべすべしたつぎ**があたっている。 |

↓

ジェイベズ・ウィルスンは昔、肉体労働をしていた。フリーメイスンの会員であり、中国にいたことがあり、また最近かなりの量の書きものをした。

作中、ホームズが「メアリ・サザーランド嬢がもち込んだあの単純な事件」と〈花婿の正体〉の一件を話題にしているところから、手違いがあったのは明らかだろう。

これは、人間のだまされやすさに焦点を当てた物語だ。ドイルはホームズの言葉を通じて、事件の奇妙で信じられないような性質に注意を促している。「……奇妙な偶然の一致とか変わったできごとを求めるなら、いかなる想像の産物よりもはるかに奔放な、実生活そのもののなかを探さねばならないということだ」

ありふれた始まり

ワトスンがある日ホームズを訪ねてみると、ホームズはがっしりとした体格で赤ら顔の、ジェイベズ・ウィルスンという質屋と熱心に話し込んでいた。ウィルスンは「どこにでもいるありふれた英国商人」だが、燃えるような赤毛のふさふさした頭髪という点だけが違っていた。ホームズは彼がフリーメイスン会員だと、すぐに気づく。ドイルもこの秘密結社の一員だったことがある。ホームズ自身、会員だったのではという説もあるが、彼が「あなたがたの団体」と言っていることから、結社への関心はないらしい。ホームズは、ウィルスンがかなりの量の書きものをしたことも見抜くが、面白味のないその仕事を軸に、とんでもないことがたくらまれていたのだった。

あまり同情はできない

質屋というのは、宝石その他の貴重品を担保に現金を借りなければならなくなった貧しい人々を相手にする、高利貸しと変わりない商売だから、今の読者からは同情されなさそうだ。ウィルスン本人

ジェイベズ・ウィルスン（グラナダ・テレビ制作、1985年放映。俳優はロジャー・ハモンド）が、赤毛の人込みをかきわけて連れていかれる。

ウィルソンの話

ウィルソンは2カ月ほど前、雇ったばかりの店員ヴィンセント・スポールディングから、ある新聞広告を見せられた。それは赤毛組合という、米国ペンシルヴェニア州レバノンを本拠とする団体の事務所が出した広告だった。組合員の欠員募集で、「二十一歳以上の赤毛の男性」に「ただ名目だけの奉仕」に対して週4ポンドが支給されるという。馬鹿にならない金額だ。この最初の何作かでコナン・ドイルに支払われた原稿料は、1作平均35ポンドだったと言われる（その後原稿料はすぐにはね上がることになるが）。指定の日にウィルソンがフリート街ポープス・コート（架空の場所）に行くと、通りには赤毛の男があふれており、「オレンジを積んだ呼び売り商人の手押し車」のような眺めだったという。一種の青物商である"呼び売り商人"（コスターモンガー。コスタードという英国種のリンゴ

> あなたの事件は非常に珍しいものでして、ぼくとしても
> 喜んで手がけたいと思います。
> シャーロック・ホームズ

の名前が語源）は、当時ロンドンの至るところにいた。強力かつ奇怪なイメージである。組合の事務所ではダンカン・ロス（"ロス"という名はイタリア語の赤を意味する"ロッソ"からきている）が、妙に愛想よくウィルソンを面接してくれた。その合否判定は、髪の毛を力いっぱい引っぱってかつらでないことを確かめるというものだ。「〔髪を染めるのに〕靴屋の蠟を使った例などお聞きになったら、人間のあさましさにうんざりしますよ」というロスのせりふとともに、名場面である。そして、仕事というのは、平日の午前10時から午後2時まで、大英百科事典をまるまる筆写するというものだとわかる。好都合なことに、質屋の忙しい時間には重ならない。ただし、勤務時間中に事務所をちょっとでも離れればただちに職を失うことになると、あらかじめ言い渡されたのだった。

二重の詐欺

ウィルソンが雇った店員のスポールディングが働きはじめたのは、数カ月前のことだった。「仕事を覚えるためだから半分の給料でいいと言って、来てくれている」熱心な店員だ。ホームズはウィルソンに、「通り相場よりも低い給料で」店員を雇えたので、運がよかったと言う。だが、スポールディングはたびたび店の地下室に下りていっては、写真を現像するとかで何時間も戻ってこない。本当はスポールディングとロスが仲間なのだと、ホームズにはピンとくる。手の込んだ計略をめぐらせたのは、ひとえにウィルソンを出かけさせて外に引きとめておくためだ。悪事をたくらんでいるに違いない。コナン・ドイルは〈三人のガリデブ〉（262～265ページ）でも同じ手を使っている。

あまりにも奇抜な話であるうえ、二人の悪漢のたくらみがなかなかわからない

ボイルストン銀行強盗事件

この作品でメリウェザーはこの事件を「前代未聞の銀行強盗」と言っているが、1869年に米国ボストンで、〈赤毛組合〉とそっくりな銀行強盗が起きている。チャーリー・バラードとアダム・ワース（モリアーティ着想のもととなったかもしれない人物。→28～29ページ）が、ボイルストン・ナショナル銀行まで付近の店からトンネルを掘って、略奪した金を東海岸沿いに船でニューヨークまで運んだのだ。《ボストン・ジャーナル》紙はこの事件を、「この街でなされたうちの最も大胆不敵な強盗」と呼んだ。金を盗み出すまでの6週間、二人は隣の店舗で美容院を営業しながら、銀行の地下金庫室へトンネルを着々と掘っていたのだ。作中の犯人たちもそうだが、彼らは週末に盗みを決行したので、銀行の翌営業日である週明け月曜日になってようやく事件が発覚した。

のちにピンカートン探偵社が事件の詳細を暴露した。この探偵社は、1914年の〈恐怖の谷〉（212～221ページ）にはなばなしく登場することになる。

赤毛組合

オールダーズゲイト街駅は、ロンドンのメトロポリタン鉄道が1865年開業時に設けた地下鉄駅のひとつ。1866年の《イラストレイテッド・ロンドン・ニューズ》掲載の銅版画。

ため、ありそうもない話が続いていく。だが、ウィルスン自身、話がうますぎると認識していることもあって、読者の疑いはある意味和らぐことになる。しかもウィルスンは、疑いを打ち消そうとして、むしろホームズ流とも言える、"ときとして事実は小説よりも奇なり"という論法を持ち出しているのだ。

かくして8週間というもの、ウィルスンは百科事典を書き写し、毎週ソヴリン金貨を受け取りつづける。ところがベイカー街を訪れることになった日の朝のこと、ポープス・コートに出勤してみると、ドアに「赤毛組合は解散した。一八九〇年十月九日」という貼り紙があった。あちこち尋ねて回ったウィルスンは、ロスには「ウィリアム・モリス」の別名もあったことを知る。セント・ポール寺院に近いキング・エドワード街の住所を教えられて出向いてみたが、「膝当てをつくる工場があるだけで、その工場の人たちも、ウィリアム・モリスにしろダンカン・ロスにしろ、まったく聞いたことがない」と言われたのだった。

犯罪の現場

ホームズはこの事件を「パイプでたっぷり三服ほどの問題」と言う。つまり、時間をかけて熟考し、あらゆる謎の要素にとりとめなく考えをめぐらせるということだ。ウィルスンから聞き出した風貌や、額に酸がはねかかってできた白いしみという隠しきれない目印から、ホームズはたちまちスポールディングの正体を見抜く(1891年当時の察しのいい読者なら、にせ金づくりに酸が使われると気づいただろう)。本名ジョン・クレイ、「ロンドンでも最も沈着にして大胆な悪党」。あとはウィルスンの店を訪ねて、クレイが何をしようとしているのかを探るだけでいい。ホームズとワトスンはロンドン地下鉄の最も古い路線でオールダーズゲイト街駅(現バービカン駅)へ行くのだが、ベイカー街の端に地下鉄の駅があった

(今もある)のだから、二人が地下鉄で移動するという記述がこれしかないのは不思議だ。ウィルスンが店を構える「サクス・コウバーグ・スクウェア」という地名は実在しない。これは王室にゆかりの名で［ウィンザー王家の旧称がサクス゠コウバーグ゠ゴータ］、ホームズが最初に下宿したモンタギュー街近くにある、ブルームズベリーのメクレンバーグ・スクウェア(ジョージ3世の妻にちなんだもの)に着想を得て名づけたのかもしれない。ただし、メクレンバーグ・スクウェアはかなり広いが、作中のサクス・コウバーグ・スクウェアは「見すぼらしくてせまい、昔は立派だったがいまは落ちぶれたという感じの地域で、くすんだ色のレンガ建ての二階屋に四方を囲まれたなかに、柵をめぐらせた小さな空地があった」という。

ウィルスンの店までやって来ると、クレイに顔を知られていないと確信するホームズはドアをノックし、ストランドへ行く道を尋ねる。クレイはそっけなく応

ぼくらは敵地に乗り込んだスパイなんだ。サクス・コウバーグ・スクウェアについてはある程度わかったから、今度は反対側の道を調査しよう。
シャーロック・ホームズ

ホームズの初期の冒険

ジョン・クレイの"正体"を、スコットランド・ヤードのピーター・ジョーンズは「殺人、窃盗、贋金造りに文書偽造という罪を犯しているんです」と言う。別名のヴィンセント・スポールディングを名乗っているときの彼は、一見それと正反対の人物に思える。

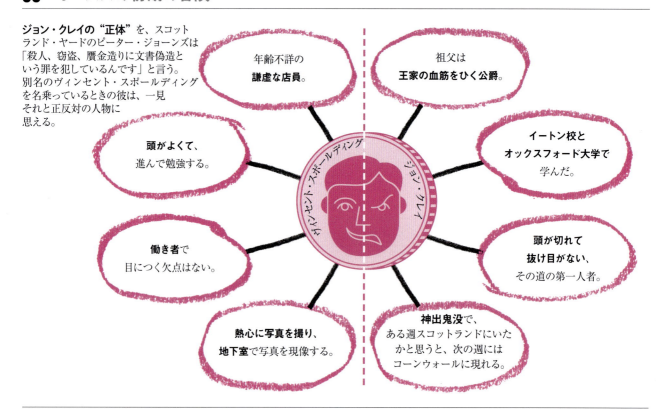

じるが、ホームズが彼を呼び出したのは、ただ彼のズボンを見るためだった。膝のところが汚れてすり切れている——地下室で何かをしている証拠だ。トンネルを掘っている以外に考えられないという結論を出したホームズは、ステッキで舗道の敷石をたたいて、うつろな音がするか確かめる。どうやらトンネルは店の前のほうへ掘られているのではないようだ。通りの角を回ってみると、うって変わってりっぱなファリンドン街にシティ・アンド・サバーバン銀行があって、質屋の店と背中合わせになっていた。

界隈を偵察しながらホームズは、「ロンドンについて正確な知識を持つのが、ぼくの趣味のひとつなのさ」と言う。コナン・ドイルも趣味が同じならよかったのだが、彼の記述には矛盾する点がよくある。たとえば、オールダーズゲイト街駅からファリンドン街はかなり距離がある

が、ホームズとワトスンが歩いていくというのは、おかしい。また、〈緋色の研究〉（36～45ページ）で二人が初めて会ったセント・バーソロミュー病院はすぐそこだというのに、まるで言及されないというのも不思議だ。

**大きな犯罪が
もくろまれている。
それをくいとめるのにはまだ遅く
ないと信ずるだけの、根拠はある。
シャーロック・ホームズ**

"遊び"の時間

パズルのピースを必要なだけ全部そろえたホームズは、その足でワトスンと一緒に、ウェスト・エンドのセント・ジェイムズ・ホールへ、実在のスペイン人ヴァイオリニストで作曲家パブロ・サラサーテを聴きにいく。いまだに事件のことがさっぱりわからないワトスンは、ホームズが「極度の無気力から猛烈にエネルギッシュな状態へ」変動することに思いをめぐらす。〈四つの署名〉（46～55ページ）に漂う雰囲気をさらにつきつめると、これは19世紀の潜在意識をめぐる不安につながっていく。また、オスカー・ワイルドの『ドリアン・グレイの肖像』（1890年）、ロバート・ルイス・スティーヴンスンの『ジーキル博士とハイド氏』（1886年）などに描かれて当時大流行した、"二重生活"という考えに触れているとも読める。ホームズの「二種類のまったく異な

る性質」のルーツは、エドガー・アラン・ポー『モルグ街の殺人』（1841年）の探偵C・オーギュスト・デュパンの"二重霊魂"にもある。だが、たぶんホームズは自分の脳を機械扱いして、ちょっと音楽を聴いて休ませようとしているだけだろう——もう日が暮れるまでやることは何もないのだ。

現行犯逮捕

その晩遅く、ホームズとワトスンは221Bで会う。刑事のピーター・ジョーンズ、シティ・アンド・サバーバン銀行の重役メリウェザー氏も一緒だ。ジョーンズが「ショルトー殺しとアグラの財宝事件」（〈四つの署名〉の事件）を引き合いに出してメリウェザーを安心させ、ホームズがスコットランド・ヤードに認知されてきたことがわかる。

一行はファリンドン街の、シティ・アンド・サバーバン銀行コウバーグ支店の地下室へ向かう。そこに、フランス銀行から借入れた「ナポレオン金貨」3万枚が一時的に保管されているのだ。床の敷石をステッキでたたいてみたメリウェザーは、「おや、うつろな音がするぞ！」と言う。ワトスンのリヴォルヴァーの撃鉄が起こされ、神経の張りつめた長い待ち時間を経て、床の割れ目から「青白い光」が一点きらめく。二人の悪党がトンネルから姿を現すと、ホームズがクレイの襟首をつかまえるが、「ロス／モリス」のほうは（本名はアーチーだと判明）トンネルに飛び込んで逃げる。だが、ウィルスンの店側で待っている警官たちに逮捕されるのだった。

深遠な考え

221Bに戻ったホームズは、事件のおかげで退屈な日常生活にひと息つけて助かったとワトスンに言う。「おかげで退屈しのぎができた」、「ああ、もう退屈が襲っ てきたよ」と。1890年代、フランス語で「退屈、倦怠」という意味の「アンニュイ」は、退廃的な世紀末の厭世観をかもし出し、オスカー・ワイルドやJ・K・ユイスマンスらの描く退廃的な人物を彷彿させるのだった。フランスの詩人シャルル・ボードレールの散文詩集『パリの憂愁』（1869年に死後出版された）も、気取った物憂い倦怠の魅力を訴えるのにひと役買った。

ホームズの最後のせりふに出てくる若干不正確なギュスターヴ・フローベールの引用、「人間は無——仕事こそがすべて」は、たまたま使った文学的な隠喩ではないと思われる。〈赤毛組合〉のホームズは〈四つの署名〉のホームズと変わらないが、〈緋色の研究〉のキャラクターからは明らかな変化が見られるのだ。〈緋色〉でワトスンは、ホームズのことを「現代の文学、哲学、政治に関しては、ほとんど何も知らないらしい」と評していた。ところが〈赤毛組合〉の冒頭で、相手の

「むだだよ、ジョン・クレイ。……もう逃げられない」というタイトルのついた、《ストランド》1891年の挿絵。トンネルから出てきたクレイの襟首をつかまえるホームズ。

経歴など詳しく推理してみせた経緯を説明して、ウィルスンに「初めは何か巧妙な方法でも使ったのかと思いましたが、聞いてみれば、たいしたことはないんですな」とずけずけ言われると、ホームズは博学にもローマの歴史家タキトゥスの言葉で切り返すのだ。つまり「未知なるものはすべて偉大に見えるものなり」と。これは彼の教養を示しているだけでなく、この奇妙な事件に寄せる処世訓としても、ふさわしいだろう。■

ジョン・クレイ

若き「その道の第一人者」ジョン・クレイは、ホームズの好敵手だ。クレイの悪知恵とその仕事ぶりに、ホームズはある種の感嘆を禁じえない。正典にはほかに登場していないが、ホームズは以前クレイに会ったことがあるようだ。事件がかたづいて報酬の話が出たとき、「ぼく自身、ジョン・クレイにはひとつふたつ返さねばならぬ借りがあったのです。……ぼくもいろいろな点で珍しい体験をしましたし」と言っている。のちに登場する大犯罪者モリアーティを予期させるようなクレイは、王族公爵の孫である。英国きっての名門パブリック・スクール、イートン校から、ホームズも学んだのではないかとされるオックスフォード大学へ進学した。スコットランド・ヤードの刑事ジョーンズに対して、クレイは紳士気取りの態度をとる。手錠をかけられながら「汚らしい手」でさわるなと言ったり、自分には「恐れ入りますが」と呼びかけるよう要求したりするのだ。

細かいことこそ何よりも重要なのだ
〈花婿の正体〉(1891)
A CASE OF IDENTITY

作品情報

タイプ
短編小説

英国での初出
《ストランド》1891年9月号

収録単行本
『シャーロック・ホームズの冒険』
1892年

主な登場人物

メアリ・サザーランド 失踪した婚約者を捜す若い女性。

ジェイムズ・ウィンディバンク メアリの若い義父。ワイン輸入会社の外交員。

ウィンディバンク夫人 メアリの母親。2度目の夫より15歳年上。

ホズマー・エンジェル メアリの婚約者。失踪中。

ベイカー街221Bでワトスンと暖炉のそばに座っているホームズが、「人生ってやつは、人間が頭の中で考えるどんなことよりも、はるかに不思議なものだね」と言う。これから展開する事件が、まさにその言葉を証明することになるのだ。ホームズが窓から外をのぞくと、下の通りに、落ち着きなく部屋を見上げる、「非常識なほど派手な帽子」をかぶって「どこかぼんやりした顔つき」の若い女性の姿がある。まもなく給仕の少年に案内されてくるのが、依頼人メアリ・サザーランドだ。

彼女は、結婚式当日に姿を消した婚約者、ホズマー・エンジェルの行方を案じていた。その話には、察しのいい読者な

ホームズによるサザーランド嬢の観察

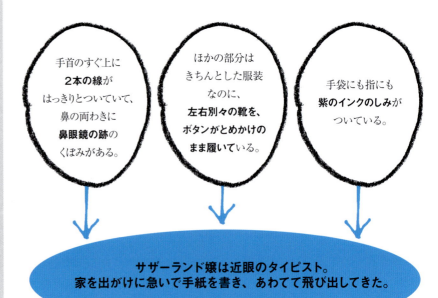

- 手首のすぐ上に**2本の線**がはっきりとついていて、鼻の両わきに**鼻眼鏡の跡**のくぼみがある。
- ほかの部分はきちんとした服装なのに、**左右別々の靴を**、ボタンがとめかけのまま履いている。
- 手袋にも指にも**紫のインクのしみ**がついている。

→ サザーランド嬢は近眼のタイピスト。
家を出がけに急いで手紙を書き、あわてて飛び出してきた。

1891年当時、規格文書作成によく使われていたタイプライター。同じ機械といえども1台ごとに文字の癖があって、ホームズはその特徴からウィンディバンクの手紙をつきとめた。

らぴんとくる手がかりが次々に出てくる。母親と、その再婚相手である若い義父ジェイムズ・ウィンディバンクと暮らす彼女は、伯父の遺産による年収100ポンドほどを両親に渡しているが、タイピストとして自分でも収入を得ている。エンジェルと会うのは、義父の出張中だけで、エンジェルはひそひそ声でしゃべり、色眼鏡をかけ、濃い口髭と頬髯までたくわえているという。彼女がもらった手紙はタイプしたものだけで（「署名まで」タイプだった）、彼のほうは郵便局留めで手紙を受け取っていた。

調査の行方

ホームズは調査を約束しつつ、彼女にはエンジェルのことを忘れるよう忠告するが、彼女は忘れられないと言う。メアリは間違いなく近眼だとホームズは指摘しているが、実際にはもっと重症の近視だろう。疑うことを知らない彼女は、いいように搾取されてきたのだ。

エンジェルの手紙は、さらにホームズの鋭い観察眼の見せどころとなる。特定の文字にはっきりとわかる特徴を見いだすのだ。彼は手紙でウィンディバンクをベイカー街へ呼び、返事の手紙が予想どおりエンジェルと同じタイプライターで打ったものであることを確認する。

犯人を追い詰める

やって来たウィンディバンクは、ことの真相を突きつけられる。彼はメアリの母親と金目当てで結婚し、メアリ自身の金もありがたく使ってきた。だが彼女が結婚すれば、年に100ポンドの収入が失われてしまう。そこで、変装姿で彼女に求婚しておいて、彼女を見捨てて姿を消すことにする。メアリがいなくなった婚約者を思いつづけてこの先何年も結婚する気になれなければ、これまでどおり金を自由にできると期待したからだ。

ウィンディバンクは悪びれもせず、法律では自分を罰することはできないとせせら笑う。かっとしたホームズは、「おまえほど罰を受けるべき人間もいない」と言って、狩猟用の鞭で「血も涙もない悪党」に目にもの見せてやろうとするが、ウィンディバンクは逃げてしまう。ホームズは笑いながら、あの男は「次から次へと犯罪を重ねていって」、やがては絞首刑になるだろう、と予言するのだ。

確かに、この事件は冒頭のホームズの説をみごとに実証している。なるほど、しっかりと観察した事実は、よくできた

> 大きな犯罪ほど
> たいていは動機が
> はっきりしてしまって、
> 単純なものになりがちなんだ。
> **シャーロック・ホームズ**

小説より奇なり、なのだ。しかし、幻影を奪ってしまうのは危険だと言ってメアリに真相を教えないのでは、うまく決着がつかない。それでは、求婚者だと思い込んでいる相手への思慕に溺れそうな、初めと変わらぬ立場に彼女をはめこんでしまい、彼女が助けを求めたことが無駄になるのではなかろうか。鈍い、滑稽な人物に描かれているメアリだが、実はお人好しでうぶなばかりに近親者から残酷にだまされる、ストイックで貞淑な犠牲者だとわかる。何よりも気の毒なのは、実の母親が策略に荷担していたことだ。これほどひどい裏切りはないだろう。■

女性と財産

19世紀になってかなりたっても、女性は結婚すると法的に独立した存在ではなくなり、正式に自分の財産はもてなくなった。所有物は何もかも夫のものとなるのだ。1870、1882、1893年など3度以上にわたって既婚女性財産法が提出されてからは事情が変わり、既婚女性にもみずからの所得と財産および相続遺産など結婚後に得た財産に対する権利が認められた。法改正のおかげで、ウィンディバンクのような欲が深く無節操な男たちが結婚を財産獲得の手段とすることは難しくなった。ウィンディバンクは、手の込んだ、意地の悪い計画を考え出して、妻と義理の娘の双方から金をしぼり取ろうとする。まず、再婚の妻を説得して、亡夫の遺した店をどう考えても損な額で売らせた。独身のメアリには自分の収入を自由にする権利があるのだが、ウィンディバンクは彼女の人のよさと気前よさにつけこんで、彼女の金も着服していたのだ。

明白な事実ほど誤解をまねきやすいものはない

〈ボスコム谷の謎〉（1891）
THE BOSCOMBE VALLEY MYSTERY

作品情報

タイプ
短編小説

英国での初出
《ストランド》1891年10月号

収録単行本
『シャーロック・ホームズの冒険』1892年

主な登場人物

チャールズ・マッカーシー 殺人事件の被害者、オーストラリアから引き揚げてきた小作農。

ジェイムズ・マッカーシー 第一容疑者、チャールズ・マッカーシーのひとり息子。

ジョン・ターナー 妻に先立たれた裕福な地主、チャールズ・マッカーシーに農場を貸している。

アリス・ターナー ジョン・ターナーのひとり娘。

レストレード警部 スコットランド・ヤードの刑事。

ホームズによる、窓の位置の推理

```
ワトスンには
軍人特有の几帳面さが
しみついている。
        ↓
彼は毎朝、日光の明かりを
利用して髭を剃る。
        ↓
顔の左にいくにしたがって
剃り方がだんだん雑になっている。
左側の光線が右側に比べて
不充分だと考えられる。
        ↓
ワトスンの寝室の窓は
右側についている。
```

妻とゆっくり朝食をとっているワトスンのもとへ、ホームズから電報が届く。パディントン発11時15分の汽車に乗るという呼び出しだったが、どんな事件かは書かれていない。駅の近くに住んでいるとはいえ、間に合わないのではないかとあわてる、ワトスン。幸いにも、忙しい病院の仕事はアンストラザー医師に代わってもらえると言って、妻がワトスンを送り出す。駅には、「単純であるがゆえにきわめて難解だというたぐいの事件」を抱えたホームズが待っていた。

致命的な口論

辺鄙な田舎の小作農チャールズ・マッカーシーが、森の中にあるボスコム池という沼のほとりで死んでいるのが見つかった。被害者にはその地域の友人がほとんどいない。つきあいがあるのは、借りている農場の持ち主ジョン・ターナーくらいだった。ターナーは昔オーストラリアでひと財産を築き、その頃波乱の日々をともにしたよしみで、マッカーシーに気前よく便宜をはかってきた。犯罪現場で父親と激しく言い争っているのを目撃された、被害者の息子ジェイムズに容疑がかかった。彼の言うには、父親と口論

ボスコム谷の謎

のあとで戻ってみると、頭を殴られて死んでいたのだという。

ジェイムズは口論の原因を明かそうとせず、父が死の間際に「ア・ラット（一匹のネズミ）」とか何とか、よく聞き取れない言葉をつぶやいたとしか言わない。さらに、自責の念に苦しんでいるようだし、重い鈍器ともなりそうな銃を抱えていたのを目撃されていた。だが、ターナーの娘でジェイムズと幼なじみのアリスは、彼の無実を信じており、ホームズに助けを求めてきたのだった。

地方への旅

〈ボスコム谷の謎〉は、ホームズとワトスンがロンドンという「巨大な汚水溜め」（〈緋色の研究〉）からイングランドの地方へ向かう、初めての物語だ。ホームズは電報で、新鮮な空気と申し分のない景色でワトスンの気をそそろうとしている。また、旅ともなれば、街中とは違う服を着る機会もできる。「長い灰色の旅行用マント」に身を包んだホームズは、いつもの長身が「いっそうひょろ長く」見えた。また、二人を駅で出迎えるスコットランド・ヤードのレストレード警部の服装は、どことなく滑稽味が感じられる。彼は「あたりの田園風景に合わせるように、薄茶色のダスターコートを着て、脚には革のゲートルを巻いていた」のだが、ひと目でロンドンの刑事だとわかる目立ちぶりだった。

二人の探偵

レストレードは少し前から現地に来ていて、非公式な立場かもしれないが、実際にはそこでも警察の一員として活動していた。ホームズと同様、ジェイムズの嫌疑を晴らしてほしいと頼まれているはずだが、彼が犯人だと率先して説いて回っているようにしか思えない。「父親のマッカーシーは息子のマッカーシーに殺された……この事実に反するような理論はすべて、たわごと（ムーンシャイン）みたいなものです」と。

正典全体においてレストレードとホームズの関係はあまりうまくいかないが、この事件のときほどけんか腰になることはない。ほかの作品の場合のように時おり互いに敬意を示すことが、ここではまるでないのだ。レストレードはホームズのやり方に「ちっとも関心がなさそうで、軽蔑するような目つき」だし、ホームズ

> 何もかもが謎めいていて、およそありそうにもないことだらけだ。
> **ワトスン博士**

のほうは犯行現場をすっかり踏み荒らした警部を辛辣な言葉で非難する。公と私、二人の探偵はひっきりなしに互いを攻撃し（ただし時おり楽しそうにして）、一度は馬車で移動中にひとしきりやり合ったあと、レストレードが機嫌をそこねてホームズにくってかかる（「興奮ぎみ」に）。ホームズは人間に対する心理学的洞察と、犯行現場の粘り強い分析によって、事件を解決する。ジェイムズの自責の念や黙秘、つくりごとめいた証言が有罪のしるしと思われるなか、ホームズは悲嘆

鹿撃ち帽（ディアストーカー）

前後にまびさし（つば）があって耳覆いが付いた柔らかい布の帽子、ディアストーカーは、シャーロック・ホームズのトレードマークになっているが、意外なことに、原作のどの物語にもその名前は一度も出てこない。〈ボスコム谷の謎〉でコナン・ドイルは、地方へ旅に出かけるホームズが「ぴったりした布の帽子」をかぶっていると書いたが、のちに〈名馬シルヴァー・ブレイズ〉（106〜109ページ）では「耳覆いつきの旅行帽」と表現している。このホームズの定番イメージをつくりあげた功績は、〈ボスコム谷の謎〉でホームズに初めてディアストーカーをかぶらせた《ストランド》の挿画家、シドニー・パジェットにある。都会的紳士の旅装に似合わぬ素朴な帽子を選んだのはいささか奇妙だが、ディアストーカーはパジェット自身が田舎でよくかぶっていたお気に入りの帽子だった。その後のホームズがボスコム池の湿地帯で地面に這いつくばってひたすら獲物を追いかけ、追跡にすっかり熱中することを思えば、結局ディアストーカーはあながちおかしな選択ではないと思えるのだ。

> ぼくのやり方は
> よく知っているじゃないか。
> 些細なことを観察してだよ。
> **シャーロック・ホームズ**

猟犬ホームズ

ホームズがボスコム池の周辺を調べる場面は、猟犬さながらの名探偵をこのうえなく生き生きと描いている。小道を進んでいきながら別人のように変貌していく彼が、人間よりも獣に近づいていき、「大きく広がった鼻孔に、ひたすら獲物を追い求める動物的欲望ばかりが息づいているように思えた」。そして、緊張とともに身体がかがんで丸くなり、鋼鉄のような輝きを放つ目が地面をにらんで、「たくましそうな長い首に血管をくねくねと浮き立たせて」いたという。見違えるほどの変身ぶりは、ワトスンが「ベイカー街でもの静かに思索にふけり論理に浸るホームズしか知らない者が、いまの姿を見ても、同一人物だとは夢にも思うまい」と言うほどだ。

犯罪現場は踏み荒らされていたが、ホームズはもちろん、ほかの誰もが見落としていた手がかりを探り出し、やがて大きめの石を本当の凶器だと言ってレストレードに差し出す。そして警部に、犯人は「背が高く、左ききで、右足が悪い。底の分厚い狩猟用の靴を履き、グレイの

にくれる無実の男が陥りそうな、混乱した感情を察知するのだ。ホームズによる拘置所にいるジェイムズの取り調べはいわゆる"オフカメラ"(カメラに映らないシーン)だが、彼は何もかも聞き出して戻ってくる。まじめな若者にはありがちだが、ジェイムズも女性の名誉にかかわる問題ゆえに口をつぐんでいた。警察に話をしたがらない彼から、ホームズは重要な事実を言葉巧みに引き出すのだった。

> わたしはね、ホームズさん、
> 事実と取り組むだけで精いっぱいで、
> とても理論や空想に浸っている
> 暇はありませんよ。
> **レストレード警部**

外套(がいとう)を着て、ホルダーを使ってインド産葉巻を吸い、ポケットに刃先の鈍ったペンナイフを忍ばせている男だ」と教える。もう解決したも同然で、ホームズには犯人も動機もわかっているのだ。

オーストラリアの因縁

その後ホームズはターナーと密かに会って、真相を明らかにする。ターナーはオーストラリアで、事業によって富を築いたのではなく、山賊稼業で荒稼ぎしたらしい。"バララット(Ballarat)のブラック・ジャック"という通り名だったので、瀕死(ひんし)のマッカーシーがそう言おうとして、「ア・ラット(a rat)」というつぶやきに聞こえたのだ。ターナーの昔の悪事を目撃したことのあるマッカーシーは、長年にわたり地主である彼を脅迫してきたが、自分の息子とターナーの娘アリスとの結婚を迫るようになると、老ターナーの忍耐の限界を超えた。ひとりきりの子どもが最悪の敵の言いなりにされるのかと思うと許せず、自分はどうせ病気で先もな

猟犬さながらの熱心さで手がかりを捜すホームズ。ボスコム池周辺を調査するホームズを描いた、《ストランド》の挿絵。

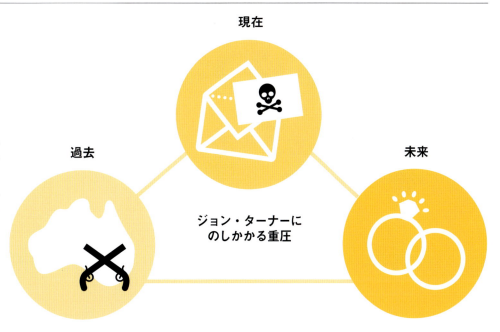

ジョン・ターナーは、過去、現在、未来の重圧が重なって耐えきれず、殺人に至る。
過去：オーストラリアで荒くれた山賊だったターナーを目撃したマッカーシーに、それをばらすと脅迫される。
現在：過去を知るマッカーシーに、金と土地と家をゆすり取られる。
未来：ついにマッカーシーが、ターナーに応じられない要求を持ち出す。娘を嫁にくれというのだ。

現在

過去

未来

ジョン・ターナーにのしかかる重圧

いという気持ちから、マッカーシーの口を封じてしまったのだ。

コナン・ドイルの描く、秩序正しい英国社会に忍び込む無秩序でいかがわしい出来事は、新興の国々に端を発することが多いようだ。その筆頭は堕落したモルモン教徒、テキサス州の人種差別主義者、アイルランド系移民のギャングなどのアメリカだが、トラブルのもとがオーストラリアのこともある。この物語が書かれた頃には、とうの昔に囚人の流刑地ではなくなっていて、最後の移送船がオーストラリア西部の海岸に囚人を降ろしたのはコナン・ドイルが10歳になる前のことだったが、たとえ自主的に渡るにしても、その地には追放のイメージがいつまでもつきまとった。

コナン・ドイルにとってオーストラリアは、チャンスが無数にあって詮索されることのあまりない、合法的にであれ非合法にであれ、新たな人生を始めるにもひと財産つくるにもいい土地だ。本作のターナーのように、新天地オーストラリアでいかがわしい行為によって財産を成した放蕩息子が帰国するというテーマを、彼は繰り返しとりあげた。〈グロリア・スコット号〉（116〜119ページ）も、その一例となっている。

無罪放免？

この事件に限らないが、少なくともホームズにとって最も頭を悩ませることとは、解決によって浮かんでくる倫理上のジレンマである。ホームズが発見したことを洗いざらい明かせば、ジェイムズの嫌疑は晴れるだろうが、その結果、ターナー父娘が破滅することになる。幸い、警官ではなく諮問探偵であるホームズは、この事件に自由裁量がきく。

マッカーシーの息子を絞首台送りにしないという義務を果たしさえすれば、ホームズはハッピーエンドになるよう勝手に工作できるのだ。面会のあと、先の長くない殺人犯ターナーの署名入り供述書を手に入れたホームズは、どうしても必要にならないかぎりそれが人目に触れないようにすると約束する。数々の項目にわたる異議申請書の力で、ホームズはなんとかジェイムズの無罪を勝ち取った。ジェイムズとアリスは、家族の不穏な過去を知らないまま、幸せな未来を築いていけるようになったのだ。■

いずれあんたがたがこの世と別れざるをえなくなるときがきても、このわしに安らかな死を恵んでくれたことを思い出せば、きっと安らかな眠りにつくことができるだろう。
ジョン・ターナー

ここはいわば、最終上告裁判所ですから

〈オレンジの種五つ〉(1891)
THE FIVE ORANGE PIPS

作品情報

タイプ
短編小説

英国での初出
《ストランド》1891年11月号

収録単行本
『シャーロック・ホームズの冒険』1892年

主な登場人物

ジョン・オープンショー　ウェスト・サセックス州ホーシャムの若い地主。

ジョゼフ・オープンショー　ジョンの亡父。自転車工場のオーナーだった。

イライアス・オープンショー　ジョンの伯父。故人。若い頃アメリカに渡り、帰国後はサセックス州にひきこもっていた。

コナン・ドイルは〈オレンジの種五つ〉を1891年初めに書いたが、インフルエンザにかかったため、《ストランド》に原稿を送ったのはその年の5月になってからだった。これはホームズ物語のうちでも特に奇妙で悲惨なストーリーだと言える。ホームズは依頼人の若者が殺されるのを防ぐことも、殺人犯を捕まえることもできず、謎の真相をつきとめるにも至らなかったからだ。それでもコナン・ドイルは、これをお気に入りの作品に数えている。

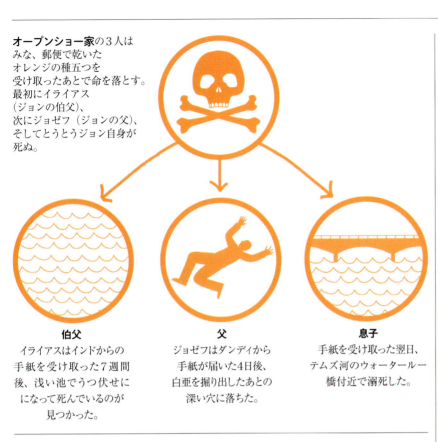

オープンショー家の3人はみな、郵便で乾いたオレンジの種五つを受け取ったあとで命を落とす。最初にイライアス（ジョンの伯父）、次にジョゼフ（ジョンの父）、そしてとうとうジョン自身が死ぬ。

伯父
イライアスはインドからの手紙を受け取った7週間後、浅い池でうつ伏せになって死んでいるのが見つかった。

父
ジョゼフはダンディから手紙が届いた4日後、白亜を掘り出したあとの深い穴に落ちた。

息子
手紙を受け取った翌日、テムズ河のウォータールー橋付近で溺死した。

導入部でワトスンは、この事件を紹介する理由を少し説明している。謎の一部分しか解明されず、「憶測や推量でしか説明のつかない」事件もつねにあった。そのひとつが〈オレンジの種五つ〉だが、細かな点で注目に値するので、あえて語ってみるというのだ。確かに、語り口の面白さで読ませる作品である。そしてまた、失敗例もあれば物語世界の現実味が増すだろうし、冒険が必ず上首尾に終わるのではないほうが読者の関心をそらさずにいられると、コナン・ドイルは思ったのではないだろうか。

事件は嵐とともに

事件が起こるのは1887年。ワトスンが不吉な言葉で描写する9月秋分の嵐の最中に、物語の幕が開く。世界が混沌にのみ込まれてしまいそうな、こんなとき、その恐怖を寄せつけぬためにホームズは絶えず警戒していなければならない。ホームズ物語ではよく、危険は遠い地方に潜んでいて、ロンドンがまともな場所と思える。だが、その安全はこわれやすく、守るためにホームズは気をゆるめることができないのだ。彼が暗鬱な気分でいても不思議はない。

嵐が最高潮に達する頃、玄関に呼び鈴の音がする。あまりの荒天に、さすがのホームズもいつもの先見の明を欠いているらしい。こんな晩に依頼人が来るはずがないので「下宿のおかみの友だちかもしれんな」と言う。だがホームズの推測は当たらなかった。客はまさかの依頼人——嵐でずぶぬれになり、心配にうちひしがれた20代はじめの男だったのだ。

気を取り直したホームズは、相手の靴についた粘土と白亜土の混合物から、ロンドンの南西部から来たと推理する。のちにワトスンも認めるとおり、ホームズは探偵という仕事に関係するほぼすべての分野にわたって知識を身につけていて、地質学はそのひとつなのだ。依頼人の若者は、現在のウェスト・サセックス州にあるホーシャムから来たのだった。

3通の手紙

どこから来たかがはっきりしたところで、その若者はジョン・オープンショーと名乗り、自分の一家に降りかかった「尋常ではない」「不可解な事件」を語る。彼の父親ジョゼフは、自転車の製造と「パンクしないオープンショー・タイヤ」の発明で財産を手にした。一方、伯父のイライアスは渡米してフロリダ州の農場主として財を成し、南北戦争では南軍で大佐として戦った人物だが、不思議なことに1869年頃、サセックス州の人里離れた屋敷にひきこもってしまった。気難しいイライアスは世捨て人同然で、甥のジョン少年だけを気にかけていたようだ。家

ジョゼフ・オープンショーを描いた《ストランド》の挿絵。彼はオープンショー一族の中で2番目に、五つのオレンジの種を受け取って"クー・クラックス・クラン"の被害者となった人物。受け取ったあと4日目に死んだ。

クー・クラックス・クラン

クー・クラックス・クラン（K・K・K）は1860年代末、南北戦争直後に、奴隷の解放および政治参加への憤りから、アメリカ南部諸州で台頭した。1865年ないし1866年にテネシー州で、もと南軍の将校6人がつくった社交クラブが始まりだったという。大学の友愛会のギリシャ語名をまねて会に"クー・クラックス・クラン"と名づけ、白いローブをまとって地元の黒人たちを脅かした。だが、面白半分に始めたことがたちまちエスカレートして暴力的なテロ集団に発展、白いシーツをかぶった騎馬自警団が南部で黒人を殺したり、黒人の家を焼き払ったりして回った。

南軍のネイサン・フォレスト将軍がこの秘密結社の初代"総統"（グランド・ウィザード）だが、南部の不満をもつ白人はみなこの組織に引き寄せられていった。リンチされ、銃で撃たれ、家ごと生きたまま焼かれて、何万人もの黒人が死に追いやられた。ホームズが参照した百科事典の記述が本物なのか、K・K・Kが実際にオレンジの種を警告に使ったのかは不明。しかし、この運動の中核が秘密にされていたのは確かだし、脅しから恐ろしい暴力までありとあらゆる手段で徹底的に恐怖心と忠誠心を植えつけたのだった。

グラント大統領政権下の合衆国政府が大々的に厳しく取り締まったため、結社の活動はコナン・ドイルも書いているとおり1870年頃に静まった。だが、K・K・Kはたんに鳴りをひそめただけで、20世紀初頭に、その後また最近になっても出現している。

のことは甥に任せきりだったが、いつも鍵のかかっている屋根裏部屋は例外だった。1883年3月のある朝、インドのポンディシェリから手紙を受け取ったイライアスは、なぜか恐怖におののいた。封筒には"K・K・K"と書かれ、中に乾いたオレンジの種が五つ入っていたが、伯父は手紙をジョンには読ませなかった。取り乱したイライアスは屋根裏部屋へ駆け上がり、蓋の裏に封筒と同じ"K・K・K"のしるしがある真鍮の小箱を持って戻ってきた。彼はその中に入っていた書類を焼き捨て、ジョンの父親ジョゼフに財産を譲るという遺言を作成する。その7週間後、イライアスは浅い池で死んでいるのが見つかった。検死裁判の評決は自殺だったが、ジョンにはそう思えなかった。

父ジョゼフが屋敷を相続したあと、1年あまり何ごともなく過ぎたが、1885年1月になってダンディー（スコットランド）の消印がある手紙が届く。中にはオレンジの種が五つ。封筒の内側には"K・K・K"のしるしとともに"書類を日時計の上に置け"と書いてある。問題の書類はイライアスが焼却したので、ジョゼフは何もしなかった。それから4日後、彼も意識不明で発見されたあと死亡する。白亜を掘り出したあとの深い穴に落ちたらしいのだ。

今度はジョンが遺産を相続し、2年ばかりは平穏だった。ところが、ホームズを訪ねてくる前日、彼のもとにもオレンジの種五つと"K・K・K"のしるしを伴う同じメッセージが届く。今回の消印はロンドンだった。

ホームズ乗り出す

ジョンの話を聞いたホームズは、依頼人に恐ろしい危険が迫っているとすぐに察し、彼の訴えを深刻に受け止めなかっ

> 伯父の顔を見て
> 笑いが消えてしまいました。
> 伯父は灰色の顔をして、
> 唇がひきつり、目は飛び出さんばかりなのです。
> ジョン・オープンショー

たという警察を非難する。ジョンの手もとには、真鍮の箱から落ちて焼かれずにすんだらしい、「謎めいたこと」が書いてある色褪せた紙切れがとってあった。ホームズは彼に、すぐ家に帰って、ほかの書類は焼き捨てられて1枚しか残っていないというメモと一緒に、その紙を日時計の上に置くよう忠告する。

青年が帰っていくと、ホームズは事件についての考えをワトスンに説明する。いくつか話に出てきた手がかりから、どんな危険があるかを見抜いていたのだ。フランスの博物学者ジョルジュ・キュヴィエ（1769〜1832）が1本の骨を観察しただけでその動物の全体像を描いたように、「一連のできごとのなかのひとつの環（わ）を理解した観察者は、その前後につながるすべての環を正確に説明できるはずだ」と彼は言う。架空の探偵でこのようにキュヴィエに触発されたのは、ホームズが初めてではない。エドガー・アラン・ポーの『モルグ街の殺人』に登場するC・オーギュスト・デュパンも、エミール・ガボリオーのルコック探偵も、キュヴィエを引き合いに出しているのだ。

このように、"新種"の探偵は警察のやり方とは異なる論理的アプローチをと

オレンジの種五つ

> 人間は頭脳という屋根裏部屋に使いそうな道具だけをそろえていき、あとは書斎の物置にでも放り込んでおけばいいのさ。必要になったら、物置に取りにいけばいいんだから。
>
> シャーロック・ホームズ

る。警察は事件を単独でとらえ、目の前の事実だけに取り組んで、広範な基礎知識など、ほかからの情報を活かして論理をつなげたりはしない。それもあって、警察に対してホームズはたびたび憤慨するのだ。現代になってやっと、警察でも論理的、科学的考え方で捜査を進めるのが一般的になってきた。

秘密結社

ジョンの伯父イライアスがアメリカを立ち去ったのには、大きな理由があったはずだし、人づきあいを嫌ったのは身を潜めていたからだと、ホームズは推理する。殺人の手際のよさからして、個人のしわざではなく、背後に組織の存在がうかがえる。"K・K・K"というのは、その団体の略号に違いない。ホームズはワトスンに、『アメリカ百科事典』をめくって"K・K・K"の項を示す。それは南北戦争後、元南軍兵士たちがつくった秘密結社だった（→76ページ囲み）。結成されると急速にアメリカ各地に広がり、意見が対立する相手や黒人たちを殺害しているという悪評がたった。ナラの小枝やメロンの種、あるいはこの事件のようにオレンジの種を送りつけて警告することがよくあるという。

ホームズの考えでは、種が送られてきたのは、要求どおりにしなければ報いを受けることになるという警告なのだ。かろうじて残った紙切れから察するに、焼き捨てられた書類というのはK・K・Kが事前に種を送りつけた相手と、その後の対応の記録だ。その記録をイライアス・オープンショーが握っていては、結社にとって脅威となる。彼がアメリカを離れた1869年が、実在のK・K・Kが突然活動を停止した時期と一致するのも意味ありげだった。ホームズは、単独あるいは複数の犯人が被害者のもとに到着して犯行に及ぶのは、警告文が届いてからかなり時間がたってからだということから、犯人は帆船に乗っていて、郵便が運ばれる汽船よりも航行時間が長くかかるからだと見抜く。ポンディシェリ発の時間差は7週間あったが、ダンディーからだとほんの数日しかずれなかった。最新の手紙がロンドンの消印だというのは、殺人者がすぐそこに迫っているしるしだ。

不慮の事故

みごとな分析をしたあと、その晩できることはもうないと思ったホームズは、ヴァイオリンを奏ではじめる。ところが、珍しいことにホームズの判断は間違っていた。翌朝起き出してきたワトスンの目に飛び込んできたのは、ジョン・オープンショーが不慮の事故に遭い、ウォータールー橋付近のテムズ河で溺死したという記事だった。ワトスンによると、「ホームズがこれほどふさぎ込み、動揺している姿は、見たことがなかった」という。

厳しい結末

オープンショー青年の恨みを晴らすと決心したホームズは、みずから殺し屋たちの追跡にかかる。警察は頼りにならない。だから「このぼくが警察になるんだ。

1945年、〈オレンジの種五つ〉をもとにした映画、『恐怖の館』が公開された。古いマナーハウスでの相次ぐ死を、ホームズが捜査する。毎回、被害者には死を予告するオレンジの種が届けられた。

ホームズの初期の冒険

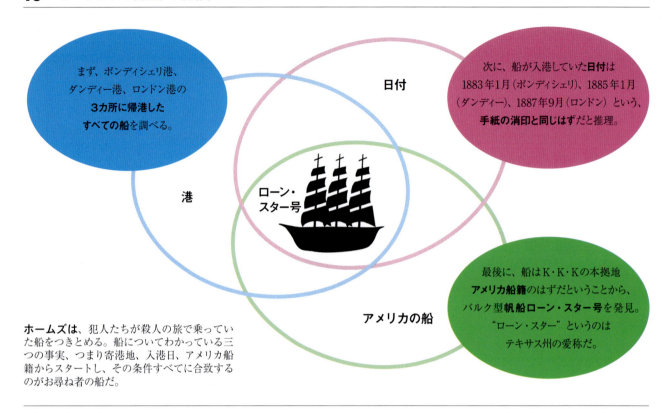

まず、ポンディシェリ港、ダンディー港、ロンドン港の**3カ所に帰港した**すべての船を調べる。

次に、船が入港していた**日付**は1883年1月（ポンディシェリ）、1885年1月（ダンディー）、1887年9月（ロンドン）という、**手紙の消印**と同じはずだと推理。

最後に、船はK・K・Kの本拠地**アメリカ船籍**のはずだということから、バルク型**帆船ローン・スター号**を発見。"ローン・スター"というのはテキサス州の愛称だ。

日付 / 港 / アメリカの船 / ローン・スター号

ホームズは、犯人たちが殺人の旅で乗っていた船をつきとめる。船についてわかっている三つの事実、つまり寄港地、入港日、アメリカ船籍からスタートし、その条件すべてに合致するのがお尋ね者の船だ。

ぼくが網を張り終わったあとなら警察もハエぐらいつかまえられるだろうが、それまでは何もできんよ」と。

ホームズは驚くべき手際のよさで、ロイズ船舶協会の登録簿から、アメリカ船籍のローン・スター号という帆船が当該日にポンディシェリ港とダンディー港に寄港していたことと、ジョージア州サヴァナ港へ向けてロンドン港を出港したばかりだということを探り出す。乗船しているのは、ジェイムズ・キャルホウン船長ら3人のアメリカ人だ。そして、オレンジの種を五つ入れた封筒の折り返しに「J・Oの代理S・H」と書いて、「米国ジョージア州サヴァナ港、バルク型帆船ローン・スター号、ジェイムズ・キャルホウン船長殿」へ宛てて送る。郵便船はローン・スター号より先にサヴァナ港へ到着するはずだ。そして、サヴァナの警察には電報で、到着しだい殺人の指名手配者3人を拘束するよう知らせておいた。

探偵の仕事としては、ホームズ物語中でもかなり手際のいいほうだ。オレンジの種が入り略号が記された封筒だけから、24時間以内に、首謀者である大西洋の向こうのぞっとするほど残忍な組織をつきとめ、逮捕を手配するのだから。だが、どんなにホームズが上首尾だろうと、助けを求めてきた青年は死んでしまい、ロー

こうなれば、もうぼく自身の問題だ。命のあるかぎり、きっとこの悪党どもをつかまえてやる。
シャーロック・ホームズ

ン・スター号はサヴァナに到着せずじまいになる。海上で嵐が猛威をふるい、「大西洋のはるかかなたで船尾材の破片が見つかり、そこに『L・S』という文字が刻まれていた」というのだ。ホームズの捜査法が最大の功績をあげた物語であるとともに、おそらくは最も陰鬱な解決を迎えた物語でもあろう。

物語への反響

〈オレンジの種五つ〉の発表後しばらくして、エドマンド、ディルウィン、ウィルフレッド、ロナルドのノックス4兄弟が物語を詳しく分析して、間違いや矛盾を見つけ出した。兄弟は気づいたことをコナン・ドイルに手紙で知らせたが、作者は長いあいだ返事をしなかった。20年後の1911年、ロナルド・ノックスはホームズ物語を初めて真剣に分析した「シャーロック・ホームズ・文献の研究」を執筆し、その過程で、現在"グランド・

ゲーム"（→326ページ）として知られる研究が始まった。以来、この風潮はどんどん盛り上がっていき、ホームズ・ファンたちはホームズを実在の人物扱いして物語を詳しく読み込み、誤りをいちいち分析するようになったのだった。

ノックスがその論文を送ると、コナン・ドイルはとうとう沈黙を破って返事をした。「楽しませてもらったと書かずにはいられません——また、シャーロック・ホームズ論を読んで驚きもしました。……あれを題材にしてそれほどの労力を費やす人がいるのが驚きだったのです。作者の私よりあなたのほうがずっとお詳しい。前に書いたものを参照せず、ばらばらな（しかも無頓着な）書き方をしたものですから」

グランド・ゲームのファンたちによる〈オレンジの種五つ〉の分析によれば、絶対確実を期すホームズがあの晩、依頼人を帰してみすみす死なせてしまうのが信じられないという。イライアス・オープンショーの自殺という評決がありそうもないとか、歴史上のクー・クラックス・クランとK・K・Kのあいだにいくつか不整合があるという批判もある。また、K・K・Kが都合の悪い書類を直接取り戻そうとしなかったのも、疑問だという。

力と陥りがちな誤り

グランド・ゲームの参加者たちが徹底的に研究したとはいえ、この物語の批判や分析は重要なポイントを見落としているのではなかろうか。この点にはコナン・ドイルもきっと同意することだろう。この〈オレンジの種五つ〉は、非常に雰囲気に富んだ作品だ。五つの小さな種が並々ならぬ象徴的な力を発揮し、出現するたびに死の兆しとなり、物語がどんどん勢いづいていく。海の向こうの邪悪な出来事や秘められた争いが、静穏なふるさとサセックス地方の安住の家にまでやって来るのだ。

ホームズ物語の中で、名探偵がこれほどむきだしの弱さを見せ、犯罪と闘うみずからの役目がとてつもなく責任重大なものだと痛切に思い知る作品は、ほかにない。若い依頼人に「ここはいわば、最終上告裁判所ですから」と言っており、この物語で彼は、その役目を担うのがたいへんな重荷であることを承知している。そして、依頼人の死を防げなかったことにより、ホームズはひどく傷つく。みごとな偉業の合間に、そんなふうな誤りや思いやりがちらりと顔をのぞかせるからこそ、世界中で長きにわたりホームズが読者の心に残っているのかもしれない。■

ハンガーフォード橋から見たウォータールー橋の眺め、1888年。K・K・Kの最後の犠牲者ジョン・オープンショーは、この橋付近で転落死したが、公式には「不慮の事故の犠牲者」と記録された。

イライアス・オープンショー

〈オレンジの種五つ〉には、探偵小説やホラー小説でよくある、誰かの過去から亡霊が現れて当人や子孫につきまとうという仕掛けがある。イライアス・オープンショーの場合、とっくの昔に縁を切ったはずのK・K・Kが、なお彼を追ってきている。甥が振り返って、伯父は「気性が激しくて、すぐにかっとなるし、怒ると口が悪い」人だったと言う。フロリダの農場で奴隷を働かせて財産を築いたイライアスは、人種差別主義者で、南北戦争では南軍で戦った。推測にすぎないが、1866年にK・K・Kに加わって過激な活動に何らかのかたちで関与し、1869年頃、K・K・Kのメンバー多数の罪が露見するような書類を持ってアメリカから逃れたのだろう。この種の物語には珍しく、イライアスがしたことも、書類を入手した経緯やアメリカを去った理由やK・K・Kに追われる理由も、わからずじまいになる。因縁を物語らずにおくことによって過去に謎を残し、巧みに読者をじらしているのだ。

知るのが遅くなったとはいえ、何もわからないよりはましだろう

〈唇のねじれた男〉(1891)
THE MAN WITH THE TWISTED LIP

作品情報

タイプ
短編小説

英国での初出
《ストランド》1891年12月号

収録単行本
『シャーロック・ホームズの冒険』1892年

主な登場人物

ネヴィル・セントクレア 裕福な実業家。

ヒュー・ブーン 顔に醜い傷あとのある物乞い。

セントクレア夫人 ネヴィル・セントクレアの妻。

アイザ・ホイットニー ワトスンの患者。アヘン中毒者。

ケイト・ホイットニー アイザの妻。メアリ・ワトスンの友人。

メアリ・ワトスン ワトスンの妻。

ホームズ、手紙の封筒を調べる

- 宛先の名前はまっ黒なインクで書かれ、自然に乾いているから、書いてしばらく時間をおいたらしい。
- 住所の部分が灰色がかっているのは、書いてすぐに吸取紙を使った証拠だ。

↓

書き手は名前を知っていたが、住所のほうは調べにいかざるを得なかった。住所を知らなかったとしか考えられない。

この物語は珍しく、ワトスンと妻メアリの家から始まる。ある晩、メアリの友人ケイト・ホイットニーがいきなり訪ねてきて、アヘン中毒の夫アイザがもう二日も家に帰っていないと助けを求めるのだ。アヘン窟に入り浸っているのだろうということで、彼の主治医であるワトスンが、連れ戻しにいくことになる。この場面では、珍しくワトスンの家庭生活がかいま見える。「これはいつものことだった。悩みごとのある人たちは、まるで灯台に集まる鳥のように、妻のところへやってくるのである」と言うワトスンの口調には、愛情も忍従の気持ちもこもっているようだ。

アヘンの毒煙にまぎれて

ワトスンは、ロンドン橋付近にある〈金の棒〉という家に着くと、「移民船の下級船室のように木製の寝台が段々に備えつけられ、アヘンの茶色い煙がもうもうと立ちこめている」、「天井の低い細長い部屋」へ入っていく。すぐに、妻ケイトが見越していたとおりの、みじめな状態のホイットニーに出くわす。ところがワトスンが驚いたことに、ぶつぶつつぶやく客たちにまじってホームズの姿があるではないか。老いぼれた麻薬中毒者に変装し

て、事件の捜査中らしい。ワトスンはホイットニーを馬車に乗せて送り出すと、友人の捜査に同行する。ネヴィル・セントクレアというりっぱな実業家が、〈金の棒〉3階の窓にいる姿を偶然通りかかった妻に目撃されたあと、行方不明になったのだという。セントクレア夫人はなんとかその建物に入ったが、3階にはヒュー・ブーンという足の悪い醜い物乞いしかいなかった。だが窓敷居に血がついているし、夫の衣類や持ちものが部屋に隠されていた。窓から見下ろせる河の底からは上着が見つかった。ブーンは逮捕されるが、それ以上の糸口がつかめず、セントクレア夫人がホームズに真相究明を依頼したのだ。ホームズは当初、すぐに殺人と判明するだろうと考えていた。そのアヘン窟が「この河岸界隈でもいちばんひどい、人殺しの巣窟」で、インド人のあるじは「悪名高いならず者」だと知っていたからだ。

同一人物

ところが、セントクレア夫人が夫からの手書きの手紙を受け取ったことで、その考えは間違いだと判明する。ワトスンが眠り込んだあと、徹夜で解決への鍵をつかんだホームズは、それまで真相がわからなかった自分を厳しくけなす。そしてワトスンとともにボウ街の警察署に向かうと、ブーンの顔を入浴用のスポンジでこすって、文字どおり問題をきれいにぬぐい去る。

ヒュー・ブーンとネヴィル・セントクレアは、実は同一人物だったのだ。もと舞台役者で新聞記者となったセントクレアは、記事を書くための下調べで、物乞いを実体験してみた。そのとき、うまくやれば物乞いがどんなに儲かるかを知ってしまったので、楽に金を稼ぐため何年も醜い物乞いに扮装してきたのだった。身支度のために借りたアヘン窟の上の部屋にいるところを、予期せず妻に見られてしまい、なんとか秘密は守ったが殺人の容疑をかけられたわけだ。しかし、実際には犯罪などなかったので、にせ物乞いに扮するのをやめると約束したうえで、ネヴィル・セントクレアは釈放された。

「ごろつきインド人」

アヘン窟の経営者である"ラスカー"の描き方が人種差別的だという非難もある。ラスカーというのは英国船で働いていたインド人水夫のことで、その多くがロンドンに定住した。だが、ホームズが

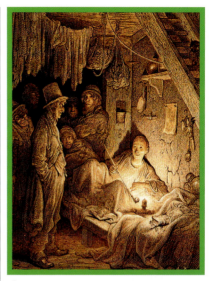

『「エドウィン・ドルード」におけるインド人水夫の部屋』と題するギュスターヴ・ドレの版画。ヴィクトリア朝時代のいかがわしく不潔なアヘン窟を描いている。ディケンズの死から2年後の、1872年の作。

悪く言うのは、人種でなく凶悪な犯罪行為に起因しているようだし、現代の読者にとっては、〈三破風館〉(272〜273ページ)で戯画化されている黒人スティーヴ・ディクシーより、はるかにましな描写なのではなかろうか。■

ヴィクトリア朝ロンドンのアヘン窟

ヴィクトリア朝時代のアヘン窟内部の幻想的でいかがわしい世界を、ワトスン博士は魅力ある文章で再現している。当時実在したアヘン窟をモデルに書かれたのかもしれない。19世紀、ロンドンでいちばん有名なアヘン窟を、コナン・ドイルも知っていたことはほぼ間違いない。そこはインド人でなく、アー・シンという中国人移民が経営していた。客はほとんどが中国人水夫だったが、好奇心の強い紳士や文学界の名士も訪れた。アー・シンのアヘン窟はディケンズの遺作となった『エドウィン・ドルードの謎』(1870年)に描かれて不朽の名声を得ることになり、アー・シンはその大作家が来たことがあると自慢していた。

しかし、ロンドンのアヘン窟は、文学作品や当時の大衆紙がほのめかしているよりずっと数少なかった。1868年の薬事法で薬屋でのアヘン製品販売が規制されたし、ロンドンにいるアヘン中毒者の多数派は、穴倉のような地下室で毒煙を吸う紋切り型の移民たちでなく、鎮痛剤あるいはその他の症状を抑える薬としてアヘンチンキを処方された患者のほうだった。アヘンチンキは、"19世紀のアスピリン"と言われることもあるほど、何にでも使われていたのだ。

これよりもっと大きくて古い宝石になると、それにまつわる血なまぐさい事件も、カットされた面の数だけあることだろう

〈青いガーネット〉(1892)
THE ADVENTURE OF THE BLUE CARBUNCLE

作品情報

タイプ
短編小説

英国での初出
《ストランド》1892年1月号

収録単行本
『シャーロック・ホームズの冒険』1892年

主な登場人物

ヘンリー・ベイカー 大英博物館近くのパブの常連。

ピータースン 便利屋(コミッショネア)。

モーカー伯爵夫人 青いガーネットを所有する富豪。

キャサリン・キューザック モーカー伯爵夫人のメイド。

ブレッキンリッジ コヴェント・ガーデン市場の家禽類卸屋(かきんるい)。

ジョン・ホーナー 青いガーネットを盗んだ容疑で捕まった鉛管工事人。

ジェイムズ・ライダー ホテル・コスモポリタンの案内係主任。

物語はクリスマスの二日後、肌を刺すような寒さの朝に幕を開ける。ワトスンが下宿に立ち寄ってみると、ホームズのそばの椅子に古帽子がかけてあった。「みすぼらしいフェルトの帽子」は、ピータースンという便利屋(コミッショネア)がクリスマスの早朝、まるまる太ったごちそう用のガチョウと一緒に拾ったものだという。彼は持ち主が街のチンピラに襲われているところへ通りかかったのだが、襲われたほうも帽子とガチョウを落として逃げていった。それを拾ったピータースンは、ホームズのもとへやって来ると一部始終を伝え、帽子を残しガチョウのほうは妻に料理してもらおうと持ち帰ったのだった。

驚くべき発見

読者にはすぐに、帽子の持ち主がヘンリー・ベイカーという男だとわかる。帽子を調べたホームズは、ベイカーは髪に白いものが混じる中年男で、ライム入りヘアクリームを使い、最近散髪したばかりだと言う。さらに、ベイカーは知性のある男で、かつては裕福だったが、(おそらく飲酒癖のせいで)落ちぶれてしまっ

宝石泥棒

宝石泥棒テーマは読者を引きつけるストーリーをつくれるが、〈青いガーネット〉が書かれた当時の中央刑事裁判所の記録を見ると、そうした事件はごく少数しかない。ほとんどは小規模な民家の押し込み強盗であり、モーカー伯爵夫人の宝石に匹敵するような価値のものが盗まれたという事件はないのだ。

だがフィクションの世界では、コナン・ドイルの義兄弟にあたる作家が、このすぐあとに最大級の宝石泥棒をつくり出す。1898年、コナン・ドイルの妹コニーの夫、E・W・ホーナングが、紳士泥棒のA・J・ラッフルズを主人公とする27作の1作目を発表するのだ。ホームズものと同様、ラッフルズの冒険は彼の昔の友人であるバニー・マンダースが記録する。第一短編集『二人で泥棒を』(『義賊ラッフルズ』)は1899年に出版され、それには「この"誠意ある追従"をA・C・Dに捧げる」というドイルへの献辞が書かれていた[「模倣は最も誠意ある追従なり」ということわざからのもの]。

た、運動不足で、家にガスが引かれていないとも推理する。鋭い推理ではあるが、今はもうすたれた骨相学（→188ページ）をもとに、帽子のサイズから考えて「これほど大きな頭の持ち主なら、中身のほうもかなりのものだろう」と指摘するのは、やや難がある。

そこへピータースンが突然飛び込んでくる。ガチョウを料理しようとした妻が餌袋（えぶくろ）の中から大きな青い宝石を見つけたというのだ。最近ホテル・コスモポリタンで盗まれて話題になっている、モーカー伯爵夫人の青いガーネットだと、ホームズはすぐに気づく。すでに鉛管工事人のジョン・ホーナーという容疑者が逮捕されていたが、ホームズはがぜん興味をかきたてられる。

その後、帽子を取りに現れたヘンリー・ベイカーが、はからずも彼に最初の糸口を提供してくれる。ベイカーはガチョウの腹の中身など知らず、その鳥は大英博物館近くにあるパブ〈アルファ・イン〉の主人がつくった「ガチョウ・クラブ」で手に入れたのだった。

コナン・ドイルの足跡

ホームズとワトスンは、ウィンポール街やハーリー街など「医者の多く住む界隈」を抜け、ブルームズベリのパブへ向

生鮮品の売買で活気あふれる、19世紀のコヴェント・ガーデン市場。本作のガチョウはここで売られた。

かう。これは、かつてコナン・ドイルが毎日の通勤にたどった経路だ。この物語を執筆する少し前の1891年、彼は大英博物館のすぐ裏手に住み、アッパー・ウィンポール街に数カ月間、眼科医院を開業していた。診察室用にひと部屋と共用の待合室を借りたものの、めったに患者が来ないので、本人の言葉によると「どちらも待合室となっていた」という。その後ほどなくして医業をあきらめ、仕事が増えていく文筆業に専念することとなる。

トリックスターとしてのホームズ

おなじみの足を使う捜査はもちろんのこと、巧みな心理操作も取り入れて、ホームズは宝石泥棒を追跡する。〈アルファ・イン〉でガチョウを仕入れた卸屋に会うと、その男がどう見ても賭けごと好きらしいのを利用し、口車に乗せて情報をまんまと手に入れる。さらには、効果的な演出による奇襲により、ひとりの男の無実ともうひとりの罪を証明してみせることになる。

物語の終局で、ホテル・コスモポリタンの案内係主任ジェイムズ・ライダーは、伯爵夫人のメイドであるキャサリン・キューザックに協力させて宝石を盗んだと打ち明ける。窃盗の前科がある鉛管工事人のホーナーを陥れたのだ。未熟でご都合主義のライダーは、裏社会に通じている知り合いに宝石を換金してもらおうと考えるが、その途中、警官に呼び止められるのを恐れて、姉がクリスマスにくれる約束のガチョウに飲み込ませる。だが手違いで、もらう鳥を選び間違えてしまった。

一方、宝石はコヴェント・ガーデン市場の卸屋を経てブルームズベリのパブへ、そしてトテナム・コート通りでけんか騒ぎの不運に見舞われたあと、ホームズの手中に落ち着いたのだった。

クリスマスの精神

ホームズ・シリーズのクリスマス・スペシャル版とも言えるようなこの物語には、ディケンズ風の心温まる救いが感じられる。軽やかな、喜劇的な場面が満載で、最後にホームズは「人を許す季節」という言葉に流されて、取り乱し後悔する犯人を放免してやるのだ。■

> 偶然のできごとから、
> じつに奇妙で風変わりな事件に
> 出会えた。
> シャーロック・ホームズ

暴力は必ず暴力の報いをうけ……

〈まだらの紐〉(1892)
THE ADVENTURE OF THE SPECKLED BAND

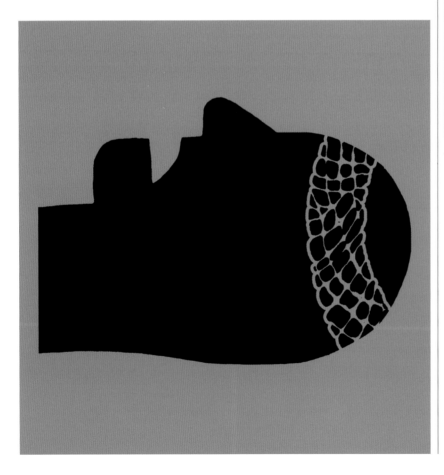

作品情報

タイプ
短編小説

英国での初出
《ストランド》1892年2月号

収録単行本
『シャーロック・ホームズの冒険』
1892年

主な登場人物

グリムズビー・ロイロット博士　妻と死別した元医者。今はサリー州の先祖代々の屋敷に住んでいる。

ヘレン・ストーナー　ロイロットの義理の娘。サリー州で義父と同居。

ジュリア・ストーナー　ヘレンの双子の姉。2年前に謎の死を遂げた。

　この作品の冒頭、ワトスンは次のように述べて、読者の興味をそそろうとしている。「サリー州ストーク・モーランの有名なロイロット家にかかわる事件ほど、奇怪きわまる様相を呈した事件は思い出せない」。そして、公表を差し控えていたが、「約束をかわした婦人が先月急死したので」長らく内密にしていた真相を明らかにできるようになったのだという。読者を引き込み、過去の物語に即時性を感じさせる、古典的な手だ。急死したという婦人の名は導入部に出ていないが、物語中の依頼人ヘレン・ストーナーだろうと、そのうち見当がつく。とすると、彼女はホームズに命を救われた何年か後に、自然死を

怯えるヘレン・ストーナーがヴェールを上げて顔を見せるシーン。ホームズのもとを訪れる典型的な、強権的な男に抑圧されている女性依頼人だが、事件の解決に貢献もする。シドニー・パジェットの挿絵。

婚し、ロンドンで開業する予定で家族とともに英国に戻った。帰国後まもなく、ストーナー夫人が鉄道事故で亡くなり、遺言でかなりの財産が残された。ヘレンとジュリアが一緒に暮らしているあいだはロイロットのものになるが、結婚すれば娘たちはそれぞれ母親の遺産から毎年一定額を受け取れるようになるという。

ロンドン暮らしをあきらめたロイロットは、娘たちを連れてサリー州の屋敷に移った。そのころのロイロットは、ヘレンいわく「おそろしく人が変わってしまった」。どんどんエキセントリックになって人づきあいを嫌い、出かけるといえば、地所に野営させてやっているロマたちと一緒にときどき放浪の旅をするくらいのものだ。村の男たちとはけんか騒ぎを何度も起こして、「村じゅうの人びとがおそれる」ようになった。また、珍しい動物に夢中になってもいた。ヘレンによると、今も「インドの」ヒヒとチーターを屋敷の庭で放し飼いにしているという（ヒヒ

迎えたことになる。

助けを求めて

1883年4月のある朝早く、30歳くらいの女性が取り乱した状態でベイカー街にやって来る。あまりに早い時間なので、ワトスンはまだベッドの中だ。ホームズに起こされ、急いで身支度をすませた彼が居間へ下りていくと、黒い服にヴェールをまとった婦人の姿があった。

依頼人の不安を察したホームズは、気持ちを和らげようとして、火のそばに寄るよう勧め、熱い飲みものを運ばせる。また、力づけようとして、彼女がドッグ・カートで駅へ出て早朝のロンドン行き列車に乗ったことを、上着の左腕にある泥はねのつき方と手にした切符だけから推理してみせる。怯えた彼女がまさに求めていることだ。「あなたなら人の心にひそむ邪悪なものを見抜く力がおありと聞きました。わたしの身に迫っている危険にどう対処したらいいのか、あなたなら教えてくださるに違いありません」と彼女は言う。自分の不安をまともに受け止め、力になってくれる人物をやっと見つけたと確信して、ホームズとワトスンに恐ろしい話を語り聞かせるのだ。

ストーク・モーランのロイロット

女性の名はヘレン・ストーナー。イングランドでも最も古い家柄の最後の末裔である義父、グリムズビー・ロイロットと一緒に暮らしている。かつては富をほしいままにしたロイロット一族だが、この2、3世紀のうちに放蕩者の後継者が相次いだため、すっかり没落し、グリムズビーが家督を継ぐ頃には、ストーク・モーランにある抵当でがんじがらめの古い屋敷だけしか残されていなかった。医学の学位を取得してインドへ渡ったロイロットは、当地で開業して成功を収めた。しかし、経済状態が上向く一方で、「異常なほど気性が激しい」ため、問題に巻き込まれる。ある日、怒りのあまり使用人頭を殴り殺してしまったのだ。その後長い刑期を務めたのち、若くして夫と死に別れたストーナー夫人、つまりヘレンと双子の姉ジュリアの母親に出会って結

彼は……
異常なできごとや奇怪な進展を
見せそうなものでないと
手をつけなかったのだ。
ワトスン博士

ホームズの初期の冒険

1920年代に刊行されたフランス語版のカバー。ホームズ物語は長いあいだ世界中で読まれてきた。現在では、ブライユ点字も含めて100以上の言語に翻訳されている

はアフリカ大陸とアラビア半島にしか生息していないので、コナン・ドイルが間違えたのだろう）。ヘレンの語るロイロット像は、ロイロットをこの物語の悪役として鮮やかに描き出している。

謎めいた最期の言葉

ヘレンの話は、いかにも好奇心をそそる謎へと移っていく。ホームズと読者は、ヘレンがロイロットの犠牲になる前にその謎を解明しなくてはならないのだ。すぐれた探偵小説の多くがそうであるように、この謎の要素がホームズ物語の成否を左右している。ここでの謎の中心は、2年前の、ヘレンの姉ジュリアの不可解な急死だ。結婚式まであとほんの2週間という荒天の晩、姉の悲鳴に目を覚ましたヘレンは、自室と義父の部屋のあいだにあるジュリアの寝室に駆けつけた。ドアを開けて出てきたジュリアは、苦痛にもだえ、痙攣していたが、声を絞り出すように、「ああ！ヘレン！　紐が！　まだらの紐が！」とだけ叫んで意識を失い、息を引き取ってしまう。

ジュリアの部屋のドアは、内側から鍵がかかっていた（娘たちはチーターとヒヒのことが不安で、毎晩、寝る前に部屋の鍵をかけていた）。窓は鉄棒の鎧戸が閉めてあり、侵入者が出入りした形跡がなかった。ジュリアの身体には乱暴されたあとも見当たらず、毒物の徴候もなし。死んだときマッチの燃えさしとマッチ箱を握っていたことから、部屋でマッチをすって何かを見たらしい。ほかに手がかりといえば、ジュリアの部屋に行こうとしたときにヘレンが聞いた、低い口笛と重い金属でも落ちたような妙な物音くらいだ。死ぬ前の何日か、ジュリアが夜中の3時頃になると必ず聞こえてきて目が覚めると言っていた、その音のようだった。彼女はまた、ロイロットの部屋から葉巻のにおいがしてたまらないとも言っていた。しかし、それらにどういう意味があるのか。姉は恐怖のあまりショック死したのだと思うヘレンは、「まだらのバンド」というのは、よく頭に水玉模様のネッカチーフを巻いているロマたちの集団を指していたのかもしれないと言う。このあたりでもう、読者は慎重に公表されたデータを解釈しようと忙しく頭を働かせているはずだ。

ヘレンの話では、姉の死から2年がたち、今度は自分が結婚することになったのだが、ゆうべ、あの晩と同じ、ぞっとするようなことがあったという。部屋の壁が改修工事されるため、ヘレンは姉が前にいた部屋を使うことになった。すると、寝つけずにいるうち、聞き覚えのある低くはっきりした口笛の音が聞こえてきた。恐ろしさのあまりひと晩中起きていた彼女は、夜が明けるとすぐにホームズのところへ向かったのだった。

話が終わると、ホームズはヘレンの手首にあざを見つけ、ロイロットが彼女を虐待していると察する。すぐにヘレンを保護しなくてはならないと確信した彼は、午後、ロイロットが出かけているあいだにストーク・モーランを訪ねる約束をする。ヘレンが帰っていく頃、すでにホームズはさまざまな説を立てていた。

論理的プロセス

コナン・ドイルが〈まだらの紐〉を書

グリムズビー・ロイロット博士

ロイロット博士は、ホームズが相手にする悪漢のうちで最も派手な部類に入る。野生動物をペットとして飼い、道で出会った誰かれかまわず怯えさせる、けだものじみた巨漢だ。物語の当時、犯罪者は生まれつき犯罪者であって、はっきりそれとわかる身体的特徴を備えていると一般的に考えられていた。"犯罪人類学"（→310～315ページ）という理論である。コナン・ドイルは確かに、ロイロットを極端な人相に描いている。「褐色に日焼けしたしわだらけの大きな顔」、「いかにも邪悪な相がきざまれた顔」、「落ちくぼんで怒りを含んだ目、そして肉のうすいとがった鼻は、老いても荒々しい猛禽類を思わせた」。また、激しい気性の持ち主でもある。「暑い地方に長いあいだ住んでいたためか、その気性がいちだんとひどくなって」いるとヘレンは思うが、その激しさをぶつけられたホームズはユーモアでかわし、脅しをはねつけた。

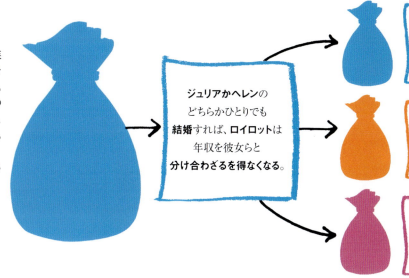

いていた頃、アメリカの哲学者チャールズ・サンダーズ・パース（1839〜1914）が論理学の新説を展開していた。当時はあまり広まらなかったが、ホームズのやり方とぴったり一致する論理だ。それまで知られていた推理推論の方法は、仮説から論理的・必然的な結論が導かれる"演繹法"（ディダクション）と、事実を積みかさねて結論を出すが、充分な理由があっても確実ではない"帰納法"（インダクション）の二つだけだった。パースはさらに第3のタイプの推論を提起した。ホームズ自身もよく使う、"アブダクション"（"仮説形成"とも呼ばれる）で、判明しているすべての事実をもとに最良の説明を得るというやり方だ（→307ページ）。たとえば、銃声がしたのに続いて血だまりに倒れている死体が見つかったとすると、その死者は銃で撃たれたのではないかと"アブダクト"できる。当面の仮説を立て、それから検証していくのだ。

ホームズは、ロイロットがジュリアの死に関与したと確信する。義理の娘たちが結婚してしまえば、亡き妻の遺産からの収入がなくなる可能性があるわけだか

ら、彼には強い動機があるのだ。ジュリアの部屋に入って彼女を殺すよう、ロイロットがロマに頼んだのかもしれない。だとすると、金属音はその男が窓から逃げるときに鎧戸の鉄棒でたてたものかもしれない。そうホームズは推測する。現地でそれを確かめなくては、と。

まさにそのとき、義理の娘のあとをつけてきたロイロット博士が、221Bの部屋に勢いよく乗り込んできた。ちょっかいを出すなとホームズに警告し、脅しのためか火掻き棒をつかんでねじ曲げ、立ち去り際に暖炉へ放り込んでいく。ホームズは笑い飛ばし、博士が去ったあとに火掻き棒を拾いあげると、もとどおりまっすぐにした。彼の腕力のほどがうかがえるシーンだ。

ホームズとワトスンは捜査に乗り出す。例によって、ホームズの控えめな表現と皮肉っぽいユーモアが読者を楽しませてくれる。「ポケットにリヴォルヴァーをしのばせていってくれるとありがたい」と、ワトスンに声をかけるのだ。「鉄の火掻き棒をかんたんにねじ曲げるような男が相手なんだから、イーリー二型のほうが話

をつけやすい。それと歯ブラシさえあれば十分だ」

密室ミステリー

屋敷に着いたホームズは、ジュリアが死を迎え、今はヘレンがやすんでいる部屋を調べる。すぐに、殺人者が窓から逃げたという説に無理があるとわかる。誰かがその部屋に出入りするすべはないのだ。ここに至って、物語は古典的"密室もの"の様相を呈する。たいていの場合

しかし、ぼくを
ヤードの刑事と混同するとは、
あきれた話だ。
シャーロック・ホームズ

ホームズの初期の冒険

は殺人だが、事件が犯人には出入り不可能と思える部屋の中で起きるという、推理小説によくある仕掛けだ。初期の密室ものに、内側から鍵をかけた部屋で母娘が死んでいるという、エドガー・アラン・ポーの『モルグ街の殺人』がある。モルグ街の事件では、オランウータンのしわざだったと判明する。コナン・ドイルがロイロットのペットにヒヒも挙げているのは、ポーの作品に敬意を表してのことだ

> "" ああ、嘆かわしい世の中だ！
> 頭のいい人間が
> 悪事をたくらむことほど、
> おそろしいことはない。
> シャーロック・ホームズ ""

ろう。ただし、チーターやロマたちはもちろん、ヒヒもいわゆる"レッド・ヘリング"（読者の注意をほかにそらすもの）である。

手がかりを追う

　ここで、読者がジュリアの死について仮説を立てられるような、重要な手がかりがいくつか出てくる。ホームズは室内を調べて、ヘレンが姉の亡くなる少し前に付けられたという、奇妙なものを二つ見つける。屋外ではなくロイロットの部屋に通じている通風孔と、その通風孔のすぐ上の掛け釘からベッドの脇に垂れ下がる、鳴らない呼び鈴の引き綱だ。ホームズがあとでワトスンに語るところでは、ベッドが床に釘付けされて、引き綱と通気孔の下から動かせなくなっているのも確かめたという。また、ジュリアが葉巻のにおいに閉口していたという話から、ロイロットの部屋とのあいだに空気の通う穴があるだろうと思っていたとも言う。ロイロットの部屋に移ったホームズは、

1984年、テレビ・シリーズの〈まだらの紐〉のエピソードで、ジェレミー・ブレット演じるシャーロック・ホームズが、ロイロットの寝室でミルクの小皿などいくつかの手がかりを見つける場面。そこから彼は極悪非道のたくらみに気づく。

さらに四つの手がかりを見つける——鉄の金庫、ミルクの小皿、木の椅子、なぜか輪に結んである「犬用の鞭」だ。ホームズは仮説を立てた。おそらく読者もだろう。だが、まだ検証する必要がある。

　ホームズは、ワトスンとともに今のヘレンの部屋でひと晩過ごすことに決め、彼女に手はずを説明する。ロイロットが帰宅したら、ヘレンは頭痛を装って自室にひきこもる。その後相手が寝室へ下がる気配がしたら、近くの宿屋の窓から見張っているホームズとワトスンにランプで合図を送り、修理中のもとの自室へこっそり移る、というものだ。

　夜11時を回る頃、予定どおりホームズたちはヘレンの部屋、つまりもとジュリアの部屋へ入り込む。通気孔からもれる

光にロイロットが気づくといけないので、明かりは消して、まっ暗闇の中で待つ。待ち時間が長引くとともにワトスンの不安はつのっていき、とうとう午前3時になったとき、通気孔に光がさしたかと思うと、「沸騰したやかんから噴き出す細い蒸気を思わせる」シュッシュッという音がしてきた。そのとたん、ホームズがさっとマッチをすり、ステッキで呼び鈴の綱をめった打ちにした。ワトスンの耳には、低い口笛がはっきりと残っていた。

みずからの凶器による死

ややあってから、隣の部屋で世にも恐ろしい苦痛と恐怖の悲鳴が上がる。用心しながら部屋に入っていくと、ロイロットが木の椅子に座って動かなくなっていた。頭に巻きついているのが「まだらの紐」だ。動きだしたその紐は蛇で、背中の斑点を見たホームズが「インドでもいちばん猛毒」の「沼毒蛇」だと言う。ホームズは死者の膝から鞭をとりあげると、その輪で器用に蛇をつかまえて、ロイロットの金庫へ戻す。あとはもう、奇怪な謎をどうやって解明したのかをホームズが明らかにするだけだ。ホームズの説明によると、ジュリアが婚約して収入が激減すると知ったロイロットは、外国から取り寄せたペットを凶器にして娘を亡きものにする巧妙な計画をたくらんだのだった。毎晩のように自室の木の椅子の上に立って、特別に訓練した蛇が娘の部屋へ通気孔を這っていき、引き綱を伝ってベッドに下りていくようにした。夜が明ける前には、口笛を吹いて蛇をミルクの皿まで呼び戻し、また金庫に入れる。金庫を閉めるとき、その扉が金属音をたてたのだ。

何度か試しているうちに、蛇がとうとうジュリアに毒牙をたてた。だが、効き目があまりにも早かったため、彼女はそれが「まだらの紐」としかわからないまま息絶えてしまう。ホームズとワトスンが代わりにあの部屋で待機していなかったら、ヘレンも同じ恐ろしい運命をたどるところだった。ホームズがステッキをふるって刺激したせいで、通気孔へ逃げ込んだ蛇は向こう側で待っているロイロットに襲いかかったのだ。物語の最後でホームズは、自分はロイロットの死に間接的な責任があると認めているが、うしろめたくは思わないと言った。

> わたしたちは捜査の現場を離れたわけだが、このときほどホームズが厳しく暗い表情を見せたのは、初めてだった。
> ワトスン博士

えり抜きの傑作

1900年に南アフリカを訪れたコナン・ドイルは、記者からホームズ物語の中で気に入っている作品を挙げてほしいと頼まれ、「あの蛇が出てくる話でしょうかね」と答えた。〈まだらの紐〉を選んだ理由はわかりやすい。名作探偵小説の条件をすべて満たしているからだ。卑劣な悪漢、一見不可解な密室での死、きわどい危険、風変わりで異質な"他者"の存在、才気あふれるみごとな探偵術、何もかもそろった傑作である。■

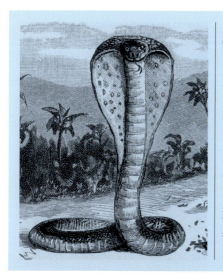

ロイロットの蛇

この作品に登場する蛇の種類をめぐっては、さまざまな推測が飛び交ってきた。ホームズは「インドでもいちばん猛毒」の沼毒蛇と特定するが、この名前はコナン・ドイルがつくりあげたもののひとつなのだ。一部の評論家は、「ずんぐりした菱形の頭で首のふくれあがった」蛇という記述に合致することからインドコブラ（学名 *Naja naja*、左図参照）だとしている。インドコブラの毒が即効性なのも合っている。シナプス（神経細胞間の接合部）の神経信号伝達をブロックする毒で、麻痺や心不全を1時間以内に、早ければほんの15秒ほどで引き起こす（ロイロット自身がものの数秒で死ぬのは話に合わないが）。インドの蛇使いが操るのが、たいていこのコブラで、"ナグ・パンチャミ"というヒンドゥー教の祭り（信者たちが生きたコブラを拝む）では蛇たちがミルクをもらうところから、ロイロットは自分のペットを手なずけるアイデアを得たのだろう。しかし、哺乳類と違ってミルクを消化できないので、蛇には有害だ。

ひとつひとつの発見ごとに完全な真実に一歩ずつ近づいていって

〈技師の親指〉(1892)
THE ADVENTURE OF THE ENGINEER'S THUMB

作品情報

タイプ
短編小説

英国での初出
《ストランド》1982年3月号

収録単行本
『シャーロック・ホームズの冒険』1892年

主な登場人物

ヴィクター・ハザリー 若い水力技師。

ライサンダー・スターク大佐 ヴィクター・ハザリーを雇う中年のドイツ人。

エリーゼ ハザリーを逃がそうとする若いドイツ人女性。

ファーガソン スターク大佐の"マネージャー"。

冒頭でワトスン博士が書いているように、〈技師の親指〉は、彼がホームズのもとにもち込んだ二つの事件のうちのひとつである。もうひとつ珍しい点は、この事件だけではないものの、犯罪者たちが逮捕されずに終わっているらしいことだ。別のいくつかの事件では、犯人が当面ホームズから逃げおおせたとしても、やがて運命に裁かれることとなる。しかしこの物語では、最終的に報いを受けることなく終わっているように思える。

早朝の来訪者

ホームズが手がける事件は、ベイカー街にある彼の部屋をノックする音とともに始まることが多いが、この作品では被害者がワトスンの自宅にたどり着くところから始まる。博士がわざわざ書いているように、彼が平穏で快適な生活を送っている頃の出来事だ。結婚後まもなくパディントン駅近くで医院を開業したが、まだホームズのところをしょっちゅう訪ねては、つきあいを続けていた。

ワトスンには、最寄り駅に頼もしい支持者がいた。彼の腕前を宣伝し、診察室に患者を着々と送り込んでくれる車掌だ。ある朝早く、その車掌が、朝方の列車から降りて医者にかかりたいと問い合わせてきた若者を連れてやって来る。

切断された指

患者は、ヴィクター・ハザリーという名の水力技師だった。血の気が失せた顔で動揺しており、ワトスンが夜汽車の旅は退屈だったのではないかと言うと、ヒステリックな発作を起こしていきなり笑いだす。だがしばらくして、なんとか気を取り直す。彼は親指を失うという、ひどいけがを負っていた。この親指喪失は一種の象徴的な去勢であり、コナン・ド

ホームズは大きな肘掛け椅子に腰をおろすと、まぶたを軽く閉じた。そのけだるそうな表情の下には、鋭い洞察力と激しい気質がかくれているはずだ。
ワトスン博士

イルはそれによって警鐘を鳴らしているのではないかと主張する研究家もいる。1890年代、英国の若い男たちは活力を失って退廃的になってきたと心配する人が多かった。そこでコナン・ドイルは、大英帝国の支配的立場を脅(おびや)かすものに対し活気と精神力を維持する必要があることを、思い出させようとしたのだろうというのだ。

冷酷な悪漢や陰惨な犯罪が出てくる話は正典に多く、けがの状況を生々しく描いたものもある。そうした中でも、ハザリーのけがを再現するワトスンの筆致は真に迫り、ひときわ衝撃的だ。「突き出た四本の指のとなりの、親指があるはずの場所が、ぞっとするような真っ赤な海綿状になっているのだ。つけ根からたたき切られたか、引きちぎられたのだろう」。コナン・ドイルが刺激的な詳しい表現をすることはあまりないが、ここでは思わず引きつけられる描写になっている。ワトスンも身震いするが、読者もそこまでのやや眠気を催す語り口から目を覚まされ、物語が一気に勢いづくような、殺人に負けず劣らず恐ろしいけがだ。ワトスンと同様、読者もホームズにできるだけ早く出てきてほしいと切望するのである。

分析的な思考

221Bに到着したワトスンとハザリーは、ホームズに迎えられると、すぐにくつろいだ気分になる。ベーコン・エッグの朝食をとったあと、ホームズはハザリーをソファに寝かせて体験を思い出させようとするのだが、このアプローチはコナン・ドイルの執筆当時、かの有名な精神分析学者ジグムント・フロイトが患者に対して用いていたテクニックと驚くほど似ている。もちろん、フロイトの着想を作者が知っていたはずはない。フロイトとヨーゼフ・ブロイアーの革新的な共著、『ヒステリー研究』が世に出て、そのテクニックが明らかになったのは、1895年のことだった。にもかかわらず、フロイトもホームズもともに、語りを傾聴してから論理的な推論という着実なプロセスを経て結論に向かうところが、不思議なくらい酷似している。

魅力的な申し出

両親のいないハザリーは独身で、天涯孤独の身の上だ。小さな事務所を構えて細々と仕事をしているところへ、ライサンダー・スターク大佐と名乗る中年のドイツ人が訪れたのは、前日のことだった。水圧プレスの修理で通常料金の10倍もの報酬を払うという申し出に、ハザリー

ヴィクター・ハザリーは、修理に雇われた巨大水圧プレスに閉じ込められてしまう。シドニー・パジェットによる、《ストランド》の挿絵。

は飛びつく。だが正直なところ、この飛び込み客の態度や、秘密厳守で仕事をさせようとすることを不審に思い、「反感」や「一種の恐怖感に似たもの」を覚えたという。それでも彼は、仕事欲しさのあまり、疑念や気に入らないという思いを振り切った。警戒すべき徴候がいくつもあったので意外ではないだろうが、この作品の悪役はスタークだと判明する。コナン・ドイルが悪人をドイツ国籍にしたの

92 ホームズの初期の冒険

ハザリーは、駅から水圧プレスのある屋敷まで馬車で1時間かかったので、およそ12マイルの距離だと計算した。
ホームズのほうは、迎えの馬が「元気でつやつや」していたことから屋敷は駅のごく近くにあると考え、そのとおりだったと判明する。

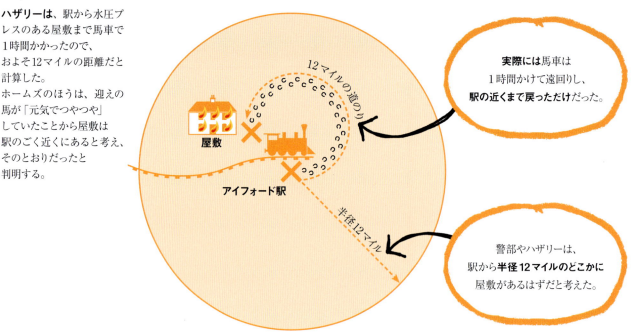

実際には馬車は1時間かけて遠回りし、**駅の近くまで戻っただけ**だった。

警部やハザリーは、駅から**半径12マイル**のどこかに屋敷があるはずだと考えた。

はたまたまではなく、当時の英国で反ドイツ感情が高まっていたのを反映しているように思える。ドイツはイギリスと対立してボーア戦争（1899〜1902）で南アフリカのボーア（ブール）人支持に回ったし、皇帝ヴィルヘルム2世の野心的かつ非友好的政策のもとで軍備を拡張していた。

命拾い

ハザリーの話では、漂布土_{フラーズアース}（羊毛の脱脂処理などに用いる粘土）を圧縮するのに使う水圧プレスを調べるため、その晩遅くにバークシャー州のはずれまで出向くことになったという。ひとけのない駅でスタークに迎えられ、乗せられた馬車が全速力で走り出したというところでホームズが口をはさみ、馬車を引いていた馬について、どうでもいいような質問をする——馬は疲れているようだったか？「いえ、元気でした。毛もつやつやしていました」という答えが、彼のつかんだ最初の手がかりだった。

その後、闇夜の中を1時間ばかり走ったところで、馬車はプレス機のある屋敷に着いた。中はまっ暗だったが、あとでエリーゼという名前だとわかる、若く美しい女性がランプを手に近づいてきた。そして大佐がそばを離れたすきに、ハザリーに向かい、片言の英語で、すぐに出ていくようにと繰り返し懇願する。だが、どうしても報酬が欲しいハザリーは強情なところを見せ、その警告を軽んじてしまった。

静けさを破っていきなり聞こえてきた物音に、ぼくは心臓がのどから飛び出すほどびっくりしました。
ヴィクター・ハザリー

スタークはファーガスンという男を伴って戻り、ハザリーをプレス機のある小さな部屋に連れていった。ハザリーと二人で中に入ると、そこはもう水圧プレスの内部で、「いまだれかが機械を動かしたら、二人とも大変なことに」なると言う。天井がピストンの下面になっていて、そのピストンが床まで下りて、ものすごい圧力をかけるのだ。プレス機を調べたハザリーは、装置に漏れのある箇所を発見して、スタークに修理のしかたを教える。だが調べているうちに、その装置が漂布土の圧縮ではなく、金属加工に使われていることに気づく。ここまで聞いたホームズは、それがにせ金づくりの機械だとすぐに察する。

ハザリーにプレス機の用途を見抜かれたと知り、それが犯罪につながることを気づかれたかもしれないと思ったスタークは、部屋を出て鍵をかけ、プレス機を動かす。彼を押し潰してしまおうというのだ。ハザリーは叫び声を上げ、出て

くれと哀願するが、耳を貸してもらえない。天井が不気味に下降を始め、頭上1、2フィートにまで迫ってきたとき、ハザリーはふと圧搾室の壁の仕切り板に目をとめた。そこに体当たりして、間一髪で死を免れたのだった。

壁から倒れ出ると、先ほどのエリーゼがいた。ハザリーを逃がそうとする彼女は、3階の窓までやって来たところで、飛び降りろと言う。躊躇しながらもハザリーが窓枠に両手でぶらさがったところへ、追いついたスタークが大きな包丁をふるい、親指が切り落とされた。下の庭に落ちたハザリーは、バラの茂みの中へ走るが、そのまま気を失ってしまう。だが、翌朝意識を取り戻してみると、彼は無事だった。しかも驚いたことに、傷をいたわりながら歩いて行くと、ゆうべ列車を降りた駅はすぐ近くにあったのだった。

炎上する屋敷

話を聞き終わったホームズは、ワトスンとハザリーのほか、スターク逮捕のための刑事2名を伴って、列車でアイフォード駅へ向かう。道中、馬車で1時間かかったから駅からおよそ12マイルだろうというハザリーの話をもとに、彼らは屋敷がありそうな場所の見当をつけようとする。ところがホームズは、屋敷は駅の近くにあると主張。迎えの馬が元気だったというハザリーの言葉から、技師の距離感と方向感覚を混乱させるために、わざわざ馬車を遠回りさせたのだという。ホームズの推理が確認されるのは、アイフォード駅に到着して近くの屋敷から火の手が上がっているのが見えたときだ。近寄ってみると、ハザリーが自分の連れていかれた屋敷に間違いないと言う（消防士たちが切り取られた親指を発見したことか

> ……ぐずぐずしてはいられません。身体のほうがだいじょうぶでしたら、スコットランド・ヤードへ寄ることにしましょう。
> シャーロック・ホームズ

らも証明される）。ハザリーがプレス機を調べるのに使ったオイルランプが火元となって、屋敷は焼け落ち、偽造犯一味の装置には何の証拠も残されていなかった。謎のドイツ人、エリーゼ、ファーガスン氏（本当はビーチャー博士というらしい）の3人は、秘蔵のにせ金を持ってとっくに逃げたあとで、逮捕されずじまいとなる。

手痛い教訓

ロンドンへの帰途、ホームズは事件の結果について意外にも楽天的だ。親指はなくすし報酬もふいになったとハザリーが嘆くと、ホームズは笑いながら、経験を披露して生きていけばいいと言うのだ。この作品は、ホームズの推理の冴えを見せつける典型的な物語にしようとは意図されなかったようだ。むしろ彼の活躍は控えめで、うまい儲け話につられると、よからぬことに引っかかって危険な目に遭うという、教訓話となっている。■

にせ金づくりとにせ金使い

ヴィクトリア朝ロンドンでは、大がかりな貨幣偽造が横行した。19世紀初めにはにせの半クラウン銀貨を鋳造しているところが50カ所近くあったと思われる。1850年にはロンドンの中央刑事裁判所（オールド・ベイリー）の裁判のうち5分の1以上を"にせ金づくり"（コイン偽造）が占め、男女を問わず大勢が有罪となった。

ライサンダー・スターク大佐一味のようにプレス機を設置して偽造する者たちを"コイナー"（にせ金づくり）あるいは"ビットフェイカー"（小銭偽造者）と呼ぶ一方、そのあとで偽造硬貨を出回らせる下層の犯罪者たちは"スマッシャー"（にせ金使い）と呼ばれた。偽造硬貨そのものを"スナイド"と言い、スマッシャーたちの仕事はよく"スナイド・ピッチング"と称された。

貨幣偽造は労働力と技能を要する仕事だ。必要なプレス機と金属を調達し、機械を正しく設置して硬貨を製造しなくてはならない。それでも、多くの者たちにとって外聞は悪くとも儲かる仕事になった。

卿が部屋に入ってくる前に、ぼくはもう結論を出していたのさ

〈独身の貴族〉(1892)
THE ADVENTURE OF THE NOBLE BACHELOR

作品情報

タイプ
短編小説

英国での初出
《ストランド》1892年4月号

収録単行本
『シャーロック・ホームズの冒険』
1892年

主な登場人物
ロバート・セント・サイモン卿　バルモラル公爵の次男、41歳。

ハティ・ドーラン　若いアメリカ人女性、セント・サイモン卿と結婚したばかり。

フローラ・ミラー　もとミュージック・ホールの踊り子。セント・サイモン卿と親しくしていた。

フランシス("フランク")・ヘイ・モールトン　裕福なアメリカ人紳士。もと鉱山試掘者。

レストレード警部　スコットランド・ヤードの刑事。

天候の変わり目にうずく戦争の古傷をかかえ、下宿に閉じこもるワトスン。そんな彼の一日が、高名な依頼人の登場によって、ぱっと華やぐ。ロバート・セント・サイモン卿。イングランドでも一流の貴族である。

卿はハティ・ドーランという自由奔放なアメリカの女性相続人と結婚したばかりだ。ところが、新婦は結婚披露宴の最中に中座したまま、行方がわかっていない。かつてセント・サイモン卿が親しくしていた踊り子のフローラ・ミラーが、嫉妬にかられて披露宴に乱入しようとしたが、その後彼女は、ハイド・パークでハティに話しかけているところを目撃された。卿は、逮捕されたフローラがハティに何かしたとは思っていないが、妻を見つけ出したい一心でホームズやレストレードの世話になることにした。

19世紀、上流社会の結婚式は、セント・サイモン卿の場合のように豪華な催しだった。白い花嫁衣装は、ヴィクトリア女王のおかげで人気になった新しい流行。

> いまの質問で、
> 推測は確信に変わったよ。
> シャーロック・ホームズ

困難な状況

　レストレードは例によって、最初に思いついた説にこだわっている。フローラがハティを客たちの前からおびき出して、待ち伏せしたというのものだ。ハイド・パークの池で発見された濡れたウェディング・ドレスのポケットに、F・H・Mというイニシャルの人物からの手紙が入っていたのも、その説を証明しているように思えた。だがホームズは、その手紙が一流ホテルの勘定書の裏に走り書きされているところに関心を示す。

　そしてホームズは、もう事件を解決したと言う。二つの事実がはっきりしていた。ハティが喜んで結婚式に臨んだことと、すぐにそれを後悔するような事態が起きたことだ。すると誰かに——彼女の出自からしてきっとアメリカ人に——会ったに違いない。彼女に対して強い影響力をもつその何者かは、男である可能性が高い。こうして、何年も前のカリフォルニアの金鉱地帯に端を発する物語を、ホームズは巧みに解きほぐしていく。

　ハティ・ドーランは、実は既婚者だった。アメリカの金採掘者フランシス（"フランク"）・ヘイ・モールトンの妻だったのだ。ハティは夫がアパッチ族に襲われて殺されたものと思っていたが、彼は死を逃れ、その後財産を築いていた。彼女にとっては2度目の結婚式の朝、追いかけてきたフランクが式場に忍び込み、イニシャルを記した手紙をハティに渡した。最初の夫が生きているのを知ったハティは、驚き取り乱して彼のもとに走った。途中でフローラが声をかけてきたが、ろくに話も聞かずに振り切った。そして、ハティの行方をくらませるため、フランクが婚礼衣装を池に投げ捨てたのだった。

　ホームズは、フランクが引き払った直後のホテルをつきとめ、新しい住所にいた二人から話を聞き、セント・サイモン卿との和解を勧める。面と向かってハティに許しを乞われ、卿は冷ややかにではあるものの、握手に応じた。

代弁者ホームズ

　ホームズの依頼人はさまざまな社会階層にまたがるが、上流階級の者たちが必ずしもりっぱな人間であるわけではない。ロバート・セント・サイモン卿は「キザなくらいに」服装に凝っていて、尊大だがあまり聡明ではない。その知性のほどと、上流風のさまざまな偽善をのぞかせるところを、ホームズはやんわりと揶揄する。しかし彼も、フローラに比べるとそれほど軽視されてはいない。この物語でホームズのいただけないところは、無情にも踊り子フローラをあっさり見捨てている俗物っぽさではないだろうか。

　また、この作品はコナン・ドイルがアメリカへの思いを表明する場ともなっている。彼の描くアメリカ人の悪役たちからはよくわからないかもしれないが、彼はアメリカの大ファンで、何度も渡米している。1896年には、《タイムズ》紙への寄稿で英米の密な提携を主張した。本作ではホームズが、英米両国はいつの日か「英国旗と星条旗とを四半分ずつ組み合わせた旗のもとに手を結んで、世界的な一大国家をつくりあげるだろう」と、作者の意見を代弁している。■

アメリカの女性相続人たち

　英国の地方の由緒正しい地所を維持するには、莫大な費用がかかる。19世紀後半には、称号と引き替えに大西洋の向こうから大金を得る貴族が増えた。グランサム伯爵がアメリカ人の富豪の娘を花嫁にしてダウントン・アビーを維持するというテレビ番組そのままに、実在のマールバラ公爵も、ニューヨークのコンスエロ・ヴァンダービルト（上の写真）と結婚してブレナム宮殿の将来を安泰なものにした。*Titled Americans*（有爵アメリカ人）という、旧世界の貴族に嫁いだアメリカ人女性と結婚市場に居残っている主要な独身貴族をリストアップした、季刊誌まであった。

　アメリカ上流社会の女性たちは、政治的な問題でも名を成した。シカゴ出身のメアリ・ライターはインド総督夫人となり、自然保護主義者の草分けだった。ヴァージニア出身のナンシー・ウィッチャー・ラングホーンは（夫はアメリカ生まれだが世襲貴族）、のちのアスター子爵夫人であり、英国初の女性下院議員。ブルックリン出身のジェニー・ジェロームはランドルフ・チャーチル卿夫人、つまりウィンストン・チャーチルの母となった。

恋人に夢中になるとほかの愛情がすべて冷えてしまう女性というのはいるものです

〈緑柱石の宝冠〉(1892)
THE ADVENTURE OF THE BERYL CORONET

作品情報

タイプ
短編小説

英国での初出
《ストランド》1892年5月号

収録単行本
『シャーロック・ホームズの冒険』
1892年

主な登場人物

アレグザンダー・ホールダー 有名銀行の頭取。息子と姪とともにストレタムに住む。

アーサー・ホールダー アレグザンダーのひとり息子、賭けごとで借金漬け。

メアリ・ホールダー アレグザンダーの姪で養女。

サー・ジョージ・バーンウェル アーサーのたちの悪い友人。メアリの恋人。

この物語は、論理的だが直観的でもあり、秩序立っているのに大胆だという、ホームズとその方法論の見本としてうってつけのものだ。事件に巻き込まれた人々が疑念と不信に判断力を失うなか、ホームズは独創的な論理を応用して手際よく真犯人をつきとめ、自分のほうが一枚うわてなところを見せつける。ただし、事件はみごと解決するものの犯罪者が法の網を逃れるという、ホームズが手がけたうちでも数少ないケースのひとつである。

依頼人はアレグザンダー・ホールダーという、よく知られた銀行の頭取だ。英国でも「もっとも尊いお名前」のひとつという人物に頼まれ、相当額の金を用立てる担保として貴重な緑柱石の宝冠を預かったという。重大な責任を負わされたホールダーは、宝冠をストレタムの自宅へ持ち帰る。その晩、物音で目を覚ました彼が起き出してみると、息子のアーサーが化粧室で、わずかにねじ曲がった宝冠を手にして立っていた。しかもあろうことか、3個の緑柱石がなくなっていた。

ホールダー家の家人たち

最悪の事態におののくホールダーには、賭けごとに溺れている無責任な息子のしわざだとしか思えない。ホールダーは妻に死なれてひとり息子を甘やかしすぎ、今では愛想を尽かしていた。その代わり実の娘同様にかわいがっているのが、両親を亡くした姪で養女の、やさしくもの静かなメアリだ。アーサーもメアリに惚れており、息子と姪が結婚してくれればというのがホールダーの何よりの希望だが、メアリはアーサーの求婚を2度まで断っていた。一方、アーサーの友人で、サー・ジョージ・バーンウェルというカリスマ性のある美男子が、ホールダー家によく出入りしていた。

ホームズはすぐに、アーサー犯人説を疑う。なぜ彼は、自分の容疑を晴らそう

あなたは非常に単純な事件とお考えのようですが、ぼくにはきわめて複雑な事件に思えます。
シャーロック・ホームズ

緑柱石の宝冠

サイレント映画版の〈緑柱石の宝冠〉。ストール・ピクチャーズが1921〜23年に制作したホームズ物語のサイレント映画47本（短編45本と長編2本）のうちのひとつ。全作品でエイル・ノーウッドがホームズを演じた。

とも、その晩の出来事を説明しようともしないのか？　ろくに音もたてずに宝冠をどうやって壊したのか？　3個の緑柱石はどこに隠してあるのか？

そこから典型的なホームズの捜査が始まる。さまざまなにせの手がかりが現れるが、ホームズは惑わされない。込み入った物語をしるした雪の上の足跡を観察し、メアリに質問し、窓敷居を拡大鏡で丹念に調べる。

暴かれた犯人

家を出るというメアリの書き置きをホールダーが見つけるに至って、事態はますます込み入ってくる。ホームズはただちに、彼女の決意に隠された真相を——そして犯罪を、明らかにする。真犯人は、「この国でもっとも危険な人物のひとり」であり「賭博で身をほろぼした救いようのない悪党で、冷酷な、良心のかけらもない男」、サー・ジョージだ。彼はうまくホールダー家に入り込み、メアリの恋人になった。その彼に説き伏せられたメアリは、宝冠を盗んで窓から彼に手渡す。だが現場を目撃したアーサーがサー・ジョージを追いかけ、宝冠をつかんでもみ合いになった証拠が雪に残された。ねじ曲がってしまった宝冠をアーサーが直してもとの場所に返そうとしているところを、父親に見つかったのだ。恋するメアリをかばった彼は、真相と彼女の果たした役割を明かそうとしなかった。

このテンポの速い事件において、ホームズはまさにアクション・ヒーローを演じる。変装して情報を集め、サー・ジョージと渡り合い、ピストルで脅して緑柱石の売り先を聞き出し、売った相手から3,000ポンドで買い戻したのだ。

ホールダーは、メアリへの愛情から判断を曇らせ、息子の生活態度が罪を犯す徴候だったという間違った思い込みをしていた。だが、いとこのメアリにも父親にも、アーサーは間違いなく誠意を尽くしていた。一方メアリはというと、献身的に守ってくれる義父といとこを愚かにも見捨て、いかがわしい恋人の懐に飛び込んだ。彼女にはそのサー・ジョージの冷酷な手による、しっぺ返しがありそうだ。「彼女がどんな罪を犯したにせよ、そのうち十分すぎるむくいを受けることも、また確かですがね」というのが、事件を締めくくるホームズの不吉な最後の言葉なのである。■

宝冠（コロネット）

宝冠（または小冠）は、英国でさまざまな位階の貴族のほか、末端の王族も着用した控えめな装飾の冠で、イチゴの葉飾りや銀の玉（パールと呼ばれるが真珠ではない）の形状や数の違いから位階が判別できる。緑柱石は無色の宝石で、不純物による発色で黄色がヘリオドール、緑がエメラルド（翠玉）、赤がスカーレット・エメラルド、青がアクアマリンと呼ばれる。作中の、「大型の」緑柱石が39個もちりばめてある金の宝冠は、異例に手の込んだ品だ。ホールダーに宝冠を託した人物は、それを担保に借りる金額の少なくとも2倍、つまり約10万ポンド（現在の800万ポンド相当）の値打ちがあると見積もっている。宝冠の持ち主が何者なのかは、読者には「世界じゅうに知れわたっている名前」の人物としか知らされない。そこから、英国王室の一員、おそらくプリンス・オブ・ウェールズ（のちのエドワード7世）ではないかという推測も多い。

犯罪はざらにある。しかし、正しい推理はめったにない

〈ぶな屋敷〉(1892)
THE ADVENTURE OF THE COPPER BEECHES

作品情報

タイプ
短編小説

英国での初出
《ストランド》1892年6月号

収録単行本
『シャーロック・ホームズの冒険』1892年

主な登場人物

ヴァイオレット・ハンター 若い家庭教師(ガヴァネス)。

ジェフロ・ルーカッスル 中年の地主。

ルーカッスル夫人 ジェフロの2番目の妻。

アリス・ルーカッスル ジェフロと最初の妻との娘。

トラーとトラーのおかみさん ルーカッスル家の使用人夫婦。

ファウラー アリスの婚約者。

ホームズとワトスンのやり取りとしては異例に長い場面から始まる。ホームズがワトスンの事件記録の書き方について、厳密な推理の足どりを記述するのではなく文学的な色づけで飾り、「推理学の連続講義になったはずのものを、たんなる小説にしてしまった」と非難するのだ。不可解だという伝説の持ち主ホームズは、どうやらご機嫌ななめらしい。そして、穏やかなことで有名なワトスンはすっかり気を悪くし、友人の「自負心があまり強いのに反発を覚えた」のだった。

コナン・ドイルは一種の自己言及的なやり方で読者を相手に遊び、ホームズに自作の質の批判までさせている。あまりにうまくできているので、ワトスンとホームズが架空の人物であることを、読者は忘れそうになるのだ。

機嫌の悪いホームズ

コナン・ドイルはここで、ホームズが何かに頭を悩まされているのだと読者に考えさせている。ワトスンと口論したあと、ホームズは犯罪者たちの頭の程度が落ちてしまったと嘆き、「ぼくのところにくる仕事にしても、紛失した鉛筆を探し出すとか、寄宿学校を出たての世間知らずの娘たちに助言をするとかいうところにまで、落ちぶれてきているよ」と、皮肉たっぷりに不平をこぼすのだ。

冷静で論理的なホームズにしては、妙に感情をおもてに出しているように思えるが、何もかもが1通の手紙のせいだった。ヴァイオレット・ハンターという若い女性から来た、家庭教師(ガヴァネス)の仕事を引き受けるべきかどうか相談したいという手紙だ。読んでごらんよ、と言ってホームズはそれをワトスンに投げてよこす。だが、ひょっとするとホームズは、その手紙に憤慨しているのではなくて、気を引かれていたのかもしれない。くしゃくしゃに

>
> 偉大な事件というのは、すでに過去のものになってしまったんだから。人間は——というと言い過ぎかもしれないが、ともかく犯罪者たちは、もう野心や独創性をすっかりなくしてしまったのかねえ。
> **シャーロック・ホームズ**

ぶな屋敷　99

1985年のITV放映番組より。ナターシャ・リチャードソン演じるヴァイオレット・ハンターが、ホームズ（ジェレミー・ブレット）とワトスン（デヴィッド・バーク）に、ルーカッスル氏が仕事を引き受けてくれと懇願する手紙を読んで聞かせる。

してはいたものの、ワトスンに見せようと、まだ手にしていたのだから。ワトスンが〈青いガーネット〉事件を持ち出して、最初は「たんなるいたずら」くらいにしか思えなかったことが大事件に発展したと思い出させたように、もしやという気持ちが彼にもあったのではなかろうか。

おかしな頼みごと

　ちょうどホームズがその手紙の話を終えたところへ、当の差出人ミス・ヴァイオレット・ハンターがやって来る。ホームズがさっそく聞く姿勢になったので、ワトスンは彼が「この依頼人の態度や話し方に好感をもったらしい」と思う。読者に対し、ホームズがこの若い女性といい雰囲気になるのだろうかと、淡い期待をもたせようとしたのかもしれない。ヴァイオレットの相談はやはり、ウィンチェスター付近の「ぶな屋敷」というジェフロ・ルーカッスルの家の、家庭教師の職を引き受けるべきかどうかというものだった。だが、この件にはただの就職相談ではないものがあると、ホームズは察する。

　給料はとてもいいのだが、ルーカッスルはおかしなことを要求していた。たとえば長い髪をばっさり切ってくれとか、彼らが用意した服を着てほしいとか。最初は断った彼女も、金に困っているし好奇心もあったことから、結局は引き受けることにする。ただ、決心はしたものの、ホームズの意見を聞き、仕事を始めてから何か困ったことが起きたら連絡できるようにしておきたいと思ったのだ。謎めいた筋書きに心を奪われたホームズは、彼女の頼みを聞き入れる。職に就いて2週間後、ヴァイオレットがホームズに、ウィンチェスターまで来てほしいという電報をよこす。ホームズとワトスンが翌朝の列車で彼女に会いにいくと、彼女の口から奇妙な事のなりゆきが語られる。

ゴシック風の舞台

　ぶな屋敷というのは謎めいた、いかにも不気味なところのようだ。コナン・ドイルはゴシックホラー小説でおなじみの要素を総動員して、雰囲気と、何かが起きそうな予感を盛り上げようとしている。辺鄙（へんぴ）な土地、陰鬱な古びた屋敷、濃い影を落とす木立、獰猛（どうもう）な犬、むっつりした家政婦。そして何より印象的な、いつも鍵がかかっている恐ろしい秘密の部屋だ。

　ヴィクトリア朝後期はゴシック小説や超自然物語の黄金期で、ブラム・ストーカーの『ドラキュラ』（1897年）が大衆の関心を集め、幽霊譚（たん）や妖精譚がかつてないほどの注目を浴びた。ただし、コナン・ドイルは〈ウィステリア荘〉（222～225ページ）や〈サセックスの吸血鬼〉（260～261ページ）でもゴシック風の書き方をしながら、どちらの犯罪にもまったく合理的な説明がつくことをホームズに示させている。だからこそホームズは、迷信的なヴィクトリア朝時代から合理的な20世紀にまで巧みに生きつづけるのだ。ほかの多くの小説キャラクターと違って、彼が探すのは悪霊ではなく現実の行動への手がかりなのである。

病的に残酷な子ども

　ヴィクトリア朝後期に科学的な学問としての心理学が台頭すると、現在を理解するためには過去も理解しなくてはなら

ホームズの初期の冒険

「ねえ、ワトスン、きみは医者として、子どもの性質を理解するために、とりあえず両親を見るってことがよくあるだろう。だったら、その逆もできると思わないか？ 子どもの性質を知って、やっと両親の性質をはっきりとつかむ。そんな経験をしたことが、ぼくには何度もあるよ」

ルーカッスルの息子の性質を見て、父親の性質を悟る。親を見て子を知るというのが一般的な考え方だが、ホームズはその逆方向で考える。

ないと、多くの人が考えはじめた。犯罪者研究も科学的な方向へ進み、人間の行動は遺伝や、当時普及しつつあった生物学によって解明できるという新説が出てきた。ヴァイオレットはホームズに、自分が世話を任された男の子は不機嫌で残酷で、昆虫をいじめて楽しむという話をするが、典型的ゴシック小説ならば、その子は悪霊か何かに取り憑かれていると思わせるところだ。しかし、ホームズは合理的に考えようとする。ワトスンへの説明によると、子どもの悪行に、父親であるジェフロ・ルーカッスルの警戒すべき本性が見てとれるという。ヴァイオレットは危険にさらされているようだ。

ぶな屋敷の状況

ヴァイオレットの話では、ルーカッスルには娘もいるという。最初の結婚でもうけた娘アリスは、今フィラデルフィアにいるらしい。家庭教師の仕事の一部として、ヴァイオレットは独特の鋼色（はがね）をした服を着て窓に背を向けて座るよう指示される。そこで朗読をさせられたり、ルーカッスルの話を聞かされたりしているあいだ、妻のほうはそばでむっつり黙り込んでいた。ある日、手もとに鏡を忍ばせて背後をのぞいたヴァイオレットは、街道から彼女をじっと見ている不思議な若者の姿を目にする。

ほかにも奇怪なことがあった。いつも空腹状態にしてある巨大なマスティフ犬が夜間に敷地内を徘徊（はいかい）している。たんすの引き出しに、彼女の髪とそっくりな髪の毛の束が鍵をかけてしまってあるのが見つかる。そして何より不思議なことに、屋敷には使っていないらしい棟がひとつあって、いつも鍵がかかっている。そこに何があるのか知りたくてたまらないヴァイオレットは、こっそり入り込んでみるが、鉄棒で閉ざされた部屋で人影が動くのを目にして恐怖に襲われた。ルーカッスルに見とがめられ、詮索するのをやめなければマスティフ犬の前に放り出すと脅されたため、心底震え上がってホームズに電報を送ったのだ。

暴かれた秘密

そこでホームズは、ヴァイオレットはルーカッスルの娘アリスの身代わり役として雇われ、アリスはフィラデルフィアなどに行ったのではなく、あの鍵のかかった棟に監禁されていると推理する。そして、その晩ルーカッスル夫妻が出かけた隙にアリスを救い出す計画を立てる。ヴァイオレットは屋敷に戻り、計画に従って使用人であるトラーのおかみさんを地下酒蔵に行かせ、閉じ込める。その頃夫のトラーは酔いつぶれていた。だが、やって来たホームズとワトスンが問題の部屋へ押し入ってみると、そこはもぬけの殻だった。

驚いたことに、アリスは天窓から連れ出されたらしい。ホームズは珍しく間違って、ルーカッスルが娘を連れ去ったのだと考える。そこへルーカッスルが不意に現れると、犬を彼らにけしかけようと駆けだすが、飢えた猛犬はその彼に襲いかかっていく。ワトスンがピストルで犬を撃ち殺したものの、ルーカッスルは深い傷を負うことになった。

ロンドンのどんなにいかがわしい薄汚れた裏町よりも、むしろ、のどかで美しく見える田園のほうが、はるかに恐ろしい犯罪を生み出しているんだ。
シャーロック・ホームズ

獰猛で巨大なマスティフ犬に襲いかかられたルーカッスルを描く、《ストランド》の挿絵。

ワトスンが傷の手当てをしているところへ、トラーのおかみさんが現れて真相を明かす。アリスは誰かの遺言の単独相続者だったが、その財産については父親のルーカッスルに任せきりにしていた。ところがアリスにファウラーという婚約者ができると、ルーカッスルは財産を自分が自由にできるようになる証書をつくって、無理やり署名させようとした。責めたてられたアリスは"脳炎"をわずらって、6週間生死の境をさまよう。回復はしたものの、部屋に監禁されたままだった。ヴァイオレットが雇われたのは、アリスのふりをさせ、元気を取り戻したアリスがもう彼を気にもかけていないとファウラーに思い込ませるためだった。だがファウラーの一途な心は変わらず、アリスを救出したのは彼だった。

ホームズの人間性

ホームズはヴァイオレットに思いやりをみせ、「（あなたは）並みの女性よりはるかにしっかり」していると言って、彼女に感心してもいるようだった。だが、事件が解決すると彼女に対する一時的な興味を失ってしまい、ワトスンはがっかりする。コナン・ドイルは読者をじらすように、ほんのつかのま、名探偵の冷静で無表情な外見の奥から感情がこぼれ出しそうだと、においわせているのだ。

また、この物語には、ホームズのいささか暗い人生観が現れてもいる。列車でウィンチェスターへ向かう途上、ワトスンは感じのいい農家が点在する美しい田園風景に感嘆する。ところがホームズのほうは、家と家が離れていることが気になってしかたがない。こういう場所には恐ろしい犯罪が隠されていても不思議がないというのだ。ワトスンは愕然とするが、そこには読者を長く魅了してやまないホームズの複雑な心理もかいま見える。面白いことに、冒頭でホームズが、彼の本領である推理の足どりを厳密に記述してもらいたいとワトスンに言っているにもかかわらず、この作品で推理力の出る幕はあまりない。話を展開していくのはほぼヴァイオレットで、ホームズはサポート役に回っているのだ。■

自宅監禁

ヴィクトリア朝時代の男が妻や娘に対してもつ、はかりしれない支配力がゴシック小説の題材となってきたのは、シャーロット・ブロンテが『ジェーン・エア』(1847年)で精神を病んで夫が屋根裏部屋に閉じ込めたバーサ・ロチェスターのことを書いて以来のことだ。頭がおかしくなった者に精神異常の診断が下れば、家族は合法的に監禁することができた。ただし、精神異常の診断は、家族あるいは雇われた"医者"しだいだった。ブロンテは、1844年の政府の報告書が明らかにした、田舎の貧困層で情緒不安定な者を家族が自宅で世話する場合の衝撃的な事例から着想を得たのかもしれない。世間に隠すのは精神疾患を恥と感じていたせいでもあるが、当時の精神病院が恐ろしい場所だったため、そこへ愛する者を送りたくないという場合もあった。それでもなお、個人間の不満や経済的利益のために監禁された、気の毒な人々も多かった。表沙汰にならずに終わったひどく残酷なケースも多いのは確かで、ほかにも大勢の人が、アリス・ルーカッスルのように人知れず恐ろしい苦痛を味わっていた。

1879年、《英国医学ジャーナル》には、「（今もって）ロチェスター氏が屋敷の屋根裏部屋に番人を付けて狂気の妻を閉じ込めるのを、やめさせる法律がない」という意見が掲載された。その後に意識が高まり、〈ぶな屋敷〉事件が起こったとされる1890年は、ルーカッスルが娘を監禁しておいても違法にならない最後の年となった。

ホームズさらなる

の活躍

104 ホームズのさらなる活躍

"大空白時代"継続。ホームズ、アジアとヨーロッパ各地を旅する(→〈空き家の冒険〉162〜167ページ)。

1892年

のちに『シャーロック・ホームズの回想』に収められる作品、《ストランド》誌に掲載開始。

1892年12月

コナン・ドイル、歴史小説『亡命者』を出版(→344ページ)。

1893年5月

〈最後の事件〉(142〜147ページ)が《ストランド》に掲載される。**ホームズの死**に読者は啞然とする。

1893年12月

1892年10月

コナン・ドイル、ナポレオン戦争についての小説『ナポレオンの影』を出版。

1893年

コナン・ドイルの**最初の妻ルイーズ**、**結核**と診断される。

1893年10月

コナン・ドイルの**父**チャールズ・アルタモント・ドイル、**61歳で死去**。

このマークの項は、ホームズとワトスンの人生上の出来事

この章の内容

短編集
『シャーロック・ホームズの回想』
(1893年刊)
〈名馬シルヴァー・ブレイズ〉
〈ボール箱〉
〈黄色い顔〉
〈株式仲買店員〉
〈グロリア・スコット号〉
〈マスグレイヴ家の儀式書〉
〈ライゲイトの大地主〉
〈背中の曲がった男〉
〈入院患者〉
〈ギリシャ語通訳〉
〈海軍条約文書〉
〈最後の事件〉

短編集『シャーロック・ホームズの冒険』が出版されてから2カ月もたたないうちに、《ストランド》誌には次の短編集『シャーロック・ホームズの回想』に収められる作品が掲載されはじめた。だがこの一連の作品は、最後に読者にひどいショックを与えることになる——〈最後の事件〉でホームズは死んでしまうのだ。

貞節と過ち

〈黄色い顔〉と〈ボール箱〉の両方で、事件の当事者は自分が不当に扱われていると感じ、ホームズはそれに対して新たな配慮をしている。実際、この短編集におけるホームズは、だいたいにおいて人間の心理をうまくつかんでいるように見えるのだ。また〈海軍条約文書〉では、彼の宗教に対する考えがちらりと見えており、哀愁を帯びたような、その性格の新たな面を発見することができる。〈ライゲイトの大地主〉では働きすぎによって衰弱しており、さらに人間味を帯びたように見えてくる。そして〈黄色い顔〉における事実の読み違えは、探偵としての誤りを初めて見せたケースであり、いつになく悔恨の情をあらわにしているのだ。

『回想』全体を通じ、裏切り(背信)という強力なテーマを見てとることができる。〈グロリア・スコット号〉、〈背中の曲がった男〉、そして〈入院患者〉が、それを立証している。〈ボール箱〉では不倫のほのめかしが感情をあおったし、〈黄色い顔〉でのグラント・マンローの行動は、愛する妻が不貞をはたらいているのではという恐れに突き動かされたものだった。〈マスグレイヴ家の儀式書〉でもこのテーマは続き、執事の女たらしぶりが、謎の失踪のカギとなっている。

ホームズのさらなる活躍

妻の死後、ワトスンは医院を売却してベイカー街221Bに戻ってきた（→〈ノーウッドの建築業者〉168〜169ページ）。

コナン・ドイル、医学テーマの**短編小説集**『赤いランプをめぐって』を出版。

コナン・ドイル、《ストランド》にジェラール准将シリーズ第1作の「**准将が勲章をもらった顛末**」を発表。

↑ **1894年**　　↑ **1894年10月**　　↑ **1894年12月**

↓ **1893年12月**　　↓ **1894年2月**　　↓ **1894年**

コナン・ドイル、『シャーロック・ホームズの回想』を出版。

ホームズがロンドンに帰還し、"**大空白時代**"終わる（→〈空き家の冒険〉162〜167ページ）。

コナン・ドイル、弟イネスとともにアメリカへの講演旅行に出る。

1回目の"最後"

この『回想』には、正典の重要人物が二人、初めて登場する。〈ギリシャ語通訳〉までは話題にも出なかった兄のマイクロフトと、宿敵モリアーティだ。モリアーティも〈最後の事件〉でいきなり登場し、スイスにあるライヘンバッハの滝でホームズとともに最期を迎える。シドニー・パジェットがページ全体を使って描いた二人の恐ろしい決闘シーンは、《ストランド》誌に載った作品の冒頭を飾るのだった。

ホームズの死に対する大衆の反応は、すさまじかった。「たくさんの人たちが泣いたと聞いている」とコナン・ドイルは書いている。〈最後の事件〉で作者はモリアーティのことを「犯罪界のナポレオン」と表現している。これは、当時コナン・ドイルが時間をかけて書こうとしていた「もっといいもの」が、ナポレオン時代を舞台にした作品だったことを考えると、なかなかに興味深い点だと言えよう。彼の歴史小説『ナポレオンの影』は〈最後の事件〉の13ヵ月前に出版されており、1894年になると彼は、ナポレオン戦争時代の話である"ジェラール准将"シリーズを書きはじめたのである。

もう帰らない？

コナン・ドイルはホームズに嫌気がさしていたのだ、とはよく言われることだ。だが文学的な高みを目指すという彼の野心を別としても、彼の人生にとって難しい時期――妻が結核と診断され、アルコール依存症の父親が精神病院で死んだというこの時期に――自分が生んだ最も有名なキャラクターを殺すには、もっと別の理由があったのかもしれない。そもそも、コナン・ドイルは本当にホームズを葬り去るつもりだったのだろうか？ ライヘンバッハの一件は死体も見つからず謎のままに終わっており、そこにはホームズ復活の可能性が残っていた。そして10年後、まさにそれが起こる。ホームズのにせの失踪期間、つまり1891年4月の"死"から1894年2月の生還までの時期は、"大空白時代"と呼ばれているのである。

コナン・ドイルはこの謎を経済的な理由からわざと残したのか、あるいはホームズに強い愛着をもっていたため明確な死を迎えさせられなかったのかという疑問に答が出ることは、決してないだろう。はっきりしているのは、『回想』に収められた作品で彼が千ポンドの原稿料を得ているということだ。執筆を始めたばかりの頃――1日に1シリングの金で暮らし、「パンにベーコンにお茶、それに時おりサヴィロイ［香辛料の強い燻製ソーセージ］があれば、ほかに何がいるだろう」という食生活の日々からすれば、とんでもない額の稼ぎだったわけである。■

真犯人はあなたのすぐうしろに立っているんです

〈名馬シルヴァー・ブレイズ〉(1892)
SILVER BLAZE

作品情報

タイプ
短編小説

英国での初出
《ストランド》1892年12月号

収録単行本
『シャーロック・ホームズの回想』
1893年

主な登場人物

ジョン・ストレイカー 騎手を引退した、競走馬の調教師。

フィッツロイ・シンプスン もとは裕福だった、私設馬券屋。

ロス大佐 競走馬シルヴァー・ブレイズの馬主。

グレゴリー警部 スコットランド・ヤードの刑事。

サイラス・ブラウン ケイプルトン厩舎(きゅうしゃ)の管理者。

ネッド・ハンター キングズ・パイランド厩舎で働く若者。

シドニー・パジェットが〈名馬シルヴァー・ブレイズ〉のために書いた挿絵は、ホームズのイメージとして非常によく使われるもののひとつだろう。鹿撃ち帽をかぶったホームズが、列車の中でワトスンと向き合って座っている。そして細長い指と手のひらを使いながら、失踪した競馬馬と殺されたらしい調教師について、葉巻を持ったワトスンに説明しているというシーンである。この話をする前にホームズは(いささか眉唾だが)、線路沿いの電柱は60ヤードごとに立っているから、列車の速度は時速53マイル半なのだと主張している。〈名馬シルヴァー・ブレイズ〉は最初と最後が列車による移動で構成され、その移動のあいだに、事件の説明と謎解きが行われるのだ。

消えた本命馬

額の部分が白いためにその名前がついたシルヴァー・ブレイズが、ダートムアのキングズ・パイランドにある厩舎(きゅうしゃ)から失踪した。本命として人気のあるウェセックス・カップ・レースの開催1週間前というときの話だ。調教師のジョン・ストレイカーは湿地で死体となって発見されたが、頭が砕かれ、手には奇妙なナイフを握っていた。私設馬券屋のフィッツロイ・シンプスンが第1容疑者として、すでに留置されている。問題の晩に厩舎に来て、買収により情報を得ようとした男だ。また彼は、厩舎の夕食に出たカレー料理にアヘンを入れて、馬屋番を眠らせたという疑いも、もたれていた。シンプスン自身は、ただ馬の情報が得たかっただけだと主張したが、彼が持っていたヤシの木製のステッキには鉛が仕込んであり、凶器として充分だと考えられたため、馬の誘拐と調教師の殺人という両方の容疑が濃厚だとされたのだった。だが、ホームズはそう考えなかった。

……問題をはっきりさせるには、他人に話してきかせるのがいちばんだ。
シャーロック・ホームズ

《ストランド》に載った〈名馬シルヴァー・ブレイズ〉の挿絵の、水彩画版。ホームズは彼のトレードマークである鹿撃ち帽(ディアストーカー)をかぶっている。この作品は2014年のクリスティーズのオークションで11万2500ドル（6万6375ポンド）の値がついた。

ダートムアというロケーション

ホームズ物語の中でホームズとワトスンが一緒にダートムアを訪れたのは、今回が初めてだが、二人は9年後にも〈バスカヴィル家の犬〉事件（152〜161ページ）でふたたび訪れている。そのときのムア（荒野）は「不気味な」とか「活気のない」「陰鬱な」など、魔犬の脅威にふさわしい表現のされかたであったが、今回の事件では、洗練されてはいないが爽快になるような美しさを表現する描写になっている。「だが、この美しい景色も、熱心に考えこむホームズにとってはまったくむだな眺めであった」。とワトスンは書いているが、ホームズにしても、まったくその美しさを解さなかったわけではなかった。このあと彼は依頼人に向かって、「おかげさまでダートムアのすばらしい空気を吸わせてもらいました」と言っているのだ。こうした環境にもかかわらず、地元の人たちはよそ者に対して犬をけしかける傾向があるらしく、これはのちにホームズが指摘することに対してサブリミナルなヒントになっているようにも思える。

非凡な警察官

今回事件を担当したのはグレゴリー警部だが、ホームズは警察官としては珍しく彼のことを褒めており、「きわめて有能な警察官だ」と言っている。そして、彼が現場のわきにムシロを敷き、警官たちをその上に立たせることで手がかりを残したという点に、感銘を受けている。このグレゴリー警部の手腕に対する称賛は、〈ボスコム谷の謎〉事件（70〜73ページ）で犯罪現場を調べたときレストレード警部に向けた怒りとは、対照的だ。「それにしても、野牛(バッファロー)みたいな連中が群れをなしてこんなにドタバタ歩き回る前にぼくがここへ来ていたら、どんなに楽にやれたことか！」と彼は嘆くのである。

グレゴリー警部は、被害者の所持品をこまごまと見せたり、関係者の靴が入った鞄(かばん)を持参したり、要求されたときにすぐ写真をポケットから取り出したりと、ホームズの捜査にとってつねに有益な動き方をしている。それがホームズの迅速な捜査に結びつき、「警部はぼくの欲しいものを何でも用意しておいてくれますね」と喜ばせているのだ。その後10年以上たって、ようやくもうひとりの前途有望な若き警部が〈ブラック・ピーター〉事件（184〜185ページ）で現れるのだが、そのスタンリー・ホプキンズと同様、グレゴリーもホームズの手法を使うように努力している点がうかがえる。それなのに、「近ごろ英国の警察界で名をあげつつある」とワトスンに書かれたグレゴリー警部が、今回の事件以降、ホームズ物語に現れることはないのであった。

理論に合わせた事実

ホームズがグレゴリー警部に唯一欠けているという点は、想像力のなさであり、捜査における想像力の重要性については、このストーリーの後半でも彼が再度強調している。ただ、〈ボヘミアの醜聞(スキャンダル)〉事件（56〜61ページ）で「データもなしに理論を構成しようとするのは、重大な過ちだ……理論に合わせて事実をねじ曲げるようになってしまう」と言っていることからすると、いささか奇妙な批判とも思える。実際、〈名馬シルヴァー・ブレイズ〉の中で彼は、正反対の主張をした。つまり、いなくなった馬の行方について

108　ホームズのさらなる活躍

エプソム・ダービーは、ヴィクトリア朝時代のイングランドで行われた人気レースのひとつ。〈名馬シルヴァー・ブレイズ〉のウェセックス・カップ・レースは架空のものだが、この作品にちなんだシルヴァー・ブレイズ・ウェセックス・カップ・レースが世界の何カ所かで開催されている。

の理論を考え出したあとで、その証拠を探しはじめたのだ。問題の馬の足跡を見つけたときに、彼は誇らしげにこう言った。「どうだい、想像力の大切さがわかったろう？　……ぼくらは、まず何が起こったかを想像し、その仮説にしたがって行動し、それが正しいことを確認したんだ」

ホームズ流の手法

　このキングズ・パイランド事件を捜査するにあたり、ホームズは自分のもついくつもの推理手法を採用している。ひとつは、すでに知られている資料の検討であり、彼はあらゆる新聞の記事を読んで「さまざまに入り乱れた見解や報道のなかから、事実による──絶対確実な事実による──骨組みを」抜き出した。これによって、ほかの仮説や推測を削り落とすことで、想像力は重要なものだと──ホームズに関しては重要だと──いう印象を読者に対して与えている。そしてひとたび現場に到着すると、当然ながら、被害者の外見から厩舎の状況や殺人現場まで、こまごまとした証拠の観察が必要だ。そこでホームズ特有の、一見些細なことに思える膨大な知識が、活かされることになる。ワトスンが〈緋色の研究〉（36〜45ページ）の中で「植物学の知識──さまざま。ベラドンナ、アヘン、その他有毒植物一般にはくわしい」と書いたような知識である。些細なことの指摘で思わず興味をひく、もうひとつの有名なものは、ダートムアを去る前にホームズがグレゴリー警部に向かって言う、厩舎の犬に関するひとことだろう（右ページ下参照）。

ドラマチックなことをしがちな性向

　シルヴァー・ブレイズが馬屋から連れ去られたときに厩舎の犬が吠えなかった、という問題は、解決につながる手がかりのひとつだが、ホームズはすぐにその理由を理解した。犬が吠えなかったのは、侵入者が顔なじみだったからだ。カレー料理が出たのはアヘンの味をごまかすためであり、そのせいでシンプスンは容疑者からはずされる。なぜなら、（たまたまその日にやって来た）彼がカレー料理を出すように仕向けることは、できないからだ。そして、死体の握っていた「変わったナイフ」──外科手術を行なうためのメス──は、何か邪悪な目的があったことをにおわせていた。ホームズの能力をもってすれば、ダートムアを去る前に事件解決を宣言することは充分可能だったが、彼はあえてそれをしなかった。馬主であるロス大佐に対し、ウェセックス・カップ・レースにシルヴァー・ブレイズが出走すると確約し、ウィンチェス

ヴィクトリア朝時代の競馬

　競馬はヴィクトリア朝時代において非常に人気のある娯楽であり、貴族と一般の人々が一緒になって楽しむ数少ないイベントのひとつだった。ホームズは賭け好きの男たちの真理をよく心得ていて、〈青いガーネット〉（82〜83ページ）では、用心深い家禽商人から賭けを利用して情報を引き出したあと、こう言っている。「……ポケットから《ピンク・アン》をのぞかせている男は、賭けの話を持ち出せばつれると思ってまちがいないのさ」。《ピンク・アン》は、当時いくつかあった競馬新聞のひとつ、《スポーティング・タイムズ》紙の呼び名だ。しかし20世紀になる頃までに競馬の人気は衰え、小規模な競馬場の多くが消えていった。そのひとつ、ワージー・ダウンにあったウィンチェスター競馬場は1660年代から使われ、チャールズ2世の後援を受けたこともあったが、1887年7月13日に最後のレースが行われた。その後第一次世界大戦が終わるまでに、飛行場となった。

名馬シルヴァー・ブレイズ

> ぼくはあのとき、どうして
> こんなはっきりした手がかりを
> 見落としたのかと、われながら
> 驚いていたのです。
> シャーロック・ホームズ

ター競馬場で会う約束をする。彼がそうしたのは、自分の力をみくびって責めるような態度をとった大佐に対する、一種の仕返しだった。「大佐のぼくに対する態度は、いささか横柄だった。だから、ちょっとぐらいからかってやってもいいだろう」と、彼は言っているのだ。もちろん、その言葉をまったく信じていいかどうかは別問題だが、ホームズが劇的な結末を好むことは確かであり、〈恐怖の谷〉（212～220ページ）でも、知り合いの警部にこう言っている。「確かに、われわれのような職業じゃ……たまには結末をおごそかに演出でもしないことには退屈きわまりなくなってしまうからね」。

ホームズの動機がどうあれ、失踪した名馬がいきなり現れ、犯人がわかったことは、なかなかにドラマチックであった。真相は借金をかかえたストレイカーが、レースで八百長をはたらくため、馬のひざのうしろにある腱の皮下に「ちょっとした傷を」つけようとして、頭を蹴られた。つまり被害者と殺人犯の両方がシルヴァー・ブレイズだったわけだ。その後、馬はムアをうろついているところをライヴァル厩舎のサイラス・ブラウンに発見され、ケイプルトン厩舎に隠された。ホームズはこの事実をロス大佐に明かさなかったが、シルヴァー・ブレイズが優勝すると、大佐は満足げだった。

明かされた悪習

こうして劇的な結末を迎えたあと、ホームズはもうひとつの悪習につい走ってしまう。「おや、ベルが鳴っていますね。ぼくは次のレースで少しばかり勝ちたいので、くわしい説明はのちほどゆっくりとすることにしましょう」と言っているのだ。競馬に熱心なのはホームズだけでなく、ワトスンも同様だった。彼は〈ショスコム荘〉（288～291ページ）の中で、傷痍者年金の半分を競馬につぎ込んできたと言っている。だがコナン・ドイル自身は競馬ファンでなかったらしい。自伝『わが思い出と冒険』の中で彼は、自分が競馬に関して無知であり、そのことが「天まで鳴りわたった」と告白している。〈名馬シルヴァー・ブレイズ〉では馬に塗料を塗って出走させたわけだが、当時の専門家は、作中の人物がそのとおりに行動したら、監獄行きになるか競馬界から追放されるかのどちらかになると指摘した。だが、「それでも私は」とコナン・ドイルは続けている。「細かいことにあまり神経をとがらせたことはない。人間たまには高飛車に出ることが必要なのだ」と。■

ホームズにとって解決のカギとなった手がかりは、厩舎の犬が吠えなかったことだった。そのせいで泥棒はシルヴァー・ブレイズを密かに連れ出せたのだ。この事件における彼の推理は"夜中に犬に起こった奇妙な出来事"という呼び名で知られ、のちにマーク・ハッドンの小説のタイトルにも使われた。

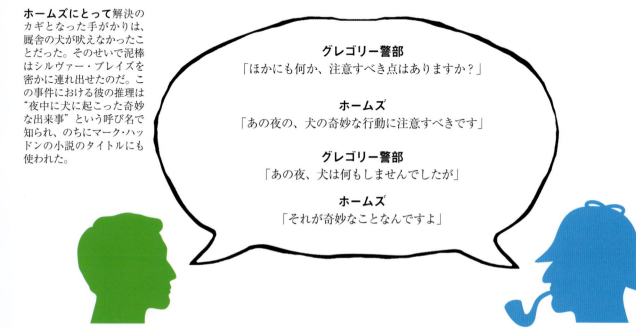

グレゴリー警部
「ほかにも何か、注意すべき点はありますか？」

ホームズ
「あの夜の、犬の奇妙な行動に注意すべきです」

グレゴリー警部
「あの夜、犬は何もしませんでしたが」

ホームズ
「それが奇妙なことなんですよ」

人間の身体のなかで耳ほど形がさまざまなものはない

〈ボール箱〉（1893）
THE CARDBOARD BOX

作品情報

タイプ
短編小説

英国での初出
《ストランド》1893年1月号

収録単行本
『シャーロック・ホームズの回想』1893年

主な登場人物
スーザン・クッシング 平穏で地道な隠居生活を送る未婚女性。

セアラ・クッシング スーザンの上の妹、高慢で気性が激しい。

メアリ・ブラウナー クッシング姉妹の末っ子、ジェイムズ・ブラウナーと結婚。

ジェイムズ（"ジム"スチュワード）・ブラウナー 船の客室係、情熱家で酒飲み。

アレック・フェアベアン 威勢のいい船乗り、メアリをめぐるジェイムズの恋がたき。

レストレード警部 スコットランド・ヤードの刑事。

物語が始まるのは8月の「焼けつくような暑さの日」。うんざりしたワトスンの落ち着きのない視線が、壁に掛かった肖像画と本箱の上の肖像画をさまよう。すると、彼の考えていることは正しいと、ホームズがまるで彼の心を読んだかのようなことを言う。ワトスンの顔つきにずっと注意を向けていたところ、やがてその口もとにかすかな笑みが浮かんだので、その肖像画の人物から、国際問題を戦争で解決しようとするなんて「愚かなこと」だと考えていたと推理したのだった。そしてホームズは、いまかかわっているセンセーショナルな事件は「読心術の実験みたいにかんたんには解決しそうにない」と言う。

1994年のテレビ版〈ボール箱〉は、雪のクリスマスという設定だった。健康が衰えていくジェレミー・ブレットの、最後のホームズ役となる。

コナン・ドイルの自己検閲

1892年12月から1893年12月まで《ストランド》に掲載された物語が、短編集『シャーロック・ホームズの回想』にまとめられるにあたって、〈ボール箱〉はコナン・ドイルの意向により除外された。アメリカ版『回想』の初版には本作も収められたが、改訂第2版で削除され、もとの版は破棄された。コナン・ドイルが外した理由については、シャーロッキアンのあいだで論議がやまない。クリストファー・ローデンが指摘しているように、作者はさまざまに弁明している。「子どもたちにも読んでもらいたい短編集には向かない」、「思ったよりも扇情的なのが気になる」、「説得力に欠ける物語だった」などだ。しかし、きわどい内容は正典のほかの作品にもあるし、物語の出来も悪くない。理由はともかくとして、この作品中にはコナン・ドイルもなくすのは惜しいと思う部分があった。『回想』出版の際、本作冒頭の読心術の場面は〈入院患者〉(134〜135ページ)冒頭に移された。その後〈ボール箱〉は『回想』ではなく1917年の『シャーロック・ホームズ最後の挨拶』に収められたが、現代ではほとんどの全集編者が『回想』に戻している。

箱の分析

地道な生活を送る独身女性スーザン・クッシングが、切り取られた人間の耳が二つ入った、あまりにも不気味な小包を受け取った事件だ。

スーザンの家でホームズの主な推理の対象になるのは、小包で届いた、物語のタイトルになっているボール箱である。彼の鋭敏な目にこの箱は、タールを塗った麻紐やきっちりした特殊な結び目など、送り主の身元につながる多くの手がかりをもたらす。耳そのものは粗塩に埋めてあり、ひとつは女性の、もうひとつは男性の耳だ。医学生のいたずらなどではない、二人の人間が殺されたのだ、とホームズは推理する。

その後スーザンが、メアリとセアラという二人の妹がいるという話をして、ホームズが事件を解明するのに必要な情報を、意図せずして提供してくれる。メアリは船員の夫ジム・ブラウナーとリヴァプールに住んでいる。セアラも一時は妹夫婦と同居していたが、「けんかして」ロンドンに戻り、最近までスーザンのもとに身を寄せていた。話を聞きながらホームズは、スーザンの耳と箱の中のひとつが酷似していることに気づく。

セアラの家へ向かう途中、ホームズはリヴァプールの警察に電報を打つ。セアラは病気で面会できないが、ホームズは「顔をひと目見る」だけでよかった。そして、知りたいことはもうわかったと言う。スコットランド・ヤードで電報の返事を受け取ると、彼はレストレードに犯人の名前を教え、早くて翌日の晩には逮捕できると言って立ち去る。ワトスンへの説明によれば、小包を送ったのはブラウナーで、彼の乗った船がこの次にロンドンに着くのは翌日の晩だ。ボール箱に入っていた耳のひとつはメアリ・ブラウナーの、もうひとつはその恋人のものに違いない。

>
> こんな苦悩と暴力と恐怖の連鎖が、何になるっていうんだろうね、ワトスン?
> **シャーロック・ホームズ**

裏切られた夫

逮捕されたブラウナーは進んで自供する。セアラは妹の夫であるブラウナーに気があったが、彼女の誘惑をやんわりはねつけた彼を逆恨みするようになった。そして、妹夫婦の結婚生活に水を差すため、メアリにアレック・フェアベアンという颯爽とした船乗りとの浮気をそそのかしたのだ。

ある日、妻メアリがその男と一緒のところを見かけたブラウナーは、嫉妬で頭に血がのぼり、重いステッキを握って二人のあとを追った。彼らがボートを借りて海にこぎ出すと、彼もそれにならってボートで続き、追いついたところで二人とも殴り殺してしまう。正気を失って二人の耳を切り取った彼は、セアラに小包で耳を送りつけたのだが、受け取ったのはスーザンだった。

なんとも気の滅入る事件にホームズの口から出る締めくくりの憂鬱なせりふが、冒頭でワトスンが戦争という暴力の「悲惨さ、恐怖、むなしく奪われた多くの人命」のことを考えていることと響き合う。■

真実がどうあれ、疑っているよりはましですからね

〈黄色い顔〉(1893)
THE YELLOW FACE

作品情報

タイプ
短編小説

英国での初出
《ストランド》1893年2月号

収録単行本
『シャーロック・ホームズの回想』
1893年

主な登場人物
グラント・マンロウ("ジャック")
ホップ商人、ノーベリ在住。

エフィー・マンロウ　グラント・マンロウの妻、以前アメリカで結婚していた。

ジョン・ヘブロン　エフィーのもと夫のアメリカ人弁護士、故人。

ルーシー・ヘブロン　エフィーの娘。

物語が始まるのはホームズの仕事が途切れた時期で、彼が暇をもてあますとコカインという悪習に向かうという、ワトスンの記述がある。ホームズがたまに薬物を摂取するのは、「事件がほとんどなくて新聞がつまらないという、おもしろみのない生活への不満から」なのだと。それにしても、これはもう本来の意味で習慣というより愛好の域に達している。

言い逃れとうそ

今回の依頼人、グラント・マンロウは、妻のエフィーが彼をだましているせいで、申し分のない結婚生活に不和がきざしているため、ホームズの忠告がほしいという。

6週間ほど前エフィーは、マンロウに100ポンド必要になったと言いだしたうえ、使い道は聞かないでくれと、どうしても譲らなかった。その後先週になって、ノーベリの自宅へ帰る途中で、マンロウは向かいの一軒家に誰かが引っ越してきたと知った。ふと気づくと、2階の窓から、人間らしくない不気味な「死人のような鈍い黄色」の顔がのぞいている。その晩、

異人種間結婚

19世紀のアメリカでは、異人種間の婚姻も子づくりも激しくタブー視された。ヘブロン家はきっと、異人種間結婚を禁じた法律が1967年まで適用されていたジョージア州アトランタからは、出て行かざるを得なかったはずだ。

マンロウが混血児である義理の娘を受け入れるのは、当時の英国のほうが柔軟な考え方だったことを反映している。異人種間結婚は世間で眉をひそめられたものの、違法ではなかった。興味深いことに、英国版ではマンロウが2分間沈黙してから心温まる受け入れのせりふを口にするが、アメリカ版ではこの沈黙が10分間に延びている。

コナン・ドイルは1882年に、アメリカの聖職者で、黒人による奴隷制度廃止運動の指導者である、ヘンリー・ハイランド・ガーネットに会っている。〈黄色い顔〉に表れている共感は、彼との交流を通して知った知識が結実したものかもしれない。

黄色い顔 113

19世紀、アメリカの南部諸州ではたびたび黄熱病が猛威をふるった。重症になると黄疸を発症し、皮膚が黄色くなって、死に至ることも多かった。

夜中の3時頃目が覚めると、妻がそっと家を抜け出すところだった。戻ってきた彼女は行き先をごまかした。

翌日、マンロウはエフィーが向かいの家から出てくるのを見て、そこの住人にどんな用があるのかと問いただした。またしても彼女は言おうとせず、あの家に入らないでくれと彼に懇願し、入れば結婚生活はおしまいになると言う。二度とこそこそ訪ねたりしないと約束したはずなのに、彼女は3日後に約束を破ったため、マンロウは向かいの家に突進していく。家は無人だったが、2階の部屋に妻の写真があった。

ホームズは、エフィーの過去とつながりがあると考える。マンロウが語ったところによると、彼女はアメリカに移住していたが、最初の夫も子どもも黄熱病で亡くし、英国に戻ってきたのだった。マンロウと結婚するとき、亡夫の全財産を彼に渡した。マンロウは前夫の死亡診断書を見たことがあるというが、ホームズは犯罪のにおいをかぎつける。きっと恐喝事件だ。エフィーの前夫が生きていて、金をゆすり取ろうとして追いかけてきたに違いない。窓からのぞいていたのは、その男の顔だ。向かいの家の住人が戻ってきたところで、マンロウはホームズとワトスンをノーベリに呼ぶ。

愛が偏見に勝つ

ホームズとワトスンの力を借りてマンロウが向かいの家に入ってみると、「黄色い顔」とは幼い黒人少女が仮面をつけた姿であり、その少女はエフィーの娘、ルーシーだった。アフリカ系アメリカ人弁護士だった最初の夫は亡くなったが、子どもの命は助かり、乳母と一緒にアメリカで暮らしていた。マンロウが渡した100ポンドを、エフィーは娘たちの渡英資金に使ったのだった。マンロウの愛情を失うのが怖くて、エフィーは娘がいることを隠そうと、顔の色をごまかす仮面をつけたルーシーを家から出さないようにしたのだ。

胸に迫る話を聞かされたマンロウは、ルーシーを抱き上げてキスすると、そのまま片手を妻に差し伸べる。「……ぼくはそれほどたいした人間ってわけでもないが、きみが考えているよりはましな人間だと思うんだけどな」と。当時の社会通念からすると、実に立派な態度と言えよう。

犯罪が起きていないこと、また、ホームズの推理が間違っていた数少ないケースのひとつであることという二つの点で、珍しい作品である。それにしても何より印象的なのは、19世紀の大多数の読者の好みにはそぐわなかっただろうに、コナン・ドイルが進歩的な人種差別反対のメッセージを込めていることだ。■

ワトスン、ぼくが自信過剰ぎみに思えたり、事件のための努力を惜しむように見えたりしたら、そっと「ノーベリ」と耳うちしてくれないか。恩にきるよ。
シャーロック・ホームズ

人間の本性ってやつは、まったく不思議なぐあいにいろいろなものが混じっているものなんだね

〈株式仲買店員〉(1893)
THE STOCKBROKER'S CLERK

作品情報

タイプ
短編小説

英国での初出
《ストランド》1893年3月号

収録単行本
『シャーロック・ホームズの回想』1893年

主な登場人物
ホール・パイクロフト　若い株式仲買店員。

アーサー・ピナー　ロンドンの金融機関人材斡旋業者。

ハリー・ピナー　バーミンガムで創業したての金物流通会社オーナー。

ベディントン　5年の刑を終えて出所したばかりの犯罪者。

〈株式仲買店員〉の執筆当時、ホームズ物語がもたらす収益はコナン・ドイルが投資に回すほどになっていた。彼は株式仲買業者のピム・ヴォーン社と取引を始め、ポーツマス・トラム・カンパニーやオーストラリアの鉱山といったベンチャー事業の株を購入した。したがって、当時の金融業界に不正が横行していることを熟知していたに違いない。作中のモーソン・アンド・ウィリアムズ商会のような、シティの会社の人材採用にいかにもありそうな落とし穴を仕掛けて、この業界に詳しいところを見せている。

甘言に踊らされる

タイトルになっている株式仲買店員はホール・パイクロフトという青年で、仕事を依頼したホームズとワトスンと一緒に列車でバーミンガムへ向かっている。車中、彼がことの経緯を語る。しばらく前に失職した彼は、必死に職探しをした結果、シティでも大手のモーソン・アンド・ウィリアムズ商会の欠員募集で採用された。ところが、その職に就こうとした矢先、アーサー・ピナーという男からもっと実

金融界の重罪犯

19世紀末の金融界には不正がまかり通っていた。株式市場に参入する会社の少なくとも6分の1は詐欺で、投資家たちの金を持ち逃げした。銀行業も堕落ぶりでは負けず、1844年から1868年のあいだにできた民間銀行291のうち242行が重犯罪のせいで立ちゆかなくなった。1878年に大手のシティ・オブ・グラスゴー銀行が破綻したときは、重役たちが何百ポンドもの金を友人や親族に無担保で貸し、帳簿をごまかしていたことが露見した。それでも、こんにちで言う"ホワイト・カラー犯罪"を、労働者階級の犯罪で手いっぱいの警察はほとんど捜査しなかった。そういうありさまだったのだから、株式仲買店員になりすましていたベディントンは、警備員を殺して株券を鞄に詰めて運ぶまでもなかったのではなかろうか。大金が日々"本物の"従業員のあてにならない手をすり抜けていたのだから。

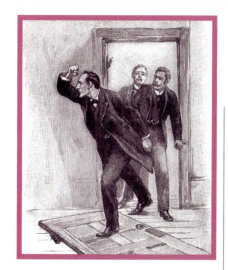

《ストランド》の挿絵に描かれたドラマチックな場面。ホームズ、ワトスン、パイクロフトの3人が部屋に押し入ると、ピナーが自殺をはかっていた。

入りのいい職の申し出があった。バーミンガムの仮事務所へ行き、フランコ・ミッドランド金物株式会社の「発起人」である兄のハリーに会ってほしいという。褒められて気をよくしたパイクロフトがその仕事を引き受けると、入社を承諾すると一筆したためたうえ、モーソン・アンド・ウィリアムズ商会の職を辞退する手紙は書かないようにと言いくるめられる。

バーミンガムでハリーに連れていかれた会社の仮事務所というのは、家具もろくにない、ほこりだらけの狭い2部屋だった。パイクロフトは仕事を始めるが、すぐにそこはかとない不安を感じだす。そのうえ、ハリーが弟とまったく同じ歯に金を詰めているのに気づき、兄弟は同一人物ではないかとも思えてくる。疑いを抑えきれないパイクロフトに相談され、ホームズはその怪しい雇い主に探りを入れてみることを引き受けたのだった。

バーミンガムではホームズとワトスンが求職者のふりをして、3人でパイクロフトの勤務先に着くと、新聞を読んでいたピナーが恐慌をきたしている。しばらくひとりにしてくれと、彼は奥の部屋にひっこむ。異様な物音がして、3人がドアを破ってその部屋に入ると、別のドアのフックに首を吊ったピナーがぶらさ

がっていた。それを下ろして蘇生させると、ホームズの推理が始まる。ピナーがパイクロフトにバーミンガムでの架空の地位を用意したのは、犯罪実行のためロンドンのモーソン・アンド・ウィリアムズ商会から彼を遠ざけようとしてのことだったのだと。

残忍な強盗

ピナーが読んでいた新聞から、その犯罪の詳細もピナーが絶望した理由も明らかになる。彼の本物の弟、ベディントンという悪名高い偽造犯にして金庫破りの常習犯が、モーソン・アンド・ウィリアムズ商会でパイクロフトの身代わりを務めていた。会社の誰にも顔を合わせたことのない若者になりすますのは、わけもなかった。土曜日の閉店後に居残ったベディントンは警備員を殺し、10万ポンドに及ぶ株券を鞄に詰めて立ち去ろうとした。だが、そんな時間に鞄を持った男が出ていくのを見とがめた機敏な警官に逮捕され、犯行が発覚。新聞記事によると、あとはいつも悪事をともにはたらくベディントンの兄を捕まえるだけだという。「そこのところでは、ぼくらが警察の手間をいくらかはぶいてやれそうだな」とホームズは言った。

弟の逮捕を知って自殺に駆りたてられ、今は犯罪に加担したかどで投獄を待つ身のピナーに、ホームズは驚くほど同情を見せる。実際、ホームズはしばしば法の埒外に立ち、自然に裁きが下るのを歓迎する。当然ながら、そのせいでスコットランド・ヤードの不興を買うのだが、わざわざ法的論拠をつくりあげなくてすむということでもある。彼が説明しさえ

すれば、正義はなりゆき任せで読者は満足する。ところが、この事件ではホームズも、ピナーを警察に引き渡さなくてはならないと承知している。また、事件を解明したホームズが犯罪現場から遠く離れたところにいて、共犯者しか捕らえられないというのも珍しい。重犯罪自体はロンドンで起き、犯人逮捕にこぎつけたのは目端のきく巡査部長だった。■

ホームズ、ワトスンの体調を推理する

ワトスンの履いている**新しいスリッパ**は、底がわずかに**焦げている**。

↓

店のしるしの入ったシールがまだついているから、スリッパが**濡れたわけではない**。

↓

濡れたのを**乾かしている**うちにでなければ、足を暖炉の火のほうに伸ばして座っているうちに焦がしてしまったのだ。

↓

元気だったら、6月にそんなことはしそうにない。

↓

「ところで、きみ、最近体調を崩していただろう？ 夏風邪はこたえるからな」

次の瞬間、ぼくは鍵をつかんだよ
〈グロリア・スコット号〉(1893)
THE *GLORIA SCOTT*

作品情報

タイプ
短編小説

英国での初出
《ストランド》1893年4月号

収録単行本
『シャーロック・ホームズの回想』
1893年

主な登場人物
ヴィクター・トレヴァ老人　ノーフォークの治安判事。

ヴィクター・トレヴァ青年　トレヴァ老人の息子、ホームズのカレッジ時代の学友。

ベドウズ　囚人輸送船の反逆者仲間、トレヴァ老人の友人。

ハドスン　グロリア・スコット号の乗組員。

ジャック・プレンダーガスト　囚人でグロリア・スコット号反乱の主導者。

ホームズ物語のほとんどの事件と違って、〈グロリア・スコット号〉はワトスンでなくホームズ自身によって語られる。ある冬の晩、ベイカー街221Bで彼らが暖炉のそばに座っているときだ。1881年にワトスンと出会うまで、ホームズはさまざまな事件を手がけているのだが、そのうちワトスンが記録したわずか2件のうちのひとつである。もうひとつは〈マスグレイヴ家の儀式書〉(120〜125ページ)だ。しかもホームズは、これが彼の手がけた最初の事件だと言う。とりあげているテーマは、コナン・ドイルお気に入りの二つの要素、つまり航海と、善良でりっぱな市民につきまとう不名誉な過去の因縁だ。

隠された過去

ホームズは、学生時代の長い夏期休暇中の出来事を振り返る。ノーフォークの湖沼地帯(ブローズ)にある、カレッジでただひとりの友人、ヴィクター・トレヴァのりっぱな屋敷に滞在していたときのことだ。ある晩、ポート・ワインを飲みながら、ヴィクターの父親、ヴィクター・トレヴァ老人がホームズに、かねがね息子が激賞している推理力を披露してみせてくれと頼む。

慈愛深いと評判の治安判事、トレヴァ老人は、ここ何カ月も誰かから襲われる心配をしてきたのではないかとホームズに指摘され、ぎょっとした。目ざとくステッキを観察した、ホームズのみごとな眼力だった。1年以上前にはなかったものだと見てとり、さらに、てっぺんから穴をあけて鉛を流し込んであるとも気づいた──武器に仕立てたのだろうと。また、老人の耳が潰れて厚ぼったくなっているところから、若い頃ボクシング(ホームズの趣味でもある)をしていたことを、

カレッジにいた二年間を通じて、〔彼は〕ぼくのただひとりの友人だったんだ。きみも知ってのとおり、ぼくはもともと人づきあいのいいたちじゃないし、……
シャーロック・ホームズ

手のたこからは穴掘りの経験があることを、推理する。トレヴァ老人は、金を採掘して財産を築いたのだと認める。

ホームズはそれまでに、老人の腕に消されかかった刺青（いれずみ）があるのを目にしていたので、「それから、J・Aというイニシャルの人物と、とても親密なあいだがらだったことがありますが、のちにその人のことを完全に忘れたいと思われましたね」と言う。するとトレヴァ老人は、ゆっくりと立ち上がってからばったり倒れてしまい、ホームズとヴィクターを仰天させる。意識を取り戻すと、ホームズの非公式ではあるが鮮やかな探偵仕事に感服し、「これを一生の仕事になさるといい。この世のなかをいくらか知っている男の助言として、お聞きくださいよ」と言うのだった。ホームズが探偵を職業にしてもいいなと初めて思ったのが、このときだった。気を取り直したトレヴァ老人は、いささかあいまいな表現で"J・A"は昔の恋人だと言った。だが、それ以来老人が気もそぞろになったので、ホームズは滞在を切り上げることにした。ところが、帰る前日に招かれざる客の来訪があった。「褐色の顔」が「ずる賢そう」なハドスンという老水夫だ。意地悪そうなこの男と知り合いらしいトレヴァ老人は、かなりの量のブランデーをひっかけてから彼に対面した。「この前お目にかかってから、もう三十年以上にもなりますねえ。だんなはこんな屋敷にお住まいだが、あっしはまだ桶（おけ）の塩漬け肉をついばむ身分でね」と言うハドスン。彼が共通の知り合いらしいベドウズという人物の名前を持ち出すと、トレヴァ老人はショックを受けたようだった。

死を招く手紙

7週間後、ロンドンに戻っていたホームズは、ヴィクターからノーフォークに戻ってくれという電報を受け取る。父親が卒中で生死の境をさまよっていたのだが、ホームズが村に到着したときにはも

> 実在のであろうと小説中のであろうと、探偵という探偵は、あなたの手にかかれば子どもも同然ですな。
> **ヴィクター・トレヴァ老人**

グロリア・スコット号はもと茶輪送専門快速帆船（ティー・クリッパー）で、軽めの積み荷用にスピードが出るよう設計されていた。現在、船全体が丸ごと残っているのは、ロンドンのグリニッジにつながれているカティサーク号（下の絵）だけだ。

118　ホームズのさらなる活躍

ベドウズは暗号文で
トレヴァ老人に警告する。全文は右のとおりだが、太字で示すように2語おきに読めば意味がわかると、ホームズは推理する。秘密の通信文に暗号を使うことが、ヴィクトリア朝英国ではよくあった。

> **The supply of game** for London **is going steadily up.** Head-keeper **Hudson, we believe, has** been now **told** to receive **all** orders for **fly**-paper and **for** preservation of **your** hen pheasant's life.

う息がなかった。前回ホームズが辞去したあと、ハドソンはなぜかトレヴァ老人を意のままに従わせて、何週間ものあいだ屋敷を勝手ほうだいに荒らしていた。ハドソンとヴィクターの口論により、事態は頂点に達する。ヴィクターは謝ろうとせず、そのままハドソンはハンプシャーのベドウズのところへ行った。その行き先からホームズ再訪の前日に届いたわけのわからない短い手紙が、トレヴァ老人の発作を引き起こしたのだった。

ホームズは時間をかけて奇妙な手紙を解読する。文面を逆に読んでみたり、一語おきに読んでみたりしたあげく、最初の語から2語おきに読めばいいと気づく。「もうお手あげだ。ハドソンがすべて話した。命が惜しければ逃げろ」。トレヴァ老人は激しく動揺したはずだ。それにしても、なぜ「猟場管理人頭(Head-keeper)」や「メスのキジ(hen pheasant)」といった妙な言葉が入っているのか？ ハドソンがどんな秘密を握っているというのか？ 暗号文を埋める言葉の選び方から、手紙は熱心な狩猟家であるベドウズが書いたと見て間違いない。しかし、ハドソンがどういう役回りなのかは不明のままだった。

言い残された言葉

死に瀕したトレヴァ老人は、自分が死んだら息子に読んでほしい手紙のありかを医者に言い残していた。その手紙によると、老人の本当の名はジェイムズ・アーミティジ――イニシャル"J・A"だ。彼はロンドンの銀行で働いていた若い頃、気づかれないうちに返すつもりで、借金返済のため公金を使い込んでしまう。だが、発覚して裁判で流刑を言い渡され、囚人輸送船グロリア・スコット号でオーストラリアへ送られることになった。

時は1855年10月、クリミア戦争（1853～1856）のさなかとあって、本来の囚人輸送船が軍事に転用されていた。アーミティジが乗せられたのはもと中国茶の運搬に使われていたバーク型帆船で、小型のその船に乗組員、囚人、兵士ら合わせて100人近くが無理やり詰め込まれた。

航海中、ジャック・プレンダーガストという囚人が、周到な脱出計画にアーミティジを引き込む。彼の隠し金をもとに、乗り込む前から念入りに準備されていたもので、プレンダーガストの相棒が船の教誨師(きょうかいし)になりすまして乗組員を買収、囚

パジェットが《ストランド》に描いた、船長殺しの場面。これを始めとする冷酷無残な流血沙汰に耐えられなくなって、アーミティジとエヴァンズは船から逃れる。

> 以上が事件の真相だ、ワトスン。
> きみのコレクションに多少なりとも
> お役に立つのであれば、
> 自由に使ってくれたまえ。
> シャーロック・ホームズ

人38人のうち36人に計画を伝えて武器を配った。兵士18人と買収できていないほんの数人相手なら船を乗っ取れると自信満々の彼らの陰謀に、アーミティジも加わることにした。

反乱の地獄絵

やがて火ぶたを切ったすさまじい反乱の様子が、たっぷりと詳しく描写される。コナン・ドイル自身、若い頃2度も船医を務めたことがあるが、縛られ猿ぐつわをかまされた囚人輸送船船医の喉をプレンダーガストにかき切らせているのは、面白いところだ。もうひとつ面白いことに、初出の英国版とアメリカ版では、殺された船長の書き方に微妙な違いがある。英国版では「大西洋の海図の上に、船長が頭をのせて倒れていた」のだが、アメリカ版では「船長の脳みそが大西洋の海図の上に散らばっていた」のだ。コナン・ドイルのもとの原稿がどちらなのかについては、まだ結論が出ていない。

冷酷無残な流血沙汰に、心穏やかならぬアーミティジと友人エヴァンズほか数人は、それ以上関わり合いになりたくないと思った。彼らはボートで船を逃れていくが、離れていこうとしているところへグロリア・スコット号が爆発し、ボートを引き返して生存者を探した。沈没現場にただひとり生きて発見されたのが、ハドスンだった。船は流れ弾が火薬の樽に当たって爆発したらしい。

その後、ボートはオーストラリアに向かうブリッグ型帆船に救助され、彼らは難破した旅客船の生き残りで通した。オーストラリアに着くと、アーミティジとエヴァンズは名前をトレヴァとベドウズに変え、それまでとは別人として生きた。二人とも金の採掘で財産を築き、過去を深く葬り去ってイングランドへ戻ってきた。彼らが反乱に荷担したことを知るハドスンとの再会が、あれほどの動揺を引き起こしたのも無理はない。

「ハドスンがすべて話した」というベドウズの警告は、間違っていたとわかった。ベドウズもハドスンも消息を絶ち、ハドスンがベドウズを殺したと警察ではみているが、ホームズ自身はその逆でベドウズはハドスンを襲ったあと国外逃亡したのではないかと考えた。

着想のもと

最後の推測を別にすると、この事件でホームズは、暗号を解読して告白の手紙を読むくらいのことしかしていないと言っていい。それどころか、事件全体がほぼ海賊船物語のようなものだ（コナン・ドイルはそのジャンルが好きで、1922年には *Tales of Pirates and Blue Water* という短編集にまとめている）。

〈グロリア・スコット号〉の着想は、1829年に囚人輸送船キプロス号で起きた反乱から得られたのかもしれない。反乱に荷担しなかった囚人もいた。二人がボートで船から逃れ、彼らを救助した船の船長がハドスンという名前だった。■

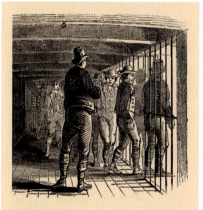

流刑

19世紀、そしてエリザベス朝以来、英国の刑罰の主流は、犯罪者たちを大英帝国の末端へ追放することだった。囚人たちはたいてい強制労働をさせられた。囚人を英国社会から排除するばかりか、植民地に労働力を供給もするところから、一石二鳥と考えられたのだ。当初、重罪犯はアメリカのヴァージニア会社［1606年に英国王に特許状を得て設立された植民・貿易会社］へ送られたが、アメリカ独立後はオーストラリアが流刑の中心地となり、1788年にシドニー付近のボタニー湾に最初の囚人700人が上陸。流刑はニューサウスウェールズ州で1850年に、タスマニア州では1853年に終わったが、オーストラリア西部では1868年まで実施され、流された囚人は16万人以上にのぼった。トレヴァ老人が罪を犯したのが1855年よりもっと遅い時期だったら、まったく違う身の上になっていたことだろう。1880年代にトレヴァ老人が手紙に書き残したとおり、「もっと寛大な罰でもよかったろうにと思うが、30年前の法はいまよりも厳しかった」のだった。

ほかの者が失敗しても自分なら成功してみせる、いまこそ自分の力を試すチャンスがきたんだ、とぼくは思ったよ

〈マスグレイヴ家の儀式書〉(1893)
THE MUSGRAVE RITUAL

作品情報

タイプ
短編小説

英国での初出
《ストランド》1893年5月号

収録単行本
『シャーロック・ホームズの回想』1893年

主な登場人物
レジナルド・マスグレイヴ　ホームズの旧友で、ハールストン屋敷のあるじ。

リチャード・ブラントン　ハールストン屋敷の元執事。妻に先立たれた女たらし。

レイチェル・ハウエルズ　ハールストン屋敷の第2メイド、ブラントンの元婚約者。

〈マスグレイヴ家の儀式書〉がコナン・ドイルお気に入りの物語に数えられるのも不思議はない。面白さ満点で、埋蔵された財宝や不可解な暗号文が登場し、イングランド内戦（清教徒革命）とのつながりが取りざたされたうえ、好奇心をそそる歴史ドラマの要素まで添えられているのだから。

　例によって、ワトスンが読者に語りかけるところから始まるものの、彼が221Bにやって来るずっと前に起きた事件であるため、実際にはホームズが大半の場面を語る。

だらしない同居人

〈緋色の研究〉（36〜45ページ）の発表後まもなく、〈恐怖の谷〉（212〜221ページ）事件が起きた前後の、ある冬の晩、

1943年の映画『シャーロック・ホームズ危機一髪』は、登場人物の名前と儀式書を〈マスグレイヴ家の儀式書〉からいただいているが、原作とは似ても似つかない物語だ。

221Bでワトスンは、ホームズのだらしのなさにあきれ、部屋を片づけるようにたしなめる。なにしろホームズは、葉巻を石炭バケツの中にしまったり、パイプ煙草をペルシャ・スリッパのつま先に入れたり、手紙をマントルピースにジャックナイフで刺しておいたりするのだ。ピストルの練習は戸外でするべきだというワトスンの不平には、反論しにくい。だが、ホームズが部屋の壁に弾痕で"V.R."の文字を刻んだのは、彼の愛国心のあかしばかりでなく、コナン・ドイルが巧みに話の前後関係を示した要素でもある。1887年6月、ヴィクトリア女王は在位50周年記念日を迎えていたのだ。

部屋の片づけに気乗りがしないホームズは、ワトスンに「マスグレイヴ家の儀式書」にまつわる物語を聞かせようとする。部屋をもう少し住みよくしたらどうだという提案を悲しげに受け入れたホームズが、昔の事件記録が詰まった箱を引きずって戻ってくると、「こいつはちょっと珍しいやつだぞ」と言いながら、奇妙なものを取り出すのだ。くしゃくしゃになった紙切れ、古めかしい真鍮の鍵、糸の玉のついた木釘、錆びついた円盤型の金属——事件のなごりをとどめる品々だった。

なつかしい人物からの依頼

学生時代に〈グロリア・スコット号〉事件を解明してから、ホームズの推理法は大学で評判になり、その後も友人の紹介でときどき事件がもち込まれた。内気で、見るからに貴族的なレジナルド・マスグレイヴの依頼も、そのひとつだ。互いに会わなくなってから4年ほどして、大英博物館に近い(コナン・ドイルが以前住んでいた場所にも近い)モンタギュー街の下宿へ、そのマスグレイヴがホームズを訪ねてくる。彼は2年前に父親を亡くし、先祖代々のハールストン屋敷を継いだという。仕事のことを尋ねられて、ホームズは「ぼくは自分の頭脳の働きを利用してやっていくことにしたんだ」と答え、自分をたたきあげの男という部類に入れている。マスグレイヴはそう聞いて喜び、警察もまったくお手上げの、不思議な出来事があったと打ち明ける。

執事と戦闘用の斧

その出来事とは、屋敷の執事リチャード・ブラントンの失踪をめぐるものだった。ブラントンは教養のある男で、20年来、この一家に仕えてきた。だが女たらしで知られ、最近もメイドのレイチェル・ハウエルズと婚約していながらそれを破棄して別の使用人に言い寄り、騒動を引き起こしていた。

先週木曜の真夜中、寝つくことのできないマスグレイヴがビリヤード室に置き

忘れた本を取りにいったところ、書斎のドアから明かりがもれているのが見えた。とっさに泥棒だと思った彼は、廊下の壁に飾ってある昔の戦闘用斧を取って、戸口から書斎をのぞき込んだ。驚いたことに、そこではブラントンが「地図のような紙切れ」をじっと見ているのだった。ブラントンは大机に歩み寄ると、もう1枚の紙切れを取り出して、注意深く熱心に読みはじめた。かっとなったマスグレイヴが踏み込むと、相手は「恐怖で真っ青」になって、紙切れをポケットにつっこんだ。マスグレイヴは即刻くびを言い渡したが、ブラントンが泣きついたため、1週間後に出ていかせることとなった。

大机の引き出しにあったのは、"マスグレイヴ家の儀式"と呼ばれる、昔からの「しきたり」の文書だった。秘密でも何でもない、代々一族の男子が成人に達したときにかわす、おかしな問答の写しだ。マスグレイヴは事件と関係があるはずないと考え、その儀式書に「実用の価値はまるでない」と言う。だがホームズはそう思わなかった。

相次ぐ失踪

ブラントンの姿がいずこともなく消え

> その場所さえわかれば、……
> 秘密が何なのか、
> つきとめる手だてになるはずだ。
> シャーロック・ホームズ

たのは、その3日後だった。部屋のベッドには寝た形跡がないし、ドアにも窓にも鍵がかかった屋敷からどうやって出ていったのか、誰にもわからない。また、いつも着ている黒服と室内履き以外、身のまわりのものは何もかも残されていた。屋敷の一部は1607年にまでさかのぼる古さだ。その迷路のような屋敷をくまなく捜したが、執事の影もかたちもなかった。

同時に、もうひとつ妙なことが起きていた。ブラントンが捨てた婚約者、第2メイドのレイチェル・ハウエルズが、執事がいなくなったとマスグレイヴに教えたのだが、彼女はそのままヒステリーの発作を起こしたので、ベッドに寝かせておかざるを得なかった。ところが3日後、彼女も姿を消した。足跡が寝室の窓の下から芝生を横切って、池のふちで途切れていた。マスグレイヴ家の面々は「あわれな女」の最悪の行く末を思ったが、池をさらって見つかったのは、「錆びて変色した古い金属のかたまりがひとつと、鈍い色をした小石かガラスのかけらのようなものがいくつか」入ったリンネルの袋だけだった。

好奇心をかきたてられたホームズは、儀式書を見る必要があると言う。関係ないとは思いながらも、しっかり写しを持参していたマスグレイヴは、ホームズにそれを見せ、日付はないが17世紀中頃の綴りで書いてあると指摘する。屋敷と同じくらい古いものだ。ホームズはすぐに、その文書には「本気で相手にすべき価値がある」と察し、失踪した執事はかなり頭のいい男で、失礼ながら「十代にわたるマスグレイヴ家の当主たちよりも鋭い洞察力」をもっていると言う。

オークの木の上、楡(にれ)の木の下

その日の午後、ホームズはマスグレイヴとともにハールストンへ向かう。ワトスンに屋敷のことを説明しがてら、ホームズは「三つの謎がばらばらにあるのでは

リチャード・ブラントン

もともと学校教師だった執事のブラントンは、マスグレイヴの父親に雇われて屋敷にやって来た。作中では当初かなりユーモラスに描かれ、颯爽(さっそう)とした知性派の彼が「のんびりした田舎」で、「ひたいの広い」男前ぶりと音楽や語学の才能で地元の女性たちを眩惑(げんわく)する図が思い浮かぶ。マスグレイヴは彼を、スペインの伝説的遊蕩貴族(ゆうとうきぞく)ドン・ファンになぞらえる。この名だたる女たらしは名作の常連人物で、バイロン、モーツァルト、プーシキンらの作品にも登場している。ブラントンが「貪欲な好奇心」の持ち主ということで、ホームズ自身を思わせるのも面白い。ただし、ホームズと違って彼は自制心がきかずに身を誤る。古典演劇での高慢や不遜にも似た、致命的な欠点だ。

コナン・ドイルは性格描写が弱いと言われているが、ホームズとは死体としてしか会っていないにもかかわらず、ブラントン像は生き生きと描き出されている。それどころか、マスグレイヴの話を聞いたホームズの話を、さらにワトスンが聞いて書くという三重の伝聞によって描かれていることを、忘れさせるほどだ。

マスグレイヴ家の儀式書

マスグレイヴ家の儀式書を調べたホームズは、その内容が何世紀もの昔マスグレイヴ家に託された財宝の隠し場所を教えるものだということに、ブラントンがひと足先に気づいたのだと推理する。1年のうち特定の時期に、マスグレイヴ家の地所であるハールストン屋敷に立つ木の影をもとに、そこへたどり着くことができるのだ。

> *Whose was it?*
> His who is gone.
> *Who shall have it?*
> He who will come.
> *What was the month?*
> The sixth from the first.
> *Where was the sun?*
> Over the oak.
> *Where was the shadow?*
> Under the elm.
> *How was it stepped?*
> North by ten and by ten, east by five and by five, south by two and by two, west by one and by one, and so under.
> *What shall we give for it?*
> All that is ours.
> *Why should we give it?*
> For the sake of the trust.

- 最初の2組の問答は、財宝の持ち主（**チャールズ1世**）と、それを渡す相手（**その息子**）を指している。
- **太陽**が正しく案内してくれる位置にかかるのは**6月**だという意味。
- 2本の木をもとに、ホームズは財宝のありかを探す**出発点**を算出する。
- **歩数と方角**を示す。最終地点は「**下へ**」向かう必要があるのを忘れてはならない。
- マスグレイヴ家と王家とのあいだに、王冠を守る**約束**がかわされたということ。

なく、ひとつの謎があるだけ」だということが、もうはっきりしていたと言う。儀式書、そしてブラントンとハウエルズの失踪、その三つに共通する分母があるのだ。儀式書（上の図を参照）は、ある地点への道すじとなる座標の距離を示す暗号に違いない。それを解読できれば、もう問答が伝える秘密を解明したも同然で、謎全体の解明につながるだろう。

ホームズは、いつもの論理を応用して文書の解読に取り組む。オークの木はすぐに見つかった——屋敷のまん前にかなり古いオークの木がそびえていて、儀式書が書かれた頃からそこに立っているらしいのだ。一方楡の木は、10年前に雷が落ちたので切ってしまったという。だが、オークの木と建物の中間の芝生の中に切り株があって、木が立っていた場所はわかる。好都合なことに、子どもの頃三角法の練習問題で測ったというマスグレイヴが、木の高さは64フィートだと覚えていた。執事が同じような質問をしなかったかと聞くと、そのとおりのことがほんの数カ月前にあったと思い出したマスグレイヴが、びっくりする。

歩測する

儀式書に書いてあることから、太陽がオークの木の真上を通るちょうどそのとき、楡の木の影の先端になる地点が出発点のはずだと、ホームズは考える。楡があった場所に釣竿を立て、その影に沿って、計算上高さ64フィートの木の影なら先端になる地点まで行くと、そばに「円錐形の小さなくぼみ」があった。ブラントンも同じように測量していたという証拠だ。そこを出発点として、ホームズは北へ、東へ、南へ、西へと、儀式書の言葉どおりに歩測していく。ところが行き着いたのは、屋敷内でも最古の建物の重い扉の先にある石畳の廊下で、「沈みかけた太陽が廊下を照らし出して」いた。

敷石の下に

石畳の敷石は長いあいだ動かされたことがなさそうで、割れ目や裂け目もなく、ブラントンにも手がつけられなかったはずだ。ホームズは一瞬、根本的な間違い

《ストランド》初出の、シドニー・パジェットによる挿絵。右側に描かれたホームズが、マスグレイヴ家の儀式書に最初に出てくる手がかり、オークの古木をじっと見ている。

が、のちに書き加えたのだろう。月を示すように加筆してもまだ、儀式書では時間を特定していないので、朝か夕方かで楡の木の影は反対方向に延びることになる。また、儀式書が書かれてから3世紀もたてば新たに木々が生長しているだろうことも、考慮に入れていない。そして最後に、石畳の廊下を進む2歩は西へ向かっているのに、「沈みかけた太陽が廊下を照らし出している」。とはいえ、そういった矛盾も、スリリングな物語の山場を決して損なってはいないと言える。

謎の共謀者

ブラントンの死体発見は、不思議な謎を残していた。事件はまだ部分的にしか解決していないのだ。ホームズは、「執事の立場に自分を」おくという彼独特のやり方で、全貌の解明にたどり着く。文字どおりブラントンの足跡をたどり、正典中のどの作品よりもはっきりと、相手の動きをひとつひとつ追ってきたわけだから、まさにふさわしい言い方だ。

ここでホームズは、ワトスンに対して

があったのではと思った。だがマスグレイヴが、儀式書にはそのあと「かくして下へ」とあることを指摘し、ホームズを廊下の下の地下室へ連れていく。今度こそ探し求めた場所だ。しかも、最近そこへ来たのは彼らだけではなかった。

二人は暗い地下室で、床のずっしりとした板石に取りつけられた鉄の輪に、ブラントンの「厚手の格子縞のマフラー」が結びつけてあるのを見つける。失踪時に「地下室から屋根裏部屋まで」くまなく捜したのだから、ここが調べられていないのはおかしいという考えが読者の頭をよぎるかもしれないが、興奮の高まる展開に、そういうことを思いわずらっている暇もない。予期するところあって、ホームズは地元警察の立ち会いを提案する。そして、警官のひとりの手を借りてホームズは敷石を持ち上げ、その下の穴をのぞき込む。人の身長ぶんよりやや深めの方形の地下蔵だ。片側に「角に真鍮板のついたずっしり重そうな木箱」があって、鍵が差し込まれたままになっていた。そのそばには、うずくまるような格好の、黒い服を着た不気味な死体。詮索好きが行きすぎた、執事の末路だった。

儀式書のリアリティ

儀式書の言い回しは面白いが、ホームズ研究家たちが認めるところでは、L字形の屋敷、オークの木、楡の切り株が、儀式書とつじつまの合う配置になることはありえない。ほかにも、この物語には発表以来取り沙汰されてきた問題がいろいろある。たとえば、最初の原稿では、儀式書に6月を指す問答が入っていなかった。1年の時期によって影の落ち方が大きく違うと気づいたコナン・ドイル

そのためにうっ血して、どす黒くゆがんだ顔は、だれにも見分けがつかない。
シャーロック・ホームズ

マスグレイヴ家の儀式書

> 翌朝レイチェルが青白い顔をして、
> おかしな表情をしたりヒステリックに
> 笑ったりしたのは、
> このせいだよ。
> シャーロック・ホームズ

自慢げにこう言っている。「ブラントンがかなり頭の切れる男なので、かんたんだ。天文学者の言う個人誤差というものを考えあわせる必要がないからね」。"個人誤差"という天文学用語は、科学的な計測値が計測者個々人のわずかな偏りに左右されることもあるという、気づきから生まれた。20世紀になって、心理学的判断に個人の主観が及ぼす影響に注目した、ヴィルヘルム・ヴントやカール・ユングら心理学者も採用したこの用語を、ホームズはいち早く使っているわけだ。

ブラントンには、重い敷石を動かす助けが必要だったはずだ。ホームズは、もと恋人だったレイチェル・ハウエルズに協力を求めたのだと推測する。かつて自分に惚れていた女が復讐心に駆られて、地下蔵の蓋になった敷石を持ち上げていたつっかい棒の薪をはずしてしまうというのは、ブラントンにとっては想定外だったわけだ。取り残された彼は、空気のなくなった地下蔵で窒息死したのだった。

発見された王冠

ブラントンが手に入れようとした「宝物」は、池から引き上げられた袋に違いない。レイチェルが投げ捨てて逃げたのだ。最初は彼女がヒステリーの発作を起こしたと書いたコナン・ドイルはここで、また別のステレオタイプに頼る。衝動的な復讐はウェールズ人である彼女の「激しやすいケルト気質」の表れだとして片づけられるのだ。

ブラントンの死体のそばに残っていた汚れたコインは、チャールズ1世時代のものだったので、マスグレイヴが大まかに推定した儀式書の年代は正しかった。その彼が、先祖のラルフ・マスグレイヴが王党派の中心人物で、「チャールズ2世の亡命時代は、その右腕だった」と言う。池から引き上げた小石をホームズがちょっとこすってみると、古い宝石が美しい輝きを取り戻した。錆びた金属の「二重の輪」は、失われたスチュアート王朝の王冠で、さえない小石は王冠を飾る宝石だったのだ。すべてが、イングランド内戦後の王位への復帰を予想して、ハールストン屋敷に隠されていたものだった。

現実のスチュアート王朝の王冠は潰されてしまったが、コナン・ドイルは歴史上もっともらしい、魅力的な可能性を掘り起こしている。それにしても、「何かの手違い」でマスグレイヴ家の子孫に儀式書そのものと同じくその意味するところがきちんと伝わらず、チャールズ2世も王冠を取り戻さなかったというのは、ややおざなりという感じもしないでもない。

レイチェルについては「その後の消息はまるでわかっていない」というホームズのせりふにより、彼女は最悪の罪を悔いているという大前提のもと、物語はこの探偵にとっても作者コナン・ドイルにとっても数少ない未解決の結末を迎える。だが、罰を免れた行為はもうひとつあったと思われる。ホームズはいつまでたってもこの調子で、部屋の片づけになど着手しなかっただろうからだ。■

武力抗争に揺れる国

イングランド内戦（清教徒革命）（1642～1651）が始まったのは、国王チャールズ1世と議会との非妥協的対立の結果だった。イングランド史上最大級のドラマチックな出来事であるこの内戦により、国内は王を支持する王党派と、オリヴァー・クロムウェルのもとで議会を支持する議会派（円頂党）とに分裂した。1649年の国王チャールズ1世処刑と、その息子（のちのチャールズ2世）の亡命で内戦は頂点に達し、君主制に代わって共和制が樹立された。

マスグレイヴの言うチャールズ2世の「亡命時代」とは、彼が英国を逃れたこの時期のことだ。

クロムウェルの政局は10年とたたずに瓦解し、1658年の彼の死後、国内は混乱した。かつてクロムウェルの親友だった王党派のジョージ・マンク将軍が、チャールズ2世の亡命先からの帰国に奔走した。その結果1660年5月1日、チャールズ2世による王政復古が実現し、イングランドの共和制は短命に終わった。

結果から見るに、この罠はじつにうまく相手をおびき出せたわけです

〈ライゲイトの大地主〉(1893)
THE REIGATE SQUIRE

作品情報

タイプ
短編小説

英国での初出
《ストランド》1893年6月号

収録単行本
『シャーロック・ホームズの回想』1893年

主な登場人物
ヘイター大佐　ワトスンの戦地での旧友。

フォレスター警部　地元警察の刑事。

カニンガム老人　年配の大地主、治安判事。

アレック・カニンガム　カニンガム老人の息子。

アクトン老人　カニンガム家と土地の所有権をめぐって争う、近隣の地主。

ウィリアム・カーワン　カニンガム家の御者、殺人の犠牲者。

《ストランド》1893年6月号への初出時、このライゲイトの地主親子をめぐる作品には"The Reigate Squire"と、カニンガム老人ひとりを指すタイトルがついていた。ところが短編集『シャーロック・ホームズの回想』収録時には、"The Reigate Squires"という、父と息子の両方を指すタイトルに直された。さらに、アメリカの《ハーパーズ・ウィークリー》誌掲載時には"The Reigate Puzzle"(ライゲイトの謎)というシンプルなタイトルになっていて、話が込み入ってくる。興味深いのは、《ストランド》で挿絵を担当したシドニー・パジェットも、1893年3月、この"Puzzle"のほうをタイトルとして

ライゲイトの大地主　127

コナン・ドイルが名前を拝借したピエール＝ルイ・モロー・ド・モーペルテュイは、地球が回転楕円体であることを証明するため、1736年、ラップランドへ遠征した。

会計簿に書き込んでいることだ。コナン・ドイルは当初、〈ライゲイトの謎〉を暫定的タイトルとしていたのかもしれない。

どのタイトルがコナン・ドイルの好みなのかはさておき、この物語の着想を得たのは、《エディンバラ医学ジャーナル》1890年1月号に載った「健康状態と筆跡」という記事からだった。著者アレグザンダー・カーギルが送ってくれたものだが、コナン・ドイルは1893年に彼への手紙で、「ちぎれた文書の切れ端をホームズに与えて、文書の内容と書き手の両方を彼がどの程度推測できるか確かめてみようと思います。あなたのおかげで、うまく書けそうです」と述べている。

1927年に、お気に入りのホームズ物語12作を選んだ際（→18ページ囲み）、コナン・ドイルは最後のひと枠をどれにしようかと迷っていた。この〈ライゲイトの大地主〉か、それとも〈ブルース・パーティントン型設計書〉、〈背中の曲がった男〉、〈唇のねじれた男〉、〈グロリア・スコット号〉、〈ギリシャ語通訳〉、〈入院患者〉のどれにするかだ。「くじ引きで決めてもいいくらいだった……」と書いている。「……どれもみな、精いっぱい書いた、いい作品だ」と。だが最終的には、ホームズが最も巧妙に事件解決をするという理由から、〈ライゲイトの大地主〉を選んだのだった。

疲れ果てたヒーロー

この物語の構成は一風変わってドラマチックで、地方で起きた犯罪を扱う後続作品の下地となっている。当時ホームズは、国際的な大陰謀を阻止したばかりだった。彼が出し抜いた相手は、モーペルテュイ男爵という「ヨーロッパ随一の詐欺師」だ。コナン・ドイルにしてみれば、偉大なフランス人科学者にして冒険家の名を拝借したのは愉快かつ反語的な表現だった。ピエール＝ルイ・モロー・ド・モー

筆跡学

ヴィクトリア朝時代後期には、個性（パーソナリティ）の"科学的"研究が大いにもてはやされた。頭の形など、身体的特徴からパーソナリティがわかるという考えの人も多かった。骨相学（→188ページ）という、今では信憑性を失った考え方だ。また、手書き文字の分析も信じられていて、筆跡のちょっとした違いから書き手の生涯がわかると主張する専門家もいた。その説を初めに提唱したのはフランスの聖職者ジャン＝イッポリート・ミション（1806～1881）とその弟子たちで、彼らは1830年に筆跡学と呼ばれるようになる"学問"を確立さ せた。コナン・ドイルが〈ライゲイトの大地主〉を執筆した年、フランスの心理学者アルフレッド・ビネ（1857～1911、写真）が、"未来の科学"とみなしていた筆跡学について重要なテキストを刊行した。そのわずか1年後、スパイ容疑を着せられたユダヤ系の陸軍将校アルフレッド・ドレフュスの有罪判決にフランスの筆跡"専門家"たちがひと役買ったと非難され、筆跡学は大打撃を被る。筆跡学の正しさはついに証明されず、こんにちでは骨相学と同様、疑似科学とみなされている。

128　ホームズのさらなる活躍

殺されたカーワンをおびき出した手紙は、ホームズにいくつもの手がかりをもたらす。書き手が誰にせよ、その人物が悪事に関与したことと犯行時刻が、はっきりしている。「なぜ、それほどまでしてあの紙を取りもどしたかったのでしょう？　それは、犯罪の証拠になるからです」とホームズは言っている。

手紙の**角**の切れ端を「死んだ男が**二本の指**でつかんでいた」。

不規則な書き方から、「二人の人間が**交互に一語ずつ**」書いたことがわかる。

> If you will only come round to the east gate you will will very much surprise you and be of the greatest service to you and also to Annie Morrison. But say nothing to anyone upon the matter.
>
> at quarter to twelve learn what maybe

手紙の**残りの部分**を、ホームズは**カニンガム邸**で見つける。

ペルテュイ（1698〜1759）は、18世紀フランスでニュートン理論に基づく科学の第一人者だった。地球形状に関するニュートンの説を証明するため、特命を帯びて北極地方への遠征隊を率い、極地の冬をテントにもぐって生き抜いた人物だ。

りっぱな名前をもらった悪人のはたらいた悪事をワトスンは具体的に説明せず、モーペルテュイ男爵の陰謀は「この事件簿の題材としては不向きだろう」と言う。ただし、ホームズが彼を倒したのはたいへん大きな功績だったらしく、ヨーロッパがこの探偵の名声で「沸き返り」、リヨンで滞在中のホテルの部屋は「祝電の山で文字どおりくるぶしまで埋まりそう」だったという。

だが、ホームズは過労ですっかり衰弱してしまい、駆けつけたワトスンがベイカー街221Bへ連れ帰ることになった。そしてワトスンは、アフガニスタン時代の旧友で「りっぱな老軍人」であるヘイター大佐の招きを受け入れ、サリー州ライゲイト近くの屋敷にホームズの静養をかねて出かけることにした。そんなわけで、二人がヘイター大佐の屋敷に着く頃には、国際的犯罪者と闘って疲れ果てたヒーローであるホームズと、頼もしいワトスンという図がすっかりできあがっている。リヨンからライゲイトへ移動した

> おかしく見えるなかに筋の通った方法があるということを、わたしはいつも見てきてるんです。
>
> **ワトスン博士**

ことによって、ホームズは壮大な犯罪とは縁遠い地元の殺人事件も解決するのだが、その名探偵ぶりにはいささかの遜色もない。

飛び込んできた事件

ライゲイト滞在が始まったかと思うとすぐに、ホームズは犯罪の話を小耳にはさむ。近所のアクトン老人の家で泥棒騒ぎがあって、麻糸の玉など、ひどく奇妙な品々が盗まれたという。すぐ次の朝には、やはり近所だが別の家で殺人があったというニュースが舞い込む。ライゲイトの大地主、カニンガム老人とその息子が住む「アン女王時代様式の古い立派な邸宅」だ。その直後に、フォレスター警部という「きびきびした、鋭い顔つきの若い警官」がやって来る。ホームズが地元に滞在していると聞き及んでいた警部は、捜査への協力を熱望する。静養中は新しい事件に首をつっこむようなことは

ライゲイトの大地主　129

やめてくれというワトソンの説得もむなしく、「運命はきみに方していないようだね、ワトソン」と、ホームズはからかい半分に言うのだ。

事件はホームズの興味をひく。家の外で男が格闘中に御者のウィリアム・カーワンを撃ち殺し、生垣を越えて逃げていったのを、カニンガム親子が二人で目撃したらしい。ただひとつの手がかりは、死んだ男がつかんでいた紙の切れ端で、"at quarter to twelve / learn what / maybe"（12時 15分前 に ことを 教えて たぶん）とだけ読めた。ホームズの頭がたちまち働きはじめるが、彼はその場では自分の考えを言おうとしない。

大地主の屋敷で

ホームズは警部と一緒に犯罪現場へ出かけ、もうひとつ手がかりをつかむが、それを自分の胸にしまっておく。ホームズ、ワトソン、警部、ヘイター大佐の4人で再びカニンガム家へ向かい、大地主親子に迎えられる。父親は「しわの深い顔つきの、まぶたの厚い」老人、息子のアレックは派手な服装で元気のいい若者だ。

親子が捜査状況を尋ね、フォレスター警部が手がかりの紙片のことを教えようとしたとき、ホームズが発作に襲われたかのように地面に倒れ込む。だが、屋内に運び込まれるとほどなく回復し、重い病気がやっと治ったところなのでと言い訳する。次いで、ホームズは情報への懸賞金を出すことを提案し、つくった書式を差し出すが、「十二時十五分前」と書くべきところを「一時十五分前」と、彼らしくない書き間違いをする。カニンガム老人は、愉快そうに間違いを訂正して戻す。ワトソンはその間違いを病気のせいにするが、実はホームズが持ち前の巧妙さを発揮して、証拠の紙片と比較するため老人に「十二時十五分前」という同じ語句を書かせようと、故意に間違えたのだった。

その後ホームズは、家の中を見せてほしいと頼む。カニンガム老人の寝室で彼は、歩みをゆるめてワトソンと二人で一行の最後尾につくと、誰も見ていない隙に、オレンジを盛った皿と水さしの載った小さなテーブルをわざとひっくり返し、図々しくもワトソンを非難する。うろたえたワトソンや警部が足を止めて片づけていると、突然、アレックの部屋の化粧室から「助けてくれ！　人殺し！」という叫び声が上がる。彼らが飛び込んでいくと、アレックがホームズの喉を絞めつけ、父親のほうはホームズが握る紙切れを奪おうとしていた。アレックがリヴォルヴァーの撃鉄を起こしかけたが、まもなく親子ともども逮捕される。あとは、事件解明の経緯をホームズが説明するばかりだ。

ホームズの説明

ヘイター大佐宅に戻ったホームズは、捜査方法を説明してみせる。事件解明の鍵は、カニンガム親子の証言に惑わされ

《ストランド》にシドニー・パジェットが描いた、ホームズが襲われている珍しい場面。のしかかるアレック・カニンガムに喉を絞められているところへ、ワトソンとフォレスター警部が助けに駆けつける。

アレック・カニンガム

若くて精気にあふれ、快活で陽気なアレック・カニンガムは、殺人犯らしい外見や態度とは無縁に思える。ワトスンは初対面の彼を、「元気のいい若者」と表現する。こそこそしたところも物騒な感じもない。だが、ホームズは目ざとく察知する。見た目にごまかされてはならない。アレックは、どんな先入観にも惑わされないよう用心すべしというホームズのポリシーを、申し分なく体現している実例だ。アレックは殺人を実行したばかりか、老父を共犯に引き込んだ首謀者(ボス)でもある。気さくな態度としゃれた服装で、アレックは残忍な性格をみごとに隠している。彼は、特権意識に凝りかたまった強欲な英国地主の典型なのかもしれない。気さくな若者の演技が板についていたので、フォレスター警部はホームズにつかみかかっているのを見てもなお、彼が犯人だとは思わなかった。アレックがリヴォルヴァーを抜いて初めて、フォレスター警部にもようやく真相がわかるのだ。

ず、殺された男の手にあった紙切れに注意を集中したことだった。「探偵術においてもっとも重要なのは、数多くの事実のなかから、どれが付随的な事柄で、どれが重大な事柄なのかを見分ける能力です」と彼は言っている。

殺された御者の手から、ほんの切れ端だけを残して紙をちぎり取った者がいたはずだ。カニンガム親子の言うように犯人がただちに逃げていったのだとすると、ちぎったのは逃げた男ではありえない。ということは、現場に最初に駆けつけたアレックではないのか?

ホームズが言うには、フォレスター警部がその可能性を見落としたのは、りっぱな大地主親子が関与しているはずなどないと思っていたからだ。「しかしぼくの場合、まったく先入観をもたず、事実の示すまま素直に進んでいきますから……」というのが、ホームズの手法における重要項目なのだ。予断に目がくもって重要な手がかりをつかみそこなうことがよくあること、そのせいで警察がたびたびしくじることが、彼にはわかっている。さらに、同じ罠に陥らないよう自戒もしているはずだ。

紙切れの筆跡が、ホームズの鋭い目に重要な手がかりをいくつももたらした。ホームズは、筆跡から書き手の性格を判定する筆跡学(→127ページ囲み)にも通じているようだ。筆跡に違いがあるところから、その紙切れは二人の人間が書いたものだと言う。ひとりが力強い筆跡で、弱い筆跡のもうひとりが書き込むための余白をあけて、とびとびに単語を書いている。力強い筆跡のほうが首謀者に違いない。それはまた、しっかり安定感のある書き方から、息子のほうの筆跡と思われた。書体の癖には共通点もあって、書き手の二人に血縁関係があることをうかがわせた。アレックが父親にも手紙を書かせ、同等の責任を負うようにしたのだ。

ホームズの推理はもっともらしく見えるが、これはコナン・ドイルが間違っていた例のひとつである。筆跡学はその後、ホームズが主張するほど正確な法科学とはならなかった。筆跡鑑定が現在の犯罪捜査に活用されることは、きわめてまれにしかない。筆跡から書き手を特定することはできるが、書き手の年齢や性格、あるいは性別を筆跡で判定するのは無理なのだ。

注意深い捜査

犯罪現場を調べたホームズは、アレックの目撃証言が少なくとも二つの点でうそだと確信した。まず、弾道学の先駆的権威であるホームズが見るに、死体の銃創と、服に火薬の焦げ跡がないことから、被害者は4ヤード以上離れたところから撃たれている。格闘中の至近距離で撃たれたのではない。もうひとつ、犯人が越えて逃げたとアレックの主張する生垣のあたりには、足跡らしきものがひとつもなかった。したがって、うそをついているアレックこそが殺人犯に違いないとすると、死んだ男の手から紙切れをちぎり取ったのも彼のはずで、それはドレッシング・ガウンのポケットにつっこんだと思われる。

カニンガム親子を念頭に置いて、ホームズは動機を探した。それは、到着早々に聞き及んだ盗難事件にあった。彼らの土地の半分に対するアクトン氏の所有権を証明する書類を隠滅するつもりだったのではないか。それが見つからなかったので、ただの泥棒と見せかけようとして妙な品々を盗っていったのだ。

アメリカの経済学者ヘンリー・ジョージ(1839〜1897)。資源および機会から得られる恩恵は、一部の富裕地主だけのものではなく、すべての人に属すると論じ、著述家、政治家としても大きな影響力があった。

コナン・ドイルの執筆当時、土地所有権は大きな問題になっていた。1873年、英国政府が"第二次土地台帳"の制作を実施、国内の土地が誰の所有なのかをくまなく記録させた。これはとてつもない大事業だったが、そればかりでなく、一触即発の政治的状況をも生むことになった。わずか4.5パーセントの人々が英国内の土地すべてを所有し、95.5パーセントの人々には所有地が皆無だったのだ。同じ頃、アメリカの経済学者で土地改革を唱えたヘンリー・ジョージの革新的著書『進歩と貧困』が、1880年代に10万部も売れた。1889年、土地国有化協会が結成され、土地を万人の共有財産にと運動した。1892年にはアルフレッド・R・ウォレスが Land Nationalization（土地国有化論）を著わし、ベストセラーになった。そういう時勢で、強欲でずるい地主たちは大いに注目を浴びていたのだ。

> 幸運なことに
> ぼくが発作を起こして倒れたので、
> 話題をそらすことができたのです。
> シャーロック・ホームズ

注意をそらす戦術

動機がはっきりし、親子を指し示す有力な証拠がそろったところで、ホームズにはカーワンの手から引きちぎられた手紙を手に入れる必要があった。カニンガムの家の中に入ったホームズは、アレックの部屋に忍び込んで手紙を探すべく陽動作戦をとる。テーブルをひっくり返してワトスンのせいにしたのは、そのためだった。しかし、カニンガム親子が追いかけてきて、手紙が見つかったと知って必死の行動に出る。カーワンは、カニンガム親子がアクトン氏の家で書類を捜しているのを見て、それをもとに二人をゆすったらしい。カーワンをおびき出して始末するのが主目的の手紙だが、巧みな言葉づかいでカーワンが泥棒だったとにおわせ、彼の評判を汚すような文面ともなっている。考え出したのはアレックだった。「まさに天才的な思いつき」と、ホームズは感心する。

事件を解決して、ホームズは気分もすっかり晴れ晴れと、快活に言う。「ワトスン、田舎での静養は大成功だったよ。ぼくは明日には、大いに元気になってベイカー街へもどれるだろう」■

カニンガム親子とアクトンのあいだにあったような土地の所有権争いは19世紀には数多くあった。土地所有権が任意登記に基づくものだったからだ。

人間の頭脳を悩ます もっとも奇怪な事件の ひとつ
〈背中の曲がった男〉(1893)
THE CROOKED MAN

作品情報

タイプ
短編小説

英国での初出
《ストランド》1893年7月号

収録単行本
『シャーロック・ホームズの回想』1893年

主な登場人物

ジェイムズ・バークリ大佐 ロイヤル・マロウズ連隊の指揮官。

ナンシー・バークリ 旧姓デヴォイ、バークリ大佐の美貌の妻。

ミス・モリスン 若い娘。ナンシー・バークリの友人。

ヘンリー("ハリー")・ウッド伍長 もとロイヤル・マロウズ連隊所属、バークリ大佐の昔の戦友。

語り手はワトスンだが、本筋の大半を実際に物語るのは、ある晩訪ねてきたホームズ自身である。これはコナン・ドイルのうまい手で、ホームズの話に出てこないことはワトスンも書かずにいられるので、重要な詳細を伏せて読者の頭を悩ませておける。また、冒頭でホームズはワトスンに、「初歩的なことさ(エレメンタリー)」と言っている。正典においてホームズが口にするうちでは、あの不朽のフレーズ「初歩的なことさ、ワトスン君(エレメンタリー・マイ・ディア・ワトスン)」に最も近い言葉である。ホームズが「ねえワトスン(マイ・ディア・ワトスン)」と言うことはよくあっても、この典型的せりふとされているものをそっくり口にすることは正典中一度もないのだ。

1857年のインド大暴動(セポイの大反乱)では、当時インドを支配していた東インド会社に対し複数の地域のセポイ(インド人傭兵)が蜂起した。1年間で鎮圧されると、英国の直接支配下に入り、新たなインド統治が始まった。

ホームズが語る

ホームズがワトスンに語って聞かせるのは、オルダーショットのバークリ大佐が殺害されたらしい事件のことだ。大佐

夫人のナンシーは友人のミス・モリスンと教会の集まりに行き、ひどく悩んでいる様子で帰宅したが、その後、モーニング・ルームで大佐夫妻が言い争っている声が聞こえた。ナンシーは、二度ほど「デイヴィッド」という名を口にした。大佐の名前はジェイムズなので、おかしな話だ。ガシャンという音がして悲鳴が上がったので、使用人たちは内側から鍵のかかったドアを破ろうとしたが果たせず、御者がフランス窓の開いていた片側から部屋に入った。夫人は気を失って長椅子に倒れ、バークリ大佐のほうは頭から血を流し、恐ろしい死に顔で息絶えていた。

殺人事件と思われた。最有力容疑者はバークリ夫人だが、いろいろとつじつまの合わないことがある。ホームズはミス・モリスンを説得して、ナンシーが取り乱したわけを聞き出す。帰宅途中で、ナンシーの知り合いらしい背中の曲がった「恐ろしげな姿の男」に出会ったのだという。ホームズはその男の住まいをつきとめ、ヘンリー・ウッドという名だと知る。

バーティーでの裏切り

翌朝、ホームズとワトスンはオルダーショットにウッドを訪ねる。ナンシーが殺人容疑で裁判にかけられかねないと聞いて、ウッドは口を開く。30年ほど前、まだ若い将校だった彼と大佐は、インドに駐屯する英国陸軍の同じ中隊にいて、二人ともナンシーに思いを寄せていた。ナンシーが愛していたのはヘンリーだったが、彼女の父親は将校の地位を約束されていたバークリと娘を結婚させるつもりでいた。1857年のセポイの大反乱中、恋がたきを片づけるチャンスと考えたバークリは、ウッドを裏切って反乱軍に売り渡す。やっと脱走したウッドは、たび重なる拷問の結果ひどい障害を負い、路上で芸をしながらインドをさまよったあげく、英国に戻ってきた。そして、偶然ナンシーと会って、彼女の家まであとをつけていった。フランス窓からウッドが飛び込んでいくと、バークリが倒れ、暖炉の角に頭をぶつけた。ウッドによると「わたしの姿を見ただけで、やましさでいっぱいのあの男の心臓は、まるで撃たれでもしたように貫かれて」倒れる前に死んでいたという。ナンシーが気を失ったので、ウッドはあわててドアの鍵を開けて助けを呼ぼうとしたが、そこであまりにも不利な状況にいることに気づき、鍵を持って逃げたのだった。

> ……すでに事件は興味ある面を見せていたが、いろいろ調査してみたところ、一見した以上にとても奇怪な事件だということがわかった。
> **シャーロック・ホームズ**

検死裁判でバークリ夫人への嫌疑が晴れると、ホームズはことをそのままにしておく——当然の正義が下されたのだから、警察の出る幕などないと。バークリ夫人はなぜ夫を「デイヴィッド」と呼んだのかという疑問には、あれは夫を非難する言葉だった、旧約聖書のウリヤとバテシバの物語を覚えているだろう、と答える。すると、物語のタイトルになっている"曲がった男"とは、つきつめれば、背中の曲がったウッドではなく、倫理観の曲がった唾棄すべきバークリのことなのかもしれない。■

ダビデとバテシバ

ホームズの考えによると、教会活動に熱心なバークリ夫人は、旧約聖書『サムエル記下』の第11章〜12章、イスラエル王ダビデ（デイヴィッド）を思い浮かべて、夫を「デイヴィッド」と呼んで非難した。聖書では、王はある日、家臣の兵士ウリヤの妻バテシバの入浴をのぞき見て、彼女を抱く。彼女が妊娠すると、夫のウリヤを説得して妻と同衾させ、自分の子と思わせようとする。ところが、勤務中のウリヤがこれを断る。困り果てたダビデはウリヤを、戦死すること間違いなしの最前線に送る。ウリヤが戦死すると、ダビデはバテシバと結婚。しかし、彼は罪悪感に苦しみ、そこから詩篇51が生まれる（「神よ、あなたのいつくしみによって、わたしをあわれみ……」）。バークリもまったく同じ罪悪感にさいなまれていたらしい。大佐には何日も続けて「憂鬱のどん底からはいあがれずにいた」ことがよくあったとホームズは聞かされている。インドでのバークリ、ウッド、ナンシーの関係が驚くほどよく似ているところからすると、コナン・ドイルはこの旧約聖書の物語をプロットの下敷きにしたのかもしれない。

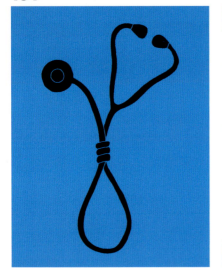

あのブレッシントンの目つきは、身の危険に怯えている人間のものだ。ぼくにはすぐにわかったよ

〈入院患者〉(1893)
THE RESIDENT PATIENT

作品情報

タイプ
短編小説

英国での初出
《ストランド》1893年8月号

収録単行本
『シャーロック・ホームズの回想』1893年

主な登場人物
パーシー・トレヴェリアン博士 最近開業したばかりの医師。

ブレッシントン パーシーの"入院患者"、開業をお膳立てした。

ロシア貴族とその息子 パーシーの診察を受けに来院したカタレプシー患者と、付き添いの青年。

凶悪事件のバックストーリー(物語が始まる前に起こったとされる出来事)がある、陰惨な事件の物語。『回想』収録の短編中、〈グロリア・スコット号〉(116〜119ページ)、〈背中の曲がった男〉(132〜133ページ)などいくつかある、登場人物の過去の犯罪が暴露される作品のひとつだ。また、版によっては、当初〈ボール箱〉(110〜111ページ)に登場した読心術シーンが挿入されていることでも有名(→111ページ囲み)。

神経質な神経科医と患者の事件

ホームズは、パーシー・トレヴェリアンという医者に相談をもちかけられる。開業資金の乏しかったトレヴェリアンは、「二、三千ポンドばかり」の投資資金をもつ男、ブレッシントンの事業提案を受け入れた。トレヴェリアンに開業させる見返りとして、ブレッシントンは同居して医院収入の分け前を手に入れ、自分の心臓の状態に気を配ってもらうというのだ。

トレヴェリアンがホームズに相談したのは、最近その「入院患者」の神経質ぶ

カタレプシー（強硬症）

ホームズはワトスンに、ロシア貴族がかかっているふりをしたカタレプシーを「真似するのはわけもない」と言う。カタレプシーでは、筋肉の消耗性痙攣（けいれん）が起きて身体が硬直し、刺激に対して無反応になる。統合失調症（精神分裂病）などの精神的疾患に伴うことが多い。19世紀、神経系疾患に関する医学知識は増えつつあったが、作家たちはしばしばカタレプシーをもちだして強烈な不安感や狂気までもただよわせようとした。エドガー・アラン・ポーの「アッシャー家の崩壊」(1839年)やチャールズ・ディケンズの『荒涼館』(1853年)にも、この病気の印象が生かされている。

トレヴェリアンの診察中に患者がカタレプシーらしい症状を起こすが、亜硝酸アミルを吸入させるというのは、一般的な処置ではなかった。亜硝酸アミルは心拍数を上げるので、実際には心臓疾患の治療薬に用いられるのが普通だったのだ。今では英気回復薬（レクリエーショナル・ドラッグ）（"ポッパーズ"）として使われることのほうが多い。

りがどうにも不可解になってきたからだった。カタレプシーを患う年配のロシア人貴族とその息子が来て、息子は待合室に残った。診察中に患者が発作を起こしたので、トレヴェリアンは薬を取りにいったが、戻ってみると、患者も息子も姿を消していた。翌日、二人がふたたび来院して、突然帰ってしまったことを詫び、診察は再開された。そのあと散歩から帰ってきたブレッシントンが、誰か自分の部屋に入った者がいると騒ぎだす。絨毯の上に足跡が残っていて、トレヴェリアンはあの貴族の息子が待合室を抜け出して2階へ上がっていったに違いないと考えた。ブレッシントンの取り乱しようは尋常でなく、泣いたりわけのわからないことをわめいたりするばかりだった。

ホームズは、医院までトレヴェリアンに同行する。侵入者の狙いは部屋にある何かではなく、ブレッシントン自身だとホームズは確信しているが、ブレッシントンは思い当たるふしがないと言い張る。ホームズはうんざりし、本当のことを話してもらえないかぎり力にはなれないと言って立ち去る。

犯罪者による裁判

その翌朝、自室でロープにぶらさがったブレッシントンの死体が発見される。警察は当初自殺と判定するが、ホームズの推理では殺人だ。暖炉にあった葉巻の吸い殻四つのほか、階段に残された足跡からも、夜のあいだに3人が2階にしのび込んだとわかる。部屋にネジ回しとネジがあるところから、極悪人3人は絞首台をこしらえる計画だったが、うってつけの鉤があったのでそれを使ってブレッシントンを「処刑」したのだろう。

調べてみると、その3人は悪名高い「ワージントン銀行を襲った」残忍な銀行強盗一味の生き残りだった。ブレッシントン（本名サットン）もそのひとりだったが、逮捕されると密告者に転身して刑を免れた。彼のみじめな死は、10年あまりかけた復讐だったのだ。出所したもとの仲間が彼の居場所をつきとめ、うち二人がロシア貴族とその息子になりすました。この事件で殺人犯3人は逮捕されなかったが、物語の最後にワトスンが、そ

ハーリ街近くのキャヴェンティッシュ・スクウェアは、有名な医院密集地区だった。それは今も変わらない。ブレッシントンの支援のおかげで、パーシー・トレヴェリアンはこの付近での開業がかなった。

の後彼らは海上で消息を絶った「不運な汽船」に乗ったらしいと報告している。

犯罪による収益

トレヴェリアンには、作者といくつか類似点がある。コナン・ドイルもかつては、医業の資金がないことに苦しんでいた。見たところ「医者というより芸術家」を思わせるトレヴェリアンが書いた論文は、原因不明の神経障害についてだったが、コナン・ドイル自身、大学時代それを論文のテーマにした。そして登場人物も作者も、かたやブレッシントンが強奪した金、かたやホームズの商業的成功という、犯罪に関係した収入に支えられたのだ。■

> 寝室に足を踏み入れたとたん、世にも恐ろしい光景が目に飛び込んできた。……［彼の姿は］とても人間とは思えないのだ。
> **ワトスン博士**

論理を扱う人間だったら、ものごとはなんでも正確にありのままに見なければならない

〈ギリシャ語通訳〉(1893)
THE GREEK INTERPRETER

作品情報

タイプ
短編小説

英国での初出
《ストランド》1893年9月号

収録単行本
『シャーロック・ホームズの回想』
1893年

主な登場人物
マイクロフト・ホームズ シャーロック・ホームズの兄。政府の有力な官僚。

メラス マイクロフトの近所に住む、言語学者で通訳。

ハロルド・ラティマー 英国人青年。

ソフィ・クラティデス ハロルドの女友だち、ギリシャ人。

パウロス・クラティデス ギリシャからやって来た、ソフィの兄。

ウイルスン・ケンプ ラティマーの相棒。

この作品の冒頭でワトスンは、昔のことをまったく話したがらないところから、ホームズは天涯孤独の身の上なのだと長いこと思い込んでいたと言う。ところが、一族のうちに同じ特徴が繰り返し現れることについて二人で話しているとき、ホームズの先祖が代々「地方の地主」だったことや、祖母がフランスの画家（彼が名前を挙げた「ヴェルネ」は実在の人物で、記憶を正確に描くという特殊な才能の持ち主）の姉妹だったことが、思いがけず明らかになる。さらに、推理力は遺伝によるものかもしれないと言って、ホームズは兄弟にも同じ才能があるという話を何気なく持ち出す。控えめながらみごとに劇的な展開だ。そのときまで、ワトスンはマイクロフト・ホームズの名前を聞いたこともなかったのだから。ホームズは、思考力は兄のほうがはるかに優れているが、情熱も野心もない人間だから探偵の仕事には向かないとも言う。マイクロフトは、クラブや職場であるホワイトホール以外へはめったに出かけようとしない。ホワイトホールでは、「並みはずれて数字に強い」ことを生かして、政府の会計検査を仕事にしているという。

強要された質問

マイクロフトが話題にのぼったのは、同じアパートに住むギリシャ系のメラス氏が巻き込まれた事件を任せようと、弟シャーロックをクラブに呼び出したからだった。ギリシャ語通訳のメラスは、二日前にハロルド・ラティマーという青年に雇われた。外が見えないようにした辻馬車でロンドン郊外の屋敷へ連れていかれ、そこでラティマーと相棒ウィルスン・ケンプから、猿ぐつわをかまされてやせ衰えたギリシャ人の「客」に、彼らの要求を伝えて法的書類に署名させるよう強要されたという。だが、そのギリシャ人「客」は頑として要求を拒んだ。メラスは二人に気づかれないようギリシャ語筆記

ぼくがこれまで手がけた、とびきり興味深い事件のなかには、こんなふうにマイクロフトから知らせてもらったものがいくつかあるんだよ。
シャーロック・ホームズ

ギリシャ語通訳　137

ホームズ（ジェレミー・ブレット）は、非凡だがあまりおもてに出てこない兄のマイクロフト（チャールズ・グレイ）と協力して、残忍な二人組の動機を解明する。1985年の英国テレビ・シリーズより。

のやり取りに質問をはさみ、情報を引き出そうとする。男はクラティデスという名で、拘束され餓死させられようとしていた。そこへ不意に若いギリシャ人女性が入ってきて、質問は中断されてしまう。「客」をパウロスと呼んだ彼女は、そこに彼がいることに驚いていた。

他言無用と脅し同然に念を押されて、メラスは帰される。気が弱いにもかかわらずかわいそうな男を助けたい一心で、メラスはマイクロフトに話をし、警察にも行った。マイクロフトは、パウロス・クラティデスと、ソフィという女性、二人のギリシャ人について情報提供者に謝礼をするという新聞広告を出した。

殺人と復讐

その日のうちに、広告に返事があった。ソフィとパウロスがいるケント州の住所がわかり、兄弟とワトスンは調べに出かける。途中でメラスも一緒に連れていこうとするが、彼は連れ去られたあとだった。一行が屋敷に行ってみると、中はまっ暗でひとけもない。馬車道の車輪の跡を観察したホームズは、入ってくるときよりも出ていくときの跡のほうがずっと深いので、直前に悪漢たちが荷物をまとめてソフィを連れ出したと断定する。

2階の一室でメラスとパロウスが縛り上げられ、火鉢の木炭から発生する一酸化炭素をじわじわと吸わされていた。クパロウスには救いの手が間に合わなかったが、メラスの命は助かった。マイクロフトの広告に応えてくれた人物の話によると、ソフィ・クラティデスは裕福な家の娘で、英国訪問中にラティマーにひと目惚れしてしまった。事態の収拾に駆けつけた兄のパウロスを、ラティマーと相棒のウイルスン・ケンプが監禁したものの、言葉が通じず、財産譲渡書類に署名させるというたくらみは頓挫したのだった。

物語はあいまいな終わり方をする。何カ月もたって、ホームズはブダペストで英国人男性二人が死んだと知る。警察は互いに刺しちがえたという見解だが、ホームズはソフィが死んだ兄パウロスの復讐を果たしたのだと考えるのだ。■

ヴィクトリア朝時代の紳士の社交クラブ

マイクロフトが入り浸る会員制のディオゲネス・クラブは架空の存在だが、上流階級が集まるウェスト・エンドのセント・ジェイムズ街界隈という立地や、規則が厳格でプライバシーや排他性を重視するところは、ヴィクトリア朝時代に隆盛をきわめた紳士のクラブまさにそのものだ。いくつかのクラブは今も健在ぶりを見せている。ワトスンは、ディオゲネス・クラブはカールトン・クラブの少し先にあると言う。カールトン・クラブは、1832年の創立以来、保守派の政治家たちが集まっていた実在のクラブだ。マイクロフトのクラブのモデルになったのは、1824年、"精神的な生活"を楽しむ人々のために創立された、アシニーアム・クラブではないだろうか。そのクラブにも「来客用の部屋」があって、その部屋でだけは会話が許されていた。コナン・ドイルがホームズに「ロンドンでもいちばん人づきあいが悪く、いちばん社交嫌いの人間たちが集まってるよ」と言わせているのは、自身も長年会員だったアシニーアム・クラブを冗談めかしてひやかしたのかもしれない。

解決がいちばん困難な事件というのは、目的のない犯罪なんだが

〈海軍条約文書〉(1893)
THE NAVAL TREATY

作品情報

タイプ
短編小説

英国での初出
《ストランド》1893年10月号

収録単行本
『シャーロック・ホームズの回想』
1893年

主な登場人物
パーシー・フェルプス 外務省職員、ワトスンと昔親しかった同窓生。

ホールドハースト卿 外務大臣、フェルプスの伯父。

アニー・ハリスン フェルプスの婚約者、フェルプスを看護している。

ジョゼフ・ハリスン アニーの兄。

タンギー夫妻 外務省の便利屋とその妻。

チャールズ・ゴロー 外務省のフェルプスの同僚。

フォーブズ スコットランド・ヤードの刑事。

物語の始まりは、ワトスンが受け取った手紙だ。昔の学友パーシー・フェルプスが、恐ろしい不幸がもとで「脳熱」をわずらい、ウォーキングにある一族の家、ブライアブレイ邸で寝込んでいるという。このままでは前途がめちゃめちゃになると、彼はホームズに助けを求めていた。コナン・ドイルは神経性の病気を指すのに、今では古めかしい病名となった「脳熱」(あるいは「脳炎」)をことのほか好んで使い、〈ぶな屋敷〉(98〜101ページ)、〈背中の曲がった男〉(132〜133ページ)、〈マスグレイヴ家の儀式書〉(120〜125ページ)など、何度も登場させている。

ブライアブレイ邸でワトスンとホームズは、フェルプスの婚約者アニーの兄、ジョゼフ・ハリスンに迎えられる。最近までジョゼフが泊まっていた1階の部屋を病室にしているやつれたフェルプスが、寝椅子に身体を起こして自分の置かれた苦境を語る。〈技師の親指〉(90〜93ページ)にもあるが、やがて神経系の病気治療の最新流行となるジグムント・フロイト流の"寝台（カウチ）"診察を彷彿させる場面だ。

脳熱（ブレイン・フィーバー）

脳熱（脳炎とも）が登場する短編5作のうち、3作が『回想』に収録されている。この短編集の作品執筆中にコナン・ドイルが、なぜたびたびこの病気を持ち出したのか、理由はよくわからない。ただ、〈海軍条約文書〉以外では、みな女性がこの病気にかかっている。"か弱い"女性がかかりやすい病気と思わせているのだとしたら、どうやら弱らしいフェルプスもついつい その部類に入れたということだろうか。いずれにせよ、極度の不安とストレスが原因となるこの病気は、たいてい臆病者を連想させ、19世紀後半の"ヒステリー"という似たような病気の前兆となった。ヒステリーもやはり従来女性特有のもので、そのふりをする女性までいると思われていた。ヴィクトリア朝時代はこういう病名を、頭の中で起こるよくわからない状況をひとまとめに指す用語のうちとして、使い慣れていたのだろう。今日、髄膜炎や脳炎の特定症状を指して"ブレイン・フィーバー"という語を使うこともあるが、いつのまにかほとんど使われなくなった。

海軍条約文書 139

英国外務省は、ヴィクトリア朝時代の大英帝国心臓部だった。外交と政治のかけひきが錯綜する場であり、国際的諜報活動のターゲットともなった。

罪現場に残る煙草（たばこ）の灰が最初の糸口となることは多いので、残念なことだ。〈緋色の研究〉（36～45ページ）でホームズは、「葉巻の灰についてぼくは専門的に研究している」と言っている。フェルプスの職場の描写は、実際の外務省と一致している。1860年代に完成した古典的様式のりっぱなビルで、設計したのは建築家ジョージ・ギルバート・スコットだ（その孫ジャイルズは、ホームズ自身と並ぶロンドンのトレードマークとなった、赤い電話ボックスを設計した）。

陰謀か？

事件の話を詳しく聞こうと、ホームズとワトスンはフォーブズ刑事を訪ねる。刑事の態度はあからさまに冷たかったが、すぐに態度をがらりと変える。タンギー夫人はなかなかのくせ者で、酒飲みだし金銭問題もかかえていると彼は言い、今度の事件について何か知っているのではと疑うが、証拠はつかんでいなかった。ほかに多少とも警察が容疑者扱いしたのは、便利屋自身と、フェルプス

一連の出来事

10週間ほど前、フェルプスは外務大臣である伯父のホールドハースト卿（きょう）から、英国とイタリアのあいだに交わされた秘密条約の筆写という仕事を任された。現代の読者にも、これがぞくぞくするような最新の時事だったとわかることだろう。ドイツ、オーストリア＝ハンガリー帝国、イタリア間で1882年に締結した"三国同盟"は、第一次世界大戦まで続くことになる軍事協力体制のかなめだったし、実際、1887年にイタリアと英国のあいだに秘密協定が結ばれていた。

確かに、フランスやロシアの大使館はこの種の機密情報に金を惜しまないだろう。それを理解していたフェルプスは、ホールドハースト卿に指示されたとおり、ほかの職員が全員いなくなるまで待って、仕事にとりかかった。眠気をもよおした彼がコーヒーを頼もうと呼び鈴を鳴らしたところ、驚いたことに、やって来たのは便利屋（コミッショネア）の妻のほうだったが、彼女にコーヒーを注文した。だがいっこうに届けられないので様子を見にいくと、正面入口そばの用務員室で便利屋のタンギーが、やかんを煮えたぎらせたまま眠り込んでいた。タンギー夫人の姿はない。突然、フェルプスが仕事をしていた部屋の呼び鈴が鳴った。機密文書のある部屋に何者かがいるのだ。必死に駆け戻るが、文書は消えていた。正面入口から入ればフェルプスと出くわしたはずだから、泥棒は裏口から入り込んだに違いない。

外務省の外にいた警官がひとりだけ見かけた人物は、裏口から出ていったタンギー夫人らしい女だった。便利屋が妻は何の関係もないと主張したにもかかわらず、フェルプスは彼女を家まで追いかける。フォーブズという刑事と一緒に書類のことを問い詰め、彼女の身体検査までしたが、何も見つからなかった。自分の置かれた立場に気づいたフェルプスは、半狂乱のまま帰宅する。ジョゼフ・ハリスンと一緒に乗るつもりだった列車には間に合わなかった。

不可解な状況

1階からいくつか階段を上がった高さにあるフェルプスの事務室には、隠れられそうな場所もない。雨の降る晩だったというのに現場には足跡もなく、誰かが部屋で煙草を吸った形跡もなかった。犯

一瞬、わたしは冷たい手で心臓をつかまれたような思いでした。何者かが、あの貴重な文書が机の上に置いたままになっている部屋にいるわけです。
パーシー・フェルプス

140 ホームズのさらなる活躍

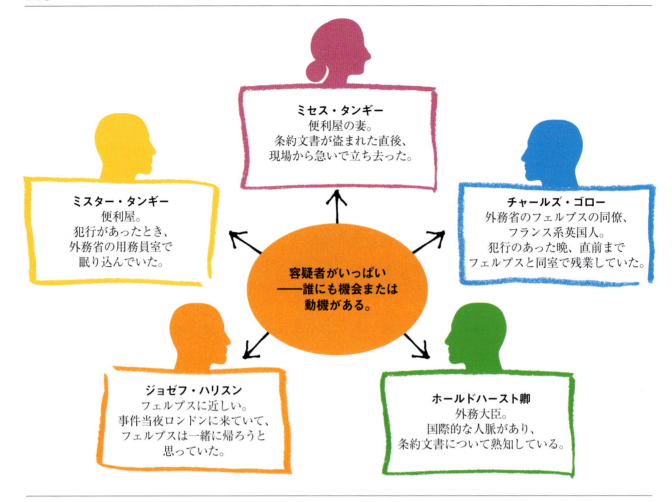

の同僚でフランス系の名前からフランス政府に条約文書を渡す動機があると勘ぐられた、チャールズ・ゴローだ。物語中では説明されないが、ここではゴローが「ユグノーの血を引いて」いる名だということが重要だ。ユグノーとは、フランスで迫害されて17世紀後半から英国へ逃れてきたプロテスタント（カルヴァン派）なので、ゴローはさほどフランスへの忠誠心などもっていそうにない。いずれにせよ、誰に対してもはっきりと不利な証拠がなく、フォーブズはお手上げ状態だ。

ダウニング街に大臣を訪ねたホームズに対しホールドハースト卿は、条約文書がフランスやロシアに渡っていればとっくに由々しき事態が生じているだろうから、まだ先方の手に渡っていないはずだと言う。文書が渡されずにいるのは、泥棒が「突然病気で倒れた」せいかもしれないとホームズが言うと、ホールドハースト卿は、「たとえば、脳熱にやられたり、ですか？」と、甥を疑うようなことを口にする。

夜中にブライアブレイ邸のフェルプスの病室に押し入ろうとする者がいたことから、フェルプスは何らかの陰謀があって自分が狙われているのではないかと思いはじめる。ホームズの提案で、その晩フェルプスはホームズ、ワトスンと一緒にロンドンへ行くことになるが、ぎりぎりになってホームズは、ひとりだけ汽車に乗らず、ウォーキングにとどまっていくつかの点を「はっきりさせて」おくのだと言う。

翌朝ベイカー街に帰り着いたホームズは、薄汚れ、負傷していたが、朝食の席で芝居がかったことをしてみせる。皿に載せた条約文書原本に料理の蓋をかぶせ、フェルプスに見つけさせたのだ。そして、前夜ワトスンとフェルプスと別れ、密かにブライアブレイ邸に戻ってからの話をして聞かせる。ジョゼフ・ハリスンが窓からフェルプスの病室へ入り込み、床板をめくって、以前その部屋に泊まっていたときに隠した条約文書を持って出ていこうとしたところを、ホームズが取り押さえたのだった。

事件の分析

今回の事件でいちばんの難点は、証拠

海軍条約文書

> わたしは、知らないあいだに何か途方もない陰謀に巻きこまれていて、名誉ばかりでなく命までねらわれているのではないかと、思うようになりました。
> **パーシー・フェルプス**

がありすぎたことだった。ホームズは「最も肝心なことが、どうでもいいことの陰に隠れてしまったのです」と言う。そのいい例がタンギー夫人の怪しげな人となりだし、条約文書がきわめて重要な機密であることも、読者を惑わせる要素である。そういう文書なら、明らかに政治的目的があって計画的に盗み出したものと思ってしまうが、実際にハリスンは、とっさの思いつきで盗んだだけらしい。ハリスンが株に手を出して大損をし、それが犯行の動機となったことがわかるのは、物語の終盤になってからだ。

この物語の細部に不満をもつホームズ研究家は多い。たとえば、ハリスンが部屋に立ち寄ると、ちょうどフェルプスがコーヒーのことを確かめにいっていたという、できすぎた偶然。ハリスンが盗みを決行するのもあまりにも唐突だし、建物を出ていくところを警官が見かけなかったのも疑問だ。また、当時すでに機械的な複写をする方法があったのに、なぜ条約文書を筆写しなければならなかったのか。ハリスンとタンギー夫人が手を組んでいたに違いないと言う研究家までいる。だが、この説についてコナン・ドイルはその後コメントを出していないし、ホームズ自身も、物語中で事件の結果を充分に語っていない。

進歩的な人物

この作品で興味深いのは、ホームズ自身の世界観がかいま見えることだ。フェルプスと事件の話をしている最中、彼の話は宗教の本質という方向へ脱線していく。「神の摂理の最高のあかしは、花のなかにこそ示されているように思われます」と。ホームズは推理の話をしているのだが、美しいコケバラに目をとめて思いついたこのコメントに、彼自身の信仰心がうかがえるのではないだろうか。またワトスンとともにロンドンへ戻る汽車の中では、ホームズの理想主義的なコメントが聞かされる。クラパム・ジャンクション駅とウォータールー駅間の高架線を走る列車の窓から、「レンガの島」のように見える公立小学校のことを、感慨深げに「まさに灯台だよ！ 未来を照らす明かりだ！」と呼ぶのだ。「ひとつひとつが何百という光り輝く小さな種子を包みこんだ莢（さや）だ。あの莢がはじけて、より賢明で、よりすばらしい未来の英国が生まれ出づるってわけさ」。1870年に教育法が制定され、初めて納税者の出した資金で学校が設立されたのだった。

おそらくコナン・ドイル自身の見解が反映されているのだろうが、この作品の革新的な観点からは、親族重用主義の外務省への批判がうかがえる。"親族重用主義（nepotism）"の語源はnephew（甥）を指すラテン語で、本作では特に意味ありげな言葉だ。結局、フェルプスが今の地位に就いたのは伯父が高位にあるおかげであり、そもそもこの混沌たる事件が起きたのは、ホールドハースト卿が信頼する甥にきわめて貴重な文書を預けたからだった。批判には、英国の政権交代も反映している。〈海軍条約文書〉が発表された1893年にはウィリアム・グラッドストン首相の自由党が政権に就いたが、物語が1889年に設定されているのは、コナン・ドイルの批判のほこ先がその前の第3代ソールズベリー侯爵による保守党政権に向いているという意味だろう。■

ホームズはよく、特に自分の推理力を証明するときに、芝居がかったやり方をしてみせる。盗まれた条約文書を朝食の席に出現させる場面を描いた、《ストランド》掲載のシドニー・パジェットによる挿絵。

危険は
ぼくの商売には
つきものなんでね

〈最後の事件〉(1893)
THE FINAL PROBLEM

作品情報

タイプ
短編小説

英国での初出
《ストランド》1893年12月号

収録単行本
『シャーロック・ホームズの回想』
1893年

主な登場人物
モリアーティ教授 もと数学教授、天才的犯罪者。ホームズの最大の強敵。

マイクロフト・ホームズ シャーロック・ホームズの兄。

ペーター・シュタイラー マイリンゲンの〈英国旅館(エングリッシャー・ホーフ)〉主人。

ホームズ物語全編のうち、〈最後の事件〉ほど大騒ぎを引き起こした作品はない。ホームズが時ならぬ死を迎えるのは言うまでもなく、どんな犯罪者よりも優れた第一級の頭脳の持ち主にしてホームズの宿敵、悪名高いモリアーティ教授(28～29ページ)が登場するという点でも、たいへんな問題作である。

　この物語が《ストランド》に掲載されたときの反応は、驚愕(きょうがく)と衝撃、そして激怒まであった。《ストランド》の事務所とコナン・ドイルのもとに続々と手紙が届き、ある女性など手紙の書き出しで作者を「この人でなし！」とののしったという、有名な話もある。ロンドンの街なかで喪

最後の事件 143

> あの事件の真相を余すところなく知っているのはわたしだけだし、真相を隠しておいても何の役にも立たない時期が来たことを、うれしく思う。
> ワトスン博士

章が着用され、《ストランド》の売り上げもめっきり減ったのだった（→324ページ）。

正当な殺人

コナン・ドイルは読者の極端な反応に面くらったが、のちにこう自己弁護している。「あれは謀殺ではなく自衛のための殺人だった。私が彼を殺さなかったら、きっと彼が私を殺していただろう」。彼は長いこと、ホームズが自分の人生のじゃまをしすぎると思っていた。締め切りに追われて作品を粗製濫造するのは過酷な仕事で、まともな文学作品に充てるべき貴重な時間が奪われてしまう。そのうえ1893年には、コナン・ドイルの父チャールズと妻ルイーズの二人とも、病状が深刻になっていた。チャールズが10月に亡くなり、同月、ルイーズは結核と診断され、余命数カ月を宣告される――結果的にはその後13年生き長らえるのだが（→14〜21ページ）。コナン・ドイルがホームズを殺すことに決めたのは、1893年8月、ルイーズとともに休暇をアルプスの山中で過ごしていたあいだだった。友人に、「彼がどんどん重荷になっていく。こんな生活にはもう耐えられない」と語っている。また、そのスイス・アルプスで、彼は劇的なフィナーレに文句なくふさわしい舞台を見つけた――壮観なライヘンバッハの滝である。物語を書き終えたコナン・ドイルは、ノートにただこう書きつけた。「ホームズを殺してやった」

狩られる猟犬（ハンター）

たいていの作品ではホームズが猟犬で、手がかりを嗅ぎつけ、最後には獲物を追い詰める。ところが、この作品ではホームズ自身が獲物となって、悪の天才モリアーティに容赦なく追われる。全編にわたる追跡劇で、いつもなら推理に発揮する能力を、ここでは追っ手をかわすために駆使せざるを得ない。今度はホームズのほうが犯罪者になったかのようなのだ。ワトスンは物語の開始からすぐに、ホームズの死という悲劇に私たちを引きずり込む。冒頭の一文は、「友人シャーロック・ホームズの名を広く世間に知らせることになった、その特異な才能を記録する物語を綴るのもこれが最後かと思うと、ペンを持つ心は重い」。もう筆を折ったつもりだったが、最近になってモリアーティ教授の弟ジェイムズ・モリアーティ大佐が間違った噂を広めようとしているので、ありのままの事実を正確に公表したいと考えて、この事件のことを語るに至ったというのだ。

最後の闘い

ホームズがこの世界から最終的に姿を消す、その下地はすでに整っていた。彼はもう、かつてのようには社会からもワトスンからも必要とされていない。ワトスンは、〈緋色の研究〉（36〜45ページ）でホームズと初めて会った頃の、よるべない若者ではなくなった。結婚して、開業医としても安定している。二人は以前のような親しい間柄ではなくなり、会うこともめっきり減った。ホームズはといえば、数々の危険な犯罪者たちの企みを首尾よくくじいてきた。「ぼくの人生は、決してむだではなかった」と、彼は先を予

1895年制作の映写用スライドがとらえたヴィクトリア駅。ホームズとワトスンがカンタベリ経由でヨーロッパ本土への逃避行に出た頃、ヴィクトリア駅はほぼこんな様子だった。

ホームズのさらなる活躍

犯罪者気質

　コナン・ドイルはモリアーティ教授を生み出すにあたって、イタリアの犯罪学者チェーザレ・ロンブローゾ（→310〜315ページ）の学説に影響を受けている。ロンブローゾは、矯正不能な犯罪者の性質を遺伝的に受け継ぐ人たちもいると考えた。そして、その危険な傾向は外見にはっきり現れるという。生まれもっての圧倒的な印象を強調するべく、コナン・ドイルはモリアーティをできる限り恵まれた生まれ育ちにした。名門に生まれ、数学の天才に育ち、のちに数学教授となるも、彼はついには悪魔のような"遺伝的性質"に支配される運命にあったのだ。コナン・ドイルはこれと同じ想定で、10年後に〈空き家の冒険〉のモラン大佐を生み出している。モリアーティの場合、並はずれた頭脳が伴うだけに、犯罪的傾向がとりわけ危険なものとなる。彼の丸くせり出した広いひたいは、頭の切れるホームズ（そして兄のマイクロフト）とも共通する特徴だが、モリアーティが爬虫類に似ているのは、天才的頭脳の奥に邪悪なものが隠れているしるしだ。

　言するかのようなせりふを口にする。「ロンドンの空気は、ぼくのおかげでずいぶんきれいになった」と。だが、退場するのは、最後に大悪党をひとり、悪党中の悪党、モリアーティ教授を倒してからだ。
　1892年の4月のある晩、警戒心もあらわなホームズが訪ねてきて、ワトスンをびっくりさせる。ワトスンに何かを怖がっているのかと聞かれ、ホームズは「空気銃さ」と答える。のちに〈空き家の冒険〉（162〜167ページ）で、これがモリアーティ配下の射撃の名手、モラン大佐が使う、音のしない、おそろしく強力な武器のことだとわかる。ホームズは身に迫る危険を知っていて、大陸への旅にワトスンを誘う。そして、ワトスンが詳しく知っておくべきだと、ホームズはモリアーティ教授の話を始める。

犯罪界のナポレオン

　コナン・ドイルは天才的手腕で、それまでの物語にモリアーティが登場しなかった理由を説明してみせる。ホームズは「そう、そこだよ、並みたいていのことじゃない。感心させられる！　くまなくロンドン全体にのさばっているのに、あの男のことは世間ではまったく話題にのぼらない」と言う。モリアーティは広大な犯罪者ネットワークの頂点に君臨し、あらゆる犯罪の裏で糸を引きながらも、チェスの名手さながらの技術で、どの犯罪ともいっさい結びつけられないのだ。正体をつかまれず、犯罪にかかわったことを立証されないように、徹底して保身を図っているため、彼の号令一下、偽造あり強盗あり殺人あり、何百という犯罪が犯されているというのに、警察は彼を法廷送りにできたことが一度もない。コナン・ドイルは、アメリカのピンカートン探偵社のウィリアム・ピンカートンから聞いた、アダム・ワース（→29ページ）という実在の大犯罪者を、モリアーティのモデルにしていた。コナン・ドイルの執筆当時、ワースはつまらない犯罪で捕まり、ベルギーの刑務所で不遇をかこっていた。世界規模の組織的犯罪ネットワークのトップという彼の正体を、ベルギー当局は知らなかったのだ。アメリカ

もしあいつをやっつけて
その魔の手から
社会を解き放つことができたら、
そのときこそぼくは自分の経歴の
絶頂に立ったという思いだ。
シャーロック・ホームズ

ワトスンとホームズを演じる、デヴィッド・バーク（彼の最後のワトスン役作品）とジェレミー・ブレット。1985年のテレビ版〈最後の事件〉より。

最後の事件 **145**

生まれのワースは、実は犯罪界の黒幕で、芸術愛好家で競馬が好きなまっとうな男のふりをして、ロンドンの裏社会に君臨していた。彼の罪をただのひとつも暴けなかった警察は、彼を"犯罪界のナポレオン"と呼んだ。コナン・ドイルもワースに敬意を表して、モリアーティに同じ呼び名を採用している。

ホームズの暗黒面

　アダム・ワースがモリアーティの骨格となってはいるが、コナン・ドイルの人物造形は手が込んでいる。モリアーティは、ホームズにぞっとするほどよく似た鏡像――名探偵の非凡な能力を対極に映したゆがんだ人物になっているのだ。ホームズがモリアーティを「天才で、哲学者で、理論家」と表現するが、それはそのまま彼自身にも当てはまる。ホームズはモリアーティの恐ろしい手腕を、こうたとえる。「あの男は、巣の中心にじっとしているクモみたいなものだ。その巣は、放射線のかたちに広がる無数の糸の網目になっていて、どの糸のどんなにわずかな震えでも、すぐにあの男に伝わる」。〈ボール箱〉(110〜111ページ)でワトスンが「(ホームズは)未解決事件の噂や影がちょっとでもちらつこうものなら、すぐさま飛びつこうと、情報網をはりめぐらせ、ロンドン五百万市民のど真ん中に陣取っていたいのである」と書いているのと、不気味なほどよく似ているではないか。

　影のような分身は、時にはドッペルゲンガー（もうひとりの自分）と呼ばれ、ゴシック小説の典型的テーマとなっている。メアリ・シェリー『フランケンシュタイン』(1818年)、オスカー・ワイルド『ドリアン・グレイの肖像』(1891年)、ロバート・ルイス・スティーヴンスン『ジーキル博士とハイド氏』(1886年) などの作品にも登場する。スティーヴンスンの作品で言えば、モリアーティがハイド氏で、

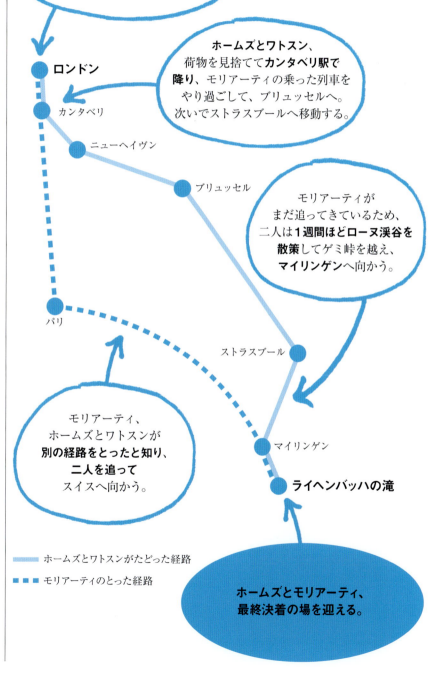

ホームズのさらなる活躍

ホームズがジーキル博士にあたる。そして、ジーキルとハイドが同一人物であるがごとく、ホームズとモリアーティは、ホームズが認める気になれないほど深くからみ合っている。犯罪を解明するために犯罪者の思考をなぞってきたホームズは、ある程度その連想に染まってきているのだ。現に、ホームズはワトスンにモリアーティのことを、「あの男のした犯罪を憎む気持ちが、その技術への賛嘆に変わってきたくらいだ」と言っている。

死闘

ホームズはワトスンに、モリアーティを司法の場送りにするための奮闘ぶりを語るが、それは偉大な戦士二人が繰り広げる死闘さながらだ。「ぼくはこれほど自分の力を絞り尽くしたことはないし、今回ほど窮地に立たされたこともない。敵が深く切り込んでくる、するとぼくがそれ以上に深く切り返すんだ」。ホームズはいつも敵を追うスリルを楽しんでいる。今回は彼の経験上、最高に胸の躍る追跡劇というわけだ。りっぱに仕事をやり遂げたと喜んで隠退するとしたら、天才モリアーティを倒して経歴に最後の花を飾ることができたときだけだと彼は言う。

> ……ぼくと二人、ヨーロッパ一の大悪党と最大最強の犯罪シンジケートを相手どろうっていうんだからね。
> シャーロック・ホームズ

自己最高記録を出したあとも挑戦を続けるトップ・アスリートのように、さらに高みを目指したいのだ。

勝負のときが近づいていると、ホームズはワトスンに言う。月曜日になれば、警察がモリアーティの一味を一網打尽にできるはずだから、それまでモリアーティの魔手が届かないところへ身を隠しているのがいちばんだ、と。裁判でモリアーティの有罪を証明する、重要な証言をすることになるのだ。しかし、「犯罪界のナポレオン」のほうも挑戦を受けて奮い立つ。まさにその日の朝、いつもながらの、ぞっとするような大胆不敵さでモリアーティが221Bにやって来て、仇敵をじっと観察しながら、手を引く最後のチャンスだと警告するのだ。「きみにわたしを破滅させるだけの頭脳があるとしたら、わたしにもきみを破滅させるだけの頭脳があることを、忘れないでくれたまえ」と。その日のあいだに何度も命を狙われたホームズだが、脅しに屈しようとはしない。翌朝ヴィクトリア駅で落ち合うよう、ワトスンに厳密な指示を出すと、裏庭の塀を乗り越えて立ち去っていく。

追跡の開始

ワトスンは、ホームズの指示に従って四輪箱馬車（ブルーム）で駅へ向かうが、あとでその御者が変装したマイクロフト・ホームズだったとわかる。ホームズと二人分の予約がしてある一等車の客室に乗り込むと、車室を間違えたのか、イタリア人の老司祭が座っていてやきもきする。読者はひと足先に気づくかもしれないが、もちろん、その司祭こそ変装したホームズだ。変装を解いたホームズは、前の晩にモリアーティ一味がベイカー街の部屋に火をつけたが、たいした被害はなかったと知らせる。列車が動きだしたとき、モリアーティがホームに現れて猛然と引き

ライヘンバッハの滝

スイス、ベルナー・オーバーラント地方にあるライヘンバッハの滝は、コナン・ドイルの時代よりずっと昔から名高い景勝だった。総長250メートル（820フィート）の高さから落下する一連の奔流が、ヨーロッパ屈指の壮観を呈している。英国のロマン派画家J・M・W・ターナーも1800年代初めにこの滝を描いたが、今では何よりも〈最後の事件〉の舞台として有名だ。毎年何万人ものホームズファンが世界中から、このモリアーティ終焉（しゅうえん）の地を訪れる。近くの町マイリンゲンから滝までケーブル鉄道が走り、マイリンゲンにはホームズ博物館もある。大勢のファンたちが登場人物にちなんだ扮装（ふんそう）をしたり、闘いを再現したり、人体ダミーを滝つぼに落とすことまである。崖肌には、ホームズとモリアーティの決闘の場であることを記した銘板（ブラック）が掲げられている。二人が取っ組み合った断崖絶壁の小道は当時滝の間近にあったが、年月を経て崩れていき、現在は滝のおよそ100メートル（330フィート）手前で行き止まりになっている。

断崖絶壁でモリアーティともみ合う中、ホームズのディアストーカーが峡谷に落ちていく。《ストランド》に初出の、シドニー・パジェットによる挿絵。

止めようとする。列車がどんどんスピードをあげて駅を離れていくとワトスンは胸をなでおろすが、ホームズはモリアーティがやすやす引き下がるはずがないと知っている。「臨時」列車（客車が1両だけの）を走らせて追ってくるだろう、と。だが、ホームズも一計を案じる。カンタベリ駅で降りて、ニューヘイヴンへ進路を変える。これが奏功し、モリアーティの乗った列車が轟音とともに通り過ぎていくのを、二人はカンタベリ駅ホームで荷物の山の陰に隠れてやり過ごす。

ブリュッセル経由でストラスブールへ移ったところで、警察が一味を逮捕したものの、モリアーティだけはとり逃がしたことがわかる。そうなると、敵はホームズへの復讐に全力をあげてくるだろう。二人は追っ手に一歩先んじていることを念じて旅を続けることにして、1週間ほどアルプス山中を歩き、スイス、マイリンゲンの町に着く。出立の日、ホテルの主人ペーター・シュタイラーの勧めで、ライヘンバッハの滝の見物に立ち寄る。滝から引き上げようとしたとき、ホテルのボーイがシュタイラーからのものらしい手紙をワトスンに届けにくる。ホテルに戻って、結核で余命いくばくもない英国人女性を介抱してほしいというのだ。ホームズはすぐ、手紙はにせものだと察するが、何も言わない。モリアーティと最終的な決着をつけるときが来たという手ごたえがあったからだ。

幕切れ

ワトスンがホテルに着いてみると、彼の手当を待っているはずの英国人女性などいない。策略に気づき、ライヘンバッハの滝へ駆け戻るが、そこにはホームズの登山杖（アルペンストック）が岩に立てかけてあるだけだった。激流が吸い込まれていく深淵（しんえん）の真上まで二組の足跡が続き、引き返した跡はない。土が踏み荒らされ、崖っぷちのイバラやシダがちぎられているところから、峡谷の際で格闘があったとわかった。

突き出た岩の上に光るものが目につき、ワトスンはホームズ愛用の銀のシガレットケースを見つける。手に取ると、その下から落ちた紙切れは、モリアーティが闘いの前に書くのを許してくれたホームズの手紙だった。この世界からモリアーティを排除するために、ホームズが死を覚悟して書いたものだ。「これ以上ぼくにふさわしい幕切れもないだろう」という名探偵の言葉。モリアーティ一味の有罪を証明するのに必要な書類は兄マイクロフトに保管を託したと、ワトスンから警察に伝えてほしいという一文で結ばれていた。ワトスンと警察が現場を調査した結果、二人は絶壁で取っ組み合ったまま転落して、おそらく死亡したものと断定された。ワトスンは、何もかも終わってしまったと思う。そして、「わたしが知るこの世でいちばん善良で賢明な人間」を失ったのだと嘆く。しかし、もちろん彼は間違っていた。ワトスンは、3年後にホームズが〈空き家の冒険〉で生還を果たしたとき、結局ライヘンバッハの滝で死んではいなかったとわかる。一方読者のほうは、10年近く待って〈バスカヴィル家の犬〉（152〜161ページ）でホームズに再会するが、それは彼が死んだと思われる以前の事件を語るものだった。■

帰ってきホームズ

た

150 帰ってきたホームズ

↑ **1895年**
コナン・ドイル、**エジプトへ旅行し**、自伝的小説『スターク・マンローからの手紙』を出版する。

↑ **1897年5月**
コナン・ドイル、**ナポレオン戦争**が舞台の歴史小説『ベルナック伯父』を出版。
ブラム・ストーカー、『ドラキュラ』を出版。

↑ **1898年6月**
コナン・ドイル、《ストランド》誌で『炉辺物語』の連載を始める。

↑ **1900年**
コナン・ドイル、エディンバラから**国会議員に立候補**するも、落選。

↓ **1896年2月**
コナン・ドイル、『勇将ジェラールの回想』を出版。

↓ **1897年6月**
78歳のヴィクトリア女王の即位60周年祭。

↓ **1899年11月**
ウィリアム・ジレット主演の舞台劇 Sherlock Holmes がニューヨークで開演。

↓ **1900年3月**
コナン・ドイル、短編集 The Green Flag and Other Stories of War and Sport を出版。

このマークの頃は、ホームズとワトソンの人生上の出来事

この章の内容

長編
『バスカヴィル家の犬』（1902年刊）

短編集
『シャーロック・ホームズの生還』（1905年刊）
〈空き家の冒険〉
〈ノーウッドの建築業者〉
〈踊る人形〉
〈美しき自転車乗り〉
〈プライアリ・スクール〉
〈ブラック・ピーター〉
〈恐喝王ミルヴァートン〉
〈六つのナポレオン像〉
〈三人の学生〉
〈金縁の鼻眼鏡〉
〈スリー・クォーターの失踪〉
〈アビィ屋敷〉
〈第二のしみ〉

『ドラキュラ』の作者ブラム・ストーカーは、戯曲 Sherlock Holmes, or The Strange Case of Miss Faulkner の公演が1901年にニューヨークからロンドンのライシアム劇場に移ってきたとき、同劇場で支配人をしていた。コナン・ドイルの承諾を得たこの戯曲は、大部分が発表済みの長編および短編に基づいていたが、タイトルになっている女性"ミス・フォークナー"との恋愛という、思いも寄らぬ要素が加わっていた。

舞台から書籍へ

この戯曲は満員札止めとなり、大衆がまだこの探偵を求めているとコナン・ドイルに確信させるには、充分な成功だった。そこで、まだ公演中にもかかわらず、彼は〈バスカヴィル家の犬〉を書きだした。1901年8月に《ストランド》誌でこの長編の連載が始まると、国中のニューススタンドに行列ができた。この物語では、その能力の絶頂期にあるホームズの姿をふたたび見ることができる。彼はイングランド西部の"巨大な猟犬"の謎を解くのである。この話におけるホームズが、あくまで世俗的な現実を重視し、超自然な存在である魔犬などという考えを頭からはねつけている一方、同じ頃のコナン・ドイルが信仰に関する問題について考え込んでいたというのは、面白い事実だ。『スターク・マンローからの手紙』という半自伝的小説には、ローマカトリック教に対する彼の拒絶が綴られていて、のちの心霊主義への傾倒の予兆となっているのだ。当時のコナン・ドイルは、ボーア戦争における自身の愛国的な体験も執筆しており、その一部は南アフリカ（サー・チャールズ・バスカヴィルが財を成した土地）の野戦病院における日々に基づい

ていた。この著作により、彼は1902年にエドワード7世からナイト爵を授けられている。王自身もホームズ・ファンであり、その活躍をもっと知りたいと、誰よりも望んでいた。

感動的な再会

〈バスカヴィル家の犬〉での出来事は、〈最後の事件〉におけるホームズの見かけ上の死よりも前のことであったため、ファンが望んでいた探偵の復活となったわけではなかった。ホームズが本当に死から生還するのは1903年10月の短編〈空き家の冒険〉で、このときはファンのあいだで大騒ぎとなった。一方のワトスンも大いに喜び、医師の仕事をすぐさま譲り渡してふたたびベイカー街221Bへ移り住んでいる。この医院はホームズの遠縁にあたる人物が購入したのだとワトスンはのちに知るわけで——この点についてコナン・ドイルによる表現は非常に控えめだ——お互いの気持ちが同じだったことが示されている。〈空き家の冒険〉でおとりに使われたホームズの蠟人形は、この探偵がこの時点までに得ていた名声に対する、コナン・ドイル流の皮肉だろう。それでも彼は、読者を満足させようとする努力を怠らず、『シャーロック・ホームズの生還』所収の作品では、この主人公の才能のすべてを網羅しようとした。〈踊る人形〉には正典で最も手の込んだ暗号文が登場し、〈ノーウッドの建築業者〉における指紋鑑定の使用は当時としては先を行っていた。さらにホームズの変装能力は、〈空き家の冒険〉でも〈恐喝王ミルヴァートン〉でも実証されているのである。

上流社会

『生還』所収の話には、上流社会の人たちと親しげに話すホームズの姿がよく見られる。〈金縁の鼻眼鏡〉では、「ブールバールの暗殺者」を捕らえたホームズが、フランスの「レジオン・ドヌール勲章」を授与されたという興味深い言及がある。さらに、コナン・ドイル自身が気に入っている〈プライアリ・スクール〉と〈第二のしみ〉では、ホームズはきわめて著名な人物を相手にしている。それでも彼は、上流階級の面々を必ずしも愛情を込めて描いていない。〈プライアリ・スクール〉のホールデネス公爵は事件に大きく関わっており、〈アビィ屋敷〉のサー・ユースタス・ブラックンストールは暴力と飲酒癖で有名なのだった。また、〈ノーウッドの建築業者〉の裕福なジョナス・オウルデイカーは、根っからの悪党である。〈バスカ〉がそうであったように、この短編集に収められた物語は、ロンドンの喧騒から離れて管理が行き届いた、よその土地で展開されているものが多いのだ。■

思うようにいかないこと
だらけの
事件くらい、やる気を
かきたてられる
ものはない

〈バスカヴィル家の犬〉(1902)
THE HOUND OF THE
BASKERVILLES

帰ってきたホームズ

作品情報

タイプ
長編小説

英国での初出
《ストランド》1901年8月号

単行本の出版
ジョージ・ニューンズ社、1902年3月

主な登場人物

サー・チャールズ・バスカヴィル
バスカヴィル館の郷士で、最近亡くなった。

サー・ヘンリー・バスカヴィル　バスカヴィル家の地所の相続人で、カナダからやって来る。

サー・ヒューゴー・バスカヴィル
サー・ヘンリーの先祖。

ジェイムズ・モーティマー医師　バスカヴィル家の友人で、サー・チャールズの遺言執行人。

ジャック・ステイプルトン　バスカヴィル家の隣人で、博物学者。

ベリル・ステイプルトン　コスタリカ生まれの美人。

ジョン・バリモア　バスカヴィル館の執事。

イライザ・バリモア　ジョンの妻で、バスカヴィル館の家政婦。

セルデン　イライザの弟で、脱獄囚。

レストレード警部　スコットランド・ヤードの刑事。

第1章・第2章
モーティマー医師がベイカー街221Bを訪れ、サー・ヒューゴー・バスカヴィルと魔犬の伝説を話す。

第4章
サー・ヘンリーが警告文を受け取り、ホテルの部屋からブーツを盗まれる。

第6章
ワトスン、バスカヴィル館で怪しげな使用人のバリモア夫妻と会い、脱獄囚が逃亡中と知る。

第3章
サー・ヘンリー・バスカヴィルがロンドンに到着する。光る大きな犬がムアで目撃される。

第5章
ホームズ、ダートムアでバスカヴィル館を相続するサー・ヘンリーに、ワトスンを同行させる。

　1889年のある秋の日、ダートムアのモーティマー医師が221Bを訪れた。彼は1742年の文書を取り出すと、デヴォンシャーのバスカヴィル一族にかけられた呪いの話を始めた。残忍な領主サー・ヒューゴー・バスカヴィルが、逃げられた娘を取り戻せなければ「悪魔」に身も心もくれてやると宣言したのち、ムア（荒れ地）で「魔犬」に追われ、八つ裂きにされたという。そして今、モーティマーの友人でバスカヴィル館の当主であるサー・チャールズが、足跡が示す「巨大な猟犬」から逃げたあとに心不全で亡くなった。いちばん近い血縁者のサー・ヘンリーが地所を相続するために、カナダからやって来るところだという。
　ロンドンのホテルに滞在していたサー・ヘンリーは、命が大事ならムアに近づくなという内容の手紙を受け取る。だがホームズは、忙しくて自分は行けないと言って、ダートムアへ赴くサー・ヘンリーとモーティマー医師にワトスンを同行させる。バスカヴィル館に着いたワトスンは、「不気味な」ムアで地元の博物学者ジャック・ステイプルトンに出会い、ポニーが底なし沼へ吸い込まれるのを目撃する。ステ

バスカヴィル家の犬

第9章
ワトスン、脱獄囚が
バリモア夫人の弟で、
ムアに隠れていると知る。

第12章
ホームズとワトスン、
脱獄囚が犬から逃げたあとで
死亡したと知る。

第14章
ステイプルトンがサー・ヘンリーに対して犬を放つが、
ホームズとワトスンがそれを射殺する。沼へと逃げた
ステイプルトンは、のみ込まれて死亡する。

第7章・第8章
ワトスン、ステイプルトンと出会い、
犬の吠え声を耳にする。
また、バリモアがムアにいる
人物に対して、ろうそくで
合図しているのを目撃する。

第10章・第11章
ワトスン、地元の人たちへの
調べを進めて、ホームズが
ムアに隠れていたことを知る。

第13章
ホームズ、ステイプルトンと
サー・ヒューゴーの酷似を
指摘する。

第15章
ベイカー街221Bに戻った
ホームズが、事件の概要
をワトスンに語る。

イプルトンが立ち去るとその妹が現れ、ワトスンに、ロンドンへ帰るようにと警告するのだった。

サー・ヘンリーとワトスンは、執事のバリモアが夜中にムアにいる人物に向かって合図を送っているのを目にする。バリモア夫妻は食べ物やサー・ヘンリーの古着を、夫人の弟で脱獄囚のセルデンへ届けていたのだった。この罪人の捜索中に、ワトスンとサー・ヘンリーはムアに潜伏している人影を見かける。それは誰あろう、シャーロック・ホームズだった。この探偵は、怪しい過去があるとにらんだステイプルトンを見張っていたのである。ホームズは館の壁にかけられているサー・ヒューゴーの肖像画を見て、ステイプルトンと驚くほど似ていることに気づく。

サー・ヘンリーがステイプルトンの家からムアを通って帰ると、霧が立ち込めてきて、犬が姿を現した――口と目から火がほとばしる、恐ろしい獣だった。それがサー・ヘンリーの喉元を食いちぎろうとしたまさにそのとき、ホームズとワトスンが撃ち殺す。犬の体はリンで覆われていたため、火のように見えたのだった。この犬を使ったステイプルトンは、沼地を渡って逃げようとして、のみ込まれて死んでしまう。猿ぐつわをはめられて縛られたステイプルトンの妹をレストレードが見つけると、彼女が実はステイプルトンの妻であることが明らかになった。彼女こそ、ロンドンでサー・ヘンリーに警告文を送った人物であり、サー・ヘンリー殺害への関与を拒んだため、家で縛られたのである。実はステイプルトンは、血縁者を殺害することでバスカヴィル家の財産の相続をもくろんだ、サー・チャールズの知られざる甥だったのだ。■

帰ってきたホームズ

コナン・ドイルは1893年に〈最後の事件〉（142〜147ページ）でホームズを殺したが、それが招いた読者の反応の激しさに驚かされた。まるで彼が実在の人物を殺したかのようだったのである。彼はまた、ホームズの一連の物語がいかに富をもたらしていたか——そしてそれをまた得られるのだということも——意識していた。そこで彼はついに折れて、すでに取り組んでいた〈バスカヴィル家の犬〉というホラー小説に、ホームズを組み込んだのである。以来、有名な犯罪小説家はみな、自分の生み出した主人公を殺すことについて、よく考えざるを得なくなったと言われる。そうやって書かれた本作は、非常に印象深く、記憶に残る話となった。コナン・ドイルが作りあげた、文学史上で最も有名な人物が劇的に再登場したのみならず、ホームズのすべての冒険譚の中でも、最も有名なものとなるのである。

> 厄介だよ、ワトスン、厄介で、おまけに危険な事件だ。なりゆきを見ていると、どんどんいやな気がしてくるんだ。
> シャーロック・ホームズ

魔犬のイメージ

この作品が初登場したのは1901年8月のことで、ホームズの心の故郷である《ストランド》に9ヵ月間連載された。このときの連載にもシドニー・パジェットによるみごとなイラストが添えられたが、彼はそれまでよりもさらに細かい塗りのスタイルを用いていた。ただし、彼もその後の多くの映画制作者と同じく、どのような犬のイメージをもってしても、コナン・ドイルが読者の心に呼び起こした、身の毛もよだつ動物を正しく表すことができないと気づいたのである。

当然のことながら、ホームズの再登場は英国でもアメリカでも驚異的な成功を収めた。当初ニューンズ社は、連載をまとめた長編として2万5000部を出版したが、植民地の読者のおかげで印刷部数はすぐに伸び、アメリカ版の印刷部数は7万部に達した。この本に対する驚くべき関心の高さに気づいたアメリカの《コリアーズ》誌は、コナン・ドイルに対し、ホームズの活躍をもっと書いてほしいという申し出をする。その結果、次のホームズ物語が最初に発表される場は《ストランド》ではなく、《コリアーズ》になったのである。一方、〈バスカヴィル家の犬〉は文学史上最高レベルの超自然ものストーリーとなっていた。ほとんどの主要言語に訳され、映画やテレビ用の翻案は20回を超え（出来はさまざまだが）、話自体が大衆の心に深く刻まれていったのである。

1939年の同名映画は最もよく知られていて、この長編小説の脚色としてはいちばん成功を収めたと言えるだろう。バジル・ラスボーンとナイジェル・ブルースは、ほかに13本の映画でホームズとワトスンを演じている。

みごとなホームズ

この長編は心地よいほどおなじみの形で始まる。ベイカー街221Bにいるホームズは、いつものみごとなやり方でモーティマーのステッキを分析し、科学的観察と推理の才能をワトスンに披露しているのだ。だがほどなくして、バスカヴィル家の犬にまつわる幻想的な伝説が、理性的な現代世界へと入り込んでくる。そしてホームズとワトスンは、信じられないような獣——コナン・ドイルが熟知している中世文学に出てくるものを思わせる怪物——の正体をつきとめるべく、行動を始めることになるのだ。

超自然か自然か

コナン・ドイルは後年、超自然現象を信じた。第一次世界大戦直後、息子のキングズリーと弟のイネスを亡くして悲しんでいた際、よく知られているように、ヨークシャーの二人の少女が自分たちの庭の奥に妖精がいると主張した捏造写真に、だまされたのである（→20ページ）。ところが1901年の時点では、ホームズの冷静な推理を通じて、彼は超自然現象を軽くあしらっている。ホームズは最初から、この犬に関する基本的な事実を理解していた。サー・チャールズの死亡現場で見つかった足跡が本物だったことから、この犬は魔物でなく、実在する動物に違いないと判断したのである。それは、サー・ヘンリーの新品のブーツの片方がロンドンのホテルの部屋から盗まれてから戻され、今度は古いほうのブーツがふたたび盗まれたことで、立証された。重大なのは、その意味をホームズが明らかにしたのは話も終盤になってからだとい

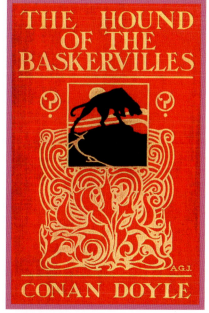

この長編小説の初版本の表紙は、英国の芸術家で挿画家のアルフレッド・ガース・ジョーンズ（1872～1955）による板目木版画で飾られた。

昼間だろうが夜だろうが、ピストルを肌身離さず、絶対に油断はするなよ。
シャーロック・ホームズ

うことだ。ブーツが盗まれたのは、そのにおいを使って犬に追わせるためだった。まだ履かれていない新品のブーツにはサー・ヘンリーのにおいがついていないので、泥棒はそれを返して、古いほうを盗んでいったのだ。

ホームズが話の序盤で見つけながらも、最後の最後まで明かさなかったもうひとつの鍵は、サー・ヘンリーに届けられた警告文についていた、ホワイト・ジャスミンのかすかな香りだ。バスカヴィル館の周囲数マイルに住むわずかな隣人のうち、このメッセージを送ることができるのはひとりだけと、ホームズにはわかっていた。この香りに気づいたホームズは、送り主は女性に違いないと判断してステイプルトンに疑惑の目を向け、その「妹」が書いたのではと、にらんだのである。

ダートムアへ

事件の詳細が明らかになると、読者はワトスンとモーティマー、それにサー・ヘンリーとともに、まだよくわからぬ敵と対決するためダートムアへ向かう。現地に着くと、コナン・ドイルによってみごとに表現されたムア（荒れ野）と沼の不吉な雰囲気が、繰り広げられる劇的な出来事と組み合わさり、この犬は本当に超自然のものなのではないかという恐怖感が

ヒントをもたらした友人

1901年、コナン・ドイルはノーフォーク州クロウマーで、知人でジャーナリストのバートラム・フレッチャー・ロビンソン（1870～1907）——友人には"バブルズ"として知られた——とゴルフをして、その後サウス・デヴォンにある彼の家に滞在したが、同地にいるこのジャーナリストの御者の名前はバスカヴィルといった。二人は寒さに備えて着込みながら、うら寂しいムアをそぞろ歩き、その際にロビンソンは無数にある地元の伝説を話して、コナン・ドイルを楽しませた。こうして二人は〈バスカヴィル家の犬〉の基本的なアイデアを出し、《ストランド》の連載第1回の冒頭の脚注に、コナン・ドイルはこう記した。「この物語の発想を得られたのは、友人フレッチャー・ロビンソン氏のおかげによるものである。ロビンソン氏は、全体のプロットから細かな部分の描写に至るまで、わたしを手助けしてくれた」。ロビンソンが印税の分け前をもらう権利はあっただろうが、彼はみずからの貢献の程度についてはつねに遠慮がちだった。いずれにしろ、できあがった作品が、ホームズの生みの親によるものとして文句のつけようのないものであることは、確かである。

158　帰ってきたホームズ

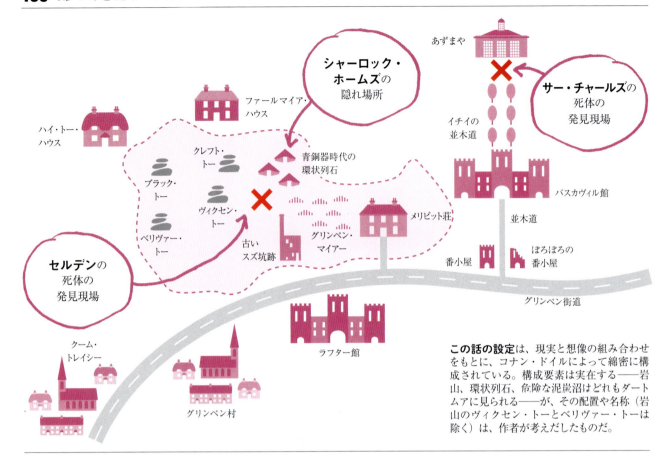

この話の設定は、現実と想像の組み合わせをもとに、コナン・ドイルによって綿密に構成されている。構成要素は実在する——岩山、環状列石、危険な泥炭沼はどれもダートムアに見られる——が、その配置や名称（岩山のヴィクセン・トーとベリヴァー・トーは除く）は、作者が考えだしたものだ。

（モーティマーの心はもとより）読者の心に深まっていく。そこにホームズが再登場し、理性が迷信に打ち勝つのだ。

　ホームズ自身は物語の大部分において不在だが、これはコナン・ドイルのミスではない。ホームズの不在により、彼が能力を発揮するといういつもの興奮がない状態で、読者に期待感が生まれていく。ホームズが実は密かに現地にいたことを読者が知るに及び、この計略をさかのぼってみると、ますます魅力的に思えるのだ。

　ワトスンにホームズほどの能力はないかもしれないが、彼はホームズの言う「行動派」であり、「いつだって元気なことをしたがる」のである。確かにダートムアでのワトスンは元気で、バリモアと正面から向き合い、地元の人に遠慮なく話を聞き、ムアに隠れている人物を待ち伏せし——これはホームズだったが——殺人犯セルデンを無謀にも追いかけている。

みな異口同音に、
青白い光を帯びた、
化け物か幽霊のような
巨大な怪物だと言うのです。
モーティマー医師

語り

　ダートムアにおけるワトスンの冒険談は、221Bへと送られた報告（すべてダートムアのホームズのところへ送られていた）と、詳細な日記の内容を混えたものからなる。そのせいで、正典には珍しく、いくつかのエピソードからなるという感じが出ている。ほかのホームズもので見られるような、サスペンスとホラーのクライマックスを強調するという方式でなく、テンポを執拗に高めながら、それぞれに異なる刺激的な場面を連続させることで、話が形成されているのだ。これによって説得力ある信憑性が加わり、かなりありそうもない出来事ながら、読者の疑念をおしとどめることができているのだ。とはいえ、何よりも読者が感じるのは、ダートムアという土地と姿を見せぬ魔犬

1906年、プリンスタウンにあったダートムア刑務所の正門を通る囚人の一行と看守。ナポレオン戦争（1803〜1815）の囚人を収容するために建設されたこの刑務所は、のちにはセルデンのような殺人犯も収容した。

の吠え声、それに邪悪な悪漢による、不気味な雰囲気だろう。

ぴったりの舞台設定

　荒涼としたムア、新石器時代の遺跡、ごつごつした岩山、曲がりくねる小道に小川、孤立した住居、霧に包まれた恐ろしい沼……コナン・ドイルがダートムアを実に鮮やかに描いたことで、それ自体が登場人物になったかのような感がある。そして、そこにそびえるように存在するのが、実在するプリンスタウンの大監獄。ホームズが述べているように、このような暗い話にはぴったりの舞台設定である。ワトスンは、ダートムアを「世界の片隅の、神にも見捨てられたようなこの地……このムアにいればいるだけ、ムアの霊がじわじわ心にしみ込んでくる」と表現している。地元の「農民」同様に、サー・チャールズは犬の伝説を信じており、どんなに言われても夜中にムアへ出て行くことはなかった。ワトスンとサー・ヘンリーの決心は揺るがなかったが、セルデンの捜索で夜間にムアに出たときは、不意に耳にした犬の吠え声に、さすがの二人も震えていた。「夜のしじまをついて風に乗って届いたその声」と、ワトスンは報告している。「低く引きずるようなくぐもった声だったのが、ひときわ高い遠吠えになり、悲しそうな嘆きになって、消えてゆく」。ワトスンはこの犬が超自然のものとは一度も信じていなかったが、サー・ヘンリーの自信はそれほど揺るぎないものではなかった。彼はワトスンにこう言っている。「ロンドンでだったら笑い話になることも、このムアの暗闇に立ってあんな鳴き声を聞いたとなると、笑いごとじゃありませんね」

バスカヴィルの家系

　伯父のサー・チャールズ同様、サー・ヘンリーも読者の心を引きつける登場人物だが、これはコナン・ドイルが彼の身の安全を読者に気にかけてほしいと望ん

地獄の猟犬

　多くの国の神話では、黒い犬を悪魔の使いと呼び習わしているが、この不吉な動物の集団はダートムアに生息していると言われている。ウィシュト・ハウンド（"ウィシュト"は"不気味な"という意味の古語）はサタンの創造物で、獲物を追って空を飛ぶことができる。これを率いるのが悪魔の"デュワー"で、17世紀の悪徳郷士である"バックファストリーのリチャード・キャベル"のことだとされることが多い。処女を誘拐した、吸血鬼だった、妻を殺害したと、キャベルはさまざまに言われている。キャベルが1677年に死ぬと、村人たちは彼を頑丈な墓に入れ、その上に重い石を載せた。ウィシュト・ハウンドが彼を死へと追いやり、夜ごと集まっては彼の墓の周囲で吠えているという。また、首のない彼の幽霊がウィシュト・ハウンドを率いてムアを駆け回っているとも言われる。

　この物語では、ステイプルトンがブラッドハウンドとマスティフの交配種をロンドンの業者——フラム通りにあるロス・アンド・マングルズ商会——から購入して、バスカヴィル家の犬をつくり出している。そして、この巨大な犬を飢えさせて、くずれかけた坑夫の小屋で鎖につないでいたのだった。

だめである。この両者は、地元の農民にいばりちらしたり、少女を誘拐して酔ってみだらなことをしたりした、先祖のサー・ヒューゴーとは大違いだった。サー・チャールズはもともとは南アフリカで財を成し、架空の《デヴォン・カウンティ・クロニクル》紙の記事によれば、この地方の慈善事業に多大な寄付をしたという。サー・ヘンリーはカナダで過ごしたことから、明らかに同じような庶民的な見解の持ち主で、伯父が地元で行っていたやり方を踏襲していくと決意していたのだった。

大きく異なるのが、サー・チャールズの末弟ロジャーの唯一の隠し子で、バス

グリムズパウンドは、コナン・ドイルとバートラム・フレッチャー・ロビンソンがこの小説の恐ろしい舞台を調べていた1901年に訪れた、ダートムアの場所のひとつである。

カヴィル家のもうひとりの甥、ジャック・ステイプルトンである。「一家の厄介者」で、モーティマーによればサー・ヒューゴーの「生き写し」だったというロジャーは、逸脱行為によってイングランドに「いられなくなって」、中央アメリカへと逃れた。そして現地で親戚の知らないところで結婚し、ジャックという息子を得た。この若きステイプルトンは金を盗むと、ベリルというコスタリカ美人をヴァンデルーアという名で伴って、英国へと逃げてきた。彼らはヨークシャーに住み着いて私立学校を設立したが、ホームズによれば「悪評がたち、経営難に陥った」ためにまもなく落ちぶれ、その後は再度名前を変えるのが賢明と判断すると、今度は博物学者とその従順な妹に見せかけて、ダートムアに移ってきた。ここで魔犬の伝説を知ったステイプルトンは、卑劣な企みを考え出して、気の進まないベリルを共犯者としたのだった。

巧みな創造

本物の犬の陰で動いていたステイプルトンは、正典でも屈指の悪人のひとりである。ホームズは初めから、相手は自分とほぼ同じくらいに頭の切れる犯罪者だとわかっていた。彼はサー・ウォルター・スコットの言葉を言い換えて、ワトスンにこう告げている。「今回の敵は、相手にとって不足のないやつだよ」(長詩『湖上の美人』の一節をアレンジした)。ロンドンでは、変装したステイプルトンが馬車を呼んでサー・ヘンリーとモーティマーを尾行しようとしたが、ホームズとワトスンがこの二人を歩いて追っていることに気づくと、すぐに逃げている。彼はホームズが馬車の御者を見つけ出して話を聞

くものとわかっていたので、厚かましくも御者にこう告げるのだ。「おまえの乗せた客はシャーロック・ホームズという名だと覚えておけば、きっと面白いことがあるぞ」。御者がこのことをそのとおり伝えると、ホームズは大笑いした。「文句なしに、一本とられたよ!」と、今度は『ハムレット』のレアティーズの言葉を引用している。

ホームズは、この「用心深く、ずる賢い」博物学者をだまして油断させることが、唯一のチャンスだと判断した。そこで彼はワトスンだけをバスカヴィル館へ行かせて、「ロンドンではぼくが王手をとられた。デヴォンシャーできみが健闘してくれるのを祈るしかない」と告げたのである。敵の疑念を和らげるため、自分が首都に留まっていると全員に思わせることが肝要だと、ホームズにはわかっていたのだ。

ステイプルトンが頭の切れるのと同じくらいやや不安定な人物であることは、彼がワトスンと初めてムアで出会ったとき、急に沼のほうへと駆けだして、素早く飛ぶことから名づけられたシクロピデスという蝶を「ジグザグに」追いかけたことからも明らかである(コナン・ドイルは蝶について詳しかった)。その後ワト

サウス・デヴォンのヘイフォード館の入り口には犬の石像があり、バスカヴィル館のモデルとみなしているホームズ研究家は多い。

スンは、ベリルに言い寄ったサー・ヘンリーとステイプルトンが対峙している場面を目撃する。彼女がこの学者の妻であることを、サー・ヘンリーは知らなかったのだ。「(ステイプルトンは)一目散に二人のほうへかけつけている。うしろにぶらさがった捕虫網が滑稽だった」と、ワトスンは報告している。「二人の前で身ぶり手ぶりをしながら、興奮してほとんど踊っているようだった」。困惑したサー・ヘンリーは、そのあとでワトスンに尋ねている。「頭がおかしいやつだと思いましたか?……あの男かこのわたしか、どちらかが精神病院行きだと、そう思っていただいてけっこう」

ホームズは、この蝶収集家とサー・ヒューゴーの肖像画が気味悪いほど似ていることに気づくと、声を上げている。「ワトスン、もうこっちのものだ……ピンとコルクボードとカードを用意して、ベイカー街コレクションにあの男の標本を加えてやろう!」。そしてこの名探偵は、また声を上げて笑いだしたのだった――ワトス

ンが記しているように、これは決まって誰かが運の悪いことに陥る前触れなのだ。

そして確かに、探偵小説の伝統ではおなじみだが、最後にホームズは最大の敵のひとりであるステイプルトンに打ち勝つ。長らく続いた混乱ののち、彼の勝利によって、ダートムアには確実に秩序が取り戻されるのである。

特徴的な場所

ホームズ、ベイカー街の部屋、それにロンドンの喧騒はどれも、読者の心の中では切り離せないほどつながっているものだが、〈バスカヴィル家の犬〉において、ホームズはダートムアとも永遠につながることになった。ワトスンは無意識に、彼についての象徴的なイメージを口にしている。ムアに潜む見知らぬ人物を、次のように描写しているのだ。「両足をやや開き加減に立ち、腕を組んでうつむいたところは、眼下に横たわる泥炭と花崗岩の果てしない荒野にじっと思いをはせているかのようだった。あれはまさに、あの恐ろしい土地の霊だったのかもしれない」。ステイプルトンを追い詰めるシャーロック・ホームズこそ――ワトスンがよく探偵(ブラッドハウンド)となぞらえているように――真の"バスカヴィル家の犬"と言えるのだ。■

ぼくらが深みにはまっているこの泥沼で、ともかくも底に足が届いたようなものだ。
ワトスン博士

ぼくがこれまでに手がけた五百ほどの重大事件のなかにもこれほど奥の深い事件がひとつでもあったかどうか。
シャーロック・ホームズ

さしずめ、この空き家が木で、あなたがトラってわけですよ
〈空き家の冒険〉(1903)
THE ADVENTURE OF THE EMPTY HOUSE

作品情報

タイプ
短編小説

英国での初出
《ストランド》1903年10月号

収録単行本
『シャーロック・ホームズの生還』1905年

主な登場人物

ロナルド・アデア卿　メイヌース伯爵の次男。

メイヌース夫人　ロナルドの母親。

ヒルダ・メイヌース　ロナルドの妹。

イーディス・ウッドリー　ロナルドの元婚約者。

セバスチャン・モラン大佐　ロナルドのカード遊びのパートナー。

レストレード警部　スコットランド・ヤードの刑事。

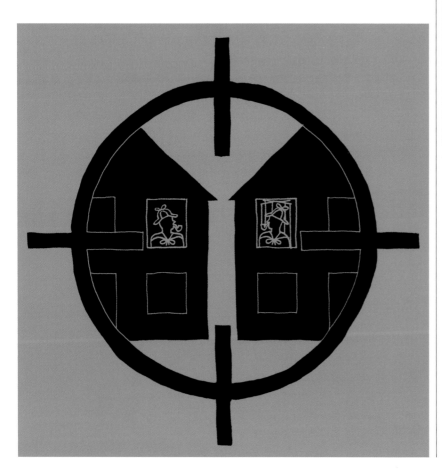

　この話では、〈最後の事件〉(142～147ページ)で宿敵モリアーティとともにスイスのライヘンバッハの滝で死んだと思われたシャーロック・ホームズの、劇的な復活が描かれている。
　コナン・ドイルは世論の圧力に屈してホームズを生き返らせたと、よく言われる。もしそれが事実なら、彼が屈するまでに10年を要したことになる。その10年間でこの圧力は増えたのではなく減ったようなので、コナン・ドイルはむしろ、成功を収めていたアメリカの雑誌《コリアーズ》による相当額の申し出に心を動かされたということのほうが、可能性が高そうだ。そのため、ホームズの驚きの生還という知ら

空き家の冒険

ロイヤル・バカラ・スキャンダル

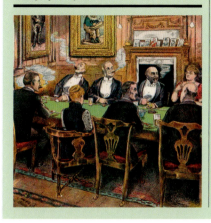

〈空き家の冒険〉のカード遊びは、1890年のロイヤル・バカラ・スキャンダル（"トランビー・クロフト事件"）をもとにしている可能性が高い。貴族および元陸軍将校が違法賭博のバカラをするために、ヨークシャーのトランビー・クロフトで行われたホームパーティに集まったときの出来事だ。パーティの参加者には、未来の国王エドワード7世もいた。この勝負の際に、ゲストのひとりのサー・ウィリアム・ゴードン＝カミングが、いかさまをしたとして非難される。彼はモランと同じように、勲章を受けた陸軍将校だった。彼は客人たちが口をつぐむのと交換に、二度とカードには手を出さないことに同意した。ところが噂が広まりだすと、ゴードン＝カミングは自分を非難した者たちを名誉毀損で訴えることにしたのである。エドワード王子も証人として出廷せざるを得なかった。王子が出廷したのは数百年に及ぶ歴史上初めてのことであり、この件は英国中の新聞の見出しを飾った。コナン・ドイルは〈空き家の冒険〉を執筆するちょうど1年前に、エドワード王子と会っている。また、アデアのカード遊び仲間のひとりは、名前をバルモラル卿といい（バルモラルはスコットランドにある女王の御用邸の名称）、間違いなく王子と関連させている。

せは、英国で《ストランド》に掲載される1カ月前に、アメリカにもたらされたわけだ。コナン・ドイルが〈空き家の冒険〉を書き上げる頃には20世紀が始まっていて、ヴィクトリア女王の死から2年が過ぎていた。それでも彼はホームズの生還を1894年のヴィクトリア朝時代にしっかりと設定して、失踪からわずか3年後としている。

パーク・レーンの殺人

この物語は、ワトスンがロナルド・アデア卿の奇妙な殺人事件を語る場面で幕を開ける。ワトスンは、ロンドンの社交界全体がこの青年貴族殺しに驚いていると説明しているが、彼がこの事件に特に関心をもったのは、アデアの死の特異な状況が、亡き友人ホームズの興味をかきたてそうなものと感じたからだった。ワトスンはホームズの不在を寂しく思っており、犯罪を解決するホームズの独特の才能が失われたことは、広く社会の損失であると痛感していた。アデアはオーストラリア植民地の総督を務めたメイヌース伯爵の次男で、ロンドンの高級住宅街パーク・レーンで母親と妹とともに暮らしていた。感じの良い若者で、明らかな敵もおらず、唯一の悪癖がカード遊びだったという。彼はいくつかのカード・クラブの会員で、たいていはホイストをプレイしていたが、自分の持ち金以上を賭けることはなかったらしい。ほんの数週間前には、いつもの相手であるセバスチャン・モラン大佐と組んで、420ポンド勝っていた。

殺された日の夜、アデアは10時に帰宅すると、上の階の居間へと下がった。母親のメイヌース夫人が妹のヒルダと一緒に遅く帰宅したところ、彼の部屋のドアは内側から鍵がかけられていて返事がない。夫人はドアを無理に開けさせ、死ん

> わたしはこうした事実に日がな一日思いをめぐらし、すべてのつじつまが合うような説明を見つけようとした。
> **ワトスン博士**

でいる彼を見つけた――銃弾により、頭の一部が吹き飛ばされていたのである。

密室の謎

室内には凶器と思われるものも、アデア以外の者が立ち入った様子もなかった。窓の高さは20フィートほどあり、下の花壇にも乱れたところはない。通りからすご腕の射手が開いた窓越しに撃ったのかもしれなかったが、騒々しいパーク・レーンで銃声を耳にした者はひとりもいなかった。

死んだアデアが座っていたテーブルの上には、金がきれいに並べられていて、名前と数字の記された紙が1枚あった。カードでの勝ち負けを数えていたらしい。ただ、合計額はどれも多くなく、この若者を殺す動機にはならないようだった。ワトスンはこの段階で、読者に対し古典的な"密室の謎"を提示しており、この謎を解くよう促している。だが、物語はここで異なる方面へ、かなり劇的に方向転換を遂げて、パーク・レーンの謎はまたたくまにほとんど忘れられるのだった。

老愛書家

ワトスンはパーク・レーンにあるアデ

164　帰ってきたホームズ

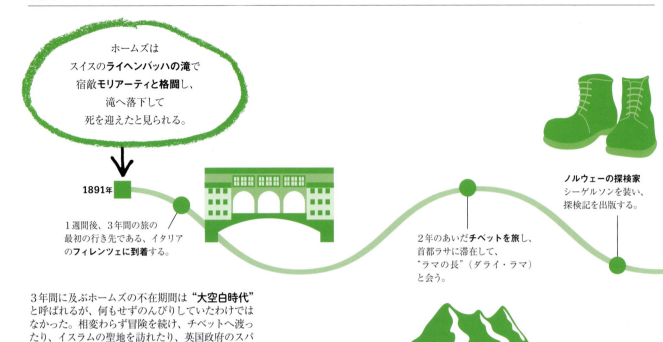

ホームズは**スイスのライヘンバッハの滝**で宿敵モリアーティと格闘し、滝へ落下して死を迎えたと見られる。

1891年

1週間後、3年間の旅の最初の行き先である、イタリアの**フィレンツェ**に**到着**する。

2年のあいだ**チベット**を旅し、首都ラサに滞在して、"ラマの長"（ダライ・ラマ）と会う。

ノルウェーの探検家
シーゲルソンを装い、探検記を出版する。

3年間に及ぶホームズの不在期間は"**大空白時代**"と呼ばれるが、何もせずのんびりしていたわけではなかった。相変わらず冒険を続け、チベットへ渡ったり、イスラムの聖地を訪れたり、英国政府のスパイとして活動したりした。

アの家の外に立つと、ホームズのように考えようとして、「すべての調査の出発点だと亡き友人がつねづね言っていた、"最少抵抗線"なるものを見いだそうと」努力した。その後振り返った際に、たまたま近くにいた稀覯本の収集家らしき老人にぶつかり、相手が抱えている本を落としてしまう。ワトスンは本を拾い上げて詫びようとするが、老人は怒ったまま去ってしまう。だが彼が帰宅すると、すぐにメイドが来客を告げ、先の老収集家を通したのだった。

しなびた顔の老人は、先ほどのぞんざいな態度を詫びると、棚のスペースを埋める本が必要なのではとワトスンに問う。ワトスンがちょっとうしろを向いて棚に目をやり、ふたたび前を向くと、目の前にいたのは笑顔を浮かべたシャーロック・ホームズだった。あまりにも驚いたワトスンは、人生で初めて気を失い、倒れてしまう。意識を取り戻すと、そこにはひ

**ホームズ！
ほんとうにきみなのか？
まさか生きてるとは！
ワトスン博士**

どく心配げにのぞき込むホームズの顔があった。「すまない、ほんとうに」と声をかけるホームズ。「まさか、こんなに驚かすことになろうとは思わなくて」。死んだと思っていた親友の姿を目にして大喜びのワトスンは、すぐに元気を取り戻した。これは二人の友人関係の深さと信頼を示す指標とも言えるが、ホームズにだまされてもワトスンはまったく憤りを見せて

いない。ホームズがライヘンバッハの滝からどうやって生還したのかを、知りたい一心だったのだろう。

死を免れたホームズ

〈最後の事件〉でワトスンがにせの伝言によってホテルへ呼び戻されたとき、ホームズにはモリアーティが追ってきていることがわかっていたという。その後、滝にある狭い小道で二人は出くわしたのだった。モリアーティはホームズにわずかな猶予を与え、ワトスンがのちに見つける遺書を書かせた。そしてホームズに襲いかかった。だがホームズは日本の格闘技である"バリツ"を使ってその攻撃をかわし、モリアーティは断崖から落ちて死を迎えたのだった。"バリツ"という語は実在しないが、おそらくコナン・ドイルが思い浮かべていたのは、英国の鉄道技師エドワード・バートン＝ライト（1860～1951）が考案した武術"バーティ

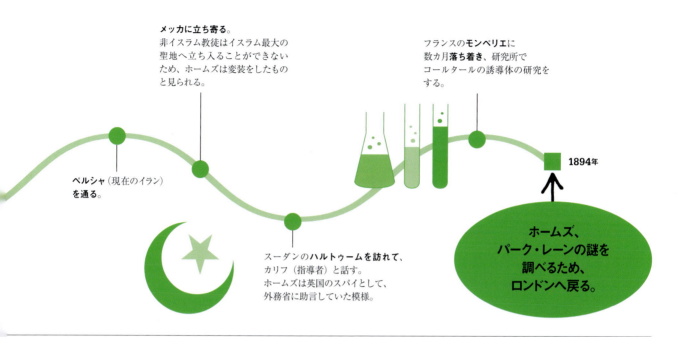

大空白時代

　ところが、ホームズが難を逃れたと思った矢先、巨大な岩が彼のそばを転がり落ちていった。崖を見上げると、そこにはモリアーティの仲間のひとりがいて、ホームズを殺そうとしていた。

〈空き家の冒険〉の1986年テレビ版で、ホームズを演じるジェレミー・ブレット。年老いた書籍商の変装をしていたとき、ワトスンに出くわしたところ。

ツ"であろう。日本で柔術を学んだバートン＝ライトは、それにボクシングを含むほかの修業法を組み合わせて、自身の名をつけた新たな護身術を作りだしたのだ。

　ホームズの説明によれば、彼は転落したモリアーティを見つめながら、自分も死んだと思わせられれば有益であることに気づいたという。彼の命を狙う危険人物はほかに少なくとも3人いたが、ホームズが死んだと信じさせられれば彼らも油断するので、ホームズが彼らを見つけ出して滅ぼすことができるのだ。そこで、ホームズはみずからの死を偽装することにしたのだった。彼は苦労して険しい岩壁を登り、岩棚に身を潜めた。その一方、ワトスンと地元警察は断崖のふちに至る二人の足跡を調べて、ホームズはモリアーティとともに深い滝壺に落ちたという結論に達したのである。

　もちろんホームズは逃げおおせて、岩を投げつけたこの男以外には、彼は死んだと思わせた。その後の3年間、つまりホームズ研究家たちが"大空白時代"と呼ぶこの期間に、ホームズは世界中を回っている。そして、唯一秘密を明かした兄のマイクロフトに、金の手配とベイカー街の部屋の世話を頼んでいた。コナン・ドイルは、この3年間におけるホームズの行動について、冒険もののシリーズ本が書けそうなぐらい多くの、興味深いヒントを読者に与えている。ホームズによれば、最初にイタリアのフィレンツェへ行ってから3年間、世界中を回って過ごしたという。ノルウェーの探検家シーゲルソンという人物になりきることまで

帰ってきたホームズ

トラ狩りは英国が支配していたインドで人気のあった娯楽であり、英国人の男らしさ、優越性、熟練した技の象徴と見られていた。

した。おそらくドイルは、1890年代に中央アジアを広く旅したスウェーデンの探検家スヴェン・ヘディンにヒントを得たのだろう。ホームズはアジアの土地をいくつか挙げて——いずれも大英帝国の紛争地だ——英国政府のスパイとして活動していたことをほのめかしている。時代設定はヴィクトリア朝ではあるが、コナン・ドイルはホームズの旅行記に最新の地球規模の問題も織り交ぜているのだ。

ラサとペルシャはともに"グレイト・ゲーム"と呼ばれたスパイ活動の中心地である。この呼称を英国の大衆にもたらしたのは1901年のラドヤード・キプリングの小説『少年キム』であり、同書には中央アジアでの支配的立場をめぐる、英国とロシア間の冷戦に似た長いライヴァル関係が描かれていた。ワトスンはホームズと出会う前に、このライヴァル関係における主な紛争のひとつである第二次アフガン戦争(1878～1880)に、英国陸軍の軍医として従軍していた。ホームズによるラサへの言及は、フランシス・ヤングハズバンド中佐(1863～1942)率いる英国陸軍による、1903年12月のチベット侵攻の準備におけるスパイ活動、調査、陰謀と、間違いなく関係している。

ホームズはスーダンのハルトゥームも訪れたという。これも大英帝国の紛争地域だ。1885年にチャールズ・ゴードン将軍率いる英国軍がマフディー戦争(スーダンのイスラム教徒の反乱)で敗北した地である。ゴードンの肖像画は221Bの壁にかけられており、コナン・ドイル自身も天下分け目のオムドゥルマンの戦い以前の1897年に、英国陸軍とともにジャーナリストとしてスーダンまで赴いている。ホームズがそのような危険地域で活動していたのなら、得意の変装術を駆使して秘密活動をしていたことを疑う余地はない。

眺めのいい部屋

隠密活動を終えたホームズは、フランスのモンペリエ(→165ページ)に落ち着いて化学実験を行っていた。ここにいたときに、アデア殺しを知ったのである。それは彼をロンドンへ呼び戻す知らせとなった。ホームズは殺害犯がモラン、つまりライヘンバッハの滝で岩を投げつけてきた人物だとにらんでおり、ようやく彼の存在を暴き出すチャンスがきたと見てとったのである。

とはいえ、これは危ない賭けだった。モランを捕まえるには、まずホームズ自身が標的になる必要があったからだ。彼はワトスンと積もる話をするのもつかのま、ふたたび危険な任務に同行させる。遠回りをしてロンドンの暗い裏通りを進み、ワトスンを空き家の裏口から中へと導いたのである。ワトスンが驚いたことに、その家はベイカー街に面していて、かつての二人のいた部屋がよく見えた。さらに驚いたことには、明かりのついた2階の窓に、ホームズ自身の影が映っていた。ホームズによれば、それは蝋人形のおとりで、彼が生きて戻ってきたショックから立ち直ったハドスン夫人が、その人形を生きているように見せるために動かしているのだという。

暗闇で何時間か待つうち、二人が隠れている家に何者かが入ってくる音が聞こ

ホームズの生還100周年を祝う記念硬貨。1994年発行で、モランを押さえつけるホームズとワトスンが彫られている。

> たまには民間人の協力も必要じゃないかと思ってね。迷宮入りの殺人事件が、年に3件もあっちゃ、困るだろう。
> シャーロック・ホームズ

えた。物陰に身を潜めて見ていると、夜会服姿の年配の紳士が手にしたステッキをもとにライフルを組み立てた（ステッキの仕込み銃はヴィクトリア朝の紳士に向いた、上品かつ必殺のアクセサリと言える）。そして前方の窓から慎重に狙いをつけて発砲し、221Bのホームズの蠟人形に命中させたのである。ホームズが男に飛びかかり、さらにワトスンが床に押さえつける。ホームズが呼び子を鳴らしてレストレード警部と巡査二人を呼び寄せると、彼らがその男をすぐさま捕らえた。ホームズの計画にはスコットランド・ヤードもかかわっていたのである。

殺人犯の正体

ブラインドが下ろされランタンが灯されると、ホームズは捕らえた人物を、元英国陸軍の射手で、インドでトラ狩りをしていたモラン大佐だと紹介した。「わが東方帝国インドが生んだ、猛獣狩りの名人です」と。

「悪賢い悪魔め！」とホームズに向かってうなり声を上げる、モラン。しかしホームズは、熟練したシカーリー（「ハンター」のウルドゥー語）が古臭い罠にかかったことに驚いたと言い返した。いきり立つモランが、何の容疑で告発するのかとレストレードに問う。警部は「シャーロック・ホームズ氏の殺人未遂」と答えるが、ホームズの意見は違った。モランのステッキは、盲目のドイツ人技術者フォン・ヘルダーによってモリアーティ用に作られた、みごとな空気銃だと、彼にはわかっていた（このひどく巧妙な武器の製作者にドイツ人が選ばれたことは、執筆時にドイツの拡張主義および軍事技術への脅威が高まっていたことを反映している）。そして、フォン・ヘルダーの空気銃がみごとなのは、ほとんど音をたてずに発砲できて、リヴォルヴァー用のダムダム弾（弾頭が軟らかく、当たるとはじける銃弾）を撃てるように改造されているからだと説明した。こうしてレストレードは、ロンドン中が捜しているアデア殺しの犯人を、知らないうちに捕まえたと知ったのである。モランはこの特製の空気銃で、3階の居間の開いた窓越しにアデアを撃ったのだった。

非難されたいかさま

モランが保護されると、ワトスンとホームズは221Bへと引き上げた。ホームズは、みずからの身を危険にさらさないかぎり、モランに対して動くことはできなかったと言う。アデアのカード遊びを通じたモランとのつながりと、彼の死の特異な性質から、犯人はモランであるとはっきりし、ホームズが彼に対して行動を起こせるようになったのだった。

モランがアデアを殺した理由をワトスンが尋ねると、確かなところはホームズにもわからないものの、アデアがモランと組んで勝利を収めていたのは、モランがいかさまをしていたからだと、気づいたのだろうということだった。今後カードに手を出さないと約束しなければ不正を暴くと、アデアは迫ったに違いない。だが、モランの生活はギャンブルにかかっていたため、口封じにアデアを殺したのだ。殺されたときのアデアは、いかさまをした相手にいくら返せばいいか計算していたのだろう、ということだった。

ホームズはみずからの説をワトスンに話し終えると、これまでにない敬意を込めて、「さあ、こんなところでどうだ？」と友人に尋ねる。これに対してワトスンは、「うん、まさにそれが真相だと思う」と答えた。この簡単なやり取りの陰には、この二人の友人がついに再会し、長期に及んだホームズの不在が真に許されたという気持ちを強める、安堵が見てとれるのである。■

セバスチャン・モラン大佐

モリアーティと同じくセバスチャン・モラン大佐も、何もかもが自分にいいように働いていたらしいのに、犯罪者となった。彼はイートン校およびオックスフォード大学で学んだのち軍隊へと進み、第二次アフガン戦争（1878～1880）で殊勲を立て、インドではトラ狩りの名手になっている。ところが急に変化を遂げて、ホームズが評したように（モリアーティに次ぐ）「ロンドン第二の危険人物」となったのだった。ホームズの説明によれば、モランは祖先の悪の血から生じた必然的な産物であるというし、ワトスンは彼の容姿を形容するとき、いわば"犯罪者タイプ"のものだとしている。コナン・ドイルは初期の作品では、異常な行動の説明としてこの一般的な考えを受け入れていたが、ここではワトスンがホームズの説に対して、「なんだか信じがたいね」と答えている。1903年の時点で、この説はもはやそれほど広く支持されていなかったと認めていたのかもしれない。

ぼくの勘が いちいち事実と 食い違うんだ
〈ノーウッドの建築業者〉(1903)
THE ADVENTURE OF THE NORWOOD BUILDER

作品情報

タイプ
短編小説

英国での初出
《ストランド》1903年11月号

収録単行本
『シャーロック・ホームズの生還』
1905年

主な登場人物

ジョン・ヘクター・マクファーレン
ホームズに助けを求める若き事務弁護士。

ジョナス・オウルデイカー　殺害されたと見られる、裕福で優秀な建築業者。

マクファーレン夫人　ジョンの母親。

レストレード警部　スコットランド・ヤードの刑事。

「モリアーティ教授亡きいま、ロンドンは不思議と退屈な都市になった」とホームズが嘆いていたところ、ベイカー街221Bに「目を血走らせ、血相を変え」た若い事務弁護士ジョン・ヘクター・マクファーレンが現れ、事件がもたらされる。彼は成功した建築業者ジョナス・オウルデイカーを、郊外のノーウッドにあるその人物の邸宅で殺害した容疑をかけられ、警察に追われているというのだ。この物語の舞台ノーウッドに、コナン・ドイルはなじみがあった。1891年から1894年までこの地域に住んでいたのである。やがてレストレード警部がやって来て彼を逮捕したが、まずはマクファーレンに語らせることに同意した。

予期せぬ遺産

マクファーレンの説明によると、前の

みずからの推理力をマクファーレンに示すホームズ

- マクファーレンの**服装の乱れ**は、服を自分で着たことを示している。
- **法律書類の束**を持っている。
- 時計には**それとわかる装飾**がついている。
- ベイカー街に現れたときは**荒い息づかい**をしていた。

→「独身で、事務弁護士で、フリーメイソンの会員で、喘息（ぜんそく）もち」

ノーウッドの建築業者

ジェレミー・ブレットがホームズを演じた1985年のグラナダ・テレビ版では、原作とは異なり、被害者と見られたオウルデイカーがみずから殺人犯と明かしている。

日にオウルデイカーが遺言状の下書きを持って、事務所に現れたという。彼はこの人物に会ったことがなかったにもかかわらず、自分が遺産の唯一の受取人にされていることに驚く。オウルデイカーに頼まれた彼は、相手の家を訪れて遺言状を仕上げたのち、辞去する。ところがその翌日、オウルデイカーが殺されたことと、死体が外へ引きずり出されて焼かれたことを示す証拠があると、警察に通報があったのだ。ホームズの推理では、オウルデイカーは事務弁護士の事務所へ向かうノーウッド・ジャンクション駅からロンドン・ブリッジ駅への列車内で、遺言を下書きしたにすぎないという。きちんとした筆跡からなる部分は駅に止まった際に書かれたものであり、乱れた筆跡は列車が走っているときのもの、ほとんど読めないようなものはポイント上を通過したときのものであると、ホームズは示した。さらに彼は、マクファーレンがこの急に現れた恩人を殺害する動機がないと考えた。それに、もし彼が殺したのなら、犯人を見つけると期待できるホームズに、なぜ助けを求めたというのか?

あぶり出される真実

だが、犯罪現場もマクファーレンの有罪を示しており、翌朝には彼の血がついた親指の指紋がオウルデイカー邸の壁にあるのを警察が見つけたことから、レストレードは大得意になる。ところがホームズは、みずからの喜びをほとんど隠さなかった。その指紋が前日にはなかったと知っていたからである。彼に必要なのは周囲をざっと調べることであり、それ

から芝居じみた"種明かし"を元気よく始めるのだった。

火事だという偽の騒ぎをホームズが起こしたところ、隠し扉からオウルデイカーが急に飛び出てきた。ホームズが推理したように、この建築業者は壁の中に秘密部屋をこしらえていたのである。オウルデイカーはマクファーレンの母親にかつて求婚した際に苦々しい思いをさせられたため、失恋相手の息子の人生を台なしにすることがこの計画全体の目的だったのだ。オウルデイカーは夜中に秘密部屋からそっと出てくると、封印にあったマクファーレンの親指の指紋を蠟に写してつけた——犯罪捜査における新技術につけこんだのだ。

この劇的な展開により、最後の場面でホームズが見せるいたずらっぽい演出と、気高いまでの態度の効果が高められている。面目丸つぶれのレストレードはただ称賛の言葉をはくしかないが、一方のホームズはすべての手柄を渡すというのだ。■

指紋鑑定

指紋鑑定は、植民地インドでは1897年から使用されていたが、英国で犯罪捜査の中心となったのは、この方法がベンガルで訓練を受けた警官によって英国に輸入された1901年のことだった。どちらの年代も、1894年が舞台の〈ノーウッドの建築業者〉事件よりあとであるため、オウルデイカーとレストレードは時代に先んじていたことになる。コナン・ドイル自身はかなり長いあいだ、この件について知っていたらしい。1892年に初めて出版された、人類学者フランシス・ゴールトンの著書 Finger Prints において、人の指紋はそれぞれ独自のものであることが証明されていたからだ。同書はヘンリー・フォールズという外科医の考えに基づいたもので、1880年に科学雑誌《ネイチャー》に掲載されたフォールズの論文には、脂で汚れた親指の指紋の跡がガラスに残されていたことで、泥棒を特定できたと記されていた。フォールズにとって、指紋鑑定は写真と同じくらい頼りになるものであり、医師であるコナン・ドイルもこの論文を読んで、その可能性を早くから認めていたようだ。

この事件に つながる糸は すべてぼくの掌中 にある

〈踊る人形〉(1903)
THE ADVENTURE OF THE DANCING MEN

作品情報

タイプ
短編小説

英国での初出
《ストランド》1903年12月号

収録単行本
『シャーロック・ホームズの生還』
1905年

主な登場人物

ヒルトン・キュービット　ノーフォーク州リドリング・ソープ・マナーの郷士。

エルシー・キュービット　ヒルトンの妻で、旧姓パトリック。

マーティン警部　ノーフォーク警察の警察官。

エイブ・スレイニー　シカゴのギャング。

ウィルスン・ハーグリーヴ　ニューヨークの警察官。

コナン・ドイルが〈踊る人形〉のアイデアを思いついて、その一部を書いたのは、ノーフォーク州の海岸の町ノース・ウォルシャムに近い、ヘイズバラのヒル・ハウス・ホテルに滞在していたときだった。彼は1903年5月14日に《ストランド》の編集者ハーバート・グリーンハウ・スミスに手紙を書き、「残虐だが感動させる話」だと伝えている。事実、「プロットに独創性がある」という理由で、彼はこの話を自分の好きなホームズ物語12編の第3位に選んでいる。

〈踊る人形〉では、コナン・ドイルの好きなテーマのうちの二つが掘り下げられている。りっぱな人が抱える秘密といか

踊る人形 171

> どんな謎だって、
> 説明してもらえばまるで
> 子どもっぽいものになってしまう。
> じゃ、こいつを解いてみろよ。
> シャーロック・ホームズ

がわしい過去が、ついに当人に災いをもたらす点と、アメリカの犯罪組織だ。このどちらも、ホームズ物語の最初の事件である〈緋色の研究〉（36〜45ページ）に出てきており、ほかにも〈オレンジの種五つ〉（74〜79ページ）や〈赤い輪団〉（226〜229ページ）に見られる。

推理力

推論に関するホームズの驚くべき能力が、〈踊る人形〉では特に表立っている。彼はストーリーが本格的に始まる前から、そのことを示しているのだ。1898年の夏のある晩、ベイカー街221Bにおいて、ホームズは実験器具で「何やらひどい悪臭のするもの」を調合していたが、ワトスンにいきなりこう声をかける。「すると、ワトスン……南アフリカの株に投資する気はないんだね？」。言い当てられたワトスンはびっくりするが、ホームズは試験管を脇に置くと、「ごく簡単な鎖」のあいだをつなぐ「環」と呼ぶものを挙げていった。この「一連の推理」を組み立てることは、ホームズにとって準備運動にすぎなかったが、それが今や別のより複雑な事件へと、注意を向けることになるのである。

ノーフォークの謎

本当の難問が始まるのは、手帳から破りとられたページを、ホームズがワトスンに見せてからだった。そこには、いろいろなポーズを取っている、象形文字のような15個の人形が描かれていた——タイトルの「踊る人形」である。

このいたずら書きの送り主は、ノーフォーク州東部のノース・ウォルシャムに近い、リドリング・ソープ・マナーの郷士ヒルトン・キュービット氏だった。彼は221Bに現れると、ホームズに話を聞かせた。

キュービットの説明では、1年前にヴィ

19世紀の暗号

ホームズの暗号解読法は、エドガー・アラン・ポーの短編小説『黄金虫』（1843年）にヒントを得たものだ。図をもとにした隠語は、旅人や秘密結社、そして特に19世紀末のアメリカのギャングに用いられた。19世紀なかばまでには、頻度分析の"平坦化"（暗号を複雑にするため、文字や数字を入れ替えるもの）や、送り手と受け手の双方が必要とする秘密の"鍵"を含む、破ることがますます困難な暗号が開発された。電信およびモールス信号の発明により、暗号文は数字や2進法の文字の連続（通常は0と1）となって、さらに複雑な暗号が作られた。1854年に考案された"プレイフェア暗号"は、単独の文字ではなく文字や数字の対を暗号化したもので、頻度分析を用いても解くのがさらに難しくなっており、受け手が"鍵"を知らなければ破れなかった。この暗号は20世紀になっても軍部で広く用いられた。

ワトスンの投資の決断をホームズが推論した流れ

ワトスン、**左手の指にチョークをつけて**、クラブから帰ってくる。

↓

ワトスンが**指にチョークをつける**のは、決まってビリヤードのキューを安定させるとき。

↓

ワトスンが**ビリヤードをする相手は、サーストン**だけ。

↓

サーストンはワトスンに、**南アフリカの資産への投資を決断**するまで、1カ月の猶予を与えていた。

↓

ワトスンの**小切手帳**は**鍵がかかった**ホームズの引き出しに入っているが、彼は**鍵をよこせ**と言ってきていない。

↓

つまりワトスンは南アフリカの金鉱に投資するつもりはない。

ノース・ウォルシャムは、ノリッジの北にある古い市場町だ。架空のリドリング・ソープは、ノーフォーク州にあるリドリントンとエディンソープの両村を組み合わせたものと考えられる。

クトリア女王の即位記念式（ジュビリー）（1897年に開催された）でロンドンを訪れた際、同宿した若いアメリカ人女性、エルシー・パトリックに出会って恋に落ちたのだという。彼女は、自分の人生には「とてもいやな過去がある」と率直に話したが、詳しいところまでは語らなかった。キュービットはノーフォークの自分の旧家の評判と、その「立派な家名」が大いに自慢であり、それを深く尊重するエルシーは、婚約を取りやめる機会を彼に与えたという。だが、キュービットが思いとどまることはなかった。過去の話はいっさい聞かないと約束したキュービットは、1カ月もしないうちに彼女と結婚し、翌年には、ノーフォークの家で新婚生活を始めた。

変化を遂げた日常

ある日のこと、エルシーのもとにアメリカから手紙が来たが、彼女はそれをちらっと見るや「顔面蒼白（そうはく）」になってしまった。一読しただけで彼女がそれを燃やしてしまったため、キュービットには何が書かれていたのかはまったくわからなかった。だがそのときを境に、彼女は誰かもしくは何かを、明らかに恐れるようになった。それが誰なのか、何なのか、彼女は口にしなかったが、キュービットは約束を守って、尋ねることはしなかった。「打ち明けてくれれば楽になるでしょ

うに」と、彼はホームズに漏らした。「わたしがいちばんの味方だってわかってもらえるはずなのに」。ホームズのもとに地方からやって来る依頼人の多くと同じで、みずからの快適な領地から出たことのないキュービットは、鈍感かつ単純で、エルシーがさらされるかもしれない危険を想像することすらできないのだった。

そしてある夜、いくつもの「踊る人形」の絵が、家の1階の窓枠にチョークで走り書きされた。キュービットはその絵を消させたが、このことをエルシーに話したとき、彼女が真剣に受け止めたことに驚かされる。案の定、1週間後には庭の日時計の上のところに、ホームズに送った紙切れがあった。それをエルシーに見せたところ、「たちまち気を失って倒れて」しまったのだという。キュービットが言うには、それ以降エルシーは「現実感を失ってぼうっとしたまま、目には恐怖の色を浮かべて」いるのだった。キュービットにもワトスンにもわかっていなかったが、ホームズにとっては深い意味のあるこの人形の絵は、同じポーズのものもあれば旗を持っているものもあり、明らかに暗号だった。ただ、解読するにはもっと見本が必要だ。ホームズはキュービットにノーフォークへ戻るよう指示し、何

どうしてもぼくたちがいなくては。……ノーフォークのわれらがお人よし郷士どのは、なんとも奇怪で危険きわまる網にからめとられている。
シャーロック・ホームズ

踊る人形 173

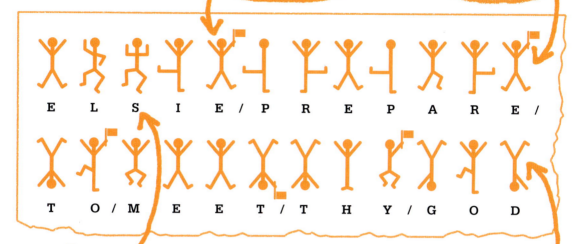

これはエルシーが謎の暗号作成者から受け取った最後の通信文である。「踊る人形」はそれぞれが異なる文字を表しており、ホームズは頻度分析を用いることから始めたが、暗号全体の解読にはすべての通信文が必要だった。

アルファベットでいちばんよく使われる文字は"E"であるため、いちばん多く出てくる人形の絵はこの文字を表していると考えられる。

いくつもの絵で旗が断続的に出てくるが、これは単語ごとの区切りを表しているはずだ。

キュービットの妻の名前はエルシーであり、この暗号は彼女宛てに送られていることから、彼女の名前が含まれている可能性は高い。

それまでの暗号文から、それぞれの文字がしだいにわかってきて、最後の暗号文の重大な内容が明らかになった。

ホームズの手腕

2週間後、心労を顔に浮かべたキュービットが、221Bにふたたび現れた。彼は家の外にあった暗号文を三つ持ってきていたが、それらのせいで妻が「次第に」まいっているという。三つ目の通信文が置かれた夜、彼は寝ずに起きていて、庭に「こそこそと這う……黒い人影」を目にしたのだが、リヴォルヴァーを手に飛び出そうとしたところ、エルシーが必死にしがみついて引き止めたという。理由が何であれ、彼女はキュービットに外へ出てほしくなかったのだ。明らかに彼女は、外にいた人物が誰なのかわかっており、夫にはその人物とかかわり合いをもってほしくなかったのである。

ホームズは、キュービットが帰るまで職業的冷静さを保っていたが、その後は興奮を抑えられず、暗号文の解読に乗り出した。2時間にわたり、ワトスンの存在も忘れて殴り書きをしていたが、ついに歓声を上げて椅子から飛び上がった――暗号を解いたのである。彼は何者かに電報を送ったが、返事が来るまで何もできないと、ワトスンに告げる。この間にホームズは、キュービットから新たな暗号文を受け取る。それを読み、さらには電報の返事を受け取るに及んで、ホームズは「突然、ぎょっとしたような狼狽の声をあげた」。彼はすぐにもノーフォークへ発ちたかったが、最終列車が出たあとだったため、翌朝まで待たねばならなかった。

書斎での死

翌日の午前、ようやくノース・ウォルシャムに着いたホームズとワトスンは、駅長から恐ろしい知らせを聞かされる。キュービット夫人が夫を撃ち殺し、それから自分自身に銃を向けて、重傷を負ったらしいというのだ。ホームズの最悪の予想が的中してしまったのである。

リドリング・ソープ・マナーには、地元警察のマーティン警部の姿があった。ホームズは犯罪現場を徹底的に調べ、彼

> みずからの最悪の予想が的中した いま、すっかり憂鬱にとらわれて 魂が抜けたようになってしまった。
>
> **ワトスン博士**

の特徴である犯罪科学の技術と推理力を駆使し、悲劇的な発砲事件の意味を理解しようとした。ワトスンによれば、当初この地元の警部は「自分の立場を主張」したがっていたが、すぐに「驚嘆し圧倒されるがまま、どこへなりともホームズの導きにただ従おうという気になったらしい」のだった。

キュービットとその妻の姿は、書斎にあった。上の階で寝ていたメイドと料理係が「銃声」を耳にしたところ、その直後に2発目の銃声がしたという。急いで下へおりると、廊下にも書斎にも煙が立ち込めていて、部屋の窓は内側から閉まっており、テーブルの上にはろうそくがともっていた。そこで地元の医者を呼んだのだった。キュービットのリヴォルヴァーはまだ室内にあり、「薬室は2発分が空になっていた」が、ここでホームズが、窓枠にある3発目の弾痕をさっと指し示した。「ほんとうだ!」と声を上げる警部。「どうしてわかったんですか?」それに対してホームズは、「探したからですよ」と答える。彼は廊下に立ち込めた煙から、「悲劇が起きたとき窓が開いてい」て、第三者が関与していると推理していた。窓の外にいたその人物に向けてキュービットが発砲した結果、窓枠に当たったのである。この謎の人物が撃った弾が、ほぼ同時にキュービットを撃ち殺したため、メイドと料理係にはこの2発が1度の「銃声」に聞こえた。それからエルシーは窓を閉めると、自分自身を撃ったのである。窓の外の花は踏みにじられていて、柔らかい地面には足跡がたくさん残っていた。ホームズは「猟犬が矢傷を負った小鳥を捜すように」探索し、暗号を解いたときのような歓声を上げた。別のリヴォルヴァーから発射された第三の薬莢を見つけたのである。警部にできたのは、「ホームズが捜査をすみやかに鮮やかに進めていくのを目の当たりにして……舌を巻」くことだけだった。

解読された暗号によって、ホームズはすでに第三者の名前と居場所を知っていた。彼はエルシーのふりをして踊る人形の暗号を使い、エイブ・スレイニーという人物宛てに手紙を作成した。それをキュービットの馬屋番の少年に命じて、近くのエルリッジ農場に届けさせた。そうしてようやく、ホームズはワトスンと警部に説明を始めたのである。

暗号の解読

ホームズは「踊る人形」が単純な換字式暗号と見抜いていた。それぞれの「踊る」ポーズは、アルファベットの文字を示していたのだ(→173ページ)。最初の通信――「am here Abe Slaney(来たぞ、エイブ・スレイニー)」――は、この名前の人物が近くに来たことを示している。2番目の通信――「at Elrige's(エルリッジに)」――は、この男が近くの農場にいるということで、3番目の通信――「come Elsie(来い、エルシー)」――は、自分のところへ来るよう彼女に命じているのだった。ところが、同じ暗号を使ってエルシーが「never(だめ)」と返事をしたところ、最後となる4番目の通信には「prepare to meet thy God(神さまに会う覚悟をしろ)」とあったのである。

3番目の通信を解読したのち、ホームズはニューヨーク警察の友人ウィルソン・ハーグリーヴに電報を打って、エイブ・スレイニーなる人物について問い合わせた。ホームズが受け取った返事に、エイブ・スレイニーは「シカゴで最も危険なギャング」とあったので、ホームズは早くノーフォーク行きの列車に乗ろうとしたのである。

すべての解明

まもなく、「背が高く、色の浅黒い、灰

映画『シークレット・ウェポン』(1943年)には〈踊る人形〉が原案と表記されている。実際のところは、いくつものホームズ物語をもとにしており、この話から使われた要素は暗号の部分だけだ。

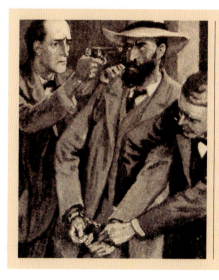

エイブ・スレイニー

　コナン・ドイルの作品に登場するアメリカ人犯罪者のひとりエイブ・スレイニーは、追い詰められ、エルシーに固執している。「おれほどエルシーに惚れてるやつなんか、ぜったいにいないんだ」と、彼はホームズに言う。彼の愛情の深さに疑いはなく、エルシーが重傷を負ったと知るや、こう漏らした。「そりゃあ、脅したのは嘘じゃねえ。だが、かわいいエルシーの髪の毛一本だって傷つけるもんか」「エルシーが死んじまうのなら、おれなんかどうなったってかまうもんか」。キュービット殺しの疑いがエルシーにかけられているとホームズに言われるに及び、スレイニーは彼を殺したのは自分だとあっさり認めるのだった。

　だが、始まりこそ情熱的な恋だったかもしれないが、結局はエルシーのはるか昔の約束をてこにした"権利"の主張になってしまった。このことに関してエルシーにどれだけの決定権があったのかは、明らかでない。二人の婚約後にエルシーがアメリカを去ったので、自分が堅気になれば彼女は結婚してくれると、スレイニーは確信した。自分と別れて新たな人生を始めるという彼女の決断を受け入れることができず、その熱情は危険で悲劇的な強迫観念となったのである。

　色のフラノのスーツにパナマ帽というしゃれた身なり」のエイブ・スレイニーが、ステッキを振りながらリドリング・ソープ・マナーへの道を大股で歩いてきた。彼が家に足を踏み入れた瞬間、ホームズが頭にピストルを突きつけ、マーティンが手錠をかける。スレイニーはキュービット殺しをすぐさま認めたが、正当防衛だと言い張った。キュービットのほうが先に撃ったからである。彼はエルシーが重傷と聞くや、明らかに悲しみに暮れて、自分は怒りから彼女を脅しただけと釈明し、彼女のことを本当に愛しているし、ずっと愛してきたと口にした。二人はシカゴで一緒に育ち、エルシーの父親が親分を務めるギャングの一味だったという。この暗号はその父親が考え出したものだが、わざと「子どもの落書き」のようにして、ギャング以外の者には解読できないばかりか、暗号だと気づかれないようにしたのだった。「泥棒稼業には我慢できなかった」エルシーは、新たな人生を始めるために出て行ったのだという。彼女がキュービットと結婚したあとにスレイニーは手紙を書いたが、彼女が返事をくれなかったため、英国まで捜しに来たのだった。「おれたちのあいだに割り込もうなんて、ふざけたイギリス野郎だよ。いいかい、最初に権利があったのはこのおれで、おれはそれを要求しただけのことなのに」と、彼は言った。スレイニーがノリッジの裁判で死刑宣告を受けて話は終わるが、「先に銃を撃ったのはヒルトン・キュービットだったことと併せて情状酌量の余地があるとされ」、刑期は懲役刑に減刑となる。回復したエルシーは、「亡き夫の地所を守りながら貧しい人々を救済する人生を送っている」という。

ぼくはあらゆる形式の暗号記法にかなり精通していまして、160種もの暗号を分析したちょっとした論文を書いてもいるくらいです。
シャーロック・ホームズ

情熱の物語

　コナン・ドイルは登場人物のキュービットとスレイニーのあいだに、著しい対比を示している。キュービットが栄誉・忠誠・礼儀という英国の伝統的な価値観を表す古風な人物であるのに対して、アメリカ人のスレイニーは大西洋の対岸からやって来た厚かましいギャングで、いささかゆがんでいながらも、愛情と名誉に対する確固とした考えをもっているのだ。

　この話は激しい情熱と隠された情熱の物語であり、ホームズの合理的な論理によって話は進むが、彼は依頼人を失っている。コナン・ドイルは〈踊る人形〉において、フローベールやドストエフスキー、エミール・ゾラ、トマス・ハーディなどの19世紀の作家による自然主義や社会的リアリズムと、アガサ・クリスティやエドガー・ウォーレスなどの20世紀の後継者による感覚主義のあいだで、バランスを取っているかのようだ。ホームズは、おそらくコナン・ドイル自身と同じように、スレイニーのくじかれた情熱や興味深い三角関係、そして運命を決した最後の犯罪結果よりも、謎めいた暗号の論理的問題やその解読法のほうに興味があるのだろう。■

知らない男だということだったが、ぼくは、その男がスミスさんの知っている人間だとにらんでいる

〈美しき自転車乗り〉(1904)
THE ADVENTURE OF THE SOLITARY CYCLIST

作品情報

タイプ
短編小説

英国での初出
《ストランド》1904年1月号

収録単行本
『シャーロック・ホームズの生還』
1905年

主な登場人物

ヴァイオレット・スミス 自転車乗りで、音楽教師。

ボブ・カラザーズ 南アフリカの元探鉱者で、娘のいる男やもめ。

ジャック・ウッドリー 南アフリカから最近帰国した悪党。

ウィリアムスン 不祥事を起こした元牧師。

シリル・モートン ヴァイオレットの婚約者で、電気技師。

この話は、ワトスンが読者にホームズのプロとしての成功を語る場面で始まっており、彼は何百もの事件のどれを発表すべきか、その決断の難しさを思案している。「犯罪のすごさという面よりはむしろ、解決のし方が巧みでドラマチックだったために興味深い事件を選ぶことにしたい」というのが、ワトスンの出した結論だ。

謎の追跡者

1895年4月、ヴァイオレット・スミスという女性がベイカー街221Bを訪れた。背がすらりと高い若い美女で、未亡人となった母親と婚約者のシリル・モートンの双方に対して献身的だった。ホームズはすぐさま、彼女が自転車に乗るのが好きで（ペダルの端でこすれて靴底の横面がざらついていたことから）、音楽家であると（「指先がへらのようになっている」ことから）見抜く。

彼女は最近、二人の男が出したスミス母子の行方を捜す新聞広告に、対応したところだった。彼らはウッドリーとカラザーズといい、南アフリカでヴァイオレットの伯父ラルフと知り合いだったという。二人は彼女にラルフの死を伝えると、身寄りの者の面倒をみるように頼まれたと言った。だが彼女は、ウッドリーが自分を「いやらしい目で」見るばかりなので、不愉快に思ったという。男やもめのカラザーズのほうからは、ファーナムに近い辺鄙な家で、娘の音楽の家庭教師という住み込みの仕事をしてほしいという申し出があった。その仕事は給料がよく、カラザーズも優しそうだったので、受けることにした。毎週末、ヴァイオレットは

ホームズの数多くの能力のひとつがボクシングであり、酒に酔ったウッドリー相手に身を守る際に用いている。「襲いかかる相手に、ぼくの左ストレートがみごとに決まった」と、彼はワトスンに語っている。

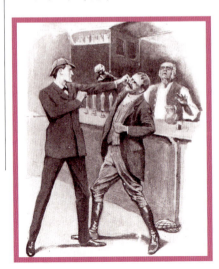

美しき自転車乗り 177

エドワード7世時代、自転車に乗る女性は、自立して、現代的で、勇敢だとみなされた。自転車に乗ることは実際に女性を自由にしたが、その理由は彼女たちが初めて、男性の監視なしに出かけることができたからである。

自転車でファーナム駅まで行き、列車に乗って母親に会いに行くのだが、いつももうひとりの自転車乗りが少し距離を置いて、あとをつけていることに気づいた。この物言わぬ追跡者に怯えて、彼女はホームズに助言を求めに来たのだった。

もくろみを暴く

ヴァイオレットからの手紙で不安感を抱いたホームズがワトスンとふたたびファーナムへ行くと、劇的な決着が訪れる。ヴァイオレットは安全のためにドッグ・カートで移動していたのだが、近づいてきたその馬車は空っぽだった。ヴァイオレットは誘拐され、彼女をつけていた者が自転車で素早く追ってきていた。それは変装したカラザーズと判明したが、彼はヴァイオレットのことを必死に捜していて、彼女を「助け出」すのに手を貸すよう、ホームズに頼み込んできた。ヴァイオレットの悲鳴を聞きつけた一同は、猿ぐつわをされて気を失った彼女を見つける。彼女はウィリアムスン（聖職を剝奪された悪名高き牧師）によって、ウッドリーと無理やり結婚させられたのだった。

この犯罪の中心にあるのは、言うまでもなく金である。南アフリカ時代に知り合いだったカラザーズとウッドリーは、ヴァイオレットが伯父から財産を相続することになると知るや、ウィリアムスンの助けを借りつつ、彼女を罠にかける計画を立てたのだった。ウッドリーが彼女と結婚し、カラザーズが「分け前」をとるという計画である。だがカラザーズが彼女に恋したことで、このもくろみは失敗に終わった。カラザーズが庇護者となり、ファーナム駅へ毎週行くヴァイオレットがウッドリーに襲われないよう、うしろから自転車でつけていたのだ。

ウッドリーがヴァイオレットと首尾よく結婚したと知ったカラザーズは、衝撃を受けると逆上して彼を撃つ。ウッドリーは負傷したものの、命は取り留めた。結婚式を執り行うウィリアムスンの資格を問題視したホームズは、強制された結婚は法的には有効ではないと断言する。

気絶した女性、二人の悪漢、悪徳牧師という劇的な結末は、ゴシック小説によく見られる設定である。そして、女主人公が独立した個人であるという事実にもかかわらず、彼女には正義の味方──シャーロック・ホームズ──によって、「（女性に）降りかかる最悪の運命」から救い出される必要があるのだ。■

南アフリカでの一攫千金狙い

この話で犯罪をあおることになる富は南アフリカで築かれたものだが、19世紀後半に一攫千金を夢見る者たちを引きつける場所となったのが、同地だった。1866年にオランダ人農夫の子どもが、オレンジ川近くで21.25カラットのダイヤモンドを見つけた。その翌年には、キンバリーでダイヤモンドの巨大な鉱床が発見され、1884年には世界最大の金の鉱床がヴィトヴァーテルスラントで見つかった。膨大な鉱物資源のニュースが広まるにつれ、世界中から何千人もが南アフリカに移動してきた。探鉱者、労働者、請負人が大量に流入して地域に大幅な影響を及ぼし、都市の建設（ヨハネスブルクはランフラーフタという鉱山のキャンプ地から大きくなったものだ）や、道路や鉄道の改良といった新たな輸送インフラの開発につながった。（ヴァイオレット・スミスの伯父のように）大富豪となった探鉱者は"ランドロード"["ランド"は南アの通貨単位]と呼ばれた。

そういう知恵が回るとしたら、敵ながらあっぱれなやつだ

〈プライアリ・スクール〉(1904)
THE ADVENTURE OF THE PRIORY SCHOOL

作品情報

タイプ
短編小説

英国での初出
《ストランド》1904年2月号

収録単行本
『シャーロック・ホームズの生還』1905年

主な登場人物

ソーニークロフト・ハクスタブル博士 プライアリ・スクールの校長。

アーサー・ソルタイア卿 行方不明の生徒。

ホールダネス公爵 アーサーの父親。

ジェイムズ・ワイルダー ホールダネス公爵の秘書。

ハイデッガー プライアリ・スクールのドイツ人教師。

ルービン・ヘイズ 近くの闘鶏亭の主人。

べイカー街221Bの敷物の上に倒れ込んだ、ソーニークロフト・ハクスタブル博士の印象は滑稽である。彼の名刺には学問上の名声が詰め込まれていて、その「巨体」は不格好な名前と同じくらいにわずらわしいものだった。

仰向けになったその身体を調べたワトスンは、疲労によるものと診断した。その間にホームズは男のポケットに手を伸ばして、北イングランドにあるマックルトンからの往復切符を取り出す。ハクスタブルはかなりの距離を移動してきたらしい（興味深いことに最初の原稿では、この話はダービシャーに実在するキャッスルトン村に設定されていたが、発表時

プライアリ・スクール

ベイカー街221Bに着いたとたん、疲労で倒れ込んだハクスタブル。ワトスンは「わたしたちの前に横たわるのは、どう見てもうちひしがれ果てた人の姿としか言いようがない」と形容している。《ストランド》に掲載されたシドニー・パジェットによる挿画。

にはコナン・ドイルによって架空の州ハラムシャーにある架空の町マックルトンに変えられた)。

ハクスタブルは牛乳とビスケットを所望するまでに回復すると、それを口にしたあと、来訪した目的の説明を始めた。彼はプライアリ・スクールというきわめて上流の私立予備小学校の校長をしていて、そこでは英国貴族の子息たちに教育を授けているという。ところが、入学したてで親戚に有力者の多い若きアーサー・ソルタイア卿が、行方不明になったというのだ。ホームズは、ソルタイアの父親であるホールダネス公爵の名を「百科事典のような参考書」で調べ、その人物こそ「王国でもっとも重要な家臣のおひとり」だと、声を上げた。

コナン・ドイルは明確に記していないが、ホームズが読み上げた百科事典というのは、おそらく *Burke's Landed Gentry* だと思われる。1826年に系図学者ジョン・バークが出版した英国の貴族名鑑で、現在でも名簿として使用されているものだ。この話では全体的に、英国貴族の重要性が主題となっている。彼らには力があるものの、もろさもある。公爵は裕福であるとしても、その富のせいで我が子を誘拐の危険にさらしており、多くの貴族家系と同じく、家名を汚しかねない社会的スキャンダルに怯えながら暮らしているのだ。

密室の謎

すぐにわかるのは、これが"密室ミステリー"のバリエーションとして魅力をもつ事件だということである。ソルタイアは夜中に学校の3階の部屋からいなくなっているが、この部屋は眠りが浅いことで知られる生徒がいる部屋の奥にあった。開いた窓の下に足跡はなく、侵入者の形跡もなかった。服装はダークグレーのズボンと、黒のイートン・ジャケットという、私服姿。英国のエリート校であるパブリックスクールのイートン校を暗に

指したものだ。これらの細かい点は、逃亡が計画されたものであることを示していた。学校が点呼をかけたところ、ドイツ人教師のハイデッガーも行方不明とわかる。ソルタイアとこの教師とのあいだに明確な関係はなかったが、ハイデッガーが3階の窓から急いで下りたことを示す明らかな跡があった。彼の部屋はソルタイアの部屋と同じ方角に面しており、外のツタを利用したのである。彼の自転車もなくなっていた。

ソルタイアの失踪前に訪問者はなかったが、手紙が1通届いていて、彼はそれを持って出ていた。ハクスタブルによれば、彼は学校では楽しそうにしていたものの、家庭生活は不安定だったという。両親である公爵とその妻は最近別居したところで、夫人はフランスへ移っていた。公爵の秘書ジェイムズ・ワイルダーがハクスタブルに話したところでは、ソルタ

ベイカー街のわたしたちの部屋という小さな舞台では、いろいろな人物の劇的な登場と退場があったが……ソーニークロフト・ハクスタブル博士の初登場ほど突然で驚かされたことは、ちょっとほかに思い出すことができない。
ワトスン博士

イアは冷淡で堅苦しい父親よりも、母親と一緒にいるほうを好んでいたという。母親と一緒にいたくてフランスへ逃げたということは、あり得るだろうか？

魅惑の現金

この謎めいた出来事は、当時忙しいホームズが手がけていたほかの二つの事件をなげうつほど、魅力にあふれていた。あるいは、彼には珍しいことに、公爵から出された多額の報賞金に惹きつけられたのかもしれない。子息が無事見つかれば5000ポンド、誘拐犯の名前がわかればさらに1000ポンドが上積みされるのだ。「ハクスタブル博士と北イングランドへごいっしょしよう」と、この寛大な申し出を聞いたホームズは決断する。この時点では、まだすべての事実を聞いていないのにである。

その日の夕方にホームズとワトスンがプライアリ・スクールに到着すると、公爵とワイルダーがすでに来ていた。ワイルダーは、ハクスタブルがホームズに助けを求めたことを厳しくとがめた。この事件によってスキャンダルが引き起こされるという懸念からだが、ホームズが何かを知ることを恐れているようでもあっ

自転車のタイヤ跡をたどって、ハイデッガーの死体を見つけたホームズとワトスン。《ストランド》に掲載されたシドニー・パジェットによる挿画。

た。厳格な公爵のほうは、その控えめさが貴族的な遠慮によるものなのか、もっと疑わしいものなのかははかりかねた。彼は「ディナーの時を知らせるドラのようによく響き渡る」声で、この事件へのホームズの関与は受け入れたものの、協力する姿勢はほとんど見せなかった。

この場面のコナン・ドイルは、ワイルダーの抜け目のなさと公爵の不安な様子により、登場人物たちのあいだに何か陰謀があるような雰囲気をつくり出してい

る。またこれにより、ホームズには演じるという楽しみに浸る機会もできた。帰ったほうがいいとワイルダーにきつく言われた彼は、自分の来訪をたんなる休暇のように言い返したのだ。

その夜遅く、ホームズとワトスンはこの地域の地図をじっくりと調べていた。プライアリ・スクールの前を街道が通っているが、この運命の夜に偶然にもその東端に配置された巡査は、何も見ていなかった。近くの赤い雄牛亭でも似たような状況で、夜遅くに逃亡した者たちがこちらを通ったという線は、消えたのだ。南側の土地は自転車では通行できなかったが、北のほうは森がうねるようなロウアー・ギル荒地となって、公爵の住まいであるホールデネス館へと続いていた。ホームズが、焦点を当てるべきはこの荒地だと結論を出したところに、ハクスタブルが現れる。彼はソルタイアの青いクリケット帽を手にしていた。火曜日に荒地を発ったロマの荷車の中から見つけたとのことで、その場所こそが捜索すべきところだった。

正しい方向

この事件における重要な側面は、地面についた跡を読むことのできるホームズの能力にあった。荒地に乗り出した二人は、自転車のタイヤの跡を見つける。いつものごとくホームズは自転車の跡について専門知識があると言い、このタイヤにはつぎがあてられていることから、ハイデッガーの自転車の跡とは一致しないと述べる。

この推理には、かなりの説得力がある。ただ、自転車の進む方向（学校から遠ざかる）が、重い後輪のタイヤ跡が前輪のタイヤ跡に周期的に重なっていることから判断できるというホームズの論理は、誤解を招きかねない。このことは進む方向に関して何の手がかりももたらさない

ホールダネス公爵

ホールダネス（Holdernesse）公爵の名は、コナン・ドイルの最初の原稿でプライアリ・スクールの所在地として設定されていたダービシャーのキャッスルトン村に関係があると思われる。ホールダネス（Holderness）とは、ダービシャーから遠くないヨークシャー東部の広大な地域の名称だ。この公爵に合致する実在の人物を見つけ出す学術的な試みがほとんど無駄に終わったことから、この情報の少なさを、デリケートな事実を巧妙にぼかしたワトスンのせいとするホームズ研究家もいる。

この話でワトスンが描写しているホールダネスは冷たくよそよそしい人物で、燃えるように赤いあご髭があり、「やせた顔がげっそりとやつれ、鼻が妙に長くて湾曲している」。これは、多くの肩書きをもった（ガーター勲爵士、枢密顧問官、州統監など）貴族のひとりには実に見合った描写と言えるが、この事件の結末が明かす、実のところは気の弱いロマンチストの姿とは、必ずしも一致しない。

プライアリ・スクール

> 自転車の跡だが、
> あの自転車じゃない。
> タイヤの跡もいろいろで、
> ぼくは四十二種類知っている。
> シャーロック・ホームズ

のだ。コナン・ドイルは、劇的効果の前では正確さは重要ではないとたびたび主張していたが、非論理的なプロットのせいで世界中のファンから問い合わせが殺到したことがあったと、のちに自伝で認めている。この問題のタイヤ跡がまさにその代表例で、彼は自分の考えを証明するため、みずから実験までしている。「この点に関して抗議の手紙がまことにたくさん来た。内容は憐れんでいるのから、怒っているのまでさまざまだった。それで私は自分の自転車をもちだして実験してみた。自転車が絶対的に直線を走るときは、後車輪の跡が前車輪のそれの上にくるから、それで走った方向がわかると思っていた。だがこれは間違いで、投書のほうが正しいことを知った。自転車がどっちへ走っても、車輪の跡は同じに現れるからである。これに反して正解はいたって簡単であった。沼地はゆるやかに起伏しているが、自転車が登り道を行くときは輪の跡が深くなり、降り道では浅くなる。だからホームズの知恵はやっぱり正しかったのだ」

ジェレミー・ブレット主演のグラナダ・テレビ版（1986年）は、ダービシャーのチャッツワース・ハウスで撮影された。もともとの舞台だったキャッスルトンからは、ほんの数マイルのところである。

ぞっとするような発見

　荒地を探索した二人はハイデッガーの自転車の特徴的な細い「パーマー」製のタイヤ跡を見つけるが、その直後にぞっとするような発見をする。頭部が無残にも砕けた、彼の死体があったのだ。上着のあいだからパジャマがのぞいていたが、靴下は履いておらず、ソルタイアを追って急いで学校を出たことが示されていた。この惨殺体は力のある大人によるものと見られ、その人物がソルタイアと一緒にいるのだろう。自転車の名人だったハイデッガーが5マイルもの距離をこいでやっとソルタイアたちに追いついたことから、少年とその連れにも何らかの移動手段があるはずだ。だが、死体のまわりにはほかの自転車の跡はおろか足跡さえなく、牛の蹄の跡があるだけだった。
　ホームズが2度目となる劇的な展開をもたらしたのは、近くの闘鶏亭という宿屋においてだった。彼は不機嫌な宿屋の主人から自転車を借りる口実に、足首をくじいたふりをした。主人のルービン・ヘイズの態度は犯罪者のようだったが、自転車は持っておらず、馬がいるだけだった。ホームズは馬屋と鍛冶場を目にするや、素早く推理する。荒地の自転車の跡や死体の周囲は牛の蹄の跡だらけだったのに、彼もワトスンも牛を1頭も見ていなかった。さらには、その跡が示していたのは牛とは異なる動きだった。そしてヘイズの馬屋にいる馬を調べると、それらの馬が古い蹄鉄を打たれたばかりだと推理するのだった。

182　帰ってきたホームズ

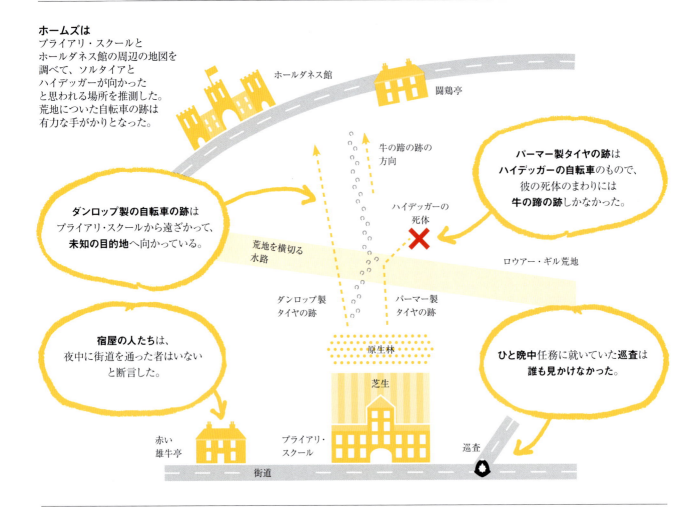

相続権がからんだスキャンダル

　二人が闘鶏亭を出て歩いていると、ワイルダーが自転車に乗って宿屋へと大急ぎで向かって行った。彼の自転車を調べてみると、つぎの当たったそのタイヤ跡は、ホームズが荒地で最初に見つけたタイヤ跡と一致しており、彼が宿屋に急に現れたことは、計画が破綻してきた最初の徴候と思われた。宿屋の窓からのぞき込んだホームズは、事件の解決を宣言した——答えを手にしたのである。

　翌朝、ホームズはホールダネス館に出向いて容疑者の名前を明かすと、ソルタイア卿の居場所を知っているのは公爵自身だと言って責めた。この貴族に対する

ホームズの異様にぶっきらぼうな振るいはさておき、結局わかったことは、ワイルダーが実は公爵の長男だということだった（かつての恋愛による非嫡出子だ）。だが彼には父親の富も肩書も相続する望みがまったくないと、公爵は認める。今や公爵は、同情に値する人物となっていた。財産に関する懸念をもちながら、最愛の者の死後、ワイルダーをみずからの手で育ててきたのだ。

　真の悪人は、神経質で狡猾なワイルダーだった。彼は自身の血統について知ると、スキャンダルになると公爵を脅して、代償を求めたのである。ホールダネス公爵の正当な相続人である若きソルタ

イア卿を誘拐し、その父親をゆするために闘鶏亭に隠すという彼の策略は、異母兄弟に対する生涯に及ぶ憎しみと、失った相続権という不公平に対する激しい恨みが頂点に達した結果なのだった。

　ソルタイアが受け取った手紙は、父親からのものだった。だが、ワイルダーが書き加えて母親からのものに見せかけ、その夜に馬に乗った人物と落ち合えば、母親に会えるとした。その人物こそワイルダーに雇われたヘイズであり、彼とソルタイアは馬に乗って出発したのだった。ただ、ソルタイアは気づいていなかったが、学校を出るところをハイデッガーが目撃していた。少年の身の安全を気にか

けたこの教師が、自転車であとを追う。そして、彼が二人に追いついたところで、ヘイズがステッキで殴り殺した。ハイデッガーの死は予定外のことであり、やけになったヘイズのしわざだったのだ。

果たされる正義

公爵はハイデッガーの死体が見つかったあとに、この計画について知った。そして、ヘイズが逃げられるよう「もう三日だけ内密にしておいてほしい」というワイルダーの懇願に、「わたしは折れてしまいました——いつも折れてばかりなのですよ」と言う。ヘイズが捕まることで長男の関与が露見するのを恐れた公爵は、おとなしく従わざるを得なかったのだ。

ここには興味深い道徳的な問題があり、ホームズ自身もその卑劣さを指摘している。ワイルダーとヘイズに寄せる公爵の異様な共感は信じがたいほどで、やや不合理でさえある。彼はヘイズが逃げる時間を計算しており、長男の浅ましいたくらみによる混乱を寛大にも片づけようとしているのだ。だがそうすることで、公爵は殺人犯が罪を逃れる手助けをしたばかりか、大事な世継ぎである幼い息子を、凶暴と知られる殺人犯の手に託したのである。ホームズは、家族関係をつかさどる公爵の冷たくてよそよそしいやり方には、ほとんど同情せず、「罪深いご長男の機嫌を取り結ぼうとして、罪もないご次男を敢えて際どい危険にさらしてしまわれたんですよ」と責める。そして、彼はソルタイアを宿屋から急ぎ連れ出すよう使用人に命じ、ワイルダーは遠くへやるようにと公爵に提言する。そして非嫡出子がいなくなる今、夫人との和解を試みるようにとも公爵に勧めるのだった。

だが、ホームズによるホールダネスへの叱責が、公爵と貴族階級にへつらわないものだとしても、公爵の金を受け取って、この貴族の関与もワイルダー（オーストラリアへ発つ予定）との関係についても口をつぐもうとするやり方は、逆の姿勢だと言えそうだ。罪のない教師が惨殺されたことを忘れるのは簡単であるらしく、ホームズへの報賞金をそっと倍にするという公爵のあからさまなやり方により（ホームズはこれをきちんと受け取るが）、報賞金は賄賂へと姿を変えているのである。

ホームズは独特な蹄鉄に関して最後に質問しているが、これは技術的な細部に

> ある犯罪に手を染めた人間は、そこからつながるほかのあらゆる犯罪に対しても道義的責任がある、ぼくはそう考えますが、閣下。
> **シャーロック・ホームズ**

関心をもつという、彼のいつもの姿に戻ったようだ。牛の蹄に似せたこの蹄鉄は、「中世時代、ホールダネスに威勢をほこった藩侯ら」の遺産であり、追跡者の目をあざむくためにつくられたのだった。似たようなものは清教徒革命でも使用されたと考えられている。だがホームズはこれを「北部で目にした、2番目におもしろいもの」にすぎないと言い放っている。うさんくさくも多額の小切手が、1番目の座を占めているのだ。■

継承の規則

"長子相続制"とは、土地と爵位が一家の長男に相続される制度である。英国においてこの制度は、権力と土地の所有権はつねに男性の特権であることを意味した。最初に生まれても、非嫡出の男子には、父親の地所を相続する権利はいっさいなかった。現在でも、歴史がある多くの貴族は、この長子相続制に従っている。それでも21世紀が始まるまでには、英国を含め、残っている君主制の大半は、性別で区別しない継承権を確立させた。王位継承権を有する王女が弟に王位を奪われるということは、もはや起こらないのだ。

コナン・ドイルの時代、"限嗣不動産相続"の原則では不動産の分割や売却も違法だったため、不動産は強力な少数派の手に残されたままとなった。長子相続制と同様、限嗣不動産相続も中世の封建制度の名残である。フランスでは、限嗣不動産相続は1789年の革命後にまっ先に撤廃されたもののひとつだった。英国では1925年の財産権法によって廃止され、その後は多くの地所が売却された。

どんなときにも、別の可能性というものを考えに入れて、そちらにも備えておく
〈ブラック・ピーター〉(1904)
THE ADVENTURE OF BLACK PETER

作品情報

タイプ
短編小説

英国での初出
《ストランド》1904年3月号

収録単行本
『シャーロック・ホームズの生還』
1905年

主な登場人物

ピーター・ケアリ船長（"ブラック・ピーター"） 引退した捕鯨船船長。

ジョン・ホプリー・ネリガン 銀行家の若い息子。

パトリック・ケアンズ ピーター・ケアリの下で働いたことのある、捕鯨船の銛打ち。

スタンリー・ホプキンズ スコットランド・ヤードの若手警部。

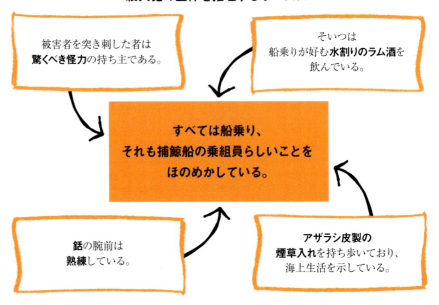

殺人犯の正体を推理するホームズ

- 被害者を突き刺した者は**驚くべき怪力**の持ち主である。
- そいつは船乗りが好む**水割りのラム酒**を飲んでいる。
- **銛**の腕前は**熟練**している。
- **アザラシ皮製の煙草入れ**を持ち歩いており、海上生活を示している。

→ すべては船乗り、それも捕鯨船の乗組員らしいことをほのめかしている。

　1895年が舞台の〈ブラック・ピーター〉は、捕鯨船の船長を引退した野蛮な男が殺されるという、雰囲気あふれる話だ。この話の内容が正確なのは、作者自身の体験によっている。コナン・ドイルは若き医学生の頃に、北極圏で漁をする捕鯨船ホープ号に船医として乗り込み、7カ月間過ごしたことがあるのだ。彼はのちに記したように、浮氷と逃げ惑う鯨に囲まれた「北緯80度で成人した」。捕鯨船員たちはタフな連中であり、コナン・ドイルはブラック・ピーターのような乱暴な男たちのことを、わかりすぎるくらいわかっていたのだ。

　この話は、小脇に槍のようなものを抱えたホームズが部屋に戻ってきたところから始まる。彼は肉屋に行ってそれでブタをひと突きにしようとしたものの、まったくできなかったという。彼の奇行に慣れているワトスンは、何かの捜査にかか

> ブラック・ピーターを
> 片づけてやったことについちゃ、
> お上から礼のひとつも
> 言ってもらっていいくれえだ。
> **パトリック・ケアンズ**

わっているのだろうと推測する。事実ホームズは、時代の先をかなり行く犯罪科学の実験をしていた。殺人の凶器——この場合は漁に使う銛——の有効性に関する試験である。

困惑する警部

まもなくホームズとワトスンの前に、スタンリー・ホプキンスという若手警部が現れる。ホームズのことを大いに称賛している人物だ。このホプキンスが捜査していたのも同じ事件、つまり引退した捕鯨船船長、ピーター・ケアリが惨殺された事件だった。ホプキンスはほとんど成果を得られなかったため、ホームズの助けを求めに来たのである。

"ブラック・ピーター"として広く知られたケアリは残忍な男で、彼を知る者全員から毛嫌いされ、恐れられていた。彼は家の母屋でなく、船室に似せてつくったキャビンで寝泊まりしていたが、そこで他殺体として発見された。「厚紙にピンでとめられた甲虫の標本」のように、身体を突き刺した銛で壁にとめられていたのだ。ホプキンスがつかんだ唯一の手がかりは、「P・C」という頭文字が記された煙草入れと、「J・H・N」という頭文字のある手帳で、それは証券取引所に関する詳細で埋まっていた。

二人の逮捕者

サセックス州の田舎にあるブラック・ピーターのキャビンにやって来たホプキンズ、ホームズ、ワトスンは、そこに押し入ろうとした者がいたことに気づく。その日の夜に待ち伏せをした一同は、強盗未遂犯を捕まえる。それは弱々しい若者、ジョン・ホプリー・ネリガン（J・H・N）だった。彼の説明によれば、銀行家だった自分の父親を殺してブラック・ピーターが手に入れた、株券を探していたという。だが、殺人犯を見つけたと確信したホプキンズは、ネリガンを逮捕する。

一方ホームズは、みずから行った実験により、この「ひょろひょろの若造」にはブラック・ピーターの身体に銛を突き刺す力などないとわかっていたため、独自に捜査を続ける。そして「バジル船長」という名を使って、捕鯨航海用の銛打ちを募る広告を出す。応募してきた3人のうちのひとりがパトリック・ケアンズで、かつてブラック・ピーターが船長を務めたシー・ユニコーン号の、頑健な銛打ちだった。ケアンズの頭文字もP・Cであることから、ホームズは彼が犯人と確信する。ケアンズはブラック・ピーター殺しを認めたが、正当防衛を主張した。何年も前に目撃した、ブラック・ピーターによるネリガンの父親殺しの口止め料を求めて、彼のもとを訪れたのだが、争いになったのだ。ケアンズは連行され、ホプキンズは真犯人を見つけたホームズの手腕にすっかり感服するのだった。

ただ、この話は謎めいた雰囲気を残して終わる。ホームズは、裁判で自分が必要になることがあれば、ワトスンとともに「ノルウェーへ出かけている」が、いつでも連絡してくれとホプキンズに告げるのだ。次の冒険がどんなものになるか、読者に想像させようというのかもしれない。■

19世紀の捕鯨

19世紀の前半、世界中の家々を照らしたランプ油は主に鯨の脂肪からつくられた。捕鯨は巨大ビジネスとなり、ホイットビーやダンディ（ブラック・ピーターのシー・ユニコーン号の登録地）といった英国の捕鯨港が大きく発展した。大西洋の向こう側のマサチューセッツ州ニューベドフォードも、まもなく、"世界を照らした町"と呼ばれるようになった。

ハーマン・メルヴィルの大作小説『白鯨』（1851年）に描かれているように、"捕鯨船"での生活は危険で過酷なものだった。生きて帰れなかった船員が大勢いたにもかかわらず、報酬が魅力的なため、数えきれないほどの男たちがこの危険を冒した。北極地方の短い夏を最大限に利用するため、捕鯨船員は毎年2月に北へ向けて出航した。だが1895年には、鉱物油から採れる灯油がランプ用の鯨油に取って代わったため、この産業は衰退の道をたどった。技術がなくても効率よく獲物を仕留められる新しい銛打ち砲を捕鯨船が使うようになり、パトリック・ケアンズのような力ある銛打ちはますます珍しい存在となっていった。

そうだよ、ワトスン！わかったぞ！
〈恐喝王ミルヴァートン〉(1904)
THE ADVENTURE OF CHARLES AUGUSTUS MILVERTON

作品情報

タイプ
短編小説

英国での初出
《ストランド》1904年4月号

収録単行本
『シャーロック・ホームズの生還』1905年

主な登場人物

チャールズ・オーガスタス・ミルヴァートン　プロの恐喝者。

レディ・エヴァ・ブラックウェル　社交界デビューを果たした美女。

ドーヴァーコート伯爵　レディ・エヴァの婚約者。

アガサ　ミルヴァートンのメイド。

名を伏せた女性　ミルヴァートンの被害者である未亡人。

レストレード警部　スコットランド・ヤードの刑事。

この話のタイトルにもなっている悪党は、プロの恐喝者であり、ホームズも、自分の知りうるかぎりで最も見下げ果てた犯罪者とみなしている。コナン・ドイルがこの人物のヒントにしたのは、チャールズ・オーガスタス・ハウエル——美術商で、"アウル（ふくろう）"と呼ばれた、恐喝者とされる実在の人物だ。彼はロンドンで死んだが、その状況は奇妙なものだった。喉を切り裂かれ、口にコインを押し込められていたのだが、これは名誉毀損の罪を犯した人物に対する復讐を象徴する行為だった。

社交界デビューした女性の悩み

チャールズ・オーガスタス・ミルヴァートンは、不実な使用人や恋人たちから入手した、スキャンダルを招くような手紙を使って裕福な人たちを脅迫し、暮らしていた。彼の最近の被害者は、「先のシーズンに社交界デビューしたなかでいちばんの美女」レディ・エヴァ・ブラックウェルで、彼女による「軽はずみ」で「楽しい」手紙を取り返す交渉役として、ホームズが雇われることになった。その手紙のせいで、ある伯爵との婚約が脅かされる恐れがあったのだ。ミルヴァートンが7000ポンドを要求したのに対し、ホームズが提示した額は2000ポンドだった——が、この恐喝者は譲ろうとしなかった。彼がレディ・エヴァを「見せしめ」にすると言い残したことで、ホームズは手紙を取り戻す決意を固めたのである。

あまり練られていないと言われるこの設定において、コナン・ドイルは通常であれば紳士であるホームズに、似つかわしくない無作法な行いをさせている。ミルヴァートンの家の間取りや習慣の詳細を知るために、彼のメイドのアガサと偽

フレデリック・サンズが1882年に描いたチャールズ・オーガスタス・ハウエル（1840-1890）。彼が気味の悪い殺され方をする8年前に描かれたもの。

> 法の手の届かないところで、何かよからぬことをしていたのだろう。個人的に復讐されたとしても、ある程度はしかたないね。
> **シャーロック・ホームズ**

りの婚約をさせたのだ。「そりゃ、ちょっとやりすぎじゃないのか」と、ワトスンも声を上げている。これに対してホームズは、「ぎりぎりの勝負なんだ。いささか乱暴だが、使える手は何でも使うしかない」と答えるのだった。自分が目を離したら彼女にはすぐにもライヴァルの求婚者が現れるとホームズは言い足しているが、明らかに彼にとっては、メイドの感情や評判はレディのそれ以下なのである。

ホームズはワトスンに、ミルヴァートンの家へ侵入して問題の手紙を金庫から盗まなければならないと告げた。「法的にはたしかに犯罪かもしれないが、道義的には正しい行為」という、二人とも納得ずくのものだ。ホームズには、たとえ法を破ろうとも悪を正そうとする、自然界の秩序という意識があった。私立探偵であるため、目的が正しければどんな手段を取ってもいいと判断した場合には、そのように行動できると感じていたのだ。

法に逆らう

夜中にミルヴァートンの家へ押し入ったホームズとワトスンは、相手がある伯爵夫人のメイドと会っている場面を目撃する。そのメイドは、スキャンダルになりそうな手紙を売ろうとしていたが、す

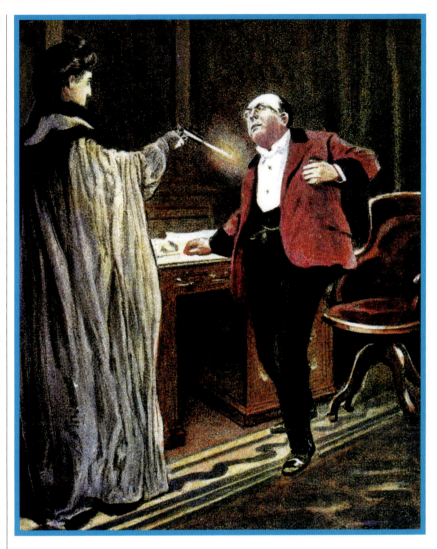

ぐにその正体が明らかとなる。実はミルヴァートンの被害者である彼女は、正典に登場する女性の中で最も激しい行為に出た。ミルヴァートンに向かって銃弾を浴びせたのだ。ワトスンはホームズに押しとどめられながら、「悪党に正義の鉄槌が下された」と理解する。ホームズがミルヴァートンの所有する脅迫状をすべて燃やすと、二人は急いでその場を立ち去り、追っ手を振り切って逃げた。

翌朝、レストレード警部がホームズのもとに現れ、現場から逃走する二人組の泥棒が目撃されたと伝えた。犯人のひと

未亡人により、「たじろぐ彼の身体に弾丸が一発、また一発と撃ち込まれる」。《ストランド》に掲載されたシドニー・パジェットによる挿画。

りの外見を聞いて、「このワトスン君の人相書きみたいじゃないか！」と、ホームズはいたずらっぽく口にする。最後に、ホームズはミルヴァートンを殺した人物の写真を、ある店のショーウィンドーで目にする。ワトスンもその女性に気づいたが、ホームズは口もとに人さし指を立てる。今回も彼なりの倫理基準により、法律の順守から距離を置いたのである。■

この人物の風変わりなやり方には、ある手法(メソッド)がある

〈六つのナポレオン像〉(1904)
THE ADVENTURE OF THE SIX NAPOLEONS

作品情報

タイプ
短編小説

英国での初出
《ストランド》1904年5月号

収録単行本
『シャーロック・ホームズの生還』1905年

主な登場人物

レストレード警部 スコットランド・ヤードの刑事。

モース・ハドスン 胸像を3体購入した店主。

ホレス・ハーカー 年配の新聞記者。

ベッポ イタリア人の職人。

ゲルダー商会の支配人 ベッポの元上司。

ピエトロ・ヴェヌッチ ナポリ出身の有力マフィアの一員。

ジョサイア・ブラウン 5体目の胸像の持ち主。

サンドフォード ホームズが買いとった胸像の前の持ち主。

この話はホームズとレストレード警部との友好的な場面で始まるが、長年一緒に活動してきた二人の関係の進展が表されている。今やベイカー街221Bの常連となっているレストレードは、警察の動向について、ホームズへの連絡を欠かしていないのだ。

狂気の事件

今回の事件には奇妙な窃盗に加えて、ナポレオンの石膏胸像3体の破壊がからんでいた。1体はケニントン・ロードにあるモース・ハドスンの店のもので(この人物はハドスン夫人の別居中の夫だと主張する研究者もいる)、あとの2体はそこから遠くない南ロンドンの住所にあるものだった。レストレードの考えでは、この泥棒は「犯人というか頭のおかしなやつ」であり、「あのあたりの狂ったやつ」かもしれないという。これは、悪名高きベドラム(ベッレヘム精神病院。現在はロンドンの帝国戦争博物館)に近いことから生じたと見られる意見だ。いずれにしろ、この説はホームズの役に立った。

骨相学

1800年代、人間の心理は脳の形、つまり頭蓋骨によって決まると、多くの人が確信するようになった。"骨相学"(フレノロジー。"心の研究"の意味)として知られたこの科目は、のちに疑似科学として誤りを証明された。だが、脳をそれぞれの人の個性に何らかの影響を及ぼす断片にして"細かく調べる"ことができるという考えは、科学的進歩というヴィクトリア朝時代の精神や分類学に沿ったものだった。脳が"心の器官"なら、その形がその人の精神生活を反映するというのは論理的に思われたのだ。19世紀なかばまでには、イタリアの犯罪学者チェーザレ・ロンブローゾ(→311ページ)が犯罪の研究にこの考えを持ち込み、賭博師や詐欺師など、あらゆる悪人の頭蓋の特性に関して、一連の書籍を執筆した。コナン・ドイル自身もエディンバラ骨相学会で学んでいる。

六つのナポレオン像　189

> 奇妙なことは奇妙な事件なんです。
> 何にしろ異常なものだったら、
> あなたの好奇心がうずくってことも
> よくわかっていますしね。
> **レストレード警部**

四つ目の胸像がケンジントンに住む新聞記者ホレス・ハーカーの家から盗まれ、そこの正面階段で男の死体が見つかると、ホームズはこの記者に「ナポレオンへの憎しみにとりつかれて頭のおかしくなった危険な殺人者」というにせ情報を伝える。夕刊の記事を目にしたホームズは、「ワトスン、利用のし方さえ心得ていれば、新聞ってやつはじつにありがたい存在だねえ」と口にする。

事件を捜査するホームズ

これらの記事は犯人を誤った方向に導いて、ホームズが何もつかんでいないと犯人に思わせるためのものであり、実際には大きな手がかりを二つつかんでいた。ひとつは被害者が持っていた写真で、「敏捷そうな、とがった顔だちのサルのような男。眉が太く、顔の下半分がぐいと突き出て、まるでヒヒの鼻先」のような人物が写っていた。この描写は、骨相学における犯罪者の外見に関する説と一致していると言えよう。もうひとつの手がかりは、泥棒が四つ目の像を壊す前に、人に見られる危険が高まるにもかかわらず、家から持ち出して通りの先の明るい場所へ移動していた点だった。これがたんなる破壊行為だったら、なぜ犯人は明るいところで行う必要があったのか？

イタリア人のつながり

レストレードは殺人と不法侵入にのみ注目していた。ナポレオン像がこの事件の鍵だとは見ていないのである。胸像の出どころをたどったホームズは、像を製造しているステップニーの工場に行き着いた。ここでホームズは、写真の男がベッポというイタリア人の元従業員で、この像がつくられていた1年ほど前に通りで人を刺して、投獄されていたと知る。その晩、221Bで待っていたレストレードは、殺された被害者がピエトロ・ヴェヌッチという男で、ロンドンにあるごみごみしたイタリアの犯罪社会出身のマフィアの一員だったと明かした。レストレードの立てた新たな説は、ヴェヌッチはマフィアの一種の復讐劇により、像を壊した者を殺すために送り込まれたが、逆にやられてしまったというものだった。だがホームズは、その夜のうちに、チジックにあるジョサイア・ブラウンの家で犯人を捕まえられる勝算があると考えていた。その人物が、工場がつくった6体のうち残った2体の、かたわれを買い求めていたのだ。

最高の結末

ベッポがブラウン邸で逮捕されると、レストレードは事件が解決したものと考えたが、ホームズは翌日の夜に221Bで事件の全体像を説明すると告げた。彼は最後の1体であるナポレオン像を、レディングから来た持ち主から10ポンドという気前のいい額で買い取ると、すかさずそれを壊して、中に隠されていたものをワトスンと警部に見せる。それは世界で最も有名な「ボルジア家の黒真珠」であり、イタリアのホテルの部屋から盗まれたものだった。殺された被害者の名がヴェヌッチだと知った時点で、ホームズには何が起きているのかがわかっていた。1年前にあった真珠の盗難事件を思い返すうちに、当時疑われたコロンナ公妃のメイドが同じ姓だったことを思い出したのである。彼女は盗んだ真珠を兄のピエトロ・ヴェヌッチに渡したと思われるが、それは何らかの理由でベッポに横取りされてしまう。ベッポは傷害事件を起こして逮捕されるが、その直前に、工場にあった未完成の胸像の中に真珠を隠し、服役後に像を探しはじめる。そしてベッポのあとをつけていたヴェヌッチは、ハーカーの家の前で逆に彼に襲われ、喉を掻き切られて殺されたのだった。「スコットランド・ヤードでも……われわれはあなたを心から誇りに思います」というレストレードによる心からの称賛は、ホームズには珍しい繊細な一面を引き出した。ワトスンは「人間らしい温かい感情にこれまでになく心を動かされそうになっている気配」を、彼に見てとっている。■

〈六つのナポレオン像〉を原案とする1944年の映画『死の真珠』は、バジル・ラスボーンとナイジェル・ブルースがホームズとワトスンを演じる映画の9作目。

疑わしいことがあればお教えください。証拠ならこちらで見つけますから
〈三人の学生〉(1904)
THE ADVENTURE OF THE THREE STUDENTS

作品情報

タイプ
短編小説

英国での初出
《ストランド》1904年6月号

収録単行本
『シャーロック・ホームズの生還』
1905年

主な登場人物

ヒルトン・ソームズ セント・ルーク・カレッジの個人指導教師兼講師。

バニスター ソームズの忠実な用務員。

ダウラット・ラース 控えめで勤勉なインド人学生。

ギルクリスト スポーツマンで努力を惜しまない学生。

マイルズ・マクラレン 優秀だが気まぐれな学生。

国中を移動し、さらに"大空白時代"(→164〜165ページ)にはチベットや中東にまで果敢に赴いたにもかかわらず、ホームズはベイカー街221Bを離れることを充分に心地よく思っているわけではなかった。できることなら、ロンドンへ戻る最終列車に間に合うように事件を解決したがり、〈悪魔の足〉(240〜245ページ)のように、ロンドンから離れた転地療養においてさえ、その大都会の刺激を恋しく思っているのである。〈三人の学生〉でホームズとワトスンは名前を明記していない大学町で調査を行っているが、ワトスンによれば「住み慣れたベイカー街を離れてからというもの、友人の機嫌はどうもぱっとしなかった」という。幸いにもホームズは、事件の兆しがあればつねに気が紛れるのであり、知人のヒルトン・ソームズがまさにそれをもたらしてくれたのだった。

3人の容疑者

大学の個人指導教師(テューター)であるソームズは、奨学金のための試験用紙に印刷された古代ギリシア語の文章を確認していたが、自分が部屋を離れたあいだに何者かが侵入して、その一部を写していった形跡があるという。試験は翌日であり、犯人が見つからなければ中止せざるを得ず、大学に迷惑がかかる。警察でなく私立探偵であるという立場であり、思慮深さにかけても名高いホームズは、この微妙な問題を調査するのに理想的な人物なのだった。

犯人は、用務員のバニスターがうっかり鍵をドアに差したままにしたせいで、部屋へ入っていた。当然ながら、その部屋と同じ建物に住む3人の学生に嫌疑が

ところで、ワトスン、きみはどう思う？ ちょっとしたゲームだ——三枚札のゲームのようなもんじゃないか。ここに三人の男がいる。犯人はそのうちのひとりにちがいない。
シャーロック・ホームズ

かかる。3人ともソームズの部屋の隣にある階段を使っていて、試験を受ける予定だったのだ。しかも彼らには、それぞれ疑われる理由があった。マクラレンは以前にスキャンダルを起こしたことがあり、ラースはもの静かでとらえどころがなく、ギルクリストは正直そうだったが金に不自由していて、これがいちばんの動機になりそうだった。

手がかりの検証

現場を調べたホームズの最初の手がかりは鉛筆の削り屑で、それによって彼は犯人が用いた鉛筆の銘柄と長さを判断した。続いて部屋中に散らばった試験用紙の様子から、犯人は現行犯で捕まる寸前だったと推論する。だが「細かいおが屑のようなものが混じった、黒い泥だか粘土だかの小さな塊」については、謎のままだった。

解決の鍵は運動場にあった。翌朝早くに大学を訪れたホームズは、土でできた小さなピラミッドを三つ見せた。それは幅跳びの練習場にある土の塊で、スパイクシューズの裏から落ちたものだと明かす。この証拠を突きつけられたスポーツマンのギルクリストは、罪を認め、ホームズがかかわる前から自白しようと思っていたと述べるのだった。

海外での償い

用務員のバニスターも重要な役を果たしていた。ギルクリストの悪事を最初に知るや、彼が犯人だという証拠になる手袋を隠したのだ。バニスターは以前ギルクリストの父親に雇われていて、忠義心からこの行動に出たのだが、さらには、かつて仕えたこの若者に正しい道を進む機会を与える役目を果たすことになる。〈青いガーネット〉(82〜83ページ)のジェイムズ・ライダーや〈プライアリ・スクール〉(178〜183ページ)のジェイムズ・ワイルダーが思い出されるが、ギルクリストも自分自身と大学の体面を公に汚すよりは、追放されるほうを受け入れた。当時の一流大学の多くは宗教的な背景が強く残っていたため、ひとりの学生による不名誉な行為が、学校全体の体面を傷つけることになったのである。

ギルクリストは、ローデシア警察からの招聘に応じるつもりと述べた。学究の象牙の塔からはるかに離れた、当時激変を続けていた南アフリカの地における、危険ながらも尊敬に値する仕事である。■

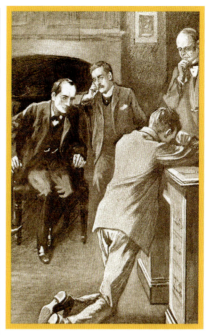

犯人はホームズに自白するが、この人物はソームズに対して、みずからの罪を認めようとすでに心に決めていたのだった。《ストランド》に掲載されたシドニー・パジェットによる挿画。

ヴィクトリア朝時代の大学

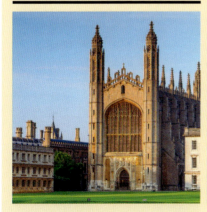

ヴィクトリア朝時代にもまだ、大学へ通うことは主に裕福な若者の領分であり、ラテン語や古代ギリシア語といった科目の教育を受けることを意味していた。医学などの科目も教えられていたが、学部生は現在のような幅広い学問に触れることはできなかった。また、現在のようにさまざまな大学に入ることもできず、選択肢は限られていた。オックスフォードやケンブリッジ、スコットランドの古い由緒ある大学、それにダーラムやロンドン大学など、その後に加わった大学である。女性も大学へ通えたが、学位を受けられるようになったのは、ユニバーシティ・カレッジ・ロンドンが授与を始めた1878年からだった。

20世紀になると変化が訪れた。いわゆる"新設"大学が、マンチェスターやバーミンガム、ブリストル、リーズを含む工業都市に誕生したのである。工学などの科目が設けられ、より実践的な教育をしようという動きが出てきた。

なあに、推理はきわめて単純だ
〈金縁の鼻眼鏡〉(1904)
THE ADVENTURE OF THE GOLDEN PINCE-NEZ

作品情報

タイプ
短編小説

英国での初出
《ストランド》1904年7月号

収録単行本
『シャーロック・ホームズの生還』
1905年

主な登場人物

スタンリー・ホプキンズ　若手刑事。

コーラム教授　病弱な年配の教授。

ウイロビー・スミス　コーラム教授に仕える若き研究者。

アンナ　ロシアの元革命家。

マーカー夫人　コーラム教授の家政婦。

スーザン・タールトン　コーラム教授のメイド。

モーティマー　コーラム教授の庭師で、軍人恩給の受給者。

この事件のホームズは自身の推理力の極致を見せ、不可解な殺人事件の裏にある真実をみごとにつなぎ合わせている。見過ごされやすい、わずかな手がかりだけでも、ホームズはまっすぐ犯人にたどり着くことができるのだ。一方で、この事件を担当した熱心な若手警部スタンリー・ホプキンズは、犯罪現場でホームズの捜査手法を応用しようとするも、相手の手際を見せつけられて、あっけにとられることになる。

真夜中の訪問者

1894年の嵐の冬の夜、ホームズとワトスンはベイカー街221Bで静かに作業をしていた。ロンドンの中心部にいても、この日のように嵐が荒れ狂う晩は自然の猛威を感じると、ワトスンは記している。ホームズ物語にはよく見られることだが、危険はロンドンを離れた田舎の野生の闇深くに潜んでいる。この点はもしかすると、混沌とした闇の力を食い止めておくためには、ホームズの推理力による警戒がつねに必要だということを注意喚起しているのかもしれない。

この場面では二人とも、自分が興味をもつことに集中している。ワトスンは医学論文を読みふけり、ホームズは羊皮紙から消されたもとの文字を調べていた。非常に古い時代の羊皮紙は、もともとの文書を消して新たな字を書き込んである。だがホームズほど鋭い目の持ち主であれば、新たに書かれたものの下にある隠された文章を判読できるのだ。この羊皮紙に対するホームズの分析は、犯罪を見抜く彼の手法の隠喩として見ることができるだろう。

その作業は、ホプキンズ警部の来訪によっていきなり妨げられた。その日に起きた殺人事件について、ホームズの助けを求めに来たのである。

それで、ホプキンズ君、
何も確かめられないってことを
確かめてから、どうしたんだい？
シャーロック・ホームズ

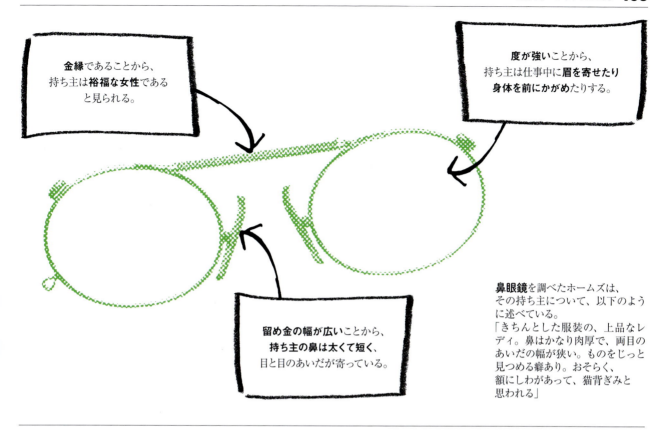

ヨックスリーの殺人事件

ウイロビー・スミスという若者が、ケント州の田舎にある人里離れた屋敷であるヨックスリー・オールド・プレイスに住む、ほとんど寝たきりの老教授コーラムの秘書をしていた。彼がその教授の書斎で、机にあった小型ナイフで首を切られて殺されたのだ。死に際を発見したメイドに対して、彼が漏らした最期の言葉——「先生、あの女です」——は、殺人犯が女性であることを示していた（コーラム教授は男性）。盗まれたものはなく、家にいた者は何も見聞きしておらず、動機もなさそうだった。ホプキンズが調べた結果、殺人犯の逃げ道は庭を抜けるしかなさそうだったが、足跡は見当たらなかった。

ここでホプキンズは、被害者が金縁の鼻眼鏡（鼻柱を挟んで固定する眼鏡）を握っていたと明かし、それを持ってきていた。彼によれば、スミスは眼鏡をかけていないため、殺されたときに襲撃者の眼鏡をつかんだのは明らかだという。1890年代当時、鼻眼鏡は広く用いられており、ホームズはこの鼻眼鏡により重要な手がかりが得られると確信する。

いわば若き弟子であるホプキンズに自分の能力を見せつける機会を明らかに楽しみつつ、ホームズはこの眼鏡を念入りに調べて、その持ち主の身体的特徴を書き留めていった。この女性は極度の近眼だという鍵となる事実も含まれていたため、見つけ出すのは容易なはずである——犯罪現場を訪れないうちに、ホームズはすべてを推理したのだった。

小道にて

翌朝、ホームズはワトスンとホプキンズを伴って、ヨックスリー・オールド・プレイスへ赴いた。ここでホームズは自身でも最高の推理を見せるが、事件の劇的な結末が訪れるまで、それを明かさない。

屋敷の庭に着くとすぐ、ホームズは小道を入念に調べた。自分が前日に調べたときには明らかな足跡はなかったと、ホプキンズがあらためて言う。ところが今では、道に沿った細長い草の植え込みに何者かが踏みつけた跡があった。足跡を残さないために何者かがこの小道を通ったのだろうと、ホプキンズは推測する。犯人は家に侵入したときと同じ道を通って逃げたと確信しているかとホームズに問われた彼は、ほかに逃げ道はないのだから間違いなくそうしたはずだと答える。ホームズは納得していないらしい——だが読者がその理由を知るのは、まだ先

だった。

教授の書斎を調べたホームズは、たんすの鍵の部分に新しい引っかき傷があることに気づいて、犯人は忍び込もうとした際にスミスに邪魔されたのだと推理する。さらに彼は、犯人の逃げ道を考えた。選択肢は二つ——入ってきたときの道か、教授の寝室につながる廊下だ。

ホームズとワトスン、それにホプキンズは、教授のもとを訪れる。ホームズが教授のエジプト製煙草を立て続けに吸うあいだ、一同はスミスの死因を話し合う。教授は自殺と考えていた。ホームズは、午後に戻ってきてこの件を報告すると言って出て行く。何か手がかりでもつかめたのかと聞かれたホームズは、「とにかく煙草が教えてくれる」と謎めいた返事をするのだった。

> 眼鏡ほど、
> 推理するにうってつけの材料になるものはまずないと思う。
> シャーロック・ホームズ

隠れていたロシア人

指定した時間に教授の部屋へ戻ってきたホームズは、差し出された煙草の箱をうっかり落として、散らばった煙草を床から拾うと、誰もが驚いたことに、この謎は解けたと口にする。彼は本棚に隠し部屋があることを見抜いており、そこに襲撃者が身を隠していたのだ。観念した犯人の女性（ホームズが描写した人物そのままの女性）が姿を現して、事情を説明した。重要文書を取り戻すため家に忍び込んだが、その場をスミスに見つかり、逃げようとした際に誤って殺してしまったという。そしてパニックになって逃げる道を間違え、教授の寝室にたどり着いた。教授は彼女の姿を見て驚いたものの、警察からかくまったのだった。

実はその女性は、教授の妻アンナだった。ロシア人である二人は、何年も前に故国で革命運動にかかわっていたが、その活動が当局に知られると、教授は自分の身を守るためにアンナや仲間たちを裏切って、英国へ逃げたのだという。グルー

スタンリー・ホプキンズによる犯罪現場の略図

スミスの死体は教授の書斎にあり、殺人犯は明らかに逃げている。この加害者が逃げられそうにない場所を除外したホームズは、最も可能性の高い、結果的にはありそうもない隠れ場所を推理するのだった。

メイドは殺人が起きて**数秒以内に**書斎のドアのところにいた。もし**襲撃者**がこの方向に逃げていれば、**彼女に見られたはず**である。

書斎からの二つの廊下へは**まったく同じ絨毯**が敷かれているため、近眼の殺人犯は**間違ったほう**を選んだのだろう。

眼鏡なしでは、殺人犯は小道の細い草の上を**バランスを取りながら進めなかっただろう。**

金縁の鼻眼鏡

コーラム教授が吸っているエジプト製の煙草は、当時の最新流行であり、英国やアメリカの企業が競ってエジプト風のモチーフをまねた。現在のアメリカのブランド"キャメル"は、その結果生まれたもののひとつ。

プの多くは投獄され、アンナの親友アレクシスもそうだったが、彼は何も悪いことをしておらず、暴力の道を思いとどまらせる内容の手紙を同志に何通も書いていた。その手紙とアンナの日記をとりあげた教授は、偽の供述でアレクシスや自分の妻を陥れ、有罪に導いた。刑期を終えたアンナはみずから行動を起こして、教授から盗もうとしたのである。

友人を救うという気高い目的を説明したアンナは、ベッドに倒れ込むと息を引き取った。隠れ場所から出てくる前に、毒を飲んでいたのだ。悲劇的な結末だが事件は解決し、ホームズはアレクシスの自由を確実にすると見られる文書を手に、ロシア大使館へ向かった。

ホームズによるまとめ

この事件で注目に値するのは、ホームズが首尾よく解決した素早さだ。ホプキンズがベイカー街に現れてから、14時間もたたないうちに解決している。ホームズがごくわずかな手がかりだけで、これほど素早く犯罪を解決した例は、ほかにはほとんど見当たらない。いつものごとく、成功の秘訣は、ほかの人が見過ごした細部に注目したことにある。

彼は驚く一同に対して、みずからの結論に至った手順を語っている。第1に、現場で見つかった鼻眼鏡の形と適合具合から、持ち主の詳細なイメージをつくり出したこと（→193ページ）。第2に、庭の小道を調べた際、眼鏡がなくてよく見えない犯人は、狭い草の帯を踏み外さずに歩いて逃げることは到底できないので、まだ家の中にいるはずだと判断したこと。第3に、二つの廊下はどちらもヤシのマットで覆われているため、視力が悪い人なら間違って教授の部屋へ入りみかねないとしたこと。そして最後に、煙草の灰を用いた絶妙な企てだ。彼は本棚の前にスペースがあることに気づいて、床の上に灰を落としておいた。そして午後に戻ってきてみると、その灰が踏みつけられており、「犯人」が隠れ場所から出てきたことが明らかになったのだった。

これらのことや、ほかにもホプキンズが見落としたいくつもの細かなことがらにより、ホームズの鋭い目にはその秘密が明らかになった。予期しないものだからというだけの理由で、真実を見逃してはならないことが非常に重要だと、彼にはわかっているのだ。「単純な事件だったが、いくぶん教訓的ではあったね」と、ホームズは言っている。彼はホプキンズがこの件から学ぶことを明らかに期待しており、その一方で、この事件を成功に導いた彼に祝いの言葉をかけて、充分に満足しているのだ。■

ロシアの革命家

ロシア皇帝アレクサンドル2世は1861年に農奴を解放した改革者だったが、これを計略ととらえて、専制支配が従来どおりに続くと見る者は多かった。特に若い知識人は、真の自由を得るには暴力による革命しかないと信じるようになっていった。

アレクサンドル2世は1879年の暗殺計画を免れたものの、その2年後にはサンクトペテルブルクで殺されてしまう。彼の死後、危険はさらに高まった。

秘密警察（オフラーナ）が、アンナとコーラム教授がかかわったような若き革命家団体を厳重に取り締まり、皇帝の暗殺に関与したと疑われるユダヤ人に対して、ポグロムという大虐殺を始めたのである。革命家らは爆弾を用いた策略やテロ行為で抵抗した。特に虚無主義者（ニヒリスト）と呼ばれたグループは、自分たちが不可欠とする政変を引き起こすためには積極的に暴力を用い、ヨーロッパ中で知られるようになった。

行方がわからなかった人物がどうなったかを確かめるところまでが、ぼくの仕事です

〈スリー・クォーターの失踪〉（1904）
THE ADVENTURE OF THE MISSING THREE-QUARTER

作品情報

タイプ
短編小説

英国での初出
《ストランド》1904年8月号

収録単行本
『シャーロック・ホームズの生還』
1905年

主な登場人物

シリル・オーヴァートン　ケンブリッジ大学ラグビーチームのキャプテン。

ゴドフリー・ストーントン　ケンブリッジ大学ラグビーチームの花形選手で、行方不明になった"スリー・クォーター"。

マウント＝ジェイムズ卿　ゴドフリーのケチな伯父。

レズリー・アームストロング博士　ゴドフリーの友人。

ホームズ物語で用いられる趣向としてはごくわずかな例だが、〈スリー・クォーターの失踪〉の場合、実際には犯罪がからんでいない。ただし、その事実が明らかになるのは、ホームズが才能あるケンブリッジ大学ラグビー選手の失踪を調べた話の、最後になってからだ。

第一印象

この事件の捜査で、ホームズとワトスンは二人の異様な、それも対照的な人物と出会っている。ひとり目は失踪した若者の伯父で、存命する唯一の親戚というマウント＝ジェイムズ卿。英国でも有数の金持ちだが、さもしいケチで、甥の行方については驚くほど無関心だ。もうひとりのレズリー・アームストロング博士は、「厳格で禁欲的に自分をコントロールする強い意志の持ち主」であり、ホームズのことをスキャンダル狙いのお節介屋として、大いに疑っていた。短気で弁解がましく、ホームズに対するいわれのない敵意は、犯罪行為を隠しているかのようでもある。ホームズも、「あれなら、その気になればかの悪名高きモリアーティの後釜にだって据えられる。あの才能をその方面に向けていたら、あれほどぴったりの人物、おいそれとはいないよ」とまで口にしている。ところが実際には、大きく間違っていた。

ロンドンからケンブリッジへ

2月の暗くうっとうしい朝に、することがほとんどないホームズは大いに退屈していた。刺激のない状態では、彼が麻薬を常用するかつての状態に戻りかねないことを、ワトスンは恐れていた。「ただ眠っているだけであって消え失せたわけでは決してない」という「悪い癖」である。今回の依頼人はシリル・オーヴァートンといい、ケンブリッジ大学ラグビーチームのキャプテンだった。彼のチームの花

オーヴァートンさん、あなたは、ぼくが生きているのとは違う、もっと愉快で健康な世界の住人だ。
シャーロック・ホームズ

スリー・クォーターの失踪

ケンブリッジとオックスフォードの両大学間で激しい戦いが行われるラグビーの対抗戦は、1872年に初めて開催されて、現在も毎年続いている。

形選手であるゴドフリー・ストーントンという「スリー・クォーター」が、出場を予定していたオックスフォード大学との大事な対抗戦の数日前に、行方不明になったのだという。ホームズたちがストーントンの滞在したロンドンのホテルの部屋を調べたところ、吸い取り紙に写った電報の文面の一部が見つかった。その後ホームズは、電報局員を言葉巧みに操って、その電報の宛先を入手する。

この手がかりにより、二人はケンブリッジの頑固なアームストロング博士のもとへ行くことになる。ホームズは博士の馬車を追いかけるが手こずり、相手のほうはこの追跡にますます腹を立てた。

捜索開始から二日目の朝、ワトスンは注射器を手にしたホームズの姿を見て、パニックに陥る。だが彼は、博士の家に行ってその注射器で馬車の車輪にアニスの香料をふりかけたところだった。そのにおいのあとを猟犬のポンピーに追わせるのだ。犬はホームズとワトスンを人里離れた小屋へときちんと導いたが、そこには妻のことを嘆き悲しむストーントンの姿があった。肺病で息を引き取ったばかりだという。彼はこの女性と極秘に結婚していて、彼女のことを冷淡な伯父のマウント＝ジェイムズ卿には隠していた。彼女の卑しい生まれを知れば、激怒するからだ。一方のアームストロング博士は、彼女の病気を治療していた優しい人物だった。大いに忠実で、友人のストーントンを守っていたのである。コナン・ドイル自身も結核の恐ろしさはよく知っていた。最初の妻のルイーズが1893年に結核と診断されて、1906年に命を落としている。

犯罪は行われていないものの、ストーントンは悲劇的な損失を被っている。真実が新聞に漏れないよう全力を尽くすと、ホームズは強く言った。誤解し合っていたホームズとアームストロング博士が互いの尊敬を得た場面が、この話の真のクライマックスになっている。■

追跡犬 (スニッファー・ドッグ)

ブラッドハウンドは、中世の時代から無法者の追跡に使われてきた。スコットランドでは"スラウハウンド (slough hound)"として知られ、"探偵 (sleuth／スルース)"という単語の語源になっている。

1888年、切り裂きジャック (→312ページ) を逮捕できなかったスコットランド・ヤードに対する大衆の抗議を受けて、警視総監のチャールズ・ウォレン卿はブラッドハウンド2頭に追跡試験の訓練をさせて、この連続殺人犯の行方を捜させた。だがこの捜査は実を結ばず、ウォレンは嚙みつかれ、犬は2頭とも逃げたのだった。

ゴドフリー・ストーントンの行方を捜す際に、ホームズは幸運にも大成功を収めた。ポンピーはドラッグハウンド（擬臭跡を追う猟犬）だったのである。この犬種はフォックスハウンドとビーグル犬の交配種というのが普通で、コース上につけられた、もしくは"引きずられた (ドラッグド)"におい（アニス油からつくられたものが多い）のあとを追うように訓練される。ケンブリッジ大学の擬臭跡猟は1855年に始まり、現在では学生によって行われている英国の擬臭跡猟では唯一のものだ。当時のケンブリッジでポンピーのような犬を見つけることは、ホームズにはわけなかっただろう。

獲物が飛び出したぞ！
〈アビィ屋敷〉(1904)
THE ADVENTURE OF THE ABBEY GRANGE

作品情報

タイプ
短編小説

英国での初出
《ストランド》1904年9月号

収録単行本
『シャーロック・ホームズの生還』
1905年

主な登場人物

スタンリー・ホプキンズ　若手警部。

サー・ユースタス・ブラックンストール　資産家で、アビィ屋敷の所有者。

レディ・ブラックンストール　サー・ユースタスの妻で、オーストラリア人（もとの名はメアリ・フレイザー）。

テリーサ・ライト　レディ・ブラックンストールのメイド。

ジャック・クローカー　船乗りで、レディ・ブラックンストールの崇拝者。

正典にはよく見られることだが、ホームズの正義感は法的慣習とは相容れない。たとえば〈ボスコム谷の謎〉（→70〜73ページ）で、彼は殺人犯に共感し、この人物がゆすられていたため、その罪を公にしないことに応じる。死が近い老人であり、いずれ「巡回裁判などよりはるかに高いところの法廷で」償わなければならなくなるからだ。〈アビィ屋敷〉ではさらにその先まで進んで、健全で若い殺人犯を無罪放免にした。彼はワトスンにこう告げている。「犯人を見つけたために、犯した罪よりもひどい痛手をその人間に負わせる結果に

ハンプシャーにあるこの屋敷のように、アビィ屋敷も「パラディオ様式」で建てられた邸宅である。パラディオのデザインは18世紀のヨーロッパで人気があった。

なったことが、過去に一、二回あったような気がするんだ。いまでは用心することを覚えたし、自分の良心をごまかすくらいなら英国の法律をごまかすほうがましなくらいに思っている」。ワトスンのほうも、道徳的には問題がありそうな友人のこの姿勢に対して、すぐさま同意した。

〈アビィ屋敷〉は、虐待される結婚生活にとらわれた女性の窮地という点でも、注目に値する。女性の夫が暴力的な大酒

飲みなのだ。父親のチャールズが意志の弱い酒飲みだったため、コナン・ドイルはアルコール依存症をじかに体験していると言えよう。彼はこの問題をいくつかのホームズ物語のほか、短編「漆器の箱」を含めたほかの作品でもとりあげている。

呼び出されたホームズ

〈アビィ屋敷〉は、1897年のひどく冷え込んだ冬の早朝に、ホームズがワトスンを起こす場面で始まる。二人はホプキンズ警部により、アビィ屋敷——ケント州チズルハーストに近いマーシャムにあるパラディオ風の邸宅へ呼び出されたのだ。殺人事件の可能性が高そうだった。

二人をアビィ屋敷の戸口で迎えたホプキンズ警部が、これまでのことをざっと話した。事件の被害者はサー・ユースタス・ブラックストールで、「ケント州きっての財産家のひとり」だが、3人組の泥棒に火かき棒で襲われて殺されたと見られていた。レディ・ブラックストールによる説明（および彼女のメイドによる証言）から、ホプキンズはこの襲撃者を悪名高いランダル一家と推測していた。「二週間前にシドナムでひと仕事したとこ

> ホームズの態度に変化が現れた。面倒くさそうな表情がとり払われて、くぼんだ鋭い目の中にふたたび生き生きした興味の光が輝いている。
> ワトスン博士

ろ」であり、「絶対です」と、彼は性急にも言い切ったのである。

ブラックストールの被害者たち

続いてホプキンズが、二人をレディ・ブラックストールに紹介する。オーストラリアのアデレード出身で、もともとの名はメアリ・フレイザー。金髪で目が青い美人だった。「優雅でしとやかで、まばゆいくらい美しい、めったにお目にかかれないような女性」と、一気呵成に書くワトスン。彼女は片方の目の上が腫れあがり、一方の腕には「くっきりと二つ赤いあざが」あった。腕のほうは昨夜の出来事といっさい関係ないと言うが、この傷跡の意味はまもなく明らかになる。彼女の説明によると、結婚して1年ほどになる夫は「お酒浸り」で、彼女のことをたびたび殴りつけ、さらには——読者はのちに知ることになるが——彼女の愛犬に石油をかけて火をつけたことまであった。彼女は明らかに、虐待を伴うひどく不幸せな関係にとらわれていたのだ。

前夜の出来事について、夫人は自分なりの説明を始めた。就寝時刻の頃に食堂の窓が開いていたのに気づいたところ、3人組の泥棒と鉢合わせになり、目の上を殴られて床に倒れ、意識を失ったという。気がつくと、切断した呼び鈴の紐で椅子に縛りつけられ、猿ぐつわをかまされていた。サー・ユースタスが物音を聞きつけたらしく、「愛用しているリンボク製のステッキ」を手に、部屋に飛び込んできた。だが、泥棒のひとりが炉格子にあった火かき棒で彼を殴りつけると、倒れたサー・ユースタスは二度と動かなかった。彼女はふたたび気を失い、気がついたときには男たちが食器棚から銀器を盗んでいた。小声で話していて、それぞれの手には近くのボトルから注いだワインが入ったグラスを持っていたという。彼らがようやく立ち去ると、彼女はなんとか猿ぐつわを外して、声を上げたのだった。

疑いをもつホームズ

この事件には特に謎などないと思われ、ホームズとワトスンはロンドンへ戻ることにした。だがホームズは疑問を抱いていた。なぜランダル一家は、同じ地域でこれほどすぐに、ふたたび押し込み強盗をはたらく危険を冒したのか？ 3人もいたのならサー・ユースタスを余裕で押さえつけることができたのに、なぜわざわざ殺したのか？ なぜわずかなものしか盗まなかったのか？ 殴れば大声を上げさせることになるのに、なぜレディ・ブラックストールを殴りつけたのか？ それに、三つのワイングラスのうち、澱がひとつにしか入っていなかったのはなぜなのか？ ワインを飲んだのは二人だけで、三つめのグラスに澱を注いで、3人で分けたという印象を与えるためなのではと、ホームズは考えた。彼

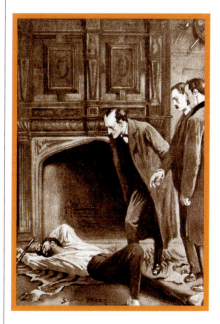

火かき棒による一撃で殺されたサー・ユースタス・ブラックストールは——《ストランド》に掲載されたこの挿絵のように——最初の見た目ほど無力な被害者ではなかった。

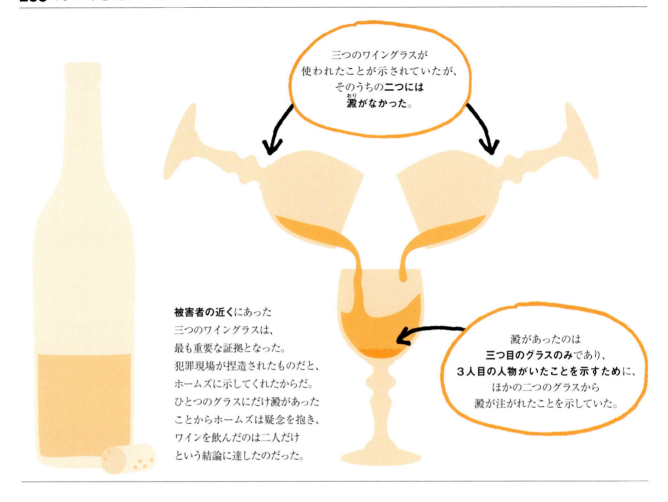

三つのワイングラスが使われたことが示されていたが、そのうちの**二つ**には澱がなかった。

被害者の近くにあった三つのワイングラスは、最も重要な証拠となった。犯罪現場が捏造されたものだと、ホームズに示してくれたからだ。ひとつのグラスにだけ澱があったことからホームズは疑念を抱き、ワインを飲んだのは二人だけという結論に達したのだった。

澱があったのは**三つ目のグラスのみ**であり、**3人目の人物がいたことを示すために**、ほかの二つのグラスから澱が注がれたことを示していた。

は引き返して、さらに調べることにする。

調べを進めるホームズ

ホームズは食堂にこもると、ワトスンの言葉を借りれば、彼特有の「ひたすら細かく意欲的な捜査」に打ち込んだ。2時間後、呼び鈴の紐を引きちぎった者はいないという結論を、彼が出す。もしそうすれば呼び鈴が鳴って、使用人に気づかれてしまうからだ。そうしたのではなく、マントルピースに上がってナイフできれいに切断した。これを行うには、並はずれて背が高くなければならない——ホームズ以上の背の高さだ。さらには、レディ・ブラックンストールが縛りつけられていた椅子に血痕があったことから、彼女は夫が殺されたあとに座らされたと、ホームズは推測したのだった。

真相の構築

レディ・ブラックンストールの話はうそだらけだった。いかつい感じながらも献身的なメイドのテリーサから、彼女が夫から受けていた虐待の一部始終を聞くに及び、ホームズは真実を話すようにと穏やかに言う。だが、それでも彼女は自分の話を変えなかった。

ワトスンとともに屋敷を立ち去ったホームズは、氷の張った池に穴がひとつ開いているのを見つめていたが、ホプキンズ宛てにメモを書き残したのち、アデレードとサウザンプトン間の航路をもつロンドンの船会社へ行くと言いだす。真犯人の明らかな敏捷性とレディ・ブラックンストールを縛りつけた結び方から、犯人は船員であり、彼女が船で英国へ向かっていたときに出会った人物だろうと推測したのだ。そしてホームズは、高級船員のひとりであるジャック・クローカーがシドナム在住で、帰りの航路に就いていないとつきとめる。ホプキンズのほうは、ランダル一家がニューヨークで逮捕されたため、アビィ屋敷で窃盗を働けたはずがないと知る一方、ホームズのメモにより、"盗まれた"銀器も池の底から見つけていた。だが"泥棒"が手に入れたものを捨て去った理由のわからぬホプキンズは、「いわば目くらましのためだけに」人を誤った方

向へ導くようにそこに置かれたというホームズのヒントに気づかなかった。

事件の解決

ホームズに呼び出されてベイカー街221Bに現れたクローカーは、真実を話すよう説得される。「腹を割って話していただきたい。そうすれば、ぼくらもあなたの力になれるかもしれません、もしぼくをだまそうとなさるのでしたら、あなたはおしまいですよ」と、ホームズは言う。

背が高くハンサムで、金髪で目が青くて若いクローカーは、サー・ユースタスにないものすべてを表していた。二人の前に立った彼は「とびぬけて立派な男前」だと、ワトスンは思った。彼は勇敢でもあり、船上でレディ・ブラックンストールに恋したが、自分がたんなる船乗りであるために遠くから崇拝することしかできず、彼女がのちに結婚をしたと知って、うれしく思ったと語った。ところが、メイドのテリーサとたまたま出くわした折に、夫に関する恐ろしい真相を聞かされたのである。クローカーは彼女にもう一度会おうと決め、そのうちに彼女のほうも彼に恋をしたのだった。

そして運命の夜、この恋人たちはサー・ユースタスの不意打ちに遭う。部屋に駆け込んできた彼は、妻のことを「女性に向けるには最低のことばで」なじったうえ、ステッキで殴りつけてきたのだった。ここがこの話で最も重要な点である——サー・ユースタスが道徳上のあらゆる境界を踏み越えた瞬間だ。クローカーはつかんだ火かき棒で彼を叩きのめすと、レディ・ブラックンストールにショックを和らげるためワインを与え、自分でも少し口にした。それからテリーサと素早く行動して、犯罪現場をでっち上げた。銀器を池に捨てて物盗りが起きたように見せかけ、「今夜は一世一代の大手柄をたてた」と思いながら、シドナムへ帰っていったのである。

裁判長を務めるホームズ

クローカーの話に満足したホームズは、その行動に同情すると言って、彼が逃げられるよう、ホプキンズに話すのを24時間遅らせると告げる。だがクローカーは、レディ・ブラックンストールを共犯者として逮捕させることなど夢にも思っていないと怒る。この反応に喜んだホームズはみずから裁判長となり、ワトスンを陪審員とした。二人はそろって彼を「無罪」とし、ホームズはクローカーに対し、1年後に愛する人のもとへ戻るよう告げた。

ホームズにとって、妻を虐待する暴君をクローカーが殺した今回の事件は、正当殺人であった。クローカーの男らしくて揺るぎない誠実さに対する称賛により、レディ・ブラックンストールを守りたいというホームズの気持ちが強まったのだ。ホームズはホプキンズにこの事件を解決する機会を何度となく与えていたが、法律上クローカーが無罪になるとは思っていなかった。この事件では、ホームズはまさに法律を自分の好きなようにしていると言えよう。■

> あなたのことをそこいらにざらにいる犯罪者と同じに考えていたら、ここでいっしょに煙草なんか吸っていやしませんよ。そうでしょう？腹を割って話していただきたい。そうすれば、ぼくらもあなたの力になれるかもしれません。もしぼくをだまそうとなさるのでしたら、あなたはおしまいですよ。
> シャーロック・ホームズ

離婚の不平等

かつての英国は、女性から離婚をするのが難しいことで有名だった。虐待する酒飲みとの結婚にとらわれていたレディ・ブラックンストールも、自分が逃げることを禁じる「無理を通す法」について、熱い口調で語っている。

19世紀のなかばまで、完全な離婚は議会による私法律によってのみ可能だった。1857年の婚姻訴訟法により、離婚手続きが議会から民事裁判所へと移されたが、この当時でも離婚理由は限られたままであり、現実には男女間に存在するダブルスタンダードを法制化したにすぎなかった。1857年から1923年まで、離婚理由としては不義が唯一のものとされていた。ところが、妻は不義という理由があれば離婚されたのに対し、夫の場合は不義にひとつ以上の違反を伴っていなければならなかった——近親相姦、虐待、重婚、同性愛、遺棄である。そのためひどい虐待に見舞われていても、明らかに不義ではなかったため、レディ・ブラックンストールは離婚できなかったのだ。

事実に先立って理論を立てようとするのは、大きなまちがいというものさ

〈第二のしみ〉(1904)
THE ADVENTURE OF THE SECOND STAIN

作品情報

タイプ
短編小説

英国での初出
《ストランド》1904年12月号

収録単行本
『シャーロック・ホームズの生還』1905年

主な登場人物

ベリンジャー卿 英国首相。

トリローニー・ホープ ヨーロッパ問題担当大臣。

レディ・ヒルダ・トリローニー・ホープ トリローニー・ホープの妻。

エドアルド・ルーカス スパイ（アンリ・フールネイの名でも知られる）。

フールネイ夫人 パリに住むルーカスの秘密の妻。

ジョン・ミトン ルーカスの執事。

レストレード警部 スコットランド・ヤードの刑事。

マクファースン巡査 ルーカスの家の見張り。

　この話は短編集『シャーロック・ホームズの生還』収録中の最後の事件だ。正典におけるワトスンは、記録者であると同時にホームズがかかわった事件の"発表者"でもあるが、この事件の発表についてすぐさま言い訳をしており、読者に対して「約束」をしたからと主張している。ただ、そのような契約については、どの話にも見られない。今やサセックスに隠退したホームズにとって、「名声はただ厭わしいだけ」であり、これ以上の話の公表を望んでい

第二のしみ

ないのは明らかだ。だがそれは、ワトスンによる事件の公表がかつてもたらしていた宣伝効果を、もはや必要としていないからかもしれない。いずれにしろ、この短編集が「ホームズが捜査を依頼されたうちでももっとも重要な国際的事件」で終わるというワトスンの指摘に、反論できないのは事実である。

歴史的背景

この事件の重要性のせいで今回の話には「曖昧な点がいろいろある」とワトスンは書いている。たとえば、この事件が何年に起きたものなのか、彼は明記していない。〈海軍条約文書〉（138〜141ページ）と〈黄色い顔〉（112〜113ページ）には〈第二のしみ〉事件への言及があるものの、この話の時期を特定する役には立っていない。どちらもまったく異なる事件を暗に指しているようだからだ。それでも、この話に描かれている、英国がヨーロッパの同盟国における「二つの同盟」間の決定権を握っているという政治情勢は、今回の話の舞台が1890年代前半であることを示していると言える。ドイツとイタリアとオーストリア＝ハンガリーによる「三国同盟」（→139ページ）

> ほぼ絶望的という状況だが、望みがまるっきりないわけじゃないぞ。
> シャーロック・ホームズ

への対抗勢力として、1892年にロシアとフランスが手を組んだからだ。さらにホームズの"大空白時代"（→164〜165ページ）を考慮に入れると、早くても1894年頃になる。この話に出てくる英国首相「ベリンジャー卿」は、実在した自由党の元首相で1894年3月に退任したウィリアム・グラッドストンに、よく似ている。事実、ワトスンによる描写と《ストランド》に掲載されたシドニー・パジェットによるイラストは、グラッドストンに酷似しているのだ。

著名な訪問者

この話の冒頭では、首相とヨーロッパ問題担当大臣のトリローニー・ホープが「ベイカー街のわたしたちの質素な部屋」にある種の厳粛さをもたらしている。ウェストミンスターのホワイトホール・テラスにあるトリローニー・ホープの自宅から、ある書簡がなくなり、それを見つけることが国家の安全にとって不可欠なのだという。書簡はホープの寝室の鍵をかけた文書箱からなくなっており、前夜には間違いなくそこにあった。ディナーの前に目にしていたし、夜中に部屋に入って盗む者がいたら、ホープも妻も間違いなく気づいたはずだ。その部屋に入ることのできる使用人は執事と妻付きのメイドの二人だけだが、どちらも信頼が置けるし、その箱に重要なものが入っていたとは知らない。この書簡については閣僚および省内の役人数人程度しか知らず、それも前日になって初めてその存在を知らされたのだった。

書簡の内容が公になることを避けるため警察への通報はされず、ベリンジャーもトリローニー・ホープもホームズに詳細を話すのを渋っていた。それでも、書簡の中身を知らなければ手を貸すことができないので、これ以上話しても時間の無駄だとホームズは言い切る。これほど

ヨーロッパの政治

紛失された書簡の書き手という、名前の挙げられていない短気な「外国の君主」は、1888年からドイツを支配した皇帝ヴィルヘルム2世（絵）をモデルにしているかもしれない。この好戦的な人物は1896年、南アフリカのポール・クリューガー大統領に対する電報で、英国植民地の騎馬警官隊による侵入を鎮圧したことに関して祝いの言葉を送ったのだ（これは今回の事件の書簡における「植民地」という主題に密接に反映されている）。英国との緊張をかき立てる恐れのある軽はずみな行為であり、これが1899年のボーア戦争勃発の引き金となった。この出来事は今回の話の時代よりもあとに起きたものだが、出版のタイミングは絶妙だった。1904年までには、急速に進展するドイツの軍国主義に対して懸念が高まっていたからである。ヨーロッパの同盟国（ロシア、フランス、英国に対する、ドイツ、イタリア、オーストリア＝ハンガリーの「三国同盟」）の微妙なバランスはますます張りつめて、わずか10年のうちに史上最も破壊的な戦いのひとつを招くのだった。

ヒルダ夫人

ルーカスがヒルダ夫人（写真は彼女を演じたパトリシア・ホッジ）を脅すために使った手紙が、両者の関係についてのものなのか、それとも別の人物との若い頃の「軽はずみ」な関係に触れたものなのかは、明らかにされていない。明らかなのはヒルダ夫人が、女性らしい優雅さとヴィクトリア朝の貴族らしさを体現した人物だということだ。夫のキャリアを台無しにしかねない事態を招いた彼女の苦悩は、みずからの尊厳に対するわずかな汚点をも防ごうと、必死に努力する様子を雄弁に示す一方で、彼女の階級の女性に対して傷ひとつない名声をもつようにという社会的圧力も示している。ホームズの尋問に相対したヒルダ夫人は、不屈の精神と決意も見せている。ワトスンが記しているように、彼女はまさに「挑戦的な姿勢」であり、「たいした勇気」をもっていたのだ。

対照的に、フールネイ夫人はヒステリーな女性の典型である。自分の夫がヒルダ夫人と一緒にいると見るや、烈火のごとく怒っており、ヒルダ夫人の落ち着きと自制心をしっかりと浮き彫りにしているのだ。

高名な人たちを相手にかなり失礼な態度と思うもしれないが、彼の論理はわかりやすい。ほんのわずかな情報もないのに、大切な「細かい点」をどうやって把握できるというのか？ この政治家二人も、最後には承諾した。

敵意をかき立てる手紙

この書簡は、短気な外国の指導者が書いた過激な手紙で、国際関係を間違いなく刺激する内容が含まれているという。ベリンジャーはホームズに、「公表されれば……一週間とたたないうちに、わが国は戦争に巻き込まれてしまうでしょう」と告げている。すると、ホームズは紙切れにある名前を書く。首相はその人物が送り主だと確認するが、読者にはわからないままである。この点を秘密にした理由は、立ち聞きする者がいるかもしれないということではなく、明らかに読者に向けられたものだ。コナン・ドイルによるみごとなドラマの一部分であり、読者をじらし続ける手法なのである。ベリンジャーによれば、この書簡が公表されれば、最初にこれを書いた「外国の君主」の利益にならないばかりか、敵国の利益になってしまうという。内容が公になれば、英国とその君主の国とのあいだで戦争が促され、ひいては勢力の変化が生じて、書簡を盗んだ国の優位が確実なものとなってしまうのだった（→203ページ囲み）。

書簡が盗まれたのは、ホープが食事をしていた午後7時30分から、彼の妻が観劇から帰宅して二人で寝室に下がった11時30分のあいだだと、ホームズは推測した。外から3階の部屋へとることのできた者がいないのであれば、信頼度の高いメイドか執事が犯人ということになる。そしてさらに、書簡の扱いを誰よりも知る人物の手に渡った可能性が高かった。ホームズもよく知る、「国際的なスパイや探偵のたぐい」のひとりである。

最新情報

首相たちが帰ると、ホームズはいつものようにパイプを吸いながらこの事件についてしばし考えた。書簡がまだ他人の手に渡っていないらしいことから、書簡を盗んだスパイもしくは探偵は、英国や書簡を書いた国からの金の申し出を待っているところであり、その中の最高入札者に渡すのだろう。「そういう大胆なまねができる」スパイは3人しかいないと、ホームズは口にする。オーバーシュタインとラ・ロティエール——どちらの名も1908年の〈ブルース・パーティントン型設計書〉（230～233ページ）に再度出てくる——それに社交界の名士エドアルド・ルーカスだった。

このときワトスンは、前夜に発生して「大騒ぎになっている」、ある犯罪事件の記事を読んでいた。今名前の挙がったエドアルド・ルーカスがゴドルフィン街の自宅で殺され、そこはウェストミンスターにあるヨーロッパ問題担当大臣の家から目と鼻の先なのだった。この偶然に驚いたホームズは、建設的な推理を組み立てる。ルーカスが殺されたのは、執事が帰った午後10時から、暖炉の上の壁にあった短剣で心臓を刺された姿を通りかかった警官に発見された、11時45分のあいだ

わたしは、今度は彼のほうが
驚愕しているのを見て
大喜びだった。
ワトスン博士

ルーカスが殺されたと知って驚き、ワトスンの手から新聞をひったくるホームズ。《ストランド》に掲載された挿絵。

た。だがこの件を独特の視点で見たホームズは、「ささやかなひとつのエピソードにすぎない」として捨て去る。その一方で、書簡が消えてからの数日間に関連したニュースがなかったことに考えをめぐらせ、重要なのは「何ごとも起こらなかったということなんだ」と指摘した。これは彼の失望と、〈海軍条約文書〉にあった状況を反映した真の洞察の、両方を表している。書簡は危険な人物の手にはまだ渡っていないのだ。さもなければ破滅的なことが起こっているはずなのだから。

謎のしみ

ゴドルフィン街には、フールネイ夫人を疑うパリ警察が正しいと確信するレストレード警部がいた。ところが彼は、なぜかホームズを犯罪現場へ呼び戻した。実は捜査が終わったものと確信してその日の朝に現場の片づけを始めたところ、不思議なものを見つけたという。絨毯についたルーカスの血のしみの位置と、その下の板張りの床の上にあるしみの位置が一致しなかったのだ。絨毯の向きが変

その直後、今度は気品あるヒルダ・トリローニー・ホープ令夫人がベイカー街の部屋に現れる。彼女は、夫がなくした書簡の内容とその性質を知りたがっていた。ホームズは詳細を明かすことは拒んだが、その書簡をなくしたことで「社会的にも恐ろしいこと」が起こるかもしれず、見つからなければ政治家としてのご主人の経歴は危うくなるだろうと認めた。ヒルダ夫人が帰ると、ホームズは女性の「不可解」な性質についておなじみの困惑感を述べる。ただ彼は、夫人が表情を見られないようにうしろから光が当たる位置に座った点に、注目していた。

遅い進展

その後の数日間、ホームズは落ち着きがなく、事態はうまい具合には進んでいないようだった。ワトスンは新聞記事から、ルーカス殺しの容疑者として執事のジョン・ミトンが捕まったものの、証拠不充分ですぐに釈放されたと知る。この殺人には明確な動機はなく、ルーカスの数多い貴重品も何ひとつ持ち出されていなかった。

ところが4日目に、パリ発の電文がニュースになった。火曜日にロンドンから帰国したフランス人女性（西インド諸島の血統）が異常な行動をとるようになったと判断され、彼女がルーカス殺しの事件とつながりがあることを示す証拠が出てきたという。実は、彼女の夫アンリ・フールネイはルーカスと同一人物であり、パリとロンドンで二重生活を送っていたのだった。フールネイ夫人は嫉妬により激しく暴れることがあり、ルーカスが殺された夜に彼女が何をしていたのかわからぬものの、翌朝にチャリング・クロスでひどく騒いでいるところを目撃されてい

> この三日間でただひとつ
> 重要なことは、つまり、
> 何ごとも起こらなかった
> ということなんだよ。
> シャーロック・ホームズ

1986年のITV版〈第二のしみ〉で、絨毯を調べるホームズ(ジェレミー・ブレット)、ワトスン(エドワード・ハードウィック)、レストレード(コリン・ジェヴォンズ)。

えられたのは明らかだと言うホームズに対して、警部はドライなウイットで返す。「絨毯の向きが変わったってことだったら、あなたに教えていただくまでもありませんよ、ホームズさん。警察だって、それくらいはわかります」。ただ彼は、誰が何のためにやったかという説明を、ホームズに求めていたのだった。ホームズは、家の見張りをしていた警官を問いただしたほうがいいと告げると、警部が別室でその警官を相手にしているあいだに、急いで絨毯の下をワトスンと探す。すると、蝶番のついた蓋が見つかり、その下に小さな穴があった。が、残念ながら空だった。レストレードが戻ってくると、ホームズは先ほどまでの「けだるそう」でうんざりした態度に戻る。見張りをしていたマクファースン巡査は、前夜に、確かに訪問者を――「若い女……すごく上品な感じで、ことばづかいも丁寧な人」を――中に入れたのだった。

最後から2番目の行動

面目を失った巡査に対して、レストレードが「何もなくなったものがないからまだいいようなものの、そうでなきゃ、おまえは困ったことになる(in Queer Street)ところだったんだぞ」と告げているが、ここには深い劇的アイロニーが存在している。読者はホームズとワトスンとともに、その部屋から何かが「なくなった」ことをかなりの確信をもって知っており、そのなくなったものこそが、この事件にとって重要だからだ。また、コナン・ドイルがここで"Queer Street"という語を使っている点も注目に値する。これはケアリー街(Carey Street)を指す口語表現で、そこにはかつて破産裁判所があった。チャールズ・ディケンズが『我らが共通の友』(1865年)の中で、特に破産について言及する際にこの表現を用いているが、経済的な苦しさにあるという広い意味では、コナン・ドイルの友人ロバート・ルイス・スティーヴンスンがすでに用いている。彼の小説『ジーキル博士とハイド氏』(1886年)で、高潔なエンフィールド氏は、「窮地と思えるようなときにあるほど、私はものを聞かなくなる」と言っているのだ。

読者はすぐに気づくが、この「美人と言っていい」女性の訪問者こそ、間違いなくヒルダ夫人である。そして、ホームズは「手にしたもの」、つまり肖像からヒルダ夫人の顔だけ切り取ったものを掲げ、それを見た巡査が驚くと、「さあ、ワトスン、いよいよ大詰めの幕があがるぞ」と口にするのだ。

劇的なタイミング

ホームズとワトスンはトリローニー・ホープ邸へ直行すると、ヒルダ夫人に対し、この件におけるあなたの関与をご主人が知る必要はない、と安心させて、書簡を渡すように迫る。何度も拒む彼女の返事を聞いたホームズは、15分後に帰宅するご主人に話すと言ってさらに迫る。このホームズの待ちの戦術にヒルダ夫人

はとうとう折れて、書簡が入っている「水色の細長い封筒」を取り出すと、事情を話しはじめたのだった。

ヒルダ夫人がトリローニー・ホープと結婚する前に書いた、問題になりそうな手紙を使って、ルーカスは夫人を脅迫した。ホープの文書箱にある書簡と交換できなければ、その手紙を夫に見せると脅したのだ。ルーカスは閣僚内にいるスパイから書簡のことを聞いており、ヒルダ夫人は夫との愛情と信頼を守るために、取引に応じたのだった。

問題の月曜日の夜、ルーカスとヒルダ夫人が書簡と手紙を交換していると、不意にフールネイ夫人が現れた。ルーカスは書簡をすぐさま絨毯下の隠し場所に入れたが、嫉妬に駆られて短剣を振り回す夫人と激しい取っ組み合いになり、ヒルダ夫人はその場を逃げ出した。彼女は翌朝になってルーカスが殺されたことを知り、問題の書簡が悪の手に渡った場合の深刻な影響をホームズから聞かされるに及び、ルーカスの家へ密かに戻ると、隠し場所から書簡を取り戻したのだった。

飛び込んで来たトリローニー・ホープとベリンジャー卿に、書簡は持ち出されてなどいないと確信している、と告げるホームズ。彼がこっそりと文書箱に戻しておいたのだ。ホームズの言う場所に書簡があるのを見つけて驚いたベリンジャー卿は、書簡がどのようにして戻ったのかと尋ねる。これに対してホームズはいたずらっぽく、「ぼくたちにも外交上の秘密というものはありましてね」と答えるのだった。

デュパンに対する言及

ホームズはヒルダ夫人の尊厳と名声を損なうことなく事件を解決したが、ここには明らかに未解決の問題が残っている。型破りな才能という評判どおりのものをホームズが披露したおかげで、書簡が劇的にも"ふたたび現れる寸劇"はうまくやりおおせたが、彼が口を閉ざしたということは、閣僚内にいるルーカスの情報提供者の正体を読者が知ることがないという意味でもある。さらに重要なのは、ベリンジャー卿がそのようなスパイ

> あの人の人生に影ひとつ落としたくないのです。このことが知れれば、あの人の気高い心が傷ついてしまいます。
> **ヒルダ夫人**

の存在をまったく知らずに終わるということだ。

この事件におけるホームズの最後の行動は、エドガー・アラン・ポーによる1844年の作品「盗まれた手紙」を思わせる。非常に重要なメモがなくなってパリ警察は困惑するが、ポーが生み出した有名な探偵（オーギュスト・デュパン）は、そのメモは泥棒の差状しにずっと入っていたと明かすのだ。『シャーロック・ホームズの生還』を締めくくるこの事件において、コナン・ドイルがホームズに関する重要な参考もとのひとつであるデュパンのみならず、デュパンが登場する三つの作品の最後のものにそれとなく触れたことは、実にふさわしいと言える。

さらには、この複雑なストーリーは、ほのめかしだけでなくあざむくこと、つまり書簡の重要性によって大臣たちにも読者にも、書簡が実際よりはるかに遠くまで運ばれてしまったに違いないと信じ込ませている。そのことにきっちりと取り組んでいる点から、コナン・ドイル自身がこの事件を好きな話のひとつに挙げているのも、当然と言えよう。■

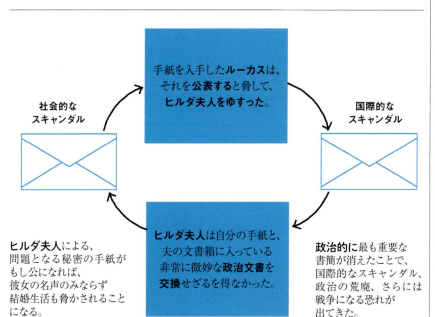

ホームズ挨拶

最後の

ホームズ最後の挨拶

1905年12月 ↑ コナン・ドイルの**ナイジェル卿**シリーズが《ストランド》誌で連載される。

1907年 ↑ コナン・ドイル、**「ジョージ・エイダルジ事件」**を発表——これにより、**牛を切りつけて惨殺した**という**現実の被疑者の**容疑が晴れる。

1908年1月 ↑ 《ストランド》で**ホームズの挿絵を担当した****シドニー・パジェット**が、47歳で亡くなる。

1910年5月 ↑ **エドワード7世**が68歳で崩御。**ジョージ5世**が国王に。

このマークの項は、ホームズとワトスンの人生上の出来事

1906年7月 ↓ コナン・ドイルの**最初の妻ルイーズ**（"トゥーイ"）、結核で亡くなる。

1907年9月 ↓ コナン・ドイル、"親友"だった**ジーン・レッキー**と再婚する。

1908年9月 ↓ のちに短編集『**最後の挨拶**』に収録される話の掲載が《ストランド》で始まる。

1912年 ↓ コナン・ドイル、SF小説『**失われた世界**』（345ページ）を出版。

この章の内容

長編
『**恐怖の谷**』（1915年刊）

短編集
『**シャーロック・ホームズ最後の挨拶**』（1917年刊）
〈ウィステリア荘〉
〈赤い輪団〉
〈ブルース・パーティントン型設計書〉
〈瀕死の探偵〉
〈レディ・フランシス・カーファクスの失踪〉
〈悪魔の足〉
〈最後の挨拶〉

1917年の短編集『シャーロック・ホームズ最後の挨拶』のまえがきで、ワトスンはホームズがイングランドのサウス・ダウンズへと隠遁(いんとん)したものの、この短編集の最後に収められた表題作では、第一次世界大戦前夜にスパイとして復活した彼の姿が描かれていると述べている。年代順でいくと、この話が正典におけるホームズの最後の活躍となる。『最後の挨拶』に収録されたそのほかの話はもっと前の時代のものであり、最後の長編『恐怖の谷』の舞台は1888年に設定されている。

国益のために

『最後の挨拶』収録の話に見られる緊張感は、差し迫った第一次世界大戦の印象を反映したものだ。〈ブルース・パーティントン型設計書〉——1895年が舞台の手に汗握るスパイもので、ホームズの兄のマイクロフトが登場する話——は、"スパイ小説"というジャンルの初期の例である。この話で鍵となる潜水艦が実際の戦争で重要な役を果たすのは、1939年に勃発した第二次世界大戦においてだった。ホームズがドイツ人スパイのフォン・ボルクの裏をかく〈最後の挨拶〉は、ベルギーを侵略したドイツに対して英国が宣戦布告する二日前に設定されており、悲哀と予兆に満ちている。

ベルギーに関して、コナン・ドイルはほかのところでも考えていた。彼は1909年に、友人で人権擁護活動家のロジャー・ケイスメントの著作に影響を受けて書き上げた"The Crime of the Congo"（コンゴの犯罪）で、レオポルド2世によるアフリカでの搾取に反対している。また、のちに記録した西部戦線の年代史では、ベルギーの戦場を中心に扱っている。

コナン・ドイルが1911年9月にアイル

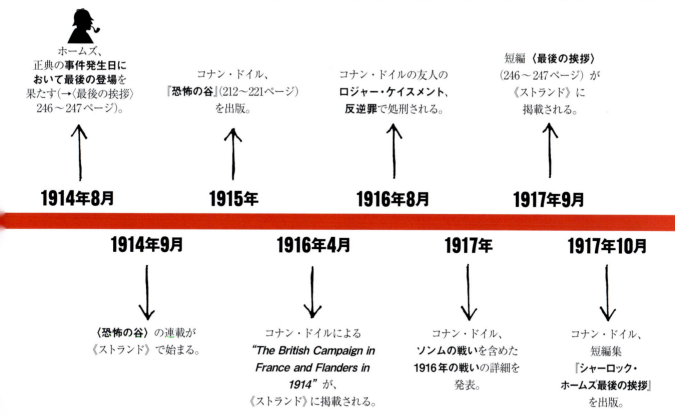

ランド自治法を支持すると方向転換したのも、1916年に反逆罪で処刑されるケイスメントの影響を受けたものと見られている。この作者の家系のルーツでありながら、アイルランドそのものが正典に登場することはなかった。それでも、ホームズが〈最後の挨拶〉で扮したのはアイルランド系アメリカ人であり、〈恐怖の谷〉に登場する秘密の犯罪組織「スコウラーズ」は、悪名高き"モリー・マグワイアーズ"に基づいたもので、これはペンシルヴェニアとウェスト・ヴァージニアの炭鉱地帯でテロ行為をはたらいたとされる、アイルランド系アメリカ人による労働組織である。

現実世界における捜査

　コナン・ドイルは、14〜15世紀にかけての百年戦争時を舞台にした1905〜1906年のナイジェル卿シリーズを、自身の"最高傑作"と考えていた。当時の彼の作品は同時代のものがかなり多く、政治にも積極的に関わった。1906年には2度目の国会議員立候補を行い、外国人の家系で不当に有罪判決を受けた二人の男性に代わって介入した事件では、みずからの捜査を内容とした"ジョージ・エイダルジ事件"と"オスカー・スレイター事件"という二つの記事を発表している。彼らの主張を支持したコナン・ドイルは、当時の人種的偏見をものともしなかったのだ。その一方で、〈ウィステリア荘〉などのホームズ物語には露骨な人種的固定観念が散見され、〈悪魔の足〉の毒薬は恐怖や絶望や死とアフリカを結びつけている。

新時代の犯罪

　組織犯罪集団が必ず存在するという、激しさと凶暴さが増した時代の到来が、『最後の挨拶』の8編に反映されている。〈赤い輪団〉には2度目となるマフィアへの言及があるし（最初のものは1904年の〈六つのナポレオン像〉）、〈恐怖の谷〉のように、実在するピンカートン探偵社の探偵が登場するものもある。同社は1850年に設立されたアメリカ初の探偵組織だ。

　〈レディ・フランシス・カーファクスの失踪〉では、ホームズはフランス人労働者に変装して乗り込む前に、ワトスンを単身ヨーロッパへ派遣している。この話におけるホームズは、ワトスンの捜査能力に対してかなりシニカルになっているし、〈瀕死の探偵〉では不治の病にかかったと思わせて、この友人をだましている。ただ、〈悪魔の足〉でのホームズは本当に死にかけて、機敏に立ち回ったワトスンのおかげで窮地を救われたのだった。■

ひとりの男を抹殺するために、偉大な頭脳と巨大な組織が全力を傾けた

〈恐怖の谷〉(1915)
THE VALLEY OF FEAR

ホームズ最後の挨拶

作品情報

タイプ
長編小説

英国での初出
《ストランド》1914年9月号

単行本の出版
ジョージ・H・ドーラン社（米）
1915年2月

主な登場人物

ジョン・"ジャック"・ダグラス
恐れ知らずで知的で優しい、サセックス在住のアイルランド系アメリカ人。彼の過去と複数の身分が、この物語全体の鍵となっている。

アイヴィ・ダグラス 若くて美しい、ジョンの2番目の妻。

アレック・マクドナルド警部
スコットランド人であるスコットランド・ヤードの若手刑事。

フレッド・ポーロック モリアーティの組織の一員で、ホームズの情報屋。

セシル・ジェイムズ・バーカー
ジョン・ダグラスの友人で、裕福な英国人。

テッド・ボールドウィン ダグラスを暗殺しようとしたスコウラーズの一員。

ジェイムズ・モリアーティ教授
姿を見せないホームズの大敵で、スコウラーズと組んでいる。

エティ・シャフター ジョンがペンシルヴェニアで結婚した、最初の妻。

第1章
ホームズとワトソン、モリアーティをスパイするフレッド・ポーロックからの暗号文を解読する。ダグラスという人物に危険が迫っているという内容だった。

第3章
サセックス州の警察が殺人事件の捜査を始めたのち、スコットランド・ヤードとホームズに助けを求める。

第5章
ダグラス夫人とセシル・バーカーが、事件についてのそれぞれの説明をホームズとマクドナルドにする。

第1部

第2章
マクドナルド警部がベイカー街221Bに現れて、ジョン・ダグラスが殺されたと告げる。モリアーティの関与については、納得していなかった。

第4章
ホームズ、ダグラスが何らかの形でアメリカとつながりがあると知り、彼の部屋で片方のダンベルを見つける。

第6章
ホームズ、バーカーとダグラス夫人がうそをついていると確信して、なくなったダンベルの重要性を強調する。

ホームズは、モリアーティ教授の犯罪組織に潜入している情報屋から、ダグラスという人物に危険が差し迫っているという暗号文を受け取る。そこにスコットランド・ヤードのマクドナルド警部が現れて、ジョン・ダグラスというアメリカ人がサセックス州のバールストン屋敷で殺されたと告げる。ホームズはモリアーティの関与を疑ったが、マクドナルドは納得しなかった。

ホームズとワトソン、それにマクドナルドが屋敷へ向かう。被害者は銃身を切り詰めたショットガンで顔を撃たれていた。奇妙なことに遺体からは結婚指輪がなくなっていて、「V.V. 341」と記された紙切れがそばにあった。客人のセシル・バーカーが血のついた足跡を指摘する。殺人犯が窓から逃げて、堀を泳いでいったことを示していた。バーカーは、ダグラスが過去に所属していた秘密組織の関与を疑った。妻のアイヴィに対して、「わたしは恐怖の谷にいたことがある。今でもそこから抜け出せていないんだ」と話していたのだ。

ホームズは犯罪現場でダンベルをひとつ見つけるが、それが通常は対で使われ

恐怖の谷

第7章	第2章	第4章	第6章	エピローグ
バーカー、ホームズの罠にかかる。ダグラスが姿を見せて、事情を話す。	マクマード、簿記係として仕事を見つけ、「スコウラーズ」というギャングのリーダーと知り合う。	マクマードとスコウラーズのメンバー数人が暴行を働いた件で裁判にかけられるが、「証人」数人が彼らのアリバイを提供した結果、釈放される。	マクマードがスコウラーズの仲間たちに、バーディ・エドワーズというピンカートンの探偵が追ってきていると話して、その人物を罠にかけると申し出る。	ホームズは、ダグラス／マクマード／エドワーズがスコウラーズと組んでいたモリアーティの手先によって殺されて、船外へ姿を消したと知る。

第2部

第1章	第3章	第5章	第7章
20年前に、ジョン・マクマードが鉄道でシカゴからペンシルヴェニアのヴァーミッサ谷へやって来て、下宿を見つける。	マクマード、スコウラーズに入会して、新聞の編集長を襲う手助けをする。	マクマード、ギャングのメンバーによる鉱山の経営者殺しを目撃する。	マクマードが仕掛けた罠の真の狙いはスコウラーズであり、みずからの正体をバーディ・エドワーズと明かす。

るものであることを心に留めた。続いてバーカーのスリッパを血のついた足跡に合わせたところ、一致した。バーカーもアイヴィも嘘をついていると確信したホームズが罠を仕掛けて、朝には堀から水が抜かれると話す。その夜に身を潜めたホームズたちは、堀から包みを引き上げるバーカーの姿を目撃するのだった。

ホームズの指摘で姿を現したダグラスは、死んだ男は実はダグラスを狙っていた暗殺者で、格闘した際に撃ったことを認めた。その人物の特徴を示すものを取り除いたのち、ダグラスの服を着せて、本人の服は堀へ捨て、なくなっている片方のダンベルを重しにしたのだという。彼は本名をバーディ・エドワーズといい、20年前はアメリカの有名なピンカートン探偵社の探偵だった。そしてジョン・マクマードの名で、アメリカのペンシルヴェニア州「ヴァーミッサ谷」、恐怖の谷を意味する「V.V.」にある秘密結社「スコウラーズ」の、殺人犯が集まる341支部に潜入していたのだ。エドワーズは一味を裁判にかけたものの、テッド・ボールドウィンという昔からのライヴァル（今回ダグラスを狙った暗殺者）を含めて、何人かは逃げた。そこで彼を殺すよう、エドワーズの敵からモリアーティが依頼を受けたのだった。

ホームズに強く言われて、エドワーズとアイヴィは南アフリカ行きの船に乗るが、セント・ヘレナ沖でエドワーズが船外へと姿を消してしまう。ホームズのもとに届けられた手紙には、「いやはや！」という簡単な言葉があった──この話やほかの話にも出てくる、ホームズが好んで用いた表現のひとつを、からかって使っているのである。犯罪界のナポレオンが攻撃に出たのだった。■

ホームズ物語の4番目にして最後の長編小説は、この名探偵の活躍を長編という形で締めくくるにふさわしいものだが、コナン・ドイルがみずからの創造物に対してよく知られた幻滅を抱いていたことも、うかがわせる。ホームズファンは、自分たちのヒーローが話の半分において不在であることにがっかりするかもしれないが、それでも冒険談は興味深い内容であり、アメリカでの実際の出来事を、典型的な英国のカントリーハウスにおける不可解な殺人の謎へと巧妙に結びつけている。

10年以上前の〈バスカヴィル家の犬〉（152〜161ページ）と同じく、〈恐怖の谷〉も《ストランド》に毎月連載された。連載によってホームズファンからはいつものように熱心な反応がもたらされたものの、この長編小説に対する反応は、最終的には〈バスカヴィル家の犬〉ほど文句なしの大成功とはならなかった。熱心なファンでも、探偵が取り組む謎とスパイによる冒険談という、多少安定感を欠いた二つが組み合わさったものである点は、否定しないだろう。また〈緋色の研究〉（36〜45ページ）や〈四つの署名〉（46〜55ページ）と同様、第一部では犯罪がくわしく記されて、第二部でその犯罪が起こるに至った経緯が説明される。〈恐怖の谷〉にはよく知られたテーマも出てくる。登場人物の国外での暗い過去と、アメリカの犯罪組織網による行為だ。コナン・ドイルはこの両方のアイデアをすでにいくつかの短編でとりあげており、〈オレンジの種五つ〉（74〜79ページ）や〈赤い輪団〉（226〜229ページ）などに見ることができる。アメリカにおける組織犯罪にこれほど強く魅了されるというのは、当時の英国作家には珍しいことだった。例外はエドガー・ウォーレスで、彼はコナン・ドイルとは違って、大西洋の向こう側のことはみずから経験して知っていたのである。

アメリカの南北戦争時、ピンカートンの探偵たちはこの写真のように、エイブラハム・リンカーンの護衛として雇われた。〈恐怖の谷〉の頃には、スト破りの周旋屋として使われることが多かった。

絶好調のホームズ

ホームズによる捜査と殺人事件の解決を扱う第一部は、正典においてほかに見られないほど巧みに組み立てられており、いつものように複雑ながらも満足できるものになっている。コナン・ドイルは冒頭から、通常よりユーモラスな調子を取り入れていて、ホームズはワトスンのことをしきりにからかっている。

そのホームズは、犯罪関係の情報屋であるフレッド・ポーロックから暗号文を受け取ると、いつもの本領を発揮しはじめる。ポーロックは最大の敵であるモリアーティ教授のところへ潜入させたスパイだと明かし、ワトスンのためにこの両者を比較している。「いわばサメを餌のあるところに案内するブリモドキ、ライオンのために獲物をあさるジャッカル——手ごわい親玉にいいようにあやつられているだけの、ただのチンピラさ」と。そして、この大敵を称賛するような調子で「古今東西随一の陰謀家にして……暗黒街を牛耳る頭脳」と述べながら、行く手にある難題を明らかに心待ちにしている。

やきもきさせる発見

ホームズ物語のハイライトといえば

> " スコットランド・ヤードの犯罪捜査部じゃ、あなたはこの教授にほんのちょっと固執なさりすぎではないかとみているんですが。
> **マクドナルド警部** "

——繰り返し用いられてもその魅力は失われないが——不可解な推理の裏にある論理的思考を、ホームズがワトスンに対して芝居がかった調子で明かす瞬間だろう。コナン・ドイルがこれを披露するのはいつも遅めだが、通常はホームズが先に何か目立つ、明らかに成り行き任せの発言をするため、ワトスンも読者もその理由を知りたくなる。〈恐怖の谷〉の場合、ホームズは朝食の席でこう告げている。「とてつもない大うそ、まったくでたらめのまっ赤なうそ——ぼくらがまず出くわしたのが、こいつだよ！ ……バーカーの言っていることは、ぜんぶうそなんだよ。ところが、バーカーの話をダグラス夫人の証言が裏づけている……二人は口裏を合わせているのさ」

この発言がなされたとき、コナン・ドイルは読者に事実を結びつけさせようとしているが、当然ながらホームズほど巧妙にも完全にもいかない。読者は正しい結論に到達できないと気づくのだが、それはホームズの超自然的ともいえる能力の確かさを証明しているにすぎないのだ。たとえば、バーカーは午後11時30分に銃声を耳にしたと言っている。家政婦によれば、ドアがバタンと閉まるような音が聞こえたのは、それより30分前だった。ここで正しく推理しているのは、ホームズだけである。家政婦が実際に聞いたものこそ、本物の銃声だったのだ。

芝居がかった様子は続き、ホームズはワトスンと警部に、暗い中を茂みで一緒に数時間隠れようと言うが、その理由は明かさない。説明を求めたマクドナルドに対するホームズの答えは、「ワトスン君に言わせると、ぼくは実生活における劇作家らしい。むらむらと芸術家精神が湧いてきて、いつも芝居がかった演出をしないではいられないんだ」というものだった。ホームズが発見したのは、待つ甲斐があるものだった。堀にあった包みは先

暗号文の解読

534 C2 13 127 36 31
4 17 21 41
DOUGLAS 109 293
5 37
BIRLSTONE
26 BIRLSTONE
9 127 171

暗号を解く鍵がない状況でどうやって**暗号文を解くのかと聞くワトスン**に対し、ホームズは鍵がないことを手がかりとする。この作成者がその鍵（暗号文が参照とする書物）を本文に含めていないことから、**自分はその書物を持っているはず**と確信しているのだ。つまり、問題となる書物は一般的な家庭用の書籍に違いないのである。
その長さと段の数字から、参考資料であることがうかがえる。

暗号文の**最初の数字534**は、**ページ番号**を示しているようである。もしそうなら、この本はかなり厚いものとなる。

ワトスンは**C2**を「**第二章**」ではないかと口にしたが、**ページ番号はすでにわかっている**ので、これは**二段目**(コラム)を意味するはずである。

13とそれ以降の数字は、534ページの二段目にある**個々の単語**の位置を示しているに違いない。

この暗号文に書かれている**単語**は非常に**重要**ながら、あまり**知られていない**ものであるため、問題の段には出てこない。そのため、単語を**直接書き記した**のだ。

暗号を解く鍵の候補として最初に挙げられるのは**聖書**だが、数多くの版が存在するため、ページ番号の確定には至らない。**辞書類**と**ブラッドショー（鉄道の時刻表）**が、単語数が限られているため除外されたのち、ホームズは**ホイッテカー年鑑**に目をつけると、みずからの説を検証して、自分が正しいと判断した。

グルームブリッジ・プレイスは、コナン・ドイルがダグラスの住むバールストン屋敷のモデルとして用いた、堀をめぐらせたマナーハウスである。作者は近くのクロウバラに住んでいたため、よく訪れていた。

に見つけてあり、その証拠を取り返しに来たバーカーを捕らえられるように、戻しておいたのである。

　最も衝撃的な発見は、このあとに明かされる。ワトスンとマクドナルドをさらに驚かせることになるが、ホームズはアイヴィ・ダグラスに向かって、こう口にしたのだ。「ぜひダグラスさんご本人の口からじかに話をうかがえるよう、あなたから説得してくださるようお願いします」。この言葉を受けて、死んだと思われていた人物が隠れ場所から姿を現すと、「恐怖の谷」と呼ばれる話が書かれた原稿の束を、ワトスンに手渡すのだった。

現実に戻る

　殺人事件の謎が解かれると、コナン・ドイルは〈緋色の研究〉で行ったように、長いフラッシュバックを始める。今回も

ホームズは物語から姿を消して、読者はアメリカの「スコウラーズ」内でのダグラスの冒険談を追体験することになる。コナン・ドイルが〈バスカヴィル家の犬〉で本物の伝説を用いたように、スコウラーズは19世紀に実在したアイルランド系アメリカ人の秘密組織モリー・マグワイアーズ（220ページ）に基づいたものだ。この組織、通称 "モリーズ" は、ペンシルヴェニアの鉱山社会で活躍していたが、暴力事件が続いて20人の結社員が絞首刑となってしまった。彼らにとって不利となる証拠の大半をもたらしたのが、ピンカートン探偵社の探偵ジェイムズ・マクパーランド——ジョン・マクマードのモデルとなった人物である。コナン・ドイルはモリーズとマクパーランドに関する話を、クロウバラ村の自分の屋敷を訪れたアメリカ人探偵で作家のウィリアム・ジョン・バーンズから聞いたのだった。原稿を完成させたコナン・ドイルは、すぐさま出版社に詫びている。第一次世界大戦の影が誰の頭にも——特に作者自身の頭にも——大きく渦巻いているさなかに、軽い

読み物を提供したからだ。だが《ストランド》の編集者ハーバート・グリーンハウ・スミスは、戦争に関する山のような報道のあと、大衆に必要なのはちょっとした気晴らしであり、国を代表する探偵が登場する、わくわくするような気晴らしこそが読者の求める現実逃避そのものだと考えていた。そして、彼の考えは正しかった。連載の初回が掲載された同誌の売り上げは、以前にも増して堅調だったのである。戦争があろうがなかろうが、ホームズとワトスンを望む読者の欲求は失われていなかったのだ。

　コナン・ドイルは、物語の大部分においてホームズを脇へやることが、すべての読者の好みに合うわけではないと意識していたものの、これは必要なことなのだと、編集者に対して自己弁護している。ただ、ホームズの不在に深く落胆したファンは多かった。大胆な筋と鋭いユーモアがあるにもかかわらず、〈恐怖の谷〉がホームズ物語の中で評価が低く、映画やドラマ化が比較的少ないのも、この点が理由だろう。

愛憎

　ダグラス殺しを調べにサセックスへ赴いたホームズとワトスンは、ウェストヴィル・アームズという地元の宿屋に泊まる

こんなに奇妙でおもしろい事件の仕事をさせてもらったのは初めてなんで……。
シャーロック・ホームズ

が、ワトスンによれば「ベッドが二つある（double-bedded）」部屋を共有している。その部屋は明らかに「その宿ではいちばんいい部屋とのこと」だが、ワトスンの描写からは、この部屋にあるのはダブルベッドがひとつなのか、それともシングルベッドが二つなのかははっきりしない。ホームズが抑圧されたホモセクシャルかもしれないというネタが使われることはままあるが——例としてビリー・ワイルダーによる映画『シャーロック・ホームズの冒険』（1970年）や、（一部のファンにとっては）BBCによるテレビ・シリーズ『SHERLOCK／シャーロック』（2010年〜）がある——コナン・ドイルはホームズのことをセックスに無関心な禁欲主義者として描いている。〈恐怖の谷〉でもホームズは、自分は「それほど女性を崇拝してるわけじゃない」と、ワトスンに対して認めているのだ。言うまでもな

《ストランド》は、鉄道を利用して通勤する、サラリーマンや中級の知識人といった新たな読者層の興味を惹くことを目指した。それには、ホームズ物語がうってつけだったのだ。

く例外は〈ボヘミアの醜聞（スキャンダル）〉（56〜61ページ）のアイリーン・アドラーだが、彼女の"男らしい"知性と巧妙さという資質が、この探偵の尊敬を勝ち取っている。

ホームズがワトスンのことを大いに気に入っていて、明らかに異性愛者であるこの医師も同じような態度で好意を返しているという点に、疑いはない。コナン・ドイル自身が意図したのはプラトニックな友人関係だったが、その後継者たちはいろいろと推測しているようだ。

おそらく間違いなく、ホームズはワトスンに対するのと同じくらいに強い関係性を、大敵のモリアーティ教授に対しても抱いているが、こちらは愛憎の問題である。ホームズはこの宿敵の犯罪性に恐怖を覚える一方で、卑劣な行為における天才的な仕事ぶりに魅せられてもいるのだ。彼は不本意ながらも、教授の不世出の天才ぶりに感心せずにはいられないのだが、それは自身の知性に匹敵しているからだ。したがって、あらゆる敵の中でモリアーティこそが自分に真の挑戦をもたらし、またその逆でもある唯一の人物

ジェイムズ・マクパーランド

ホームズ物語の正典に登場する中でも、最も変わった人物のひとりであるバーディ・エドワーズは、実在の人物ジェイムズ・マクパーランドをモデルにしている。1843年にアイルランドのアーマー州に生まれたマクパーランドは、1867年にニューヨークへ渡ると、そこで労働者、のちに警察官となり、その後シカゴへ移って酒屋を経営した。その仕事を1871年のシカゴ大火で失うと、スコットランド系アメリカ人のアラン・ピンカートンが1850年に設立した、伝説的なピンカートン探偵社で私立探偵となった。

マクパーランドについては、1870年代の秘密組織"モリー・マグワイアーズ"に対する成功が最もよく知られている。彼はジェイムズ・マッケンナという名を用いて同グループの信頼を得たが、彼がもたらした情報が暗殺の企てに用いられて愕然（がくぜん）とするのだった。彼はまた、モリーズを皆殺しにすることを望む炭鉱夫たちに対して、幻滅を覚えた。〈恐怖の谷〉に登場して殺害されたバーディ・エドワーズとは異なり、マクパーランドは1919年にデンバーのマーシー病院で病死している。

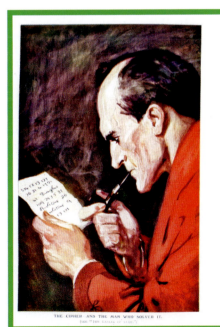

ということになる。この二人は完全に互角の競争相手であり、一方の存在なくしてはもう一方は存在しえないほどの関係なのだが、それでも最後には、どちらか一方が必ず負けることになる。バーカーから「その悪の帝王」を負かすことができるのかと問われると、ホームズはいつもの自信も見せずに、「あの男を倒せる者がいないとは言いきれませんよ。でも、それには時間をいただかねばならない」と答えている。

ホームズとモリアーティは、お互いを自分の分身と見ることができるヒーローと悪人という、最初の例である。この人気あるコンビの後継には、ジェイムズ・ボンドとブロフェルド（スペクターの首領）、バットマンとジョーカーなどがいる。ゴッサム・シティの"闇の騎士"すなわちバットマンは、ホームズのように"世界一の名探偵"と呼ばれている。

タイミングの悪さ

現代の犯罪小説家がストーリーの年代順に対して注意を払うということを知ったら、その点がいいかげんだったコナン・ドイルは驚いたことだろう。というのも、〈恐怖の谷〉はモリアーティが〈最後の

> モリアーティは、いわば鉄の鞭（むち）で悪人たちを従えている。戒律はすさまじい。彼の掟（おきて）にあるのはただひとつの罰のみ。それは死だ。
> シャーロック・ホームズ

事件〉（142～147ページ）に登場するよりも前の設定なのに、ワトスンはそのとき彼について明らかに知らないのだ。とはいえ、このミスは大きな問題ではない。〈最後の事件〉は正典内で教授が登場する、ほかで唯一の機会だからだ。〈恐怖の谷〉では姿を見せない存在であることから、教授は完全に黒幕となっていて、陰から事態を巧妙に操っているのである。ホームズの究極の敵として信じられる存在となるには、陰にいることは確かに重大な点と言えるだろう。

外国に関する見解

ホームズ物語全体にわたって、外国の地は悪や危険の源と描かれていることが多く、〈まだらの紐〉（84～89ページ）のように動物の姿をしている場合や、人間の場合もある。この"外国に対する恐れ"は19世紀の英国の上位中流階級の考え方としては典型的なものであり、（スコットランド人の）コナン・ドイルは喜んでこれを利用したのだった。危険な動物や吹き矢を用いる原住民を物語に登場させることで、作者の時代および社会階級の産物であることも示していたのである。当時の読者はこういった種類の筋や異国風の仕掛けを楽しんでいた。現在では、"異国風"には軽蔑的な意味合いがあるかもしれないが、コナン・ドイルの時代には奇妙なものや見慣れぬものに対する、かなり純粋な好奇心を含意していた。たとえ読者がコナン・ドイルの道徳観に疑問をもつことがあっても、ワトスンの性格にある寛容と共感に表された、辛抱強い人間性という最も重要で鮮やかな感覚は見てとれるのだ。

アメリカ人に関しては、コナン・ドイルはその活力に明らかに感心する一方で、彼らの行きすぎた行為に魅了されて

モリー・マグワイアーズ

コナン・ドイルはスコウラーズについて、実在した労働運動のアジテーター集団であるモリー・マグワイアーズをもとにした。通称"モリーズ"として知られた彼らは、もともとはアイルランドが起源の19世紀の秘密結社だが、その後はリヴァプールやアメリカのペンシルヴェニアに熱心な結社員が生まれたという。このグループはアメリカにおいて、非人間的な労働および生活環境、さらには冷酷な鉱山経営者からもたらされる低賃金に対して、アイルランド系アメリカ人の炭鉱夫のあいだで（時に暴力的な）実力行使を扇動した。アイルランドでの農民の反抗は通常は資産（柵の破壊や転向した農耕地の掘り起こし）や不動産業者に向けられたが、アメリカでは激しい暴力や殺人までもが日常的に行われたのである。

ペンシルヴェニアの歴史家たちは、この秘密組織は腐敗した社会機構に暴力で抵抗した団体だったと見ている。モリーズは実在したわけではなく、異なる意見を滅ぼすために鉱山経営者がつくりだしたものだと主張する者もいる。もしそれが事実なら、当局は大成功を収めたことになるのだ。

> 先見の明、大胆な仮説、鮮やかな的中――それでこそ、この職業が一生をかけるにふさわしい、誇るに足るものとなるんじゃないか?
> シャーロック・ホームズ

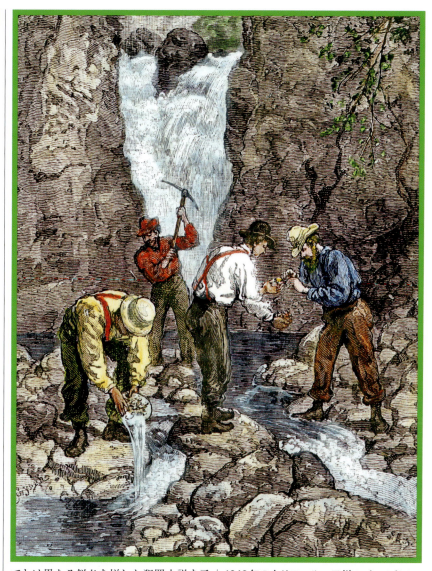

もいた。〈恐怖の谷〉やほかの作品でコナン・ドイルが描くアメリカは、無限の機会をもつ土地である一方、ギャングや腐敗の温床であり、そこから伸びる悪の触手は大西洋を越えてロンドンにまで、さらには静かな英国の邸宅にまで及んでいた。マクマード／エドワーズはヴァーミッサ谷のことを、「日暮れから夜明けまで、だれもが恐怖におののく」気味の悪い場所と見ているが、そこでの仕事が終わるや、新たな身分を手に入れて、カリフォルニアの金鉱で財産をつくることができたのだった。その後、ダグラスとしてサセックスに住むと、その勇気、陽気さ、気前のよさ、そして何よりも「飾りけのなさ」で有名になった。〈バスカヴィル家の犬〉のヘンリー・バスカヴィルのように、新世界で過ごしたことで、スノッブにならないように悟ったのだ。それでも、エドワーズがこれらの長所によってバールストンの村で人気者となっても、アメリカで手を切った人殺しのギャングたちがモリアーティと組んで、彼を追い詰めていたのである。

現代に対する示唆

〈恐怖の谷〉は正典の中でも注目に値する存在である。現代に通じる、それまでとは異なる鋭さを増した犯罪小説を予見させているからだ。舞台は快適で地味なベイカー街221Bから、とりわけ陰惨で血なまぐさい殺人と――最も重要なことに――腐敗と即決裁判で分裂した暴力的なアメリカという描写に移っている。ここではダシール・ハメットの『赤い収穫』(1929年)のような、アメリカのハードボイルドの犯罪小説が先取りされているのだ。アメリカを舞台とした進展と、冒頭のユーモアとは好対照の物悲しい結末には、コナン・ドイルのどの作品にも見ら

1848年のカリフォルニア州のゴールドラッシュにより、同州には金を求める人が30万人も押し寄せた。川で選鉱鍋(パンニング皿)を使って金を集める方法が一般的だったが、中にはダグラスのように、ひと財産をつくる者もいた。

れない暗い虚無主義の感覚がある。これは通常のヴィクトリア朝作品群の中では非常に今風に感じられるものであり、第一次世界大戦までのあたりにした大量虐殺から生じた、20世紀の苦悩を前もって示したものと見ることもできるだろう。■

もつれあってほどけそうになかった糸が目の前で解きほぐされ、まっすぐに伸ばされていくような気がした

〈ウィステリア荘〉(1908)
THE ADVENTURE OF WISTERIA LODGE

作品情報

タイプ
短編小説

英国での初出
《ストランド》1908年9月号

収録単行本
『シャーロック・ホームズ最後の挨拶』1917年

主な登場人物
ジョン・スコット・エクルズ　独身のりっぱな英国人。

アロイシャス・ガルシア　サリー州に住む若いスペイン人。

ガルシアの料理人　ウィステリア荘の料理人。

グレグスン警部　スコットランド・ヤードの刑事。

ベインズ警部　地元警察の警察官。

ドン・ムリリョ　ガルシアの隣人。

ミス・バーネット　ヘンダースン家の家庭教師。

ルーカス　ヘンダースンの秘書。別名ロペス、ルリ。

　この話は、《ストランド》掲載時には「シャーロック・ホームズ氏の追想録」というタイトルで、「ジョン・スコット・エクルズ氏の異常な体験」と「サン・ペドロの虎」の2部に分かれていた。のちの版では〈ウィステリア荘〉のタイトルで、ひとつにまとめられている。

　ワトスンによると、この事件は1892年3月の寒々とした日に始まっている。だがこの日付は、1891年から1894年にかけてのいわゆる"大空白時代"(→164〜165ページ)にぴったりと収まるため、ワトスンかコナン・ドイルの勘違いということになりそうだ。

グロテスクと陰謀

　話はホームズが電報を受け取る場面で始まる──「とても信じられぬグロテスクな体験。お話うかがいたし」というものだ。彼がワトスンに「グロテスクな」という言葉をどう定義するかと聞くと、

　1928年公開のジャン・エプスタインによる無声映画『アッシャー家の末裔』は、〈ウィステリア荘〉にも見られるゴシック的な雰囲気を出している。

ワトスンは「奇怪な」や「ぎょっとするような」と答えた。だがホームズはそれに対して、「何かこう、悲劇や恐怖の意味あいが底のほうにひそんでいるというか」と言い加えている。続いて過去の二つの事件を振り返り、〈赤毛組合〉(62～67ページ)と〈オレンジの種五つ〉(74～79ページ)はグロテスクなものが犯罪につながっていったと言うのだ。エドガー・アラン・ポーにさりげなく言及している。ポーによる架空のフランス人探偵C・オーギュスト・デュパンは、シャーロック・ホームズのヒントになったとして広く認められている。だがこの事件では、ポーの初期の短編「アッシャー家の崩壊」(1839年)との類似のほうが大きい。同作品の暗くて不吉な住まいこそ、コナン・ドイルがウィステリア荘として描こうとしたものなのだ。

電報の送り主ジョン・スコット・エクルズがベイカー街221Bに現れると、当人は私立探偵業に対する反感を公言しながらも、ほかに頼れるところもないと口にした。これにより、ホームズとこの依頼人とのあいだに冷ややかな関係が始まるが、この点は顔なじみであるスコットランド・ヤードのグレグスン警部ととも

> ぼくの精神はから回りするエンジンみたいに、肝心の仕事をあてがわれないもんだから、ばらばらに壊れてしまいそうなんだよ。
> シャーロック・ホームズ

に現れたベインズ警部を、ホームズが高く評価していることと対照的になっている。あらゆる約束ごとに相違して、地元サリー州警察のベインズはホームズにとってふさわしいライヴァルとなり、ホームズは彼の手法に尊敬のまなざしを向け、満足感を表明するのだった。

人を困惑させる夕食

エクルズは、親しくなったばかりの若いスペイン人、アロイシャス・ガルシアに招かれて、サリー州にあるウィステリア荘にひと晩泊まったあと、そこからまっすぐにやって来ていた。だが彼によれば、この滞在は楽しめなかったという。ガルシアの家はかなり不穏な雰囲気であり、ふだんは陽気なガルシアが、煙草を立て続けに吸ったりビクビクと動揺したそぶりを見せていたからだった。夕食の際に使用人が持ってきた手紙を目にすると、ガルシアの様子がさらに悪化したので、エクルズは寝床につく時間になってほっとした。ところが安心したのもつかのま、彼は午前1時近くにガルシアに起こされ、呼び鈴を鳴らしたかと聞かれたのだった。鳴らしていないと答えると、相手は

ジェレミー・ブレット主演による〈ウィステリア荘〉のテレビドラマ版(1988年)は、原作とは異なり、サン・ペドロの虎はホームズから逃げようとして、列車で命を落とす。

じゃまをしてすまなかったと謝った。

翌朝、事態はさらに不思議な展開を見せる。エクルズが起きると、家には誰もいなかったのだ。ガルシアのみならず、夕食を給仕した無愛想な使用人も、食事を用意した大柄な料理人の姿もなかった。このときエクルズが知らなかったのは、ガルシアが家の近くの共有地(コモン)で早朝に殺されたことだった。その死体からベインズ警部が見つけた手紙により、エクルズがこの屋敷にいたことが証明され、警察が彼に関心をもった理由も明らかになった。ただ、エクルズが社会的に信用のある人物だと知って満足した警察は、彼のことを容疑者からは除外した。

ベインズが取り出したもうひとつの手紙は、夕食時にガルシアに手渡されたものだった。彼はそれを火にくべたものの、炉格子に引っかかり、それをこの警部が見つけたのだった。ホームズは、手紙の筆跡は女性のものだが、裏に書かれた宛名の筆跡とは一致しないという、ベイン

224　ホームズ最後の挨拶

ウィステリア荘の炉端から見つかった暗号文は、当初ホームズを悩ませた。競馬に関することか、嫉妬深い夫によって書かれたものに思われたからである。その後ホームズは、これは近くにある大きな家の特徴を綴ったものと推理した。それぞれの部分が建物の様子を表していたからである。

> われらが色は、
> 緑と白。
> 緑は開き、
> 白は閉じる。
> 中央階段、
> 第一廊下、
> 右七番め、
> 緑のラシャ布。
> 成功祈る。D

緑と白は**サン・ペドロの国旗**の色を示している。

ドン・ムリリョの寝室の方向は、彼が寝る部屋をよく変えることから、必須だった。

窓の緑の光は、ガルシアが入れるように**鍵が開いている**ことを示している。白の場合は近づかないようにという意味だった。

ズの鋭い見立てに感心する。だが手紙の内容は謎めいていて、最初はホームズもとまどった。やがて彼が出した推論は、最初の部分は合図で、後半は会う約束に違いないというものだった（上の図を参照）。さらには、ガルシアは殺された際に自宅近くの大きな家に向かっていたはずだという結論を出して、そのような地所をリストアップしていく。

アリバイ用の人物

ホームズは、エクルズとガルシアとのあいだに不自然にも急に生まれた友人関係に注目し、スペイン人の使用人たちが逃げた理由を考えた。彼が出した結論は、エクルズは「頭の回転の速い、ラテン系の人間と気が合うタイプとは思えない」が、「型にはまったような、いかにも英国風の世間体が服を着て歩いているような男」というものだった。つまり、アリバイを証言してくれるとあてにできる人物というわけである。

その日の夜、ホームズとワトスン、それにベインズはウィステリア荘に向かった。荒れほうだいの古い建物で、「濃い青灰色の空を背景に黒々と」そびえている。見張りの巡査は、窓のところに大きな悪魔のような人影が見えて、肝を冷やしたという。そしてベインズは、奇妙でグロテスクなものをホームズに見せた。台所の食器棚には小さくしなびた人形、流しには大きな白い鳥の脚と胴体、血がいっぱい入った亜鉛のバケツ、そして黒焦げの骨の破片が山盛りになった血があったのだ。

意外な協力関係

ここから、ホームズとベインズはある種の友好的な競争を始めて、それぞれが自分の手がかりを追った結果、この事件の解決は——偶然ではあるものの——完璧な協力が見られた一例となる。巡査を驚かせた「悪魔」がウィステリア荘に戻ってきたが、その人物はガルシアの料理人と判明して、殺人容疑でベインズが逮捕する。警部は間違った人物を捕らえたとホームズは確信していたが、実はベインズのこの行動は、ホームズの手法を真似たものだった。料理人を誤認逮捕したことで、真犯人を暴き出したのだ。真犯人は「ヘンダースン」という地元の資産家で、実はドン・ムリリョという名の中央アメリカの国の元独裁者であった。今は逃亡の身で、家族とともに英国に隠れていたのである。

悪名高き「サン・ペドロの虎」として知られるムリリョは、10年にわたって残虐な政権を主導し、その名はアメリカ全土の人々の心に恐怖を植えつけたが、民衆の蜂起によって退陣させられ、不正に手に入れた財産ともども、ヨーロッパへ逃亡した。この「もっとも淫蕩でもっとも残虐

> 逮捕した男ですが、
> 馬車馬並みの力持ちで
> 悪魔みたいに獰猛、
> 文明人とは思えません。
> ベインズ警部

飢えた獣のように描かれた、悪魔のような見た目の料理人は、話にユーモアを出そうとしたコナン・ドイルの作戦だった。《ストランド》に掲載されたアーサー・トウィドルによる挿絵。

な」独裁者に正義を下そうとする組織の一員だったガルシアは、ムリリョを殺す予定の夜のアリバイを証言させるために、エクルズを家に招いたのだ。

ウィステリア荘の炉端で見つかった謎の手紙は、ムリリョ家の家庭教師だった「ミス・バーネット」によって書かれたものだった。ガルシアと密かに協力していた彼女は、実はシニューラ・ヴィクトル・ドゥランドといい、サン・ペドロで夫をムリリョに殺されていた。彼女による謎めいた手紙は、ガルシアが襲う際にじゃま者がいないことと、元暴君が家のどこにいるかを説明したものだったが、ムリリョの秘書のルーカス（ロペス）がこの手紙を書く彼女に気づいて、部屋に閉じ込めた。彼がその手紙を自分で送ることにしたため、筆跡が異なっていたのだ。そしてガルシアは共有地で待ち伏せされ、任務を果たす前に殺された。

逃げる暴君

その見た目から、ホームズはヘンダースン——ムリリョ——のことを、「外国人か、それとも熱帯で長く暮らしたことがある」としかわからなかったが、活気のないサリー州の村に外国人の住む家が2軒あるというだけで、ホームズが疑いを抱くには充分だった。そこで彼はムリリョにクビにされた庭師のジョン・ウォーナーを雇い、家の見張りと進展についての報告を頼む。だがホームズは、ベインズもムリリョの正体をつかんでいたことに、気がつかなかった。その後、この二人の計画はひとつになる。料理人が逮捕されたことで自分の身は安全と考えた暴君は、鎮痛剤を大量に投与したミス・バーネットとルーカスを伴って列車で逃げよ

うと駅へ向かう。ところがウォーナーが彼らのあとをつけており、なんとか逃げ出したバーネットを助け、ホームズのもとへ連れてくる。ベインズは私服警官をその週ずっと駅に配置していたが、窮地を救ったのはホームズが仕込んだ人物だった。バーネットは回復したのち、ムリリョのことやサン・ペドロの自由の闘士の集団について、洗いざらい話す。

ムリリョとルーカスはホームズとベインズの手から逃れたものの、半年後にマドリードでムリリョが殺されたと、ワトスンが記している。これは明らかに、ガルシアの組織によるものだった。ところで、ガルシアの台所にあった恐ろしげな遺物と、警官を怖がらせた「悪魔」とは何だったのか？　実はこの悪魔は、身のまわりのものを集めに来たガルシアの料理人であり、彼が「文明人とは思えない」という記述は、読者の注意をそらして「グロテスク」な雰囲気を出すための、いわゆる"レッド・ヘリング"だったのである。この話は、ブードゥー教——主に西インド諸島で行われる宗教儀式——を描いた、英文学でも最初期の作品のひとつだと言える。■

別々の糸ながら、二本がもつれ合っていたところは同じだったんだな

〈赤い輪団〉(1911)
THE ADVENTURE OF THE RED CIRCLE

作品情報

タイプ
短編小説

英国での初出
《ストランド》1911年3月号

収録単行本
『シャーロック・ホームズ最後の挨拶』1917年

主な登場人物
ウォレン夫人　下宿屋の年配の大家。

ジェンナロ・ルッカ　ニューヨークからロンドンへ逃げてきたイタリア人の若者。

エミリア・ルッカ　ジェンナロの妻。

ジュゼッペ・ゴルジアーノ　ナポリの犯罪組織「赤い輪団」のメンバー。

トバイアス・グレグスン警部　スコットランド・ヤードの刑事。

リーヴァートン　ピンカートン探偵社のアメリカ人探偵。

もともとは2部に分けて（明らかにコナン・ドイルの希望に反して）発表された〈赤い輪団〉は、からみ合った二つの話からなる。最初の部分では、ロンドンの下宿引きこもって奇妙な行動をとる下宿人を調べるようにホームズが依頼される。もうひとつの部分では、アメリカとイタリアの両国で指名手配となっていた、悪名高き殺人犯で犯罪ギャングのボスをめぐる国際的な大捕り物へと、話が劇的に展開するのだ。

ひきこもった下宿人

大家のウォレン夫人がホームズに話を持ちかけたのは、新しい下宿人が部屋から出ないことが心配だったからだった。10日前、黒い髭を生やし、ちゃんとした英語をしゃべるが訛りのある若者が来て、通常よりも高い2週間分の賃料を払った。だが、家の鍵を渡すことと、絶対に部屋に入らないようにという厳しい条件をつけて借りたのだった。夫人がホームズに話したところによれば、それ以降、この下宿人は最初の晩に出かけたときに姿を見せただけで、誰にも見られずに戻ってきていたという。

下宿人の指示どおりに、食事の盆は部屋の前にある椅子の上に置いた。ほかに必要なものがあるときは、活字体の大文字で書かれた紙切れが置かれるのだった。ホームズは、この下宿人がメモを書

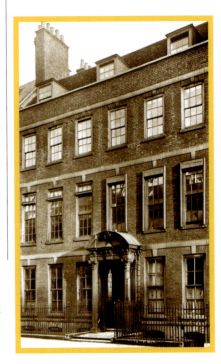

ウォレン夫人が経営する下宿屋は架空の通り、グレイト・オーム街にある。モデルとなったグレイト・オーモンド街には、クイーン・アン様式の建物（写真）が数多く存在する。

くのは英語の習熟度に問題があることを隠すためだと考え、ほかの手がかりが明らかになってくると、部屋にいる人物は部屋代を払った髭面の男ではなく、他人と入れ替わっているのだと推理した。

　この下宿人が決まって《デイリー・ガゼット》紙を所望していることから、ホームズは髭面の男がその私事広告欄を通じて、この下宿人にメッセージを送っているのではと考える。ためてあった《デイリー・ガゼット》の切り抜きに目を通したホームズは、部屋が借りられたわずか2日後に掲載された広告をすぐに見つけた。「がまんしてくれ。たしかな連絡方法を見つけるつもり。しばらくはこの欄で。——G」とあった。その後の投稿もホームズの正しさを裏付けているようで、信号と「G」が信号を送る近くの建物——「白い石の壁、背の高い赤い家」——に、ホームズの注意が向くことになる。

　まさにその瞬間に、ウォレン夫人があわててベイカー街にやって来て、奇妙な話を伝えた。その日の朝、彼女の夫が家を出たところで、見知らぬ襲撃者に誘拐されたのだという。そして辻馬車で1時間ほど連れ回されたのち、ハムステッド・ヒースで無傷のまま放り出されたのだった。霧の朝の薄明かりで、犯人は彼を下宿人と早とちりしたと推測したホームズは、この下宿人を見たいと申し出る。

ろうそくの明かりによる警告

　ホームズとワトスンが下宿を訪れ、下宿人の部屋のドアの向かいに鏡を巧妙に置いた結果、入れ替わった下宿人の姿をちらっと見ることができた。驚いたことに、見えたのは男ではなく、肌の色が濃くてひどく怯えたような、若い美女だった。その日の夕方、ホームズとワトスンは下宿屋の窓辺の位置についた。すると近くの家で、ろうそくの明かりが見えた。

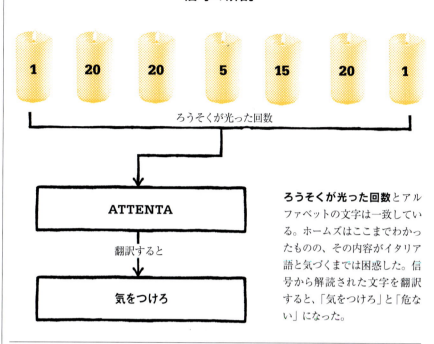

信号の解読

| 1 | 20 | 20 | 5 | 15 | 20 | 1 |

ろうそくが光った回数

↓

ATTENTA

翻訳すると
↓

気をつけろ

ろうそくが光った回数とアルファベットの文字は一致している。ホームズはここまでわかったものの、その内容がイタリア語と気づくまでは困惑した。信号から解読された文字を翻訳すると、「気をつけろ」と「危ない」になった。

おそらく「G」が下宿人の部屋に向けて信号を送っているのだ。最初その信号の意味はわからなかったが、ホームズがイタリア語だと気づいた。attenta（気をつけろ）とpericolo（危ない）である。最後の信号は急に途絶えた。不安を覚えた

いったい、何が原因なのか？ウォレン夫人の気まぐれ程度にしか思えなかった問題がいつのまにかふくれあがって、ぼくらが引き込まれていくにつれどんどん不気味になってきたな。
シャーロック・ホームズ

ホームズとワトスンは、「G」がいる建物へと急ぐ。すると家の入り口にいたのは、スコットランド・ヤードのグレグスン警部と、ピンカートン探偵社（1850年にアメリカで設立された私立探偵社で、〈恐怖の谷〉[212〜221ページ]にも出てくる）の探偵、リーヴァートンだった。彼らが追っていたのは、イタリア人のギャングで50もの殺人事件の黒幕、ジュゼッペ・ゴルジアーノだった。

室内での殺人

　二人はゴルジアーノを追ってこの建物までやって来て、彼が出てくるのを待ち構えていたのだ。見張りを始めて以降、3人の男が家から出ていったが、そのうちのひとりはウォレン夫人による人相と一致する髭面の下宿人だった。だが、殺し屋本人は出てきていない。ホームズが上の階の窓から送られた警告の信号について話すと、ゴルジアーノはロンドンにいる仲間に危険を知らせようとしていた

警部たちはゴルジアーノを逮捕すべく家に入り、ホームズとワトスンがあとに続く。だが、信号が送られた部屋の床の上にはゴルジアーノの死体が転がっていた。ナイフの刃が喉に突き立てられ、かたわらには短剣と片方だけの黒い皮手袋がある。明らかに争いがあって、この大柄のイタリア人が殺されたのだ。一同が陰惨な現場を調べているあいだに、ホームズはろうそくを手に取ると、窓からvieni（来い）という信号を送った。

やがて、謎の下宿人の女性が現れる。彼女はゴルジアーノの死体を目にするや、警察が彼を殺したと思って、喜びの反応を見せた。ところが実際のところは彼女の夫──髭面の男の「G」（ジェンナロ）──が殺したと知るに及び、彼女は真相を話すことになる。この死んだ男による数々の凶悪犯罪から、「あの男を殺したからといって、わたしの夫を罰する裁判官などこの世にいるはずありません」と、彼女は確信していた。短いエピローグを除くと、話の残りのほとんどは、エミリア・ルッカと名乗るこの下宿人から語られるのである。

> かわいそうな、わたしのジェンナロ……は、ナポリの秘密結社「赤い輪団」に加わったのでした……この結社はがっちり団結していて秘密ばかりで、それは恐ろしいのです。一度でもその輪に足を踏み入れたが最後、二度と抜け出せません。
> エミリア・ルッカ

エミリアの話

エミリアによれば、彼女と夫のジェンナロは4年前にイタリアからニューヨークへと移住したが、二人の関係を認めない彼女の父親と、ジェンナロが若気の至りで関わった赤い輪団というナポリの犯罪組織から逃げるためだった。夫婦はしばらく落ち着いた生活を楽しんでいた。ジェンナロは、前に助けたことのある仲間のイタリア人から責任ある仕事を与えられて、家を買うことができた。ところが、ジェンナロの過去により、報いを受けることになる。ゴルジアーノという赤い輪団のメンバーに見つかったのだ。ゴルジアーノは「することなすことグロテスクで、ばかに大げさで、人を怯えさせる」悪党で、イタリアにいたときジェンナロは彼を介して組織に入ったのだった。忠誠の誓いを一度立てると、赤い輪団のメンバーは一生その組織から抜け出せないのだ。

イタリアで当局から逃れたゴルジアーノは、ニューヨークに住み着くとすぐに赤い輪団の新支部を設立し、裕福なイタリア系アメリカ人をゆすったり、協力しなければ暴力をふるうと脅したりして、活動資金を得ていた。ジェンナロの雇い主で恩人（彼の親友でもある）がこの組織に狙われたが、連中の要求に屈しなかったことから、命を狙われることになる。そしてジェンナロが、赤い輪がしるされた運命の丸いカード──「ひいた者が人を殺すことになる」もの──を引かされる。背けば自分が殺されるのだ。当然ながら彼には友人を殺す気などなく、赤い輪団のことを友人に警告すると、イ

ブラック・ハンド（黒手団）

20世紀初頭には、犯罪組織が特にニューヨークで、さらにはロンドンでも出てきた結果、組織犯罪の性質に劇的な変化が見られた。1880年から1910年にかけて、およそ50万人のイタリア人がニューヨークへやって来ると、彼らは同じ地域に住み、過密な共同住宅で暮らした。古くから住む市民に疑いの目で見られた彼らは、自分たちを守ってくれるのは、当局を掌握しているイタリア系アメリカ人による犯罪組織のメンバーだけと感じた。ゆすりや"みかじめ料"の強要が、黒手団（ラ・マーノ・ネーラ）（写真）などのギャングによって頻繁に行われた。1908年、パスクワーレ・パティというイタリア系の銀行が黒手団によって爆弾で吹き飛ばされる。これは強盗未遂ではなく、ギャングに屈しないと公言していた経営者のパティに対する警告だった。この爆発事件後に起きた同銀行の取り付け騒ぎと、パティ家への襲撃により、彼は破産する。赤い輪団によるジェンナロの雇い主に対する脅迫というイメージをコナン・ドイルにもたらしたのは、この事件だった可能性がある。

1994年のグラナダ・テレビのドラマ版で、赤い輪のしるしを調べるホームズ、ワトスン、ホーキンズ警部（演じるのはそれぞれ、ジェレミー・ブレット、エドワード・ハードウィック、トム・シャドボン）。

タリアとアメリカの警察に通報したのち、エミリアと共にロンドンへ逃げてきた。だが、ゴルジアーノは執拗に追ってきたのだった。

不完全な結末

コナン・ドイルは、ジェンナロが敵を殺した方法を明かしていない。自分ひとりで殺したのか、それとも建物を出て行くところを目撃されたほかの二人に手伝ってもらったのか。その後、彼が警察に捕まったのかも明らかにされていない。エミリアの運命も不明なまま、話は急に決着して、ホームズとワトスンはオペラを見に行こうとしている。最後の数ページに綴られているのは、エミリアたちがイタリアからニューヨーク、そしてロンドンへと移動する話だが、コナン・ドイルには満足のいく結末が書けなかったので

さあて、ワトスン、きみも、やりきれない、グロテスクな物語という標本を、またひとつコレクションに加えたわけだね。
シャーロック・ホームズ

はと見る者もいる。《ストランド》による締め切りとページの制約があったからだ。

ただそれでも、この話の展開には興味がそそられる。話の大部分において、ホームズによるささやかな調査と、スコットランド・ヤードおよびアメリカのピンカートン探偵社による捜査は並行している——ホームズが言うように、2本の「別々の糸」が「もつれ合っていたところは同じだった」のだ。こうして、ホームズが些細な手がかりをつなぎ合わせていくという、なじみある感じで始まった話は、彼の世界とは多くの点でかけ離れているような、アメリカにおける組織犯罪と脅迫に関するドラマになっていたのである。■

ロンドンの犯罪者どもときたら、まったくだらしがない

〈ブルース・パーティントン型設計書〉（1908）
THE ADVENTURE OF THE
BRUCE-PARTINGTON PLANS

作品情報

タイプ
短編小説

英国での初出
《ストランド》1908年12月号

収録単行本
『シャーロック・ホームズ最後の挨拶』1917年

主な登場人物
マイクロフト・ホームズ シャーロック・ホームズの兄で、有力な政府高官。
レストレード警部 スコットランド・ヤードの刑事。
アーサー・カドガン・ウェスト ウリッジ国営兵器工場の職員。
ヴァイオレット・ウェストベリー アーサー・カドガン・ウェストの婚約者。
サー・ジェイムズ・ウォルター 設計書の管理責任者。
ヴァレンタイン・ウォルター大佐 サー・ジェイムズ・ウォルターの弟。
シドニー・ジョンスン ウリッジ国営兵器工場の主任設計技師。
ヒューゴー・オーバーシュタイン ドイツ人スパイ。

この作品が初めて発表された頃、スパイ小説はまだ完全にはジャンルとして確立されていなかった。現在この話は、スパイ小説の嚆矢（こうし）として広く認められている。

コナン・ドイルは〈第二のしみ〉（202～207ページ）で、ホームズにスパイを見つけ出す役を一度やらせている。スパイのテーマは続き、のちの〈最後の挨拶〉（246～247ページ）ではホームズは二重スパイの役を務めた。これらの話の中では、〈ブルース・パーティントン型設計書〉が、政府による陰謀というテーマを最も生々しく描いている。この点は、中心的役割を果たしたホームズの兄マイクロフトのおかげだが、彼は正典には4作にしか出てこず、今回の登場が最後である。以前の話で、ワトスンはマイクロフトのことをいわば下級官僚だと聞いていたが、今回ホームズがついに明かしたところによると、実はかなりの重要人物で、「むしろ、兄は英国政府そのものなのだ」という。

ロンドンにあるウリッジ国営兵器工場は、兵器類の製造および保管場所として16世紀に建てられた。その活動内容は極秘だったため、ロンドンの市街地図には記載されなかった。

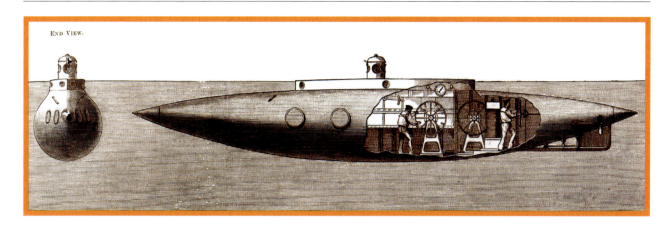

盗まれた軍事機密

1895年11月後半。ロンドンには何日間か濃い霧が立ち込めて、ホームズもワトスンもアパートの部屋を出ていなかった。この霧こそ、この話に流れるテーマであり、物語の重要な仕掛けなのである。

マイクロフトがレストレード警部を伴ってベイカー街に現れる。弟の緊急の助けを求めているのだ。手がける事件もなく落ち着かないホームズは冒険を望んでおり、今回の事件に手を貸すと承知する。

ウリッジ国営兵器工場で働く若い職員のアーサー・カドガン・ウェストの死体が、地下鉄オールドゲイト駅のすぐそばの線路上で見つかった。頭蓋骨が砕けていたが、ポケットに入っていたのは政府の極秘書類の束だった。ブルース・パーティントン型設計書というもので、画期的な新型潜水艦に関するものだという。そのような船舶が実際に使用されるのは第一次世界大戦が起きてからだが、研究開発は20世紀の早い時期から進められていたため、今回の話はこうした秘密の海軍船舶がその後の数十年間で果たす、重要な役割を先取りしている。この時期には英国のE級潜水艦に関する研究も進められていたことから、ブルース・パーティントン型潜水艦はこの先駆的な戦艦を示す暗号だったという可能性もある。10枚からなる設計書のうち、職員の死体から見つかったのは7枚のみで、しかも最も重要な4枚のうち3枚がなくなっているという。国家の危機に関わる問題であるため、マイクロフトは弟に設計書を見つけるよう促すのだった。

明らかになる全貌

話が進むにつれて、堅実で正直者だったらしいカドガン・ウェストが罪を犯したように思えるのだった。設計書は、兵器工場の隣にある鍵のかかったオフィスの金庫に入っていた。このオフィスの鍵を持っているのは、二人だけ。非の打ち

> 泥棒だろうと人殺しだろうと、こんな日にこそ人知れず襲いかかれるはずだ。犠牲者にしか姿を見られないジャングルの虎さながらに、ロンドンをのし歩けるんじゃないか。
> **シャーロック・ホームズ**

潜水艦が人々の興味をかき立てたのは、ジュール・ヴェルヌが1870年に発表した『海底二万里』による。英国海軍が初めて潜水艦を就役させたのは1901年ないし1902年だった。

どころのない政府の優秀な技術者であるサー・ジェイムズ・ウォルターと、忠実な主任設計技師のシドニー・ジョンスンである。ただ、カドガン・ウェストはジョンスンと一緒に仕事をしていて、設計書には毎日近づけたという。ホームズは、ウェストなら計画の一環として合い鍵をつくらせ、設計書を盗み大金で外国のスパイに売り渡せたのでは、と推測する。

カドガン・ウェストの死体が見つかった現場である、鉄道の接続駅を訪れたホームズは、乗客が午後11時40分頃にドサッという大きな音を耳にしたものの、濃い霧のせいで何も見通せなかったことを知る。奇妙なことに、カドガン・ウェストの頭は潰れていたが、車内に争ったような形跡はなく、線路にも血の跡はなかった。殺されたのは別の場所と推理したホームズは、死体は列車の屋根の上に載せられ、列車がカーブに差し掛かったときに落ちたと考える。

訪問

ホームズとワトスンは、この事件の関係者数人のもとを訪れることにした。最

ホームズ最後の挨拶

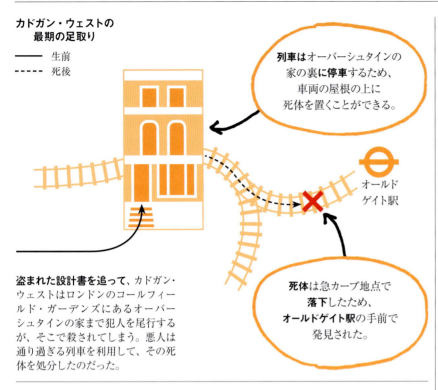

カドガン・ウェストの最期の足取り
―― 生前
---- 死後

列車はオーバーシュタインの家の裏に停車するため、車両の屋根の上に死体を置くことができる。

死体は急カーブ地点で落下したため、オールドゲイト駅の手前で発見された。

オールドゲイト駅

盗まれた設計書を追って、カドガン・ウェストはロンドンのコールフィールド・ガーデンズにあるオーバーシュタインの家まで犯人を尾行するが、そこで殺されてしまう。悪人は通り過ぎる列車を利用して、その死体を処分したのだった。

中のひとり、ヒューゴー・オーバーシュタインは、街を出たようだった。このドイツ人スパイの名がホームズ物語に登場するのは2度目だが――〈第二のしみ〉(202～207ページ)でまっ先に名前を挙げられたスパイのひとりだ――この話ではもっと重要な役を演じていたのである。

道徳的な正義を追い求め、さらには法を犠牲にして、ホームズはワトスンを説得し、オーバーシュタインの住まいへ侵入する。その住居はグロースター・ロード駅に近い地下鉄線路の地上部分に面していて、この接続駅で列車が数分停車することがよくあるのだった。二人は線路を見下ろす窓にこすれた跡と血の跡を見つけると、カドガン・ウェストの死体は、列車がすぐ下に停車するこの窓から客車の屋根の上に置かれたと結論を下す。さらには、《デイリー・テレグラフ》紙の私事広告欄に掲載された暗号文も見つけた。投稿者は「ピエロ」といい、謎の売り手からブルース・パーティントン型設計書を購入する手配をしていたのである。

巧みな手段により、ホームズは同紙に「ピエロ」をよそおった広告を出して、コールフィールド・ガーデンズにあるオーバーシュタインの家でその夜に会おうと、謎

初に向かったのはサー・ジェイムズ・ウォルターの家だったが、驚いたことに彼がその日の朝に亡くなったと聞かされる。弟のヴァレンタイン・ウォルター大佐によれば、設計書の紛失という今回の不祥事が「立ち直れないほどの痛手」となって、兄の命を縮めたとのことだった。ホームズは、これは自殺なのか――「自分に落ち度があったのを苦にしていたということ」なのかとも思ったが、奇妙にも読者がこの死因を知ることはないのである。

続いて訪れた先は、殺された職員の婚約者ミス・ヴァイオレット・ウェストベリーだった。彼女によれば、カドガン・ウェストと一緒に劇場へ向かって歩いていたところ、午後7時30分頃、どういうわけか彼がオフィスの近くで霧の中へ姿を消してしまったという。カドガン・ウェストのポケットにあった2枚の芝居の切符が、彼女の話を裏付けるようだった。彼が国の機密など売るはずがないと彼女は言い張ったが、本人は何かが気がかりだったらしく、「外国のスパイ」や「裏切り者」といったことを口にしていたのは、彼女も認めた。

兵器工場のシドニー・ジョンスンのところを訪れた際に得た情報に、ホームズは興奮した。設計書が盗まれたオフィスの窓の外で、茂みの枝が折れていたのである。また、窓のシャッターは完全には閉まらず、外にいる者が室内の動きをうかがい知ることができるのだった。二人は最後に、ウリッジ駅の駅員に話を聞く。カドガン・ウェストがひどく落ち着きのない様子で午後8時15分発のロンドン行きの列車に乗ったという。途方に暮れたホームズは、「この事件ほどとっつきにくいものはない」と口にするのである。

巧妙な思いつき

ホームズは兄に、ロンドンにいる外国人スパイ全員のリストを所望する。その

重大事件に違いないよ、ワトスン。兄に習慣からはずれたことをさせるほどの事件だ、ありふれたものであるはずがない。
シャーロック・ホームズ

> 女王陛下の馬をすべて、女王陛下の兵隊をすべてくりだしたところで、この問題はどうにもならないんじゃないかな。
> シャーロック・ホームズ

の犯人に申し出る。この計略は成功し、ホームズとワトスン、それにレストレードとマイクロフトが待ち構えていたところに、ヴァレンタイン・ウォルター大佐が現れたのである。

満足のいく結論

　盗みを認めたウォルター大佐は、借金と金銭的報酬が動機であり、兄が持っていたオフィスの鍵を複製したと説明する。婚約者と出かけていたカドガン・ウェストは、オフィスに明かりがついているのを目撃して、調べることにした。彼は大佐を追って8時15分発のロンドン行きの列車に乗り、オーバーシュタインの住まいまであとをつけたが、そこで不運にも最期を遂げたのだった。

　ウォルター大佐は、その若い職員の頭に致命的な一撃を加えたのはオーバーシュタインであり、彼が設計書で最も重要な3枚分を取っていき、残りの7枚でその職員に罪を負わせるのは充分だと考えたと言い張った。ホームズは大佐を説得して、現在大陸にいるという信頼ならないスパイに対し、この潜水艦の建造には必須である4枚目を渡すという内容の手紙を書かせた。

　罠にかかったオーバーシュタインはロンドンへ戻ってきたところを捕まり、設計書からなくなっていた3枚は彼のトランクから見つかった。ウォルター大佐は投獄されたのち、獄死した。オーバーシュタインの刑期は15年だった。当時は死罪に相当するものだったことを考えると、軽い刑である。そのため評論家のあいだでは、彼がさらなる秘密と引き換えに、自分の命を"買った"のではないかと考えられている。

現実の犯罪

　陰謀と策略がからんだこの話では、ヴィクトリア朝ロンドンの大きな特徴である霧が重要な役目を果たしている。話の冒頭でホームズが主張しているように、その存在により、人々は気づかれることなく歩き回ることができるのだ。この街に立ち込めるその重たい覆いによって、カドガン・ウェストがウォルター大佐を尾行してオーバーシュタインの家まで行くことも、オーバーシュタインがウェストの死体を列車の屋根に置くことも、その死体が誰にも見られずに落ちることも、可能となったのである。

　専門家たちは長年にわたり、現実の犯罪がどの程度まで今回の話の参考になったのかを論じてきた。出された説としては、ロンドンの鉄道のトンネル内で若い女性の死体が見つかった事件により、コナン・ドイルがカドガン・ウェストの最期に関するアイデアを得たとか、ウォルター大佐という人物は極地探検家サー・アーネスト・シャクルトンの弟で、1907年にアイリッシュ・クラウン・ジュエルを盗んだ第一容疑者とされたフランク・シャクルトンに基づいているというものなどがある。これらの考えが正しいかはともかく、一点だけは確かだ。コナン・ドイルは現実の状況、つまり政治スキャンダルから戦争の下準備となるものまでを組み立てて、複雑につくられたフィクションにする達人なのである。■

ロンドン地下鉄の誕生

　ロンドンの人口が19世紀前半に急増したため、混雑した道を通って市内を行き交うことは、ますます困難かつ時間のかかるものになってきた。工学関係の起業家集団が考え出したのが、管の中を列車が走るというイメージの"トレインズ・イン・ドレインズ"なる過激なものだった——旅客を乗せた蒸気機関車を地下に走らせるというシステムである。

　長年にわたる投資、計画、建設の末に、世界初の地下鉄道であるメトロポリタン線が1863年に開通する。その駅のひとつはホームズのお膝元のベイカー街だった。ガス灯で照らされた木製の車両は、5キロメートル（3マイル）の距離を18分かけて走り、初日だけで4万人の乗客を運んだ。上流階級の乗客でも「ビリングズゲイトの『魚の行商人』たちと隣り合って座らざるを得なかった」ため、社会的平等へと向かっていると警告する者もいた。それでもこの地下鉄網は急激に拡大し、低賃金労働者による市中のスラム街からの移動、郊外の拡大、通勤の誕生などの大きな要因となったのだった。

やあ、ワトスン、どうやら不運に見舞われたようだよ
〈瀕死の探偵〉(1913)
THE ADVENTURE OF THE DYING DETECTIVE

作品情報

タイプ
短編小説

英国での初出
《ストランド》1913年12月号

収録単行本
『シャーロック・ホームズ最後の挨拶』1917年

主な登場人物
ハドスン夫人　ホームズの下宿の家主。

カルヴァートン・スミス　農園主で、アマチュアの微生物学者。

モートン警部　スコットランド・ヤードの刑事。

ホームズは事件を解くためならどんな苦労も厭わないことが多いが、〈瀕死の探偵〉では、この大義に対する熱意を新たな段階にまで高めている。かつて毒殺事件を証明できなかった経験から――さらにその間に殺人犯の怒りを駆りたてたことから――ホームズはずる賢い罠を用意するとともに、その過程では冷たくも計算ずくで自分のことを最も愛している人たちをだまし、みずからが死にかけていると信じさせたのだった。

死の淵にあるホームズ

霧深い11月のある日、悲しげな様子のハドスン夫人がワトスンのもとを訪れて、衝撃的な知らせを伝えた。ホームズが死にかけているというのだ。かわいそうなハドスン夫人。ホームズは、「ロンドンでもいちばんありがたくない下宿人」として長年この家主に対してさまざまな無礼を行ってきたが、さらに、究極の精神的打撃を加えようとしているのだ。

あわてたワトスンがホームズの枕もと

ホームズが変装するために用いた手段

ベラドンナ

ベラドンナを使って、目に「熱を帯びた輝き」を出した。

蜜蠟

蜜蠟で唇に薄皮を浮かして、何日も飲まず食わずという感じを出した。

ワセリン

ワセリンを額に塗って、「ぞっとするような顔」の感じをさらに増した。

> 病人が横たわる光も暗い部屋といえばそれだけでも陰気だったが、心底ぞっとさせられたのは、ベッドからじっとこちらを見上げるやつれて生気のない彼の顔にだった。
>
> ワトスン博士

へ駆けつけたところ、彼はすっかり生気のない顔で、感染性の高い熱帯地方の病気に苦しんでいた。スマトラのクーリー病に感染したのだという。ワトスンは自身の危険も顧みずに彼を診察しようとしたが、ホームズは近づかないよう強く言い、「そこそこの資格しかない一介の開業医」だと、傷つけるようなことを口にした。さらに不思議なことには、マントルピースの上にある小さな象牙の箱に触れようとしたワトスンを、厳しい口調で叱責するのだった。

友人に死が迫っていることを悲しみ、さらにひどく気分も害しているワトスンに対して、ホームズは自分を助けられるかもしれない人物を呼んでくるように頼む。カルヴァートン・スミスという、スマトラからロンドンに来ている農園主で、アマチュアの微生物学者だという。221Bを出たワトスンは、なぜか喜んでいるような顔つきのモートン警部に出くわす（警部のことをワトスンは「古くからの知り合い」と記しているが、正典ではほかに登場したことがない）。

手ごわい相手

気難しいスミスは小さくて華奢だったが、目は「威嚇的」で、「頭部はばかでか」かった。明らかに、モリアーティと同じくらい傑出した才能の持ち主である。最初こそワトスンを家の中に入れるのを渋っていたが、ホームズの窮状を聞くや、表情を明るくした。そして、「あちらがアマチュア犯罪学者なら、このわしはアマチュア医学者。かたや悪人が相手、こちらは細菌が相手というわけだ」と言い、ホームズのもとを訪れることに同意する。

ホームズの厳密で謎めいた指示に従い、ワトスンはひとりで221Bに戻ると、友人のベッドの頭部の陰に身を隠した。やって来たスミスはほくそ笑んでいた。彼は自分とホームズしかいないと思い、象牙の小箱を送ったことを認めた。それには仕掛けがあり、鋭いスプリングが刺さると病気がうつるようになっていたという。彼はさらに、甥の財産を手に入れるために、似たような方法で殺害したことも告白した。そしてホームズに頼まれてガス灯を明るくしたが、それが実は外にいるモートン警部への合図になっており、すぐさまスミスは逮捕される。発言内容をすべて聞いていたワトスンが証人となり、捕り物は終了して、ホームズは敵を欺くために友人も欺いたことを認めるのだった。

事の真相

ホームズは自分が死にかけていると本当に信じていなければ、スミスをだますことはできなかっただろうとワトスンに言いわけする。そして、3日間も何も食べていなかったということで、ホームズは元気を回復する食事を、ひいきの店のひとつであるシンプスンズ・イン・ザ・ストランドへ食べに行こうと提案した。ワトスンとハドスン夫人を苦しめたということは、まったく気にしていないらしい。■

命に関わる化粧品

ホームズはベラドンナを使って瞳孔を広げ、唇に蜜蝋を塗り、額にワセリンをつけて、ワトスンとハドスン夫人をだましました。ホームズが用いたベラドンナ（Atropa belladonna）は非常に有毒であり、bella donna、つまり"美しい女性"という名は、ルネサンス期にヴェネツィアの婦人たちが瞳孔を広げるために、この植物から得たアトロピンをよく用いたという風習に由来する。コナン・ドイルは元眼科医だったことから、その特性についてはよく知っていたのだろう。

ベラドンナについては、1892年のニューヨークでセンセーショナルな事件が起きている。医師のロバート・ブキャナンが、モルヒネを使った妻殺しで有罪になったのだが、彼はこの薬物の存在を明かすことになる瞳孔の収縮という特徴をごまかすため、彼女にベラドンナも与えていたのである。その裁判では、その効果を示すため、ネコに致死量のモルヒネが投与され、続いて目にベラドンナを塗られるという、ぞっとするような実証が法廷で行われた。

警察を待ったり、法律の許す範囲からはみださないように遠慮したりしちゃいられない

〈レディ・フランシス・カーファクスの失踪〉(1911)

THE DISAPPEARANCE OF LADY FRANCES CARFAX

作品情報

タイプ
短編小説

英国での初出
《ストランド》1911年12月号

収録単行本
『シャーロック・ホームズ最後の挨拶』1917年

主な登場人物
レディ・フランシス・カーファクス 資産のあまりない、高貴な生まれの女性。

フィリップ・グリーン閣下 南アフリカで財を成した英国人。

シュレジンジャー博士 南アメリカから戻ってきたばかりで、健康を取り戻そうとしている宣教師。

シュレジンジャー夫人 宣教師の妻。

マリー・ドゥビーヌ レディ・フランシス・カーファクスのメイド。

ジュール・ヴィバール マリー・ドゥビーヌの婚約者。

　この事件も、ほかの多くと同じように、ベイカー街221Bの居間で始まる。ホームズが、上着の左の袖についた泥はね（その日の午前中に誰かと一緒に二輪辻馬車に乗ったことを示すもの）と、いつもとは異なる靴紐の結び方（トルコ風呂の下足番によるもの）から、ワトスンの行動を言い当てるのだ。ホームズは彼のぜいたくな入浴癖をからかい、「どうして、元気の出る英国式の風呂じゃなくて、力は抜けるし金がかかるトルコ式の風呂に行ったんだい？」と尋ねている。この発言は、やや言行不一致だ。のちの〈高名な依頼人〉（266～271ページ）でワトスンが主張しているように、「ホームズもわたしもトルコ式の風呂に目がない」のだから。それでもホームズは友人のため、もっと優れた療法を提案している——事件の予備調査のためのスイス旅行だ。

外国へ赴いたワトスン

　中年で独身という、伯爵の娘レディ・フランシス・カーファクスが行方不明になっていた。彼女はローザンヌのホテルに泊まっていたが、そこを急に発ったきり、音沙汰がないのだという。レディ・フランシスは裕福ではないものの、独特かつ貴重な宝石類を数点所持しており、どこへ行くにも持ち歩いているとのことだった。ほかの事件にかかりきりだというホームズはなかば冗談で、「ぼくがこの国を出ずにすむのがいちばんなんだよ。スコットランド・ヤードもぼくがいないと心もとないし、犯罪者たちはたががはずれて奮い立つことになる」と述べている。そこで、ホームズの代理としてワトスンが送り込まれ、二人は電報で連絡を取り合うことにした。

　コナン・ドイル自身は、初めて訪れた1893年以来、スイスを大いに気に入っていた。彼は最初の妻ルイーズ（"トゥーイ"）の結核の症状を軽減しようと、休暇を延

そう、レディ・フランシスの身に何があったのか？ 生きているのか、それとも死んでしまったのか？ それがぼくらの問題なんだ。
シャーロック・ホームズ

レディ・フランシス・カーファクスの失踪

ホームズによる、ワトスンの1日の行動の推理

> **ワトスンの靴の履き方には癖があるが、**
> 今日は靴紐がきっちり、ていねいに**二重の蝶結び**にしてある。

↓

> 彼が**靴を脱いだこと**、そして**何者か**があとでそれを結んだことは明らかだ。

↓

> そうなると考えられるのは、**靴屋かトルコ風呂の下足番**しかいない。

↓

> ワトスンの靴はまだ**新品同様**だから、**靴屋ではなさそうだ**。

> 「さて、残るは？　風呂だ」

スキーの普及に寄与したコナン・ドイルは、将来はスキーの季節を楽しむために人々がスイスに押しかけるだろうと、正しく予測していた。

長してダヴォスまで彼女を連れて行っている。そこで彼は、かなり初期のスキー愛好者になった。当時のスイスアルプスではほとんど知られていなかった、ノルウェーのスポーツである。ただし、この国に対するコナン・ドイルの愛情を最大限に立証するのは、初めて訪れた直後に、〈最後の事件〉（142〜147ページ）でホームズが命を落とす場所にここを選んだことだと言えるだろう。

不審なよそ者

　ローザンヌへ行ったワトスンは、レディ・フランシスのメイドであるマリー・ドゥビーヌの、婚約者と話をする。それによると、レディ・フランシスは荒っぽい感じで顎髭の英国人男性がホテルに訪ねてきた直後に、いきなり出発したとのことだった。ワトスンはまた、彼女の次の目的地がバーデンだと突き止めた。あとを追って同地を目指すが、彼女は3週間前に新しい友人たちと一緒にロンドンへ発ったあとだった。その友人というのは、カリスマ的な宣教師で、南アメリカでかかった病から立ち直ろうとしているシュレジンジャー博士と、その妻だった。「ひとり身のレディにはよくあることだが、レディ・フランシスも宗教で心の隙間を埋め、慰めを見いだしたのだ」。ワトスンは、レディ・フランシスがシュレジンジャー夫人に手を貸して、「健康をとりもどそうとしている宗教家」の世話を焼いたとホテルの支配人から聞かされて、そう記している。また、マリー・ドゥビーヌがもはやレディ・フランシスの下では働いていないことと、例の謎の英国人がバーデンにいて、彼女の居場所を尋ねていたことが、新たにわかった。この時点でワトスンは、この「不気味な人影」がレディ・フランシスを追い回しており、彼女はその人物を恐れて逃げざるを得なくなっていると確信する。

　続いてワトスンは、マリー・ドゥビーヌから手がかりを得られると期待して、フランスへ向かう。モンペリエで会った彼女は、「恐ろしげ」な顎髭の男について、みずからの疑念を告白した。ところが、二人が話しているまさにそのとき、当の人物が外の通りに現れる。ワトスンは呼びかけて、レディ・フランシスをどうしたのか教えるよう迫った。男は怒り狂って、ワトスンの喉をつかんだ。襲われたワトスンは不意に介入してきた地元の労働者によって助けられたが、その労働者は実はホームズが変装していたのだった。首を絞められたワトスンは、ホームズに皮肉っぽく言われる。「なんともみごとにだいなしにしてくれたもんだね！」彼はワトスンの調査努力をからかうと、

この事件における自身の発見を明かすのだった。

もしワトスンがこのことで気分を害しても、それは当然だろう。なぜなら、ホームズによる彼の扱いはいつにもまして無神経だからだ。彼は気が変わりやすいこともあるが、〈悪魔の足〉(240〜245ページ)で「なんてことだ、ワトスン！ きみのおかげでたすかったよ、ありがとう。それに、謝らなくては」と感嘆の声を上げたときのような謙虚さや愛情のこもった様子は、ここでは見られない。

悪党を追って

ワトスンを襲った短気な襲撃者は、フィリップ・グリーン閣下と判明する。南アフリカ暮らしから帰国したばかりの英国貴族。彼の説明によると、レディ・フランシスとは若い頃恋人どうしだったのだという。だが、彼が「手のつけられないやつ」で、彼女は「ちょっとでも品の悪いことにはがまんがならない」性格だったことから、最後には彼女に拒まれたのだった。そして何年もたった今、南アフリカで財を成した彼は、彼女の気持ちを取り戻そうとしていたのである。

次にホームズにもたらされた情報は、

> ううむ、こうなったら、
> じかに、まっこうから
> 立ち向かっていくしかない。
> シャーロック・ホームズ

「シュレジンジャー博士」が「聖者」ピーターズの名で知られた、非常に危険なオーストラリア人犯罪者であることを裏付けるものだった。この人物は「信仰心につけこんでよるべない女性」を食い物にしており、弱いレディ・フランシスは間違いなく重大な危機にあった。二人はグリーンとともにロンドンへ戻って捜索を続けたが、実りがなかったところに、先祖伝来の特徴ある宝石が質屋に質入れされたことがわかる。グリーンが店で待ち構えていると、ほどなくしてピーターズの妻という女性が、レディ・フランシスの財産をさらに持って戻ってきた。彼がその女のあとをつけたところ、最初は葬儀屋へ、次はサウスロンドンにある住所に向かった。不気味なことに、彼がその建物を見張っていると、棺桶(かんおけ)が運び込まれたのであった。

二人分の葬儀？

「埃だらけでおんぼろの」部屋でピーターズと向き合ったホームズとワトスンは、レディ・フランシスをどうしたのかと問い詰めた。相手が言うには、彼女とはロンドンまで一緒に来たものの、姿をくらましてしまい、借りを返すために時代遅れの宝石を置いていったという。ホームズに令状はなかったが、家捜ししたいと告げて、ピーターズの妻が警察に通報する中、玄関ホールから部屋へと押し入っていく。棺桶の蓋を開けたホームズが驚いたことに、中に入っていたのはしなびた老婆の遺体だった。レディ・フランシスが入っているとでも思ったのかと、残酷になじるピーターズ。その遺体は彼の妻の年老いた乳母のもので、地元の救貧院で死期が近いところを見つけたので、連れ帰ったのだという。翌日の午前8時に埋葬されるとのことだった。警察が到着して、ホームズとワトスンは退去させられる。令状が出ないかぎり、彼ら

クロロホルム

ヴィクトリア朝時代に麻酔薬として広く用いられたクロロホルムは、無色の液体で、意識を失わせる蒸気をもつ。だが心臓の合併症と結びつけられた結果、20世紀初めには人気がなくなった。誘拐犯がクロロホルムに浸したハンカチを被害者の口に押し当てるというイメージは、小説ではポピュラーなものだが、抗う人物の力をクロロホルムで奪うのは実は非常に難しい。少なくとも5分はかかるうえ、その後も嗅がせ続けなければならないからだ。それでもこれを試みる人は減らず、この方法で被害者を眠らせようとする犯罪者の例は多い。悪名高き連続毒殺魔で、(はっきりしないが) 切り裂きジャックの容疑者であるトマス・ニール・クリーム医師(左の絵)は、少なくとも犠牲者のひとりにクロロホルムを用いたとされている。1879年に患者のひとり(おそらくは恋人でもあった)が診療所裏の路地で、クロロホルムの過剰摂取により死んでいるのが見つかったのだ。

レディ・フランシス・カーファクスの失踪

にできることは何もないのだった。

　ベイカー街へ戻ると、ホームズは事件のあらゆる細部を徹底的に調べて、眠らずに夜を過ごした。そして翌朝、彼は急に事態に気づく。「したくしろ、ああ、早く！　生死がかかってるんだ……手遅れにでもなったら、ぼくは絶対に自分を許せない」。彼とワトスンがピーターズの家へ急ぐと、ちょうど棺桶が運び出されるところだった。ホームズが開けるように言うと、中には例の老婆とともに、クロロホルムを嗅がされたレディ・フランシスが入っていた。彼女は意識を回復することができたが、その混乱にまぎれて、犯人たちはそっと立ち去っていた。

　いつにないことだが、この事件におけるホームズの手法はかなり単純である。分析的な頭脳が働いている場面はほとんどなく、ある重要な手がかり（棺桶についての、葬儀屋の妻の言葉「手間取ってしまいまして。なにしろ、規格はずれのご注文でございましたのでね」、つまり二人分入る大きさだということ）から導き出したタイミングのいい推理を除くと、その結果は我慢強い監視と単刀直入な尋問によって得られたものばかりだった。

> ゆうべは、気になってしかたがなかったんだよ。どこかに手がかりがあったんだが、へんな言い方というか、おかしなことばをどこかで聞いたのに気づいていながら、するっと見逃してしまったように思えてね。
> シャーロック・ホームズ

迷惑な崇拝者？

　フィリップ・グリーンは、〈悪魔の足〉に登場するレオン・スターンデールによく似ている。どちらも大柄で髭を伸ばした短気な男であり、アフリカで長らく過ごしたのちに英国へ戻ってきた。荒々しい部分をもちながら、自分で自分を責める傾向の持ち主であり、どちらの男も恋愛に関して不満を抱えている——瞬時に危険な存在になりかねない動機があるわけだ。

　現代の読者は、ホームズによる明らかな共犯関係はもとより、グリーンがレディ・フランシスを執拗につけ回している点が気になるかもしれない。グリーンは、彼女が「わたしを愛してくれていたからこそ、あの人の輝かしい日々もずっと独身を通したんです、わたしだけのために」と言っているが、実際のところ、レディ・フランシスは彼のことを少なくとも二度拒んでおり、彼をまく目的で、ローザンヌへ逃げたり手の込んだ道を選んでバーデンへ行ったりというたいへんな苦労も厭わなかったのだ。コナン・ドイルが描く強い女性の登場人物が、〈ぶな屋敷〉（98〜101ページ）のヴァイオレット・ハンターや〈ボヘミアの醜聞〉（56〜61ページ）のアイリーン・アドラーのように、中流階級になりがちだということは確かである。簡単にだまされるというレディ・フランシスの傾向も、〈高名な依頼人〉（266〜271ページ）のヴァイオレット・ド・メルヴィルと同じく、簡単に男を信じる高貴な生まれの女性というカテゴリーに収まりそうである。ただし、ホームズとグリーンは、どの段階においても、彼女の自立した生き方が不幸な環境のせいでなく意識的な選択であるという可能性を、検討していない。レディ・フランシスの本当の気持ちはわからないが、この結末にはどこか、かすかに気がかりなところがある。「どすどすと廊下をやって来る」グリーンの足音が聞こえると、ホームズは「このレディを介抱すべきは、ぼくなんかより、なんといってもこの方だ」と言って引き下がり、意識が安定していない無防備なこの独身女性を彼の手に委ねてしまうのだから。■

　ピーターズが老婦人を連れ帰ったヴィクトリア朝の救貧院は、貧しい者や年老いた者、身体の弱い者を収容して仕事を与えるために建てられた。だが救貧院で暮らす人々の生活は過酷だった。

のっけから こんなに怪しげな 事件には、めったに お目にかかったことが ありませんよ

〈悪魔の足〉(1910)
THE ADVENTURE OF THE DEVIL'S FOOT

作品情報

タイプ
短編小説

英国での初出
《ストランド》1910年12月号

収録単行本
『シャーロック・ホームズ最後の挨拶』1917年

主な登場人物
レオン・スターンデール博士　ライオン・ハンターで探検家。

モーティマー・トリジェニス　地元の牧師館に間借りしている独身者。

オーウェンとジョージ・トリジェニス　モーティマーの兄弟。

ブレンダ・トリジェニス　モーティマーの妹。

ラウンドヘイ　地元の牧師。

リチャーズ医師　地元の医者。

ポーター夫人　トレダニック・ウォーサの家政婦。

1927年、《ストランド》から好きなホームズ物語12編を挙げてほしいと言われたとき（→18ページ）、コナン・ドイルは簡潔に述べた。「〈悪魔の足〉にはいいところがある。気味が悪くて目新しい。9番目に据えていいだろう」。確かに、この話にはぞっとするところがある。

1910年、コナン・ドイルと2番目の妻ジーンは、春の休暇でコーンウォールのポルデューを訪れ、ポルデュー・ホテルに滞在した。ジーンは二人目となる息子のエイドリアンを身ごもっていて、彼が生まれたのは〈悪魔の足〉が発表されるほんの数週間前だった。イングランドのこの地方は魔術の伝説に満ちており、コナン・ドイルは〈悪魔の足〉の舞台に最

悪魔の足

コーンウォールのマウンツ湾というすばらしい環境は、何世紀にもわたって作家や画家にインスピレーションを与えてきた。この絵はカナダ人のエリザベス・フォーブズが1909年に描いたもので、彼女はコーンウォールのニューリンに暮らしていた。

適だと判断したのである。この話は、コナン・ドイルが関心を高めていた心霊主義の影響も受けていると言えるだろう。

休暇を取るホームズ

仕事のせいでホームズの身体が悲鳴を上げていた1897年3月、彼はハーリ街の優れた医者から、休暇を取るように言われる。そこでホームズとワトスンは、ポルデュー岬に家を借りた。すばらしい雰囲気の環境で、コナン・ドイルがそうだったようにホームズも、「暗い」うねるような荒れ地、古代コーンウォール語、先史時代の石碑に魅了された。ホームズとワトスンは数日間、荒れ地を散策するなどして「めんどうなことから離れた生活」を楽しんだ。

二人は荒れ地を散策していた折に、地元の有名人である「ライオンを追う偉大なる探検家」レオン・スターンデール博士の姿を見かけたこともあった。白髪混じりの髪に白い顎鬚（あごひげ）という大男だ。

狂気と死

ある朝、ホームズとワトスンが朝食を

> コーンウォールのあの恐ろしい事件——ぼくが手がけたとびきり不思議な事件を、発表してはどうだろう。
> シャーロック・ホームズ

とっているところに、二人の男性が現れる。地元の牧師ラウンドヘイ氏と、牧師館の間借り人で、働かずに暮らせるほどの資産があるモーティマー・トリジェニスだった。この二人が語ったのは、次のような恐ろしい話だった。

前日の夜、モーティマーは兄弟のジョージとオーウェン、それに妹のブレンダと一緒に、荒れ地にある自分たちの実家トレダニック・ウォーサでトランプをした。この3人は実家で暮らし、モーティマーは近くに住んでいる。彼は10時を過ぎたところで上機嫌な彼らと別れたが、翌朝に散歩していると、緊急の呼び出しを受けてその家へ急ぐ、地元のリチャーズ医師に出くわした。家の中にいる3人のきょうだいは、モーティマーが帰ったときと変わらずに、テーブルを囲んで座ったままだった。だがブレンダは息を引き取っており、兄弟二人はどちらも頭がおかしくなったように叫んでいて、顔には「ひ

どく怯えた表情」があった。部屋に足を踏み入れたリチャーズ医師自身も、気を失いかけた。話の冒頭で、ラウンドヘイ氏はホームズにこう告げる。「イングランドじゅうでもまさにあなたこそ、おすがりしたい方だ」。平穏な休暇のはずだったが、ホームズは「まるで猟師のかけ声を耳にした老練な猟犬さながら」に、この謎に興奮していた。休息を望んだワトスンの希望は打ち砕かれたのだ。

現場へ

ホームズとワトスンはモーティマーを伴って、調査のため現場の家へ向かう。その途中で、彼らはオーウェンとジョージを精神病院へ運ぶ馬車が通るのを目にした。「おぞましくゆがんで歯をむきだした顔がこちらをにらみつけている。すわった目とくいしばった歯が、一瞬の悪夢のようにぱっと行き過ぎていった」のが、ワトスンにも見えた。

> 人間として最期に感じた恐怖にその顔をひきつらせたなごりをまだとどめていた。
> ワトスン博士

トレダニック・ウォーサに着くと、ホームズはじょうろにつまずいて、中身をこぼしてしまう。このときは不器用に思われた行為だったが、ホームズはこれを利用して、モーティマーのはっきりとした足跡を確認した。前夜のモーティマーの動きをたどることができ、まっすぐ牧師館へ帰ったという主張が裏付けられたのである。家に入ったホームズとワトスンは、ベッドに寝かされている、かつては美人だったブレンダの姿を目にした。家政婦のポーター夫人は、女主人が死んでいた部屋に入ったとき、気が遠くなったという。現場を調べたホームズは、春の夜で狭い部屋なのに、火が焚かれたことを奇妙に思った。モーティマーによれば、前夜は「寒くて空気が湿っぽかったから」とのことだった。

手がかりが少ないことを、ホームズは嘆く。「材料が足りないのに頭を働かせるのは、エンジンをから回りさせるようなものだよ」「ばらばらに壊れてしまうのがおちだ」というのだ。彼は状況をよく話し合うために、ワトスンを散歩に誘う。そして二人とも、「人間の世界に悪魔だか何だかが手出しをする」超自然的なものを除外することに、同意する。

牧師館での殺人

家へ戻ったホームズとワトスンは、著名なレオン・スターンデールが自分たちを待っていたことに驚く。彼は今回の悲劇について、ホームズが怪しいと思っているところを聞きたがっていた。アフリカへ発つところだったが、この悲劇を知らせる牧師からの電報を受け取るや、一部の荷物はすでに船に積まれたものの、プリマスから急いで戻ってきたという。ホームズは、彼がオーウェンとジョージとブレンダとの友情のためにアフリカ行きを取りやめたという説明に納得せず、詳しい話をすることはいっさい断った。スターンデールが出て行くと、ホームズはそっとあとをつけた。牧師館を訪れたスターンデールは、あたりを見回すと家

麻薬と狂気にまつわるヴィクトリア朝時代の魅力は、R・L・スティーヴンスンの『ジーキル博士とハイド氏』といった現代小説にまで受けつがれ、その人気は20世紀まで続いた。

悪魔の足

ライオン・ハンターのレオン

ライオン・ハンターで探検家のレオン・スターンデール博士は、1910年の時点ですでにいくらか時代遅れの人物だった。コナン・ドイルが若い頃に心酔した伝奇的冒険というイメージは、アフリカの人たちに対する白人の植民地住人の振る舞いがよくなかったことがしだいに明らかになって、汚された。それでもコナン・ドイルは、アフリカの荒野への道を切り開いていった、リチャード・バートンやジョン・スピークといった者たちの偉業を称賛した。スターンデールについては、英国の博物学者で探検家のチャールズ・ウォータートン（1782～1865、左の絵）がもとになっていると指摘するホームズ研究家もいる。この人物はアマゾン川流域を裸足で歩き回ったといい、その著書 Wanderings in South America（1825年）は、チャールズ・ダーウィンやアルフレッド・ウォレスなどの博物学者に刺激を与えたのだった。ただスターンデールに関しては、ヴィクトリア朝の偉大な探検家を何人か組み合わせたものだと思われる。この名前は、インドでの猛獣狩りについて、Seonee（1877年）――ラドヤード・キプリング作の『ジャングル・ブック』（1894年）にインスピレーションを与えたもの――などの書を著したロバート・スターンデールをヒントにした可能性がある。

へ戻っていったという。翌朝、ホームズとワトスンのもとを訪れたラウンドヘイ氏は、ひどく動揺していた。「悪魔に取り憑かれているんだ、ホームズさん！ この哀れな教区に悪魔が取り憑いた！ 魔王サタンみずからがこの教区をうろついている！」。モーティマー・トリジェニスが、妹と似たような状態で、下の階で死んでいたのだった。

彼らは（警察も含めて）じゃまが入らないうちに、現場へと駆けつけた。モーティマーは椅子に腰掛けた状態で死んでおり、恐怖を浮かべたその表情はブレンダのものと同じだった。また一同は、部屋の空気が息苦しいことにも気づく。テーブルの上では、「燃えているランプがくすぶって」いた。この新たな手がかりを得て、ホームズは駆け回った。「芝生に出ていき、窓から入る。部屋をぐるぐる歩き、寝室へ上がる。どう見ても、隠れた獲物を狩り出そうと突き進む猟犬さながらだ」と、ワトスンは記している。ランプを調べたホームズは、警察のために粉末を少し残して、サンプルを手に入れたのだった。

危険な実験

ホームズは家に着くと、ワトスンが〈緋色の研究〉（36～45ページ）で初めて会ったときのような実験科学者に戻った。モーティマーの部屋にあったのと同じランプを使って、実験を行ったのだ。ランプとトレダニック・ウォーサの部屋の暖炉、それに両方の現場が「いやに息苦しかったこと」という、つながりに気づいたという。死を招いた双方の出来事において、何か毒性のものが燃えたに違いないと判断したのだ。この説を決定づけるには、ランプから採取した粉末をテストする必要があり、彼はワトスンにも実験に加わるよう頼む。忠実な医師は喜んで加わり、ホームズが2番目の現場にあった、燃えているランプから採取した粉末をセットすると、二人は腰を下ろして効果が現れるのを待った。すぐにワトスンはひどい幻覚に見舞われたが、「蒼白にこわばり、恐怖にゆがんだ」ホームズの顔がちらりと目に入るや目が覚めて、友人をつかんで庭まで引っぱり出すと、戸外で安堵の息をついた。これはぎりぎりの体験だったが、このあとに続く珍しくも感動的な場面から、二人の友情がいかに深いかが明らかになる。ほんの一瞬、心を打ち明け、間一髪で死を逃れたことを理解しつつ、お互いに思っていることを口にするのだ。「きみのおかげでたすかったよ、ありがとう。それに、謝らなくては」「やるべきじゃない実験だった……ほんとうにすまない」と言うホームズ。これに対してワトスンは、「知ってるはずじゃないか、きみを助けることが、ぼくにとっていちばんの喜びであり特権でもあるんだよ」と答える。それでもたちまち、ホームズはふだんの皮肉な口調に戻るのだった。

医学実験

自己実験という手法は、19世紀の医師によく用いられた。薬物や毒物をテストする治験の時代以前、医者が薬物の効果

>
> そこにこそぼくらがまだつかんでいない糸口があって、そこからもつれをほぐしていけるかもしれない。
> シャーロック・ホームズ

244　ホームズ最後の挨拶

牧師館で用いられたランプと似たものを使って、さまざまな油が燃え尽きる時間を計る実験をするホームズ（ジェレミー・ブレット）。

たことがあり、このときの観察結果について、1879年の《英国医学ジャーナル》に論文を書いている。ワトスンが初めてホームズと会ったときも、この探偵はみずから行った実験で傷だらけだった。彼の薬物の常用癖も、そのようにして始まったのかもしれない。

それでも、今回の実験にワトスンを巻き込むのは、ホームズも認めているように言語道断であり、これによってトレダニック・ウォーサと牧師館での死について確証が得られたとはいえ、命からがら逃げ出せたのは幸運だった。今やホームズは、モーティマーがトレダニック・ウォーサを立ち去る際に、暖炉にこの粉末を少し投げ込んで、その煙によってきょうだいに恐ろしい影響を与えたのだと確信していた。モーティマーは、遺産のことできょうだいと激しく言い争ったことは認めていたが、「きれいさっぱり水に流した」と言っていた。だがホームズが言うように、彼には「人を許すおおらかさがあったとはどうも思えない」のである。

すべてを知るホームズ

しばらくして、ホームズに招かれたスターンデールが現れた。彼は呼び出され

> **❝**
> ほんのちょっとかいだだけで、
> 思考力も想像力も
> 制御できなくなった。
> ワトスン博士
> **❞**

たことにいら立っていたが、モーティマーを殺したことはわかっているとホームズに告げられると、静かになった。ホームズは、初めて会ったあとにスターンデールをつけたことと、その後の調べでモーティマーの寝室の窓の下にある芝生から、スターンデールの家にある砂利を見つけたことを明かす。このことからホームズは、スターンデールがその早朝に牧師館へ行き、窓に向かって砂利を投げてモーティマーを起こしたという結論を出したのである。そしてスターンデールは、ランプをつけた状態でモーティマーを部屋に閉じ込めると、自分は外の芝生の上で煙草をふかしながら、彼が死ぬのを見

を見つけられる唯一の方法が、みずからの身体に対して実験することだという場合が、よくあったのだ。これには向こう見ずの要素があるが、科学の限界を広げるという意識もあった。コナン・ドイル自身もエディンバラでの医学生時代に、ゲルセミウムという毒（カロライナジャスミンの根からつくられるもの）を試し

ころだった。髭剃り用の水を飲んでみずから具合を悪くして吐くことで、命を取り留めたという。この人物は、南アメリカの植物毒であるクラーレについて講義した際に、吹き矢筒を吹いたことでも知られた。探検家のチャールズ・ウォータートンは、コナン・ドイルと同じくランカシャーのストーニーハースト・カレッジで学んだが、クラーレの毒を盛られたロバが、その効き目が消えるまで人工呼吸によって生きながらえたことを示した。これによりウォータートンは当然ながら、この植物は麻酔として用いることができると信じるようになったのである。

有毒植物

架空のものである"悪魔の足の根"は、ナス科マンドラゴラ属のマンドレークを思わせる。その二叉に分かれた根は人体に似て、引き抜くと"悲鳴"を上げると言われるものだ。マンドレークには幻覚をひきおこす有毒物質が含まれており、ヨーロッパの魔術ではさかんに用いられている。世界中のまじない師がさまざまな種類の植物を使って、幻覚や、さらには狂気や死までも誘発している。コナン・ドイルのエディンバラ大学医学生時代にいた伝説的教師、ロバート・クリスティソン（1797〜1882）は、宣教師によって熱帯のアフリカから送られてきたカラバルマメ（左の絵）の一部を食べて、危うく命を落とすと

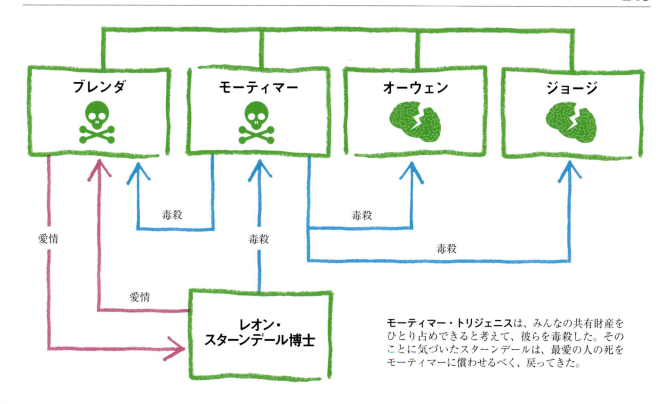

モーティマー・トリジェニスは、みんなの共有財産をひとり占めできると考えて、彼らを毒殺した。そのことに気づいたスターンデールは、最愛の人の死をモーティマーに償わせるべく、戻ってきた。

ていたのだった。

「きみこそ悪魔だな！」と、驚いたスターンデールがホームズに向かって声を張り上げた。ホームズが最初からにらんでいたとおりのことを、スターンデールは告白する。ブレンダのことを長年愛していたが、彼には離婚のできない、長らく疎遠になっている妻がいたのだ。ほんの数週間前、スターンデールはモーティマーに「アフリカから持ち帰った珍しいもの」をいくつか見せたが、その中に悪魔の足の根という意味のラディクス・ペディス・ディアボリからつくられた、赤みがかった茶色の粉末があった。「アフリカ西部のある地方で、罪のあるなしを試すために呪術師が使う」秘密の毒だという。死をもたらすその効き目を知ったモーティマーは、それを盗んできょうだいを殺すのに用い、みずからを「みんなの共有財産をひとり占めできる」立場としたのだっ

た。ブレンダ殺しの復讐を果たすため、銃で武装したスターンデールは、モーティマーを椅子に座らせると、同じようなひどい死に方をさせたのである。「たった5分で死んだよ」と、この探検家はホームズに語った。「ひどい死に方だった！」

注目すべきことに、ホームズはスターンデールに共感すると、動機についての真相を知ったことから、彼を自由の身にする。ホームズはつねに、法律の条文よりも公正な行動のほうを好んでおり、正義がなされたと感じたときには、法的な手続きにはめったに関心をもたない。ホームズはスターンデールに、アフリカでの仕事を終えるようにと助言し、彼が立ち去ると、ワトスンに向かってこう言うのだ。「ぼくは女性を愛したことが一度もないがね、ワトスン、もしも愛している女性があんなふうに死んでしまったとしたら、われらが無法のライオン・ハンターと同じことをしたかもしれないよ」

スターンデールの苦しみに対して見せるホームズの共感には、際立って心に訴えるものがあるため、これがコナン・ドイルの心の声だという考えを否定するのは難しいところだ。この〈悪魔の足〉の事件があった1897年は、コナン・ドイルがジーン・レッキーに出会い、恋に落ちた年である。だが、妻のルイーズ（"トゥーイ"）が結核にかかっていたため、彼はこの苦しいときに妻を放り出すことはせず、みずからの浮気については伏せたまま、妻が1906年に亡くなるまで面倒をみる。ライヴァルがいたことを彼女が知ることはなかった。そして1907年、コナン・ドイルはようやくジーン・レッキーと結婚する。そのつらかった10年間で薄幸な恋を知った作者には、愛する人物を急に自分の前から奪われたスターンデールの苦悩がよく想像できたことだろう。■

東の風が吹いてきたね、ワトスン

〈最後の挨拶〉(1917)
HIS LAST BOW

作品情報

タイプ
短編小説

英国での初出
《ストランド》1917年9月号

収録単行本
『シャーロック・ホームズ最後の挨拶』1917年

主な登場人物
フォン・ボルク　スポーツマンのドイツ人スパイ。

マーサ　フォン・ボルクの使用人。

フォン・ヘルリング男爵　ロンドンのドイツ公使館の書記官長。

アルタモント　反英主義のアイルランド系アメリカ人情報屋。

ホームズの人気があまりに大きいせいで、コナン・ドイルがナイトの爵位を授与されたのは、世界的に人気のある探偵を生み出したためではなく、ボーア戦争における従軍記者としての役割に対してだったという点は、忘れられがちである。事実、彼はホームズから逃れることができなかった。コナン・ドイルは第一次世界大戦について記した『三前線訪問記』(1916年)の中で、

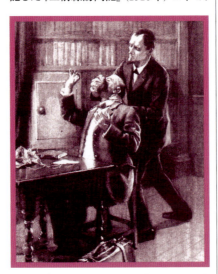

ホームズは、クロロホルムを使ってドイツ人スパイのフォン・ボルクを取り押さえたのち、彼をロンドンへ向かう車の後部へ押し込んだ。《ストランド》に掲載されたアルフレッド・ギルバートによる挿絵。

ホームズは英国軍にいたのかとフランス人将校から尋ねられたときのことを記している。「従軍するには、彼は年を取り過ぎています」というのが、その答えだった。それでも、彼がこの点をすぐに考え直したのは明らかだ。年代順で見ると、1914年という舞台は正典におけるホームズの最後の登場となる。この話にはもともと「シャーロック・ホームズの戦争への貢献」という副題がついていたが、のちの版では削られた。

この話は、わずか2編しか存在しない、三人称で書かれたうちのひとつでもある。もう一方の〈マザリンの宝石〉(252〜253ページ)が発表されたのは4年後だった。これは記録者であるワトスンによる意図的な判断だったかもしれず、彼は〈ソア橋の難問〉(254〜257ページ)の中で、「わたしがいなかったりほとんど出番がなかったりして、三人称で語ることしかできないものもある」という事件について、軽く触れている。

不穏な時期

冒頭の言葉、「8月──世界史上もっとも恐るべき8月の、2日の夜9時のできごとだった」はいつになく不穏なものだが、悲運を暗示するこの雰囲気は1914

年8月2日という日付から説明がつく。戦争に突き進むドイツがベルギーに対して最後通牒を突きつけ、ルクセンブルクを打ち倒し、トルコと秘密同盟を結んだ日だからだ。ロシアはプロシアへと攻め入り、そのわずか2日後に英国はドイツに対して宣戦を布告したのである。

英国にあるカントリー・ハウスで、ドイツ人スパイのフォン・ボルクが上司のフォン・ヘルリング男爵と話している。迫り来る戦いを期待しつつ、フォン・ボルクは国を出る準備をしていた。その必要はないかもと、フォン・ヘルリングが言う。英国は戦争の準備ができておらず、国内の問題、特にアイルランドのことに気を取られているからだ。フォン・ボルクの家族および職員の大半はすでに国を出ており、残るは使用人のマーサだけだが、彼女についてフォン・ヘルリングは馬鹿にしたようなことを言っている。「大英帝国そのものといった感じじゃないか。まるっきり自分のことばかりにかまけて、いつだって眠気をもよおすくらい心地よさそうにしている」

秘密調査

フォン・ヘルリングが立ち去ったのち、

> こっちへ来て、テラスでちょっとおしゃべりしないか。穏やかに話ができる最後の機会かもしれないから。
> シャーロック・ホームズ

フォン・ボルクが抱える腕利きの情報屋、反英主義でアイルランド系アメリカ人のアルタモントが現れる。盗んできた英国海軍の秘密の暗号のコピーを持ってくることになっていたのだ。フォン・ボルクはアルタモントに、秘密の情報が詰まった金庫について自慢げに話す。その錠のキー「August（8月）」と「1914」は4年前にセットされたものであり、ドイツがしばらく前からこの戦争の開始を企てていたことを示していた。

暗号簿の入った包みを開けたフォン・ボルクは、中に『養蜂実用ハンドブック』があるのを見て驚く。だが彼が行動を起こすより先にアルタモントが飛びかかって、クロロホルムに浸したスポンジで彼を眠らせる。アルタモントこそ誰あろう、変装していたホームズだった。厄介なこのドイツ人を破滅させるべく、養蜂をしていた隠退生活から2年前に駆り出されたのだ。「運転手」役のワトスンとフォン・ボルクのワインを飲みながら、ホームズはマーサがこの秘密に関わっており（彼女はハドスン夫人だと考える研究家もいる）、彼がこの2年のあいだ秘密裏に動いて、スパイとの取引を準備していたことを説明する。この説明は、今回の事件の月から1カ月後に連載が始まる〈恐怖の谷〉（212〜221ページ）の設定と、よく似ている。

ホームズは目を覚ましたフォン・ボルクに対して目立って公正な態度をとっており、彼の愛国的な博愛が完璧に特徴づけられている。それでも、この話の終わりには警告するような雰囲気が見られ、ドイツの脅威に対するコナン・ドイル自身の考えが、ホームズの口から語られている。「東の風が吹いてきたね……英国にはまだ一度も吹いたことのないような風が。冷たい、厳しい風になるだろうな」と。■

戦時下のスパイ活動

国民の不安に反して、第一次世界大戦時の英国では、ドイツによるスパイ活動はほとんどなかった。裁判にかけられたドイツ人スパイは31人だけで、そのうちの11人がロンドン塔で処刑されている。〈最後の挨拶〉の中でフォン・ヘルリングは、アイルランド問題や婦人参政権論者の扇動におけるドイツの関与をほのめかしている。後者に関しては証拠はないながらも、ドイツが英国の国力を弱める目的で、"自治"を求めるアイルランドを支持した点は、文書によって充分に裏付けられている。中心となった人物がアイルランド人のロジャー・ケイスメント（左の写真）で、彼がドイツの支持を求めたことが、1916年のイースター蜂起に向けた、ドイツによる武器の供給につながった。コナン・ドイルの友人だったケイスメントは、コンゴにおけるベルギーの無慈悲な搾取を終わらせるのに手を貸している。のちに彼は同性愛で訴えられ、反逆罪で裁かれると、1916年に好ましからざる人物（ペルソナ・ノン・グラータ）として英国政府により処刑された。コナン・ドイルがあいだに入っても、彼の命を救うことはかなわなかったのである。

ホームズ
冒険は続

250　ホームズの冒険は続く

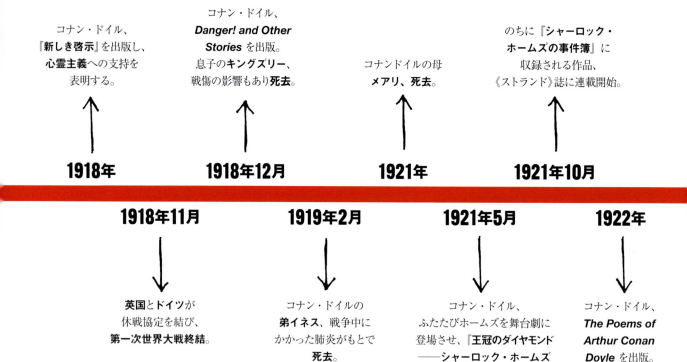

この章の内容

短編集
**『シャーロック・ホームズの事件簿』
（1927年刊）**
〈マザリンの宝石〉
〈ソア橋の難問〉
〈這う男〉
〈サセックスの吸血鬼〉
〈三人のガリデブ〉
〈高名な依頼人〉
〈三破風館〉
〈白面の兵士〉
〈ライオンのたてがみ〉
〈隠居した画材屋〉
〈ヴェールの下宿人〉
〈ショスコム荘〉

短編集『シャーロック・ホームズ最後の挨拶』が刊行されてから4年後の1921年、ホームズはのちに『シャーロック・ホームズの事件簿』に収録されることになる一連の短編で、ふたたび姿を現した。この最後の12編は、コナン・ドイルの晩年の10年間に書かれたもので、自作の一幕物戯曲『王冠のダイヤモンド——シャーロック・ホームズとの一夜』を改作した〈マザリンの宝石〉で始まり、〈ショスコム荘〉が最後となった。

ダークサイドへ

　以前の作品に比べると、この『事件簿』収録の作品はいずれも暗く、暴力的で、難しいテーマを扱っており、コナン・ドイル自身の言う「激動の時期」（『事件簿』まえがき）だったことと、第一次世界大戦後に広まった幻滅感を、反映していると思える。ホームズは恐れや怒りといったネガティブな感情を表すようになり、皮肉や復讐心、状況把握の誤り、そして（〈ソア橋の難問〉の文書箱でわかるように）自分が失敗するのだということさえも、隠さないのだ。彼はまた、〈高名な依頼人〉におけるキティ・ウィンターのような激しい行動には不意をつかれ、ショックを受けてしまう。

　研究家の中には、この『事件簿』はコナン・ドイルが全部を書いたのではないという主張をする者もいる。確かに作品の質はまちまちだし、身体の切断や破壊（〈ヴェールの下宿人〉と〈高名な依頼人〉）、あるいは自殺（〈ソア橋の難問〉）といった、これまでの作品より陰気でもの悲しいテーマを扱っているからだ。〈三人のガリデブ〉のクライマックスは暴力的で、ワトスンが撃たれるところまでいく。

ホームズの冒険は続く

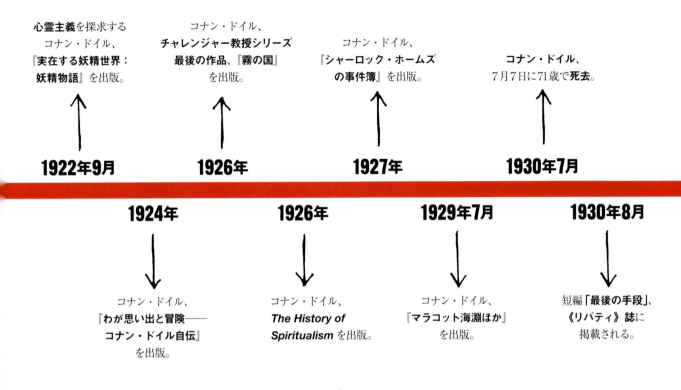

コインの裏表

コナン・ドイルは1902年にナイト爵の叙勲を受け入れているが、〈三人のガリデブ〉には控えめなホームズが同じナイト爵を辞退したと書かれている。この頃になると、作者本人と彼が創造したキャラクターのあいだで、信条の相違が広がってきているのだ。また、心霊主義と千里眼（透視）に対するコナン・ドイルの興味は、頂点に達しつつあった。第一次世界大戦で愛する息子を失ったことと、同じ大戦中にかかった肺炎の影響で弟を亡くしたことが、その理由の一部であると言われている。

この頃までにコナン・ドイルの「心霊術信仰」（『わが思い出と冒険』）は非常に熱心なものになっており、降霊術の会やテレパシーの実験に足繁く通っていた。1922年に出版した『実在する妖精世界：妖精物語』は、妖精の写真を撮ったと主張する二人の少女を擁護するものだ（後年、二人は写真が偽物だったことを認めている）。コナン・ドイル自身がそれほどまで超常現象を信じていたのに、ホームズは断固として合理主義をくずさなかったことは、驚きとも言える。特に〈サセックスの吸血鬼〉では、超自然の出来事を否定するホームズが、こう言うのだ。「この世ならぬものなんかにまで、かまっていられるもんか」

変わりゆく世界

1907年の設定である〈ライオンのたてがみ〉を除き、『事件簿』の事件はどれも1903年以前に起こっている。ホームズがはっきりと「この有為転変の時代」と述べた〈最後の挨拶〉は1914年の出来事だから、それよりかなり以前の時代だ。おそらくコナン・ドイルは、いかに幅広い能力をもつホームズといえども、20世紀初頭における複雑な倫理と現実のジレンマを解くのは難しいと感じ、彼の全盛期であるヴィクトリア朝時代後期とエドワード朝時代に固定したのだろう。

この最後の短編集のまえがきで、コナン・ドイルはホームズに対し別れの挨拶を送っており、「想像上の人物たちには別に行くべき場所がある」のだから、ホームズとワトスンはその片隅に安らぎの場所を見つけてほしいとつけ加えている。その後の数十年間で、コナン・ドイルが「文学的業績のうえでは下層」とみなした作品のキャラクターは、現代推理小説ではあたりまえの、エキセントリックだが優秀な探偵の典型となった。こんにちでもホームズの人気は衰えず、その創造主が予想もしなかったようなかたちに進化している。■

あいつはあいつなりの目的があってやってきたんだろうが、それならそれで、ぼくの目的のためにここに引きとめてやるまでさ

〈マザリンの宝石〉(1921)
THE ADVENTURE OF THE MAZARIN STONE

作品情報

タイプ
短編小説

英国での初出
《ストランド》1921年10月号

収録単行本
『シャーロック・ホームズの事件簿』
1927年

主な登場人物
ネグレット・シルヴィアス伯爵　半分イタリア人の血を引く、貴族にして大物犯罪者。

サム・マートン　伯爵の用心棒で頭の弱いボクサー。

ビリー　ホームズの給仕をする少年。賢くよく気がつく。

カントルミア卿　身分の高い依頼人。

　この物語はコナン・ドイルの一幕物の戯曲『王冠のダイヤモンド――シャーロック・ホームズとの一夜』を書き直した話で、そもそもこの戯曲自体が以前に発表された短編〈空き家の冒険〉（162〜167ページ）を原案としている。また、ホームズ物語の中でホームズとワトスン以外の三人称で書かれている2作品のうちの1作でもあり、ホームズの下宿の居間で事件が繰り広げられていることでも有名である。

豪華な探し物

　ホームズが首相と内務大臣、それにカントルミア卿から受けた依頼は、十万ポンドはする王冠のダイヤモンドを取り戻すことで、その宝石の値打ちは〈青いガーネット〉（82〜83ページ）に登場するモーカー伯爵夫人の宝石の懸賞金と比べても、100倍以上はする代物だった。盗んだ犯人はつきとめていたものの、宝石のありかがわからなかったホームズは、みずからの危険を顧みず悪党どもを泳がせていた。首謀者ネグレット・シルヴィアス伯爵は射撃の名手だったので、ホームズは自分そっくりに作った蠟人形を窓際のカーテンのうしろに置き、暗殺者が人形を狙うよう仕組んだ。

似ている犯人像

　シルヴィアス伯爵は〈空き家の冒険〉に登場する猛獣狩りの名人、セバスチャン・モラン大佐の外国人版であると言え、ホームズが両者に彼らの狩猟の腕前と彼自身とを比べて語って聞かせている点でも似ている。また、どちらの悪漢も特製の空気銃を好んで使っている。モラン大佐は「盲目のドイツ人技師、フォン・ヘルダー」につくらせ、一方シルヴィアス伯爵の空気銃は、ドイツ人らしき銃作りストラウベンジーの作である。そして伯爵は、インドの虎よりもアルジェリアでライオン狩りをするほうを好んでいる。

伯爵、ぼくはだませませんよ。……あなたはガラス板になったようなものだ。心の奥底までお見通しです。
シャーロック・ホームズ

マザリンの宝石

> この古くからの友人に訊けば
> わかっていただけると思いますが、
> ぼくには悪ふざけする
> 子どもっぽい癖がありまして。
> シャーロック・ホームズ

モラン大佐は口髭と大きな鼻が特徴だが、伯爵の顔にも同じ特徴が見受けられる。さらに伯爵の無慈悲なうすい唇は、のちに発表される〈高名な依頼人〉（266～271ページ）のヨーロッパの邪悪な貴族、グルーナー男爵へと引き継がれているのである。

入れ替わりのトリック

ホームズはシルヴィアスとその用心棒サム・マートンに、宝石を渡せば罪を見逃してやると提案し、寝室でヴァイオリンを弾いているふりをする。自分たちだけになったと思った伯爵は、マートンにマザリンの宝石を持っていることを明かすが、そのとき、いきなり"人形"が飛び出してくる。しかもピストルを手にしながら。ホームズは秘密のドアを抜けて気づかれないように蠟人形と入れ替わっていて、ヴァイオリンの演奏だと思われていた調べは蓄音機（グラモフォン）によるものだったのだ。

正典によく登場するホームズの悪ふざけは、傲慢なカントルミア卿をからかう場面でも見られる。卿のコートを預かるふりをして、彼のポケットにダイヤモンドを忍ばせておきながら、ダイヤモンドを「受け取った者」は逮捕されるのではないかと、茶化しているのだ。初めはホームズを信頼していなかったカントルミア卿だったが、ホームズのみごとな手腕を知ると、手のひらを返したように褒めたたえる。「ホームズ君、何といって感謝したらいいのか。……きみの探偵の力量のほうは驚嘆すべきものだな。それについて、わたしの意見は全面的に取り消そう」

賛否両論

この物語は細かい筋書きが使い回されていて、ほかの誰かが書いた〈空き家の冒険〉のパスティーシュであるかのようにも思える。戯曲から流用した重い会話や話し方は大げさな印象もあるし、秘密のドアのトリックもありふれている。だが、中には名言もある。ホームズはこう言っているのだ。「ぼくは頭脳なんだよ、ワトソン。ほかの部分はただの付け足しだ」■

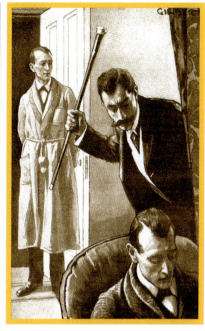

《ストランド》に掲載された、アルフレッド・ギルバートによる挿絵。人形のホームズに襲いかかろうとするシルヴィアス伯爵と、戸口から「冷ややかに嘲笑するような声」をかけているホームズ。

王冠のダイヤモンド

『王冠のダイヤモンド――シャーロック・ホームズとの一夜』は、1921年にブリストルのヒッポドローム劇場で初演された。そのときのホームズ役はデニス・ニールソン＝テリー、ワトソン役はレックス・ヴァーノン・テイラー、モラン大佐役はノーマン・レイランドだった。テイラーは酒場のウェイトレスと時計の盗難事件などのスキャンダルを起こして降板。代役はポール・アシュウェルが務めた。その後、巡回公演がロンドンのコロシアム劇場（左の写真）で行われた。ところが、まもなく娯楽が舞台から映画に取って代わられるようになると、コナン・ドイルの死後、ドイルの遺稿から見つかり、未発表の作品と間違われるまで、この作品も忘れられるという憂き目にあう。

コナン・ドイルの戯曲はこの作品だけではなかった。1899年に（ホームズ役を演じた）ウィリアム・ジレットが脚本・主演を務めた *Sherlock Holmes* は、ギャリック劇場で上演されると、大成功を収めた。ほかにはナポレオンの話を脚色した作品や〈まだらの紐（ひも）〉の戯曲版があり、友人のJ・M・バリーと共作したオペレッタ、*Jane Annie* は、あのジョージ・バーナード・ショーから「くだらない作品」と酷評されている。

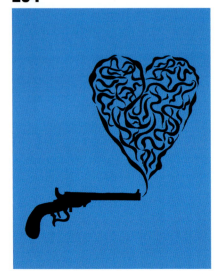

ぼくには事実を発見することはできても、事実を変えることはできないんだからね、ワトスン

〈ソア橋の難問〉（1922）
THE PROBLEM OF THOR BRIDGE

作品情報

タイプ
短編小説

英国での初出
《ストランド》1922年2月号

収録単行本
『シャーロック・ホームズの事件簿』1927年

主な登場人物
ニール・ギブスン　アメリカの億万長者の金鉱王。元上院議員。

ギブスン夫人　ニールのブラジル出身の妻。

ミス・グレース・ダンバー　ギブスン家の二人の子どもの家庭教師。

コヴェントリー巡査部長　地元警察の警察官。

　この話は、熱心なホームズ研究家にとって思わせぶりな新事実から始まる。ホームズが手がけた未発表事件を記録した書類がぎっしり詰め込まれている「使い古してくたびれたブリキの文書箱」の存在を、ワトスンがおもむろに語っているのだ。ところが、この物語はただ思わせぶりなことをファンに投げかけているだけではない。物語の枠を越え、あるいは登場人物たちのあいだにある熱意や欲求を超えて、きわめて豊かな見識をホームズのキャラクターに与えているのである。

解答のついていない問題など、研究家だったら食指を動かすかもしれないが、気軽に読書を楽しもうという向きにはそうはいくまい。
ワトスン博士

ホームズに怖いものなし

　今回の依頼人は、冷酷な金鉱王と悪名高い、もとアメリカ上院議員のニール・ギブスン。実在する人物で類似点が多いのは、同じく金鉱王で政治家のジョージ・ハースト（息子は新聞王として有名なウィリアム・ランドルフ・ハースト）で、作中の人物像は驚くほどそっくりに描かれている。そのギブスンの妻は情熱的（「生まれが熱帯なら、人柄も熱帯ふう」）なブラジル人で、ギブスンがハンプシャーに所有する地所、ソア・プレイスの池にかかる石橋のたもとで、頭を撃ちぬかれて倒れているところを発見された。犯人として逮捕されたギブスン家の子どもの家庭教師、グレース・ダンバーは、遺体が発見された橋でギブスン夫人と会ったことは認めている。亡くなった夫人はミス・ダンバーからの短い手紙をしっかり握りしめていて、その後、凶器と思われるピストルまでもが家庭教師の衣装だんすの底から見つかったのだった。

　ギブスンは自分の地所の管理人から「どうしようもない悪党」と言われるほどで、ひと目見ただけのワトスンにさえも「エイブラハム・リンカーンを卑しくしたような」人物と不機嫌に語られるような男だった。その億万長者はミス・ダンバー

の濡れ衣を晴らしてもらおうとホームズに捜査を依頼に来たのだが、彼女への恋愛感情を隠し立てしたせいで、ホームズに冷たく断られてしまう。これまで自分の思いどおりにならなかったことのないギブスンは激高し、ホームズに対して脅しをかけたものの、「騒がないでくださいよ、ギブスンさん」と少しもあわてず口もとをほころばせたホームズに、軽くあしらわれる。脅しをかけてくる相手をみごとにかわす場面は、ホームズ物語の大きな見どころのひとつだ。彼はいつでも権威や慢心に対して敬意を払ったりしないのである。

やがてギブスンは、魅力的な家庭教師に言い寄ったあげくに拒絶されたことを認めた。彼女は屋敷に残ることになったのだが、それは彼女がギブスンに与える影響力が強いことに気づいたからだった。金鉱王は確かに彼女の公正な考えに影響を受けていたので、ホームズは依頼人のためというよりもミス・ダンバーのために、捜査を引き受けたと言えよう。

凶悪な犯行

ホームズはワトスンとソア・プレイスを訪れ、地元警察のコヴェントリー巡査

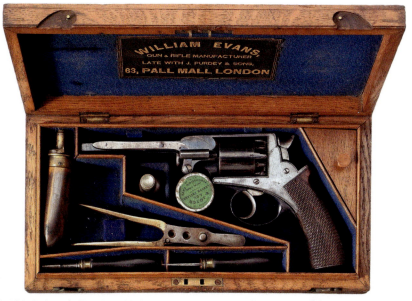

部長とともに事件現場を捜査してから、ウィンチェスターの拘置所にいるミス・ダンバーと面会した。彼女は、橋でギブスン夫人と会ったのは夫人から手紙で会いたいと呼び出されたからで、手紙の返事には待ち合わせの時間と場所を書いただけだと断言する。しかも橋に到着したとき、夫人から不愉快な言葉を浴びせられたことも打ち明けた。それで彼女は、夫人のいる橋から逃げ出したのだった。

ミス・ダンバーの衣装だんすから見つ

ホームズとワトスンの所持する銃の型式については、つねにホームズ研究家の議論の的になっていて、この話で重要な役割を担ったワトスンのピストルは、ウェブリーかアダムズ（上の写真）のどちらかだと言われている。

かったピストルは2挺でひと組のピストルの片われで、もう1挺はギブスンの「たくさん持っている種類もさまざまな銃」の中からは出てこなかった。アメリカ人は銃を所持したがるという人種であるという英国人の認識は、前世紀から変化していないようで、この話のコヴェントリー巡査部長も「アメリカ人というのは、われわれよりもずっとかんたんにピストルを手にします」と語っているし、〈三人のガリデブ〉（262～265ページ）に描かれている「殺し屋」エヴァンズのような、むやみに銃を撃ちたがる人物も、正典の至るところに登場している。

事件の解明

事件の手がかりは石橋の欄干が欠けた大きな跡で、硬いものがかなりの強い力でぶつかってできた傷ではないかと思われた。ホームズはこの手がかりの重要性に気づき、事件を再現するためのきわめ

犯行現場の再現

犯行現場における検証と再現は、コナン・ドイルがホームズ物語を執筆した40年間に急速に発達した、比較的新しい手法である。指紋鑑定などの科学捜査は20世紀の初めにはすでに行われていたが、ヴィクトリア朝時代にはまだ、証言と動機に基づく推理による不充分な捜査が第一で、裏付けとなる物的証拠の探求は後回しにされた。だが、〈ボヘミアの醜聞〉のホームズは、推理で事実をゆがめることに警告を発している。このように考えていたのは、ホームズだけではなかった。1898年には犯罪学の始祖ハンス・グロスが、捜査は証言でなく観察による物的証拠に基づくべきだと書いている。さらに犯罪研究家エドワード・オスカー・ハインリッヒは、捜査官にとって重要なことは"何が、どこで、いつ起こったか"を見つけることであり、容疑者探しは二の次であるという信念を抱いていた。

ホームズの冒険は続く

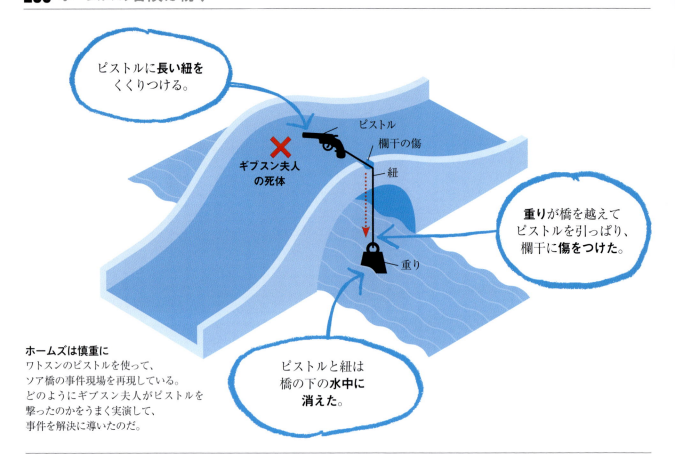

ホームズは慎重に
ワトスンのピストルを使って、ソア橋の事件現場を再現している。どのようにギブスン夫人がピストルを撃ったのかをうまく実演して、事件を解決に導いたのだ。

て重大な小道具として、これまで何度も頼りにしたワトスンのピストルを使うことを思いつく。ホームズはピストルの握りに紐をくくりつけ、紐のもう一方の端に重い石をくくりつけて、その石を橋の欄干越しに垂らす。そしてギブスン夫人の死体が見つかった場所に立ち、自分の頭に銃を当てると、握りから手を放した。すると池へと石に引っぱられた銃は欄干にぶつかって、すでにあったものと同じような傷をもうひとつつくったのだ。

ホームズはこの事件が殺人ではなく、不幸な家庭教師に濡れ衣を着せようと巧妙に仕組まれた自殺であったことを証明した。この発想はみごとだが、コナン・ドイルは実際にドイツで起こった事件からヒントを得ていた。オーストリアの犯罪学者ハンス・グロスが発表したもので、自殺では自分の生命保険が家族に支払われないことを懸念した男性が、これと同じ手口でみずからの命を絶ったという事件だった。

愛の力

ギブスンはだいぶ前から妻への愛情は冷めきっていて、ミス・ダンバーへの熱い思いを抱きはじめたことを認めながら、自分は何もやましいことはしておらず、「妻がひどく嫉妬深かったことは確かだ」と語っている。ギブスン夫人は〈サセックスの吸血鬼〉(260～261ページ)のファーガスン夫人と同様、南米の血が騒ぐ情熱的な女性で、ミス・ダンバーに向ける気持ちは「憎しみのあまり怒り狂って」いたようだ。この物語には"肉体的な"関係と"精神的な"関係との違いが繰り返し描かれている。ギブスンとミス・ダンバーとの絆は深く情熱的だが、純粋で理性的でもあり、かつて肉体的な魅力があった夫人との結婚生活よりも、どういうわけかより親密である。

この肉体的な愛情に対する精神的な愛情についての深い疑問は、かつて作者のコナン・ドイルも抱いていた。1906年に最初の妻ルイーズ（"トゥーイ"）が亡くなるかなり前に彼が出会って恋に落ちた相手は、自分より14歳若く美しい、ジーン・レッキーという女性だった。彼は二人の関係について、(妻のトゥーイが亡くなって)結婚するまでプラトニックなままでいたとつねづね語っていて、〈ソア橋の難問〉で描かれた三角関係のもつれに、コナン・ドイル自身の恋愛事情が反映されていると見てとれなくもない。実際、

彼が弟イネスに宛てた手紙には、レッキーとの関係についてこう書かれてあった。「これまでぼくの人生には満たされない大きな部分があったのだが、もはやそれを憂えることもない」

つまりギブスンに同じような恋愛感情を抱かせて、結局のところギブスンの生みの親であるドイル自身が幸せをつかんだきっかけを、暗に示したのである。読者にとってはギブスンとミス・ダンバーがその後結婚したのか、彼女が本当にギブスンが言っていたとおり「金のむこうに、金よりももっと長もちするものを見通す」のに役立ったのかが、気になるところであろう。

超然としたプロ意識？

〈ソア橋の難問〉の中でホームズのとった行為は、彼の道徳観や虚栄心に反する依頼人の態度のせいで矛盾したものになっている。ギブスンは初めて捜査の依頼に来たとき、金に糸目はつけないし、人気も上がると言ってホームズをこんなふうに焚きつけた。「この事件を解決なされば、英国でもアメリカでもあらゆる新聞があなたのことを書きたてる。二つの大陸でもてはやされることになる」と。それに対してホームズは冷ややかに、料金は一定だし、名前を出さずに仕事をするほ

> すべての環が
> 収まるべきところに収まって
> 鎖がきれいにつながっただろう。
> シャーロック・ホームズ

> 『悲しみ』という名の
> この世のことを教えてくれる教室で
> ニール・ギブスン氏はたしかに
> 何かを学び取った。
> シャーロック・ホームズ

うが好きだと応じた。ところが〈プライアリ・スクール〉（178〜183ページ）に登場するホールダネス公爵には、上機嫌で反対の態度をとり、多額の報賞金を受け取っている。おそらく、品のない動機で図々しい態度の依頼人には、気分を害されるのだろう。あるいはギブスンに大きな犠牲を払わせたかっただけなのかもしれない。しみったれた時代遅れの貴族から遠慮なく料金をいただきながら、アメリカ人の金に関心を示さないのは、今回の依頼人を重要視していないからであろう。

「ぼくを動かすのはあくまでも事件そのものなんですよ」とホームズが答えているとおり、このせりふが人間ドラマをむしろ冷めた、知性に訴えるような難問に変えたかったことを示しているのだとしても、ホームズは自身が認めている以上に事件をより感情的に捜査しているように見える。ミス・ダンバーには心からの同情を示し、ギブスンにはいら立ちもあらわにこう冷たく言い放っているのだ。「あなたがたお金持ちは、金さえ積めば何でもかんでも大目に見てもらえると思っている……そうそう思いどおりにはならないということを頭にたたき込んでさしあげなくちゃならない」

さまざまな表情を見せるヒーロー

この話でコナン・ドイルは、これまでの冷静でスーパーヒーロー然とした姿とは違うホームズを描いている。『事件簿』のほかの短編やこの話を通じて、ホームズは怒りや恐怖、執念深さや批判的といった感情に加え、これまで以上に推理の誤りや失敗もあらわにしているのだ。〈高名な依頼人〉で受けたけがや、この話の冒頭で登場する未解決の事件を書いた書類が詰まった「使い古してくたびれたブリキの文書箱」は、どちらもホームズの失敗例であり、これによって新しい人間味が吹き込まれたと言える。『事件簿』のまえがきにある「想像上の人物たち」の「行くべき場所（リシンボ）」にホームズを追いやる前に、彼をより複雑な人物として描きたかったのかもしれない。■

石橋の欄干をステッキでたたくホームズ。強くたたいてできた石が欠けるかを確かめている。《ストランド》掲載のアルフレッド・ギルバートによる挿絵。

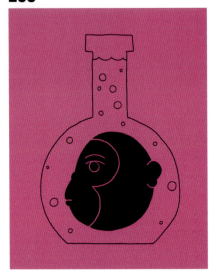

自然界の定めを超えようとあがく者は、その足もとにひれ伏すことになるのがおちです

〈這う男〉（1923）
THE ADVENTURE OF THE CREEPING MAN

作品情報

タイプ
短編小説

英国での初出
《ストランド》1923年3月号

収録単行本
『シャーロック・ホームズの事件簿』
1927年

主な登場人物
プレスベリー教授 ケンフォード大学の有名な生理学者。

トレヴァー・ベネット 教授の助手で下宿人、かつ将来の義理の息子。

イーディス・プレスベリー 教授の娘で、ベネットの婚約者。

H・ローウェンシュタイン プラハの科学者。

A・ドラーク ローウェンシュタインのロンドンでの代理人。

1903年、ホームズが探偵業を隠退する直前の設定であるこの物語には、冒頭でワトスンが名探偵の華々しい活躍において果たした自分の役目を回想する、興味深い場面がある。ワトスンは自分の融通がきかない考え方がホームズをいらいらさせることを認めつつ、それがホームズの生き生きとした直感を引き立て、発奮材料になっているとも語っているのだ。

ホームズ役をジェレミー・ブレット、ワトスン役をエドワード・ハードウィック、レストレード役をコリン・ジーヴォンズが務めた、1991年ITV版の1シーンより。

を心配して、詳しい事情を説明しにホームズのもとを訪れた。教授は最近、20代の若い女性に恋焦がれたものの、年齢差を気にしていたという。その後教授は、プラハへ密かに旅だったのだが、戻ってきてからというもの、すっかり人が変わり、怒りっぽく攻撃的になってしまった。教授がずっとかわいがってきた犬も、主人を見ると吠えるようになり、3度も襲

不気味な事件

トレヴァー・ベネットが、自分の雇い主である61歳で寡夫のプレスベリー教授

いかかる始末だった。ついにはベネットが、真夜中に教授が動物のように両方の手足を床について「這いまわる」姿を目撃してしまう。

腰痛症だろうというワトスンの医師としての見解を無視して、ホームズは面白いことが起こっていると言う。またベネットは、ロンドンにいるスラブ系の代理人から9日ごとに郵便が届くことを記録しており、その郵便物をベネットには決して開けさせなかったという。郵便物の到着後に癲癇を起こして興奮しやすくなった教授の様子から、ホームズは、教授がプラハからある薬を手に入れているのではないかと疑いを抱く。

次の9日後を待って、ホームズとワトスンは教授に会いに彼の大学まで出かけるが、教授は二人に会うなり激しい怒りをぶつける。そのとき、ホームズは教授の指関節を見て、「ふくれてごつごつしている」ことに気づく。ある晩、教授の動向をこっそり見守っていると、教授は両方の手足をつけて身をかがめたかと思うと、驚くばかりの機敏さで、つるの這う自分の家の壁をよじ登っていく。その不気味で恐ろしい姿は「身体の両側にドレッシング・ガウンをはためかせ……巨

> 数々の冒険をくぐってきたわたしだが、これほど不思議な光景を目にしたのは初めてだった。
> **ワトスン博士**

大なコウモリか何かのよう」であった。さらに教授は、鎖につながれたウルフハウンドをからかったり、煽ったりしているうちに、鎖から自由になった犬に首を嚙みつかれてしまう。その後はベネットが犬をなだめ、ホームズとワトスンで教授のけがの手当てをしたのだった。

自然に反したあげくの結末

ホームズは、恋わずらいをして年齢差を気に病んでいた教授が、プラハにいる科学者と連絡をとって、まだ実験段階である若返りの血清の試薬を送ってもらっているのではないかと推理した。そしてH・ローウェンシュタインという人物から届いたプラハの消印が押された手紙を見つけ、試薬がヒマラヤ山脈に生息する顔の黒い大型のサル、ラングールから採取した「すごいききめの血清」であることをつきとめる。ローウェンシュタインはロンドンのA・ドラークという代理人を通じてその薬を教授に提供していた。無謀にも教授は、老化を抑え、衰えゆく力を復活させて、自然の法則を超えようと試みたわけである。そして、生来の本能で危険を察知した飼い犬に嚙みつかれてしまうという結果を、迎えてしまったのだった。

教授がサルのようにふるまう現実離れした光景は、「自然界の定め」に逆らう科学の実験に対する、ホームズの危機感を募らせたであろう。さらにこの物語は、すべてに終わりがあり、若さを失っても穏やかな老後の喜びは尊重されるべきであることも訴えている。最新科学の進歩は時勢に逆らえるようになるかもしれないが、いずれは誰もが同じ運命をたどるのである。つねづね「夢見るささやかな農場」への隠退をもくろんでいたホームズにとっても、この事件の教訓は身にしみたに違いない。■

サイエンス・フィクション

19世紀後半から20世紀後半にかけて、多くの作家がのちのサイエンス・フィクション（SF）作品の前身となる、さまざまなテーマを追求しはじめた。タイムトラベル、ロストワールド、ユートピアもの、野心家の科学者ものなどだ。ジュール・ベルヌやH・G・ウェルズ、エドガー・ライス・バローズらの作品は、長きにわたって人気を持続している。コナン・ドイルも同様にSF作品に関心を寄せ、チャレンジャー教授の冒険を描いた作品の執筆を始めた。未知のものを求める教授が、南米の熱帯雨林の奥深くに生息する恐竜を発見したり、宇宙からの毒ガスの脅威によって差し迫る地球の滅亡を阻止するべく奮闘したりする物語である。

〈這う男〉は、1920年代に行われていた、サルの組織を人間に移植して若返りの効果を狙った研究の影響もあり、そうした無謀な科学の実験がもたらす結果を探っている。21世紀の遺伝子の突然変異や優生学への懸念と同じ性格のものと言えるかもしれない。

この世だけだって広くて、それの相手で手いっぱい。この世ならぬものなんかにまで、かまっていられるもんか

〈サセックスの吸血鬼〉(1924)
THE ADVENTURE OF THE SUSSEX VAMPIRE

作品情報

タイプ
短編小説

英国での初出
《ストランド》1924年1月号

収録単行本
『シャーロック・ホームズの事件簿』1927年

主な登場人物
ロバート・ファーガスン 二人の子どもをもつ茶仲買商。

ファーガスン夫人 ロバートの妻でペルー人。赤ん坊の母親でジャックの継母。

ジャック ロバートの息子。15歳で、障害をもつ。

ドローレス ファーガスン夫人の長年のメイドで友人。

メイスン夫人 信頼されている、赤ん坊の乳母。

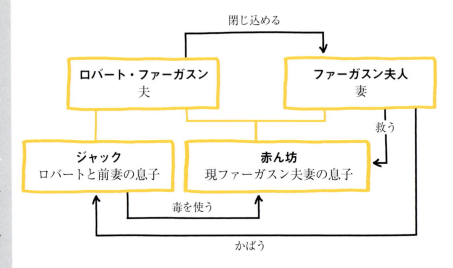

ファーガスン一家における愛憎の図

　いつもの論理的なホームズものと比べて、〈サセックスの吸血鬼〉にはどことなく超自然的な雰囲気が漂う。これは、〈這う男〉(258〜259ページ)にも共通する傾向である。社会全体がスピリチュアルな方向へ移行しはじめた19世紀後半、チャールズ・ダーウィンの進化論によって宗教的基盤が揺らぎ、人々はそれに代わる"人生の意義"を追い求めていた。そんな中、コナン・ドイルは心霊主義に深く傾倒したのである。彼は"ゴースト・クラブ"という、超常現象を追う団体の著名なメンバーであり、死後の世界やテレパシーを熱心に信奉し、妖精の存在すら信じていた。

心霊主義者としての道のり

　コナン・ドイルが心霊主義に傾倒したのは、20世紀初めに彼を襲った妻と息子の悲劇的な死が原因とされるが、実はそれよりかなり前から興味を抱きはじめていた。吸血植物についての短編小説「アメリカ人の話」(1880年)には、超自然的なものに対する初期の関心が反映され

ている。〈サセックスの吸血鬼〉を発表した1924年には、心霊主義への傾倒はすでに妄信の域に達していた。そして2年後、コナン・ドイルは代表作のひとつである *The History of Spiritualism* を発表する。

ペルー人の吸血鬼？

〈サセックスの吸血鬼〉では、二人の息子をもつ茶仲買商ロバート・ファーガスンが、再婚相手のペルー人妻が赤ん坊の血を吸っていると確信し、ホームズに助けを求める。夫人は愛情深い妻であり母親なのだが、乳母が吸血鬼まがいの行為を目撃し、勇気をふりしぼって主人に打ち明けたのだった。

赤ん坊の首の傷と、妻の口にべっとりとついた血を見るまで、ファーガスンはその話を信じなかった。夫人は何の釈明もせず、「捨て鉢になったような異常な目で」彼をただじっと見つめるばかり。障害をもつ15歳のジャックを彼女が何の理由もなくたたくところも、2度目撃されていた。ジャックは、ファーガスンと前妻のあいだに生まれた息子だ。ファーガスンはショックを受け、心配でいても立ってもいられなかった。

この奇異な事件に吸血鬼はまったく関与していないというホームズの推論を裏付けるため、ホームズとワトスンは、サセックス州にあるファーガスンの屋敷を訪れる。実際、ホームズは「吸血鬼などという考えは、ぼくにとってはまともとは思えませんでした。そんなこと、この英国の犯罪世界にあるはずがない」と語っている。合理主義の旗手、ホームズ──頭脳明晰にして雄弁、理路整然たる探究者である彼が、非論理的なものにつられるはずがないのだ。

チューダー王朝風の古びた屋敷に到着したホームズは、得意の観察眼を働かせる。最初に気づいたのは、屋敷の中央にある部屋に飾られた、南米の道具類を集めたコレクションで、そこには武器も含まれていた。二つ目の手がかりは、足運びがぎこちないペットのスパニエル犬。尋ねると、原因はわからないが急に足が半分麻痺したようになったという。三つ目の手がかりは、ファーガスンが赤ん坊を抱くのを見たジャックの顔に浮かんだ、激しい嫉妬と憎しみの表情だった。

謎の解決

ホームズはまもなく、ファーガスンの妻

〈サセックスの吸血鬼〉が掲載された《ストランド》の表紙。初出は1924年1月号。

はまったくの潔白で、真犯人はジャックだと告げる。ジャックは継母のコレクションから毒矢を持ち出し、まず犬で試してから赤ん坊に矢を放った。嫉妬にかられ、異母弟を殺そうとしたのだ。夫人は首から毒を吸い出して赤ん坊の命を救い、邪悪な仕打ちをしたジャッキーをたたいたのだが、夫をひどく悲しませることを恐れ、事情を明かさずにいたのだった。

物語全体を通じて見られる、作者と主人公、心霊主義者と合理主義者との矛盾。そこには、当時の社会においてさかんになされていた、心霊主義と合理主義、宗教、科学に関するより幅広い議論が反映されている。

皮肉な大団円を迎えた結末で、ファーガスン夫人は「魔法でもお使いになるようなこの方が」と、ホームズの知的能力を超自然的な表現で称賛している。コナン・ドイルはあたかも、個人的には幽霊や心霊術を信奉しても、自身が生み出した人物の本質は変えずにいられることを証明しようとしているかのようだ。■

ヴィクトリア朝時代の吸血鬼

古代から21世紀に至るまで、人々は生き血を吸う吸血鬼(ヴァンパイア)の物語を熱望してきた。世界各地の文化において、超自然的でグロテスクな形でさまざまに描かれてきた吸血鬼だが、ゴシックという形であれ、初めて人間の姿を与えたのはヴィクトリア朝時代の人々である。文学のジャンルにおいては、コナン・ドイルの友人ブラム・ストーカーによる1897年の小説『ドラキュラ』が、最も顕著な例だろう。

ヴィクトリア朝時代の作家や読者は、青白い顔をして、多くの場合牙をもつ、不死の存在に魅了された。夜行性で人を催眠状態に陥らせる力をもつ邪悪な吸血鬼と、犠牲となる善良な人間。相対する両者は、世紀末的な退廃と裏切られた純真を表象していた。不吉であると同時に、魅惑的で、衝撃的で、官能的でもあるヴィクトリア朝時代の吸血鬼は──男も女も──抑圧された同性愛や女性の性欲が、目に見える形で表現されたものとしてとらえることができるかもしれない。母性愛あふれるファーガスン夫人はどう見ても、典型的なヴィクトリア朝時代の吸血鬼像に当てはまりそうにない。

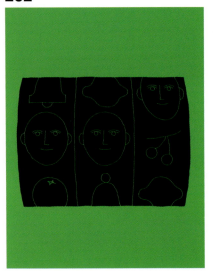

この部屋には、表沙汰にできないようなものが隠されている

〈三人のガリデブ〉(1925)
THE ADVENTURE OF THE THREE GARRIDEBS

作品情報

タイプ
短編小説

英国での初出
《ストランド》1925年1月号

収録単行本
『シャーロック・ホームズの事件簿』1927年

主な登場人物
ジョン・ガリデブ　カンザス州出身のアメリカ人法廷弁護士。

ネイサン・ガリデブ　隠遁生活を送る、独身の骨董品コレクター。

アレグザンダー・ハミルトン・ガリデブ　年老いたアメリカ人の富豪。

　ワトスンは物語の冒頭で、この事件が起きたのは1902年の6月だと述べている。時期をはっきり覚えているのは、「いずれ書くこともあるだろうが、それと同じ月にホームズがナイトの爵位を辞退するというできごとがあったから」だという。そして、これから述べる物語は喜劇だったのかもしれないし、悲劇だったのかもしれないとしている。巧妙な筋書きや派手なトリックには、確かに喜劇じみたところがあるが、主役たちの身に起きた顛末は笑いごととはほど遠い。多くの読者にとって、この作品はむしろ、ホームズとワトスンの友情の物語である。生きるか死ぬかの状況下、友人であり記録者であるワトスンに対するホームズの深い愛情と尊敬の念が、ついに明かされる。

謎めいた遺産

　物語は、カンザス州で弁護士をしているという明るく機敏な目をしたアメリカ人、ジョン・ガリデブの来訪で幕を開ける。彼の口から語られたのは、ガリデブという珍しい姓にまつわる、驚くべき話だった。故郷アメリカで、彼はもうひとりのガリデブ氏、アレグザンダー・ハミルトン・ガリデブと出会った。年老いた富豪であるそのガリデブ氏が、おかしな遺言を残したのだという。なんでも、ジョンが同じガリデブ姓の人物をあと二人見つけることができたら、3人にそれぞれ莫大な遺産の一部を相続させるというのだ。弁護士の仕事をほったらかしてガリデブ探しにとりかかったジョンは、ロンドンに住むネイサン・ガリデブを見つけ出し、会いに行った。実はジョンの思惑に反し、ネイサンはすでにホームズに協力を依頼していた。ジョンがホームズのもとを訪れたのは、そのためだった。

　ホームズは、遺産の話にもジョン・ガリデブ自身にも深い疑念を抱く。ロンドンには来たばかりだとにおわせているが、着古した英国製の服や、すっかり目立

そうか、ガリデブというやつを
見つけたら、金になるんだがね。
シャーロック・ホームズ

三人のガリデブ　263

テレビドラマ『マザリンの宝石』（1994年）は、〈マザリンの宝石〉と〈三人のガリデブ〉の事件を組み合わせた内容で、ギャバン・オハリーやリチャード・カルディコットらが出演した。

なくなったアメリカ訛（なま）りは、彼がしばらく前からイギリスにいることを物語っていた。ジョンはネイサン・ガリデブが探偵の協力が必要だと判断したことに、明らかに腹を立ててもいた。ネイサンの住まいは、ロンドンの電話帳で容易にわかったという。確かに当時の電話帳はかなり薄かったはずだ。この物語の22年前にあたる1880年に作られた最初の電話帳には、たった248人分の電話番号しか掲載されていなかった。

膨大な数の骨董品

ネイサンは背が高くヤギ髭（ひげ）を生やした60がらみの男で、エッジウェア・ロードのはずれの小道に建つ、単身者用のアパートメントに住んでいた。ホームズとワトスンは、こちらのガリデブ氏にはいっぺんに好感をもち、「変わり者ではあろうが好人物」だと信用する。彼は骨董品や遺物の熱心なコレクターで、その住まいはまさに、古銭から化石、いくつもの陳列ケースに入った蛾（が）や蝶（ちょう）まで、貴重な品が所狭しと並ぶ宝庫だった。研究と、多方面にわたる品々からなる私設博物館の維持にひたすら情熱を注ぎ、めったに外出はしない。ガリデブの遺産話に興味をそそられた彼は、自分の取り分となる500万ドルでさらにコレクションを増やせると有頂天になるあまり、話の真偽を疑いもせずにいた。

そのとき、ジョン・ガリデブがやって来て、バーミンガムの新聞を振りかざし、農業機器製作の仕事をしているハワード・ガリデブという人物がそこに広告を出していると告げる。そして、翌日の列車でバーミンガムへ行き、3人目のガリデブに事情を説明するよう、ジョンはネイサンに提案する。「れっきとした英国人」のほうが耳を貸してもらえるだろうと言われ、ネイサンもしぶしぶ同意する。留守中にコレクションを見せてもらう許可を得て、ネイサンの住まいを出たあと、ホームズはワトスンに、新聞広告はジョン自身が出したもので、ネイサンを部屋から出す策だと告げるが、その理由まではまだわからなかった。スコットランド・ヤードにレストレード警部を訪ねた彼は、

ヴィクトリア朝時代のコレクター

ネイサン・ガリデブが「現代のハンス・スローン」になりたいとあこがれる人物とは、イギリスの医者ハンス・スローン（1660〜1753、左の絵）。訪問先のジャマイカでコレクション熱に火が付き、800種類もの動植物を持ち帰った人物だ。スローンの"骨董品陳列棚"は年々拡大し、植物学から考古学、民俗学、博物学、地質学と、多方面にわたる蒐集（しゅうしゅう）品が収蔵された。亡くなる頃には71,000点に及んでいた蒐集品を、スローンは国に寄贈した。それをもとに大英博物館が設立され、1759年に一般公開されたのだ。ヴィクトリア朝時代になると、大英帝国の果てまで旅をした多くの人々が熱心なコレクターとなり、ロンドンのヴィクトリア＆アルバート博物館をはじめ、新設された施設の陳列棚を充実させるのに貢献した。その一方で、骨董品や遺物への欲求は必然的に巧妙な贋造（がんぞう）品をもたらし、多くのアマチュア蒐集家が、実際はバーミンガムやマンチェスターで製造された、"本物の"宝をつかまされたのである。

264 ホームズの冒険は続く

法廷弁護士ジョン・ガリデブの正体が、シカゴ生まれの悪名高い犯罪者、人呼んで"殺し屋エヴァンズ"であることをつきとめた。アメリカ国内で3人を射殺したのち刑を免れ、ロンドンへ渡ってきたエヴァンズは、この地で10年ほど暮らしているが、途中の1895年には、カードの賭けをめぐって仲間のアメリカ人ロジャー・プレスコットを撃ち殺していた。殺された男のほうが先に仕掛けたということで、エヴァンズは5年ちょっとという比較的短い刑期をつとめ、釈放後は警察の監視下に置かれ、今のところ問題は起こしていなかった。明らかになったのは、それだけではなかった。ネイサン・ガリデブが住むアパートの管理事務所に照会したホームズは、ネイサンの前にそこを借りていたのが、背が高く口髭をたくわえた色黒の男だったことを知る。その人相は、ロジャー・プレスコットと一致した。

その間借り人が急に姿を消したという点からも、ジョン・ガリデブとエヴァンズが同一人物だというホームズの仮説の信憑性が強まった。

"殺し屋エヴァンズ"がガリデブの話をでっち上げて巧妙にネイサンを遠ざけ、自分が殺した相手が住んでいた部屋に入りこもうとしたのは、間違いない。だが、いったいなぜなのか。「この部屋には、表沙汰にできないようなものが隠されている」とホームズは言う。それがネイサンの私設博物館への訪問を非常に危険なものとしていた。エヴァンズが銃を肌身離さず持ち歩いているのはわかっているため、ホームズは完全武装し、ワトスンにもそうするよう念を押す。いつものように、ワトスンは身に降りかかるかもしれない危険を冷静に受け止める。彼は、友のそばにいて支えようと心に決めているのだ。

> けがなんかしてないよな、ワトスン？ 頼むから、けがはないと言ってくれ！
> シャーロック・ホームズ

間近での対決

二人はネイサンの留守中にアパートへ入れてもらうと、戸棚の陰に隠れてじっと待つ。すると案の定、エヴァンズが部屋に忍び込んできた。彼がそのままつかつかと部屋の中央にあるテーブルに歩み寄り、それをどかすと、隠し扉があらわれた。エヴァンズがそこから降りていくと、ホームズとワトスンは足音を忍ばせて開いた扉に近づく。床板のきしみで二人の存在に気づき顔を出したエヴァンズは、2挺のピストルと対峙する。当惑しながら怒りを爆発させた彼は、やがて観念したように「あんたのほうが一枚うわてかなとは思っていたけどね、ホームズさん。どうやら、おれの獲物をお見通しで、はなからだまし討ちって魂胆だったんですかい」と言う。しかし、これもまた相手を油断させるための策だった。エヴァンズはすばやい動きで2発撃ち、そのうち1発がワトスンの太腿をかすめる。その直後、ホームズが男の頭にピストルを振り下ろした。

その後、エヴァンズの巧妙な計画が明らかになる。やはり、この男は犯罪者だった。隠し扉の下には秘密の地下室があり、印刷機が置かれていた。エヴァンズによると、死んだロジャー・プレスコットはすご腕のにせ金づくりで、印刷機はロン

ジョン・ガリデブがバーミンガムの新聞で見つけたという広告。そこには、アメリカ人によって書かれたことを示すヒントがいくつも含まれていた。

鋤（plough）の綴りが間違っている。「ぼくらの英語としてはまずいんだが、アメリカ英語じゃplowでいいんだ」

HOWARD GARRIDEB
CONSTRUCTOR OF
AGRICULTURAL MACHINERY

Binders, reapers, steam and hand **plows**, drills, harrows, farmer's carts, **buckboards**, and all other appliances. Estimates for **Artesian Wells**.

Apply Grosvenor Buildings, Aston

Buckboards
（バックボード馬車）は、無蓋車や四輪荷馬車を指す**アメリカ英語**。

Artesian Wells
（掘り抜き井戸）も、英国よりも**アメリカ**でなじみが深い。

オックスフォード大学内に1884年に新設されたピット・リヴァーズ博物館には、ヴィクトリア朝時代のコレクター、ピット・リヴァーズ将軍が集めた50万点以上の品々が収蔵されている。

ドンにもなかった最高のにせ札製造機だった。エヴァンズが捜していたのは、秘密の地下室に隠してあった20万ポンド分のにせ札だった。ガリデブの遺産話も、床板の下に眠るにせ札と同様にうそ話だった。エヴァンズは精巧に練り上げたうその網を張りめぐらせて、話を真に受けて有頂天になったコレクターを部屋から出し、床下の"宝"をせしめようとしたのだ。見逃してほしい一心で、エヴァンズは略奪したにせ札でホームズを買収しようとするが、一笑に付される。警察に引き渡されたエヴァンズは、殺人未遂罪で刑務所へ舞い戻ることとなった。

真実と、うそと、忠誠心

ネイサン・ガリデブの博物館型コレクションは、歴史へのひたむきな情熱と探究心の表れである。彼が大切に保管する品々は、ロンドンの美術品競売会社サザビーズやクリスティーズで競り落とした本物（読者は、そう信じるに至る）であり、それを研究し分類するのがネイサンにとって至上の喜びだった。そんな彼とは対照的に、"ジョン・ガリデブ"のほうは、ただのいかさま師――せっかくの知恵をけちな犯罪に使おうとした、乱暴で強欲な男にすぎなかった。正真正銘の知の探究者が愛情込めて集めたコレクションの下に、にせ札づくりの機械が置かれているというのが、なぜか妙に象徴的である。残念なことに、莫大な遺産の相続話が真っ赤なうそだったと知ったネイサン・ガリデブは、ショックから立ち直れず、最後は老人ホームで暮らすことになる。

真実とうそ、本物とにせ物に下された審判であるとともに、この物語は、ホームズとワトスンとの絶えざる友情への賛歌でもある。しょっちゅう冷やかしたりからかったりしていても、ホームズは心からワトスンを大切に思い、長年ともに過ごしてきた友が示す無条件の忠誠心と勇気に、絶大な敬意を抱いている。ワトスンがひどいけがを負ったのではないかとうろたえ、本気で友を心配する様子は、胸に迫るものがある。ふだんは寡黙で冷徹なホームズが、このときばかりは感情をあらわにし、エヴァンズに対して「もしワトスンを殺してでもいたら、生きてここを出ていけたと思うなよ」と言い放つのだ。

一方のワトスンは、ホームズが深い友情を抱いていてくれたことにいたく感激し、こう書いている。「たとえけがをしていても、それが何だというのだろう――何度けがをしてもそれだけのことはあるというものだ――あのホームズの冷たい仮面の下に、こんなにも深い気づかいや思いやりがあるとわかったのだから……あとにも先にもこの一度だけだったが、ホームズの偉大な頭脳とともにある豊かな心をわたしは垣間見たのだった。ささやかに、しかし一途にホームズを支えようと努めてきたこれまでの日々は、この瞬間に報われた」■

品のないやつらの
暴力より、
上品な人間の
愛想のよさのほうが
ずっと怖いこともある

〈高名な依頼人〉(1925)
THE ADVENTURE OF THE ILLUSTRIOUS CLIENT

作品情報

タイプ
短編小説

英国での初出
《ストランド》1925年2月号

収録単行本
『シャーロック・ホームズの事件簿』
1927年

主な登場人物
サー・ジェイムズ・デマリー大佐
匿名依頼人の代理を務める高貴な人物。

アデルバート・グルーナー男爵
オーストリアの貴族で、悪名高い女たらし。

ヴァイオレット・ド・メルヴィル
グルーナー男爵の婚約者。

シンウェル・ジョンスン　ホームズと親交のある元犯罪者。

キティ・ウィンター　グルーナー男爵に捨てられた元愛人。

サー・レズリー・オークショット
外科医。

　の事件が起きてから10年以上が経過してようやく、もう何らかの名誉を守る必要はないだろうという判断から、ホームズは事件について書く許可をワトスンに与える。ワトスンはこの事件のことを「いろいろな意味でわが友人の職歴でも最高の瞬間」だったと述べているが、読者は必ずしも合点がいかないかもしれない。ホームズがひときわ鮮やかな推理力を示したわけでもなく、依頼人の正体も伏せられたままだからだ。プロットも、それ以前に書かれた〈恐喝王ミルヴァートン〉(186～187ページ)に酷似している。とはいえ、〈高名な依頼人〉は、上流社会の華やかさとロンドンの裏社会とが融合されたスリリ

高貴な依頼人

トルコ式の風呂は、ヴィクトリア朝時代の富裕層のあいだで大流行し、19世紀後半にはロンドンの至るところにあった。（トラファルガー・スクウェアとエンバンクメントのあいだを走る）ノーサンバーランド・アヴェニューにある、そうした施設で湯気を楽しんでいたとき、ホームズがサー・ジェイムズ・デマリーという人物から届いた手紙を取り出す。サー・ジェイムズの名前を聞いたワトスンは、「社交界ではよく知られている名前」だと気づく。また、手紙が書かれたペル・メル街のカールトン・クラブは、実際に身分の高い保守党議員や社交家が集う場としてよく知られる場所だった。

上流社会を示すこれらの点から、極秘裏に進めなければならない案件であることが読み取れる。ホームズ自身も、サー・ジェイムズについて「扱いの難しい件を、新聞沙汰にならないよううまく片づける手腕で評判なのさ」と述べているように、上流社会に属する問題だった。その日221Bにやって来た、シルクハットにフロックコート、ぴかぴかに磨いた靴を履いたサー・ジェイムズを、ワトスンは身だしなみに気をつかう人物と描写する。サー・ジェイムズは、ワトスンも同席していることに満足し、すでに名が知れている記

> 大陸で起こった犯罪を
> くわしく追うのも
> ぼくの仕事のうちですから。
> シャーロック・ホームズ

録者に一礼する。

賢明ならぬ縁組み

サー・ジェイムズが、調査対象である悪評高いアデルバート・グルーナー男爵の名を持ち出す。いわく、ヨーロッパでもこれ以上危険な男はいないという。ホームズは、「あの、オーストリア人の人殺しのことですか？」と即座に返す。男爵がオーストリアで自分の妻を殺したのはほぼ間違いなく（それとは異なる判決が出ているが）、罪を逃れたのは「証人がなんとも不可解な死を遂げた」ためだという点で、ホームズとサー・ジェイムズの認識は一致していた。

サー・ジェイムズはその後、自分は正体を伏せておきたいある人物——この物語のタイトルである"高名な依頼人"——の代理を務めていると告げる。ホームズはそのかたくなな秘密主義にとまどい、詳細をすべて把握しなければ仕事は引き受けられないと、依頼人の正体を明かすよう迫る。サー・ジェイムズのほうは、どうしても依頼人の名は明かせないと譲らないが、「その方が行動を起こされたのはあっぱれな騎士道精神に則ったもの」であり、その方のために役立てたことをホームズは誇りに思うだろうと請け合い、事情をすべて聞いたうえで判断してほしいと懇願する。»

ングな冒険談である。また、ホームズの正典の中でも特に印象的な悪党のひとりが登場し、最も恐ろしく過激な結末を迎えた物語でもある。

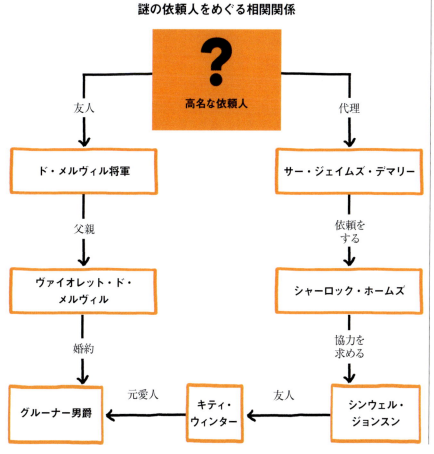

謎の依頼人をめぐる相関関係

グルーナー男爵は、女性にとってはたまらない魅力の持ち主で、しょっちゅう女たちを手玉に取っているのだが、その男爵が最近になって、裕福で魅力的なヴァイオレット・ド・メルヴィル嬢と婚約した。イギリスの有名な将軍の娘である。男爵は暴力的でまったく信用のならない性格ゆえ、この縁組みがヴァイオレット嬢にとって不幸な結果となるのは目に見えていた。ホームズは、彼女が美男子の男爵にどれほどのめりこんでいるかを聞かされる。ヴァイオレット嬢はグルーナーに「取り憑かれて」おり、彼の名が付された悪行はすべて事実無根だと信じ込まされていたのだ。ド・メルヴィル将軍は、この婚約のことが心配でたまらず、ヴァイオレット嬢がほんの幼いころから知っている匿名の依頼人もまた、同様に心を痛めていた。

詳しい事情を聞き終えると、ホームズは調査を引き受ける。男爵についてもっと知っておくべき情報はないかと尋ねた彼は、男爵が芸術に詳しく、中国陶器の熱心なコレクターで、その分野で本も書いていることを知る。偉大な犯罪者はみな複雑な精神の持ち主だ、とホームズは語り、実在するヴィクトリア朝時代の有名な犯罪者チャールズ・ピース――発明家でヴァイオリンの名手で殺人者――と、「ウェインライト」すなわちトマス・グリフィス・ウェインライト――画家で批評家で毒殺者――を引き合いに出す。

> ぼくが扱う問題では片方から秘密が洩れないようにしていますが、両方とも秘密ということになると手がつけられません。
> シャーロック・ホームズ

上流社会から貧民窟まで

ホームズはまず、協力者であるシンウェル・ジョンスンに接触する。過去に2度も刑期をつとめたことがあるが、今は足を洗った元犯罪者だ。この意外な交友関係をつくりあげることで、コナン・ドイルはひとつの物語の中に、ヴィクトリア朝社会の全体像を描き出している。つまり、かたや上流社会に属する"高名な"サー・ジェイムズ、かたやロンドンの貧しい裏社会と通じた名もないジョンスンと、両極端の人物を配しているのだ。

当時、221Bではなくクイーン・アン街に住んでいたワトスンは、シンプスンズ・イン・ザ・ストランドでホームズと会う。コナン・ドイルも行きつけのその店は、ロンドンで最もにぎやかな通りのひとつに面していた。ホームズはそこで、大胆にも直接会いにいってきた男爵の様子を、ワトスンに語って聞かせる。結婚を取りやめるよう求めるホームズに、男爵は脅し文句を返し、自分のことを調べていた別の探偵が一生足を引きずる身体になったとほのめかした。さらに、ヴァイオレット・ド・メルヴィル嬢はすでに自分のとりこになっているので、たとえホームズが会いにいっても彼女の愛情が揺らぐことは決してないと、自慢げに語るのだった。

ジョンスンは、キティ・ウィンターという労働階級の若い女を探し当てる。男爵の数多い元愛人のひとりで、ひどいことをされたというのだが、具体的に何をされたかは最後までわからない。キティは、男爵が自分の悪行をこと細かに記録して

硫酸浴びせ

キティに硫酸をかけられて醜く変化する男爵の顔を予示するように、この物語には皮膚の状態に関するさまざまな描写が登場する。ワトスンは、シンウェル・ジョンスンについて「壊血病になったような」と表現し、キティについては「皮膚病のような跡」と書いている。またホームズは、ヴァイオレット嬢のところを訪問したときの報告で「尼僧院長が皮膚病の物乞いを受け入れるがごとく」と表現している。その後も、新聞がホームズに丹毒の症状が現れたと報じている。丹毒とは一種の感染症で、多くの場合、顔が赤く腫れる。硫酸は、昔は一般的な殺菌剤として容易に入手できた。ワトスンは〈青いガーネット〉（82〜83ページ）でも硫酸を浴びせる事件に触れているが、実際のところ、そのような犯罪は比較的珍しかった。ある男が1867年に、妻が硫酸を浴びせられた話を《タイムズ》紙に書き送っているが、ドレスやペチコートを重ね着していたおかげで被害は免れたという。20世紀になると、硫酸の販売が法的に規制され、この手の襲撃はさらに珍しくなった。

ホームズとワトスンが食事をした、シンプスンズ・イン・ザ・ストランドの男性専用ダイニングルーム。通りに面した1階にある、格間天井に覆われたこのダイニングルームは、1984年まで女性客の利用が禁止されていた。

いる「けがらわしい手帳」のことをホームズに語る。キティがヴァイオレットとは雲泥の差の貧しい身分の女であることが、男爵の見境のない女たらしぶりを物語っていた。キティは、自分が愛人だった頃、男爵がほかにも二人の人間を殺したと言っていたのを思い出す一方で、秘密の手帳がしまってあるはずの"奥の書斎"の場所を、ホームズに詳しく教える。

翌日の夕方、ホームズはふたたびシンプスンズ・イン・ザ・ストランドでワトスンと会い、キティと二人でド・メルヴィル邸を訪れたときの様子を語る。ホームズによれば、男爵との結婚を思いとどまるよう説得を試みる彼を、ヴァイオレット嬢は金で雇われた報酬目当ての探偵と非難した。彼女にしてみれば、ホームズのほうこそ人の道に反していたのだ。遠慮なくものを言うキティ・ウィンターですらヴァイオレット嬢を説得できず、訪問は失敗に終わる。

残忍な攻撃

二日後、ワトスンがストランドを歩いていると、新聞売りが掲げるプラカードが目に入った。そこには「名探偵シャーロック・ホームズ氏、暴漢に襲われ重傷」と書かれていた。その出来事も、呆然としたワトスンの反応も、コナン・ドイル自身の体験を彷彿させる。1924年に発表された自伝『わが思い出と冒険』で、友人ロバート・ルイス・スティーヴンスンの死を知ったときのことを、ドイルは次のように書いているのだ。「1896年のその日、二輪辻馬車でストランドを走っていて、黄色い夕刊紙に『スティーヴンスン死去』の文字を見たときのショックを、私は忘れることができない。まるで自分の世界から何かが消え去ってしまったかのようだった」［実際の没年は1890年。コナン・ドイルの記憶違いと思われる］

ホームズは死にはしなかったが、その日、リージェント街で暴漢に襲われた。襲撃者たちはカフェ・ロイヤルの店内を通り抜け、ソーホーの薄汚れた路地へ逃げ込んだ。当時、その界隈はまだ、建物が密集した陰気な貧民街だった。ここにもまた、スティーヴンスンとのつながりがある。彼の作品『ジーキル博士とハイド氏』（1886年）では、すべての謎がジーキル博士の屋敷で起きる。スティーヴンスンがジーキル博士の屋敷のモデルとしたのは、18世紀に活躍したスコットランド生まれの科学者兼外科医ジョン・ハンター（1728〜1793）の屋敷だと言われている。レスター・スクウェアにあるその屋敷は、カフェ・ロイヤルの目と鼻の先

ホームズの冒険は続く

作品のいたるところで、ホームズとワトスンは実在の場所を訪れている。その大半はロンドンの中心部に集中しているが、ホームズが住むベイカー街は、地図に示されたエリアよりもやや北に位置する。

1　**ノーサンバーランド街**：ホームズとワトスンがトルコ式の風呂を訪れたのはノーサンバーランド・アヴェニューとあるが、それに接するこの通りだと思われる。

2　**ストランド**：ホームズとワトスンは、ここにあるシンプスンズ・イン・ザ・ストランドで食事をした。

3　**バークリー・スクウェア**：ヴァイオレット・ド・メルヴィルの住まいがある。

4　**リージェント街**：カフェ・ロイヤルの外でホームズが襲われた。

5　**ストランド**：ワトスンがホームズ襲撃のニュースを知った。

6　**グラスハウス街**：ホームズを襲った暴漢たちが逃げ込んだ。

7　**エイガー街**：ホームズが傷の手当てを受けたチャリング・クロス病院は、19世紀後半にはここにあった。

8　**セント・ジェイムズ・スクウェア**：ここのロンドン図書館で、ワトスンが古い時代の中国陶器について学んだ。

にあり、裏は同じ路地に面していたと思われる。

　ホームズは頭にひどい傷を負うが、有名な外科医サー・レズリー・オークショットによる治療の甲斐あって、命に別状はなかった。ところが彼は、新聞にはけがの状態を大げさに伝えてほしいとワトスンに言う。生死の境をさまよっているかのごとく伝え、記事を読んだ者に、彼が今回の一件から手を引いたと思わせるためだ。しかし、グルーナー男爵が結婚に先立ち近々アメリカへ渡るというニュースが報じられ、ホームズもぐずぐずしてはいられなくなる。男爵が例のけがらわしい手帳を持ち出すに違いないからだ。例によってワトスンの本業などおかまいなしに、ホームズは彼に対し、24時間で中国陶器に関するあらゆる知識を身につけるという任務を与える。それから、非常に高価な明朝の小皿（謎の依頼人が用意してくれたもの）を渡し、男爵に売りつけてほしいと依頼する。このときホームズは理由を説明していないが、彼が奥の書斎に忍び込んで手帳を見つけるあいだ、ワトスンに男爵の気を引いておいてもらう必要があったことが、のちに判明する。ワトスンは言われたとおり、中国陶器に関する情報をかたっぱしから頭に詰め込んでいく。

敵地に乗り込むワトスン

　男爵の豪華な屋敷では、緊迫したムードが高まっていた。陶磁器に詳しいヒル・バートン博士になりすますワトスンに疑いを強める主が、聖武天皇や北魏王朝など、手に負えない質問で探りを入れてくるのだ。ワトスンは冷静を保つが、男爵はすぐさま虚勢を見抜き、ホームズの回し者だと察して怒りを爆発させる。かっとなってワトスンを攻撃しようとしたそのとき、奥の書斎から聞こえる物音に、男爵ははっとする。あわてて書斎に飛び込んでいった彼が見たものは、窓から逃げ出すホームズの姿だった。庭へ下りた

考えがある……みんな、
きみに様子を聞きにくるだろう。
そうしたら、たいへんだってことにするんだ。
シャーロック・ホームズ

高名な依頼人

ホームズを男爵が追いかけようとしたそのとき、ワトスンの目に、木の葉のあいだから女性の腕がぬっと現れるのが見えた。と、グルーナーが「身の毛もよだつようなギャーッという悲鳴」を上げ、両手で顔をはたきながら倒れこんだ。ワトスンはすばやく駆け寄るが、男爵の顔はすでに酸にむしばまれていた。彼がさっき見たのは、キティ・ウィンターの手だった。奥の書斎を見つけるのに役立つだろうとホームズが連れてきたのだが、キティには彼女なりの狙いがあり、元恋人に復讐を果たすチャンスを得たりと、男爵の顔に硫酸を浴びせ（→268ページ囲み）、端正な目鼻立ちをずたずたに破壊したのだった。

罪の報い

221Bに戻ったホームズとワトスンは明らかに、男爵に加えられた暴行に道義的な呵責を感じていた。確かに何人もの人を殺した男ではあるが、硫酸を浴びせるのは酷すぎるかもしれない。「因果応報というやつだよ、ワトスン――聖書にもある、罪の報い！」さすがに神経を揺さぶられたのか、ホームズは新約聖書のローマ人への手紙にある言葉を唱えている。

> ぼくらが突きくずして
> みせなくてはならないのは、
> あの男の肉体的な面ではなく
> 道徳的な面ですから。
> シャーロック・ホームズ

ワトスンがぎりぎりまで男爵にしゃべらせておいてくれたおかげで、奥の書斎から盗み出した「愛欲の日記」は、ホームズの手もとにあった。これでようやくヴァイオレットの目を覚まさせ、結婚をくい止めることができるはずだ。男爵の顔がめちゃくちゃになっただけではむしろ逆効果になると考えるホームズは、やって来たサー・ジェイムズに、「醜い姿にされてしまった苦しむ人ということで、あの男をもっと愛するようになるでしょう」と語る。

ホームズに言わせれば、「恋にのぼせあがっている」状態は正気を失ったも同然であり、実はこの物語では、分別を失った女性に関する描写があちこちに見られる。キティ・ウィンターの顔や目には「女性にもめったにない、男性には決して見られない、強い憎しみがみなぎっていた」とワトスンは記している。キティが最後にとる決定的な行動は、こうした無謀なまでの衝動をみごとに体現しているのだ。

審判の日

3日後、ヴァイオレット嬢とグルーナー男爵の結婚の取りやめが報じられた。一方、ある新聞に、罪に問われたキティが裁判にかけられるという記事が載った。ホームズが家宅侵入罪に問われる可能性もあったが、高名な依頼人が法に「手心を加えてくれる」はずだとワトスンは確信していた。

物語を最後まで読んでも、読者には依頼人が誰なのかがわからない。馬車の「紋章」を見てワトスンがその正体に気づくが、「将軍の気高い友人であり、騎士道精神に篤い紳士。ぼくらにとっては、いまもこれから先もずっとそれで十分じゃないか」と、ホームズは彼の口を封じるのだった。■

依頼人の正体

物語の最後で、コナン・ドイルは巧妙な書き方をしている。サー・ジェイムズ・デマリーが代理を務めていた「高名な依頼人」の名を口走りそうになるワトスンを、ホームズがすかさず制止するのだ。サー・ジェイムズが乗り込んだ四輪箱馬車（ブルーム）についていた「紋章」（上の図のようなもの）――彼が外套でさっと隠そうとしたもの――は、国王エドワード7世の紋章だったのかもしれない。確かに、御者が「花形帽章」をつけていたということは、制服にもばら飾りもしくは同様の目立つバッジがついているはずで、そこからきわめて高位の人物が浮かび上がる。グルーナー男爵の気を引く"おとり"に使われた中国陶器の小皿もまた、この説を裏付ける証拠となる。現にホームズも、完全なひとそろいになると「王国ひとつぶんくらいの値打ちだろうよ」と言っている。もちろん、依頼人はド・メルヴィル将軍と親交の深い別の著名人であった可能性はある。この問題については、研究家たちがさんざん議論を重ねてきたが、今なお真相は明らかになっていない。

ぼくは法律をだいじにするほうじゃないが、正義は力の及ぶかぎり示します
〈三破風館〉(1926)
THE ADVENTURE OF THE THREE GABLES

作品情報

タイプ
短編小説

英国での初出
《ストランド》1926年10月号

収録単行本
『シャーロック・ホームズの事件簿』1927年

主な登場人物
スティーヴ・ディクシー ホームズを脅すために雇われたプロボクサー。

メアリ・メイベリー夫人 年配の未亡人。

ダグラス・メイベリー メイベリー夫人の亡くなった息子。

スーザン メイベリー夫人の使用人。

スートロ メイベリー夫人の弁護士。

イザドラ・クライン 南アメリカ出身の未亡人で、ダグラスの元恋人。

ラングデール・パイク ロンドンの情報屋。

この物語でホームズは、正典に出てくる恐るべき女性登場人物のひとりを相手にしている。〈ボヘミアの醜聞〉(56～61ページ)のアイリーン・アドラーとは異なり、ホームズはこの「堂々たる」イザドラ・クラインに対して称賛を表すまでには至っていないが、最後にはこの「つれない美女(ベル・ダム・サン・メルシ)」がホームズから少なくとも共感の一部を引き出したのは明らかだ。彼は間違いなく、この事件を法律に委ねるのではなく、みずから解決したほうがいいと判断している。

歓迎されざる訪問者

ベイカー街221Bにいるホームズとワトスンの前に、「巨漢の黒人」と描写されたスティーヴ・ディクシーという男が現れる。ハロウの一件に関わらないようホームズに警告しに来たのだが、ワトスンによるディクシーの描写には、当時は一般的だった何気ない人種差別が見られ、ホームズは珍しく攻撃的な姿勢を見せている。ディクシーはホームズのことを「旦那(マッサ)」と呼んでいるが、これはアメリカで奴隷が主人に対して呼びかける際に用いた言葉だ。彼はスペンサー・ジョン一味の上役であるバーニー・ストックデールに送り込まれたと、ホームズに明かす。だがホームズは、この一味全体がもっと恐ろしい人物に雇われたと考えていた。

謎の買い手

メアリ・メイベリー夫人という、ハロウ・ウィールドの三破風館に住む未亡人が、ホームズの助言を求めていた。彼女の息子で、ローマの大使館員だったダグラスが亡くなったばかりだが、その直後に彼女は奇妙な申し出を受けたという。ある客の代理人をしている不動産屋が、彼女の家と家の中にあるもの、さらには身のまわりの品々すべてを買いたいと言ってきたのだ。ホームズはすぐに怪しみ、この人物の狙いは家の中に隠されたものに違いないと推測する。

トランクの秘密

ホームズは夫人と話しているあいだに、使用人のスーザンが例のギャングの一味だと暴く。彼はこのことから、裏にいる人物はスペンサー・ジョンとその子分を雇って夫人を脅させるほど、ロンドンの裏社会に通じているに違いないという結論を出した。そしてスーザンとの会話から、この雇い主は男ではなく、裕福な女なのだと考える。さらに彼は、玄関

> ほら、知らない者はいない
> あの美女だ。だれひとり
> あの女性に敵う者はいない。
> シャーロック・ホームズ

ホールにダグラスのトランクがあるのに気づく。ローマから届いたばかりで、これに目当ての品が入っている可能性があった。脅しが始まったのがダグラスの死の直後であり、その頃にトランクが届いたからだ。

ここで驚くことに、ホームズはトランクを自分で調べるのではなく、夫人に調べるよう言っている。彼は安全のために、弁護士のスートロ氏を呼んで家に泊まってもらったほうがいいとも勧める。だがその夜、家に泥棒が入る。賊の狙いはダグラスのトランクであり、ある原稿が盗まれていた。245ページのうちの1ページだけが残っており、それは明らかに愛情と拒絶にまつわる話の結末部分だった。奇妙にもその部分は三人称による記述から、終わりに近づくにつれて一人称に変化していた。ホームズは謎の解決に近づいていたが、黒幕の正体はまだ見つけられていなかった。

最後の発見

その前にホームズは、ロンドンの社交界について誰よりも詳しい記者、ラングデール・パイクに情報を求め、黒幕がイザドラ・クラインだと突きとめていた。非常に裕福で美しい南アメリカ出身の未亡人で、アバンチュール好きの人物だ。彼女の家に行ってホームズが知ったのは、盗まれた原稿は──今や暖炉で燃やされて灰の山になっていたが──彼女との不運な関係をダグラスがつづったものということだった。彼は結婚の申し込みをイザドラに断られると、悲しみの中で怒りに燃えながら、彼女を破滅させるべく、自分の身の上を小説にして発表しようとしたのだ。彼女のほうは若い英国貴族と結婚する予定だったため、この話が世に出れば彼女の評判も、肩書を得るという目標も損なわれてしまう。そこでスペンサー・ジョン一味の協力を仰ぎ、我

グラナダテレビのドラマ版でクローディーヌ・オージェが演じたイザドラ・クラインは、異国風で遠慮のない魔性の女だが、その手管もホームズには通じなかった。

が身を滅ぼしかねない原稿を手に入れようとしたのだった。

教訓

ホームズが出会った多くの女性と異なり、イザドラは男性のとりこになって弱くなってもいなければ、どのような形であれ依存してもいなかった。大詰めの場面で、みずからの力量をもってしてもホームズが「惑わされない」と気づいた彼女は、原稿を手に入れようとした理由を正直に話し、盗むという手段に出たのは「手を尽くしてもだめだった」からと主張した。ホームズは納得しなかったが、彼女の窮状に対してある程度共感しているのは明らかだ。おそらくはダグラスによる復讐計画が、関係を終わらせた罰としては厳しすぎると感じていたのだろう。ホームズは彼女から、メイベリー夫人の世界一周の旅（長年の夢）の代金を出すという約束を取りつけつつ、彼女の行動の危険性を注意するのだ。「いつまでも刃物をもてあそんでいらっしゃると、きれいな手に傷がつきかねませんよ」■

ギャングの女性たち

ヴィクトリア朝ロンドンの裏社会では女性も活躍しており、イザドラ・クラインやスーザンのようにギャングと関わることも前例のない話ではなかった。"フォーティ・エレファンツ"として知られる、女性ばかりからなる悪名高きギャングは、早くも18世紀にはロンドンで活躍していたと考えられている。"女王"が率いるこのギャングはいくつもの支部で構成されており、1870年代から1950年代まで、ロンドン中で大胆な万引きを行って大いに成功を収めていた。この女性たちが着るのは隠しポケット付きの特製の服だったため、上品ぶった時代において、厳重なボディチェックを逃れることができたのである。最終的に、彼女たちはロンドンで名前が知られすぎたことから、ほかの町への進出を余儀なくされた。万引き以外にも、雇い主から盗んだり脅したりするためのメイドとしても働いた。そして自分たちのなわばりを守り、侵入者は始末した（手荒い始末のしかたの場合もあった）。また、犯罪によって得たものを楽しむために派手なパーティを開いたりもした。

見えているものはあなたがご覧のものと変わりませんが、ぼくは目に入ったものによく注意するよう訓練を積んでいるんですよ

〈白面の兵士〉(1926)
THE ADVENTURE OF THE BLANCHED SOLDIER

作品情報

タイプ
短編小説

英国での初出
《ストランド》1926年11月号

収録単行本
『シャーロック・ホームズの事件簿』1927年

主な登場人物
ジェイムズ・M・ドッド　元兵士。

ゴドフリー・エムズワース　元兵士で、ジェイムズ・M・ドッドの親友。

エムズワース大佐　引退した陸軍将校で、ゴドフリーの父親。

エムズワース夫人　ゴドフリーの母親。

ラルフとその妻　エムズワース家に長く仕える執事と家政婦。

ケント　ゴドフリー担当の医師。

サー・ジェイムズ・ソーンダーズ　高名な皮膚科医。

この話は通常と異なり、ホームズが語り手となっている。いつもの記録者であるワトスンが彼を「見捨てて妻と結婚生活を送っていた」ため、ホームズが事件についてみずから詳述するという難局に対処することになったのだ。語り手としての自分の役割について考えをめぐらせた彼は、うわすべりな書き方やセンセーショナルな細部を含めることで大衆のうけを狙っているとしてワトスンのことを批判しながらも、やはり読者のためには話を面白くする必要があると理解した。ここで彼は、ワトスンについていくつか言及している。彼のいい資質を称賛し、ホームズの見識に絶えず驚いてくれる能力は彼の最大の強みのひとつだと、いささか小馬鹿にするように述べているのだ。

兵士の訪問

　話は1903年1月に、ホームズがジェイムズ・M・ドッドという人物の訪問から始まる。ホームズはすぐさま元兵士と見抜き、いつものように観察力と推理力を披露して、彼が所属していた連隊（ミドルセックス連隊の義勇騎兵隊）を正しく言い当てる。当然ながら感銘を受けたドッドは、自分がボーア戦争（1899〜1902）に従軍して、まさに南アフリカから帰国したばかりだと認めるのだった。
　1886年にトランスヴァール共和国で金が発見されたことにより、この地域が南アフリカにおける英国の植民地主権に対する脅威になりかねなくなったため、英国は利益を守ろうと現地へ軍隊を派遣した。コナン・ドイル自身も1900年の3月

この話に出てくるエムズワースやドッドと同じように、コナン・ドイルも志願してボーア戦争中の南アフリカへ赴き、ラングマン野戦病院で軍医として働いた。

白面の兵士 275

から6月にかけて軍医として南アフリカで従軍したほか、現地における英国の大義を擁護する発言を行って、この戦争の正しさを疑問視する多くの評論家に反対している。

ドッドがホームズの助けを必要としたのは、戦闘で負傷して本国に後送された、かつての戦友ゴドフリー・エムズワースに関する謎についてだった。二人は手紙でしばらくやり取りしていたものの、エムズワースからの返信が途絶え、ドッドは半年にわたって彼から連絡をもらっていないという。ゴドフリーの父親のエムズワース大佐（クリミア戦争でヴィクトリア十字勲章を授与された人物）は、彼の息子は世界一周の旅に出ていて、1年間は戻らないのだというが、ドッドはこれを疑っていた。親友が自分に何も言わず、そのような冒険に出るものだろうか？

真相を探り出す決意を固めたドッドは、ゴドフリーの母親から、彼の実家であるベドフォードのタクスベリー・オールド・パークを訪れる許可をもらう。

暗い館

人里離れた古い屋敷に着くや、ドッドはエムズワース大佐から質問攻めに遭う。大佐は堂々としていたが、かなり荒っぽい性格の人物だった。ゴドフリーの居場所についてはっきり答えてほしいというドッドの要望は敵意で迎えられ、家族のためにも干渉しないでもらいたいと、大佐から暗にほのめかされる。その後の夕食の席では、優しくて気取りのない母親が、我が子との戦時中の体験を語るドッドの思い出話に夢中で耳を傾けたが、大佐のほうはまったく興味を見せず、「むっつりとふさぎこんで」いるようだっ

ボーア戦争は、金鉱とダイヤモンド鉱山の支配をめぐって、英国と、英国が支配するトランスヴァール共和国およびオレンジ自由国のオランダの入植者とのあいだで行われた。

た。一家の昔からの執事であるラルフと話すと、ドッドの疑念はさらにかき立てられた。この執事は「若旦那」のことを過去形で口にしたのだ。ゴドフリーは死んだのかとストレートに尋ねたところ、この老執事は不吉にも、「いっそのことお亡くなりならよかった！」と口にして、急いで立ち去ったのだった。

その晩、1階の寝室でドッドが窓から外を見ていると、驚いたことにそこにゴドフリーの顔があった。蒼白で、幽霊のようで、「暗闇にチーズみたいに白く浮かび上がって」窓ガラスに押しつけられていたのだ。彼の姿はすぐにその場から消えてしまったが、ドッドは彼の表情に、

「うさんくさいようなうしろめたいような」ところがあるのを感じた。ドッドはゴドフリーを追って庭に出たものの、暗闇で道に迷ってしまう。それでも彼は、敷地のどこかでドアの閉まる音を聞きつけたので、ゴドフリーが隠れ場所に逃げ込んだに違いないと確信した。

翌朝、ドッドは庭に大きめの離れを見つける。近づいていくと、小ぎれいな格好の男がその離れから出てきて、ドアに鍵をかけた。二人はことばを交わしたが、相手の態度には、かなりすまなそうなところがあるように感じられた。ドッドは日が暮れるまで待ち、こっそりとその離れへ戻った。鎧戸の割れ目からのぞいたところ、午前中に会った男と、ゴドフリーと思われるもうひとりの姿があった。その瞬間、激怒したエムズワース大佐が現れて、家から追い出されてしまう。

明らかになる真相

この「初歩的な」事件の解決に、難しいところはほとんどないだろうという自信があるホームズは、数日後にドッドとともにベドフォードへ向かったが、古い友人としか紹介しない年配の人物も一緒だった。道中、ホームズはドッドに細かい質問をして、ゴドフリーの顔が恐ろしく白かったことを確認する。この点がホームズには大いに重要なことのようだった。屋敷に着いたとき、ホームズは意味深い点としては二つ目のことにすぐ気づいた。執事のラルフは昔ながらの使用人の格好をしていたものの、珍しいことに茶色い革手袋をしていたのだ。来客の姿を目にした執事はすぐにその手袋を外したが、ホームズの鋭い鼻は、その手袋から発せられる強い「タールのような」においをかぎつけていた。

この時点でホームズは、語り手としての自分の役割について再度考えをめぐらせており、より技巧的なワトスンに対して、自分は正直な語り手だと示している。そしていくらかおどけた感じで、すでに自分の手の内は明かしたと述べているのだ。ワトスンだったら、「結末であっと言わせる」ために、そのような重要な細部は隠しておくのに、ともいう。

彼らがやって来たことに大佐は激怒したが、ホームズが単語をひとつ書いた紙を渡すと——あとでわかるが、それには「レプラ」（今で言うハンセン病）と書かれていた——大佐の態度はすぐに軟化した。観念した大佐は、彼らを例の離れの家へと連れて行く。そこにはゴドフリーの姿があったが、ハンサムだった顔はいくつもの白斑によって損なわれていた。彼の話によれば、南アフリカで撃たれた

> 不可能なことを消し去っていくと、どんなにありそうもないことだろうと、残ったことこそが真実である。
> **シャーロック・ホームズ**

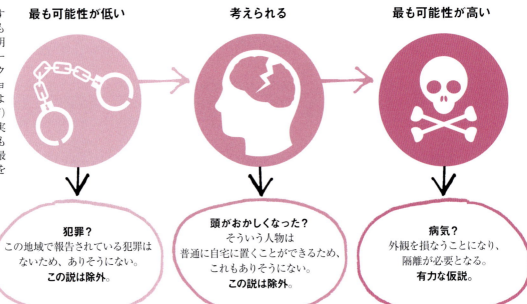

ゴドフリーが身を隠す理由の説明として最も可能性が高いものを明らかにするため、ホームズはトレードマークである"アブダクション"（仮説形成）による推論（→307ページ）を用いた。周知の事実を使って、ありそうもないものを除外し、最も可能性が高い結論を予測するのである。

最も可能性が低い → **考えられる** → **最も可能性が高い**

犯罪？
この地域で報告されている犯罪はないため、ありそうにない。
この説は除外。

頭がおかしくなった？
そういう人物は普通に自宅に置くことができるため、これもありそうにない。
この説は除外。

病気？
外観を損なうことになり、隔離が必要となる。
有力な仮説。

のち、知らずに逃げ込んだ先がレプラ患者の病院だったという。帰国すると顔に斑点が現れたため、この病気にかかったと判断したのだ。確かに当時は、差別に耐えるより、家族や信用できる二人の使用人、それにかかりつけの医師とともに隔離された生活を送るほうがよかったのだろう。ここでホームズは、謎の同行者を高名な皮膚科医であるサー・ジェイムズ・ソーンダーズと明かし、ゴドフリーに彼の診断を受けてみてはと提案するのだった。

排除のプロセス

診断のあいだにホームズが、自身のトレードマークである論理的分析を用いただけでこの事件を解決したと、一同に説明する。父親の地所内の離れにゴドフリーが監禁されていることに対して、彼は可能な説明を三つ考え出していた。ひとつ目は犯罪者として隠れているというものだが、この地域で未解決事件の報告がなく、またそのような若者は国外へやるほうが道理にかなっているとして、退けた。二つ目は、ありそうにないことだったが、ゴドフリーの頭がおかしくなったため、医師の監視下に厳重に置かれているという可能性だ。だが、なぜ秘密にするのか？　どのみち当時は、頭がおかしくなった者を自宅で監視下に置くことは、法律で可能だった。

三つ目の、最も有力な可能性が、ゴドフリーが南アフリカにいたときに何らかの病気に感染したというものだった。当時はレプラが流行していたため、感染した可能性はあり、レプラに関連する症状も、隠れている人物の特徴と一致した。ここで、秘密にしているということが重要になってくる——当局の手が伸びてこないことを確実にするためだ。レプラの兆候である、色の抜けたように白くなった肌だけでなく、執事の手袋に消毒薬がしみこんでいたというホームズの観察が、彼の疑念を裏付けたのだった。

そこへ皮膚科医のサー・ジェイムズが戻ってきて、うれしい知らせを伝えた。ゴドフリーはレプラに感染しておらず、魚鱗癬（ぎょりんせん）と呼ばれる「擬似レプラ」という治癒できる皮膚疾患にかかっているのだという。ゴドフリーの母親はあまりの喜びに気を失ってしまった。幸運にも彼女の息子は、社会から身を隠さずに、ごく普通の生活を送ることができるのである。

前向きな結果

この話は至るところで、読者に巧妙な不意打ちを食わせる。ドッドによる軍人らしい正直な話では、恐ろしげな大佐が君臨する不吉な家が描かれている。ところがホームズが明らかにした新事実によって状況はみごとに一変し、読者の前には、国のために戦いながら命にかかわる病気に感染したという恥辱から我が子を守ろうとする、愛情に満ちた父親の姿が現れるのだ。

評論家の中には、〈白面の兵士〉に出てくるレプラは比喩的に用いられているとか、そのようなひどい運命からゴドフリーを免れさせることで、コナン・ドイルは南アフリカにおける英国による植民地での行動を擁護していると指摘する者もいる。■

> 紙のような白さ——
> あんなに白い顔をした人間を
> 見たことがない。
> ジェイムズ・M・ドッド

レプラ

感染病であるレプラにかかると、まず皮膚の表面にある小さな神経が傷ついて、変色した斑点になる。これにより、放置しておくと、外観を損なう状態（写真）や重度の障害、失明に至ることになる。レプラは数千年にわたって人類を苦しめてきたもので、大いに恐れられ、そして誤解されてきた。被害者は"不浄"で感染力が強いと誤って信じられ、追放者として組織的に遠ざけられた。

19世紀、レプラは大英帝国の一部の地域に特有のものだったため、入植者や兵士がこの病気に感染するという懸念があった。レプラをもたらす細菌であるらい菌は1873年にノルウェーで発見されたが、この病気は20世紀なかばまで治療が不可能なままだった。南アフリカでは、1892年のレプラ制圧法により、ゴドフリーが滞在したような隔離施設が設置された。現在は、レプラ患者およびその発生率は9割がた減少している。多剤併用療法によって治療できるが、特に南アジア（中でもインド）やブラジルなど、世界の貧しい地域では依然として発生している。

手あたりしだいに本を読んでは、つまらないことまで妙によく覚えているんでね

〈ライオンのたてがみ〉(1926)
THE ADVENTURE OF THE LION'S MANE

作品情報

タイプ
短編小説

英国での初出
《ストランド》1926年12月号

収録単行本
『シャーロック・ホームズの事件簿』1927年

主な登場人物
ハロルド・スタックハースト　ザ・ゲイブルズ・カレッジの校長で、ホームズの友人。

フィッツロイ・マクファースン　ザ・ゲイブルズの科学教師。

イアン・マードック　ザ・ゲイブルズの数学教師。

モード・ベラミー　地元の若い美女。

トムとウィリアム・ベラミー　モードの父親と兄。

バードル警部　サセックス州警察の警官。

この話はホームズが隠退後に手がけた事件のひとつで、ワトスンではなくホームズが語り手となる、正典内の2編のうちのひとつでもある。もう1編は〈白面の兵士〉(274～277ページ)だ。またこの話は、サセックスで隠退生活を送る、やや年を取ったホームズが描かれた唯一のものでもある。

コナン・ドイルはこの話をかなり急いで書いており、およそ40年に及ぶ彼の人生でかくも重要な（かつ利益をもたらす）登場人物と手を切ろうと、躍起になっているかのようだ。それでも彼は、この話の結末には満足しており、好きなホームズ物語のひとつに挙げている。

隠退した探偵

ホームズは冒頭部分で、自分が隠退したことを読者に伝えている。ロンドンという騒がしい大都会の一部だった人物が、サセックス沿岸地域へ移って静かな生活を送り、養蜂や散歩を楽しんでいるのだ。彼は読者に、「うっとうしいロンドンのど真ん中で暮らした長い年月にしばしば憧れていた、大自然のふところでの穏やかな生活にどっぷり浸っていた」と語っている。これは、これまでの話で読者が知ることとなった精力的な探偵の姿とは、違って聞こえる。ホームズが静かな隠退生活に慰めを見いだしている点も、驚きだろう。〈ぶな屋敷〉(98〜101ページ)などのかつての話では、田舎に特有の恐怖について語り、孤立感や、あらゆる種類の犯罪行為が誰にも知られずに行われかねないことを恐れていたからだ。

失われた環(わ)

ホームズの人生からはワトスンの姿がかき消えたようで、「たまの週末に訪ねてくれるとき顔を合わせるのがせいぜい」と言っている。彼がいないことは大いに惜しまれるが、この話はワトスンがほかの話で果たしてきた重要な役回りを明らかにする役目も果たしている。語り手としてのワトスンがいることで、読者はホームズが成し遂げる驚くほど優れた推理を、絶えず目にすることができるからだ。ワトスンが驚くときは読者も驚いており、この探偵が次にすることに対する興奮と期待が生まれる。ところが、ホームズはみずからの推理の多くを平凡で自明のものとみなしているため、彼の視点で推理する過程を目にしても、彼が見つけたものはもはやそれほど不思議なものでも驚くべきものでもないように映ってしまうのだ。この点はホームズも認めていて、ワトスンが「驚異に満ちた出来事」を重視するのに対して、自身の場合は「そっけない文章」で語らざるを得ないと、冒頭部分で述べている。また読者は、ワトスンの語りと比べると、ホームズの語りには魅力が欠けると感じることだろう。

> **人生のこの時期、よき友ワトスンの足はすっかり遠のいていた。**
> シャーロック・ホームズ

ベイカー街221Bでは、ホームズは忙しくて活動的だった。ロンドンの犯罪現場に刺激を受け、複雑きわまる謎を切望し、都会の雑踏に慰めを見いだしていた。

サセックス沿岸地域に隠退したホームズの生活は、異なるものとなっている。ひとりの散歩や養蜂を楽しみ、田舎を満喫しているのだ。

謎の死

この話は1907年7月に始まる。暴風雨の末に風がようやく収まって、すばらしい夏の朝を迎えていた。ホームズが崖に沿って朝の散歩をしていたところ、地元のザ・ゲイブルズ・カレッジで校長を務める友人のハロルド・スタックハーストに会う。ホームズはもともと孤独を好む人物だが、ワトスンとの心地良い友人関係を寂しく思っているのかもしれず、別の友人を見つけていたのだ。

その直後、知り合いの若者が、ズボンとコート、それに紐(ひも)のほどけたカンバスシューズだけという格好で、ふらつきながら小道を歩いてきたかと思うと、すぐ近くで苦しみながら倒れた。ホームズとスタックハーストが駆け寄って助けようとするも、もう手遅れだった。その若者は、

280　ホームズの冒険は続く

マクファースンの死に頭を悩ませて、海水だまりを調べるホームズ。この挿絵は〈ライオンのたてがみ〉が《ストランド》に掲載された最初のときのもの。

クは明らかに激しい人物なのだ。あるいは、マクファースンに対して恨みを抱いていたのかもしれない。読者の興味はかき立てられるのだった。

調べを進めるホームズ

　マクファースンが崖の小道を上る際に何度かつまずいていたことに、ホームズは気づく。海岸にはだしの足跡がいくつかあることから、マクファースンが泳ごうとして海水だまりに入ったことが示されていた。だが、彼のタオルがたたまれて乾いていることから、ホームズは彼が水に入っていないと結論づけた。近くに人の姿はなく、ほかの手がかりもなかった。

　ホームズが死体のところに戻ると、警察が来ていた。マクファースンのポケットからは、待ち合わせの約束を示す短い手紙が見つかる。「行きます、きっとです。──モーディー」とあった。警察がマクファースンの部屋を調べたところ、地元フルワースの美しい娘、モード・ベラミーとの秘密の関係を示す手紙が見つかった。この二人が自分たちの関係を秘密にしようとしていたのなら、海水だまりのような人目がつく場所で会おうとするのは、考えられない。このとき、マードックが授業で連れ戻さなければ、ゲイブルズの学生たちはマクファースンと一緒に泳ぎに行っていただろうということが、明らかとなった。マクファースンがひとりだったのは「めったにないこと」だったのかとホームズが鋭く尋ね、読者の疑念をマードックへ向ける。ホームズとスタックハーストがモード・ベラミーの家に近づいたところ、その家からマードッ

「ライオンのたてがみ」という最期の言葉を残して、息絶えたのである。

　若者の身体から上着がずり落ちて肩があらわになると、その背中が「まるで細い針金の鞭でめった打ちにされた跡のよう」に、赤黒い筋で覆われているのを、ホームズとスタックハーストは目にした。ホームズは、その若者の肩からも脇腹からも内側に回り込んでその模様があることから、「鞭打ち用具はしなやかなものだったらしい」と気づいている。

　死んだこの男はフィッツロイ・マクファースンといい、ザ・ゲイブルズの科学教師だった。ホームズとスタックハーストが死体を見下ろしているところに、同じ学校の数学教師であるイアン・マードックという別の知り合いが現れる。ホームズはこの人物について、ひどく無口でうちとけない雰囲気があると評しており、マードックが以前にカッとなってマクファースンの犬を窓ガラスに叩きつけたことがあると読者に伝えている。マードッ

> わたしの事件簿のどこにも、わたしがこんなにすっかり壁につきあたってしまった事件は見あたらないのではなかろうか。どんなに想像をたくましくしても、謎解きが思いつかない。
> シャーロック・ホームズ

クが出てきた。そこで何をしていたのか、自分の行動理由を明かすことを強く断る彼に対して、スタックハーストは学校からの解雇を告げるのだった。

モードの秘密

モードを称賛するようなホームズによる描写は、女性に無関心なことで知られるこの探偵より、ワトスンが書きそうな内容である。彼女とマクファースンは婚約したものの、混乱を避けるためにどちらの家族にも秘密にしていたことを、ホームズは知る。マードックは彼女に恋していた、もしくは現在も恋しているようではある。疑念はこの数学教師に定まりつつあり、ホームズが気づいたように、この人物はスタックハーストを挑発して自分を解雇させることで、逃げる機会をいち早くつかんでいた。ホームズはマードックの部屋を調べるようスタックハーストに要請する。

ホームズのひらめき

すると、マクファースンの忠犬であるエアデール・テリアが、主人が亡くなった海水だまりで死体で見つかり、その小さな身体が苦しみでねじ曲がっていたという知らせが入る。どう考えたらいいのか、頭を抱えるホームズ。それでも、心の奥底では何かが気になっていた。彼の脳は「いっぱいになった物置き」のようなもので、そこにはいつか役に立つかもしれないデータ、すなわち「珍しい知識」がいっぱい入っていることを、彼は読者に思い出させている。この「物置き」(ホームズは「脳という屋根裏部屋」という言い方もしている)という考えは、最初のホームズ物語である〈緋色の研究〉(36

イアン・マードック

この話で数学教師のイアン・マードックは、悪人に仕立て上げられている。彼は「どこか外国の血筋」があるほか、日に焼けたような顔、漆黒の瞳、ものすごい癇癪の持ち主と描写されている。ホームズ物語において、コナン・ドイルは犯罪者のタイプは見た目で明らかになるという、ヴィクトリア朝で人気のあった考え(→188ページ)を用いることが多い。だがここでは、この固定観念を用いて、マードックが殺人犯に違いないと読者に思わせて、ミスリードしている。モードの気を引こうとするライヴァルであることから、マードックは当然ながら容疑者だ。ところが、彼女がマクファースンを選んだと知るや、彼はすぐさま身を引いたと、モード自身がはっきりと述べている。さらにはスタックハーストが主張したように、マードックとマクファースンは犬の一件を水に流して、今や固い友情で結ばれていたのだ。それでもホームズは、これらの発言を無視して、マードックを疑いつづけている。だいたいにおいて論理的で合理的なホームズが、キャリア後期のこの段階で偏見に惑わされるのは、奇妙である。

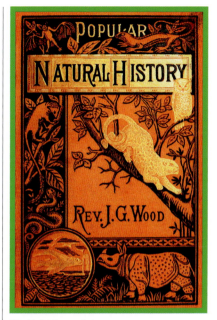

『野外生活』の著者であるジョン・ジョージ・ウッドは、いくつかの本を書いている。彼は聖職者兼博物学者で、自然科学の研究を自身の宗教的職業の一環と見ていた牧師だった。

〜45ページ)に出てくるもので、コナン・ドイルがホームズの考え方を示す際に用いた重要なイメージであり、さまざまな心理学者が強く採り入れているものだ。たとえば、ロシア系アメリカ人の心理学者マリア・コニコヴァはこの「脳という屋根裏部屋」の比喩を、人間が情報を蓄積して知識を組織化し、それを用いて明快な思考と"マインドフルネス"に向けた戦略を考え出すやり方を理解する、有効な方法としている。

ただ今回の事件では、「脳という屋根裏部屋」への言及は、ホームズに実際の屋根裏部屋を探ることを思い出させるものにすぎない。彼はそこで、『野外生活』という「チョコレート色と銀色の表紙の小型本」を見つける。1874年に書かれたこの本は、当時のヴィクトリア朝で人気のあった自然史作家ジョン・ジョージ・ウッド(1827〜1889)によって実際に出版されたものだ。»

驚異の毒針

この話におけるホームズの情報源（『野外生活』）は、正しい。ライオンのたてがみと呼ばれる巨大な――世界最大の――クラゲは実在するのだ。最大の標本は、かさの幅が2～3メートルあり、触手は30メートル以上にも広がるという。このクラゲは主に北大西洋に見られ、冷たい北極地方の海では特に大きくなる。小さな標本は英国南岸でも見られることがあるが、大きなものが現れることも時おりあり、話の中で説明されているように、南西の強い風により、通常の範囲を越えて流されてきたのかもしれない。

ライオンのたてがみの触手には無数の刺胞があり、広がって飛び出て銛のように被害者の身体に突き刺さる、毒の糸が含まれている。これにより、ホームズの描写にあるように、クラゲが打ちすえる触手に沿って、大きな赤いみみず腫れやうねになったジグザグの線が肌につくのだ。その毒針は激痛をもたらすことがあり、ごくまれに死に至る場合もある。

明かされない新事実

この本を調べてみずからの疑念の正しさを証明したホームズは、マクファースンの死の謎を事実上解いていた。ところがコナン・ドイルは話をもう少し続けて、ホームズが出した答えを明かすのを阻む障害物を連続して差しはさみ、読者をじらしている。

まず現れるのが、バードル警部だ。ホームズによれば「ずんぐり、どっしりして牛のような男」とのことで、信頼はできるが特に知的ではないことが示されている。彼は容疑者のマードックが町を出ないうちに逮捕すべきかどうか、ホームズの意見を求めていた。短気なマードックが過去にマクファースンと言い争ったこと、モードに恋していること、そしてフルワースを発とうと準備していることから、この警部にはあらゆる点が彼の有罪を示しているのだった。ところがホームズは、マードックにはアリバイがあり、彼に対する不利な証拠は弱いと指摘する。彼はさらに、マクファースンの傷の写真を調べたと話し、その傷の奇妙な性質の考えられる説明について、警部――と読者――をじらす。そして、ことの真相を説明しようという、まさにそのとき、不意にマードックが現れて、新事実の発表をさらに遅らせる。

マードックは危険な状態にあった。ひどく苦しんでいて、マクファースンと同じ傷が肩についていた。ブランデーを何杯もがぶ飲みすると、とうとう意識を失った。マードックを崖で見かけてホームズの家まで連れてきたスタックハーストは、この明らかな呪いから自分たちを救うよう、ホームズに懇願する。

この懇願には、ついにホームズも折れ

> 苦しそうな呼吸が
> 一時的に止まって顔色がどす黒く
> なったかと思うと、大きくあえいで
> 片手で心臓のあたりをたたく。
> ひたいには玉の汗が
> 噴き出している。
> シャーロック・ホームズ

た。彼は「殺人犯をあなたの手に引き渡すことができるかどうかわかるでしょう」と告げて、警部とスタックハーストを海岸の海水だまりへ連れて行く。そして足もとの水たまりを調べていたホームズは、勝利の叫びを上げる。「サイアネア！ ほら、ライオンのたてがみですよ！」。水の中に巨大なクラゲの触手と球形の体があるのを、3人とも目にする。水たまりの上に大きな丸石があるのを見てとったホームズは、「殺人者の息の根を止めてやろう」と呼びかけて、この石を水たまりへと落とし、このクラゲを殺すのだ。

自然界の殺人者

殺人はまったくなく、マクファースンと彼の犬、そしてマードックは、みな自然界に存在する危険物の被害者だったことになる。"ライオンのたてがみ"として広く知られる、サイアネア・カピラータというクラゲの毒針にやられたのだ。ホームズは友人たちと家に戻ると、『野外生活』の本を見せる。この危険な巨大クラゲに遭遇したのは、マクファースンが最初ではなかった。同書の著者であるジョン・ジョージ・ウッドが、このライオンのたてがみに近づいて、幸いにも生き延び

> たびたびあなたがた警察の鼻を明かしてきたぼくですが、あわやサイアネア・カピラータというクラゲにスコットランド・ヤードの恨みを晴らされるところでした。
> **シャーロック・ホームズ**

たときのことが説明されていた。そして実際、このクラゲの毒針は刺されるときわめて痛いが、命取りになることはめったにない。それでもコナン・ドイルは、マクファースンは心臓が弱かったことから、この毒針によって命を落とし、一方でマードックが生き延びたこともまったくもっともらしいと、慎重に強調している。

衰えたホームズ？

この話でコナン・ドイルは、日常生活に存在する殺人者を使っている。またバードル警部は、事件の核心に迫ったホームズの手法に感心して、「あなたのことは本で読みましたが、信じられなかった。こんなにおみごととは！」と驚嘆している。だがホームズが「出だしでちっともはかどりませんでした——責められてもしかたがないほど」と控えめに認めているように、確かにこの話は、彼の鋭さが発揮されたものとは言えない。

ホームズは初めから、マクファースンの死は殺しであり、追いかけるべき人間の殺人者がいて、鞭のような武器を持っていると推定している。最初はマードックが殺人犯と怪しんだが、これは事実よりも、この人物の外見と性格に主に基づいていた。ワトスンが陥りそうな種類の、いわゆる"レッド・ヘリング"［読者の注意をそらすもの］である。

ホームズは、マクファースンの乾いたタオルにだまされたと口にしている。このタオルにより、死んだ男は海水だまりに入っていないと考えたが、もし彼が水中にいるところを見つけていたら、本当の原因は明らかになっていただろうと主張しているのだ。だが、観察力の鋭い読者なら、マクファースンが死んだときに髪がまだ濡れていたことと、先に身体を拭かずに服を着ていたら服が湿っていたはずであることを、ホームズが見落とした点に着目するだろう。さらには、ホームズが犯罪現場を調べた際、彼はどういうわけかこの巨大クラゲを見逃している。これらの失敗にもかかわらず、この謎を解くことができたのは結局ホームズだけなのだ。

ホームズの引き立て役としてのワトスンがいないせいで、コナン・ドイルはこの探偵の優れた才能をやや減じることになったのかもしれない。ただ、ホームズの能力が加齢と隠退生活によって衰えてきているのではという読者の懸念は、〈ライオンのたてがみ〉の7年後が舞台となった〈最後の挨拶〉（246〜247ページ）で和らぐことだろう。その一件における劇的な秘密工作には、ホームズの能力の極致が見られるのだから。■

ホームズのサセックスの家は、この写真にある沿岸警備隊員の田舎家のように海峡に面していて、白亜の崖の景色を眺めることができた。彼の楽しみのひとつは、浜につながる崖の小道の散歩であった。

手を伸ばす。つかむ。最後に手に残るものは何か? 幻だよ

〈隠居した画材屋〉(1927)
THE ADVENTURE OF THE RETIRED COLOURMAN

作品情報

タイプ
短編小説

英国での初出
《ストランド》1927年1月号

収録単行本
『シャーロック・ホームズの事件簿』1927年

主な登場人物
ジョサイア・アンバリー　隠居した画材屋(絵画用の材料の製造者)。

アンバリー夫人　ジョサイア・アンバリーの若い妻。

レイ・アーネスト医師　ジョサイアのチェスの相手。

バーカー　私立探偵で、ホームズの職業上のライヴァル。

J・C・エルマン　リトル・パーリントンの教区牧師。

マキノン警部　スコットランド・ヤードの若い刑事。

複雑に入り組んだ人間関係

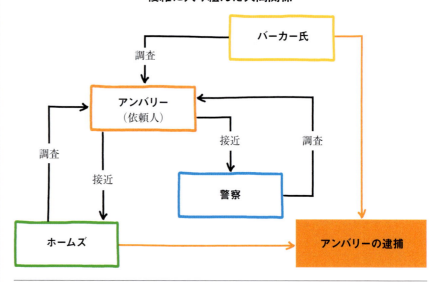

スコットランド・ヤードから紹介された新しい依頼人と初めて顔を合わせたホームズは、憂鬱な雰囲気だった。この依頼人、ジョサイア・アンバリーこそ、この話のタイトルになっている「隠居した画材屋」である。かつては絵画用の材料を製造していたが、今では惨めでうちひしがれ、年を大きく重ね、顔には皺が刻まれ、姿勢は前にかがみ、見た目もだらしない。

アンバリーの話によると、自分の若い妻がチェスの相手であるレイ・アーネスト医師と浮気していて、この二人が彼の老後の蓄えを持ち出して姿を消したという。ホームズの代役として、ワトスンがルイシャムにあるアンバリーの家へ調べに行かされた。これはホームズにとって、唯一ではないものの、珍しい手順である。彼は〈バスカヴィル家の犬〉(152〜161ページ)でもそうだったように、ワトスンが調べてきたことを信用せず、2度確かめる傾向にあるからだ。

主導権を握るホームズ

とはいえ、アンバリーが家の扉と廊下をにおいのきつい緑色のペンキで塗っていたことにワトスンが注目したのは、重要であった。彼はさらに、アンバリーの家を出たあと、背が高くて色の浅黒い、口髭を生やした人物が自分をつけているのにも気づいたという。これでホームズが疑いをもつには充分だった。彼はエルマンという牧師から届いた偽の電報を使って、ワトスンとアンバリーをエセックス州へ送り出す。彼らがいなくなったところで、ホームズは妻が消えた夜のアンバリーのアリバイ（劇場へ行った件）はうそだと明らかにする。ホームズがアンバリーの家に押し入ると、ペンキ塗りたての扉の向こうに密閉された部屋があり、それとわかるガスの吸気管が見つかった。殺人用の完璧な部屋だ。アンバリーは妻と愛人をその部屋へ誘い込んで罠にかけ、毒ガス攻めにしたのだった。

協力態勢

ワトスンが見かけた色の浅黒い謎の人物は、ホームズのライヴァルである私立探偵バーカーだと判明する。彼はアーネスト医師の家族に雇われていたのだ。珍

> その気になればいつだって、ぼくは探偵の代わりに強盗を職業にできるし……
> **シャーロック・ホームズ**

しくこの両者は手を組むことになり、殺人犯をスコットランド・ヤードのマキノン警部へ引き渡す。ホームズは警部に対して、家の周囲で犯罪の決定的な証拠を探すように指示する。そこで使われていない古井戸を調べたところ、死体が見つかった。警部はホームズに心からの尊敬を示し、「こんなに手際のよい仕事は初めて見ました」と、控えめな言葉を口にするのだった。アンバリーが当局と、さらにはホームズに近づいた理由は、「うぬぼれ」でしかなかった。自分は警察にも有名な探偵にも負けないという、絶対の自信をもっていたのである。

動機と狂気

アンバリーの心は妬みによっておかしくなったのだとホームズは述べているが、殺人用の部屋から出るガスのにおいを隠すために彼が緑色のペンキ（「妬み」と結びつく色）を用いたのは、偶然ではないのかもしれない。この犯罪の極度の残酷さを狂気の確かな証拠と見たホームズは、アンバリーは絞首台でなく、ブロードムア精神病院に送られることになりそうだと示唆している。

この話は、読者が冒頭で感じる憂鬱な印象よりも明るく、茶目っ気さえ感じられる。ワトスンを調査役とすることで、この友人どうしの能力が対比され、二人のあいだで機知に富んだ冗談が交わされることになるからだ。夜盗よろしく家に忍び込むホームズが、その観察の鋭さとともに冒険的な魅力をもって描かれているのに対して、警察はいつものごとくぶざまである。ホームズは犯罪の謎を解いたものの、解決したのは警察だとする記事に喜んで目を通しているようだ。それでも彼は意地悪いことに、「いつか、真相を語る日が来るかもしれない」と口にして、ワトスンにこの事件を記録に残すように言うのである。■

ブロードムア精神病院

ホームズが示唆しているように、アンバリーは"精神障害による無罪"を申し立てて、絞首刑ではなく終身刑に処せられるかもしれない。19世紀になると、精神病を抱えた犯罪者には通常の重罪犯とは異なる処置が必要だという意識が高まり、1800年の精神障害犯罪者法によって無期限の拘留が可能となった。

1863年に設立されたバークシャーのクロウソーンにあるブロードムア精神病院は、このような事例のために特別に建てられた初の施設である。ここでは自給自足ができ、囚人が管理する自前の農地と作業場があった。男女は分けられていて、作業と運動と休息という日課をこなした。病院の管理は医療監督者と二人の医師が行い、医療関係以外の職員100人が手を貸していた。

ブロードムアは現在も"専門病院"とされているが、女性の受け入れはもう行っていない。自分自身や他人に対して危険を及ぼす恐れの高い人物が、警備の厳重なこの施設で治療を受けている。

苦しみにじっと耐えている人生があるというだけで……このうえなく貴重な教訓ですとも

〈ヴェールの下宿人〉(1927)
THE ADVENTURE OF THE VEILED LODGER

作品情報

タイプ
短編小説

英国での初出
《ストランド》1927年2月号

収録単行本
『シャーロック・ホームズの事件簿』1927年

主な登場人物
ユージニア・ロンダー　サーカスの元団員。

ロンダー　ユージニアの亡き夫で、サーカスの興行師。

レオナルド　サーカスの怪力男で、ユージニアの亡き恋人。

メリロー夫人　ユージニアに代わってホームズに相談に来た大家。

ホームズ物語にしては珍しいことに、愛情と復讐によるこの悲劇的な話は、ほとんどが推理でなく告白によっている。ここでのホームズは、分析や推理を駆使する天才でなく、聖職者のように耳を傾けており、その役目は精神的に苦しんでいる女性に対して同情と赦しを与えることだけなのだ。

過去をもつ女性

1896年の後半、ホームズのもとにメリロー夫人という大家がやって来る。下宿人のひとり、ユージニア・ロンダーという妙にひきこもりがちな女性が、つねにヴェールをかぶって顔の傷を隠しているという。「やつれ果てて」見え、寝言で「人殺し！」と叫んだりすることもあるのだ。もし明かすべき秘密があるのなら、牧師か警察、あるいはシャーロック・ホームズにあたってみたほうがいいと、この大家はユージニアに提案する。そしてユージニアは、最後の選択肢としてホームズに会うことにしたのであった。

ホームズはワトスンに対し、ユージニアの事件について読んだことがあると言う。巡業サーカスで働いていた彼女は、

巡業サーカス

英国初のサーカスは1768年に元騎兵隊将校フィリップ・アストリーが始めたもので、馬術を見せることに特化していた。その後、出演者の一団はしだいに町から町へと動きまわるようになった。綱渡りに曲芸、道化などが徐々に導入されて、多くのサーカスは派手なパレードでその到着を宣伝した。

19世紀末までに、サーカスは壮大な見世物となっていた。アメリカのバーナム・アンド・ベイリー・サーカスは、1897年から1902年にかけてヨーロッパ中をまわり、曲乗りやジャグリング、空中ブランコ、さらには見世物で観客を魅了した。また、演技するゾウやライオン、その他風変わりな生き物も、呼び物のひとつだった（当時はサーカス用に手なづけられた野生動物の国際的な取引があった）。野生動物の使用を禁じるのが世界的傾向であり、英国でもそのための法律が2015年末に施行の予定だったが、遅れている。

ヴェールの下宿人　287

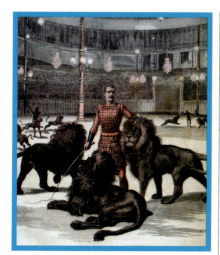

1891年にパリのヒポドロームでショーを演じる、恐れ知らずのライオン使い。野生動物を交えた演技や大胆なパフォーマンスは、サーカスの最も人気のある出し物のひとつだった。

その興行主でライオン使いの男と結婚した。7年前のある夜、このライオンが逃げ出してユージニアを襲い、彼女の顔を傷つけて、夫のほうは爪で頭をえぐって噛み殺した。ところが、警察の捜査では答えの出ない疑問点が多く、ホームズは"事故死"という最終的な評決には満足できなかったというのだ。

あらわになる秘密

ホームズとワトスンが下宿に着くと、ユージニアは長年抱えてきた秘密を明かす。彼女の夫は暴力的な酒飲みで、彼女に対して肉体的にも精神的にも屈辱を与えるのみならず、一座の人間にも動物に対しても、ひどい扱いをしていたという。一座に所属する怪力男のレオナルドは、そんなロンダーとは正反対な人物で、魅力的で自信に満ちていた。ユージニアがやがて彼を恋するようになると、二人は彼女の夫を消す計画を立てはじめた。そして、彼女に惚れている怪力男は巧妙な武器をつくり出した。ライオンの爪に似せて、間隔を置いた釘を5本打った棍棒だ。そしてある夜、ロンダーがライオンに餌をやりに行ったところで、レオナルドが彼の頭を一撃で潰して倒したのだった。計画に沿って、ユージニアが檻からライオンを放つ。夫の死の責任をこのライオンに負わせるためだった。ところがライオンは彼女に跳びかかり、その顔に噛みついた。それを見て怯えたレオナルドは、逃げ去ってしまう。ユージニアはなんとか助け出されたが、ロンダーの死におけるレオナルドの役回りについては口を開かなかった。見捨てられたものの、まだ彼のことを愛していたからだ。

救われた命

美貌も恋人も生計も失ったユージニアは、世間から消える道を選んだ。ところが最近になってレオナルドの死を知り、告白する気持ちになったのだった。彼女の証言は、ホームズから大いなる共感を引き出すことになる。ユージニアが、当時は違法だった自殺を考えているのではと感じ取ったホームズは、彼女を諭す。二日後、ユージニアは毒物の入った瓶をホームズに送ってきた。添えられた手紙には、生きる道を選んだと記されていた。

この話には、文字どおりヴェールを外す行為（自分の顔をホームズに見せるユージニア）と、象徴的な意味合いでヴェールを外すこと（うそを捨て去り真実を明かすこと）の両方が、描かれている。ロンダーは自分自身の快楽のために、みずからがつくった檻に妻を閉じ込めていた。そしてライオンによって人生を破壊されたユージニアは、傷ついた動物のようにみずからの檻へ――孤立した下宿へと、そっと引き下がっていたのである。ライオンを自由にした際、ユージニアは夫に対する残忍な憎しみも解き放ったが、生涯続く恐ろしい結果に見舞われることになったのだった。

この話の中心にあるのは、虐待を伴う結婚にとらわれたユージニアである。完全に無力で、みずからの運命を変えられない女性たちのこのような窮状は、〈アビィ屋敷〉（198～201ページ）を含めて、多くのホームズ物語に共通するテーマだ。■

> どんな顔なのかを表す言葉が見つからない。そもそも顔がないのだから。
> **ワトスン博士**

虐待と裏切りの三角関係

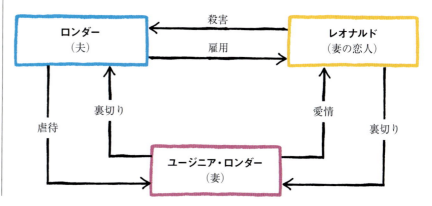

解決の見込みがない事件に限って、のんべんだらりとたいしたことも起きないものなんだ

〈ショスコム荘〉(1927)
THE ADVENTURE OF SHOSCOMBE OLD PLACE

作品情報

タイプ
短編小説

英国での初出
《ストランド》1927年4月号

収録単行本
『シャーロック・ホームズの事件簿』1927年

主な登場人物
サー・ロバート・ノーバートン ショスコム荘の激しやすい主人。

レディ・ビアトリス・フォールダー サー・ロバートの病身の妹。

ジョン・メイスン サー・ロバートのショスコム調教場の調教主任。

ノーレット夫人 レディ・ビアトリスのメイド。

ノーレット ノーレット夫人の夫で、俳優。

スティーヴンス サー・ロバートの執事。

ジョサイア・バーンズ 宿屋グリーン・ドラゴン亭の亭主。

サンディ・ベイン 騎手。

ホームズ物語の短編全56編の最後を飾る〈ショスコム荘〉は、コナン・ドイルが71歳で亡くなる3年前に発表されたものであるため、これでホームズとはお別れになる。この話は、名探偵が科学捜査をみごとに駆使する一方で、将来に対して大いに期待する場面で始まる。ところが、事件が明らかになるにつれて、ホームズには科学捜査よりも推理力のほうが必要になる。これは特に、今回は問題となる犯罪現場がないからだった。この話のスリルは、由々しき犯罪が行われたかどうかの可能性にかかっているのだ。

科学捜査の達人

ホームズは科学捜査を駆使する職業の最前線にいた。靴の跡や微細な痕跡、引っかき傷、血や泥や有機物の跡、さらにはニカワなどの微量なものといった、わずかな証拠を用いるパイオニアであり、彼の技術は犯罪現場を綿密に調べればわずかな手がかりが出てくることを強調している。この手法こそ、現代の科学捜査の中心となっているものだ。

科学捜査に関して先見の明をもっていた実在の偉人、エドモンド・ロカール博士(1877〜1966)が、"フランスのシャーロック・ホームズ"として知られるようになったのも偶然ではない。ロカールが掲げた鉄則は、"すべての接触には痕跡が残る"というものだった。"ロカールの交換原理"として知られるこの単純な声明(ホームズ自身によるものと言ってもよさそうなもの)は、犯罪者は犯罪現場に必ず何かしらを持ち込み、必ず何かしらを——どんなに微細なものであれ——持ち出すと主張するものである。

事件の真相

ホームズはジョン・メイスンという人物

エドモンド・ロカール博士は先駆的なフランス人科学者で、1910年に初の警察研究所を設立したが、その研究が正式に認められたのは1912年だった。

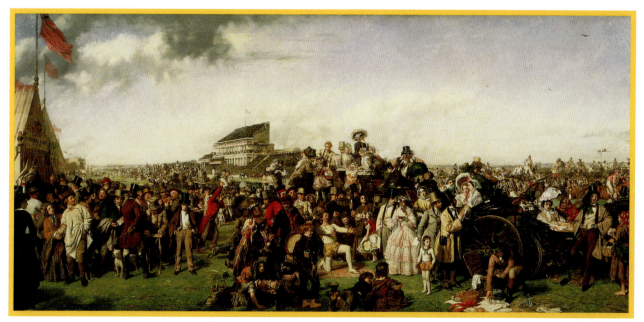

ウィリアム・パウエル・フリスによる『ダービー開催日』(1856〜1858)。サー・ロバートがよく知る光景が描かれている。この作品は非常に人気があったため、王立美術院では見物人を抑えるため柵を追加したほどだった。

の訪問を受ける。彼はバークシャーにある田舎の大きな屋敷、ショスコム荘の調教主任で、主人で道楽者のサー・ロバート・ノーバートンの振る舞いを心配しているのだった。金使いが荒いことで有名なサー・ロバートは、かなりの財政的苦境にあるという。彼は借金を返すために、りっぱな競走馬のショスコム・プリンス号が、来るエプソム・ダービーで大穴馬として勝つことに期待していたのだった。ただ、メイスンが気にかけていたのは、別の出来事だった。サー・ロバートと、人目を避けている病身の妹——彼がこれまで献身的に接してきた相手——が、急に顔を合わせなくなった理由である。なぜサー・ロバートは、彼女の愛犬のスパニエルを地元の宿屋グリーン・ドラゴン亭の亭主にやったのか？ なぜサー・ロバートは、朽ち果てて見捨てられた礼拝堂の地下にある、祟りがあるという一族

の納骨堂で、夜遅くに謎の人物と会っているのか？ メイスンとサー・ロバートの執事であるスティーヴンスが納骨堂で見つけたミイラの頭部と骨は、どこから来たものなのか？ そして最後に、レディ・ビアトリスの部屋の下にある地下室の暖房炉の灰の中に、黒焦げになった人間の脚の骨の一部があったのはなぜか？

手がかりを求めて

この気味の悪い最後の疑問に、ホームズは惹きつけられた。サー・ロバートと、まだ身元が判明していない共犯者が、レディ・ビアトリスを殺害してその死体を焼いたのだろうか？ ホームズとワトスンは休暇中で訪れた釣り人のふりをして、グリーン・ドラゴン亭に宿泊する。そこの亭主ジョサイア・バーンズは、サー・ロバートについて二人に忠告した。「口よりも手が先に出るようなお人だからね」と。二人はひるまず、以前はレディ・ビアトリスのものだった亭主のスパニエル犬を、散歩に行かせたいと申し出る。そしてショスコム荘へまっすぐに向かい、レディ・ビアトリスが馬車で出かけるの

にちょうどかち合うよう、たどり着いた。屋敷の門の前で馬車が速度を落としたところで、ホームズが犬を放す。犬は馬車に向かって一目散に駆けていったが、乗っている人——おそらくレディ・ビアトリスとそのメイドのノーレット夫人——に向かって、急に激しく吠えだした。ところが、「レディ・ビアトリス」のショールの向こうからワトスンとホームズが耳にしたのは、「早く！ 馬車を出しなさい！」という、男の耳ざわりな声だった。

その夜遅く、二人は納骨堂を訪れる。メイスンが見たという骨はなくなってい

難しい事件です、メイスンさん、謎は深い——深いばかりか、よどんでいてよく見えない。
シャーロック・ホームズ

> サー・ロバートはりっぱな家系の人間だからね。しかし、ワシの群れにハシボソガラスが一羽まぎれ込んでいることだってたまにはある……サー・ロバートは、金を儲けるまではこの国を逃げ出すことができないが……。
> **シャーロック・ホームズ**

た。その骨は頭蓋骨の残りとともに暖房炉で燃やされたのではと、ホームズは考える。開けられたばかりの跡が残る棺を見つけたところで、二人は足音を耳にする。暗闇から現れたのは、「巨大な身体つきと荒々しい態度の、恐ろしげな男の姿」だった。それがサー・ロバートであり、彼らが何者で、ここで何をしているのかと詰問してきた。

このゴシック小説を思わせるシーンでホームズが棺を開けると、サー・ロバートはよろめいて大声を上げる。そこにはレディ・ビアトリスの死体が入っていたのだ。「頭から足の先まで布にくるまれた死体が見えた。恐ろしい魔女のような顔。鼻とあごばかりになった顔が一方の端から突き出し、変色してくずれかけた顔の、かすんでどんよりした目がじっと動かない」。自身の行動の説明をする決意を固めたサー・ロバートは、二人に事情を見極めてもらうべく、屋敷までついてくるように言うのだった。

明らかになる真相

サー・ロバートが話したところによれば、1週間前にレディ・ビアトリスは水腫で亡くなったという。その結果、彼はこの屋敷と厩舎を失うだけでなく、借金を帳消しにできると期待される馬たちをすべて、ダービーで勝利を挙げるはずのわずか数週間前に、失うことになった。このショスコム・プリンス号も含めて、ショスコム荘の地所はすべて実質的に妹のものだったため、彼女の死が知られると、その亡夫の兄弟の手に渡ってしまう。切羽詰まったサー・ロバートは、ダービーが終わるまで彼女の死を隠すことに決めたのだった。彼はレディ・ビアトリス付きのメイドの夫、ノーレット氏に協力さ

検死官の役目

突然死の原因を調べる検死官の役目は、ノルマン人によって1194年というかなり昔に確立された。だが、これは正義を求めたからではなく、税金が正しく払われるのを確実にするためだった。ある村で死体が見つかると、被害者はノルマン人で殺人者はアングロサクソンという想定のもとで、"殺人罰金（マードラム）"と呼ばれる罰金——"殺人（マーダー）"という単語の由来——が村に課せられるのである。1836年に、すべての生死の報告を法的必要条件とする、初の出生死亡登録法が制定された。ただ、毒による殺人の場合はあまりに簡単に逃れられて、不審死を調べる検死の費用が莫大にかかるという懸念が増した。そこで1887年の新しい検死官法では、あらゆる突然死や暴力死、変死の医学的原因を見つけることを、検死官の役目としたのである。そのためレディ・ビアトリスの突然死についても、この新しい検死官の報告書に記載されることになっただろう。

> ぼくがすべきなのは事実をはっきりさせることですから、ここで手を引きます。あなたがなさったことについて、ぼくは道徳や品位がどうこうと意見を述べる立場にありません。
> **シャーロック・ホームズ**

せ、工作を始める。

古い棺に彼女を入れる場所をつくるため、まずはミイラ化した祖先の遺体を移して、暖房炉で燃やさなければならなかった。「恥ずかしいこともけしからんこともしていない」と主張するサー・ロバート。彼は続いて、「気持ち悪いほどこそこそした態度の、ネズミのような顔をした小男」で元俳優のノーレットが、レディ・ビアトリスになりすますことに同意したと説明する。彼女の飼っていたスパニエル犬は、最初に彼女の死体を隠した古い井戸小屋に向かって吠えつづけたので、手放したのだった。

これらの行いをホームズに「言いわけのようだ」と言われて、サー・ロバートは言い返す。「説教するのはかんたんだ。きみがわたしの立場にいたら、そんなふうには思わなかっただろうよ」。かつて、その行為が正当と感じられた場合には殺人犯を見逃したこともあるホームズだが、今回は明らかに納得せず、この件は警察の手に委ねると告げる。ワトスンの言葉によれば、このショスコム荘の事件は「サー・ロバートのふるまいの数々にしてはもったいないほどめでたい結末を迎えた」という。この犯罪が微罪であること

ショスコム荘

ホームズが気づいたように、ショスコム荘でのサー・ロバートの生活の実態は、当初の見た目とは大きく異なっている。大きな屋敷の主人で、受賞歴のある競走馬の馬主なのに、実際にはすべてを失う重大な危機に瀕していたのだ。

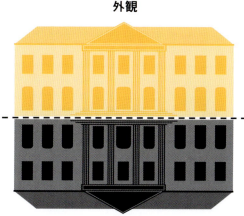

外観

- サー・ロバート・ノーバートンはバークシャーにある**りっぱな屋敷**に住んでいる。
- 彼は**初老**で**病身の妹**レディ・ビアトリス・フォールダーと暮らしており、献身的に接している。
- 彼の所有する競走馬ショスコム・プリンス号は、ダービーで**8万ポンドの賭け金**を主人にもたらすと見られている。

実態

- サー・ロバートは**借金で首が回らず、破産の危機**にある。
- サー・ロバートは空になった棺に**妹の死体を移して**、布でくるんだ。
- **レディ・ビアトリスが亡くなった**ため、サー・ロバートはダービーが終わるまで彼女の死を隠さなければならない。
- 彼女の死体を隠すため、サー・ロバートは**ミイラ化した祖先の死体を**移して、燃やした。

から、警察は寛大な見方をして大部分のことには目をつむり、妹の死をすぐに届け出なかったことでサー・ロバートを注意するにとどめたのだった。また珍しいことだが、サー・ロバートの債権者たちは、競馬の支払いが済むまで待つことに同意している。そして最後に、サー・ロバートが所有するショスコム・プリンス号はダービーで勝利を収め、馬主に8万ポンドの賭け金をもたらした。それによってサー・ロバートは借金を完済し、自分の人生を踏み出せたのだった。

キャリアの最後

ワトスンによる納骨堂での出来事の描写は、いつになくドラマチックで、まるでホラー小説の一節を読んでいるかのようだ。レディ・ビアトリスの死体のぞっとする描写に、大柄なサー・ロバートの恐ろしげな姿がかぶさり、ゴシック小説風に細かく描くことで、何か驚くべきことが起こるのではと読者に思わせていた。ところがその数分後、一同はのんびりと腰を下ろして、サー・ロバートが病人の死の報告を遅らせたという現世の話をしている。ここでホームズが明らかにしたのは、恐ろしい殺人や邪悪でむごたらしい行為でなく、自暴自棄になったやや不愉快な土地所有者による、きわめて悪趣味な不正行為である。そしてこの不正行為を、問題の人物はうまく逃れるのだ。ホームズのキャリアの最後にしてはいささか拍子抜けというところだが、これこそコナン・ドイルが意図していたものなのかもしれない。

ワトスンはこの話の冒頭で、「もっと前の時代に生まれていればよかったんだよ」と述べ、話の最後には、「経歴に傷をつけずにすんだのだ。きっと事件の陰を生き抜いて、立派な老後で人生をしめくくることだろう」と触れている。どちらの場合もサー・ロバートのことを語っているが、この描写はホームズ自身にも当てはまるのだ。■

シャーロック
ホームズ
世界

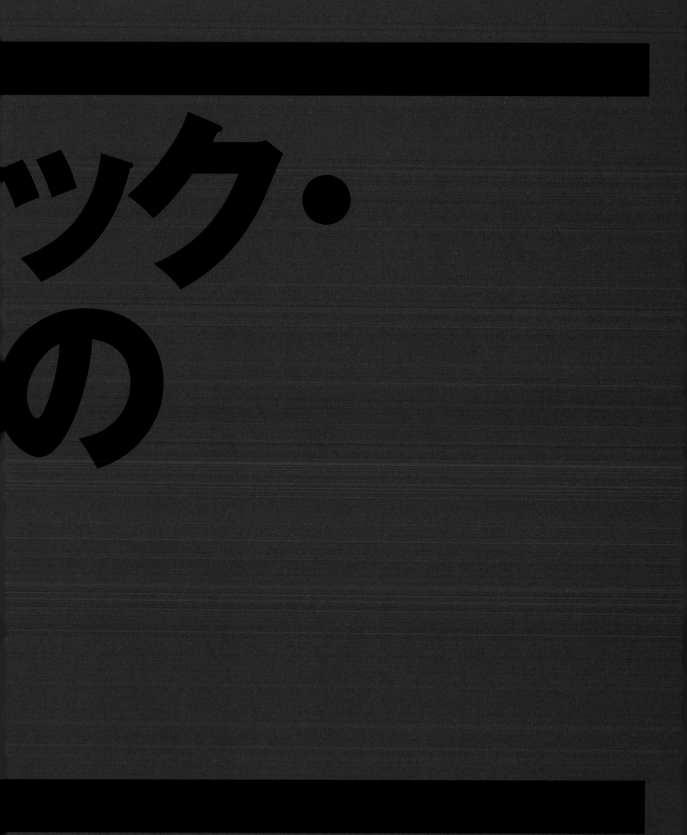

シャーロック・ホームズの世界

シャーロック・ホームズの世界は、ホームズ自身と同様、大衆向きの神話と現実がブレンドされたユニークなものと言える。この最終章では、名探偵とその時代について、コナン・ドイルが生きた時代も客観的に掘り下げる。また、コナン・ドイルとその読者たちの生活に影響を与えた社会変化についても説明するほか、ホームズの遺産とでも言うべきものについても、さまざまな観点から探求する。

神話と現実、そして推理

ヴィクトリア朝ロンドン（→296〜299ページ）という設定は、ホームズの世界のかなめであり、霧深いイースト・エンドの裏通りというのがしばしばそのイメージとなってきた。しかし、それは必ずしも正しいイメージではない。コナン・ドイルの描くロンドンは、現実には新しくできたりっぱな建物やおしゃれなショッピング街、ガス灯の立ち並ぶ広々とした大通りという世界だった——それがホームズの住む街なのだ。その街はまた、パディントンやキングズ・クロスなど壮大な鉄道ターミナル駅、全国的な電信システムや成長めざましい大衆紙を擁する、交通通信革命の中心地でもある。

ホームズのロンドンは、相反するものが共存している街だ。蒸気機関車が大型駅を盛んに出入りし、シティの通りの下では地下鉄が通勤者を運ぶ一方、裕福な住人たちは依然として二輪辻馬車（ハンサム・キャブ）で中心街を移動していた。大英帝国の繁栄にもかかわらず、ロンドンの街は貧困に押しつぶされそうだったが、コナン・ドイルの正典にそれははっきり描かれていない。

違いと伝統

19世紀のあいだに、ロンドンの人口は100万から600万にまで増えた。人々とともに知識、富、文化も大量に流入して、街は複雑なるつぼと化し、社会が変化していく（→300〜305ページ）。当時世界最大だった圧倒的な規模の街には、主に人口過密の東部地区に詰め込まれた無法な下層階級に対する不安が漂っていた。にもかかわらず、ホームズの事件に登場する人物はたいてい、コナン・ドイルの読者層と重なる、社会の中流から上流の階層に属している。コナン・ドイルが社会的緊張や、世間に流布している人種、性別、階層による固定観念を描くのは、物語に恐怖や刺激、面白みを添えるためだった。ホームズは"ボヘミアン"的感性の持ち主なのに、ベイカー街は中流の白人男性的世界一色で、いまの基準からすると頑迷に思えることもあるほどだ。物語中、外国人は犯罪者で、女性は主に被害者や無知で無力な人間の役割を演じている。

犯罪と捜査

ホームズはいわば二人の人間の申し子だった。エドガー・アラン・ポーのキャラクターであるC・オーギュスト・デュパンと、コナン・ドイルの恩師ジョゼフ・ベルの二人から着想を得て生まれたのだ。先祖にあたるこの二人は、ともに演繹的推理の科学、つまり"推論"（ラショシネーション）に優れていたが、それがホームズの推理の科学（→306〜309ページ）における、原則であった。この用語の歴史をたどれば、ギリシャ哲学に端を発し、17世紀には啓蒙主義の理想とされ、その後チャールズ・ダーウィンが著書『種の起源』（1859年）で展開した理論に重要な役割を果たした。コナン・ドイルも正典に反映させているが、推論（ラショシネーション）は急成長を遂げた犯罪捜査

> 〔ロンドンは〕どこよりも攻撃的な生活の場——何でもそろっていることでは世界一の寄せ集めだ。
> **ヘンリー・ジェイムズ**
> 小説家（1843〜1916）

シャーロック・ホームズの世界

の科学(→310〜315ページ)のかなめで、"法科学"や"犯罪学"という概念が用語として定着した。ホームズ自身、煙草の灰やタイプライター、刺青その他さまざまなテーマで論文を書いて法科学分野に貢献している。犯罪との戦いを繰り広げるなか、視野の広い先駆的な精神の一端と言えよう。

犯罪の好み

　コナン・ドイルが生み出したほかのキャラクターと比べてホームズが成功したのは、変化する社会も一因となったかもしれない。都市の成長と階級格差の増大が、犯罪への不安と公正への渇望につながり、"三文小説雑誌"と呼ばれた大衆向け新聞雑誌がそれを喜々としてあおった。犯罪解明の科学が発達したのと時を同じくして、犯罪小説もこの時代に成長していった(→316〜323ページ)。このジャンルのルーツは、エドガー・アラン・ポー、ウィルキー・コリンズ、チャールズ・ディケンズといった作家たちのほか、コナン・ドイルと同時代のG・K・チェスタートンやE・W・ホーナングらにもたどることができる。20世紀になると、ハードボイルド探偵小説や、アガサ・クリスティ、P・D・ジェイムズ、ルース・レンデルら女性作家も登場する。現在、犯罪小説は相変わらずの人気で(特に北欧作家の活躍がめざましい)、多くの作家がホームズの遺産に影響を受けている。

名声と遺産

　ホームズというキャラクターと彼の冒険に人気があること、しかもたちまちのうちに大衆の関心をつかんだことは、まぎれもない事実である。ホームズの長編第1作〈緋色の研究〉(1887年)は、刊行当初あまり注目されなかったかもしれないが、《ストランド》誌に連載された短編で火がついた人気はこんにちまで続く現象となり、世界中にホームズのファンクラブや関係団体がある(→324〜327ページ)。

　多くの文学的解釈をもたらしたことはもちろん、ホームズは早くから舞台やスクリーンの上でもスターだった(→328〜335ページ)。エイル・ノーウッド、バジル・ラスボーン、ジェレミー・ブレット、ベネディクト・カンバーバッチら、数々の名優がシャーロック・ホームズ役を演じてきている。

　ウィリアム・ジレット脚色による1899年の舞台劇 Sherlock Holmes に登場してから、最新公開のサー・イアン・マッケラン主演映画『Mr.ホームズ　名探偵最後の事件』(2015年)まで、さまざまに表現されてきたホームズの、代表的な作品を紹介する(→336〜339ページ)。また、初期のパロディから、続々創作される正典の"語られざる事件"や、まったくの再創造作品、現在流行中の"ファン・フィクション"まで、ホームズ関連の多種多様な文学作品も無数にある(→340〜343ページ)。

　ホームズ正典以外にも、コナン・ドイルは多くの作品を残している(→344〜345ページ)。ここで、彼が歴史小説、宗教や政治についての論評、心霊主義に関する思索に傾倒していたことがはっきりとわかる。その「もっとましなもの」を書きたいがために、いちばん有名なキャラクターを一時的に殺してしまったのだ。だが、ホームズは今もやはり最も息の長いキャラクターである。作家ヴィンセント・スターレットの言葉を借りれば、「実在しなかったがゆえに、決して死ぬことがない」男なのだから。■

シャーロック・ホームズは現実を超えた実在のキャラクターであり、確固たる場所、確固たる時代に生きている人物である。
リチャード・ランスリン・グリーン
作家・評論家 (1953〜2004)

どうだい、少し外の通りでもぶらついてみないか?
ヴィクトリア朝時代の世界
THE VICTORIAN WORLD

現代ではシャーロック・ホームズ物語に、典型的ヴィクトリア朝英国を描く小説としての魅力を感じる読者も多い。名探偵の服装は19世紀末英国紳士。馬に引かれる二輪辻馬車(ハンサム・キャブ)で、ガス灯のともる通りから通りへと移動する。依頼人はたいてい(いつもというわけではないが)、工業化と大英帝国の力による領土拡張のおかげで財力と地位が向上した、ヴィクトリア朝時代の中流階級に属する金持ちだ。それはしかし、物語のほんの一面でしかない。

歴史の中のホームズ

ホームズとその作者をただ"ヴィクトリア朝時代人"の枠だけに分類してしまうと、誤解を招きやすい。1880年代から1890年代という、ヴィクトリア女王在位期間(1837〜1901)の終わり頃に設定されている物語は多いものの、半数以上は20世紀初頭に書かれ、もっと新しい時代の思想がたっぷりしみ込んでいるのだ。

コナン・ドイルは1859年に生まれ、1930年に没した。生涯のうち42年をヴィクトリア女王の臣民として、大革新と発展、急激な変化の時代を生きたことになる。そしてまた、エドワード朝時代、第一次世界大戦、および両世界大戦間の時代をも生きて、文化、経済、政治、技術における大きな進歩の数々を目撃し、その多くが作品にも反映されている。結果的に、ホームズとワトスンの"ヴィクトリア朝"世界は、ほぼ50年早い1843年に出版されたディケンズの名作『クリスマス・キャロル』など、ヴィクトリア朝時代のその他の小説に描かれた世界とは大きく異なるものとなった。ホームズがクリスマスに活躍する〈青いガーネット〉(82〜83ページ)の舞台は、ディケンズの時

ロンドンの霧

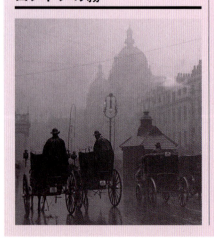

コナン・ドイルは、19世紀のロンドンを悩ませた名物の霧を、チャールズ・ディケンズやロバート・ルイス・スティーヴンスンほどたびたび派手に書いてはいないが、〈オレンジの種五つ〉(74〜79ページ)でワトスンが、「大都会の上空にかかった薄もやを通して、太陽がやわらかな光を降り注いでいる」と言うのは、霧があるのが当然という意味だろう。濃い黄褐色の霧"ピー・スーパー"[ピー・スープは干しエンドウ豆のスープ]の成分は、重工業による汚染と特有の気象、そして膨大な量の石炭燃焼が組み合わさって生じた有毒物質で、大勢のロンドン人の健康を脅かした。最悪の時期には多数の死者が出た。犠牲者のほとんどが、呼吸器疾患のある人や乳幼児、高齢者だったのだ。それはさておき、誰にとっても不快だったのが漂う汚れやすすで、霧のせいで衣服や室内の布製品が汚れた。〈ノーウッドの建築業者〉(168〜169ページ)で、やけに暖かい日なのにジョン・マクファーレンが「薄手の夏のコート」を着ているのは、きっと汚れた空気から服を守ろうとしてのことだろう。

ヴィクトリア朝時代の世界

コナン・ドイルの生涯は、ヴィクトリア女王（右の肖像画）の在位中、大英帝国の絶頂期にちょうど重なる。ホームズは、ヴィクトリア朝と大英帝国の価値観を体現する面もあったが、そうでない部分もあった。

代よりはるかに都会的になったロンドンである。ヴィクトリア朝時代を象徴する出来事や人物は、コナン・ドイルの生まれた頃にはもう昔話になっていた。1851年開催の大博覧会はとうの昔、クリミア戦争（1853〜1856）が終結し、交易と旅行に革新的手段をもたらした土木・造船技師イザンバード・キングダム・ブルーネル（1806〜1859）は死期を迎えていた。

文学史のうえでも、コナン・ドイルの生年は、ヴィクトリア朝三大作家のアルフレッド・テニスン（1809年）とエリザベス・ギャスケル（1810年）、チャールズ・ディケンズ（1812年）よりも、20世紀初頭のアメリカ文学二大巨頭F・スコット・フィッツジェラルド（1896年）やアーネスト・ヘミングウェイ（1899年）のほうに近い。そして、最後のホームズ物語が書かれたのは1927年であり、ヴィクトリア女王即位からは、ほぼ90年後になる。

ホームズが探偵業という冒険に乗り出したのは、後期ヴィクトリア朝時代の最盛期であったが、その後エドワード朝時代という短すぎる時代を経て、激動の時期である近年にいたるまで、ずっと自分なりのささやかな居場所を確保してきたといえよう。

アーサー・コナン・ドイル
『シャーロック・ホームズの事件簿』

都市化と郊外

ロンドン周辺の（時にはさらに遠方の）緑豊かな州へちょくちょく出かけるとはいえ、ホームズは大都会の人間、第1作〈緋色の研究〉に出てくるワトスンの有名な言葉を借りると、「大英帝国であらゆる無為徒食のやからが押し流されてゆく先、あの巨大な汚水溜めのような大都市ロンドン」に吸い寄せられたひとりである。英国では1800年代に、都市部に住む人口の比率が20パーセントから約80パーセントにまではね上がった。ホームズの時代には、ロンドンは英国東部一の人口密集地になっていた。

産業革命の結果、都市化が進み、それが多くの人に富をもたらしたが、その一方で無数の人々がどうしようもない貧困に沈んでいく。ホームズ物語に貧困勤労者（ワーキング・プア）が登場するのはまれだが、彼らの生活状況がこの街に添える強い印象をワトスンは見逃していない。〈六つのナポレオン像〉（188〜189ページ）でホームズとともにロンドンの街を、西の最高に裕福なケンジントンからイースト・エンドの貧窮するステップニーまで大移動するワトスンが見るのは、上品でこぎれいな景観がひどくむさくるしいみじめなものに変わっていくさまだ。

1800年代末、余裕のある人々は新たに開発された比較的閑静なロンドン郊外へ移り住みはじめる。〈四つの署名〉（46〜55ページ）で、街の中心部のベイカー街から出かけたホームズたちの乗る馬車がひた走る途中、通り過ぎる光景にその趣勢がうかがえる。「派手な新築のレンガづくりの建物がどこまでも続いていたりする──ロンドンという巨大な都市が、怪物のようなその触手を田園地帯に向かって伸ばしてきているのだ」。また、物語に郊外のさまざまな場所も登場する。たとえばロンドン南部地域では、ノーウッドには〈ノーウッドの建築業者〉（168〜

298 シャーロック・ホームズの世界

二輪辻馬車（ハンサム・キャブ）は、曲がり角や交通混雑の中も難なく走る安全な乗り物として有名だった。ホームズが「最初の二台はやりすごすように」と指示したのは、別の危険を考えてのことだ。

169ページ）のジョナス・オウルデイカーの家がある（コナン・ドイルのロンドンの住まいも）。ブリクストンには、いくつかの事件で登場するスコットランド・ヤードのスタンリー・ホプキンズ警部が住んでいる。またストレタムには、〈緑柱石の宝冠〉（96～97ページ）のアレグザンダー・ホールダーの自宅がある。

公共の交通手段

郊外に住む人々が増えていき、通勤という現代風の現象が生じる。〈赤毛組合〉（62～67ページ）でホームズとワトスンが偵察に立つ通りは、「シティを北部と西部へつなぐ大動脈のひとつ」で、ワトスンいわく、「車道は往き来する車でできる二つの大きな流れにふさがれ、一方、歩道のほうも急ぎ足の歩行者の群れで黒く埋まっていた」

毎日自宅から職場へ通勤できるのは、ヴィクトリア朝時代にロンドンの交通機関が発達した直接の結果だった。1800年代初めは誰もが仕事場のそばに住むほかなかったが、ホームズの時代には、乗合馬車、客船、列車の交通網によって、広いロンドンを縦横に移動できるように

なっていた。のちにロンドン地下鉄となる地下鉄道路線の第1号、メトロポリタン鉄道が1863年に開業。ただし、〈赤毛組合〉でワトスンとホームズがベイカー街駅からオールダーズゲイト駅（現バービカン駅）まで乗った頃の地下鉄は、まだ蒸気機関車が牽引していた。地上でも、この街の住人たちは鉄道旅行の激増を目の当たりにしてきた（現在のロンドンの鉄道幹線駅はほぼもれなく19世紀中に開業していた）。ホームズはこの鉄道網をみごとに使いこなした。さまざまな鉄道会社がそれぞれに路線や駅を営業していて、探偵はロンドン・ブリッジ、ユーストン、パディントン、ヴィクトリア、ウォータールー、チャリング・クロス、キングズ・クロスの各駅から列車に乗って、たとえば北はダービシャーの高原地帯（ピーク・ディストリクト）まで、また南西はデヴォン州やコーンウォールまで出かけていくのだ。

とはいえ、最も多用されるホームズらしい交通手段は、トレードマークでもある二輪辻馬車（ハンサム・キャブ）ではないだろうか。1頭立ての馬が引き、客席のうしろの高くせり上がった席に御者が座る、二人乗りの馬車で、街の至るところにいるうえ、速くて安い。最初に特許を与えられたのが1830年代で、自動車のタクシーが通りに出回るようになった1910年まで、何千台というハンサム・キャブがロンドンの街

ホームズの生涯
と想定される期間、英国には数々の歴史上重要な出来事、画期的技術革新、発明があった。

1854年
ホームズが生まれたと推定される。

1855年
最初の日刊新聞《デイリー・テレグラフ》発刊。

1860年
ロンドン市街の路面軌道を走る馬車、トラムが登場。

1863年
世界初の地下鉄路線、ロンドンで開業。

1876年
電話が発明される。

1880年
英国の家庭に初めて電灯がともる。

ヴィクトリア朝時代の世界

を往き来していた。ほかにも、昔ながらの箱形馬車に近くて乗り心地のいい、大型の四輪辻馬車（別名"グロウラー"〔うなるもの〕）があったが、速度ではハンサムにかなわなかった。

大英帝国の時代

ヴィクトリア女王の崩御までに、大英帝国の兵士たちは海外のさまざまな勢力と、時には手を組み、時には対抗して戦ってきた——植民地をめぐる紛争は必然的に起こる。帝国主義と当時の国際情勢から、コナン・ドイルはホームズの世界に異国情緒たっぷりな人物を配することとなった。たとえば、〈唇のねじれた男〉（80〜81ページ）に元水夫のインド人、〈四つの署名〉には吹き矢を携えたアンダマン諸島の原住民が登場、また〈まだらの紐〉（84〜89ページ）のグリムズビー・ロイロット博士など、当時はおおむね崩壊していた海外の植民地からの帰国者も登場する。

よその国々（特に北米）に端を発する犯罪が、ホームズのヴィクトリア朝英国にもち込まれることがよくあった。〈最後の事件〉（142〜147ページ）はスイス・アルプスでクライマックスを迎えるが、コナン・ドイルがこの最も有名なエピソードの舞台を国外にしたのは、公正な判断だったかもしれない。戦争だらけだったヴィクトリア朝時代にはまた、絶え間なく流れ込んでくる元軍人がロンドンの街にあふれ、そうした人物が〈緋色の研究〉や〈海軍条約文書〉（138〜141ページ）、〈白面の兵士〉（274〜277ページ）など、さまざまなホームズ物語に登場する。中でも最も重要な元軍人といえば、もちろんホームズのかけがえのない友人にして事件記録者、ジョン・ワトスン博士だ。ワトスンは、インドに駐屯していた英国がアフガニスタンへの覇権拡張とロシア勢力への対抗を試みた3回にわたる戦いのうちのひとつ、第二次アフガン戦争（1878〜1880）に従軍していた。

時代を超えるヒーロー

ほとんどがヴィクトリア朝時代の設定であるにもかかわらず、物語には20世紀的風潮がたびたび現れ、時には作者の声を代弁する意見も出てくる。たとえば、〈ソア橋の難問〉（254〜257ページ）で、ホームズは情け容赦ない億万長者のアメリカ人、ニール・ギブスンをののしるが、彼の感情は英米間の緊張の高まりを反映している。また、ホームズが当時にありがちだった反ドイツ感情を表すこともよくある。どの作品よりもそれが見えるのが、愛国心を戯画的なまでに描いた〈最後の挨拶〉（246〜247ページ）だ。第一次世界大戦中の1917年に発表されたこの物語では、ドイツ人スパイが登場して英国人を「他愛ない、おめでたいやつら」とせせら笑ったあとで、60代になったホームズに出し抜かれるのだ（物語中、英国とアイルランドの関係にも触れている。ホームズの時代、アイルランド自治は白熱した問題だった）。

つまり、ホームズはヴィクトリア朝時代の人物かもしれないが、物語には先進性、現代性がはっきりと感じられる。彼が活躍するのは、電報、蓄音機、科学的捜査、大幅に向上した国内外の移動手段といったすばらしいものが数々登場する、洗練された世界なのだ。そして、20世紀の象徴となるものまで登場する——自動車だ。コナン・ドイル自身、いちはやく自動車のオーナーとなったひとりで、運転のしかたも知らないうちに車を購入して、国際カー・ラリーに参加登録もした。小説の主人公同様、作者もさまざまな面で冒険家であり先駆者だったのだ。■

> 雲の隙間から真相という光がきっと差してくるでしょう。
> **シャーロック・ホームズ**
> 〈ソア橋の難問〉

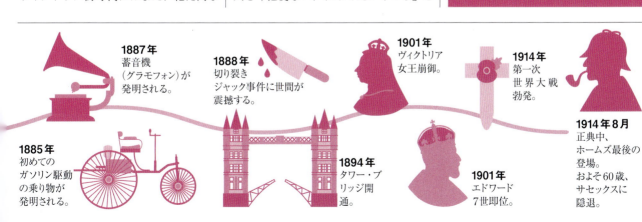

1885年 初めてのガソリン駆動の乗り物が発明される。

1887年 蓄音機（グラモフォン）が発明される。

1888年 切り裂きジャック事件に世間が震撼する。

1894年 タワー・ブリッジ開通。

1901年 ヴィクトリア女王崩御。

1901年 エドワード7世即位。

1914年 第一次世界大戦勃発。

1914年8月 正典中、ホームズ最後の登場。およそ60歳、サセックスに隠退。

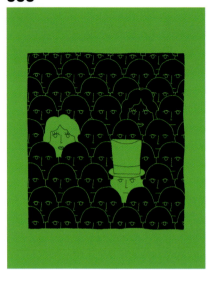

日常生活のできごとほど不自然なものはないよ
ホームズと社会状況
SHERLOCK AND SOCIETY

ホームズ物語がこれだけもてはやされていれば、コナン・ドイルの読者が正典をヴィクトリア朝時代の生活を正当に記した文書扱いするのも、容認されるかもしれない。だが、ホームズの小説世界に描かれる社会は必ずしも現実そのままではなかった。物語を一読しただけでは、後期ヴィクトリア朝時代の典型的風潮を素直に反映しているように思えるかもしれない。ところが、少しでも深く掘り下げてみれば、社会の描き方がそう単純ではないということがわかる。コナン・ドイル自身の見解や価値観を通して伝えられるその社会は、時に因襲的であり時に急進的なのだ。

さまざまな社会階層

犯罪や犯罪者を描く以上、ホームズ物語には19世紀の変わり目の英国に存在した社会的、経済的格差がまざまざと表れそうなものだ。それなのに、正典では終始、社会的地位の扱いがあいまいになっている。

〈緋色の研究〉（36～45ページ）が最初に発表された2年後の1889年、社会学者のチャールズ・ブースがいわゆるロンドン"貧困分布地図"の第1巻を出版し、市内大半地域におけるみじめな生活状況を図解した。首都の区域図中、それぞれの通りを収入に基づく社会階層8区分に色分けしたものだ。黄色が"上位中流階級と上流階級／富裕層"が住む通りを示す一方、黒いのは"最下層階級／たちの悪い犯罪者予備軍"の狭苦しい家々が寄り集まった通りだ。この地図から、ロンドン住民の3分の1以上が貧困生活を送っているとわかる。ブースがロンドンの貧民を"たちの悪い犯罪者予備軍"と分類しているのが今では衝撃的に思えるかもしれないが、ホームズの時代、貧困と犯罪はしばしば同列に論じられた。英語の"villain（悪党）"がもともと、生まれの卑しい粗野な人物、あるいは農奴を指す語で、不法行為に関わる者という意味に転じたところからも、その連想が強化された。

〈赤毛組合〉（62～67ページ）には、「ロンドンについて正確な知識を持つのが、ぼくの趣味のひとつなのさ」という、ブースら社会改革支持者たちの探求精神を反映しているかのようなホームズのせりふがある。だが、文芸評論家フランコ・モレッティが指摘しているように、ブースの地図の貧困地区とホームズ物語中で犯罪が

社会探求者たち

チャールズ・ディケンズの小説では、貧しくみじめな暮らしのすぐそばに、ありあまる贅沢（ぜいたく）があるという不公平が、必然の結果として犯罪を生む。対照的に、ホームズ物語では"専門（プロフェッショナル）"の犯罪者、たいていは上流階級の芸術愛好家や出来心を起こした者の犯罪が多い。この差は、二人の作家のロンドンへの親しみ方が大きく異なっているせいではないだろうか。

ディケンズはロンドン最下層の貧困地区をくまなく訪ね、それがスラム街とその住人たちを描く直接の情報源となった。アメリカの作家ジャック・ロンドンや、のちにはジョージ・オーウェルらも、足を運んで社会を探求するのを仕事の基礎とした。

ところが、コナン・ドイルは作中に描く場所へ出向くことがめったになく、情報の古くなった地図をもとにすることもしばしばだった。彼の語るロンドンは、ベイカー街からほんの数マイル先の労働者階級が住むむさくるしい街ではなく、世界に広がる大英帝国とつりあう富裕層地区であって、とりすました光彩をまとっている。

ホームズと社会状況

テムズ川クルーズを楽しむ、上流階級の客たち。上流社会の有閑ぶりとホームズの世界の騒がしい大都会との差異が歴然と見てとれる。1876年、ジェイムズ・ティソ画。

起きる場所とは、ほとんど重ならない。それはコナン・ドイルの意図的な選択だった。中流階級の読者を対象に書いていたからだ（結果的にホームズ物語はさまざまな社会階層の読者を惹きつけることになるが）。〈緋色の研究〉と〈四つの署名〉（46〜55ページ）では、ロンドン南部の"好感度の低い"郊外の場面が多かったが、その後、ホームズの活躍の場はたいてい富裕層の住む地区かイングランド南東部の「のどかで美しく見える田園」となる。また、ブースの地図でベイカー街が"中流階級の裕福な層"を示す赤に色分けされているのは、いかにももっともなことだ。

一流の人士

〈四つの署名〉以降、その舞台を移した結果、ホームズ物語はどっと人気が出た。付随して、たとえば〈第二のしみ〉（202〜207ページ）のベリンジャー卿など、登場人物は（被害者も犯人も）富裕層寄りになり、大いに魅力を添えた。同じように、アデルバート・グルーナー男爵も、「犯罪者貴族」という、尊敬の念を高めようとする意図の称号で呼ばれている。

どうやらホームズも読者も、下層階級にはあまり関心がないようだ。〈美しき自転車乗り〉（176〜177ページ）の家庭教師ヴァイオレット・スミスなど、労働者階級の依頼人がわずかにいるものの、彼はたいてい中流階級や上流階級からもたらされる知的パズルを堪能する。

とはいえ、地元の浮浪児たちを"ベイカー街不正規隊（イレギュラーズ）"として働かせたり、舞台俳優並みに変装したりして、ホームズはあらゆる社会階層を自在に渡り歩くことができる。また、誰だろうと出会った相手の階級を、外見だけから見抜く抜群の能力がある。ところが、本人が階級を強く意識しているにもかかわらず、地主の家柄に生まれて教育を受けたという

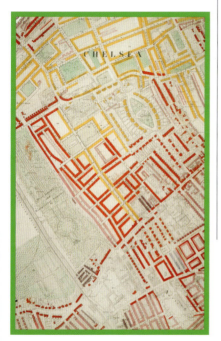

チャールズ・ブースのロンドン貧困地図のうち第41区域は、フラムおよびチェルシー一帯にあたる。ホームズが手がける事件の舞台は、豊かさを象徴する色あいの赤や黄色、つまり富裕な地域であることが多い。

ホームズ自身の経歴については、物語中でほとんど触れられない。物語の流れで問題となるのは、彼の知性と技能だけだ。その点、「ぼくは自分の頭脳の働きを利用してやっていくことにしたんだ」というせりふからもわかるように、彼は19世紀の起業家精神を体現している。美術史家・小説家のイアン・ペアーズの主張によれば、ホームズは「能力主義で、自分の頭脳ひとつで暮らしを立てる……ヴィクトリア朝時代の新男性」の原型なのではないかという。確かに、ホームズは自分が暮らす社会の階級による拘束をあまり気にしないようだ。階級の違いにやみ

彼〔ホームズ〕には多くの知り合いが、しかも、社会のじつにさまざまな階層の知人がいるとわかった。

ワトスン博士
〈緋色の研究〉

ホームズ物語の時代、ロンドンの波止場地域（ドックランズ）は大にぎわいだった。首都と遠方に広がる植民地とを結び、海外からの影響は何でもここ経由で英国にもたらされた。

くもにこだわることなく、関係する人物ではなく問題の詳細に関心をもつ。〈独身の貴族〉（94〜95ページ）では、「ぼくにとっては事件に興味がもてるかどうかが第一で、依頼人の身分なんかさしたる問題じゃないんだ」と明言している。上流階級をからかうことさえある。たとえば〈ボヘミアの醜聞（スキャンダル）〉（56〜61ページ）では、依頼人の国王という地位をけなしている。

ホームズは進歩主義（プログレッシブ）傾向を見せることもある。できたばかりの公立小学校を「まさに灯台だよ！ 未来を照らす明かりだ！」と称賛するところから、慎重で計画的な社会改革を支持しているとわかる。これはコナン・ドイル自身の進歩的な（リベラル）見解そのものだ。作者は〈海軍条約文書〉（138〜141ページ）に、ソールズベリー侯爵率いる保守党政権への批判を暗に込めている。だが、ホームズを増大する英国中流階級の見本のように位置づけるのは行き過ぎだろう。彼はまた、一緒に働く「能なし」警官たちを傲慢に見くだすなど、妙に尊大な態度でもある。コカインを摂取したりヴァイオリンを奏でた

りするところは型どおりの気取ったボヘミアンであり、よく知られているように報酬ではなく喜びのために事件を解決するというのは、当時はやった「芸術のための芸術」礼賛を反映している。それも不思議はない。〈四つの署名〉は、オスカー・ワイルドの世紀末耽美（たんび）主義デカダンス小説の名作『ドリアン・グレイの肖像』（1891年）と、同じディナーの席で執筆依頼を受けたものだった。

植民地みやげ

19世紀の変わり目、ロンドンの川岸、イースト・エンドの波止場地域（ドックランズ）は、世界中の船や人々が出入りする一大拠点だった。英国と海外の大英帝国領との交易に不可欠なこの地域はまた、ありとあらゆる犯罪と悪行の温床でもあったところからすると、たとえば〈四つの署名〉、〈六つのナポレオン像〉（188〜189ページ）など、ほんのいくつかの事件にしか出てこないのが不思議ではないだろうか。だが、卓越した植民地主義超大国としての英国の地位は、多くの物語で要点になっている。大英帝国には"啓発された価値

観"を世界中に広める義務があると多くの英国人が思っていたし、物語中でホームズも、国外から忍び寄る悪影響から英国を守る義務を課せられている。正典全体を通して、秩序ある帝都に不吉な異物の要素を吹き込むのは、遠い異邦の地から来た"他者"や、外から入ってきた珍しいものであることが多い。

たとえば、大英帝国領の出身者、あるいは帝国領に一時住んでいた人物にはよく、過去を掘り返されたら体面が丸つぶれになるような罪を犯した経歴がある。〈グロリア・スコット号〉（116〜119ページ）にはオーストラリアへの囚人輸送が描かれて顕著だが、〈ボスコム谷の謎〉（70〜73ページ）では、昔オーストラリアで山賊一味に加わっていたという、裕福な地主ジョン・ターナーの過去が物語の背景にある。こうした過去の秘話が、元植民地住民たちのあいだに潜む力関係を解明する鍵となる。ジョン・ターナーは、農場を貸している、昔日の悪事の目撃者だった男に脅迫されているし、〈グロリア・スコット号〉の獣じみたハドスンは、何

大英帝国であらゆる無為徒食のやからが押し流されてゆく先、あの巨大な汚水溜めのような大都市ロンドン。
ワトスン博士
〈緋色の研究〉

十年も前の反乱に荷担していたヴィクター・トレヴァに恐ろしいほどの影響力をもっている。

品物や生きものが英国の外の堕落ぶりを象徴することもある。たとえば、〈まだらの紐〉(84〜89ページ)でグリムズビー・ロイロット博士がカルカッタから取り寄せた沼毒蛇は、殺人の凶器として使われる。ロイロット自身に備わるいろいろと不吉な性質も——主として暴力的な性向が——どうやらインドで暮らしていたあいだに一段とひどくなったらしい。ホームズの冷静で"英国人らしい"理性とは、まったく対照的だ。

人種による役割

あまりないことだが、ホームズがロンドンの波止場地域を訪れ、そこに外国からもたらされた危険なものを利用することがある。〈瀕死の探偵〉(234〜235ページ)では、「スマトラのクーリー病」にかかったふりをするのだ。インドネシア、大スンダ列島のスマトラ島は、かつてオランダ領だった。"coolie(苦力)"とはもともと現地雇いのアジア人不熟練労働者の意味だが、19世紀には、"villain(悪党)"同様、軽蔑的な語になっていた——

> 異常なほど気性が激しいのですが、……暑い地方に長いあいだ住んでいたためか、その気性がいちだんとひどくなっていました。
>
> **ヘレン・ストーナー**
> 〈まだらの紐〉

villainと違って、こんにち欧米ではほとんど使われなくなったが。

人種差別的な言葉と固定観念(ステレオタイプ)は、正典の中にもけっこうある。〈三破風館〉(272〜273ページ)では、黒人ボクサーのスティーヴ・ディクシーを、ホームズは手ひどく、それも外見的なことをあげつらってあざけっている。〈四つの署名〉に登場するアンダマン諸島の原住民、"小人族(ピグミー)"のトンガは、スモールに何度か「ちびのトンガ」と呼ばれている。また、〈ウィステリア荘〉(222〜225ページ)の不吉な雰囲気のほとんどは、アロイシャス・ガルシア宅にいたサン・ペドロの奥の未開の地出身の料理人による、ブードゥー教の儀式がつくりだしている。この料理人は、大ざっぱな戯画化に加えて、「黄色みを帯びた顔色で黒色人種系の見慣れない顔だちであるとともに、巨体の持ち主」とまで描かれている。

ほかの作品でも、しばしば黒人が「悪魔」といった、当時は珍しくなかった言葉で呼ばれている。根拠もなく白人の英国人を至上とする当時の根深い思い込みから、誰もが濃い肌の色といえば劣等人種とか嫌悪感をもよおす風習とかを連想するようになっていたのだ。

ただ、その時代にはびこっていた偏見をくつがえすことに格別の関心をもたなかったとはいえ、コナン・ドイルは人種について微妙な描き方をしている。〈黄色い顔〉(112〜113ページ)で異人種間結婚を肯定的に描いているのは、当時の風潮をきっぱりとしりぞけるものだ。

男性どうしの仲間意識

コナン・ドイルが探偵と語り手を別にしたのは(エドガー・アラン・ポーの作品からそのままいただいた技法だ)、犯罪の解決を小出しにして物語に仕立てあ

英雄的行為と男らしさ

英国の海外植民地や属領は、かつておびただしい数にのぼり、広く世界各地に散在していたため、大英帝国には"太陽が沈むことがない"とまで言われた。しかし、19世紀後半になると、帝国主義という概念そのものの上に輝く太陽が傾いていった。世界規模の政治的、経済的権力がひとまとまりに、小さな島国ひとつの権威という不安定なとまり木に集約されていたわけだから、英国人のあいだに衰退への不安が広まったのも不思議はない。

フェミニストの評論家たちは、そうした世相を背景に、コナン・ドイルの書くような物語は混迷の時代に安定感をもたらす英雄的で男らしい文化という理想を、積極的に鼓舞するものだと論じてきた。『屋根裏の狂女』(1979年)でサンドラ・ギルバートとスーザン・グーバーは、"探偵小説(ボーイズ・オウン)"や冒険物語ジャンルの作品を、はっきりと「女性をほぼ全面的に閉め出してきた」部類に入れている。

この見解によれば、冷たく客観的な理性と英雄的勇気というわかりやすい美徳を備えたホームズは、白人男性の理性が支配する家父長制、帝国主義の秩序に対する、ぬぐいがたい郷愁(ノスタルジア)を象徴している。

げるためだった。

　また、探偵と語り手の友情はなんとしても長続きさせなくてはならず、その都合上、たとえばワトスンが妻のメアリ・モースタンに先立たれて、ベイカー街221Bに戻ってきたりする。同じく、ホームズ自身が結婚や恋愛などしようものなら、物語の破綻を招きかねない。

　ホームズとワトスンのあいだにある友愛のきずなは、ロビンソン・クルーソーとフライデーからトム・ソーヤーとハックルベリー・フィンまで、文学史上連綿と受け継がれてきている。こういった男どうしの関係は"少年向け小説"によく出てくる。もちろん、コナン・ドイルが文学上の師と仰ぐ英国人小説家、H・ライダー・ハガードが、「すべての幼い少年たちや大きくなった少年たちへ」捧げた大冒険小説『ソロモン王の洞窟』（1885年）でも、アラン・クォーターメインが語り手を務めていた。

　一部の評論家が指摘しているように、1908年に刊行されたロバート・ベーデン＝パウエルの『スカウティング　フォア　ボーイズ』が、20世紀英国の"男らしさ"を刷り込みはじめた。ボーア戦争の英雄にしてボーイスカウト創設者である著者は、「追跡」の節で〈ギリシャ語通訳〉（136～137ページ）と〈入院患者〉（134～135ページ）の2作品に触れ、スカウト指導者たちは団員たちにその物語を読み聞かせるといいと勧めている。

男の世界

　兄のマイクロフトと違って、ホームズはロンドンの紳士の会員制クラブに属していないが、ベイカー街221Bがそれに等しい男性専門の場という様相を呈することはよくある。性別役割にまつわる面倒な問題から都合よく切り離された、安息地だ。にもかかわらず、ホームズも時には女性のことを考えざるを得ない。

　ホームズの（そして作者の）女性に対する姿勢は変わりやすく矛盾もあるが、だいたいにおいてヴィクトリア朝時代における典型的男性の思考の産物である。ホームズは女性の知能をあまり評価しないようだが、女性の力になったり嫌疑を晴らしたりする労は厭わない。女性の登場人物は物語の中心からはずれたところに配されがちで、筋の運びに関わっているときでも、重要な役柄を与えられることはめったにない。女性は男性の助けを必要とする依頼人、あるいは助けてもらえなかった犯罪犠牲者として登場することが最も多い。

　ホームズはよく、徹底して感情を排した「推理の機械」だとワトスンに言われる。〈ボヘミアの醜聞〉では、「〔ホームズは〕こと恋愛になると、まるで場違いな存在となってしまう。人の情愛についても、あざけりや皮肉のことばを交えずに話すことなどけっしてない」である。したがって、作中ホームズがしてやられる「したたかな女」アイリーン・アドラーは、まさに例外中の例外だったはずだ。ホームズがつねに「あの女性」と呼ぶ、大胆で頭の回転が速い彼女は、興味深いことにアメリカ人である——ヨーロッパ社会のしきたりという"旧世界"に縛られることなく、みずから規範を定めることのできる女性だ。

　アドラー以外には、ホームズにじゃまされる側に例外的な女性が何人かいる。〈三破風館〉の、行動のすばやいイザドラ・

ホームズはしばしば、凶悪な犯罪者、異様なもの、危険な組織といったさまざまなかたちの異国の影響から自国を守る任務を帯びる。

〈這う男〉
プレスベリー教授の異常行動は、プラハから手に入れた若返りの秘薬のせいだった。

〈オレンジの種五つ〉
アメリカの秘密結社クー・クラックス・クランが、大西洋を越えて、組織のじゃまをする者たちを殺しに来た。

〈悪魔の足〉
アフリカ西部ウバンギ地方の希少な秘薬、"悪魔の足の根"が、毒殺に使われた。

〈サセックスの吸血鬼〉
ジャック・ファーガスンが南米の矢筒を使って、赤ん坊の弟に毒矢を射た。

〈まだらの紐〉
グリムズビー・ロイロット博士が、ジュリア・ストーナーをインドの沼毒蛇で殺した。

コナン・ドイルの執筆当時、男女平等の投票権を求めて婦人参政権論者たちが抗議の声をあげていたが、ホームズ物語はこの運動にひとことも触れていない。

クラインがそのひとりだ。また、〈ウィステリア荘〉のミス・バーネットも。だが、どちらの女性も高潔とは言えない。クラインは典型的な妖婦(ファム・ファタール)だし、一方、根気よく報復の機をうかがうバーネットは紋切り型の虐げられた女性である。

ホームズ物語で女性が行動力を発揮すると、その決断がたいてい悲惨な結果をまねく。〈第二のしみ〉のトリローニー・ホープ夫人は美貌と分別を兼ね備えているが、物語の中心的犯罪となったのは国家的問題への彼女の妨害行為であり、手際よく円満に家父長制の秩序を取り戻すには、ホームズの介在が必須となる。同じように、〈ギリシャ語通訳〉では、ソフィ・クラティディスが極悪人ハロルド・ラティマーの魅力にまいりさえしなければ、彼女の兄は殺されずにすんだだろう。

後期ヴィクトリア朝風の決してありがたくない女らしさの例は、数多くある。女性の登場人物は、〈ボール箱〉(110〜111ページ)のセアラ・クッシングのようにヒステリックで執念深いかと思えば、セアラの妹スーザンのように無邪気で従順だったりする。〈ソア橋の難問〉(254

〜257ページ)の場合は復讐心に燃えるずるい女だし、〈高名な依頼人〉(266〜271ページ)のヴァイオレット・ド・メルヴィルは、よそよそしく高慢な女だ。

正典の女性登場人物があまり重要でない扱いをされているため、物語が発表されたのは女性たちが地位向上を目指して闘っていた時代だということを、忘れてしまいそうになる。ただし、女性教育が向上し、社会が流動的になったとはいえ、大半の女性たちは相変わらず従属的だった。コナン・ドイルは、虐待を伴う結婚生活をとりあげた〈アビィ屋敷〉(198〜201ページ)のような作品で、女性たちがからめとられかねない状況を描き、彼なりに不公平を訴えようとしている。

だが、作者の座右の銘、「真実の剣(つるぎ)、正直の刃(やいば)」は、彼が男どうしのつきあいで何より高く評価していた"男らしさ"と"飾り気のなさ"を思わせる言葉だった。自伝『わが思い出と冒険』(1924年)で彼は、「女性の場合、饗宴(きょうえん)の席における外見は非常に進歩しているが、そのぶん会話の質は損なっているというのは、よく知られた話だ」と、何気なく書いている。

とはいえ、彼がそう書いたのは、女性の側に何か良識に欠けるところがあるというわけではなく、男性たちがその状況に合うように会話のしかたを変えるせいだ。どちらかと言えば、当時の社会の窮屈さを軽んじるつもりだったのだろう。

均斉のとれた人物像？

当時の階級、人種、ジェンダーといった問題について、コナン・ドイルの描き方は率直とはほど遠い。彼は社会的光景を、どんどん細分化していく社会という流砂の上に描いていたのだ。急速な産業化、人口増加、都市化の結果、英国はとてつもない激動に直面していた。コナン・ドイルの描いた社会は、変わっていく世界を反映し、みずからの進歩的な意見と当時優勢だった保守的な価値観との葛藤をうかがわせる。

ホームズは白人男性であり中流階級であり、ヴィクトリア朝時代人だが、彼のかかえる複雑さや矛盾は、現代に至ってもなお読者に共鳴する。ホームズ物語は今も、作者が思いもよらなかったような社会の中で、魅力を失っていない。■

> 女性というのは生まれつき秘密好きで、自分ひとりで隠しごとをしたがるものだ。
> シャーロック・ホームズ
> 〈ボヘミアの醜聞(スキャンダル)〉

ぼくには観察と推理の素質がある
推理の科学
THE ART OF DEDUCTION

　ホームズが諮問探偵の仕事で用いている方法論を説明するとき、"推論（ラショシネーション）"という言葉がよく出てくる。"推定あるいは熟考すること"というラテン語ratiocinariに由来するこの言葉は、まず観察および利用できる証拠の収集、続いて情報に基づく推理、その結果、論理的な結論という、段階的な論証のプロセスを指す。

　『オックスフォード英語辞典』によれば、"ラショシネーション"の語が西欧で初めて使われたのは17世紀、合理主義という、経験や神の啓示ではなく理性こそが知識の主たる源泉にして試金石だと考える哲学が誕生した時代だった。理性的、合理的な観察力と推理力をはたらかせて依頼人の力になり、標準的"手順"に縛られる警察がしばしば不可解と考えるような犯罪を数々解決するホームズも、合理主義の直系の子孫である。

アリストテレスの影響

　しかし、"ラショシネーション"のルーツはさらに歴史をはるかさかのぼって、古代ギリシャの哲学者、自然科学者アリストテレス（紀元前384〜322）の著作にある。プラトンの弟子となったアリストテレスは、ほどなくして、観察による世界や自然界はイデア界の不完全なコピーにすぎないというプラトン思想の中心的教義をしりぞけ、自然界の特徴をひたすら観察することによって結論（理論

ギリシャ時代の原形をもとに、ローマ時代に制作された大理石のアリストテレス胸像。アリストテレスは論理学を独立した学問と認めた初めての人物であり、推論の創始者と呼んでいいだろう。

上のものであることが多い）に達するという学問を興した。

　アリストテレスはそういう研究のしかたを、物理学、数学、天文学、植物学、生物学、倫理学、芸術、政治学まで、幅広い領域にわたるテーマに応用した。彼が事実上初めて整合性のある西欧哲学的思想体系をつくりあげ、それぞれのテーマを専門のアカデミックな"学問分野"にしたのだった。アリストテレス的方法の基礎をなしているのは、論証に基づき、観察や物質的証拠、検証可能な実験、一般的知識から引き出された論理（ロジック）の重要性だ。つまり、推論（ラショシネーション）である。

　アリストテレスが概略をまとめた推理と検証のプロセスは、のちにイングランドのフランシスコ会士ロジャー・ベーコン（1214〜1292頃）を始め、続く数世紀にわたっていわゆる"自然哲学者"たちによる科学的研究の中心となった。自然現象をしばしば些細（ささい）な点に至るまで観察することが、彼らのほぼすべての調査にわたって中核をなしていたのである。そのため大いに助けとなったのが、拡大鏡や温度計、望遠鏡、顕微鏡といった当時の発明品で、それらのおかげでそれぞれ

推理の科学

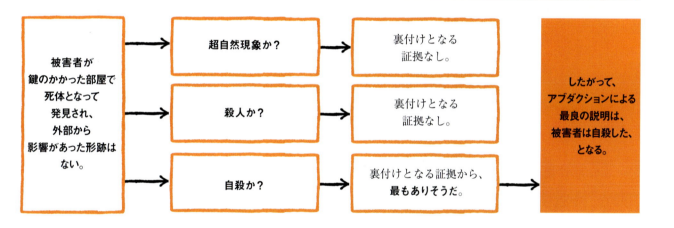

の観察や発見をかつてなく深くまで掘り下げることができた。ホームズもやはりそうした道具を活用している。

推理の科学

コナン・ドイルがホームズ物語を書きはじめた1880年代には、西欧文化圏のほとんどの教育や科学の体系でアリストテレスの哲学思想や検証の論理が中心的になっていた。ホームズの問題への主要なアプローチは推論、つまり入手した証拠に基づく演繹だと言えるが、ホームズはさまざまな捜査法や論理的思考も駆使して、ありきたりの手順でこつこつ型どお

り捜査する警察の数段先を行っていることが多々ある。

たとえば"帰納的"推理（インダクティヴ リーズニング）は、数学や化学（ホームズが得意とする）で使われる技法で、"一般に認められた"知識の範囲外にある実験や状況という特定の事実のみに基づいて、理論的推理に及ぶ。ホームズもこの方法をとるが、関係者たちを彼が直観的にどう理解するかに影響されることも多い。たとえば〈恐怖の谷〉（212～221ページ）でホームズは、いくつかのありうる解釈を直観的にとらえた人物像とともに比較検討して、ついに謎を解明して納得のいく結論を出す。

だが、ホームズがもっともよく使うのは、"アブダクティヴ"推理（仮説形成）だ。ありうる犯罪のシナリオからまさに文字どおり不可能な人物や、不可能な考えを除去していくと、"……だとしたら？"という理論上の問題が残る。〈唇のねじれた男〉（80～81ページ）では、この方法を生かしている。失踪したらしいネヴィル・セントクレアは、最後に入っていくところを目撃されたその部屋から、実は出ていかなかったのだと、"アブダクト"するのだ。部屋で見つかったのは、彼の衣類と足の悪い乞食がひとりだけ。"彼が部屋から出ていかなかったとしたら？"

"DUPIN STEPPED TO THE CARD-RACK AND TOOK THE LETTER."

エドガー・アラン・ポーは物語で推論（ラショシネーション）を描いた先駆者だ。「盗まれた手紙」（1844年）の挿絵より、探偵デュパン。

ズ・ディケンズまでがこのテーマをとりあげたが、論理を本質的結論にまで完全に還元するホームズのキャラクターを通じて推論（ラショシネーション）という概念を強調した、コナン・ドイルの熱意には及ばない。

脳という屋根裏部屋に蓄える

コナン・ドイルはホームズのことを、本来科学的な、犯罪捜査手法としての法医学の先駆者として描いた（ワトスンとの初対面の際、ホームズはロンドンのセント・バーソロミュー病院で化学実験をしていた）。これはきわめて効果的な、たいていのホームズ・ミステリーで鍵となるシナリオになっている。

ところが、最初のホームズ長編小説〈緋色の研究〉（36〜41ページ）でコナン・ドイルは、風変わりで才気あふれるこの探偵の偉大な知力に、興味深い欠陥を設けている。できたての謎めいた相棒を知るにつれ、ワトスンはホームズが身につける知識をびっくりするほど厳選していることに注目する。文学、哲学、天文学や政治学のことは何も知らないが、化学については深遠な知識をもち、「通俗文学」（犯罪事件の話）に精通、イギリスの法律に関する「実用的な知識」が豊富。それを暗に非難されようとホームズは意に介さず、仕事の役に立つ知識にしか興味がないと言ってのける。「ぼくが思うに、そもそも人間の頭というのは小さな屋根裏部屋みたいなもので、自分が選んだ知識だけをしまっておくところだ」と、彼はワトスンに語るのだ。自分の「脳という屋根裏部屋」には、推理したり事件を解決したりするために取り出せる、事実

と考えたホームズは、その乞食が実は変装したセントクレアだとアブダクトする。

犯罪の解明に推論（ラショシネーション）という手法をもち込んだのは、コナン・ドイルが初めてではない。アメリカの作家エドガー・アラン・ポー（1809〜1849）が生み出した"殺人ミステリー"物語に始まる小説の流儀を、さらに進めたのがドイルだった。最新の

科学から暗号解読法や超自然現象まで幅広く関心をもっていたポーは、探偵C・オーギュスト・デュパンを主人公にした短編を3作発表している。3作とも、デュパンは推論（ラショシネーション）を武器に、証拠を観察し、しばしば犯罪者の考えに自己投影して結論に達し、事件を解決する。ウィルキー・コリンズら後続の作家たちや、チャール

や情報を詰め込むように気をつけているという。その他、自分が無用だと思うものは、科学や宇宙の基本的真理だろうが犠牲にする。「どんどんつめこんでいけば、新しいことをひとつ覚えるたびに古いことをひとつ忘れるというときが、必ずやってくる」というのが、ホームズの説だ。

些細なことの観察

〈緋色の研究〉に続く40年間で、ホームズの方法論について詳しいことが徐々にわかっていく。コナン・ドイルは些細だが顕著なことであり、見過ごされがちな犯罪の特徴に、注目する。それは、たびたびホームズが一見不可解な謎を解く鍵となって、ワトスンを大いに驚かせる。ホームズが犯罪を解決できるのは、冷静で正確な論理ばかりでなく、細かく見抜ける高度に発達した目の持ち主だからでもある。「袖口がどんなに重要か、親指の爪がどれほど示唆に富むものか、あるいは靴紐からどんなすばらしい結果が導き出せるのかということが、きみにはわかっていない」と、ホームズは〈花婿の正体〉

> 科学の世界では、どれほど大きな権威だろうとたったひとりのささやかな推論にはかなわない。
> **ガリレオ・ガリレイ**
> （1564〜1642）

（68〜69ページ）で言っている。

また、それに劣らず重要なのが、誰も知らないようなデータについてのホームズの博覧強記ぶりだ。馬車がつけた轍、自転車のタイヤ跡、足跡。多くの人が喫煙者だった時代に、現場で見つかる多種多様な煙草の灰。泥やほこりの粒子が示す微小な手がかり。どれもみな、事件解明にあたって特別な情報となる。ホームズはしょっちゅう、主要な新聞各紙の私事広告欄（アゴニー・コラム）を毎日切り抜いて整理した、「備忘録」を参照する。新聞の私事広告欄が偽装や暗号文での通信手段にされることも多く、ホームズに言わせれば、「異常なできごとを研究しようっていう人間にとっては、これこそが、ほかのどこにもない情報の宝庫」なのだ。

衰えぬ影響力

ホームズ物語には、歴史上の進歩がいくつも描かれている。大量の新情報がたちまちのうちに、日常生活や大衆の意識になだれ込んでいった。ホームズはそれを精力的に活用しているが、警察のやり方も次第に科学的で厳密なものになっていった。また、人格に対するまったく新しい見方である精神分析も一般的になっていたが、ジグムント・フロイトの研究がどの程度コナン・ドイルの作品に影響したかは判然としない。だが、ホームズの推理の手法によってコナン・ドイルは推理小説（ミステリー・ストーリー）に目新しい科学的厳密さをもたらし、その後1世紀以上も推理小説（クライム・ライティング）の世界に影響を及ぼしつづけることになるのだ。■

ダーウィンと推論（ラショシネーション）

チャールズ・ダーウィン（1809〜1882）の革新的な著書、『種の起源』（1859年）は、推論（ラショシネーション）によって圧倒的効果をあげた、19世紀でも最も影響の大きかった科学論文だと言えるだろう。この詳細にわたる研究の中でダーウィンは、自然淘汰（とうた）（自然選択）説や"適者生存"といった概念を示し、さらにそこから一般化した進化論を主張した。アリストテレスの論理（ロジック）と演繹（ディダクション）のみごとな実例となっているこの著作は世界的な議論を引き起こし、発売即日完売となった。ダーウィンは必須となる前提の多くを、一見あまり知られていない、ごく些細な手がかりから引き出している。それは、長年にわたって化石や地質、動物や鳥の行動を研究し蓄積した結果だった。彼が出した結論には、それまでは広く受け入れられていた知識や伝統、先入観を公然と無視するものが多かった。ホームズは犯罪者たちを追い詰めるのに忙しいが、ダーウィンのその伝統をはっきりと継続している。

直接の証言にまさるものなし

犯罪学と法科学
CRIMINOLOGY AND FORENSIC SCIENCE

ご存じのとおり、19世紀に台頭した犯罪学と法科学は、20世紀の変わり目になると犯罪捜査のうえですっかり定着した。だが、その発端は、化学、物理学、植物学、動物学、地質学、解剖学といった各分野で科学が大きく進歩した18世紀にさかのぼる。その頃の科学的知識の増大が、より合理的な、憶測ではなく証拠に基づくアプローチで犯罪を解明することにつながり、警察の可能性が大きく広がったのだ。コナン・ドイル描くシャーロック・ホームズは法科学分析と推論（リーゾニング）活用の先駆者だが、彼が活躍していたのは19世紀なので、いろいろな意味で時代を先取りしていたことになる。

科学としての犯罪学の発展に貢献した主な人物には、ドイツの心理学者・神経解剖学者フランツ・ジョゼフ・ガル（1758

英国初の警察を創設した社会改革者、政治家のサー・ロバート・ピール（1788〜1850）。警察官はピーラー、あるいはボビー（ピールのニックネーム"ボブ"にちなむ）と呼ばれ、今もその呼び名が使われている。

犯罪学と法科学

ロンドン、コヴェント・ガーデンの番小屋（ウォッチ・ハウス）。1729年に建てられ、1829年、新設された首都圏警察がトマス警視の指揮するF管区本部として引き継いだ。

〜1828)、イタリアの社会学者チェーザレ・ベッカリーア（1738〜1794）、それに精神病理学者チェーザレ・ロンブローゾ（1835〜1909）がいる。ベッカリーアは『犯罪と刑罰』（1764年）を著し、犯罪は人間の性質に固有の特徴だと述べた。一方のロンブローゾはその考えをしりぞけ、人が犯罪傾向に向かう素因をつくるのは心理学的、社会学的、遺伝的条件であると主張した。

都会の発展と犯罪

18世紀末の急激な人口増加と都市化によって、特にロンドン、マンチェスター、リヴァプール、エディンバラ、グラスゴー、その他ヨーロッパ各地の産業都市（特にパリ）で、新たに難しい社会問題が起こった。都会の発展は人口過密を生み、犯罪が隠蔽されやすく、犯罪者が群衆にまぎれて動き回れるようになった。つまり、警備や犯罪抑制、そして偽造、暴行、不法侵入、殺人といった犯罪事件や組織犯罪の解明や解決が、差し迫った問題となったのだ。かつて、犯罪はたいていが規模の小さな地域社会のうちで、その地域の情報や比較的楽な情報収集に基づいて、地域内で処理されてきた。ただし、流言、風聞、偏見が交じることも多く、そのため、16、17世紀のいわゆる"魔女裁判"のように、地域内の事件は不公平な告発で決着がつきかねなかった。

犯罪捜査専門の警察が創設されたのは、19世紀初めになってからだ。1812年、元犯罪者だったウジェーヌ・フランソワ・ヴィドック（→317ページ）が、パリに国家警察を創設。彼のほかにも更正した犯罪者たちを職員にしようという、穏当ながらも野心的な計画だった。1829年にはロバート・ピールが、ヴィドックに相談して、ロンドン、ホワイトホールのスコットランド・ヤードを本拠とする首都圏警察（メトロポリタン・ポリス・サービス）を設立する。

人口が増大するアメリカにも、かなり遅れて1908年、捜査局が誕生、1935年には、州をまたいで権限のおよぶ連邦捜査局（FBI）がジョン・エドガー・フーヴァー長官のもとに再編成された。こうした警備機構の目的は、情報収集と情報分配を全国レベルで、さらには国際的なレベルにまで集約することだ。国際刑事警察機構（インターポール、ICPO）もフランスの発案で、世界中で情報を共有し普及させるため、1923年に誕生した。

新しいスタイルの警備のほかにも、幅広い領域の新しい技法と方法論を用いた別次元の捜査（ディテクション）や犯罪解決が求められるようになる。19世紀にこの分野で促進された主な行動は（コナン・ドイルはよく知っていた）、大きく3つのカテゴリーに分かれる。第1が"地下の／非合法な"活動に関する情報収集。第2が犯罪者"タイプ"の特徴や特性の収集と照合（骨相学および人体測定学）。第3が犯罪現場で

警察とは公安であり、
公安が警察なのである。
サー・ロバート・ピール
「治安維持の基本方針」（1829年）

収集した、指紋、写真記録、血痕の血液型など本人特定用のデータとなる、法科学資料の科学的分析だ。第4の重要な要素は、新たな社会基盤体系（インフラストラクチャー）が広範囲に発展したことだった。大衆紙、鉄道、能率的な郵便業務、電報に代表される高速通信――ホームズも、立ちはだかる謎を解明する際、それらを大いに活用している。

情報収集

16世紀後半ないし17世紀初め以来、"不審者"に不利な証拠の集積は、国家の治安の問題として行われた。特にカトリック派（旧教）からの迫害弾圧に悩む非カトリック（新教）、改革派の国々で、それは顕著だった。女王エリザベス1世暗殺計画（1586年のバビントン陰謀事件）、国会議事堂と国王ジェイムズ1世の爆破計画（1605年の火薬陰謀事件）などがあったからだ。このような危険察知が"監視"文化につながり、個人のプライバシー侵害の発端となった。この体制は通信傍受、不審者あるいはその関係者と見込まれる人々の脅迫や拷問にも頼った。スペイン、フランス、ロシア、ハプスブルク君主国、

> 骨相学の力を借りれば、心（マインド）について……かなりはっきりした見解を得られる。
> ジョージ・クーム
> 『人間の構造』（1828年）

その他ヨーロッパ諸国でも、もっぱら情報収集を目的とする"秘密警察"部隊が発達していったのだ。

19世紀が始まる頃にはヨーロッパ中の警察が、何かしらの理由で疑いをかけられた無数の人々の関係書類を収集することに熟達していた。フランツ・カフカの『審判』（1925年）は、個人の自由とプライバシーを国家が侵害することによって生まれる恐怖感を描いた数々の作品の、ほんの一例である。一方、多岐にわたる出どころからの情報の収集と照合が、たいへん件数にのぼる犯罪行為を未然に防いだのは確かだ。ホームズもこうした錯綜（さくそう）する情報のただ中にいた。自力で集めた情報に頼るほうが好ましいのはもちろんだが、海外の警察がもっている知識や情報も、やはり捜査に活用している。

骨相学の実用

社会階級や経歴、身体的特徴に基づく人間の"タイプ"分類が19世紀初めにドイツで始まり、骨相学（→189ページ）が発展していった。この手法は古代ギリシャの医学者ガレノスの一見科学的な方法をもとにしている。

フランツ・ジョゼフ・ガルは、頭蓋骨の大きさと形から被験者の知能や性格、道徳的判断力がわかるので、犯罪者のタイプを分類するのに有用だと主張した。ガルはまた、味覚や嗅覚をつかさどる領野から犯罪衝動を引き起こす領野まで脳を27の"器官"に分割した、"脳内地図"なるものをつくり出した。

脳内地図は大々的に広まり、1820年にはエディンバラ骨相学会が、ガルの弟子ジョージ・クームと医師アンドルー・クームの兄弟によって設立された。この学会

切り裂きジャック

1888年、イースト・エンドで売春婦が少なくとも5人犠牲になった残忍な連続殺人事件に、ロンドンの街は震撼した。法科学的証拠が集められ分析されたものの、当時スコットランド・ヤードには基礎的な技術しかなかったうえ、法科学捜査の手順が確立されていなかったため、探り出した多数の容疑者の尋問に重点が置かれた。警察医トマス・ボンド博士は、犠牲者の検死解剖情報をもとに殺人者像を描く、最も初期の"犯罪者プロファイル"を作成した。スコットランド・ヤードが捜査の詳細を報道機関に公表するのを渋ったのは、犯人に捜査方法を知られたくないからだった。情報がなくて困った記者たちはセンセーショナルな憶測記事に走り、警察のやり方を非難した。この批判的報道が、殺人事件が未解決に終わったこととあいまって、スコットランド・ヤードの評判を傷つけた。事件は今も未解決のまま、殺人犯の正体についてはさまざまに取り沙汰されている。

犯罪学と法科学

骨相学者が頭部の張り出し具合を測定して、少年の将来性を評価しているところ。事実の裏付けがないのに、19世紀初めにはこういうやり方が一般的になっていた。

は1870年に解散したが、博物館が1886年まで公開されていた。コナン・ドイルもその学会の活動を知っていただろうし、エディンバラ大学医学部時代に訪れていたかもしれない。彼は"犯罪者の特徴"を取り入れた、巨軀で髭をたくわえ、肌が浅黒く額の狭い悪漢を多数描き、たとえば〈六つのナポレオン像〉(188〜189ページ)、〈青いガーネット〉(82〜83ページ)、〈まだらの紐〉(84〜89ページ)などに登場させている。

この疑わしい疑似科学はゆうに1世紀以上存続し、人種の優劣を単純に評価するのにも利用された。特にナチスは、骨相学を熱烈に支持していた。SS(ヒトラー親衛隊)隊長ハインリヒ・ヒムラー(1900〜1945)は頭蓋骨コレクターで、収集品を実例にして人種による優越や犯罪性に関する持論を説明していたのだ。

人体測定学

フランスの犯罪学者アルフォンス・ベルティヨン(1853〜1914)は、骨相学の基本的考えを人体測定学という"科学"に発展させた。ベルティヨンは、犯罪者とわかっている、あるいは疑われる人間たちの解剖学的詳細(首、腕、脚、足などの長さ)を綿密に測り、彼らを屈辱的な身体分析の対象にした。被験者たちは写真も撮られた。たいていは人相を記録するというより分析するために撮影されたが、のちにこれが、今でも犯罪者アーカイヴで中心的な"顔写真(マグショット)"アーカイヴの基礎となった。

THE BOY—WHAT WILL HE BECOME?
FROM A DRAWING BY F. DADD.

筆跡鑑定

ベルティヨンが発展させたもうひとつの専門分野が、筆跡の分析だ。フランスのジャン=イッポリート・ミションが始めた筆跡学(→127ページ)という"科学"は、筆跡がひとりひとりに固有で、潜在するさまざまな心理的特徴を反映するものだという説に基づいていた。だが、筆跡は模倣、偽造、捏造、誤鑑定されることもあるため、その説の信頼性は低く、その後信じられなくなった。1894年にフランスで、ユダヤ系陸軍将校アルフレッド・ドレフュスが軍事機密漏洩の濡れ衣を着せられるという、不名誉な事件があった。ベルティヨンの筆跡鑑定が有罪の決定的証拠になった。ドレフュスがやっと無実の罪を晴らしたのは1906年のことだった。

ホームズは筆跡鑑定の専門家だ。〈ライゲイトの大地主〉(126〜131ページ)

314 シャーロックホームズの世界

1840年代にはすでに、犯罪者の写真記録がとられていた。英国では1871年、犯罪行為で逮捕された者は必ず写真撮影されるという法律が成立した。

血液型分類

血液標本を"A、B、O"型に分類する方法は、1900年、オーストリアの生物学者カール・ラントシュタイナー（1868～1943）が初めて体系化したものだが、その分野の研究は1870年代に始まっていた。第4の血液型ABが確認されたのは1902年。コナン・ドイルはこうした法科学分析の進歩を知っていて、物語の着想に役立てたのだろう。

たとえば〈緋色の研究〉（36～45ページ）では、ホームズはワトスンに、血痕が新しくても古くてもきちんと犯罪者を特定できる「血痕なのかどうかを、絶対確実に判定できる」、「シャーロック・ホームズ検査法」を発見したと言い放つ。困惑するワトスンに、「この検査法がもっと早く発見されていたら、いま大手を振って歩いている連中のなかで刑務所行きになっていたやつがずいぶんいるはずですよ」と、この検査法の重要性ははかりしれないと説くのだ。

では、手紙の筆跡から犯人たちをつきとめている。作品発表当時（1893年）、英国で筆跡学はほとんど知られていなかったので、この物語で初めて知った読者も多かっただろう。

指紋とデータ管理

古くからある正確な犯罪現場捜査法（CSI）のひとつが、各人固有の遺伝情報である指紋識別だ。1892年、アルゼンチンの警官ファン・ブセティッチが、殺人現場に女が残した血染めの手形から、彼女が犯罪現場にいたことには反論の余地がないとして、その女の有罪を証明した。この着想があちこちの警察機関でも取り入れられ、インドのカルカッタ（現コルカタ）では1897年、サー・エドワード・リチャード・ヘンリーが初の指紋記録局を設立した。ロンドンの首都圏警察では1886年当初、身元確認のための指紋記録が却下されたが、ニューヨーク公務員人事委員会では1901年にこのシステムが採用され、それから10年とたたず、指紋は犯罪者の身元確認や発見に重要なツールとして国際的に認知されるようになった。

コナン・ドイルがホームズ物語を書きはじめた頃、犯罪記録、顔写真（マグショット）、指紋などのデータの蓄積はまだ揺籃期（ようらんき）にあったが、たとえば〈ノーウッドの建築業者〉（168～169ページ）で指紋をもとに謎を解明するなど、彼はそれを作品に取り入れている。しかし、その情報をどう管理し普及させるかというのはその後の人たちの課題だった。

とんでもない！　それどころか、近年まれに見る実用的な法医学上の発見ですとも。
シャーロック・ホームズ
〈緋色の研究〉

ドクター・ホーリー・ハーヴィー・クリッペン

悪名高いドクター・クリッペンの妻殺し事件には、ホームズを思わせるような巧妙な要素がある。アメリカ人ホメオパシー医［ホメオパシーとは、治療対象とする疾患と同様な症状を健康人に起こさせる薬物をごく少量投与する治療。同毒療法ともいう］のクリッペンは、妻コーラとともにロンドンに住んでいたが、1908年にエセル・ル・ネーヴと関係をもちはじめた。1910年1月、コーラが姿を消し、7月にはクリッペンが愛人とカナダ行きの船に乗って逃走。スコットランド・ヤードのデュー警部がクリッペンの家を捜索させたところ、地下室床下から人間の遺体が見つかった。病理学者バーナード・スピルズベリーが遺体に毒薬ヒヨスチンの痕跡を発見し、瘢痕組織からコーラが毒殺されたことをつきとめる。クリッペンとエセルはカナダ到着時に逮捕された。クリッペンは裁判で有罪となって絞首刑に処せられたが、エセルは無罪となった。クリッペンの有罪判決には法病理学が重要な役割を果たした。ところが、1世紀もたってDNA検査をしたところ、問題の遺体がコーラではなく男性のものだったことが判明。遺体の身元やクリッペンが彼を殺したのかどうか、またコーラがどうなったのかは謎のままである。

法病理学

法病理学という科学（死因を判定したり死体を調べたりする）に、コナン・ドイルが興味をもっていたのは間違いない。当時、法病理学はめざましい発展ぶりを見せていた。この分野の専門家は、19世紀の変わり目には一般的に"検死官"や"警察医"と呼ばれていた。コナン・ドイル（そしてホームズ）が活躍していた頃、法病理学者が関わって注目を集めた事件が数々あった。たとえばサー・バーナード・スピルズベリー（1877〜1947）の研究や分析は、ドクター・ホーリー・ハーヴィー・クリッペンら、悪名高い殺人者たちを多数、絞首台送りにした。

犯罪嗜好

犯罪のセンセーショナルな詳細を知りたがる一般の新聞購読者たちは、19世紀初め頃からいた。コナン・ドイルはその欲求に応えたばかりか、ガル、ベッカリーア、ロンブローゾその他による、犯罪の原因について提議した社会学的理論をもとにして書いている。コナン・ドイルはやはり医者であり、医学関係の学術書に詳しいのだ。ホームズ物語を書いたのは、犯罪学が急速に発展して法病理学の理論と科学的裏付けの橋渡しをした魅力的な時代だった。コナン・ドイルはすぐれて論理的、分析的な思考の持ち主であるうえに、数々の理論や発見を知っていたので、いつも大衆の知識の一歩先にいることができた。だからこそ絶えずホームズに巧みな発明・発見をさせて読者を驚かせることができたのだろう。■

英国随一の法科学者にして先駆的病理学者、サー・バーナード・スピルズベリー。殺人事件の犠牲者と犯人双方の検死解剖を多数手がけた。

ぼくの方法を知っているだろう。そいつを応用してみるんだ

犯罪小説と探偵小説
CRIME WRITING AND DETECTIVE FICTION

文学に悪者はつねに存在してきた。ホメロスの作品や聖書から、チョーサーやシェイクスピア、それ以降にも登場している。ところが比較的最近まで、この悪者の最終的な転落を定めていたのは自然的正義か運命のどちらかであり、ホームズのような探偵はまったく存在していなかったのだ。

推理小説の起源

18世紀後半のヨーロッパの小説は、二つのグループに分けられる。社会派喜劇とゴシックロマンスだ。この後者のジャンルから、ようやく推理小説が出現する。この形態を初期に推し進めた者の中にマルキ・ド・サド（1740〜1814）がおり、彼が1780〜90年代に凶悪犯をかなり趣深く描いたのに対して、マシュー・ルイス（1775〜1818）は『マンク』（1796年）などの一般向きゴシックミステリーを手がけた。ピエール・コデルロス・ド・ラクロ（1741〜1803）による『危険な関係』（1782年）など、この両ジャンルをまたぐような小説もあった。ただ、これらの小説のいずれも犯罪行為は描いていたものの、その犯罪を解く探偵は存在していなかった。

それが19世紀の前半になって、推理小説のスタイルが異なる方向へと動き始

> 想像にしかすぎないが、想像が真実の母となった例はいくつもあるはずだからね。
> ― シャーロック・ホームズ
> 〈恐怖の谷〉

犯罪小説と探偵小説

パリの大犯罪者のひとりとされるジャン=ピエール・フォサールは、国家警察を率いるウジェーヌ・フランソワ・ヴィドックによって1813年12月31日に捕らえられた。

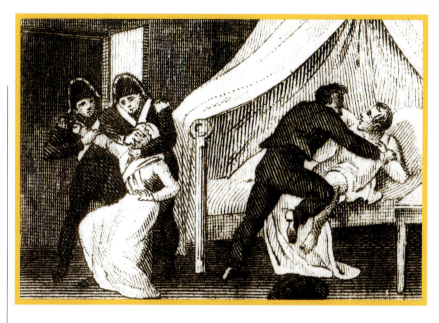

める。アメリカの詩人・批評家・小説家のエドガー・アラン・ポー（1809～1849）に、同時代のフランス人であるオノレ・ド・バルザック（1799～1850）、ヴィクトル・ユゴー（1802～1885）、アレクサンドル・デュマ（1802～1870）、エミール・ガボリオー（1832～1873）らが、それぞれの物語において執拗な探偵兼犯罪研究家という概念を定義して、のちにコナン・ドイルが名を成す推理小説のスタイルを確立したのだ。

19世紀なかばから終盤にかけて、自然主義作家――遺伝子と社会的要因の両方によって人格が決まると考えた者たち――が、犯罪の状況を検討した。フランス人作家エミール・ゾラ（1840～1902）による女性殺人犯に関する小説、『テレーズ・ラカン』（1867年）や、ロシアの小説家ドストエフスキー（1821～1881）による『罪と罰』（1866年）などを含む有名作品が、精神病質者の心理を探っていったのである。

この20年後にコナン・ドイルが生み出したのがシャーロック・ホームズであり、間違いなく最大級の長期的影響をもたらしている。

ホームズの前任者たち

ある意味では、推理小説の起源は、実在したある悪名高きフランス人の生涯とともに始まったと言える。ウジェーヌ・フランソワ・ヴィドックだ。バルザックからガボリオーに至る多くのフランス人作家に直接的な影響を与えてきたヴィドックは、かつては軽犯罪者および内通者だったが、のちにその能力を合法的な形に変えて、秘密の国家警察をパリに設立する。実際にヴィドックと親友だったバルザックは、彼をモデルにして『ゴリオ爺さん』（1835年）や『幻滅』（1837年）、『従妹ベット』（1846年）などの小説に登場する探偵を描いた。バルザックによる最も有名な探偵ジャック・コランは、

ウジェーヌ・フランソワ・ヴィドック

フランスのアラスで中流階級家庭に生まれたウジェーヌ・フランソワ・ヴィドック（1775～1857）は、10代のときに犯罪に手を染めた。フランス兵としていくつかの戦闘に従軍し、少なくとも敵二人を殺している。文書偽造や暴行などの罪で投獄されたのち、密偵行為に関わるようになった。

その後ヴィドックは、転身を図る。1811年の終わり頃、フランス当局に手を貸すべく、犯罪社会での経験を活かすことにして準備を進め、1812年、パリ警察内に国家警察を創設したのだ。これは議論を呼ぶことになったが、前科者を雇って、さらには部下たちに犯罪界の相手との接触まで促した。彼はのちに国家警察を辞職すると、1833年に初の私立探偵事務所を設立した。彼は初のプロ"犯罪学者"のひとりであり、情報収集能力と科学的手法を組み合わせた。さらには、知られている犯罪者とその手口をカードに分類して、初期の形の犯罪データベースまでつくり出したのだった。

ヴィクトリア朝時代の英国で最も人気のあった作家、チャールズ・ディケンズ（1812～1870）は、サスペンスの名手だった。この時代の多くの作家と同じく、彼も雑誌で連載小説を執筆した。

ルがホームズを発表するおよそ20年前に出版されたものだが、独創的な発見によって解き明かされる謎と陰謀というテーマの、みごとな手本となっている。この時代の多くの小説と同じく、これらの作品も最初は連載という形で発表された。

英国の連載小説の巨人であるチャールズ・ディケンズ（1812～1870）も、発展を続けるこのジャンルの要素を、『オリヴァー・ツイスト』（1838年）や『我らが共通の友』（1865年）といったみずからの小説にもち込んで、ミステリー小説を試みている。彼による最も著名な推理小説は、バケット警部ものの『荒涼館』（1853年）と、初期の素人私立探偵ディック・ダッチェリーが登場する『エドウィン・ドルードの謎』（1870年）だ（作者の死により未完となった作品）。

同じ頃に執筆していたのが、アイルランド人作家のジョゼフ・シェリダン・レ・ファニュ（1814～1873）で、魔法や超自然が登場するゴシックミステリー小説をつくりあげた。一方で彼は、典型的な探偵ミステリーの要素を含んだ小説も書いている。『ワイルダーの手』（1864年）や *The Wyvern Mystery*（1869年）のほか、*In a Glass Darkly*（1872年）は"オカルト"探偵であるヘッセリウス博士の回顧録ということになっている。

ホームズの登場

1887年、コナン・ドイルがその最初のホームズ物語〈緋色の研究〉（36～45ページ）を発表する。彼はこの小説に、科学捜査（→310～315ページ）や犯罪現場

ヴォートランという別名でも知られる。

ヴィドックの名声はアメリカにも知れ渡り、ポーも、多くの者が初の純粋な探偵小説とみなしている作品を執筆した際、明らかにこのフランス人に影響を受けている。またポーは、"発見（ディテクション）"と"推理（ラショシネーション）"（→306～309ページ）という用語を用いて、水平思考を犯罪を解く際の鍵とする、C・オーギュスト・デュパンの手法を説明している。コナン・ドイルは、ポー生誕100年の折に、ポーの書いた物語はのちの推理小説のモデルであり、特にデュパンの登場する三つの物語の「それぞれが、文学全体が育った根源であると言えます」とスピーチしている。この三つの物語で最初のものである「モルグ街の殺人」（1841年）は"密室"ミステリーのモデルであり、一見したところ不可能と思われる状況で犯罪が行われている。二つ目の「マリー・ロジェの謎」（1842年）はニューヨークで実際にあった殺人事件に基づいており、デュパンは謎の被害者の人生の最後の数日を再構築しなければならなくなる。三つ目の「盗まれた手紙」（1844年）

では、この探偵と恐喝者とのあいだの心理合戦とがあり、それが、「よく見えるところに隠されたものは注目されない」という問題と組み合わされている。これらの外国作家の作品が英国で読まれ、ミステリーという重要なジャンルの発展に影響を与えたのだった。

英国の犯罪ミステリー

英国初の大物推理小説家が、『白衣の女』（1860年）や『月長石』（1868年）を執筆したウィルキー・コリンズ（1824～1889）だ。これらの作品はコナン・ドイ

> ポーが命を吹き込むまで、
> 探偵小説は
> 存在したのでしょうか？
> アーサー・コナン・ドイル
> ポー生誕100周年記念ディナー（1909年）

犯罪小説と探偵小説　319

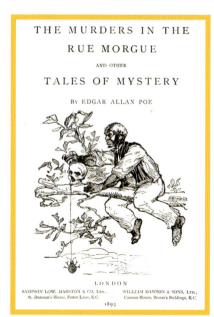

エドガー・アラン・ポーの1841年の作品「モルグ街の殺人」は、のちに「マリー・ロジェの謎」とともに1893年の短編集に収録された。

含めた。ホームズが《ストランド》に掲載されると、教養ある熱心な読者層に人気が出はじめた。そのため、コナン・ドイルが1893年にこの架空にして最大の創造物を殺すと決断した際、大衆の騒ぎを招いたのも、理解できるところである。彼はみずからの物語がもつ強い魅力に、気づいていなかったようだ。だが、たとえホームズがいなくても、大衆向け犯罪小説は定着し、いくつも姿を変えながら、20、21世紀へと連綿と続いていったであろう。

ホームズの同時代人

ホームズ以外にも、この時代に人気を得た架空の探偵はいた。"貧者のシャーロック・ホームズ"と称される英国の探偵セクストン・ブレイクが、そのひとりである。最初のブレイクものは、1893年から各新聞や雑誌に同時発表され、さまざまな作家によって書かれてきた。最初の作品はハリー・ブリス（1852〜1898）

による「失踪した百万長者」だ。ブレイクはホームズと同じようにベイカー街に住み、寛大な女家主もいる。1978年まで書き継がれ、戯曲やラジオ、テレビに翻案されたブレイク物語は、4000を超える。

推理小説におけるほかの同時代人に、G・K・チェスタトン（1874〜1936）がいる。彼は『木曜の男』（1908年）で、警察対無政府主義者というみごとな作品ながら陰気なスリラーものを書く一方、気取りのないカトリック司祭の探偵役、ブラウン神父をつくり出した。このブラウン神父は、ホームズと似た手法を用いて問題を解いていくが、聖職者であるため、告解によって得た人間の行動や心理に関する知識を利用している。1911年から1935年にかけて執筆された5巻からなる短編集により、ブラウン神父は英国の推理小説において主要な存在となったのだった。

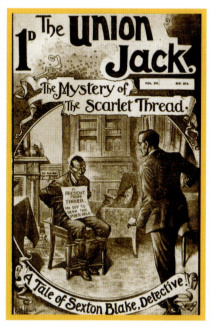

"ペニー・ドレッドフル"（三文犯罪小説誌）とあだ名された《ザ・ユニオン・ジャック》誌は、みずから"高級小説の図書館"と名乗って、多くの物語を連載した。1909年のこの表紙には探偵のセクストン・ブレイクが描かれている。

> 誰もが罪を告白をしたがる。
> 疲れた獣が水を求める以上に。
> **G・K・チェスタトン**
> 《イラストレーテッド・ロンドン・ニュース》紙
> （1908年）

ホームズの影響を受けた優れた作家は、ほかにもいる。コナン・ドイルの義弟であるE・W・ホーナング（1866〜1921）は、紳士泥棒でヒーロー役のラッフルズを『二人で泥棒を』（1899年）で登場させ、E・C・ベントリー（1875〜1956）による殺人ミステリー『トレント最後の事件』（1913年）では、紳士探偵のフィリップ・トレントが容疑者のひとりと恋に落ちて、いくつもの間違った結論に達している。

推理小説のサブジャンル

20世紀が始まる頃、推理小説は三つのサブジャンルにはっきりと分けられた。ホームズによって具体化された探偵もの、パルプ小説という三文推理もの、それに邪悪な陰謀（→320ページ）がからむことの多いスパイ小説である。コナン・ドイルが用いた探偵ミステリーと、のちにそれよりもっと人気の出る、センセーショナルでハラハラするような連続小説（後者の二つのスタイルに代表されるもの）とのあいだには、大きな境界線が存在した。

英国の"黄金時代"

二つの世界大戦にはさまれた時代は、探偵小説の"黄金時代"として知られる

ようになる。ホームズ物語を手本としたこの時代の物語は、殺人事件を扱う典型的な推理小説として、"フーダニット"のかたちを取る傾向にあり、英国の上流階級を舞台にして素人探偵が警察を出し抜くというものだ。アガサ・クリスティがこの"黄金時代"で最も成功を収めた有名作家であることは間違いないが、ほかにも多くの者が存在している。

ドロシー・L・セイヤーズ（1893～1957）は第1作『誰の死体？』（1923年）でピーター・ウィムジィ卿を、マージェリー・アリンガム（1904～1966）は『ブラック・ダッドレーの犯罪』（1929年）でアルバート・キャンピオンをそれぞれ登場させた。ナイオ・マーシュ（1895～1982）によるアレン警部ものには『アレン警部登場』（1934年）があり、レスリー・チャータリス（1907～1993）によるサイモン・テンプラーものは、のちに『セイント』として映画・テレビドラマ化されて人気を博した。

ジョン・ディクスン・カー（1906～1977）も探偵小説作家だ。彼はアメリカ人だが、自身が長年にわたって暮らした英国を小説のほとんどの舞台としたた

> 最近の探偵小説で私を圧倒させるものはほとんどありませんが、カー氏のものは違います。
> **アガサ・クリスティ**
> 推理小説作家（1890～1976年）

め、その作品は英国の推理小説に分類される場合が多い。彼が生み出した探偵には、退廃的で魅力がありつつもだらしのない、ギデオン・フェル博士（おそらくG・K・チェスタトンがモデル）のほか、貴族のヘンリー・メリヴェール卿がいる。『三つの棺』（1935年）には、不可能と思われる犯罪の解決に関する方法論について、フェルによる講義が1章にわたって収められている。カーはコナン・ドイルの初期の伝記も手がけた。

エドガー・ウォーレス（1875～1932）は実に多作な英国人作家で――彼はアメリカでも映画の脚本家として成功を収めた――推理小説は売れるという前例をほぼ独力でつくり出した。その絶頂期の1920年代には、年間で100万冊以上もの売り上げを誇ったものだ。主な作品には『正義の四人』（1905年）や*The Green Archer*（1923年）のほか、J・G・リーダーもの（1925年にまとめられた）がある。

探偵小説の女王

20世紀の探偵小説の女王といえば、アガサ・クリスティ（1890～1976）だろう。世界で最も売れた小説家とされ、その売り上げは聖書とシェイクスピアに次ぎ、著作は103の言語に翻訳されている。彼女は社会的身分が高かったものの、その作品そのものは"中級"だったことから、世界中の一般大衆にアピールすることができたのだった。長いキャリアにおいて、探偵小説は66の長編と14の短編を手がけたほか、世界で最も長く公演されている戯曲『ねずみとり』（1952年）も書いている。注目すべき作品には、英国推理作家協会などから史上最高の推理小説と

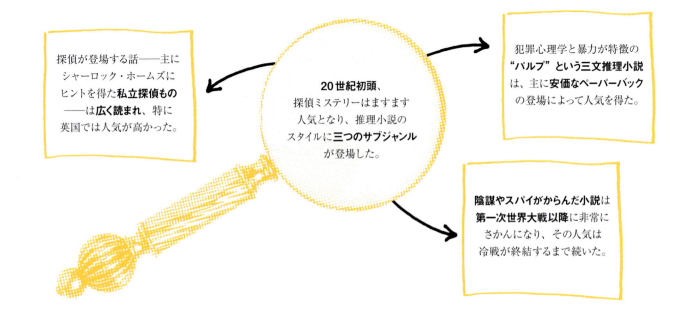

1891年から1950年まで発行された《ストランド》には、数多くの作家の作品が連載された。1936年のこの号の表紙には、アガサ・クリスティの「船上の怪事件」に登場するベルギー人探偵エルキュール・ポワロが描かれている。

してよく挙げられる『アクロイド殺し』(1926年) がある。さらに、『そして誰もいなくなった』(1939年) の売り上げは1億冊を超えている。

独創的な発想力があったクリスティは、二人の著名探偵をつくり出した。元刑事のベルギー人でホームズ・タイプのエルキュール・ポワロと、素人ながら人間の性格を鋭く観察するミス・ジェーン・マープルだ。どちらの探偵も、それぞれの話において登場人物たちの心理を鋭く分析し、見落とされがちで些細に思われる証拠を細かく観察して、関連づけている——ホームズから学んだ教訓だ。ポワロが初登場した『スタイルズ荘の怪事件』(1920年) によってクリスティのキャリアは飛躍し、ポワロは33の長編に登場することになる。1927年の短編「火曜クラブ」でデビューしたマープルは、長編では1930年の『牧師館の殺人』で登場した。

アメリカの"黄金時代"

S・S・ヴァン・ダイン (ウィラード・ハンティントン・ライトのペンネーム、1888〜1939) が生んだ芸術を愛する探偵ファイロ・ヴァンスは、犯罪の解決にホームズ的アプローチを用いた、アメリカにおける最初の真の推進者のひとりである。ヴァン・ダインは、このジャンルを徹底的に研究した論文を執筆したのちにヴァンスを登場させ、それが『ベンスン殺人事件』(1926年) とそれ以降の巧妙な探偵小説11作につながったのだった。

いとこどうしであるフレデリック・ダネイ (1905〜1982) とマンフレッド・ベニントン・リー (1905〜1971) ——どちらもペンネーム——がつくり出したのが、エラリー・クイーンだ。才能豊かな探偵で、自著の"著者"となることもあるクイーンは、最初の長編作品『ローマ帽子の謎』(1929年) で一躍人気を博した。現在、クイーンはブランドとなっており、雑誌や演劇、テレビや映画の翻案に登場人物として出ている。

ただし、アメリカにおいてホームズのマントと鹿撃ち帽(ディアストーカー)を明らかに引き継いでいるのは、レックス・スタウトによる、頭が切れるがあまり動かない探偵、ネロ・ウルフだろう (→322ページ)。

"ハードボイルド"派

1930、40年代には、別のスタイルの推理小説がアメリカに登場した。感傷的ではなく現実的で、肝が据わったシニカルなアンチヒーローという、ホームズとはまったく異なる探偵たちだ。このスタイルは探偵小説における"ハードボイルド"派として知られるようになる。ダシール・

ネロ・ウルフ

　アメリカにおける最もありそうにないホームズの遺産を受け継いだ者のひとりが、レックス・スタウト（1886～1975）の生み出した巨漢、ネロ・ウルフだ。諮問私立探偵であるウルフはアッパー・マンハッタンにある"褐色砂岩"の家に住み、料理人のフリッツと、ワトスンのごとく語り手を務める助手アーチー・グッドウィンの世話を受けている。

　ウルフは年を取らないまま（56歳）、33の長編と40以上の中編に登場した。彼は目を閉じて謎にひたって犯罪を分析する一方で、高級な食事を食べたり、特別につくられた椅子にもたれかかったりしている。家から出ることはめったにないが、情報を集めて、警察にも容疑者にも質問を浴びせ、純粋な推理を用いて事件を解決するのだ。

　ウルフの経歴は謎に包まれている。ホームズ研究家の中には、そのルーツを東欧までたどる者もいれば、彼をアイリーン・アドラーとホームズのあいだにできた非嫡出子と考える者もいる。ホームズと同じく、ウルフの推理も膨大な知識と経験を利用して、信用できぬ要素を排除するものだからだ。

ハメット（1894～1961）と英国系アメリカ人レイモンド・チャンドラー（1888～1959）が、このハードボイルド推理小説の生みの親とされる。

　ハメットによる3人の主人公、つまり『赤い収穫』（1929年）の名無しの"コンチネンタル・オプ"、『マルタの鷹』（1930年）のサム・スペード、『影なき男』（1934年）のニック・チャールズが巻き込まれる謎を解くことができるのは、巧みな探偵の仕事だけである。レイモンド・チャンドラーによる探偵フィリップ・マーロウのほうは、それほど独創的でなく、単に死体や魅力的な妖婦のあとを追っていった末に、不可解ながらも暴力的な結末に至ることが多い。作品には、『大いなる眠り』（1939年）や『さらば愛しき女よ』（1940年）などがある。

ホームズが英国に遺（のこ）したもの

　ホームズの登場から1世紀が過ぎると、コナン・ドイルの創造物の真の遺産が数多くの英国推理小説作家に見られるようになってきた。

　P・D・ジェイムズ（1920～2014）は『エラリー・クイーン』は、4回テレビ・シリーズ化されている。日本で放映されたのは4回目のシリーズのみ。最初のものは1950年で、リチャード・ハートが主役を務めた。1951年1月のハートの死を受けて、リー・ボウマン（写真）があとを継いだ。

人里離れた場所を舞台に、独創的かつ知的な物語を書いてきた。彼女は女性私立探偵コーデリア・グレイを『女には向かない職業』（1972年）に登場させ、のちには『死の味』（1986年）に始まる長編のアダム・ダルグリッシュ警視シリーズを発表している。そのみごとな散文により、ジェイムズの推理小説はすぐさま純文学作品とみなされたのだった。

　一方でルース・レンデル（1930～2015）は、心理的な犯罪物語の考案者として独自の役割を演じたほか、バーバラ・ヴァインの名でも執筆を行った。主なシリーズものに、入念で分析的なウェクスフォード首席警部シリーズがあり、これは1964年の『薔薇（ばら）の殺意』に始まって、2013年の第24作まで続いた。

　コリン・デクスター（1930～）が生み出したのは、短気なモース警部とワトス

犯罪小説と探偵小説

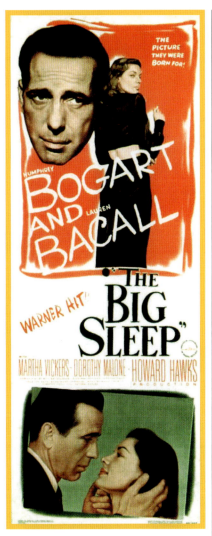

ハンフリー・ボガートは『大いなる眠り』の初の映画化作品である1946年の『三つ数えろ』で、チャンドラーがつくり出したフィリップ・マーロウを演じた。ヴィヴィアン・ラトリッジを演じたのはローレン・バコール。

いないが、『紐と十字架』(1987年)に始まる彼のリーバス警部シリーズは、現在まで20作が出ており、2016年11月に21作目が刊行予定。現代の一流推理小説作家のひとりという立場を確実なものとしている。リーバスは好ましいと思えるまでに人から好かれない人物で、ホームズ的な論理とフィリップ・マーロウ風の暴力を組み合わせつつ本能に従っている。

ポーの推理小説でほのめかされ、ホームズで明らかになったこと——憂鬱から薬物依存は、現代の探偵もその多くが抱えている。恋愛や家庭の問題、アルコール依存症、過去の秘密や亡霊によって、傷を負っているのだ。

現代の推理小説

ホームズの遺産は世界中の推理小説作家とともに生きつづけているが、特に顕著なのがアメリカであろう。

アメリカの推理小説作家ジョン・D・マクドナルド (1916〜1986) が生み出したのは、トラヴィス・マッギーという人物だ。フロリダでハウスボートに寝泊まりするフリーランサーで、興味をもった事件や怒りを覚えた事件を引き受ける。読者は観察者の立場に置かれ、事件を解くマッギーの行動を読み解くことが求められる。マッギーは証拠を集めると、問題を慎重に考え抜き、徐々に手がかりをまとめながら、ホームズのようにそれらを用いて悪人を罠にかけるのだ。

アメリカ系カナダ人のロス・マクドナルド (ケネス・ミラーのペンネーム、1915〜1983) は、カリフォルニアの私立探偵リュウ・アーチャーの冒険シリーズを書いた。暴力的な戦術を用いることもあるアーチャーだが、それでも優れた探偵仕事をこなしている。一方、探偵として科学を用いた先駆者であるホームズのように、アメリカの作家パトリシア・コーンウェ

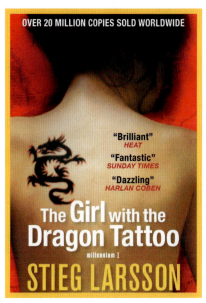

スウェーデン人作家スティーグ・ラーソン (1954〜2004) は、『ミレニアム1 ドラゴン・タトゥーの女』(写真) を10作シリーズの第1作と考えていたが、3作までしか完成しなかった。映画化されて、成功を収めている。

ル (1956〜) も、現代の犯罪科学を細かく描くことに長けている。彼女が生み出した女主人公ケイ・スカーペッタは、その料理の腕前を用いて遺体を調べて、『死体農場』(1994年) などの作品で凶悪犯に立ち向かっていく。同じくアメリカ人で、2001年の『開かれた瞳孔』でデビューしたカリン・スローター (1971〜) も、法医学捜査を詳しく描写している。

推理小説は、特にフランス、スペイン、ロシア、日本、それに北欧において、今やジャンルとしてしっかり確立されており、スティーグ・ラーソンやピエール・ルメートル (1951〜) など非英語圏の多くの作家が、今や世界中で人気を博している。作者の生まれや個々のスタイルとは関係なく、コナン・ドイルが生み出した不屈のシャーロック・ホームズの遺産から誰もが益を得ているのは、間違いないところだ。■

ン風の相棒のルイスである。実際、デクスターのスタイルはコナン・ドイルのそれに似ていて、ルイスが歩き回ってモースが謎を解く場合が多い。『ウッドストック行最終バス』(1975年) で始まったこのシリーズは、1999年まで13作続いた。

イアン・ランキン (1960〜) は自身の作品をジャンルフィクションとはとらえて

人間が考案したものなら、必ず人間が解けるものだ

シャーロック・ホームズのファンたち
THE FANS OF SHERLOCK HOLMES

シャーロック・ホームズのファンが現れたのは、《ストランド》誌に最初の短編が掲載された1891年からだった。ホームズはまもなく世界的に有名な存在となり、そのファン活動は一種の国際的現象として現在に至っている。

ベストセラーの誕生

ホームズが登場した最初の2作、〈緋色の研究〉（36〜45ページ）と〈四つの署名〉（46〜55ページ）は、そこそこの人気を得たが、ホームズが名声の絶頂を見るのは月刊誌《ストランド》に短編の連載が始まってからだ。物語には毎回シドニー・パジェットによる挿絵が付き、テンポの早い冒険と謎の解決にとって、月刊ペースは理想のかたちであった。ホームズには熱烈な読者がつき、《ストランド》はたちまち英国におけるベストセラー雑誌になった。

恐ろしい出来事

だが、そうしたファンの熱心さを、コナン・ドイルははっきり理解していなかった。それを認識したのは、ホームズに飽きて、1893年の〈最後の事件〉（142〜147ページ）で彼を殺したときだ。そのときの反応は、ホームズの人気がいかにものすごいものであるかを示していた。読者は激怒し、2万人以上が定期購読をキャンセルしたのだ。雑誌社とコナン・ドイルには、悲しみと抗議の手紙が殺到した──ディケンズが『骨董屋』で主人公のリトル・ネルを殺したときと同様の反応である。腕に喪章をつけて、通りで作者に声をかけた読者もいたという。コナン・ドイルは完全に面くらった。ホームズは単なるつくりもので、自分の想像の産物に過ぎないと思っていたからだ。《ストランド》のスタッフはそれ以来ずっと、ホームズの死を"恐ろしい出来事"と表現している。

ホームズのパロディ

初期のホームズ・パロディは、まずホームズの名前を面白おかしく変えた人物を登場させるところから始まった。1892年、

2014年、ホームズの格好をした人の人数で世界記録をたてようと、113人がユニヴァーシティ・カレッジ・ロンドンに集まった。

シャーロック・ホームズのファンたち

スコットランドから日本まで、世界中に五つもの像が建てられたことが、ホームズ人気のすごさを物語っている。ロンドンのホームズ像は、2014年以来さらに人間味を感じさせるものとなった。"しゃべる像"イニシアティヴの一環として、スマートフォンでコードを読みとると、作家のアンソニー・ホロヴィッツが書いたせりふをエド・ストッパードの声でしゃべってくれるのだ。

1991年、スコットランドのエディンバラにあるピカーディ・プレイス（コナン・ドイルの生家があったあたり）にホームズ像が建てられた。

モスクワでは2007年に、ロシア連邦での人気をたたえてつくったホームズとワトスンの像が序幕された。

1999年、ようやくベイカー街にも、最も有名な住民の像が建てられた。制作はジョン・ダブルデイで、地下鉄駅のすぐ外にある。

ロンドンのホームズ像をつくったジョン・ダブルデイは、スイスのマイリンゲン（ライヘンバッハの滝の近く）にある世界初のホームズ像を制作した人物でもある。

1988年、日本のシャーロッキアンたちは、等身大のホームズ像を軽井沢（追分）に建てた。

《アイドラー》誌に「シャーロウ・コームの冒険」が掲載され、1893年には《パンチ》誌に「ピックロック・ホールズの冒険」が掲載されている。また、著名作家もパロディづくりに手を染めており、1903年にはP・G・ウッドハウスが《パンチ》に「退屈の狩人、ダドリー・ジョーンズ」を発表したほか、マーク・トウェインも、ホームズがカリフォルニアまで行って結局醜態をさらすことになるという中編「名探偵誕生」を書いた。

また、ホームズ熱はヨーロッパ大陸へも広がっていった。ドイツの新聞は1908年に、ホームズ物語の熱狂的な愛好について「ウェルテル・マニアやロマン主義のバイロニズムに似た文学的な病気」と表現している。パリで二つのセンセーショナルな殺人事件が起きたとき、新聞はホームズが真相を究明するという架空のインタビューを載せた。

正典

1911年、オックスフォード大学の若き神学者ロナルド・ノックスが、ホームズ物語の分析である「シャーロック・ホームズ文献の研究」を発表。聖書の学術的原文分析のもじりとして、"正典（キャノン）"や"聖典（セイクレッド・ライティング）"などの聖書用語を使ってホームズ物語を語った。以来、60編のホームズ・シリーズ作品は正典と呼ばれ、ほかの作家によって書かれた無数の物語は"外典"（正典外の作品）と呼ばれるようになった。アメリカのホームズ研究家は自分たちを"シャーロッキアン"と呼ぶが、英国では概して、"ホーメジアン"という呼び名が使われることが多い。

正典外の作品

ホームズに対するマニアたちの欲望はとどまるところを知らず、コナン・ドイルがまだ生きている頃から、自分たちのホームズ物語を生み出そうとしはじめた。たとえば1927年（ドイルが死んだのは1930年）、コナン・ドイルによる最後のホームズ物語が発表された年、10代のアメリカ人少年オーガスト・ダーレスが、"プレイド街のシャーロック・ホームズ"ことソーラー・ポンズの短編を書きはじめた。その後何十年かのあいだにダーレスは70作

> " 結婚させようが、
> 殺そうが、
> 彼を好きにしてかまわない
> **アーサー・コナン・ドイル**
> 劇作家ウィリアム・ジレットへ（1896年）"

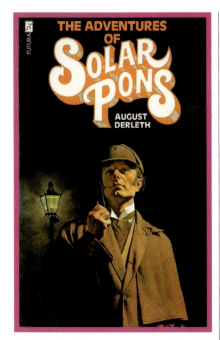

オーガスト・ダーレスは、ホームズものを続けてほしいという自分の希望に対し、コナン・ドイルからていねいな断りの手紙をもらうと、ソーラー・ポンズ・シリーズを書きはじめた。これは英国版初版本の表紙。

以上のソーラー・ポンズものを生み出し、称賛された。以来、無数の書き手が新作のホームズものに挑戦してきたが、コナン・ドイルの息子エイドリアンもそのひとりである。

そうした作品には、コナン・ドイルの書き方を踏襲したものもあれば、ホームズを別の世界に送り込んだり、現代に連れてきたりするものもあった。ホームズのキャラクター——たとえばドラッグの常用——を、大げさに誇張するものもあるし、吸血鬼からナチスまでどんな相手とでも戦うスーパーヒーローに変身させた、過激なものもあった(→340〜343ページ)。

ホームズはまた、ほかの主人公の作品に"カメオ出演"することも多い。たとえば『ホームズ対フロイト』(キース・オートリー著、1993年)では、エミリー・ヴィンセントという女性が主人公になっているし、ボリス・アクーニンの *Jade Rosary Beads* (2006年)に収録されている一編では、モスクワ警察のエラスト・ファンドーリンと協力して捜査をしている。映画やテレビ番組の場合は、さらに想像力に富んださまざまなかたちで再生されてきた(→328〜335ページ)。

ホームズの愛好団体

現在のところ、世界中に400以上のホームズ愛好団体があると言われている。中でも最も著名なものが、"ベイカー・ストリート・イレギュラーズ"(BSI)だろう。これは1934年にニューヨークでクリストファー・モーリーが創立したもので、ホームズの捜査を手助けする浮浪児たちグループの名から命名された。過去の会員にはSF作家のアイザック・アシモフや、フランクリン・ローズヴェルト大統領などの著名な人物がいる。BSIは推薦と招待のみで会員になれる団体であり、北米大陸にあまねく広がる数多くの"サイオン・ソサイエティ(支部)"をもっている。それぞれの支部には独自のしきたりがあるが、一般的な活動としては、集まって名探偵についてのおしゃべりをしたり、

〔ザ・ゲームは〕ローズ・クリケット場で行われる試合のように厳粛に行わなければならない。少しでも行きすぎたやり方をすれば……雰囲気を台なしにしてしまうのだ。
ドロシー・L・セイヤーズ
Unpopular Opinions (1946年)

ホームズ映画を見たり、当時の服装をしてみたり、正典の詳細に関する意見交換をしたりする。もうひとつの主要団体は"ロンドン・シャーロック・ホームズ協会"で、ここは1952年以来、機関誌 *The Sherlock Holmes Journal* を出版してホームズ関係のニュースや作品評、エッセイ、論文などを掲載している。

一方、日本には20以上のサークルがあり、その大もとの団体である"日本シャーロック・ホームズ・クラブ"には700〜800人の会員がいる(ピーク時には1,200

グランド・ゲーム

世界中にある300以上のグループが、"本当の出来事"をつなぎ合わせてホームズとワトスンの人生を再現しようと熱心に活動している。ホームズの有名なせりふ「獲物が飛び出したぞ」から"グランド・ゲーム"と名づけられたが、"グレイト・ゲーム"ないし単純に"ザ・ゲーム"とも呼ばれる。ホームズとワトスンは歴史上の実在の人物で、正典は実際の出来事を記録したものだという、いささか冗談めいた前提条件にもとづいているのだ。また、コナン・ドイルはワトスンが書いた作品のリテラリー・エージェントだということになっている。ストーリー中の矛盾点は、ドイルの執筆時間が短かったことによる当然の結果だとは言わず、ワトスンが故意にぼかして書いている、あるいは健忘症によるものと考え、吟味するのだ。たとえば、ワトスンがアフガン戦争で負傷したのが、あるときは脚、あるときは肩になっていることの理由を考える。とくに彼らが興味をそそられるのは、ホームズがライヘンバッハの滝で行方をくらませてから〈空き家の冒険〉(162〜167ページ)で戻ってくるまでの時期である"大空白時代"だ。

シャーロック・ホームズのファンたち

1987年に出版された『シャーロック・ホームズ——生誕100年記念』は、日本シャーロック・ホームズ・クラブが翻訳・執筆した本のひとつ。

け取る権利をめぐってしばらく争いが続いたが、アビー・ナショナルが移転したあと、ロイヤルメール会社の同意のもとに、221B宛ての郵便をこの博物館が受け取る許可がシティ・オブ・ウェストミンスター（特別区）から与えられた（現実の住所は237から241番地）。1999年になると、ジョン・ダブルデイ（スイスのマイリンゲンにあるホームズ像をつくった人物）によるホームズ像が、地下鉄ベイカー街駅の入口近くに建てられた。地下鉄駅の壁には、ホームズのシルエットを描いたタイルも貼られている。ロンドンではほかに、ピカデリー・サーカスのクライテリオン・バー（ワトスンがスタンフォードから初めてホームズの名を聞いた場所）に記念銘板があるし、トラファルガースクウェア近くのシャーロック・ホームズ・パブには、ベイカー街の書斎を忠実に再現した部屋（1951年の英国祭でつくられたもの）がある。

人気は続く

こうしてホームズ熱は、100年続くどころか21世紀に入っても衰えず、BBCのテレビ番組『SHERLOCK／シャーロック』が、また新たなファンを大量に生み出すこととなる。そのファン活動は世界中で行われ、2014年にはディアストーカーとマント姿のファンたちがユニヴァーシティ・カレッジ・ロンドンに集まり、ホームズの格好をした人間が一堂に会した数でギネスブック入りを狙った。そのほかにもホームズは、ボリウッド映画のミュージカルに出たり、ニューヨークのハーレムでアフリカ系アメリカ人として現れたり、日本のアニメに出演したり、コミックスの中でバットマンやドラキュラと競演したりと、さまざまな姿に変わっている。

オリジナルの《ストランド》からホームズ切手やバッジ、ポスター、パブマットなどまで、ホームズ関係のグッズはいまやビッグ・ビジネスとなっている。だが、ファンにとってはまだまだ充分でない。ホームズ人気には、あらゆるジャンルのファンのルーツがあると言えるかもしれない。ホームズの適応性にも、そのファンたちの熱狂性にも、限りはないのである。■

人以上いた）。日本はまた、彫刻家の佐藤喜則によるホームズ像が軽井沢にあることでも知られる。ポルトガルには〈入院患者〉（134〜135ページ）に出てくるポルトガル沿岸で難破した船の名前を使った"リスボンのノーラ・クレイナ号の漂着者たち"という団体があり、その他インドやロシア、ドイツ、フランス、イタリア、スイスなど、世界中に無数のホームズ団体がある。

ロンドンのホームズ名所

ベイカー街221Bには、これまで世界中のホームズファンから無数の手紙が送られてきた。1930年代から実際の221番地を占めていたのはアビー・ナショナル住宅金融組合のビルで、ここでは専任の秘書を使ってホームズ宛ての大量の郵便を処理していた。1990年、ベイカー街239番地にシャーロック・ホームズ博物館ができると、221番地宛ての郵便を受

ベイカー街にあるシャーロック・ホームズ博物館では、2階にあったホームズの書斎を再現した部屋を見ることができる。

うまく役を演じるいちばんの方法は、役になりきることでね

舞台と映像のシャーロック・ホームズ
SHERLOCK ON STAGE AND SCREEN

コナン・ドイルによる魅力的なキャラクターの創造と、シドニー・パジェットの挿絵によるヴィジュアル化がうまく融合したことにより、ヒーローである探偵とその相棒の軍医は、長いあいだドラマチックなイメージを保ってきた。100年をゆうに超える期間、シャーロック・ホームズはポピュラー・カルチャーにおける人気者として存在しつづけ、何百という演劇、映画、テレビ番組、時にはロシアのバレエにまで、出演してきたのだ。

こうしたさまざまに異なるメディアをまたいで登場したせいで、ホームズ伝説はさらに広がっていった。彼の冒険物語が翻案され、新たな解釈をされるたびに、"ホームズらしさ"という側面に新たなものが加えられてきた。舞台劇や映画においては、ハドスン夫人やモリアーティ教授、アイリーン・アドラー、レストレード警部といったサブキャラがさらに輝きを増し、ホームズの世界に彩りを添えてきたと言える。

開幕

1890年代にホームズ物語を舞台劇にしようとして、何度か失敗していたコナン・ドイルは、ホームズを主人公にした5幕ものの劇を書いた。アメリカの劇場プロデューサーであるチャールズ・フローマンは、その脚本に興味を示したものの、たいした出来だとは思わなかった。そこで彼は、アメリカの俳優兼脚本家であるウィリアム・ジレットなら脚本の書き直しと主演にうってつけだと、ドイルを説得した。ドイルはあっさりと同意し、プロジェクトを彼に任せることにした。当初はホームズに恋愛をさせないことだけを条件にしていたが、まもなくそれもあきらめ、ジレットの問合せに対し、「結婚させようが、殺そうが、彼を好きにしてかまわない」と知らせたという。

> 彼はうっとりさせる魅力とも言えるものをもっている……彼の演じるホームズは、私にとって驚き以外のなにものでもない。
> アーサー・コナン・ドイル
> エイル・ノーウッドの演技について語る

その舞台劇——〈ボヘミアの醜聞〉(56〜61ページ)と〈最後の事件〉(142〜147ページ)のプロットを組み合わせたもの——は、1899年にニューヨークで幕を開けた。批評家は冷笑したが、大衆からは喝采を浴びたため、以後ジレットはずっと公演ツアーを続けることになった。1916年にはこの劇をもとにして映画をつくったが、フィルムは長いあいだ行方不明になっていた(2014年になってフランスで発見され、修復ののち、公開されている)。

ライト、カメラ、シャーロック

映画産業は当初、素材のほとんどを小説などに依存していたので、人気作品であるホームズ物語がサイレント映画のネタとして繰り返し利用されるのは驚くにあたらなかった。実際、1910年から20年にかけて、ホームズものを使った映画は50本以上つくられている。それらは二つの種類に分けられた。ひとつは、出来はともかく原作のプロットと人物を再現しようと試みるもの、もうひとつは単にホームズというキャラクターだけを使って新たな、時として不適当なシナリオをつくり、彼の特性をほとんど無視するものだ。1922年、ジレットの劇をもとにゴールドウィン・ピクチャーズが制作したSherlock Holmesでは、二枚目俳優のジョン・バリモアが、若くてハンサムな乱れ髪のホームズを演じた。対するモリアーティ教授はいかにもグロテスクな人物として描かれ、ドイツ人俳優グスタフ・フォン・セイファーティッツが演じた。フォン・セイファーティッツがあまりに不気味な印象を与えたので、英国で公開されたときは『モリアーティ』というタイトルに変えられたほどだった。

イギリスのエイル・ノーウッドは、ストール・ピクチャーズが2年間に制作した47本のホームズものに主演し、サイレント映画時代の最も優れたホームズ俳優と認められた。彼は《ストランド》誌に描かれた人物を実体化させた、最初の俳優とも言われている。パジェットのイラストのような鷲鼻でなく、痩せこけてもいないのに、まさにホームズだと納得させるものをもっているのだ。ノーウッドは髪の生え際をカミソリで剃り込んで額を広く見せ、「前頭部が発達して」いるという印象をもたせようとしたという。

The Sign of Four (1923年)は、ストール・ピクチャーズが制作したホームズ・シリーズの最後の作品となった。コナン・ドイルはエイル・ノーウッドの"みごとな"ホームズを楽しんだ。

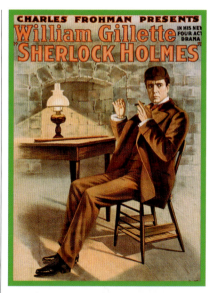
1899年にブロードウェイで初演されたジレット脚本のSherlock Holmesは大成功を収め、米英両国で上演ツアーを行なった。その後、この脚本は何度もほかの作品に使われている。

ホームズがしゃべる!

ここまでの作品はすべてサイレント(無声)映画であったが、コナン・ドイルが亡くなる前年になって、ようやく初のトーキー版ホームズ映画がつくられた。1929年制作のアメリカ映画The Return of Sherlock Holmes(邦題『シャーロック・ホームズ』)である。クライヴ・ブルック主演だが、評判は芳しくなく、現在ではほぼ忘れられている。続く1930年代、評論家たちから"完璧なホームズ"という評判を得たのは、イギリスの俳優アーサー・ウォントナーだった。彼は5本のホームズ映画に主演し、うち2本、The Triumph of Sherlock Holmes (1935年、邦題『シャーロック・ホームズの勝利』)とSilver Blaze (1937年、邦題『銀星号事件』)で、モリアーティと対決した。

宣伝用ポスターでの扱い

興味深いことに、1930年代までのすべてのホームズ映画は、正典の舞台であるヴィクトリア朝時代やエドワード朝時代

Dressed to Kill（1946年）は、ラスボーンとブルースがコンビを演じた14作目にして最後の映画となった。プロットは〈踊る人形〉をベースにしている。

での彼は物語の語り手だが、映画でそれをそのまま使うのは難しいのだ。そこで20世紀フォックスは、ワトスンをドジでコミカルなキャラクターにして、映画の中で目立たせることにしたのだった。その一方、スクリーン上でカリスマ的存在感をもつラスボーンは、パジェットの挿絵とよく似ていることもあり、原作に最も忠実なホームズとして映画ファンのあいだで語り継がれることになった。彼のパフォーマンスは、その後の銀幕において一種の水準点（ベンチマーク）となったのである。

この二つの映画を始めとして、ラスボーンとブルースのコンビによるホームズ映画が続いていくのだが、2本目の直後に二人はラジオ劇 *The New Adventures of Sherlock Holmes* に出演し、大成功する。一方映画のほうは、ヴィクトリア朝時代劇は制作費がかかりすぎるということで、フォックスが二の足を踏んでいた。そこへ注目したのが、ユニヴァーサル映画だった。ユニヴァーサルはラスボーンと

ワトスン君に言わせると、ぼくは実生活における劇作家らしい。むらむらと芸術家精神が湧いてきて、いつも芝居がかった演出をしないではいられないんだ。
シャーロック・ホームズ
〈恐怖の谷〉（1915年）

ブルースを使って舞台を現代ロンドンに変え、B級ホームズ映画のシリーズを1942年から開始したのだ。最初の3本は当時の第二次世界大戦を背景にして、ホームズがドイツ人と闘ったり、ナチスのスパイの正体を暴いたりした。こうして"探偵"の部分をホームズから取り去ることで、彼はコナン・ドイルの影響下から離れ、独立したキャラクターになっていった。だがラスボーンはホームズ役を続けることに疲れ、1946年、合計14本の映画に出た時点でホームズ役を降り

初期でなく、それぞれの映画が撮られた時代の設定になっていた。しかも、ワトスン役の俳優の名はつねに出演者リストの下のほうにあり、ホームズ俳優からはるかに離れていた。これらが改善されたのは、1939年のことだ。この年の3月、アメリカの映画会社20世紀フォックスが、*The Hound of the Baskervilles* をリリースしたのだ。ホームズはバジル・ラスボーン、ワトスンはナイジェル・ブルースが演じ、舞台はヴィクトリア朝時代末期だった。ナイジェル・ブルースはポスターの位置としては4番目で、ラスボーンでさえ2番目だった。この映画は思いがけないヒット作となり、フォックスはほんの数カ月後に続編 *The Adventures of Sherlock Holmes* を同じ俳優でリリースする。このときブルースの名は、ラスボーンとともに最上部に書かれていた。

映画会社は長いあいだ、ワトスンの役割に関する問題と取り組んできた。正典

ハドスン夫人

家主のミセス・マーサ・ハドスンは正典の中でせりふを与えられていないが、数多くの映画やテレビ作品に登場し、ホームズの人間的な、時にはユーモラスな側面を引き出すために使われてきた。最初に登場したのはアーサー・ウォントナー主演の映画で、下宿人ホームズを軽くあしらう、やや厚かましいコックニー（ロンドン子）だった（俳優はミニー・レイナー）。ラスボーンのシリーズにおけるハドスン夫人（メアリ・ゴードン）は母親のような優しさをもつスコットランド女性だったが、ロバート・スティーヴンスの『シャーロック・ホームズの冒険』ではコックニーに戻り、コミカルな怒りっぽい女性となった（アイリーン・ハンドル）。

ジェレミー・ブレットのシリーズでロザリー・ウィリアムズの演じたハドスン夫人は、明らかにホームズに好意をいだいているが、回が進むにつれて彼の態度にいらいらを募らせていく。ガイ・リッチー映画の場合はストイックでむしろ威厳さえ感じさせる（ジェラルディン・ジェイムズ）。そしてBBC『SHERLOCK／シャーロック』の彼女（ユーナ・スタッブス）は、ホームズを大好きなものの、落胆気味に「私はあなたの家主であって、家政婦じゃないのよ！」と言う。

た。あとは1950年代に、テレビとブロードウェイ劇でわずかにホームズを演じただけだ。

ホームズ・ホラー映画

　1950年代なかばにフランケンシュタインとドラキュラのテクニカラー映画で世界的成功を成し遂げた英ハマー・フィルムは、次にコナン・ドイルのスリラー、〈バスカヴィル家の犬〉へ目を向けた。主役を演じるホラー映画のベテラン、ピーター・クッシングは、プロデューサーのジェイムズ・キャレラが前宣伝のとき、彼が演じる名探偵のことを"セクシーなシャーロック"と言っていたと聞き、いささか不安を感じていた。ワトソン役はもうひとりのハマー映画常連、アンドレ・モレルだった。モレルはワトソンを"ホームズのお荷物でない現実的な人物"として演じようと思っていた。その結果、確固たるリアルな姿の、映画におけるワトソン像ができあがったのだった。

　サー・アーサー・コナン・ドイル財団がドイルの作品を映画化するために設立した会社、サー・ナイジェル・フィルムズが、もうひとつの"ホームズ・ホラー映画"をつくる原動力となった。1965年制作の *A Study in Terror* である。内容は世界一の名探偵が世界最悪の殺人鬼切り裂きジャックを追うというものだが、当時はバットマンのテレビ番組が非常に人気で、若者たちの市場も狙おうという意図があったらしく、ポスターのキャッチコピーは「シャーロック・ホームズ──ケープをまとった十字軍戦士の元祖」だった［『ケープをまとった十字軍戦士』はバットマンの別名］。

　ホームズは1979年にも切り裂きジャックと対決することになる。もっと出来のいい英・カナダ共同制作の *Murder by Decree*（邦題『名探偵ホームズ　黒馬車の影』）で、ハリウッドで定評のある俳優クリストファー・プラマーがホームズを、ジェイムズ・メイスンがワトスンを演じた。このコンビは、これまでにないような人間的側面をホームズに与えた。

テレビ画面上のホームズ

　ホームズがテレビに現れたのは1950年代初め、英国とアメリカ両方の番組においてだった。最初はイギリスのBBCテレビがつくった6話のシリーズ（ライブ放映だったのでテープは存在しない）だった。その後39本のシリーズ *Sherlock Holmes*

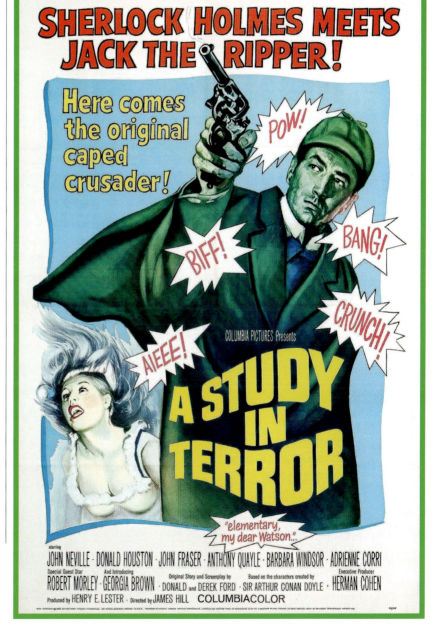

1965年公開のコミックホラーのような映画では、ホームズがヴィクトリア朝時代に実在した連続殺人魔、切り裂きジャックと対決する。

ピーター・クッシングのホームズとフランクランド主教（小説中のフランクランド老人）。ハマー・フィルムの1959年制作『バスカヴィル家の犬』より。

ケープにはならなかった……フードの付いた長いオーヴァーコートにすぎなかったんだ」

ラジオのホームズ

バジル・ラスボーンはホームズ映画への出演をやめたとき、アメリカのラジオ番組に出るのもやめてしまった。だがナイジェル・ブルースのほうは、ほかのホームズ番組でワトスン役を続けていた。英国の場合、ホームズがラジオに登場したのは比較的遅く、シリーズ番組ができたのは1950年代になってからだった。ホームズにかん高い声のカールトン・ホブズ、ワトスンに低くて太い声のノーマン・シェリーという二人の俳優をあてたシリーズは人気を得て、1952年から1969年まで断続的に続いた。

おそらく、ラジオにおけるホームズ番組でこれまで最も有名なものは、サー・ジョン・ギールグッドとサー・ラルフ・リチャードソンという偉大なイギリス人シェイクスピア俳優コンビによる作品だろう。1954年にBBCのショート・シリーズとして放送されたものだ。1988年、BBCは長編を含むホームズ物語すべてをラジオドラマ化することを決め、その後10年のあいだに収録・放送を完了した。

変化するホームズ像

ピーター・クッシングのテレビ・シリーズが放映された1960年代後半から、画期的な映像化ホームズとしてジェレミー・ブレットが現れる1980年代まで、ホームズはさまざまな姿で現れた。おそらく最もあかぬけた作品が、ビリー・ワイルダー監督、ロバート・スティーヴンス主演の

がアメリカのテレビ局により（制作費がないため）フランスで撮影され、1954年に放映された。若い視聴者層を狙いたかったプロデューサーが、新進のイギリス人俳優ロナルド・ハワードをホームズに起用すると、彼は生き生きとした魅力ある演技を見せた。ワトスンは性格俳優のハワード・マリオン・クロウフォードで、道化役のようにならない演技をした。

1964年になると、ダグラス・ウィルマーが2度目のBBCテレビ・シリーズでホームズを演じた。パイロット版の *The Speckled Band* からスタートして、翌年に12話を放映している。彼の演技はバジル・ラスボーンをモデルにしたもので、オリジナル正典に対する忠実さでも称賛された。だがウィルマーは脚本が気に入らず自分で何度も書き直したうえ、制作のクオリティにも満足できなかったので、第2シリーズの出演は断った。

そのシリーズを引き取ったのが、前出のピーター・クッシングだ。最初に撮影した2部形式の *The Hound of the Baskervilles* は今でも評価が高く、〈バスカヴィル家の犬〉の最も忠実な映像化作品のひとつに数えられている。しかし全16話の撮影が進むうちに、クッシングはウィルマーが出会ったのと同じような問題に悩むことになる。それでもクッシングのホームズにかける意気込みは衰えず、詳細部分を大切にする姿勢は変わらなかった。彼はパジェットの挿絵に出てくる衣装を再現してほしいと要望し、名探偵のインヴァネス・ケープ神話は打ち砕かれることになった。「〔再現してみると〕インヴァネス・

ホームズが犯罪の専門家になったことにより、科学界は鋭敏な理論家を失い、同時に演劇界もまた、すぐれた俳優を失ったわけだ。

ワトスン博士
〈ボヘミアの醜聞〉（1891年）

舞台と映像のシャーロック・ホームズ

> 誰の頭にも、確固たるホームズ像というものが存在する。それぞれの読者が自分なりの理想のホームズをもっているので、役者がそれにぴったりはまりこむことはできない。
>
> **ジェレミー・ブレット**
> TV Times のインタビューより（1991年）

The Private Life of Sherlock Holmes（1970年、邦題『シャーロック・ホームズの冒険』）であろう。柔弱とも言えるような気だるい雰囲気の、鼻にかかったもの憂げな話し方でウェーヴのかかった髪のホームズだ。この映画について、のちに大成功を収めたBBCのホームズ・テレビ・シリーズの共同制作者であるマーク・ゲイティスは、「スティーヴン・モファットと私が自分たちの作品をつくるうえでの、一種のひな型となった」と言っている。その後、ボンド・スターのロジャー・ムーアはSherlock Holmes in New York（1976年、邦題『シャーロック・ホームズ・イン・ニューヨーク』）に出演したし、重量級のジョージ・C・スコットはもの悲しいコメディThey Might Be Giants（1971年）で、自分をホームズと思い込むニューヨークの弁護士を、初の女性ワトスン（ジョアンナ・ウッドワード）を相手に演じた。一方、スコットランド生まれの舞台俳優ニコル・ウィリアムソンは、1976年のThe Seven-Per-Cent Solution（邦題『シャーロック・ホームズの素敵な挑戦』）で神経に難のあるホームズを演じている。この作品ではホームズがコカイン依存症による妄想を抱いており、ジグムント・フロイトに診てもらうことになる。

1985年にはスピルバーグによるYoung Sherlock Holmes（邦題『ヤング・シャーロック ピラミッドの謎』）が、少年時代にホームズとワトスンが寄宿学校で出会っていたらどうだったろうと想定した。事件が進展するにつれてホームズは成長し、曲がったパイプとディアストーカーを手に入れるが、悲劇に終わるロマンスは、その後の人生でホームズが女性を敬遠するようになる理由をうまく説明している。

世界に広がるホームズ

ドイツでは1930年代に数多くのホームズ映画がつくられたが、その多くはアクション冒険ものだった。1937年の Der Hund Von Baskerville（『バスカヴィル家の犬』）に登場した革のオーヴァーコートに平たい帽子で銃を手にしたホームズは、アドルフ・ヒトラーのお気に入りだったという。1945年、ベルクホーフにあったヒトラーの別荘から見つかった個人コレクションの中に、この映画が見つかったのだ。

一方ロシアでは、1979年から1986年にかけて5作（11エピソード）のテレビ・シリーズがつくられ、5作目（2エピソード）は再編集のあとThe Twentieth Century

---

コナン・ドイルはシャーロック・ホームズの中に、どんな芸術形態でもジャンルでも使えるようなテンプレート（ひな型）をつくり出した。おそらく、ここまで融通のきく架空のキャラクターは、ほかにいないだろう。この不朽の適応性はそれ自身、研究対象となっている。

アニメーションではネズミやアヒル、ブルドッグ、はてはキュウリにまでなった。日本ではマンガのシリーズがいくつかある。

ホームズは当然ながら小説の世界でも幅広く活躍している。コミックスではバットマンなどほかのキャラクターと競演したりしている。

ホームズは世界中のテレビで見ることができる。日本ではパペットショーの番組もつくられた。

"コンテンポラリーダンス探偵"として再創造されたホームズは、モスクワのナタリア・サッツ記念児童音楽劇場に現れた。

英語作品だけで750本以上のラジオ・ドラマが、ホームズ物語として放映されている。

2015年の時点で、ホームズは200以上の映画で75人の俳優によって演じられた。おそらくは最も長続きしているキャラクターだろう。

演劇界では"フィジカル・シアター"の作品や、バレエ1作、二つのミュージカル、それに数多くの通常劇にホームズが登場した。

ホームズとその世界は、1980年代にボードゲーム、2000年代にはコンピュータ・ゲームになった。

アニメーションのホームズ

ホームズが最もエキセントリックなかたちで描写されるのは、子ども向けの作品——マンガの形態だ。1946年という早い時期に、ダフィ・ダックが"The Great Piggy Bank Robbery"の中でホームズに会っている。1986年には、ディズニーがネズミの名探偵バジルのアニメを制作した（邦題『オリビアちゃんの大冒険』）。バジルは友人のドクター・デヴィッド・Q・ドーソンと一緒にベイカー街221Bの壁の向こうに住んでいる。モリアーティに相当するラティガン教授の声はヴィンセント・プライスがあてた。

1980年代には、アメリカのテレビアニメ Scooby Doo（邦題『スクービー・ドゥー』）にホームズのゴーストが現れたほか、"Elementary, My Dear Turtle"ではティーンエイジ・ミュータント・ニンジャ・タートルたちがホームズの助けを得て、モリアーティの世界征服の野望をくじく。1999年のテレビ・シリーズ Sherlock Holmes in the 22nd Century では、ホームズが生物学者の手によって復活し、モリアーティのクローンと戦う。彼を手助けするため、レストレード警部の"コンピュードロイド"がワトスンの記録を読んで名前や顔、声、癖を身につけ、ワトスンになりきるというもの。また2010年には、劇場用映画でホームズがトム＆ジェリーと会っている。

Approaches（邦題『20世紀のシャーロック・ホームズ』）として劇場公開された。制作はレンフィルムで、ホームズをワシーリー・リヴァーノフ、ワトスンをヴィターリー・ソローミンが演じたが、二人は外見の「英国人らしさ」とパジェットの挿絵に似ているところから起用された。プロットは正典に忠実だが、かなりのユーモアがちりばめられている。

確固たるホームズ像？

1980年代から90年代にかけて、英国の俳優ジェレミー・ブレットは、多くの人がこれこそホームズだと言うような存在となった。グラナダ・テレビ制作のこのシリーズは、真性ホームズを生み出すことを意図しており、コナン・ドイルがホームズに与えた属性をブレットほど数多く具体化させようとした俳優は、いないだろう。シリーズのプロデューサーであるマイケル・コックスが言うように、ブレットは「その声、知的なところ、存在感、身体つき、障害物を飛び越える能力、変装がうまいと思わせる力、馬の扱いなど、〔ホームズに〕必要なものをすべてもっていた」のである。

世界中のファンにとって、ブレットこそが真のホームズだった。その魅惑的な演技、抑制された奇抜さ、気取った話し

> 人々はホームズとワトスンに惚れ込むのでなく、彼らの人間関係、友情に惚れるのだと思う。
> スティーヴン・モファット
> BBC『SHERLOCK』の脚本家

ジェレミー・ブレットは1984～1994年のグラナダ・テレビ・シリーズでホームズを演じた。彼は「これまでに演じた中で最も難しい役だった」と言っている。

方、そして猛烈な怒りの噴出が融合して、不朽のホームズ像をつくり出したのだと言えよう。ブレットの相手をつとめたのは、二人の対照的なワトスンだった。デヴィッド・バークが敏感ながらも時として陽気な演技をする一方、8年にわたってこの役を演じたエドワード・ハードウィックは、誠実さと我慢強さを強く感じさせ、静かな説得力をもっていた。

21世紀のホームズ

21世紀に入っても、世界中の人たちがこのベイカー街の名探偵に魅了され続けた。2009年と2011年、英国の映画監督ガイ・リッチーにより、ホームズはコミックスの中から抜け出してきたような誇張されたアクションヒーローとして現れた。無法者っぽい味付けで演じるのは、アメリカの俳優ロバート・ダウニー・ジュニア。ホームズの欠点と悪癖が強調され、一種風刺的になっている。

ガイ・リッチーの映画『シャーロック・ホームズ』(2009年) は、1890年代のロンドンを舞台としている。ロバート・ダウニー・ジュニアのホームズがボヘミアンである一方、ジュード・ロウのワトソンは、時には怒るものの寛大だった。続編は2011年公開。

一方、テレビ界では二つの意欲的な作品が、ホームズとその世界を現代にもってくるという"再創造"を行った。ひとつは2012年にプレミア上映をしたアメリカの Elementary（邦題『エレメンタリー ホームズ&ワトソン in NY』）で、薬物依存症でリハビリ中のホームズ（イギリスの俳優ジョニー・リー・ミラー）がニューヨーク市警の手助けをするというもの。彼の女性ワトソン（ルーシー・リュー）は、元外科医で、最初はホームズの再発防止の付添人だったのが、一緒に事件捜査をするうちに一種の弟子になっていく。回が進むにつれ、モリアーティやアイリーン・アドラーといった正典中の人物も加わり、予期せぬひねりの効いたストーリーが展開する。

ホームズを現代にもってくる設定のテレビ・シリーズは、英国のほうが早かった。スティーヴン・モファットとマーク・ゲイティスという、ホームズファンを標榜する二人の脚本による、BBCテレビの Sherlock (2010年スタート、邦題『SHERLOCK／シャーロック』) だ。ハイテク時代のロンドンで活躍するホームズは、最新テクノロジーを本来のホームズ的なやり方で駆使して事件を解決する。"推理の科学" というブログまで書いているほどだ。

この番組は世界中で大成功を収め、特に若い世代から支持を得た。テンポが早く、ユーモラスで、オリジナル正典を使った興味をそそるプロットが詰まっているからだ。しかも主役の俳優二人は、正典中でホームズとワトソンが最初に出会ったときの年齢に近い。ベネディクト・カンバーバッチのホームズは、いわば変人だが、傲慢で社会不適応であるにもかかわらず、非常に魅力的な人物である。またマーティン・フリーマンのワトソンは、自分独自の考えと友人に対する忠誠心が混ざって、不安定になっている。"死んだ"はずのホームズが戻ってきたときに彼は思わず暴力をふるうが、正典中のワトソンのなまぬるい反応（単に気絶する）に比べたら、現実的かつ自然な行為と言えよう。

125年以上前に活字として現れて以来、シャーロック・ホームズは途切れることなくメディアに出つづけてきた。コナン・ドイルの創造した人物は、文学の枠を越えて世界的な現象となり、今でも新たなファンをつくりつづけているのである。■

BBCテレビの『SHERLOCK／シャーロック』は、ホームズたちを現代社会に連れてきた。ホームズ役はベネディクト・カンバーバッチ。マーティン・フリーマンのワトソンは、事件記録をブログで行った。

ホームズのさまざまな顔

初めて活字の世界に登場して以来、ホームズは演劇や映画の世界にも現れるようになり、毎年のように新たな翻案、新たなストーリー、新たな演出による映像作品がつくられてきた。ホームズ物語をもとに舞台劇を初めて書いたのはコナン・ドイル自身であり、それがのちに、ウィリアム・ジレットによってつくられる舞台劇 Sherlock Holmes（1899年）のベースとなった。読者の想像力に負うところが多い活字作品と違って、映像化作品、特に映画は完全なパッケージとして示される。良いも悪いもすべて。すぐに忘れられてしまうホームズ俳優もいれば、ラスボーンやクッシング、ブレット、カンバーバッチのように、続く世代に名探偵の化身として生き続けるホームズ俳優もいるのである。

Sherlock Holmes
舞台劇（1899年）

コナン・ドイルが書いたオリジナル版をウィリアム・ジレットが書き直すとともに、演出および主演もした、劇作品。ストーリーは正典から抜き出したさまざまな素材をベースにしている。コナン・ドイルにはもともとホームズを結婚させる気がなかったが、ジレットの申し出に対して承諾した。曲がったパイプや拡大鏡の頻繁な使用、「なに、初歩的なことさ、きみ」というせりふといった、後年ホームズのトレードマークとなるものを導入したことから、シャーロッキアンたちはこの作品を重要な翻案と認めている。

The Further Adventures of Sherlock Holmes
映画（1921〜1923年、日本未公開）

サイレント短編映画のシリーズ。それぞれがコナン・ドイルのオリジナル作品をベースにしているが、そのほとんどは現在行方不明。主演はイギリスの俳優エイル・ノーウッドで、60歳のときから始まったシリーズで1921年から23年のあいだに47本の作品に出演した。鋭い顔つきと射るような目で有名。正典のストーリーに近いものだが、ヴィクトリア朝時代を再現しようとはしていない。電気製品や自動車やバスが普通のものとなったロンドンが舞台。

映画『シャーロック・ホームズ』
The Return of Sherlock Holmes（1929年）

サイレントからいわゆる"トーキー"へと移った最初のホームズ映画。パラマウント映画はホームズとワトスン、モリアーティのキャラクターに関する使用権をもっていたが、それぞれのストーリーに関する権利はもっていなかった。そのため、コナン・ドイルの作品からさまざまなアイデアを拝借して創作することになった。ワトスンを間抜けなキャラクターとした最初の作品で、この後多くの映画でそれが踏襲されることとなった（本作のワトスンはH・リーヴス＝スミス）。ストーリーは毒針を仕込んだシガレットケースによる殺人で始まり、のちにそれをモリアーティ（ハリー・T・モーリー）が使ってホームズ（クライヴ・ブルック）を殺そうとする。締めのせりふも映画としては最初のもの。つまり正典には出て来ない、「初歩的なことだよ、ワトスン君」だ。

映画『バスカヴィル家の犬』
The Hound of the Baskervilles（1939年）

バジル・ラスボーンがホームズを演じた14本のうちの最初の1本で、彼がホームズ役者としての評価を確立した作品。好感はもてるが一種の道化役となったワトスンはナイジェル・ブルース、ロマンスの部分を受け持つサー・ヘンリー・バスカヴィルはリチャード・グリーンが演じた。ヴィクトリア朝時代に設定したホームズ映画として、またワトスン役の俳優名がホームズと同レベルの大きさで宣伝されたホームズ映画としても、初のもの。プロットは正典に沿っているが、魔犬はただの大型犬になってしまった。

映画『シャーロック・ホームズの冒険』
The Adventures of Sherlock Holmes（1939年）

「チンチラに執着する奇妙な事件！

人を締めつけ、たたきつぶし、消滅させる悪魔の装置！ 死を呼ぶアホウドリ！ 英国王冠の宝石！」というのが20世紀フォックスの宣伝文句だったが、確かにこのラスボーン主演映画はかなり大胆なプロットとなっている。1899年のジレットによる舞台劇 Sherlock Holmes をもとにしており、モリアーティはホームズに世紀の犯罪計画をみずから話し、挑戦する。

映画『死の真珠』
The Pearl of Death (1944年)

ラスボーンとブルースのコンビによる、ユニバーサル・スタジオでつくられた12本のホームズ・シリーズのひとつ。正典の〈六つのナポレオン像〉をもとにしているが、ホームズは呪われているという評判の有名な真珠を自分のせいで奪われ、取り戻そうとする。このシリーズはどれも少ない制作費で短時間につくられており、正典の時代設定も無視している。気味の悪い要素の多いストーリーながら、ホームズとワトスンのあいだにユーモアが感じられることでも知られるシリーズ。本作のほかに『緋色の爪』(1944年)、『緑の女』(1945年) などがある。

テレビ『名探偵シャーロック・ホームズ』
Sherlock Holmes (1954〜1955年)

テレビ映画史の中でほとんど顧みられなくなってしまった作品。アメリカのテレビ作品だが、コナン・ドイルの作品を不朽のものとしたい息子エイドリアンの協力を得て制作された。ホームズはまだ若かった頃のロナルド・ハワード（39歳）、ワトスンはハワード・マリオン・クロウフォード。フランスでつくられたため、ロンドンのシーンにはフランス風の場所も見られる。正典内の光景を使ってはいるものの、ストーリーはハリウッドのブラックリストに載ってヨーロッパで仕事をしている脚本家たちが書いたオリジナル。この後アメリカでは、2012年の『エレメンタリー ホームズ＆ワトソン in NY』までホームズのテレビシリーズはつくられなかった。

映画『バスカヴィル家の犬』
The Hound of the Baskervilles (1959年)

ゴシック・ホラー映画で有名なハマー・フィルムの制作した正典翻案作品。コナン・ドイルの原作がもつ不気味な雰囲気をスクリーンでみごとに表現している。キャストはハマー・フィルムの常連ピーター・クッシングがホームズ、同じくクリストファー・リーがサー・ヘンリー・バスカヴィルを演じている。監督はすでにフランケンシュタインやドラキュラ伯爵映画で手腕を発揮してきたハマー・フィルムの代表格である、テレンス・フィッシャー。シリーズになる予定だったが、実現しなかった。ただ、クッシングはこのあと別の作品でホームズを演じている。

A Study in Terror
映画 (1965年、日本未公開)

1966年の『野生のエルザ』で知られるジェイムズ・ヒル監督による作品。ホームズが切り裂きジャックを追って奮闘する。ヴィクトリア朝時代のロンドンを震撼させたイースト・エンドの連続殺人。その手がかりは、ある高貴な一族の紋章と外科手術器具のケースだが、ケースからはメスが紛失していた。不思議なことに、イギリスでは暴力と性的描写の作品として宣伝されたが、アメリカではバットマンのようなコミックブック・スタイルの作品とされた。まじめで精力的なホームズはジョン・ネヴィルが演じている。ワトスン役はドナルド・ヒューストン。

Sherlock Holmes
テレビ (1964〜1968年、日本未公開)

BBCテレビ制作のこのシリーズでは、最初ダグラス・ウィルマーが皮肉たっぷりのホームズを演じたが、これまでのホームズ役者と同様、《ストランド》誌に載ったシドニー・パジェットのイラストに似せている。第2シリーズの続投をウィルマーが辞退したため、ホームズ役はピーター・クッシングに移った。クッシングは自身もシャーロッキアンで、1959年のハマー・フィルム『バスカヴィル家の犬』でホームズを演じている。このシリーズは正典からの翻案で、〈まだらの紐〉を始めとする29本の作品がつくられた。クッシングはのちにフルカラーのホームズ映画でも主演している。

映画『シャーロック・ホームズの冒険』
The Private Life of Sherlock Holmes (1970年)

ビリー・ワイルダー監督（脚本はI・A・L・ダイアモンドとの共同執筆）によるパロディ映画。ホームズ（ロバート・スティーヴンス）とワトスン（コリン・ブレイクリー）は、ある美女の行方不明の夫を捜しはじめるが、事件は英国海軍の実験やネス湖の怪獣に関わる奇妙なものとなっていく。ホームズとワトスンがゲイの関係にあるという説をジョークとして使った最初の作品でもあり、ホームズファンのあいだでは議論となった。音楽のミクロス・ローザは自身の書いた格調高いヴァイオリン協奏曲を使っている。

映画『シャーロック・ホームズの素敵な挑戦』
The Seven-Per-Cent Solution (1976年)

ニコラス・メイヤーによる1974年のパ

スティーシュ小説『シャーロック・ホームズ氏の素敵な冒険』（→341ページ）の映画化作品。コカイン依存症のホームズが、弱々しい老人、モリアーティ教授に狙われているという妄想を抱いているという設定。彼はモリアーティを追ってウィーンに行くが、それは世界的に有名な精神科医ジグムント・フロイト博士に治療してもらうためワトスンとマイクロフトが企てた計画だった。精神を病んだホームズをニコル・ウィリアムスン、モリアーティをローレンス・オリヴィエ、フロイトをアラン・アーキンが演じている。

舞台劇『シャーロック・ホームズ探偵物語 血の十字架』
The Crucifer of Blood (1978年)

ポール・ジョヴァンニ作・演出で、ベースは〈四つの署名〉。ブロードウェイ版では最新の照明装置を使ってテムズ川での追跡シーンを舞台に再現した。ロンドンとロサンジェルスでも行われ、ロサンジェルス版ではチャールトン・ヘストンがホームズ、ジェレミー・ブレットがワトスンを演じた。1991年のテレビ映画化でもホームズはチャールトン・ヘストン。

映画『名探偵ホームズ 黒馬車の影』
Murder by Decree (1979年)

切り裂きジャック事件に英王室の人間が絡んでいたという説はさまざまにあるが、本作はジャックの正体についてかなりセンセーショナルな説を採用する一方、クリストファー・プラマーによるホームズは感情的な人物として描かれている。ホームズはジャックによる3人目の犠牲者"のっぽのリズ"ことストライドが殺された時点で協力を求められるが、事件の裏に英国首相と内務大臣、それにフリーメイスンが関与していることを知る。

テレビ『シャーロック・ホームズの冒険』
The Adventures of Sherlock Holmes (1984〜1994年)

グラナダ・テレビ制作の正典をもとにしたシリーズ。六つのシリーズで41作を放映した。ホームズ役のジェレミー・ブレットは鋭くかつスマートな演技で、多くのファンから彼こそ典型的なホームズだと言われた。ワトスンは第2シリーズまでがデヴィッド・バーク、その後は長期間エドワード・ハードウィックが演じた。英米を始め各国で放映されて非常な人気を博し、今日まで、最も忠実に正典を映像化した作品と言われている。タイトルは The Adventures のあと The Return, The Casebook, The Memoirs と続くが、邦題は一貫して『冒険』。

The Masks of Death
テレビ (1984年、日本未公開)

ピーター・クッシングがホームズを演じた作品としては最後のもの。彼はこのとき71歳になっていたので、年齢に合わせた脚本にする必要があった。ワトスン役もベテラン俳優のジョン・ミルズで、このとき76歳。1913年、すでに隠退していたホームズが、テムズ川で複数の死体が発見されたことで警察に協力を依頼される。死体の顔はどれも恐怖に引きつっていたが、一見したところでは死因がわからなかった。一方、それと関連性があるかどうかはわからなかったが、ホームズは英独間の戦争を避けるため失踪したドイツ特使の行方を捜すようにも依頼される。

Sherlock's Last Case
舞台劇 (1987年)

チャールズ・マロウィッツ脚本、A・J・アントゥーン演出の舞台劇。1974年にマシュー・ラングが制作した同名の劇と混同されがちだが、こちらはフランク・ランジェラ主演のダークコメディ。故モリアーティの息子から脅迫状を受け取ったホームズは、心配したワトスンによって閉じ込められる。マロウィッツはホームズのキャラクターをうまく変えており、評価はおおむね好意的だった。

The Secret of Sherlock Holmes
舞台劇 (1988年)

グラナダ・テレビ版ホームズ・シリーズの脚本をいくつか手がけた、ジェレミー・ポールによる舞台劇。テレビ版と同様、ジェレミー・ブレットがホームズを演じたが、この頃彼は双極性鬱病になりつつあり、ステージでの役作りに関しては議論の余地を残すものとなった。ワトスン役もテレビと同じエドワード・ハードウィックだが、登場人物はこの二人のみ。劇評はあまり芳しくなかったが、俳優たちの演技は称賛された。タイトルの"secret"はニコラス・メイヤーの『シャーロック・ホームズ氏の素敵な冒険』を思わせるもので、モリアーティはドラッグによって混乱したホームズの想像の産物だったという。

Sherlock Holmes ..... The Death and Life
舞台劇 (2008年)

デイヴィッド・スチュアート・デイヴィーズによるホームズ劇の2作目。1作目と同様、ロジャー・ルウェリンがホームズ

を演じた。正典の翻案やシンプルなパスティーシュでなく、架空の人物であるホームズとその創造主の関係を描いたもの。ホームズ作品を続けるのに飽きたコナン・ドイルは、彼から解放されるために邪悪なモリアーティ教授をつくりあげてホームズを殺す。しかし当然ながら、ホームズはドイルが予想したよりも早く復活し、ふたたび冒険は続くことになる。キャラクターが現実世界とファンタジー世界のあいだを行き来する。

映画『シャーロック・ホームズ』
Sherlock Holmes (2009年)

コックニー（ロンドン子）訛りの犯罪映画で知られるガイ・リッチー監督作品。ホームズがハリウッド・スタイルのアクション・ヒーローとなる点ではおふざけともとれるが、21世紀に入りホームズを"再生"させた映画のひとつ。ヴィクトリア朝時代の設定だが正典の翻案ではなく、ホームズをロバート・ダウニー・ジュニア、ワトスンをジュード・ロウが演じている。プロットはSFと超自然ものの要素をもっており、かつての敵アイリーン・アドラーと協力関係を結んだ二人は、死から蘇ったブラックウッド卿からイギリス、アメリカ、さらには世界を救うために闘う。ラストではアドラーとモリアーティの関係がわかり、シリーズ2作目につながることが予期される。

テレビ『SHERLOCK／シャーロック』
Sherlock (2010年～)

BBC制作。ベネディクト・カンバーバッチのホームズとマーティン・フリーマンによるワトスンのシリーズ。21世紀の視聴者に向けてホームズを"再生"させた革新的な作品。ホームズはスマートフォンとGPSを駆使する一方、〈赤毛組合〉で有名な"パイプ三服分の問題"はなくなってニコチンパッチに置き換わっている。脚本はスティーヴン・モファットとマーク・ゲイティスで、複数の正典からエピソードを拾い、それをベースにひとつの作品をつくっている。アイリーン・アドラーが"女王様的"になるなど、正典中のキャラクターをつくりかえているほか、ホームズの両親（俳優はカンバーバッチの実の親であるワンダ・ヴェンサムとティモシー・カールトン）のような新たなキャラクターも加えている。

映画『シャーロック・ホームズ シャドウ ゲーム』
Serlock Holmes: A Game of Shadows (2011年)

ロバート・ダウニー・ジュニア主演による『シャーロック・ホームズ』（2009年）の続編。監督は同じくガイ・リッチーで、1作目と同じテンポの速いアクション映画。ワトスンはメアリ・モースタンと結婚したため、ホームズとの探偵コンビを解消する。ひとりになったホームズは、兵器産業で利益を得るためヨーロッパ全体を戦争に巻き込もうというモリアーティの陰謀を暴き、新婚のワトスンはホームズの捜査に関わらざるを得なくなる。マイクロフト・ホームズをスティーヴン・フライ、モリアーティをジャレッド・ハリスが演じている。

テレビ『エレメンタリー ホームズ & ワトソン in NY』
Elementary (2012年～)

現代ニューヨークを舞台にしてアメリカCBSテレビが制作したシリーズ。ジョニー・リー・ミラー演じるホームズは、薬物依存症のリハビリのため、父親によってロンドンからニューヨークに移住させられる。彼の監視と付き添いのため父親に雇われたのが、元外科医のジョーン・ワトソン医師（ルーシー・リュー）。かつてスコットランド・ヤードのために働いていたことから、ホームズはニューヨーク市警に協力することとなり、ワトソンはホームズの新たな"助手"となる。本作は1953年のロナルド・ハワード作品以来となる、アメリカ制作のテレビ・シリーズ。人気を反映して、今もシリーズが続いている。

映画『Mr.ホームズ 名探偵最後の事件』
Mr Holmes (2015年)

ミッチ・カレンによるパスティーシュ小説の映画化で、ホームズ役はサー・イアン・マッケラン。第二次世界大戦直後、90代になっていたホームズは、若い頃の名声から遠のき、養蜂生活に没頭していた。かつては犯罪と闘った彼だが、今は老齢と闘っており、記憶力の衰退に悩まされていた。ホームズが最後に扱った事件と、それを発表したとき（今は亡き）ワトスンが事実を粉飾し結果を変えてしまったことに対する、彼のいら立ちがストーリーの中心となる。正確な記録を残したいホームズは、遠い昔に起きた事件のことを思い出そうとする。ホームズの見せる人間性が特徴の作品。

コナン・ドイル以外によるホームズもの

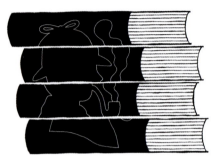

　これまで多くの作家が、新たなホームズ物語を生み出そうと試みてきた。正典に劣らぬ優れた作品もあれば、オリジナルの輝きを欠いた作品もあった。コナン・ドイルがまだ存命の頃から、作家たちは彼のあとを継ごうとした。たとえば1920年にはヴィンセント・スターレットが「珍本『ハムレット』事件」を書いている。その後すぐにさまざまなパスティーシュが続いたが、初期の代表的な作品は1944年に発表されたエラリー・クイーン編のアンソロジー、『シャーロック・ホームズの災難』だろう。そして20世紀の後半が過ぎゆくうちに、ホームズが競う相手はどんどん風変わりになっていった。ドラキュラと闘い、あるいはチャレンジャー教授とともにH・G・ウェルズの火星人を相手にしてきたのだから、精神科医のジグムント・フロイト博士に診察を乞うことになっても、驚くにはあたらないだろう。

『シャーロック・ホームズの功績』
アドリアン・コナン・ドイル、ジョン・ディクスン・カー (1954年)

　コナン・ドイルの息子と黄金期の大物推理作家ディクスン・カーが共作した短編集。正典でワトスンが事件名のみ記している"語られざる事件"のアイデアを膨らませて、新たな作品を生み出した。「ハイゲイトの奇蹟事件」や「アバス・ルビーの事件」など、12編が収録されている。作品に当たり外れがあるというのがホームズファンによる評価だが、おおむね歓迎はされている。12編の中には、正典と同様《コリアーズ》誌に発表されたものもある。

『恐怖の研究』
エラリー・クイーン&ポール・フェアマン (1966年)

　Ellery Queen vs Jack the Ripper という題名でも知られる。1965年にジェイムズ・ヒルが監督した映画 (→337ページ) の、ノヴェライゼーション。探偵エラリー・クイーンが、切り裂きジャック事件について書かれたワトスンの原稿を読むという構造になっている。作中作である「ワトスンの記録」の部分はフェアマンが担当し、探偵クイーンの部分は作家クイーンが担当した。初の本格的現代パスティーシュであり、また、この後無数に書かれることになるホームズ対ジャックものの先駆けでもある。

『シャーロック・ホームズの優雅な生活』
マイケル&モリー・ハードウィック (1970年)

　1970年にビリー・ワイルダーとI・A・L・ダイアモンドの脚本でつくられたパロディ映画『シャーロック・ホームズの冒険』(337ページ)のノヴェライゼーション。オリジナルのストーリーに忠実で、夫の失踪で取り乱した夫人からスコットランドの古城、ネス湖の怪獣まで、多くの謎が描かれている。また、ホームズとワトスンの友人関係に関わる疑惑をコミカルに処理している。彼らがゲイではないかというアイデアをあからさまに使った作品としては、1971年にラリー・タウンゼンドが書いた *The Sexual Adventures of Sherlock Holmes* がある。

『シャーロック・ホームズ アフリカの大冒険』
フィリップ・ホセ・ファーマー (1974年)

　アメリカの人気SF作家ファーマーによる、ひねりの効いた中編。第一次世界大戦の頃、老齢のホームズとワトスンは残忍な新兵器を追ってアフリカへ赴く。そこで彼らが出会うのはグレイストーク卿、というより、あの有名なターザンだった。SFの要素が入ったエキサイティングな作品。

『犯罪王モリアーティの生還』
ジョン・ガードナー (1974年)

　イアン・フレミングのジェイムズ・ボンドものを扱ったボイジー・オークス・シリーズでパスティーシュ作家として知られるガードナーが、ホームズものに挑戦。ホームズと同様に生還したモリアーティが主人公で、娼館の経営者サリー・ホッジスとともに、ヴィクトリア朝時代の

面影を残すロンドンで脅迫から殺人まであらゆる犯罪を裏で操っていく。1975年には続編『犯罪王モリアーティの復讐』も発表された。

『シャーロック・ホームズ氏の素敵な冒険』
ニコラス・メイヤー (1974年)

ホームズもの（パスティーシュ）というジャンルに数多くの新しいアイデアを提供した、ベストセラー小説。コナン・ドイルのエレガントな執筆スタイルを踏襲しようともしている。物語には女性の誘拐と戦争への脅威が含まれるが、原題のThe Seven-Per-Cent Solutionが暗示するように、ホームズの薬物依存症問題が中心となっている。彼の依存症を治療するためには、精神科医のジグムント・フロイト博士のもとへ行かねばならなかった。メイヤーはこのあと『ウェスト・エンドの恐怖』(1976年)とThe Canary Trainer(1993年) という2作のホームズ・パスティーシュも書いている。

THE GIANT RAT OF SUMATRA
リチャード・L・ボイヤー (1976年)

ホームズファンにとって、いわゆる"語られざる事件"ほど想像力をかき立てられるものは、ないだろう。〈サセックスの吸血鬼〉に出てくる「スマトラの大ネズミ」にまつわる事件もそのひとつで、ホームズによれば「まだ世間に公表できない」ものであった。この作品は、ロンドンにある銀行の地下金庫室で発見されたワトスンの未発表原稿をもとにしたという設定。動物を殺人に使うところが〈バスカヴィル家の犬〉と共通で、意外な犯人は

正典中の人物。ボイヤーにはほかにも "The Adventure of Bell Rock Light" や "The Adventure of the Eyrie Cliff" などの短編パスティーシュがある。

『ホームズ最後の対決』
ロバート・リー・ホール (1977年)

SFとのクロスオーバーによる、創意に富んだパスティーシュ。ホームズとその兄マイクロフトが、蘇ったモリアーティとふたたび対決する。ホームズはすでに隠退していて登場シーンが少なく、ワトスンが主役を張るため、ホームズファンは不服かもしれない。しかしここでは、これまで知られていなかった数多くの"事実"が明かされる。ホームズはあの驚くべき能力をどこで手に入れたのか？ 実体のよくわからないマイクロフトの秘密とは？ そして、ホームズとモリアーティの本当の関係は？ 意外な結末が待っている。

『シャーロック・ホームズ対切り裂きジャック』
マイケル・ディブディン (1978年)

ダーク・ゴシックノヴェルであり、全体が幻想でないかとも思わせるような作品。ホームズとワトスンがイースト・エンドで切り裂きジャックを追うのだが、コナン・ドイル自身、ワトスンから許可を得て事件のことを書く友人医師として登場するし、モリアーティも出てくる。ほかの切り裂きジャックものと同様、ジャックの起こす事件に沿って展開するが、ディブディンは非常に大胆な結末を用意している。そのせいでホームズファンのあいだでは評価が分かれている。

THE HOLMES–DRACULA FILE
フレッド・セイバーヘイゲン (1978年)

ワトスンの語りによるものだが、超自然界最大の悪役であるドラキュラ伯爵を相手にしたオリジナリティの高い作品。1878年のロンドンを舞台に、マッド・サイエンティストや伝染病を媒介するネズミ、血の抜かれた死体などが登場し、ホームズとドラキュラ両方の世界にまたがるサスペンスに満ちた物語となっている。ほかのドラキュラものと違って、ここではホームズとドラキュラが協力して動くのだが、最後にはさらに驚くべき、二人の関係も明かされる。ホームズがドラキュラと出会う作品には、ローレン・エスルマンの『シャーロック・ホームズ対ドラキュラ、あるいは血まみれ伯爵の冒険』(1978年) などもある。

TEN YEARS BEYOND BAKER STREET
ケイ・ヴァン・アッシュ (1984年)

これもホームズと架空の有名人物との出会いを描いたものだが、本作ではサックス・ローマーの生み出した極東の悪漢、ドクター・フー・マンチューと対決する。1914年の風光明媚なウェールズを舞台にして、犯罪小説よりもむしろアクション・アドヴェンチャーのようなプロットが展開される。ホームズは依頼人のペトリー博士とともに、廃鉱で命を落としそうになるのだ。ワトスンの語りが正典に忠実なものであるため、ホームズファンの評価は高い。また、フー・マンチュー自身はあまり姿を現さず、物語が彼を追う部分に集中していることも、正典におけるモリアーティの描かれ方と似ていて注目

に値する。ヴァン・アッシュは1972年にサックス・ローマーの伝記を発表した。

『シャーロック・ホームズの愛弟子』
ローリー・キング (1994年)

　アメリカ人女性メアリ・ラッセルが老齢のホームズとともに手がけた事件を語る長編シリーズの、第1作。両親の死後サセックスに住んでいたメアリがホームズと出会ったのは、15歳のときだった。この第1作でホームズは彼女を弟子として推理の手法を教え込み、まもなく起こる誘拐事件を一緒に捜査することになる。女主人公の強さなどから、フェミニズム的見地からも語られることの多いパスティーシュ。キングはシリーズ2作目の『女たちの闇』(1995年)で、異性に無関心なホームズを威勢のいいラッセルと結婚させてしまったため、多くのホームズファンを憤慨させた。もちろん、ホームズを初めて結婚させたのは、コナン・ドイルの承諾を得たジレットによる1899年の舞台劇 Sherlock Holmes (→336ページ) である。

『シャーロック・ホームズの失われた冒険』
ジャムヤン・ノルブ (1999年)

　ホームズが"大空白時代"にノルウェーの探検家シーゲルソンに扮して、インドやチベットを旅したときのストーリー。当時ホームズの相棒だったベンガル人スパイのハリー・チュンデル・ムーケルジー――ラドヤード・キプリングの『少年キム』(1901年)からとった人物――によって書かれた記録が発見されたという設定。13歳のダライ・ラマが邪悪な犯罪王に暗殺されるのをホームズが防ごうとするのだが、物語はどんどん謎めいていく。

『患者の眼 コナン・ドイルの事件簿』
デイヴィッド・ピリー (2001年)

　コナン・ドイル自身をジョゼフ・ベル博士（ホームズのモデルとなった人物）のワトスン役にしたシリーズの、第1作。二人は犯罪捜査のパートナーどうしとなり、ヴィクトリア朝時代の社会生活における密かな脅威や性にまつわる偽善を相手にする。コナン・ドイルは、眼の不思議な症状をうったえる若い女性患者に興味をそそられる。彼女はまた、自分をつけてくる謎の自転車乗りの姿に怯えてもいた。ベルとドイルの関心は裕福なスペイン人実業家の殺人事件に集中していたが、やがて患者の眼と自転車乗りの問題が気味悪くのしかかってくる。

『シャーロック・ホームズ 最後の解決』
マイケル・シェイボン (2004年)

　第二次世界大戦の頃、世間から離れて隠遁生活を送る80代後半の老人。地元で彼は、かつて有名な探偵だった人物としてだけ知られている。今の彼は犯罪でなく養蜂の蜂を相手にしていた。ある日、9歳の少年リーヌス・シュタインマンが彼のもとを訪れる。ナチスドイツから逃れてきたという彼はまったくしゃべらず、一緒にいたのは1羽のアフリカオウムだけ。そのオウムが謎をかかえていた。オウムが繰り返ししゃべるドイツ語の数字の列は何を意味するのか？ 1940年代の社会と疎遠になっていたかつての名探偵をめぐる、深い哀愁をたたえたストーリー。

THE VEILED DETECTIVE
デイヴィッド・スチュアート・デイヴィーズ (2004年)

　これまでホームズとワトスンに関して信じられてきたことが、すべてくつがえされる小説。二人の友人関係が始まった当初、ワトスンはワトスンでなく、ハドスン夫人は女優で、二人はモリアーティに雇われ、若きホームズがモリアーティに近づかないように監視する役目についていた。マイクロフトも正典とは違う存在。物語は〈緋色の研究〉と〈最後の事件〉が巧妙に織り込まれており、ホームズとワトスンの共同生活の初期がつくり直され、ライヘンバッハの滝の運命の日も正典とは違うかたちで終わる。

DUST AND SHADOW: AN ACCOUNT OF THE RIPPER KILLINGS BY DR JOHN H. WATSON
リンジー・フェイ (2009年)

　本作も切り裂きジャックとの出会いがテーマだが、ディブディンの『シャーロック・ホームズ対切り裂きジャック』や、これまでのジャックものとは一線を画している。初期のタブロイド新聞ジャーナリズムや（ここではホームズ自身、その被害者になっている）、当時育ちはじめたばかりの臨床心理学について、根気強く歴史的事実を追いながら生き生きと再現しているのだ。評価の高いホームズ・パスティーシュ。

『シャーロック・ホームズ 絹の家』
アンソニー・ホロヴィッツ (2011年)

　ホームズを"再生"させる最近のパスティーシュとは違い、ホロヴィッツはオリ

ジナルの正典に忠実なストーリーづくりをして、コナン・ドイルのスタイルを踏襲した。ヴィクトリア朝ロンドンを舞台にする本作のプロットは、ひねりが効いており、時にドラマチックでさえある。秘密を抱えた家族をもつ裕福な依頼人、陰惨な刺殺事件、アメリカを舞台にした（追放されたアイルランド人の絡む）暴力的なバックストーリー、それに入念なホームズの推理と、コナン・ドイルにおなじみのモチーフが多い。だが現代の読者向きであるため、コナン・ドイルには許されなかったテーマもたくさん使われている。

PROFESSOR MORIARTY: THE HOUND OF THE D'URBERVILLES
キム・ニューマン (2011年)

ホームズ物語の大胆な解釈により、正典のうち七つの事件が、モリアーティとモランが関与していたというかたちでつくり変えられている。それぞれのタイトルも、〈緋色の研究〉が〈朱色の書物〉、〈ギリシャ語通訳〉が〈ギリシャの無脊椎動物〉というぐあいだ。モリアーティとモランは残酷で邪悪な犯罪者の頂点として描かれ、ホームズも完全には把握していない国際的犯罪組織の中心にいる。正典におけるモリアーティとホームズの立場を逆転させているため、ホームズ自身は最初のストーリーではほとんど出て来ず、最後のストーリーである"The Problem of the Final Adventure"で、やっとまともな姿で登場する。

『シャーロック・ホームズ 神の息吹殺人事件』
ガイ・アダムズ (2011年)

19世紀から20世紀への変わり目を舞台とした超常現象ものの小説。雪の降った翌朝、骨の砕けた死体が発見されるが、雪に囲まれているのに足跡はまったくなかった。この謎はホームズとワトスンのもとにもち込まれ、スコットランドに向かった二人は、そこで唯一の助けになりそうな人物と会う——実在の邪悪なオカルティストにして小説家、アレイスター・クロウリーだ。語り手は妻を亡くしたばかりのワトスン。ホームズは物語のかなりの部分で姿を消しているが、かえってそれが、実在と架空の人物たちが混ざり合う面白い効果を生んでいる。たとえばM・R・ジェイムズの怪奇短編「人を呪わば」(1911年) から借りたルーン文字のエキスパートで悪魔研究者のジュリアン・カースウェルなどだ。

DEAD MAN'S LAND
ロバート・ライアン (2012年)

1914年、ホームズと激しく衝突してけんか別れをしたワトスンは、英国陸軍医療部隊に入り、第一次世界大戦で疲弊したフランスの前線に赴く。そこでは連続して死者が出るが、塹壕で敵弾に倒れたグロテスクなずたずたの死体でなく、恐怖のあまり死んだかのような顔だった。ひとりで働くワトスンは、この謎を自分で解かざるを得ない。戦争による派手な死の恐怖は、夜中に墓を荒らすという陰惨な恐怖へと移っていく。ホームズは陰の存在としてしか現れず、しばしば「昔なじみ」というような遠回しの表現しかされないが、それでもかつての友人二人のあいだには意見の一致を見る可能性がつねにある。

SHERLOCK HOLMES: GODS OF WAR
ジェイムズ・ラヴグローヴ (2014年)

緊張感とアクションたっぷりの小説。サセックスダウンズのコテージで隠退生活を送るホームズを訪ねたワトスンは、高いところから落ちたとしか考えられない死体を発見する。殺人か、それとも自殺か？　死んだ男の恋人は、彼の身体にエジプトの象形文字による刺青があることをもらすが、さらに死者が続き、問題は一層難しくなる。秘密の組織によるしわざなのだろうか？

SHERLOCK HOLMES: THE SPIRIT BOX
ジョージ・マン (2014年)

マンは自分がつくりあげた超常現象探偵、ニューベリ・アンド・ホブズの既刊本から、テーマをとっている。第一次世界大戦のさなか、ツェッペリンがロンドンに爆弾を雨あられと落としている頃が舞台。年取ったホームズとワトスンは別々に暮らしていたが、マイクロフトのおかげで再会することとなる。上流社会の裕福な実力者たちが、突然おかしな行動をしたあと、奇怪な方法でみずからの命を絶っているのだ。国会議員のひとりは、ドイツ支持のスピーチをしたあとに裸でテムズ川に飛び込んだ。軍の上級顧問はドイツへの降伏を主張したあと、ロンドン動物園のトラの檻に入って自分を餌にした。著名な婦人参政権論者は、運動を断念すると言ったあと列車に飛び込んだ……。これらの出来事の裏には、何かがある、あるいは誰かがいるはずだ。ホームズとワトスンは調査を開始する。

コナン・ドイルによるホームズもの以外の作品

コナン・ドイルはホームズ・シリーズの作者として世界中に知られており、それが彼の代表作であることは間違いない。だが、ホームズを生み出す前にも彼は多くの短編小説を書いている。「北極星号の船長」(1883年)や、マリー・セレステ号事件をもとにした「J・ハバクック・ジェフスンの供述」(1884年)といったダーク・ミステリーがそうだが、この二つはいずれも、船医の仕事から発想を得たものだった。ホームズはコナン・ドイルに名声を与えたが、彼はすぐに興味をなくし、「もっとましな」小説を書くことに専念したいと思いはじめた。そしてホームズの"大空白時代"や、再開後のホームズもの執筆の合間に、歴史小説や冒険ファンタジー、心理ものなど、さまざまな分野の小説を書いた。だが残念なことに、ホームズもの以外はあまり記憶されていないようだ。

『クルンバーの謎』
THE MYSTERY OF CLOOMBER(1889年)

『緋色の研究』の翌年に刊行されたゴシック・ミステリー。スコットランドが舞台で、秘密を抱えた老将軍への復讐劇を描く。人里離れた館へやって来る謎に満ちた三人のインド僧は、コナン・ドイルが若い頃気に入っていたウィルキー・コリンズの『月長石』(1868年)を思わせる。

『マイカ・クラーク』
MICAH CLARKE(1889年)

コナン・ドイルが小説家として初めて成功した作品。カトリックのジェイムズ二世を退位させてプロテスタントの王を擁立しようという、1685年のモンマスの反乱を扱った小説。少年マイカ・クラークの目を通してこの出来事を描いているが、彼はある厭世的な傭兵の考えに影響され、自分の周囲の宗教的急進主義に幻滅を感じるようになり、自分たちみんなに必要なのは寛容と忍耐であると結論する。マイカの考えは、コナン・ドイル自身が感じていたカトリックへの幻滅を表していると言える。

『白衣の騎士団』
THE WHITE COMPANY (1891年)

敬愛するサー・ウォルター・スコットにならおうとした最初の試みとしての、歴史小説。イングランド、フランス、スペインを舞台に、1366年から67年にかけてカスティーリャのペドロー世を王座に復権させようとした黒太子エドワードの闘いを描く。ドイルはこの作品のヒーローである騎士サー・ナイジェル・ローリングを、1906年に刊行された『ナイジェル卿の冒険』に再登場させている。

『亡命者』
THE REFUGEES(1893年)

フランス国王ルイ14世(1638～1715)の治世を背景にした歴史小説で、プロテスタントとユグノー教徒に対する(市民権剥奪などの)迫害がメインテーマ。綿密な調べによる細かい筆致で、ユグノーの近衛兵アモリー・ド・カティナットの物語を語る。彼は結局、プロテスタントが落ち着ける地アメリカへと渡ることになる。

「寄生体」
THE PARASITE(1894年)

最初の妻が深刻な病の床にいた頃書かれたので、この精神の力と性的な強迫観念を扱った中編は、コナン・ドイルの個人的な内情をもらした作品のひとつと考えられている。内容は他人の心に入り込む催眠術師ミス・ペンクローサが、若きギルロイ教授とその婚約者をコントロールして彼らの関係を絶とうとするものだ。失敗作とみなしたドイルは、以後この作品を封印した。

『スターク・マンローからの手紙』
THE STARK MUNRO LETTERS(1895年)

コナン・ドイル自身の人生におけるさまざまな出来事を題材に使った、ほぼ自伝的な小説。医学部を卒業したばかりのJ・スターク・マンローが、アメリカにいる友人ハーバート・スワンボローに宛て

て書いた、12通の手紙という体裁になっている。手紙には、頭は切れるがやり方がまともでないジェイムズ・カリングワースと医院を開業して失敗したことが細かに書かれているが、これにはドイルが若い頃の実話が使われている。

『勇将ジェラールの回想』
THE EXPLOITS OF BRIGADIER GERARD (1896年)

実在の人物マルボー男爵をベースに、ドイルはナポレオン軍の准将ジェラールという人物をつくり出した。態度が大きく、うぬぼれが強いが、その一方想像力に富み、機略縦横という、コミカルなキャラクターだ。准将の物語は《ストランド》に掲載され、最初の短編集が1896年に出版された。その後1903年に『勇将ジェラールの冒険』も出版されている。

『ロドニー・ストーン』
RODNEY STONE (1896年)

摂政時代に行われていたグローブなしのボクシングを背景に、語り手であるロドニー・ストーンの成長物語と殺人事件の謎をない交ぜにした小説。有名な"伊達男ブランメル"のほか、当時のエピソードや出来事を数多く使って、時代の特色をとらえている。ドイル自身が成功作のひとつとしている作品。

『コロスコ号の悲劇』
THE TRAGEDY OF THE KOROSKO (1898年)

コロスコ号という船でナイル川をのぼっていたヨーロッパ人旅行者グループが、略奪専門のイスラム修道者軍団に襲われ、拉致される。英国の帝国主義、特に北アフリカへの侵略についての弁明と言える小説。また、当時多くのヨーロッパ人が抱いていた、イスラムに対する懐疑的な考えを表してもいる。

『失われた世界』
THE LOST WORLD (1912年)

コナン・ドイルの生んだもうひとりの魅力的なキャラクター、ジョージ・エドワード・チャレンジャー教授が登場するファンタジー小説。赤毛の短気な探検家、チャレンジャー教授は、自分の意見に反対する者がいると、たちまち癇癪を起こす。ホームズと同様、彼も実在の人物がモデルで、ドイルがエディンバラ大学で医学を学んでいた頃に教鞭を執っていた、ウィリアム・ラザフォード生理学教授がもとになっている。物語はチャレンジャー教授がアマゾン川流域にある台地へ探検に行くと、そこにはまだ恐竜が生き残っていたというもの。このプロットはインパクトが強く、その後さまざまにつくられた、先史時代の怪物が現代に放たれるという作品の多くに影響を与えた。1993年の映画『ジュラシック・パーク』などがその代表と言えよう。チャレンジャー教授はその後も『毒ガス帯』(1913年)や『霧の国』(1926年)に登場している。

『実在する妖精世界：妖精物語』
THE COMING OF THE FAIRIES (1922年)

いわゆる"コティングリー妖精事件"でだまされたコナン・ドイルが書いたノンフィクション。1917年、従姉妹どうしの少女エルシー・ライトとフランシス・グリフィスが、庭に妖精がいたと主張し、証拠写真を撮った。ドイルは彼女たちの話を信じ、心霊主義の奨励になると思って熱心に支持した。だがそれは正反対の効果を生んだ。新聞などのメディアは彼をあざけり、だまされやすい人物とみなされたのだ。真実が明るみに出たのはようやく1983年になってからで、二人はドイルをだまして嘲笑の的にしたことで、ずっと罪悪感を抱いていたと証言したのだった。

『マラコット海淵』
THE MARACOT DEEP (1929年)

副題は「海底の失われた世界」。コナン・ドイル最後の作品で、マラコット教授率いる探検チームが海底に沈んだアトランティスの都市を発見する短編小説。教授には若い動物学者のサイラス・ヘドリーと大西洋の深海へ潜る潜水艇をつくった技術者のビル・スキャンランが同行した。SF小説ではあるが、海底に生息するアトランティスの末裔たちの崇高な理想は、ドイルの心霊主義的な考えにもつながっている。

DEAD MAN'S LAND
(2000年)

1883年から1921年にかけて書かれた短編小説の、アンソロジー。古代エジプトのミイラが蘇る「トトの指輪」(1890年)、ボリス・カーロフが主演した1932年の映画『ミイラ再生』に影響を与えた「競売ナンバー249」(1892年)、メアリ・シェリーによる1818年のゴシック・クラシック『フランケンシュタイン』のクライマックスシーンを思わせる「北極星号の船長」(1883年)などが収められている。

索引

太数字(ゴシック体)は見出し項目の掲載ページ。

あ行

アーキン、アラン　338
『アーサーとジョージ』　19
アーネスト医師、レイ　284-5
アーミティジ、ジェイムズ　→トレヴァ老人、ヴィクター
アームストロング博士、レズリー　196-7
愛好家　→ファン
アイリッシュ・クラウン・ジュエル　233
アイルランド自治法　210-11, 247, 299
〈アヴィ屋敷〉　151, **198-201**, 287
〈青いガーネット〉　**82-3**, 99, 108, 191, 252, 268, 296, 313
〈赤い輪団〉　211, 216, **226-9**
〈赤毛組合〉　18, 35, **62-7**, 223, 298, 300
〈空き家の冒険〉　18, 25, 27, 31, 53, 144, 147, 151, **162-7**, 252, 252-3, 326
アクーニン、ボリス　326
アクトン老人　126, 128, 130-1
アクバル、ドスト　48-9
〈悪魔の足〉　18, 190, 211, 238, **240-5**, 304
悪魔の足の根　244
アシーニアム・クラブ　137
アシモフ、アイザック　326
アシュウェル、ポール　253
アスター子爵夫人　95
アストリー、フィリップ　286
アダムズ、ガイ　343
「アッシャー家の崩壊」(ポー)　134, 222, 223
アデア卿、ロナルド　66, 164, 167
アドラー、アイリーン　35, 56-61, **58**, 219, 239, 272, 304-5, 328, 335, 339
跡を読む　180-1
アニメーション　333, **334**
アフガン戦争、第二次　27, 166, 167, 299
アブダクション(仮説形成)　87, 276, 307
アヘン窟　**81**
アメリカ合衆国
　映画とテレビ　329, 331-5
　女性相続人　95
　ドイルの思い　95
　南北戦争　35, 75-6, 77, 79
　犯罪組織　200, 228
「アメリカ人の話」　260
アリストテレス　306, 307, 309
亜硫酸アミル　134
アリンガム、マージェリー　320
アルタモント【情報屋】　246-7
アレクサンドル2世　195
暗号　**171**, 173, 174-5, 308
暗号表　118, 171, 173, 232
アンダーソン、ロバート　25, 29
アンダマン諸島　53

アントゥーン、A・J　338
アンナ(ロシアの元革命家)　192, 194-5
アンバリー、ジョサイア　284-5
イースター蜂起(1916年)　247
イーストボーン　25
イートン校　179
医学実験　244
異人種間結婚(婚姻、性交)　**112**
イタリア系アメリカ人による犯罪組織　228
一攫千金狙い(南アフリカでの)　177
〈隠居した画材屋〉　**284-5**
飲酒癖　151, 199
インドコブラ　89
インド大反乱(セポイの反乱)　51, 132
ヴァイン、バーバラ　322
ヴァン・アッシュ、ケイ　341
ヴェンサム、ワンダ　339
ヴァンダービルト、コンスエロ　95
ヴァン・ダイン、S・S　322
ウィリアムスン、ニコル　333, 338
ウィギンズ【宿無し子】　31, 38
ヴィクトリア女王　121, 163, 296, 297, 299
ヴィクトリア朝の世界　294, **296-9**
ウィシュト・ハウンド　159
〈ウィステリア荘〉　99, 211, **222-5**, 303
ウィッチャー、ジョナサン・"ジャック"　30-1
ヴィドック、ウジェーヌ　61, 311, **317**, 318
ヴィバール、ジュール　236
ウィルスン、ジェイベズ　35, 62-5, 67
ヴィルヘルム・ゴッツライヒ・ジギスモント・フォン・オルムシュタイン　56-61
ヴィルヘルム2世、皇帝　92, 203
ウィルマー、ダグラス　332, 333, 337
ウィンター、キティ　250, 266-9, 271
ウィンディバンク、ジェイムズ　68-72
ウェインライト、トマス・グリフィス　268
〈ヴェールの下宿人〉　250, **286-7**
『ウエスト・エンドの恐怖』【メイヤー】　341
ウェストベリー、ヴァイオレット　230, 232
ヴェヌッチ、ピエトロ　188-9
ウェルズ、H・G　259
ヴェルヌ、ジュール　231, 259
ヴェルネ、カルル・オラス　24
ウォータートン、チャールズ　243, 244
ウォータールー橋　75, 77, 79
ウォーレス、エドガー　175, 216, 320
ウォルター、サー・ジェイムズ　230-3
ウォルター大佐、ヴァレンタイン　230, 232-3
ウォレス、アルフレッド・R　131, 243
ウォレン卿、チャールズ　197
ウォレン夫人　226-7

ウォントナー、アーサー　329, 330
『失われた世界』　15, **345**
〈美しき自転車乗り〉　**176-7**
ウッド伍長、ヘンリー(ハリー)　132-3
ウッド、ジョン・ジョージ　281-2, 283
ウッドハウス、P・G　325
ウッドリー、ジャック　176-7
ウッドリー、イーディス　162
ウリヤ　133
ウルフ、ネロ　321, **322**
ヴント、ヴィルヘルム　125
映画　326, 328-35, 336-9
《英国医学ジャーナル》　101, 244
英国外務省　25, 139, 141, 165
英国市民戦争／イングランド内戦(清教徒革命)　120, **125**, 183
エイダルジ、ジョージ　19, 211
英雄の行為と男らしさ　**303**
エヴァンズ【殺人者】　→ガリデブ、ジョン
エヴァンズ【反逆者】　→ベドウズ
エクルズ、ジョン・スコット　222-3
エジプト製煙草　194-5
エドワーズ、バーディ　215, 219, 221, 247
エドワード7世　151, 163, 271, 296, 297, 299
エプスタイン、ジャン　222
エプソム・ダービー　108, 289
エムズワース、ゴドフリー　274-7
エムズワース大佐　274-6
エムズワース夫人　274-5
エリーゼ　90, 92-3
エリザベス1世　312
エルマン、J・C　284-5
『エレメンタリー　ホームズ&ワトソン in NY』【テレビ・シリーズ】　56, 335, 337, **339**
演繹法(ディダクション)　**306-9**
エンジェル、ホズマー　68-9
『王冠のダイヤモンド――シャーロック・ホームズとの一夜』【舞台劇】　250, **252**, **253**
黄熱病　113
オウルデイカー、ジョナス　151, 168-9, 298
オーヴァートン、シリル　196-7
オーウェル、ジョージ　45, 300
オークショット、サー・レズリー　266
オージェ、クローディヌ　273
オーストラリア　20, 35, 50, 70, 72-3, 118-19, 183, 199, 302
オートリー、キース　326
オーバーシュタイン　204, 230, 232-3
オープン、イライアス　74-8, **79**
オープンショー、ジョゼフ　74-6
オープンショー、ジョン　74-9
オックスフォード大学　24, 191, 197
男らしさ　**303**, 304
〈踊る人形〉　18, 151, **170-5**
オハリー、ギャバン　263
オムドゥルマンの戦い　166
オリヴィエ、ローレンス　338
〈オレンジの種五つ〉　18, 24, 35, 61, **74-9**, 171, 216, 223, 296, 304

か行

カーギル、アレグザンダー　127
カー、ジョン・ディクスン　320, 340
ガードナー、ジョン　340-1
カートライト【メッセンジャーボーイ】　31
ガーネット、ヘンリー・ハイランド　112
カーファクス、レディ・フランシス　210-11, 236-9
カールトン・クラブ　137, 267
カールトン、ティモシー　339
カーワン、ウィリアム　126, 128-9, 131
カーン、アブドゥラー　48-9
〈海軍条約文書〉　104, **138-41**, 203, 205, 299, 302
「外国の君主」　203
科学捜査　288, 308, 309
科学と宗教　261
革命家(ロシアの)　**195**
仮説形成　→アブダクション
カタレプシー(強硬症)　**134**, 135
カティサーク号　117
カドガン・ウエスト、アーサー　230-1
カニンガム、アレック　126, 128-9, 131, 130
カニンガム老人　126, 128-31
カフェ・ロイヤル　269, 270
カフカ、フランツ　312
〈株式仲買店員〉　27, **114-15**
貨幣偽造　93
ガボリオー、エミール　25, 55, 77, 317
火薬陰謀事件　312
カラザーズ、ボブ　176-7
ガリデブ、アレグザンダー・ハミルトン　262-5
ガリデブ、ジョン　262-5
ガリデブ、ネイサン　262-5
カリン、アーサー・M　52
ガルシア、アロイシャス　222-5, 303
カルディコット、リチャード　263
ガル、フランツ・ヨゼフ　310, 312, 315
ガレノス　312
『患者の眼　コナン・ドイルの事件簿』【ビリー】　**342**
カントルミア卿　252-3
カンバーバッチ、ベネディクト　335, 336, 339
ギールグッド、サー・ジョン　332
〈黄色い顔〉　104, **112-13**, 203, 303
〈技師の親指〉　**90-3**, 138
『寄生体』　**344**
記念硬貨　166
帰納的推理　307
ギブスン、ニール　254-7, 299
ギブスン夫人　303, 304
キプリング、ラドヤード　166, 243
キプロス号【囚人輸送船】　119
ギャスケル、エリザベス　297
キャベル、リチャード　159
キャレラ、ジェイムズ　331
ギャングの女性たち　**273**

索引

吸血鬼 **261**
キューザック、キャサリン 82-3
キュービット、エルシー 170, 172-5
キュービット、ヒルトン 170-5
救貧院 239
キュヴィエ、ジョルジュ 76-7
〈恐喝王ミルヴァートン〉 27, 151, **186-7**, 266
強硬症　→カタレプシー
脅迫 59, 72, 73, 186, 187, 207, 228, 229, 273, 341
『恐怖の研究』【クイーン、フェアマン】 **340**
〈恐怖の谷〉 28, 29, 31, 43, 64, 109, 121, 210, 211, **212-21**, 227, 247, 307
『恐怖の館』【映画】 77
切り裂きジャック 31, 238, 299, **312**, 331, 338, 340, 342
〈ギリシャ語通訳〉 105, 127, **136-7**, 304, 305, 343
ギルクリスト 190-1
ギルバート、アルフレッド 246, 253, 257
ギルバート、サンドラ 303
キング、ローリー 342
銀行強盗 64, 334
『銀星号事件』【映画】 329
金の採掘 117, 177, 221
〈金縁の鼻眼鏡〉 151, **192-5**
金融界の重罪犯 114
クイーン、エラリー 321, 322, 340
空気銃 144, 252-3
クー・クラックス・クラン 75-9, **76**
グーバー、スーザン 303
クーム、ジョージとアンドルー 312-13
〈唇のねじれた男〉 **80-1**, 127, 299, 307
クッシング、スーザン 110-11, 305
クッシング、セアラ 110-11, 305
クッシング、ピーター 331, 2, 337, 338
クライン、イザドラ 272-3, 305
クラゲ 282-3
グラッドストン、ウィリアム 141, 203
クラティデス、ソフィ 136-7, 305
クラティデス、パウロス 136-7
グランド・ゲーム 79, **326**
クリーム医師、トマス・ニール 238
グリーン閣下、フィリップ 236, 238-9
グリーン、グレアム 55
グリーンハウ・スミス、ハーバート 170, 218
グリーン、リチャード 336
クリスティ、アガサ 175, 295, **320-1**
クリスティソン、ロバート 244
クリッペン、コーラ 315
クリッペン、ドクター・ホーリー・ハーヴィー 315
クリミア戦争 118, 297
グリムズパウンド【ダートムア】 160
クルーガー大統領、ポール 203
グルーナー男爵 253, 255, 266-71
グルームブリッジ・プレイス 218
『クルンバーの謎』 **344**
クレイ、ジョン **65-7**
グレイ、チャールズ 137
「グレイト・ゲーム」 166
グレイス、W・G 7
グレグスン警部、トバイアス 31, 34, 38-9, 44-5, 54, 222-3, 226-7

グレゴリー警部 106-9
クロウフォード、ハワード・マリオン 332, 337
クローカー、ジャック 198, 200-1
グロス、ハンス 255, 256
クロムウェル、オリヴァー 125
〈グロリア・スコット号〉 24, 34, 73, 104, **116-19**, 120-121, 127, 134, 302-3
クロロホルム **238**, 246-7
ケアリ船長、ピーター（ブラック・ピーター） 184-5
ケアンズ、パトリック 184-5
警察機構 311, 312
継承の規則 **183**
ケイスメント、ロジャー 20, 210-11, 247
ゲイティス、マーク 333, 335, 339
競馬 **108**
ゲインズボロー、トマス 29
ゲーテ 51
血液型 314
結婚と虐待 287
血痕検出法 40
検死官 **290**
限嗣不動産相続 183
ケント 274, 277
ケンプ、ウィルスン 136-7
ケンブリッジ大学 196-7
コイナー（にせ金づくり） **93**
コヴェント・ガーデン市場 83
コヴェントリー巡査部長 254-5
郊外 297-8, 301
交通、ロンドン 298
〈高名な依頼人〉 18, 236, 239, 250, 253, 257, **266-71**, 305
拷問 312
合理主義 **261**
公立小学校 141
ゴードン=カミング、サー・ウィリアム 163
ゴードン将軍、チャールズ 166
コーラム教授 192-5
ゴールド・ラッシュ 221
ゴールトン、フランシス 169
コーンウェル、パトリシア 323
国際刑事警察機構（インターポール、ICPO） 311
黒手団（ブラック・ハンド） **228**
ゴシック小説 99, 100, 145, 316
コックス、マイケル 334
骨相学 83, 127, **188**, 312-13
コティングリーの妖精 20, 157, 251
コナン・ドイル、アーサー **14-21**
　アメリカへの思い 95
　医学生時代 244
　ヴィクトリア朝時代 296-9
　階級 300-2, 304-5
　開業医 15-16, 34, 135
　外国の地 220-1, 299, 302-3
　活動と関心 21
　家庭環境 14
　株取引 114
　気に入っていた作品 **18**, 62, 120, 127, 170, 240, 278
　脚本執筆 253, 328-9
　教育と影響 14-15
　原稿料 16, 17, 35, 45, 64, 105
　幻滅 216
　子供たち 17-20
　サイエンス・フィクション（ＳＦ） 15, 259
　最初の結婚 17

ジーン・レッキー 16, 17, 19, 210, 245, 256
『事件簿』の作者問題 250
自己検閲 111
執筆の開始 16-17
自伝 15, 17, 109, 269, 305
死と埋葬 21
死別 143, 157, 260
ジャーナリスト（スーダン） 166
社会に対する見方 300
趣味・関心 21, 237
ジョージ・エイダルジ 19-20, 211
女性キャラクター 303, 304-5
信仰 15, 150
紳士の社交クラブ **137**
人種 303, 305
心霊主義 15, 20, 150, 241, 251, 260-1
スイス 236-7
正義 19-20, 210-11
政治的見解 21, 141, 302
船医 15, 119, 184
その他の作品 295, 344-5
第一次世界大戦 20
大学 135
体調の悪化 20-1
ナイト爵位 18, 151, 246, 251
2度目の結婚 17
犯罪学と法科学の発達 314
フーディーニとの関係 19, 20
フリーメイスン 63
ボーア戦争 18, 150, 274-5
ホームズ・シリーズの中断 17-18
ホームズ誕生のヒント 25
ホームズの「死」 17, 105, 143, 156, 319, 324
ホームズの生還 18-19, 150-1, 162-3, 324
モリアーティ誕生のヒント 29
歴史小説 16, 17, 105
レストレード誕生のヒント 30-1
コナン・ドイル、エイドリアン【息子】 13, 18, 19, 21, 326, 337, 340
コナン・ドイル、キングズリー【息子】 17, 20, 157, 250
コナン・ドイル、ジーン【2番目の妻】 18, 19, 20, 21, 240
コナン・ドイル、デニス【息子】 18, 19
コナン・ドイル、メアリ【娘】 17
コナン・ドイル、リーナ・ジーン【娘】 18, 19
コナン・ドイル、ルイーズ【最初の妻】 17, 19, 143, 197, 245, 257
コニコヴァ、マリア 282
『コリアーズ』 156, 162, 340
コリンズ、ウィルキー 25, 30, 295, 308, 318, 344
ゴルジアーノ、ジュゼッペ 226-9
ゴロー、チャールズ 138, 140
『コロスコ号の悲劇』 **345**
コロネット　→宝冠
婚姻（異人種間の） 112
コンスタンス、ケント 30

さ行

サーカス **286**
サー・ナイジェル・フィルムズ 331
サイエンス・フィクション（ＳＦ） **259**
〈最後の挨拶〉 24, 25, 210, 211, 230, **246-7**, 251, 283

〈最後の事件〉 12, 18, 25, 28, 29, 35, 104, 105, **142-7**, 151, 156, 164, 220, 237, 299, 324, 329, 342
サイレント映画 97, 336
サザーランド、メアリ 63, 68-9
〈サセックスの吸血鬼〉 99, 251, 256, **260-1**, 304, 341
佐藤喜則 327
サド、マルキ・ド 316
サマースケイル、ケイト 31
サラサーテ、パブロ 66
産業革命 297
三国同盟（1882年） 139, 203
『三前線訪問記』（コナン・ドイル） 246
サンドフォード 188
〈三人の学生〉 **190-1**
〈三人のガリデブ〉 30, 251, 255, **262-5**
〈三破風館〉 81, **272-3**, 303
ジーキル博士 145, 242, 270
シーゲルソン【ノルウェーの探検家】 164, 166
シェイボン、マイケル 342
ジェイムズ1世 312
ジェイムズ、P・D 322
ジェヴォンズ、コリン 206, 258
シェリー、ノーマン 332
シェリー、メアリ 145
ジェンダー問題 294, 304-5
鹿撃ち帽　→ディアストーカー
「漆器の箱」 199
『実在する妖精世界：妖精物語』 251, **345**
『死の真珠』【映画】 189, **337**
指紋 151, 169, 255, 311, 314
『SHERLOCK／シャーロック』【テレビ・シリーズ】 57, 219, 327, 330, 335, **339**
『シャーロック・ホームズ』【映画、2009年】 **339**
『シャーロック・ホームズ　アフリカの大冒険』【ファーマー】 **340**
『シャーロック・ホームズ　神の息吹殺人事件』【アダムズ】 **343**
『シャーロック・ホームズ　絹の家』【ホロヴィッツ】 **342**
『シャーロック・ホームズ・イン・ニューヨーク』【テレビ】 333
『シャーロック・ホームズ』【映画、1929年】 **336**
『シャーロック・ホームズ最後の解決』【シェイボン】 **342**
『シャーロック・ホームズ最後の挨拶』【短編集】 111, 210, 211, 250,
『シャーロック・ホームズ氏の素敵な冒険』【メイヤー】 **341**
『シャーロック・ホームズ全集──長編集』 41
『シャーロック・ホームズ対切り裂きジャック』【ディブディン】 **338**
『シャーロック・ホームズ探偵物語　血の十字架』【舞台劇】 338
「シャーロック・ホームズと〈ボーダーの橋〉バザー」 345
『シャーロック・ホームズの失われた冒険』【ノブソ】 **342**
『シャーロック・ホームズの回想』 17, 104-5, 111
『シャーロック・ホームズの功績』【コナン・ドイル／カー】 **340**
『シャーロック・ホームズの事件簿』 18, 250-1, 257
『シャーロック・ホームズの勝利』

【映画】 329
『シャーロック・ホームズの素敵な挑戦』【映画】 333, **337–8**
『シャーロック・ホームズの生還』【短編集】 150–1
『シャーロック・ホームズの冒険』【短編集】 15, 16, 34–5, 104
『シャーロック・ホームズの冒険』【映画、1939年】 330, **336–7**
『シャーロック・ホームズの冒険』【映画、1970年】 219, 330, 332, **337**
『シャーロック・ホームズの冒険』【テレビ】 **338**
『シャーロック・ホームズの愛弟子』【キング】 **342**
『シャーロック・ホームズの優雅な生活』【ハードウィック】 **340**
シャーロック・ホームズ博物館【ロンドン】 26, 327
社会とシャーロック・ホームズ **300–5**, 326–7
シャクルトン、フランク 233
写真記録 312, 313, 314
シャドボン、トム 229
シャフター、エティ 214
シャルパンティエ、アーサー 38–9
シャルパンティエ、アリス 38–9
シャルパンティエ夫人 38–9
ジャン教授、ローズマリー 61
銃 255
シュタイラー、ペーター 142, 147
首都圏警察（メトロポリタン・ポリス・サービス） 311
シュレジンジャー博士 236–9
シュレジンジャー夫人 236–9
ショア警部、ジョン 31
ジョヴァンニ、ポール 338
情報収集 311–12
上流社会の結婚式 94
ジョージ3世 65
ジョージ、ヘンリー 130, 131
ショー、ジョージ・バーナード 253
ジョーンズ、アセルニー 48–9, 51, 54
ジョーンズ、アルフレッド・ガース 157
ジョーンズ、ピーター 62, 66, 67
〈ショスコム荘〉 109, 250, **288–91**
女性 ギャング **273**
　　 財産 **69**
　　 自宅監禁 **101**
　　 投票権 305
　　 脳熱（脳炎） 138
　　 フェミニズム「第一波」 58
　　 ホームズ 57, 219, 304–5
　　 離婚 **201**
女性相続人（アメリカの） **95**
ショルトー、サディアス 48–9, 51, 52, 53
ショルトー少佐 48–9, 51
ジョン、スペンサー 272–3
ジョンスン、シドニー 230–2
ジョンスン、シンウェル 266–8
ジョンソン博士、サミュエル 26
シルヴィアス伯爵、ネグレット 252–3
ジレット、ウィリアム 253, 295, 325, 328–9, 336–37
シン、マホメット 48–9
紳士の社交クラブ 52, **137**, 304
人種差別反対 113
人種の偏見 211, 272, 303, 304

人体測定学 311, **313**
シンプスンズ・イン・ザ・ストランド 235, 268, 269, 270
シンプスン、フィッツロイ 106, 108
心霊主義 260–1
『推理作家コナン・ドイルの事件簿』【テレビドラマ】 20
推理小説 **316–23**
推論（ラショシネーション） 294, 295, 306–9
ストロ 272–3
スカラ座【ミラノ】 59, 60
〈スコウラーズ〉 211, 215, 218, 220
スコット、サー・ウォルター 16
スコット、ジャイルズ 139
スコット、ジョージ・ギルバート 139
スコット、ジョージ・C 333
スコットランド・ヤード 31, 311, 312
スターク大佐、ライサンダー 90–3
『スターク・マンローからの手紙』 150, **344–6**
スターンデール博士、レオン 240–5, **243**, 245
スターンデール、ロバート 243
スタウト、レックス 321
スタックハースト、ハロルド 278–82
スタンガスン、ジョゼフ 38–9, 43
スタンフォード【手術助手】 38, 40
スティーヴンス、ロバート 333, 337
スティーヴンスン、ロバート・ルイス 38, 43, 54, 66, 145, 206, 269–70
ステイプルトン、ジャック 154–5, 157–8, 159, 160–1
ステイプルトン、ベリル 154–5, 157, 160–1
ストーカー、ブラム 18, 99, 150, 261
ストーナー、ヘレン 84–9
ストール・ピクチャーズ 97, 329
ストーントン、ゴドフリー 196–7
ストッダート、ジョゼフ・マーシャル 50, 52
ストッパード、エド 325
《ストランド》 15, 16, 17, 34, 104, 150, 156, 216, 327
　挿絵 23–4, 27, 35, 67, 71,72, 75, 101, 105, 107, 115, 118, 124, 129, 141, 147, 179, 180, 187, 191, 199, 203, 205, 253, 257, 280
　初出 34, 62–3
　人気 324
　ホームズの死 142–3
ストランド【ロンドン】 270
ストレイカー、ジョン 106–7, 109
スニッファー・ドッグ→追跡犬
スパイ活動、第一次世界大戦 **247**
スパイ小説 210, 230, 319, 320
スピーク、ジョン 243
スピルズベリー、サー・バーナード 315
スポールディング、ヴィンセント →クレイ、ジョン
スマッシャー（にせ金使い） **93**
スミス、ヴァイオレット 176–7
スミス、ウイロビー 192–4
スミス、カルヴァートン 234–5
スミス、モーディケアイ 48
スモール、ジョナサン 48–9, 51, 54
〈スリー・クォーターの失踪〉 **196–7**
スレイター、オスカー 20, 211
スレイニー、エイブ 170, 174, **175**
スローン、ハンス 263

清教徒革命 →英国市民戦争
精神障害犯罪者法（1800年） 285
正典 325
正典外の作品 325–6
セイバーヘイゲン、フレッド 341
セイファーティッツ、グスタフ・フォン 28, 329
セイヤーズ、ドロシー・L 24, 320
性欲の抑圧 261
〈背中の曲がった男〉 51, 104, 127, **132–3**, 134, 138
セポイの反乱 →インド大反乱
セルデン【脱獄囚】 154, 155, 159
潜水艦 210, 231
センセーショナリズム 111
セントクレア、ネヴィル 80–1, 307
セントクレア夫人 80–1
セント・サイモン卿、ロバート 94–5
セント・ジェイムズ・スクウェア 270
〈ソア橋の難問〉 246, 250, **254–7**, 299, 305
ソームズ、ヒルトン 190–1
ソールズベリー侯爵 302
ソーンダーズ、サー・ジェイムズ 274, 277
組織犯罪 211, 216, 228–9
ゾラ、エミール 175, 317
ソルタイア卿、アーサー 178–83
ソローミン、ヴィタリー 334

た行

ダーウィン、チャールズ 243, 294, **309**
ダートムア 107, 108, 157–61
ターナー、アリス 70–3
ターナー、J・M・W 146
ターナー、ジョン 70–3, 302
タールトン、スーザン 192
ダーレス、オーガスト 325–6
ダイアモンド、I・A・L 337, 340
第一次世界大戦 139, 210, 218, 221, 246–7, 250, 251, 296, 299
大英帝国 34, 263, 277, 297, 299
大英博物館 24, 83, 121, 263
大学 **191**
大空白時代 25, 35, 104–5, 165, 190, 203, 222, 326, 342, 344
〈第二のしみ〉 18, 151 **202–7**, 230, 232, 301, 305
タイプライター **69**
ダイヤモンド 177
ダウニー・ジュニア、ロバート 335, 339
タキトゥス 67
ダグラス、アイヴィ 214–15, 217, 218
ダグラス、ジョン（ジャック） 214–15, 219, 221
ダビデ王 **133**
ダブルデイ、ジョン 325, 327
タンギー夫妻 138–41
探偵家、ヴィクトリア朝 243
探偵小説 **316–23**
探偵ミステリー 319, 320
弾道学 130
ダンバー、ミス・グレース 254–7
チェスタトン、G・K 295, 319, 320, 321
チベット 25, 164, 166
チャーチ卿、レスリー 320
チャーチル卿夫人、ランドルフ 95
チャールズ1世 123, 125

チャールズ2世 108, 125
チャレンジャー教授 17, 251, 259, 340, 345
チャンドラー、レイモンド 322
超自然現象 157, 158, 308
追跡犬（スニッファー・ドッグ） **197**
ディアストーカー（鹿撃ち帽） 35, **71**
DNA検査 315
デイヴィーズ、デイヴィッド・スチュアート 338–9, 342
ディクシー、スティーヴ 81, 272, 303
ディクソン、チャールズ・エドワード 55
ディケンズ、チャールズ 30, 54, 81, 134, 206, 295, 296–97, 300, 308, 318, 324
ディズニー 334
ディダクション →演繹法
ディブディン、マイケル 341
テイラー、レックス・ヴァーノン 253
手書き文字 **127**, 128, 130, 313–14
テニスン、アルフレッド 297
デマリ大佐、サー・ジェイムズ 266–8, 271
テムズ河 54–5
デュー警部 315
デュパン、C・オーギュスト 66–7, 76, 207, 223, 294, 308, 318
デュマ、アレクサンドル 61, 317
テレビ・シリーズ 326, **331–5**, **336–9**
電信 171, 294
ドイツ
　映画産業 333–4
　軍国主義 203
　スパイ活動 247
ドイル、イネス 157
ドイル、チャールズ・アルタモント 14, 104
ドイル、メアリ 14
トウェイン、マーク 325
ドゥビーヌ、マリー 236–7
ドーヴァーコート伯爵 186
ドーラン、ハティ 94–5
〈独身の貴族〉 **94–5**, 302
ドストエフスキー 175, 317
土地所有権 131, 183
ドックランズ【ロンドン】 302
ドッド、ジェイムズ・M 274–7
ドッペルゲンガー 145
トマス警視 311
ド・メルヴィル、ヴァイオレット 239, 266–71, 305
ド・メルヴィル将軍 267, 268, 271
ドラーク、A 258–9
トラーとトラーのおかみさん 98, 100–1
トラ狩り 166
ドラキュラ 327
「トランビー・クロフト事件」 **163**
トリジェニス、オーウェンとジョージ 240, 242–3, 245
トリジェニス、ブレンダ 240, 242–3, 245
トリジェニス、モーティマー 240, 242–5
トリロニー・ホープ、レディ・ヒルダ 202, **204**, 205–7, 305
トリロニー・ホープ大臣 202–7
トルコ風呂 236, 267
ドレイスン少将、アルフレッド・ウィ

索引

ルクス 51
トレヴァ青年、ヴィクター 24, 116-19
トレヴァ老人、ヴィクター 116-19
トレヴェリアン博士、パーシー 134-5
ドレッバー、イーノック・J 38-9, 43
ドレフュス、アルフレッド 127, 313
トンガ【アンダマン諸島の現地人】 48, 53-5, 302
ドン・ファン 122

な行

ナイジェル卿シリーズ 210, 211
ナポレオン戦争 159
『ナポレオンの影』 104
南北戦争、アメリカ 35, 75-6, 77, 79
ニールソン＝テリー、デニス 253
『20世紀のシャーロック・ホームズ』【映画】 333-4
にせ金使い →スマッシャー
にせ金づくり →コイナー
日本シャーロック・ホームズ・クラブ 326-7
〈入院患者〉 104, 111, 127, 134-5, 304, 327
ニュートン、アイザック 128
ニューマン、キム 343
二輪辻馬車（ハンサム・キャブ） 294, 296, 298
沼毒蛇 89
ネヴィル、ジョン 337
ネリガン、ジョン・ホプリー 184-5
脳熱（脳炎） 101, **138**, 140
ノーウッド、エイル 52, 97, 329, 336
〈ノーウッドの建築業者〉 151, **168-9**, 297, 314
ノース・ウォルシャム【ノーフォーク】 171-2
ノートン、ゴドフリー 56, 59
ノーバートン、サー・ロバート 288-91
ノーレット夫妻 288, 290
ノックス、ロナルド 78-9, 325
ノルブ、ジャムヤン 342

は行

バーカー【私立探偵】 284-5
バークリー、セシル・ジェイムズ 214-5, 217, 231
ハーカー、ホレス 188-9
バーク、ジョン 179
バーク、デヴィッド 99, 144, 334, 338
ハーグリーヴ、ウィルソン 170
バークリー・スクウェア 269-70
バークリ大佐、ジェイムズ 132-3
パース、チャールズ・サンダース 86-7
ハースト、ジョージ 254
ハーディ、トマス 175
ハードウィック、エドワード 206, 229, 258, 334, 338
ハート、リチャード 322
バードル警部 30, 278, 282-3
バートン＝ライト、エドワード 165
バートン、リチャード【探検家】 61, 243
《ハーパーズ・ウィークリー》 126
バーンウェル、サー・ジョージ 96-7
バーンズ、ウィリアム・ジョン 218
バーンズ、ジュリアン 19
バーンズ、ジョサイア 288-9
バーンストン夫人 48
パイクロフト、ホール 114-15
ハイデッガー 178-83
ハイド氏 145-6, 242, 270
ハインリッヒ、エドワード・オスカー 255
ハウエルズ、レイチェル 120-3, 125
ハウエル、チャールズ・オーガスタス 186
〈這う男〉 **258-9**, 304
ハガード、H・ライダー 304
ハクスタブル博士、ソーニークロフト 178-80
〈白面の兵士〉 **274-7**, 278
ハザリー、ヴィクター 90-3
パジェット、ウォルター 35
パジェット、シドニー 23-4, 27, 35, 71, 85, 105, 106, 118, 124, 126, 129, 141, 147, 156, 179, 180, 187, 191, 203, 324, 328, 330, 332, 334
〈バスカヴィル家の犬〉 18, 43, 52, 54, 107, 147, 150-1, **152-61**, 216, 218, 221, 284
『バスカヴィル家の犬』【映画】 330, 332, 333, **336**, **337**
バスカヴィル、サー・チャールズ 154-5, 157, 158-9, 160
バスカヴィル、サー・ヒューゴー 154-5, 160-1
バスカヴィル、サー・ヘンリー 154-55, 157, 159, 160-1, 221
バスカヴィル、ロジャー 160
バッド医師、ジョージ・ターナヴィン 15
ハードウィック、マイケル＆モリー 340
バットマン 220, 327, 331, 333, 337
ハッドン、マーク 109
パティ、パスクワーレ 228
バテシバ 133
ハドスン【水夫】 116-19
ハドスン夫人 23, 26, 52, 166-7, 188, 234-5, 328, **330**
ハドスン、モース 188
波止場地域【ロンドン】 →ドックランズ
〈花婿の正体〉 62-3, **68-9**, 309
バビントン陰謀事件 312
ハメット、ダシール 221, 322
バラード、チャーリー 64
バリー、J・M 18, 253
バリー、ジェイムズ 60
ハリス、ジャレッド 339
ハリスン、ジョゼフ 138-41
バリモア、イライザ 154-5
バリモア、ジョン 154-5, 158
バリモア、ジョン【俳優】 329
パルヴァー、ララ 58
バルザック、オノレ・ド 61, 317
ハルトゥーム 25, 165, 166
パルプ小説 319-20
バローズ、エドガー・ライス 259
ハワード、ロナルド 332, 337, 339
犯行現場の再現 255
『犯罪王モリアーティの生還』【ガードナー】 340-1
犯罪学 295, **310-15**
犯罪者気質／タイプ **144**, 167, 281, 311, 312-13

犯罪人類学 86
ハンサム・キャブ →二輪辻馬車
ハンター、ヴァイオレット 98-101, 239
ハンター、ジョン 270
ハンター、ネッド 106
反ドイツ感情 91-2, 299
ピース、チャールズ 268
ピーターズ、聖者 →シュレジンジャー博士
ピータースン【便利屋(コミッショネア)】 82-3
《ビートンのクリスマス年刊誌》 16, 34, 45
ピール、ロバート 310, 311
〈緋色の研究〉 16, 30, 31, 34, 35, **36-45**, 50, 51, 52, 54, 66, 67, 108, 120, 139, 143, 171, 216, 218, 243, 294, 295, 297, 299, 301, 308, 314, 318-9, 324
〈緋色の爪〉【映画】 337
東インド会社 132
筆跡学 **127**, 128, 130
ヒトラー、アドルフ 333
ピナー、アーサー 114-15
ピナー、ハリー 114-15
ビネ、アルフレッド 127
秘密警察 312
秘密工作 312
秘密組織 214, 215, 218, 219, 220
ヒムラー、ハインリヒ 313
『白衣の騎士団』 344
ヒューストン、ドナルド 337
ヒューム、ファーガス 50
ビリー【給仕】 31, 252
ビリー、デイヴィッド 342
ヒル、ジェイムズ 337
ピンカートン、アラン 219
ピンカートン、ウィリアム 29, 144
ピンカートン探偵社 29, 144, 211
貧困 294, 300, 301
〈瀕死の探偵〉 27, 211, **234-5**, 303
頻度分析 171, 173
ファーガスン 90, 92-3
ファーガスン、ジャック 260-1
ファーガスン夫人 256, 260-1
ファーガスン、ロバート（ボブ） 260-1
フォーティ・エレファンツ（ギャング） 273
ファーマー、フィリップ・ホセ 340
ファウラー 98, 101
ファン（愛好家） 295, **324-7**
　ホームズの死 156, 324
　ホームズへの愛情 22-3
　ライヘンバッハの滝訪問 146
フィッシャー、テレンス 337
フィッツジェラルド、F・スコット 297
フィレンツェ 164, 165-6
ブース、チャールズ 189, 300-1
フーディーニ、ハリー 19, 20
ブードゥー教 225, 303
フールネイ夫人 202, 204-5, 207
ブーン、ヒュー 80-1
フェアベアン、アレック 110-11
フェアマン、ポール 340
フェイ、リンジー 342
フェミニストの論評 61, 303
フェリア、ジョン 38-9
フェルプス、ルーシー 38-9
フェルプス、パーシー 138-41
フォーブズ 138, 140

フォーブズ、エリザベス 241
フォールズ、ヘンリー 169
フォールダー、レディ・ビアトリス 288-91
フォレスター警部 126, 128-30
フォレスター夫人、セシル 48
フォレスト将軍、ネイサン 76
フォン・ヘルリング男爵 246-7
フォン・ボルク【ドイツ人スパイ】 210, 246-7
ブキャナン、ロバート 235
武術 41
ブセティッチ、ファン 314
舞台劇 295, **328-9**, **336**, **338-9**
《ブックマン》 22
《ぶな屋敷》 **98-101**, 138, 239, 279
〈プライアリ・スクール〉 18, 151, **178-83**, 191, 257
プライス、ヴィンセント 334
フライ、スティーヴン 339
ブラウナー、ジェイムズ（ジム） 110-11
ブラウナー、メアリ 110-11
ブラウン、サイラス 106, 109
ブラウン、ジョサイア 188-9
ブラウン神父 319, 321
ブラックウェル、レディ・エヴァ 186-7
ブラック・ハンド（黒手団） 228
〈ブラック・ピーター〉 15, 30, 107, **184-5**
ブラック・ピーター →ケアリ、ピーター
ブラックストンル、サー・ユースタス 151, 198-201
ブラックストンル、レディ（メアリ） 198-201
ブラッドハウンド 197
プラトン 306
ブラマー、クリストファー 331
フランクランド氏 332
ブラントン、リチャード 120-5, **122**
フリーマン、マーティン 335, 339
フリーメイソン 63
フリス、ウィリアム・パウエル 289
ブリス、ハリー 319
プリンスタウン監獄【ダートムア】 159
ブルース、ナイジェル 156, 189, 330, 332, 336
〈ブルース・パーティントン型設計書〉 127, 204, 210, **230-3**
ブルネル、イザンバード・キングダム 297
ブレイク、セクストン 319
ブレイクリー、コリン 337
「プレイフェア暗号」 171
プレスコット、ロジャー 264-5
プレスベリー、イーディス 258
プレスベリー教授 258
ブレッキンリッジ【家禽類卸屋】 82
ブレッシントン 134-5
フレッチャー・ロビンソン、バートラム 18, **157**, 160
ブレット、ジェレミー 57, 88, 99, 110, 137, 144, 165, 169, 181, 206, 223, 229, 244, 258, 330, 332-3, 334, 336, 338
プレンダーガスト、ジャック 116, 118-19
ブロイアー、ヨーゼフ 91
フロイト、ジグムント 91, 138, 309, 333, 338, 340, 341

ブロードムア精神病院 **285**
フローベール、ギュスターヴ 67, 175
フローマン、チャールズ 328
ブロンテ、シャーロット 101
ペアーズ、イアン 301
ベイカー街 22, 270, 279, 327
ベイカー街の住まい **26**, 52–3, 304
ベイカー街不正規隊(イレギュラーズ) **31**, 34, 39
ベイカー・ストリート・イレギュラーズ(BSI) 326
ベイカー、ヘンリー 82–3
ヘイズ、ルービン 178, 181–3
ヘイター大佐 126, 128–9
ベイン、サンディ 288
ベインズ警部 222–5
ベーコン、ロジャー 306
ベーデン＝パウエル、ロバート 304
ヘストン、チャールトン 338
ベッカリーア、チェザーレ 310–1, 315
ベッポ【イタリア人の職人】 188–9
ヘディン、スヴェン 166
ベディントン【犯罪者】 114–5
ベドウズ【反逆者仲間】 116–7, 118–9
ベネット、トレヴァー 258–9
蛇 **89**
ヘブロン、ジョン 112–3
ヘミングウェイ、アーネスト 297
ベラドンナ 42, **234–5**
ベラミー、トムとウィリアム 278
ベラミー、モード 278, 280–1
ベリンジャー卿 202–3, 207, 301
ベルギー 210, 247
ペルシャ 25, 165, 166
ベルティヨン、アルフォンス 313
『ベルナック伯父』 17
ベル博士、ジョゼフ 12, 15, 16, 25, 35, 41, **43**, 294
ヘンダーソン 222, 224–5
ベントリー、E・C 319
ヘンリー、サー・エドワード・リチャード 314
ポアロ、エルキュール 321
ホイットニー、アイザ 80
ホイットニー、ケイト 80
ボイヤー、リチャード・L 341
ボイルストン銀行強盗事件 **64**
法科学 25, 40, 130, 255, 288, 295, **310–15**
宝冠(コロネット) **97**
宝石泥棒 **82**
法病理学 315
ボウマン、リー 322
『亡命者』 **344**
ボーア戦争 16–17, 92, 150–1, 203, 274–5
ポー、エドガー・アラン 25, 30, 55, 66, 77, 88, 134, 207, 223, 294, 295, 303, 307–8, 317–8, 319
ポーター夫人 240, 242
ボードゲーム 333
ボードレール、シャルル 67
ホーナー、ジョン 82–3
ホーニング、E・W 19, 295, 319
ホープ号【捕鯨船】 119, 184
ホープ、ジェファソン 34, 38–9, 43
ホームズ、シャーロック **22–5**
　暗号解読 173, 174
　医学実験 25, 244

遺産 322–3
隠退 25, 258, 259, 278–9, 283
陥りがちな誤り 79, 104
脅しをかわす 255
階級 301–2, 305
家族 24
語り手としての 116, 120, 132, 133, 274, 276, 278
キャラクター **22–3**, 35, 251, 257
経歴 24
健康 241
合理主義 251, 261
「死」 17, 25, 105, 142, 147, 156, 162, 164, 237, 319, 324, 335
時代を超えるヒーロー 299
芝居がかったやり方 141
社会 **300–5**
女性 57, 219, 304–5
人種 303
推理機械 35, 308–9
推理力 24, 40–1, 52, 306–9
生還 18–19, 25, 147, 150–1, 162–5, 324
正義 115, 187, 198
セクシュアリティ 219
俗物っぽさ 95
大空白時代 25, 105, 164–6, 326
退屈 35, 50, 67, 196
他の作家による 324, 325–6, **340–3**
誕生のヒント 25
彫像 325, 327
ディアストーカー 35, **71**
特異な性癖 41
ナイト爵位の辞退 262
パロディ 325
犯行現場の再現 255, 256
ひな型(テンプレート) 333
ファン(愛好家) **324–7**
風貌 23–4, 35
舞台と映画 326, **328–39**
文学の知識 51, 308
ベイカー街 22, 190
法科学 40, **310–15**
暴行の被害 257, 269–70
ボクシング 41, 176
ボヘミアン的生活 41, 50, 57, 294, 302
モリアーティとの関係 28–9, 219–20
薬物利用 48, 50–1, 58, 112, 196
レストレードとの関係 31
論理 86–7
ワトスンとの関係 23, 26–7, 42, 219, 238, 250, 262, 265, 303–4
ワトスンとの生活 24–5, 27
『ホームズ最後の対決』【ホール】 341
ホームズ、マイクロフト 24, **25**, 105, 136–7, 144, 146, 147, 210, 230–1, 233, 304
ポール、ジェレミー 338
ホールダー、アーサー 96–7
ホールダー、アレグザンダー 96–7, 298
ホールダー、メアリ 96–7
ホールダネス公爵 178–83, **180**, 257
ホールドウィン、テッド 214–15
ホールドハースト卿 138–41
〈ボール箱〉 30, 31, 104, **110–11**, 134, 145, 305
ホール、ロバート・リー 341
ホーロック、フレド 214, 216

ボズウェル、ジェイムズ 26
〈ボスコム谷の謎〉 35, **70–3**, 107, 198, 302
「北極星号の船長」 15, 344, 345
ホプキンズ警部、スタンリー 30, 184–5, 192–5, 198–201, 298
〈ボヘミアの醜聞〉 17, 18, 26, 35, 51, **56–61**, 107, 219, 239, 272, 302, 304, 329
ボヘミアン **61**, 302
ホブズ、カールトン 332
ホラー映画 331
ボリウッド映画 327
ホロヴィッツ、アンソニー 325, 342–3
ボンド、ジェイムズ 220, 340
ボンド博士、トマス 312
翻訳 86

ま行

マーカー夫人 192
マーシュ、ナイオ 320
マードック、イアン 278, 280–3, **281**
マートン、サム 252–3
マープル、ミス・ジェーン 321
マールバラ公爵 95
マーロウ、フィリップ 322, 323
『マイカ・クラーク』 16, **344**
マイワンドの戦い 27, 34, 40
マウンツ湾【コーンウォール】 241
マウント＝ジェイムズ卿 196–7
マキノン警部 284–5
マクドナルド警部、アレック 214–15, 216, 218
マクドナルド、ジョン・D 323
マクドナルド、ロス 323
マクパーランド、ジェイムズ 218, **219**
マクファースン巡査 202, 206
マクファースン、フィッツロイ 278, 280–3
マクファーレン、ジョン・ヘクター 168–9
マクファーレン夫人 168–9
マクマード【ガードマン、門番】 48
マクラレン、マイルズ 190–1
〈マザリンの宝石〉 22, 246, 250, **252–3**, 263
〈マスグレイヴ家の儀式書〉 18, 104, **120–5**, 116, 138
マスグレイヴ、レジナルド 120–5
〈まだらの紐〉 18, 35, **84–9**, 253, 299, 304, 313, 332, 337
マッカーシー、ジェイムズ 70–3
マッカーシー、チャールズ 70–3
マッケラン、サー・イアン 339
マフィア 211
マユンバ号【蒸気船】 119
『マラコット海淵』 251, **345**
マロウィッツ、チャールズ 338
マンク将軍、ジョージ 125
マン、ジョージ 343
マンドレーク 244
マンロウ、エフィー 112–3
マンロウ、グラント(ジャック) 104, 112–13
ミション、ジャン＝イッポリト 127, 313
『Mr.ホームズ 名探偵最後の事件』【映画】 295, **339**
ミス・バーネット 222, 225, 305
「ミス・フォークナー」 150

ミス・モリスン 132–3
『緑の女』【映画】 337
ミトン、ジョン 202, 205
南アフリカ 一攫千金狙い **177**
　金鉱 171
　ボーア戦争 92, 203, 274–5
ミラー、ジョニー・リー 335, 339
ミラー、フローラ 94–5
ミルヴァートン、チャールズ・オーガスタス 186–7
ミルズ、ジョン 338
ムーア、ロジャー 333
〈六つのナポレオン像〉 **188–9**, 297, 302, 313, 337
メイスン夫人【乳母】 260–1
メイスン、ジェイムズ 331
メイスン、ジョン 288–90
『名探偵シャーロック・ホームズ』【テレビ・シリーズ】 337
『名探偵ホームズ 黒馬車の影』【映画】 331, **338**
メイヌース、ヒルダ 162–3
メイヌース夫人 162–3
〈名馬シルヴァー・ブレイズ〉 71, **106–9**
メイベリー、ダグラス 272–3
メイベリー、メアリ 272–3
メイヤー、ニコラス 337–8, 341
メッカ【アラビア】 165, 166
メトロポリタン・ポリス・サービス
→首都圏警察
メラス 136–7
メリウェザー 62, 67
メリロー夫人 286
メルヴィル、ハーマン 185
モーカー伯爵夫人 82–3, 252
モースタン大尉 48–9, 51, 52
モースタン、メアリ 48–9, 52, **53**
モースタン、メアリ【ワトスンの妻】 25, 27, 80, 304
モーティマー博士、ジェイムズ 52, 154, 156–7, 160–1
モートン警部 234–5
モートン、ジェイムズ 176
モーペルテュイ、ピエール＝ルイ・モロー・ド 127–8
モーリー、クリストファー 326
モーリー、ハリー・T 336
モールス信号 171
モールトン、フランシス("フランク")・ヘイ 94–5
モファット、スティーヴン 333, 334–5
モラン大佐、セバスチャン 144, 162–3, 166, **167**, 252–3
モリアーティ教授、ジェイムズ **28–9**, 67, 105, 167, 196, 301, 328
〈恐怖の谷〉 214–21
死 147, 164–5, 168
〈最後の事件〉 142–7
誕生のヒント 15, 29, 31
風貌 28
ホームズに匹敵する相手 **28–9**, 219–20
ライヘンバッハの滝 17, 25, 28, 105, 164–5
『モリアーティ』【映画】 329
モリアーティ大佐、ジェイムズ 143
「モリー・マグワイアーズ」 211, 218, 219, **220**
モリス、ウィリアム →ロス、ダンカン
モルヒネ 235
モルモン教 44

モレッティ、フランコ 300
モレル、アンドレ 331
モンペリエ 25, 165, 166

や行・ら行・わ行

『ヤング・シャーロック ピラミッドの謎』【映画】 333
ヤングハズバンド中佐、フランシス 166
ヤング、ブリガム 38-9, **44**
ユイスマンス、J・K 67
『勇将ジェラールの回想』 **345**
ユグノー教徒 140, 344
ユゴー、ヴィクトル 61, 317
輸送 35, 118, **119**
ユング、カール 125
妖精 20, 157, 251, 260, 345
〈四つの署名〉 16, 27, 35, 43, **46-55**, 66, 67, 216, 297, 299, 301, 302, 303, 324, 338
ラース、ダウラット 190-1
ラーソン、スティーグ 323
ライアン、ロバート 343
〈ライオンのたてがみ〉 18, 25, 30, 251, **278-83**
ライオンのたてがみ(巨大クラゲ) 282
〈ライゲイトの大地主〉 18, 104, **126-31**, 313-4
ライダー、ジェイムズ 82-3, 191
ライト、テリーサ 198, 200, 201
ライヘンバッハの滝 17, 105, 143, 145, **146**, 147, 162, 164
ラヴグローヴ、ジェイムズ 343
ラウンドヘイ 240, 242
ラオ、ラル 48
ラグビー 196-7
ラクロ、ピエール・コデルロス・ド 316
ラサ【チベット】 164, 166

ラザフォード教授 15
ラジオ・シリーズ 330, 332
ラショシネーション →推論
ラスボーン、バジル 156, 189, 330, 332, 336, 337
ラティマー、ハロルド 136-7, 305
ラ・ロティエール 204
ランキン、イアン 323
ラング、アンドルー 53
ラング、マシュー 338
ランジェラ、フランク 338
ランス巡査、ジョン 38
ラントシュタイナー、カール 314
リーヴァートン【アメリカ人探偵】 226-7
リーヴス=スミス、H 336
リー、クリストファー 337
リード、ウィンウッド 51
リーバス警部 323
離婚 **201**
リチャーズ医師 240, 242
リチャードソン、サー・ラルフ 332
リッチー、ガイ 330, 334-5, 339
《リピンコッツ》 16, 34-5 50
硫酸 **268**, 271
リュー、ルーシー 335, 339
〈緑柱石の宝冠〉 **96-7**, 298
理論的推理 307
リンカーン、エイブラハム 216, 254-5
ルイス、マシュー 316
リヴァーノフ、ワシーリー 334
ルウェリン、ロジャー 338-9
ルーカス【秘書】 222, 225
ルーカス、エドアルド 202, 204-7
ルーカッスル、アリス 98, 100-1
ルーカッスル、ジェフロ 98-101
ルーカッスル夫人 98, 100
流刑 **119**
ルッカ、エミリア 226-9
ルッカ、ジェンナロ 226-9
ル・ネーヴ、エセル 315

ルメートル、ピエール 323
レイランド、ノーマン 253
レオナルド【サーカスの怪力男】 286-7
レオポルド2世 210
レストレード警部、G 23, 27, **30-1**, 34, 70-2, 94-5, 107, 110-11, 162, 167, 168-9, 186-7, 188-9, 202, 205-6, 230-1, 233, 264, 328
〈バスカヴィル家の犬〉 154-5
〈緋色の研究〉 38-9, 44-5
レストレード、ジョゼフ・アレグザンダー 30
レッキー、ジーン 16, 17, 19, 210, 245, 256, →コナン・ドイル、ジーン
〈レディ・フランシス・カーファクスの失踪〉 211, **236-9**
レ・ファニュ、ジョゼフ・シェリダン 318
レプラ **277**
レンデル、ルース 295, 322
連邦捜査局(FBI) 311
ロイヤル・バカラ・スキャンダル 163
ロイロット博士、グリムズビー 35, 84-9, **86**, 299, 303
ロウ、ジュード 335, 339
ローウェンシュタイン 258-9
ローザ、ミクロス 337
ローズヴェルト大統領、フランクリン 326
ローデン、クリストファー 111
ロカール博士、エドモンド 288
ロシア
　グレイト・ゲーム 166
　テレビ・シリーズ 333-4
ロシアの革命家 **195**
ロス大佐 106, 108-9
ロス、ダンカン 62, 64-5
『ロドニー・ストーン』 17, **345**
ロンダー 286-7

ロンダー、ユージニア 286-7
ロンドン
　ヴィクトリア朝時代 294, **296-9**
　霧 296
　社会 300-2
　人口 294, 298
　地下鉄 65, **233**, 297
　ホームズ 43, 327
ロンドン・シャーロック・ホームズ協会 326
ロンドン、ジャック 300
ロンブローゾ、チェーザレ 144, 188, 310-1, 315
論理法 87, 306, 308, 309
ワース、アダム **29**, 31, 64, 144-5
ワイルダー、ジェイムズ 178-83, 191
ワイルダー、ビリー 219, 332-3, 337, 340
ワイルド、オスカー 18, 50, 51, 66, 67, 145, 302
ワイルド、ジョナサン 29
『わが思い出と冒険』(自伝) 15, 17, 269, 305
ワトスン博士、ジョン **26-7**
　アフガニスタンで負傷 38, 40
　映画 330-5
　家庭生活 80
　経歴 27
　従軍 299
　風貌 27
　ホームズとの関係 23, 26-7, 42, 219, 250, 265, 303-4
　ホームズとの生活 24-5, 27, 52-3
　ホームズの死 147, 335
　ホームズの事件記録者 26, 42, 202-3
　ホームズの生還 151, 164
　メアリ・モースタン 52, 53
ワトスン、メアリ →モースタン、メアリ【ワトスンの妻】

訳者あとがき

　本書 The Sherlock Holmes Book は"Big Ideas Simply Explained"というシリーズの1冊です。これまではシリーズ名のとおり、「哲学」や「心理学」、「経済学」といった大きなジャンルの内容をシンプルにわかりやすく説明する巻が主流でした。そこに今回、「シェイクスピア」と並んで「シャーロック・ホームズ」がひとつのジャンルとして1冊のテーマに選ばれたのは、画期的なことだと思います。

　21世紀に入って新たな映像作品をきっかけとしたホームズ・ブームが再燃していることは周知の事実ですが、それに伴って急激に増加した出版物のことを考えると、単なる「流行り」でなく、「ホームズもの」というジャンルがほぼ確立されたと言っていいのではないでしょうか。パスティーシュ小説や映画・テレビのホームズを追ってきた身としては、感慨深いものがあります。

　すでにご覧になったとおり、本書は正典60編の内容をすべて紹介し(しかも結末とトリックまで!)、著者および主要キャラクターの解説や、ホームズ物語の背景(ヴィクトリア朝時代の社会、法科学、論理学、推理小説の歴史など)、ホームズもの映像作品の歴史やファン活動、さらには関連作の一覧などを付けた、総合ガイド本です。正典解題は単に筋を追うだけでなく、著者の事情、執筆時の社会背景、ミステリとしての評価など、非常に中身の濃いものになっています。

　こうした総合ガイドをつくれるバランスのよい知見をもつシャーロッキアンは、英米両方に数人ずついますが、本書の編集顧問デイヴィッド・スチュアート・デイヴィーズも、そのひとりです。彼はホームズ劇(独り舞台)用の脚本や映像作品の研究で知られるだけでなく、ホームズ・パスティーシュを数多く書き、ホームズ以外の探偵を主人公にしたミステリでも優れたシリーズを生み出しています。そのデイヴィーズの

見解で最も注目されるべきは、本書序文の最後の部分でしょう。つまり、コナン・ドイルのホームズものはいわば未完成の肖像画であり、そこに自分なりの解釈を加えていくものなのだと。これは私自身がつねづね言ってきた、「ホームズもの(正典)はプラットホームであり、それをアレンジすることで、さまざまな新作品が生まれていく」ということと同じです。

　正典60作以降のすべての作品——小説、映画、演劇、テレビ、ラジオ、バレエ、マンガ、ゲーム、広告などなど——は、正典の翻案でありアレンジであり、そういう意味で「ホームズもの」というひとつのジャンルを形成する……そのことが、本書を読み終えたらわかるでしょう。「なぜホームズだけが足かけ3世紀にわたって人気を保っているのか」という疑問の答えとともに。

2016年7月

日暮 雅通

出典一覧

Dorling Kindersley would like to thank Andrew Heritage for his assistance in planning and commissioning the book; Antara Moitra, Vineetha Mokkil, Tejaswita Payal, and Ira Pundeer for proofreading; Helen Peters for the index; Sam Atkinson, Hannah Bowen, Lizzie Davey, Helen Fewster, Ashwin Khurana, Stuart Neilson, Andy Szudek, and Cressida Tuson for editorial assistance; and Stephen Bere for design assistance.

PICTURE CREDITS

The publisher would like to thank the following for their kind permission to reproduce their photographs:

(Key: a-above; b-below/bottom; c-centre; f-far; l-left; r-right; t-top)

15 Alamy Images: INTERFOTO (tr). **Museum of London:** (bl). **18 Rex Features:** Associated Newspapers (br). **19 Corbis:** (tr). **20 Getty Images:** SSPL / Glenn Hill (bl). **21 Alamy Images:** Dean Hoskins (br). **22 Alamy Images:** David Angel (crb). **23 Alamy Images:** Pictorial Press Ltd (br). **24 Getty Images:** Culture Club (tl). **25 Getty Images:** Time Life Pictures / Mansell / The LIFE Picture Collection (bl). **26 Alamy Images:** Hemis (bl). **27 Alamy Images:** AF Fotografie (tr). **28 Alamy Images:** Mary Evans Picture Library (bl). **29 Getty Images:** UniversalImagesGroup (tr). **The Library of Congress, Washington DC:** LC-USZ62-136386 (bl). **30 Getty Images:** Time Life Pictures / Mansell / The LIFE Picture Collection (br). **31 Rex Features:** ITV (tr). **40 Alamy Images:** Mary Evans Picture Library (t). **43 Alamy Images:** © csp archive (bl); Mary Evans Picture Library (tr). **44 Corbis:** (br). **TopFoto.co.uk:** ullsteinbild (tr). **45 AF Fotografie:** Private Collection (br). **50 Getty Images:** Roger Viollet Collection (tc). **Toronto Public Library:** (bl). **51 Alamy Images:** ILN (tr). **Museum of London:** (bl). **52 Rex Features:** Everett Collection (tl). **53 Alamy Images:** Chronicle (bl). **55 Bridgeman Images:** Private Collection / Bourne Gallery, Reigate, Surrey (t). **57 Rex Features:** ITV (tr). **58 Alamy Images:** Photos 12 / Archives du 7e Art / Hartswood Films (bl). **60 Getty Images:** Culture Club (t). **61 Getty Images:** Hulton Archive (bl). **63 Rex Features:** ITV (br). **64 Corbis:** (clb, bl). **65 Mary Evans Picture Library:** (tl). **67 Alamy Images:** Baker Street Scans (tr). **69 Getty Images:** Hulton Archive (tl). **71 Dreamstime.com:** Alexei Novikov (br). **72 Getty Images:** Time Life Pictures / Mansell / The LIFE Picture Collection (bl). **75 Alamy Images:** Baker Street Scans (br). **77 Rex Features:** Everett Collection (br). **79 TopFoto.co.uk:** City of London / HIP (br). **81 Getty Images:** Hulton Archive / Culture Club (tr). **Museum of London:** (br). **83 Alamy Images:** Heritage Image Partnership Ltd (tr). **85 Alamy Images:** Mary Evans Picture Library (bl). **86 Bridgeman Images:** Private Collection / Archives Charmet (r). **88 Rex Features:** ITV (tr). **89 Bridgeman Images:** © Look and Learn / Illustrated Papers Collection (bl). **91 Alamy Images:** Baker Street Scans (tr). **93 Alamy Images:** coin Alan King (bl). **94 Mary Evans Picture Library:** The National Trust Photolibrary (br). **95 Alamy Images:** Everett Collection Historical (tr). **97 Dorling Kindersley:** The Natural History Museum, London (bc). **Rex Features:** Everett Collection (tr). **99 Rex Features:** ITV (br). **101 Alamy Images:** Baker Street Scans (tr). **107 Getty Images:** The Print Collector / Print Collector (tr). **108 Getty Images:** Popperfoto (tr). **110 Rex Features:** ITV (br). **111 AF Fotografie:** Private Collection (cra). **113 Corbis:** Bettmann (b). **115 Alamy Images:** Mary Evans Picture Library (tl). **117 Corbis:** Fine Art Photographic Library (b). **118 Getty Images:** Time Life Pictures / Mansell / The LIFE Picture Collection (br). **119 Getty Images:** Hulton Archive / Ann Ronan Pictures / Print Collector (tr). **121 Rex Features:** Everett Collection (b). **122 Alamy Images:** Baker Street Scans (bl). **124 Getty Images:** Universal History Archive (tl). **125 Getty Images:** Hulton Archive (bl). **127 Getty Images:** Hulton Archive / Oxford Science Archive / Print Collector (tl); Universal History Archive (br). **129 Alamy Images:** Baker Street Scans (br). **130 The Library of Congress, Washington DC:** LC-USZ62-79139 (cb). **131 Corbis:** Christie's Images (b). **132 Getty Images:** Hulton Archive (c). **133 Getty Images:** De Agostini (b). **135 Alamy Images:** Mary Evans Picture Library (tr). **137 Corbis:** Peter Aprahamian (bl). **Rex Features:** ITV (tr). **139 Getty Images:** Hulton Archive / English Heritage / Heritage Images (t). **141 Alamy Images:** Baker Street Scans (br). **143 Mary Evans Picture Library:** © The Boswell Collection, Bexley Heritage Trust (b). **144 Getty Images:** Time Life Pictures / Mansell / The LIFE Picture Collection (tl). **Rex Features:** ITV (br). **146 Evgeny Murtola:** (bl). **147 The Sherlock Holmes Museum (www.sherlock-holmes.co.uk):** (br). **156 Alamy Images:** Pictorial Press Ltd (tl). **157 Alamy Images:** AF Fotografie (br). **Photoshot:** UPPA (tr). **159 Alamy Images:** AF Fotografie (bl). **Mary Evans Picture Library:** Peter Higginbotham Collection (tr). **160 Alamy Images:** Derek Stone (b). **161 Alamy Images:** John Warburton-Lee Photography (tc). **163 Alamy Images:** Mary Evans Picture Library (tl). **165 Rex Features:** ITV (bc). **166 Courtesy of Pobjoy Mint Ltd:** (tr). **Getty Images:** Transcendental Graphics (tl). **169 Rex Features:** ITV (tl). **172 Alamy Images:** Mary Evans Picture Library (t). **174 Rex Features:** Everett Collection (bc). **175 Mary Evans Picture Library:** (tl). **176 Alamy Images:** Chronicle (br). **177 Alamy Images:** thislife pictures (tl). **179 TopFoto.co.uk:** (tl). **180 Corbis:** Lebrecht Authors / Lebrecht Music & Arts (tc). **181 Rex Features:** ITV (br). **183 Getty Images:** Hulton Archive / Guildhall Library & Art Gallery / Heritage Images (bl). **185 Corbis:** (tr). **186 Bridgeman Images:** Ashmolean Museum, University of Oxford, UK (br). **187 Alamy Images:** Pictorial Press Ltd (tr). **189 Rex Features:** Universal History Archive / UIG via Getty images (bl). **191 Corbis:** Alan Copson / 145 / Ocean (bl). **Images courtesy of The Strand Magazine (www.strandmag.com):** (tr). **195 akg-images:** (tl). **197 Alamy Images:** Lordprice Collection (tr). **Getty Images:** Universal History Archive (bl). **198 Getty Images:** Hulton Archive / Print Collector (c). **199 Images courtesy of The Strand Magazine (www.strandmag.com):** (br). **201 Alamy Images:** Chronicle (tr). **203 Alamy Images:** Lordprice Collection (bl). **204 Rex Features:** ITV (tl). **205 Alamy Images:** Chronicle (bl). **206 Rex Features:** ITV (tl). **216 Alamy Images:** INTERFOTO (tr). **218 Alamy Images:** Gary Lucken (cla); Tony Watson (tl). **219 The Library of Congress, Washington DC:** LC-DIG-ds-01522 (tr). **TopFoto.co.uk:** (bl). **220 Alamy Images:** Lebrecht Music and Arts Photo Library (tl). **221 Alamy Images:** North Wind Picture Archives (tr). **222 Alamy Images:** Photos 12 (br). **223 Rex Features:** ITV (br). **225 Alamy Images:** Mary Evans Picture Library (tr). **226 By permission of The British Library:** (br). **228 The Library of Congress, Washington DC:** LC-DIG-ggbain-03246 (bl). **229 Rex Features:** ITV (t). **230 Alamy Images:** adam parker (br). **231 Getty Images:** Hulton Archive / Print Collector (t). **233 Alamy Images:** Historical image collection by Bildagentur-online (tl). **235 Alamy Images:** REDA &CO srl / Paroli Galperti (tr). **237 Lebrecht Music and Arts:** Lebrecht Authors (tr). **238 Science & Society Picture Library:** Science Museum (bl). **239 Getty Images:** Hulton Archive / General Photographic Agency (t). **241 Alamy Images:** Chronicle (tl). **242 Corbis:** Underwood & Underwood (bl). **243 Alamy Images:** Pictorial Press Ltd (tl). **244 Alamy Images:** Patrick Guenette (bl). **Rex Features:** ITV (tl). **246 Alamy Images:** Mary Evans Picture Library (cb). **247 Alamy Images:** Classic Image (bl). **253 Getty Images:** Hulton Archive / Museum of London / Heritage Images (bl). **Images courtesy of The Strand Magazine (www.strandmag.com):** (tr). **255 Alamy Images:** INTERFOTO (tr). **257 Alamy Images:** Chronicle (br). **258 Rex Features:** ITV (c). **259 Alamy Images:** Mary Evans Picture Library (bl). **261 Getty Images:** Buyenlarge (tr). **263 Alamy Images:** The Natural History Museum (bl). **Rex Features:** ITV (tr). **265 Alamy Images:** LatitudeStock / David Williams (t). **268 Getty Images:** UIG / Leemage (bl). **269 Alamy Images:** Mary Evans Picture Library (tr). **271 Alamy Images:** Chronicle (tr). **273 Rex Features:** ITV (tr). **274 Alamy Images:** Pictorial Press Ltd (cb). **275 Getty Images:** Universal History Archive (t). **277 Corbis:** (tr). **280 Images courtesy of The Strand Magazine (www.strandmag.com):** (tl). **281 Image courtesy of Biodiversity Heritage Library. http://www.biodiversitylibrary.org:** Princeton Theological Seminary Library (archive.org) (tr). **282 Corbis:** Minden Pictures / Hiroya Minakuchi (t). **283 Alamy Images:** eye35.pix (br). **285 Alamy Images:** North Wind Picture Archives (bl). **287 Getty Images:** Hulton Archive / Art Media / Print Collector (tl). **288 akg-images:** Paul Almasy (crb). **289 Getty Images:** DEA PICTURE LIBRARY (t). **296 Getty Images:** F J Mortimer (bl). **297 Getty Images:** DEA PICTURE LIBRARY (tr). **298 Corbis:** Arcaid / English Heritage / York & Son (tr). **301 Bridgeman Images:** Wakefield Museums and Galleries, West Yorkshire, UK (tr). **The Art Archive:** Museum of London (bl). **302 Alamy Images:** Chronicle (br). **303 Alamy Images:** Mary Evans Picture Library (bl). **305 Getty Images:** Hulton Archive / Museum of London / Heritage Images (tr). **306 Alamy Images:** The Art Archive / Gianni Dagli Orti (cb). **308 Alamy Images:** Mary Evans Picture Library (tr). **309 Science Photo Library:** Sheila Terry (br). **310 Science Photo Library:** Sheila Terry (crb). **311 Getty Images:** Hulton Archive / Museum of London / Heritage Images (tl). **312 Alamy Images:** Pictorial Press Ltd (br). **313 Getty Images:** Hulton Archive / Oxford Science Archive / Print Collector (tr). **314 Getty Images:** SSPL (tl). **315 Getty Images:** Edward Gooch (tl); Hulton Archive / Topical Press Agency (br). **317 Alamy Images:** Mary Evans Picture Library (br). **TopFoto.co.uk:** RV1893-13 (tr). **318 Science Photo Library:** NEW YORK PUBLIC LIBRARY (tl). **319 Bridgeman Images:** Private Collection (tr). **Getty Images:** Hulton Archive (bl). **321 Alamy Images:** Mary Evans Picture Library (br). **322 Getty Images:** DuMont (bl). **Kevin Gordon // kevingordonportraits.com:** (tr). **323 Hodder & Stoughton:** Cover Of The Girl With The Dragon Tattoo By Stieg Larsson (bl). **Rex Features:** Everett Collection (tr). **324 TopFoto.co.uk:** PA Photos (br). **326 Roland Smithies / luped.com:** (tl). **327 Alamy Images:** Gregory Wrona (br). **Roland Smithies / luped.com:** (tl). **329 AF Fotografie:** (cb). **The Library of Congress, Washington DC:** LC-USZC2-1459 (tr). **330 The Ronald Grant Archive:** (tl). **331 Alamy Images:** Universal Art Archive (br). **332 Alamy Images:** AF archive (tl). **334 Alamy Images:** AF archive (tl, tr). **335 Alamy Images:** Photos 12 / Archives du 7e Art / Hartswood Films (br); World History Archive (tr)

All other images © Dorling Kindersley
For more information see: www.dkimages.com